हिन्द पॉकेट बुक्स

तंत्र-सूत्र

आत्म-साधना

ओशो, जिन्हें भगवान श्री रजनीश, ओशो रजनीश, या केवल रजनीश के नाम से भी जाना जाता है, एक भारतीय विचारक, धर्मगुरु और रजनीश आंदोलन के प्रणेता-नेता थे। उनका असली नाम चंद्र मोहन जैन था, लेकिन लोगों ने उन्हें 'ओशो' बना दिया। यह शब्द लैटिन भाषा के 'ओशनिक' शब्द से लिया गया है जिसका अर्थ है, सागर में विलीन हो जाना।

अपने संपूर्ण जीवनकाल में आचार्य रजनीश को एक रहस्यदर्शी, गुरु और आध्यात्मिक शिक्षक के रूप में देखा गया। वे धार्मिक रूढ़िवादिता के बहुत कठोर आलोचक थे। 1960 के दशक में उन्होंने पूरे भारत में एक सार्वजनिक वक्ता के रूप में यात्रा की और वे समाजवाद, महात्मा गाँधी और हिंदू धार्मिक रूढ़िवाद के प्रखर आलोचक रहे। उन्होंने मानव कामुकता के प्रति ज्यादा खुले रवैये की वकालत की, जिसके कारण वे भारत तथा पश्चिमी देशों में भी आलोचना के पात्र रहे, हालाँकि बाद में उनका यह दृष्टिकोण अधिक स्वीकार्य हो गया।

तंत्र-सूत्र

आत्म-साधना

कल्पना और भाव पर आधारित कुछ गुह्य विधियाँ

विज्ञान भैरव तंत्र / भाग चार

ओशो द्वारा भगवान शिव के विज्ञान भैरव तंत्र पर दिए गए 80 प्रवचनों में से प्रथम 49 से 64 प्रवचनों का संकलन।

ओशो

पेंगुइन रैंडम हाउस इम्प्रिंट

हिन्द पॉकेट बुक्स

यूएसए | कनाडा | यूके | आयरलैंड | ऑस्ट्रेलिया | सिंगापुर
न्यू ज़ीलैंड | भारत | दक्षिण अफ्रीका | चीन

हिन्द पॉकेट बुक्स, पेंगुइन रैंडम हाउस ग्रुप ऑफ़ कम्पनीज़ का हिस्सा है,
जिसका पता global.penguinrandomhouse.com पर मिलेगा

पेंगुइन रैंडम हाउस इंडिया प्रा. लि.,
चौथी मंजिल, कैपिटल टावर -1, एम जी रोड,
गुड़गांव 122 002, हरियाणा, भारत

पेंगुइन
रैंडम हाउस
इंडिया

प्रथम संस्करण हिन्द पॉकेट बुक्स द्वारा 2009 में प्रकाशित
यह हिन्दी संस्करण हिन्द पॉकेट बुक्स में पेंगुइन रैंडम हाउस द्वारा 2023 में प्रकाशित

10 9 8 7 6 5 4 3 2

ISBN 9788121620710

मुद्रकः रेप्रो इंडिया लिमिटेड

www.penguin.co.in

This is a legitimate digitally printed version of the book and therefore might not have certain extra finishing on the cover.

भूमिका

▲

ये विधियां क्रांतिकारी हैं

मैंने एक बूढ़े डाक्टर के संबंध में एक कहानी सुनी है। एक दिन उसके सहायक ने उसे फोन किया, क्योंकि वह बड़ी कठिनाई में पड़ गया था। एक रोगी का दम घुट रहा था; रोगी के गले में बिलियर्ड की गेंद अटक गई थी। सहायक को समझ नहीं पड़ रहा था कि क्या करे। तो उसने बूढ़े डाक्टर से पूछा कि मुझे क्या करना चाहिए? बूढ़े डाक्टर ने कहा : 'एक पंख से रोगी को गुदगुदाओ।'

कुछ मिनटों बाद सहायक ने फिर डाक्टर को फोन किया। वह बहुत प्रसन्न था, खुश था। उसने कहा : 'आपका इलाज तो अदभुत सिद्ध हुआ। रोगी हंसने लगा और उसने गेंद को उगल दिया। लेकिन मुझे बताइए कि आपने यह अनोखा इलाज कहां सीखा?'

बूढ़े डाक्टर ने कहा : 'मैंने खुद ही गढ़ लिया था। यह सदा मेरा सिद्धांत रहा है। कि जब तुम्हें कुछ न सूझे कि क्या किया जाए तो कुछ भी करो।'

लेकिन जहां तक ध्यान का संबंध है, यह सिद्धांत नहीं चलेगा। अगर तुम्हें नहीं मालूम है कि क्या किया जाए तो कुछ मत करो। क्योंकि मन बहुत जटिल है, बहुत पेचीदा है और नाजुक है। अगर तुम नहीं जानते हो कि क्या करना चाहिए तो बेहतर है कि कुछ भी मत करो। क्योंकि जाने बिना तुम जो भी करोगे उससे समाधान की बजाय उलझाव ही अधिक पैदा होगा। वह घातक भी सिद्ध हो सकता है, आत्मघातक भी सिद्ध हो सकता है।

अगर तुम मन के बारे में कुछ नहीं जानते हो...। और सच तो यही है कि तुम मन के बारे में कुछ भी नहीं जानते हो। तुम्हारे लिए मन एक शब्द भर है; तुम्हें उसकी जटिलता का कुछ ज्ञान नहीं है। मन अस्तित्व में सर्वाधिक जटिल चीज है; उसकी कोई तुलना नहीं हो सकती है; और मन सर्वाधिक नाजुक भी है; तुम उसे नष्ट कर दे सकते हो। तुम उसके साथ कुछ ऐसा कर सकते हो, जिसे फिर अनकिया न किया जा सके।

ये विधियां मनुष्य के मन के गहन ज्ञान पर, मन के सघन साक्षात्कार पर आधारित हैं। और प्रत्येक विधि लंबे प्रयोगों से गुजर कर बनी है।

इसलिए ध्यान रहे, कोई भी चीज अपनी तरफ से मत करो। और दो विधियों को मिला कर प्रयोग मत करो; क्योंकि उनकी प्रक्रिया भिन्न है; उनके ढंग भिन्न हैं। कभी-कभी तो वे एक-दूसरे के बिलकुल विपरीत हो सकती हैं। तो दो विधियों को मत मिलाओ। किसी भी विधि में कुछ मत मिलाओ; विधि जैसी दी हुई है उसे वैसी ही प्रयोग करो। उसमें कोई बदलाहट मत करो, उसमें कोई सुधार मत करो। क्योंकि तुम उसमें कोई सुधार नहीं कर सकते; और तुम उसमें जो भी बदलाहट करोगे, वह घातक होगा।

और ध्यान रहे, किसी भी विधि को प्रयोग में लाने के पहले उसे सावधानी से भली-भांति समझ लो। और अगर तुम्हें कोई उलझन हो और अगर तुम नहीं जानते हो कि विधि वस्तुतः क्या है, तो बेहतर है कि उसे प्रयोग में मत लाओ, क्योंकि प्रत्येक विधि तुममें एक आमूल क्रांति लाने के लिए है।

ये विधियां विकासकारी नहीं हैं; ये क्रांतिकारी हैं। विकास से मेरा मतलब है कि अगर तुम कुछ न करो, बस जीते चले जाओ, तो कभी करोड़ों वर्षों में ध्यान तुम्हें अपने आप ही घटित होगा, लाखों जन्मों में तुम विकसित होगे; समय के सामान्य क्रम में कभी तुम उस बिंदु पर पहुंचोगे जहां कोई बुद्ध क्रांति के द्वारा एक क्षण में पहुंच जाते हैं।

तो ये विधियां क्रांतिकारी विधियां हैं। सच तो यह है कि ये मनुष्य-निर्मित हैं; ये प्राकृतिक नहीं हैं। प्रकृति भी तुम्हें बुद्धत्व पर, आत्मोपलब्धि पर पहुंचा देगी, तुम किसी-न-किसी दिन उसे जरूर पा लोगे; लेकिन तब फिर यह बात प्रकृति के हाथ में है। तुम उसके लिए सिर्फ दुख में रहे आने के सिवाय और कुछ नहीं कर सकते हो। उसके लिए बहुत लंबा समय चाहिए–करोड़ों वर्ष, करोड़ों जन्म।

धर्म क्रांतिकारी है। धर्म तुम्हें विधि देता है जो लंबी प्रक्रिया को कम करती है, जिससे तुम छलांग लगा सकते हो–ऐसी छलांग जो तुम्हें कराड़ों जन्मों से बचा सकती है। एक क्षण में तुम करोड़ों वर्ष की यात्रा पूरी कर सकते हो।

इसीलिए यह खतरनाक भी है; और जब तक तुम ठीक-ठाक नहीं समझते हो, मत प्रयोग करो। और अपनी ओर से उसमें कुछ मत जोड़ो; कुछ मत बदलो। पहले विधि को बिलकुल सही-सही समझने की चेष्टा करो। और जब तुम उसे समझ जाओ तो प्रयोग करो। और इस बूढ़े डाक्टर के सिद्धांत को मत काम में लाओ कि जब तुम्हें नहीं पता हो कि क्या किया जाए तो कुछ भी करो। नहीं, कुछ मत करो। न करना करने से कहीं ज्यादा लाभदायक होगा। इसलिए क्योंकि मन इतना नाजुक है कि अगर तुम कुछ गलत

कर गए तो उसे अनकिया करना बहुत कठिन होगा। उसे अनकिया करना बहुत-बहुत कठिन है। कुछ गलत कर बैठना आसान है, लेकिन उसे अनकिया करना बहुत कठिन है। इसे स्मरण रखो।

ओशो

अनुक्रम

49

कृत्य नहीं, होना महत्वपूर्ण है

सूत्र

73. ग्रीष्म ऋतु में जब तुम समस्त आकाश को अंतहीन निर्मलता में देखो, उस निर्मलता में प्रवेश करो।

74. हे शक्ति, समस्त तेजोमय अंतरिक्ष मेरे सिर में ही समाहित है, ऐसा भाव करो।

75. जागते हुए, सोते हुए, स्वप्न देखते हुए, अपने को प्रकाश समझो।

5

जब मैं तुम्हारी आंखों में झांकता हूं तो मैं तुम्हें वहां कभी नहीं पाता हूं; तुम मानो अनुपस्थित हो। तुम अनुपस्थित होकर जीते हो। और तुम्हारी सारी पीड़ा का स्रोत यही है। बिलकुल उपस्थित न रहकर भी तुम जीवित बने रह सकते हो। और अगर तुम उपस्थित नहीं हो तो तुम्हारा जीवन एक ऊब हो जाएगा। और यही हुआ है।

तो जब मैं तुम्हारी आंखों में झांकता हूं, तुम्हें वहां नहीं पाता हूं। तुम्हें अभी आना है, तुम्हें अभी होना है। स्थिति है, अवसर है, संभावना है, किसी भी क्षण तुम वहां हो सकते हो। लेकिन अभी तुम नहीं हो।

इस अनुपस्थिति के प्रति बोधपूर्ण होना ध्यान की यात्रा का, अतिक्रमण की यात्रा का प्रारंभ है। तुम्हें जानना है कि तुम खोए-खोए हो, सोए-सोए हो; तुम जीते तो हो, लेकिन तुम नहीं जानते कि क्यों जीते हो और कैसे जीते हो। तुम यह भी नहीं जानते हो कि तुम्हारे भीतर कौन रहता है। यह अज्ञान ही सारे दुखों को पैदा करता है, क्योंकि अनजाने तुम जो कुछ करते हो, उससे दुख निर्मित होता है।

तुम क्या करते हो, यह बात महत्वपूर्ण नहीं है। महत्वपूर्ण बात यह है कि तुम जो करते हो, तुम उसमें उपस्थित रहते हो या अनुपस्थित। तुम जो भी करते हो, अगर तुम उसमें समग्रतः उपस्थित रह कर करते हो तो तुम्हारा जीवन आनंद से भर जाएगी, समाधि बन जाएगा। और अगर तुम कुछ भी अनुपस्थिति में करते हो, उसमें उपस्थित हुए बिना करते हो तो तुम्हारा जीवन दुख ही दुख होगा। तुम्हारी अनुपस्थिति ही नरक है।

तो दो प्रकार के साधक हैं। एक प्रकार का साधक सदा इस खोज में रहता है कि क्या किया जाए। वह साधक गलत मार्ग पर है, क्योंकि प्रश्न करने का बिलकुल नहीं है। प्रश्न है होने का, प्रश्न है कि क्या हुआ जाए। कभी भी कृत्य की, करने की भाषा में मत सोचो। क्योंकि तुम जो भी करोगे वह व्यर्थ होगा—अगर तुम उसमें मौजूद नहीं हो। चाहे तुम संसार में रहो या मंदिर में रहो, चाहे तुम भीड़ में रहो या हिमालय के एकांत में चले जाओ, इससे

▲

कोई फर्क नहीं पड़ने वाला है। तुम यहां भी गैर-मौजूद रहोगे और वहां भी गैर-मौजूद रहोगे। और तब तुम भीड़ में या एकांत में जो भी करोगे, वह दुख लाएगा। तुम यदि उपस्थित नहीं हो तो तुम जो भी करोगे वह गलत होगा।

दूसरे ढंग का साधक—सही ढंग का साधक—इस खोज में नहीं रहता है कि क्या किया जाए; उसकी खोज यह होती है कि कैसे हुआ जाए। कैसे हुआ जाए, यह पहली बात है।

एक बार एक आदमी गौतम बुद्ध के पास आया। उसके हृदय में बहुत सहानुभूति, बहुत दया थी। उसने गौतम बुद्ध से पूछाः 'मैं संसार की क्या सहायता कर सकता हूं?'

कहते हैं कि बुद्ध हंसे और उन्होंने उस आदमी से कहाः 'तुम कोई सहायता नहीं कर सकते; क्योंकि तुम नहीं हो। तुम कैसे कुछ कर सकते हो, जब तुम ही नहीं हो? अभी संसार की फिक्र मत करो। मत चिंता लो कि सहायता कैसे की जाए, दूसरों की सेवा कैसे की जाए।' बुद्ध ने कहाः 'पहले होओ। और जब तुम होगे तो तुम जो भी करोगे वह सेवा हो जाएगी, प्रार्थना हो जाएगी, करुणा हो जाएगी। तुम्हारी उपस्थिति तुम्हारे जीवन में एक नया मोड़ बन जाएगी; तुम्हारा होना एक क्रांति बन जाएगा।'

तो दो मार्ग हैं, कर्म का मार्ग और ध्यान का मार्ग। और वे एक-दूसरे के विपरीत हैं—सर्वथा विपरीत। कर्म का मार्ग बुनियादी रूप से तुम्हारे कर्ता होने से संबंधित है। वह तुम्हारे कर्मों को बदलने की कोशिश करेगा; वह तुम्हारे चरित्र को, नीति-नियम को बदलने की कोशिश करेगा; वह तुम्हारे संबंधों को बदलने की कोशिश करेगा। लेकिन वह कभी तुम्हें बदलने की कोशिश नहीं करेगा।

ध्यान का मार्ग बिलकुल उलटा है। वह तुम्हारे कर्मों की फिक्र नहीं करता; वह सीधे और इसी क्षण में तुम्हारी फिक्र करता है। तुम क्या करते हो, यह अप्रासंगिक है; प्रासंगिक यह है कि तुम क्या हो। और यही बुनियादी और प्राथमिक बात है; क्योंकि सारे कर्म तुमसे निकलते हैं।

स्मरण रहे, तुम्हारे कृत्य बदले जा सकते हैं, सुधारे जा सकते हैं, उनके स्थान पर ठीक विपरीत कृत्य लाए जा सकते हैं; लेकिन उनसे तुम्हारा रूपांतरण नहीं होगा। कोई भी बाह्य बदलाहट आंतरिक क्रांति नहीं ला सकती; क्योंकि बाह्य बहुत ऊपर-ऊपर है और उससे तुम्हारा अंतरस्थ मन अछूता रह जाता है। तुम क्या करते हो, इससे तुम्हारा अंतरतम अस्पर्शित रह जाता है। क्रांति ठीक विपरीत दिशा से आती है; अगर अंतरस्थ केंद्र बदल जाए तो बाह्य अपने आप ही बदल जाता है।

तो मूलभूत प्रश्न पर विचार करो। तो ही हम ध्यान की इन विधियों में प्रवेश कर सकते हैं। तुम क्या करते हो, इसकी चिंता मत लो। वह असली समस्या से बचने की एक तरकीब हो सकती है, एक चाल हो सकती है। उदाहरण के लिए, तुम हिंसक हो और तुम अहिंसक होने के सब प्रयत्न कर सकते हो। तुम सोच सकते हो कि अहिंसक बनकर मैं धार्मिक हो जाऊंगा, अहिंसक बनकर मैं परमात्मा के निकट पहुंच जाऊंगा। तुम क्रूर हो और तुम करुणावान बनने के सब उपाय कर सकते हो।

तुम यह सब कर सकते हो; लेकिन इससे कुछ भी नहीं बदलेगा और तुम वही के वही रहोगे। तुम्हारी क्रूरता तुम्हारी करुणा का हिस्सा बन जाएगी, और वह ज्यादा खतरनाक है।

▲

तुम्हारी हिंसा अहिंसा में छिप जाएगी, और वह ज्यादा खतरनाक है। तुम्हारी हिंसा अहिंसा के वस्त्र ओढ़ लेगी, और वह ज्यादा सूक्ष्म है। तुम हिंसक रूप से अहिंसक होगे। तुम्हारी अहिंसा में तुम्हारी हिंसा का सारा पागलपन समाया होगा। और करुणा के द्वारा तुम क्रूरता जारी रखोगे। तुम करुणा की आड़ में हत्या भी कर सकते हो।

लोगों ने ऐसी हत्याएं की हैं। इतने धर्म-युद्ध हुए हैं, वे सब करुणा की आड़ में लड़े गए हैं। तुम बहुत करुणा के साथ, बहुत अहिंसापूर्वक हत्या कर सकते हो। तुम बहुत प्रेमपूर्वक किसी की हत्या कर सकते हो, किसी की गर्दन काट सकते हो। क्योंकि तुम समझते हो कि तुम उस आदमी के हित में उसकी हत्या कर रहे हो; तुम उसका कल्याण कर रहे हो; तुम उसकी सेवा कर रहे हो।

तो तुम अपने कृत्यों को बदल सकते हो; और कृत्यों को बदलने की यह चेष्टा केवल बुनियादी बदलाहट से बचने का उपाय भी हो सकती है। बुनियादी बदलाहट तो यह है कि पहले तुम्हें होना है। तुम्हें अपने होने के प्रति ज्यादा सजग, ज्यादा सावचेत होना है; तो ही तुम्हें एक प्रेजेंस, एक आत्मा उपलब्ध हो सकती है।

तुम कभी अपने को अनुभव नहीं करते हो। और जब कभी अपने को अनुभव करते भी हो तो दूसरों के द्वारा करते हो—किसी उत्तेजना के द्वारा, किसी प्रभाव के द्वारा, किसी प्रतिक्रिया के द्वारा। कोई दूसरा जरूरी होता है, और उस दूसरे के द्वारा तुम अपने को महसूस करते हो। यह बेकार है, व्यर्थ है। अकेले, उत्तेजना के बिना, दूसरे के माध्यम के बिना तुम सो जाते हो, ऊब जाते हो। तुम कभी अपने को अनुभव नहीं करते, तुम्हारी प्रेजेंस नहीं होती; तुम मूर्च्छित जीते हो।

यह मूर्च्छित अस्तित्व ही अधार्मिक मन है। और अपनी प्रेजेंस से, अपने होने के प्रकाश से आपूरित हो जाना, भर जाना धार्मिक होना है।

इसे बुनियादी बिंदु के रूप में स्मरण रखो कि मुझे तुम्हारे कृत्यों की फिक्र नहीं है; तुम क्या करते हो, मेरे लिए यह अप्रासंगिक है। तुम क्या हो–उपस्थित या अनुपस्थित, होशपूर्ण या बेहोश—मुझे इसकी ही फिक्र है। और ये विधियां, जिनमें हम प्रवेश करेंगे, तुम्हें अधिक होशपूर्ण बनाने, तुम्हें यहां और अभी में लाने की विधियां हैं।

तुम्हें स्वयं को अनुभव करने लिए किसी दूसरे की जरूरत पड़ती है, या अतीत की जरूरत पड़ती है। अतीत के द्वारा, अतीत की स्मृतियों के द्वारा तुम्हें अपनी पहचान होती है। या फिर भविष्य की जरूरत पड़ती है; तुम अपने स्वप्नों में प्रक्षेपण कर सकते हो। तुम अपने आदर्शों को, भावी जन्मों को, मोक्ष को प्रक्षेपित कर सकते हो। अपने को महसूस करने के लिए या तो तुम्हें अतीत की स्मृतियों की जरूरत पड़ती है या भविष्य में प्रक्षेपण की या किसी दूसरे व्यक्ति की; लेकिन तुम अकेले कभी पर्याप्त नहीं हो। यही तुम्हारा रोग है।

और जब तक तुम स्वयं पर्याप्त नहीं हो, तब तक तुम्हारे लिए कुछ भी पर्याप्त नहीं होगा। और एक बार तुम अकेले ही अपने लिए पर्याप्त हो गए तो तुम जीत गए, संघर्ष समाप्त हुआ। अब कभी कोई दुख नहीं होगा। और अब तुम वहां आ गए जहां से लौटना नहीं होता है। अब आनंद ही आनंद है, शाश्वत आनंद है।

और इसके पहले तुम दुख और संताप झेलने को बाध्य हो। लेकिन आश्चर्य की बात

है कि यह सारा संताप तुम्हारा ही सृजन है। यह एक चमत्कार है कि तुम स्वयं अपना दुख गढ़ते हो; कोई दूसरा नहीं गढ़ता है। और अगर कोई दूसरा तुम्हारा दुख पैदा करता होता तो उसके पार जाना असंभव होता। अगर संसार उसे निर्मित कर रहा है, तो तुम क्या कर सकते हो? लेकिन तुम कुछ कर सकते हो, इसका अर्थ है कि कोई दूसरा तुम्हारा दुख नहीं निर्मित कर रहा है; यह तुम्हारा अपना ही रचा हुआ दुःस्वप्न है। और इसके बुनियादी तत्व ये हैं।

पहली बात : तुम सोचते हो कि मैं हूं; तुम विश्वास करते हो कि मैं हूं। यह सिर्फ एक विश्वास है, एक धारणा है। तुमने कभी अपना साक्षात नहीं किया है; तुमने कभी अपने को सीधे-सीधे नहीं जाना है। तुम कभी अपने से नहीं मिले हो; तुम्हारी स्वयं से कभी कोई मुलाकात नहीं हुई है। तुम सिर्फ मानते हो कि मैं हूं।

इस मान्यता को बिलकुल छोड़ दो और भलीभांति जानो कि तुम नहीं हो, तुम्हें अभी होना है। क्योंकि इस झूठी मान्यता के रहते तुम कभी रूपांतरित नहीं हो सकते; और इस झूठे विश्वास पर खड़ा तुम्हारा पूरा जीवन झूठा हो जाएगा।

गुरजिएफ अपने शिष्यों को कहा करता था: 'मुझसे यह मत पूछो कि हम क्या करें; तुम कुछ नहीं कर सकते हो। कुछ करने के लिए पहले तुम्हारा होना जरूरी है; और तुम नहीं हो। फिर कौन करेगा? तुम अभी करने के बारे में केवल सोच सकते हो; लेकिन तुम कुछ कर नहीं सकते।'

ये विधियां तुम्हें वापस लाने में सहयोगी होंगी; ये विधियां ऐसी स्थिति पैदा करने में सहयोगी होंगी जिसमें तुम स्वयं से मिल सकते हो, अपना साक्षात्कार कर सकते हो। लेकिन उसके लिए बहुत कुछ मिटाना होगा; जो भी गलत है, जो भी झूठ है, उसे छोड़ना होगा। सत्य के आगमन के पहले असत्य को, झूठ को विदा देना होगा; उसे मिटाना होगा। और अभी एक झूठी धारणा है कि तुम हो। अभी एक झूठा खयाल है कि तुम आत्मा हो, ब्रह्म हो। ऐसा नहीं है कि तुम आत्मा या ब्रह्म नहीं हो; लेकिन ये खयाल झूठे हैं।

गुरजिएफ जोर देकर कहता था कि तुममें कोई आत्मा नहीं है। सभी परंपराओं के विरुद्ध वह जोर देकर कहता था कि मनुष्य में कोई आत्मा नहीं है; आत्मा केवल एक संभावना है जिसे वास्तविक बनाया भी जा सकता है और नहीं भी बनाया जा सकता। आत्मा उपलब्ध करनी पड़ती है; तुम केवल एक बीज हो।

और गुरजिएफ ठीक कहता है। संभावना है, क्षमता है, लेकिन वह अभी वास्तविकता नहीं बनी है। हम गीता और उपनिषद और बाइबिल पढ़ते हैं और समझते हैं कि हम आत्मा हैं। यह ऐसा ही है जैसे बीज सोचे कि मैं वृक्ष हूं। वृक्ष उसमें छिपा है; लेकिन उसे आविष्कृत करना होगा, उघाड़ना होगा। और यह याद रखना अच्छा है कि तुम बीज ही बने रह सकते हो और बीज की तरह ही मर जा सकते हो। क्योंकि वृक्ष अपने ही आप अस्तित्व में नहीं आ सकता है; तुम्हें उसके लिए सचेतन रूप से कुछ करना होगा। क्योंकि केवल बोध से ही यह वृक्ष बढ़ता और विकसित होता है।

विकास दो तरह का होता है। एक तो अचेतन, नैसर्गिक विकास है; अगर परिस्थिति अनुकूल है तो चीज विकसित होगी। लेकिन आत्मा, तुम्हारा अंतरस्थ तत्व, तुम्हारा भागवत तत्व बिलकुल और ही तरह का विकास है। वह केवल बोध से ही विकसित होता है। यह

▲

विकास नैसर्गिक नहीं, अधिनैसर्गिक है, आध्यात्मिक है। निसर्ग पर छोड़ देने से उसकी वृद्धि नहीं होगी; प्रकृति पर छोड़ देने से उसका विकास कभी नहीं होगा। तुम्हें सचेतन रूप से कुछ करना होगा; उसके लिए तुम्हें सचेतन प्रयत्न करना होगा। क्योंकि सिर्फ चैतन्य से ही उसका विकास होता है। जब चेतना का प्रकाश उस तक पहुंचता है तब विकास घटित होता है। ये विधियां तुम्हें अधिक सचेतन बनाने की विधियां हैं।

अब हम विधियों में प्रवेश करेंगे।

पहली विधि:

ग्रीष्म ऋतु में जब तुम समस्त आकाश को अंतहीन निर्मलता में देखो, उस निर्मलता में प्रवेश करो।

'ग्रीष्म ऋतु में जब तुम समस्त आकाश को निर्मलता में देखो, उस निर्मलता में प्रवेश करो।'

मन विभ्रम है; मन उलझन है। उसमें स्पष्टता नहीं है, निर्मलता नहीं है। और मन सदा बादलों से घिरा रहता है; वह कभी निरभ्र, शून्य आकाश नहीं होता। मन निर्मल हो ही नहीं सकता है। तुम अपने मन को शांत-निर्मल नहीं बना सकते; ऐसा होना मन के स्वभाव में ही नहीं है। मन अस्पष्ट रहेगा, धुंधला-धुंधला रहेगा। अगर तुम मन को पीछे छोड़ सके, अगर तुम मन का अतिक्रमण कर सके, उसके पार जा सके, तो एक स्पष्टता तुम्हें उपलब्ध होगी। तुम द्वंद्वरहित हो सकते हो, मन नहीं। द्वंद्वरहित मन जैसी कोई चीज नहीं होती; न कभी अतीत में थी और न भविष्य में कभी होगी। मन का अर्थ ही द्वंद्व है, उलझाव है।

मन की संरचना को समझने की कोशिश करो और तब यह विधि तुम्हें स्पष्ट हो जाएगी। मन क्या है? मन विचारों की एक प्रक्रिया है, विचारों का एक सतत प्रवाह है—चाहे वे विचार संगत हों या असंगत हों, चाहे वे प्रासंगिक हों या अप्रासंगिक हों। मन सब जगहों से संग्रह किए गए बहुआयामी प्रभावों का एक लंबा जुलूस है। तुम्हारा सारा जीवन एक संग्रह है—धूल का संग्रह। और यह सिलसिला अनवरत चलता रहता है।

एक बच्चा जन्म लेता है। बच्चे की दृष्टि निर्मल है; क्योंकि उसके पास मन नहीं है। लेकिन जैसे ही मन प्रवेश करता है, उसके साथ ही द्वंद्व और उलझन भी प्रवेश कर जाते हैं। बच्चा निर्मल है, निर्मलता ही है; लेकिन उसे ज्ञान, सूचना, संस्कृति, धर्म और संस्कारों का संग्रह करना ही पड़ेगा। वे जरूरी हैं, उपयोगी हैं। उसे अनेक जगहों से, अनेक स्रोतों से, परस्पर विरोधी स्रोतों से अनेक चीजें जमा करनी होंगी। वह हजार-हजार स्रोतों से इकट्ठा करेगा। और तब उसका मन एक बाजार बन जाएगा—एक मेला, एक भीड़। और क्योंकि उसके स्रोत अनेक हैं, उलझन और भ्रांति और विभ्रम का होना अनिवार्य है। और तुम कितना भी इकट्ठा करो, कुछ भी निश्चित नहीं हो पाता है, क्योंकि ज्ञान सदा बदलता रहता है और बढ़ता रहता है।

मुझे स्मरण आता है कि किसी ने मुझे एक चुटकुला सुनाया था। वह एक बड़ा शोधकर्ता था और यह चुटकुला उसके एक प्रोफेसर के बाबत था जिन्होंने उसे मेडिकल कालेज में पांच वर्षों तक पढ़ाया था। वह प्रोफेसर अपने विषय का भारी विद्वान था। और

▲

उसने जो अंतिम काम किया वह यह था कि उसने अपने सारे विद्यार्थियों को जमा किया और कहाः 'मुझे तुम्हें एक और चीज सिखानी है। मैंने तुम्हें जो कुछ पढ़ाया है उसका पचास प्रतिशत ही सही है और शेष पचास प्रतिशत बिलकुल गलत है। लेकिन कठिनाई यह है कि मैं नहीं जानता कि कौन-सा पचास प्रतिशत सही है और कौन-सा पचास प्रतिशत गलत है।'

ज्ञान की सारी इमारत ऐसे ही खड़ी है। कुछ भी निश्चित नहीं है। कोई नहीं जानता है; हर कोई अंधेरे में टटोल रहा है। ऐसे ही टटोल-टटोल कर हम शास्त्र निर्मित करते हैं, विचार-पद्धतियां बनाते हैं। और ऐसे ही हजारों-हजारों शास्त्र बन गए हैं। हिंदू कुछ कहते हैं, ईसाई कुछ और कहते हैं, मुसलमान कुछ और ही कहते हैं। और सब एक-दूसरे का खंडन करते हैं; उनमें कोई सहमति नहीं है। और कोई भी निश्चित नहीं है, असंदिग्ध नहीं है। और ये सारे स्रोत ही तुम्हारे मन के स्रोत हैं। तुम इनसे ही अपना संग्रह निर्मित करते हो। तुम्हारा मन एक कबाड़खाना बन जाता है। विभ्रम अनिवार्य है; उलझन अनिवार्य है।

केवल वही आदमी निश्चित हो सकता है जो बहुत नहीं जानता है। तुम जितना अधिक जानोगे, उतने ही भ्रमित होगे, उलझन-ग्रस्त होगे। आदिवासी लोग ज्यादा निश्चिंत थे और उनकी आंखें ज्यादा निर्मल मालूम पड़ती थीं। यह दृष्टि की निर्मलता नहीं थी, यह सिर्फ परस्पर विरोधी तथ्यों के प्रति उनका अज्ञान था। अगर आधुनिक चित्त ज्यादा भ्रमित है तो उसका कारण है कि आधुनिक चित्त बहुत ज्यादा जानता है। अगर तुम ज्यादा जानोगे तो तुम ज्यादा भ्रमित होगे, क्योंकि अब तुम बहुत कुछ जानते हो। और तुम जितना ज्यादा जानोगे, उतने ही ज्यादा अनिश्चित होगे। केवल मूढ़ ही असंदिग्ध होंगे; केवल मूढ़ ही मतांध होंगे; केवल मूढ़ ही कभी झिझक में नहीं पड़ते। तुम जितना ही जानोगे उतनी ही तुम्हारे पांव के नीचे से जमीन खिसक जाएगी, तुम उतनी ही अधिक उधेड़बुन में पड़ोगे।

मैं यह कहना चाहता हूं कि मन जितना ही बड़ा होगा, तुम उतना ही जानोगे कि भ्रांति मन का स्वभाव है। और जब मैं कहता हूं कि केवल मूढ़ ही निश्चित हो सकते हैं तो उसका यह अर्थ नहीं कि बुद्ध मूढ़ हैं, क्योंकि वे संदिग्ध नहीं हैं। इस भेद को स्मरण रखोः बुद्ध न निश्चित हैं न अनिश्चित; बुद्ध की दृष्टि स्पष्ट है। मन के साथ अनिश्चय है; मूढ़ मन के साथ निश्चय है; और अ-मन के साथ निश्चय-अनिश्चय दोनों विदा हो जाते हैं।

बुद्ध परम होश हैं, शुद्ध बोध हैं—खुले आकाश जैसे हैं। वे निश्चित नहीं हैं; निश्चित होने को क्या है? वे अनिश्चित भी नहीं हैं; अनिश्चित होने को क्या है? केवल वही अनिश्चित हो सकता है जो निश्चय की खोज में है। मन सदा अनिश्चित रहता है और निश्चय की खोज करता है। मन सदा कनफ्यूज रहता है और क्लैरिटी की तलाश करता है। बुद्ध ने मन को ही गिरा दिया है; और मन के साथ सारे विभ्रम को, सारे निश्चय-अनिश्चय को, सब कुछ को गिरा दिया है।

इसे इस तरह देखो। तुम्हारी चेतना आकाश जैसी है और तुम्हारा मन बादलों जैसा है। आकाश बादलों से अछूता रहता है। बादल आते-जाते रहते हैं, लेकिन आकाश पर उनका कोई चिह्न नहीं छूटता। आकाश कुंआरा को कुंआरा बना रहता है; उस पर बादलों को कोई पदचिह्न, कोई निशान नहीं छूटता है; बादलों की कोई स्मृति, कुछ भी नहीं पीछे रहता है। बादले आते-जाते रहते हैं; आकाश अनुद्विग्न, शांत रहता है।

▲

तुम्हारे साथ भी यही बात है, तुम्हारी चेतना अनुद्विग्न, अक्षुब्ध, शांत रहती है। विचार आते और जाते हैं, मन उठते हैं और खो जाते हैं। ऐसा मत सोचो कि तुम्हारे पास एक ही मन है, तुम्हारे पास अनेक मन हैं, मनों की एक भीड़ है। और तुम्हारे मन बदलते रहते हैं।

तुम कम्युनिस्ट हो; तो तुम्हारे पास एक तरह का मन है। फिर तुम कम्युनिज्म छोड़कर कम्युनिज्म-विरोधी बन जा सकते हो; तब तुम्हारे पास भिन्न तरह का मन होगा। भिन्न ही नहीं होगा, सर्वथा विपरीत मन होगा। तुम वस्त्रों की भांति अपने मन बदलते रह सकते हो। और तुम बदलते रहते हो; तुम्हें इसका पता हो या न हो। ये बादल आते-जाते रहते हैं।

निर्मलता तो तब प्राप्त होती है जब तुम अपनी दृष्टि को बादलों से हटाते हो, जब तुम आकाश के प्रति बोधपूर्ण होते हो। अगर तुम्हारी दृष्टि आकाश पर नहीं है तो उसका अर्थ है। कि वह बादलों पर लगी है। उसे बादलों से हटाकर आकाश पर केंद्रित करो।

यह विधि कहती है: 'ग्रीष्म ऋतु में जब तुम समस्त आकाश को अंतहीन निर्मलता में देखो, उस निर्मलता में प्रवेश करो।'

आकाश पर ध्यान करो। ग्रीष्म ऋतु का निरभ्र आकाश, दूर-दूर तक रिक्त और निर्मल, निपट खाली, अस्पर्शित और कुंआरा। उस पर मनन करो, ध्यान करो, उस निर्मलता में प्रवेश करो। वह निर्मलता ही हो जाओ—आकाश जैसी निर्मलता।

अगर तुम निर्मल, निरभ्र आकाश पर ध्यान करोगे तो तुम अचानक महसूस करोगे कि तुम्हारा मन विलीन हो रहा है, विदा हो रहा है। ऐसे अंतराल होंगे, जिनमें अचानक तुम्हें बोध होगा कि निर्मल आकाश तुम्हारे भीतर प्रवेश कर गया है। ऐसे अंतराल होंगे, जिनमें कुछ देर के लिए विचार खो जाएंगे—मानो चलती सड़क अचानक सूनी हो गई और वहां कोई नहीं चल रहा है।

आरंभ में यह अनुभव कुछ क्षणों के लिए ही होगा; लेकिन वे क्षण भी बहुत रूपांतरकारी हैं। फिर धीरे-धीरे मन की गति धीमी होने लगेगी और अंतराल बड़े होने लगेंगे। अनेक क्षणों तक कोई विचार, कोई बादल नहीं होगा। और जब कोई विचार, कोई बादल नहीं होगा तो बाहरी आकाश और भीतरी आकाश एक हो जाएंगे। क्योंकि विचार ही बाधा हैं, विचार ही दीवार निर्मित करते हैं; विचारों के कारण ही बाहर-भीतर का भेद खड़ा होता है। जब विचार नहीं होते तो बाहरी और भीतरी दोनों अपनी सीमाएं खो देते हैं और एक हो जाते हैं। वास्तव में सीमाएं वहां कभी नहीं थीं; सिर्फ विचार के कारण, विचार के अवरोध के कारण सीमाएं मालूम पड़ती थीं।

आकाश पर ध्यान करना बहुत सुंदर है। बस लेट जाओ, ताकि पृथ्वी को भूल सको। किसी एकांत सागरतट पर, या कहीं भी जमीन पर पीठ के बल लेट जाओ और आकाश को देखो। लेकिन इसके लिए निर्मल आकाश सहयोगी होगा—निर्मल और निरभ्र आकाश। और आकाश को देखते हुए, उसे अपलक देखते हुए उसकी निर्मलता को, उसके निरभ्र फैलाव को अनुभव करो। और फिर उस निर्मलता में प्रवेश करो, उसके साथ एक हो जाओ; अनुभव करो कि जैसे तुम आकाश ही हो गए हो।

आरंभ में अगर तुम सिर्फ कुछ और नहीं करो खुले आकाश पर ही ध्यान करो, तो अंतराल आने शुरू हो जाएंगे। क्योंकि तुम जो कुछ देखते हो वह तुम्हारे भीतर प्रवेश कर जाता

है। तुम जो कुछ देखते हो वह तुम्हें भीतर से उद्वेलित कर देता है। तुम जो कुछ देखते हो वह तुममें बिंबित-प्रतिबिंबित हो जाता है।

तुम एक मकान देखते हो। तुम उसे मात्र देखते नहीं हो; देखते ही तुम्हारे भीतर कुछ होने भी लगता है। तुम एक पुरुष को या एक स्त्री को देखते हो, एक कार को देखते हो, या कुछ भी देखते हो। वह अब बाहर ही नहीं है; तुम्हारे भीतर भी कुछ होने लगता है, कोई प्रतिबिंब बनने लगता है; और तुम प्रतिक्रिया करने लगते हो। तुम जो कुछ देखते हो वह तुम्हें ढालता है, गढ़ता है; वह तुम्हें बदलता है, निर्मित करता है। बाह्य सतत भीतर से जुड़ा हुआ है।

तो खुले आकाश को देखना बढ़िया है। उसका असीम विस्तार बहुत सुंदर है। उस असीम के संपर्क में तुम्हारी सीमाएं भी विलीन होने लगती हैं; क्योंकि वह असीम आकाश तुम्हारे भीतर प्रतिबिंबित होने लगता है।

और तुम अगर आंखों को झपके बिना, अपलक ताक सको तो बहुत अच्छा है। अपलक ताकना बहुत अच्छा है; क्योंकि अगर तुम पलक झपकोगे तो विचार-प्रक्रिया चालू रहेगी। तो बिना पलक झपकाए अपलक देखो। शून्य में देखो; उस शून्य में डूब जाओ, भाव करो कि तुम उससे एक हो गए हो। और किसी भी क्षण आकाश तुममें उतर आएगा।

पहले तुम आकाश में प्रवेश करते हो और फिर आकाश तुममें प्रवेश करता है; तब मिलन घटित होता है—आंतरिक आकाश बाह्य आकाश से मिलता है। और उस मिलन में उपलब्धि है। उस मिलन में मन नहीं होता है; क्योंकि यह मिलन ही तब होता है जब मन नहीं होता। उस मिलन में तुम पहली दफा मन नहीं होते हो। और इसके साथ ही सारी भ्रांति विदा हो जाती है। मन के बिना भ्रांति नहीं हो सकती है। सारा दुख समाप्त हो जाता है; क्योंकि दुख भी मन के बिना नहीं हो सकता है।

तुमने क्या कभी इस बात पर ध्यान दिया है कि दुख मन के बिना नहीं हो सकता? तुम मन के बिना दुखी नहीं हो सकते। उसका स्रोत ही नहीं रहा। कौन तुम्हें दुख देगा? कौन तुम्हें दुखी बनाएगा? और उलटी बात भी सही है। तुम मन के बिना दुखी नहीं हो सकते हो और तुम मन के रहते आनंदित नहीं हो सकते हो। मन कभी आनंद का स्रोत नहीं हो सकता है।

यदि भीतरी और बाहरी आकाश क्षण भर के लिए भी मिलते हैं और मन विलीन हो जाता है तो तुम एक नए जीवन से भर जाओगे। उस जीवन की गुणवत्ता ही और है। यही शाश्वत जीवन है—मृत्यु से अस्पर्शित, भय से अस्पर्शित शाश्वत जीवन।

उस मिलन में तुम यहां और अभी होगे, वर्तमान में होगे। क्योंकि अतीत विचार का हिस्सा है और भविष्य भी विचार का हिस्सा है। अतीत और भविष्य मन के हिस्से हैं; वर्तमान अस्तित्व है; वह तुम्हारे मन का हिस्सा नहीं है। जो क्षण बीत गया वह मन का है और जो क्षण आने वाला है वह भी मन का है। लेकिन वर्तमान क्षण कभी तुम्हारे मन का हिस्सा नहीं है। बल्कि तुम ही इस क्षण के हिस्से हो। तुम यहीं हो, ठीक अभी और यहीं हो। लेकिन तुम्हारा मन कहीं और होता है, सदा कहीं और होता है।

तो अपने को भार-मुक्त करो। मैं एक सूफी संत की कहानी पढ़ रहा था। वह एक सुनसान रास्ते से यात्रा कर रहा था–रास्ता निर्जन हो चला था। तभी उसे एक किसान अपनी बैलगाड़ी के पास दिखाई पड़ा। बैलगाड़ी कीचड़ में फंस गई थी। रास्ता ऊबड़-खाबड़ था।

▲

किसान अपनी गाड़ी में सेब भर कर ला रहा था, लेकिन रास्ते में कहीं गाड़ी का पिछला तख्ता खुल गया था और सेब गिरते गए थे। लेकिन उसे इसकी खबर नहीं थी; किसान को इसका पता नहीं था। जब गाड़ी कीचड़ में फंसी तो पहले तो उसने उसे निकालने की भरसक चेष्टा की, लेकिन उसके सब प्रयत्न व्यर्थ गए। तब उसने सोचा कि मैं गाड़ी को खाली कर लूं तो निकालना आसान हो जाएगा।

उसने जब लौटकर देखा तो मुश्किल से दर्जन भर सेब बचे थे; सब बोझ पहले ही उतर चुका था। तुम उसकी पीड़ा समझ सकते हो। उस सूफी ने अपने संस्मरणों में लिखा है कि थके-हारे किसान ने एक आह भरी: 'नरक में गाड़ी फंसी और उतारने को कुछ भी नहीं!' यही एक आशा बची थी कि गाड़ी खाली हो तो कीचड़ से निकल आएगी; पर अब खाली करने को भी कुछ न रहा।

सौभाग्य से तुम इस तरह नहीं फंसे हो। तुम खाली कर सकते हो; तुम्हारी गाड़ी बहुत बोझिल है। तुम मन को खाली कर सकते हो। और जैसे ही मन गया कि तुम उड़ सकते हो; तुम्हें पंख लग जाते हैं।

यह विधि—आकाश की निर्मलता में झांकने और उसके साथ एक होने की विधि—उन विधियों में से एक है जिनका बहुत उपयोग किया गया है। अनेक परंपराओं ने इसका उपयोग किया है। और विशेषकर आधुनिक चित्त के लिए यह विधि बहुत उपयोगी होगी। क्योंकि पृथ्वी पर कुछ भी नहीं बचा है जिस पर ध्यान किया जा सके; सिर्फ आकाश बेचा है। तुम यदि अपने चारों ओर देखोगे तो पाओगे कि प्रत्येक चीज मनुष्य-निर्मित है। प्रत्येक चीज सीमित हो गई है। प्रत्येक चीज सीमा में सिकुड़ गई है। सौभाग्य से आकाश अब भी बचा है जो ध्यान करने के लिए उपलब्ध है।

तो इस विधि का प्रयोग करो: यह उपयोगी होगी। लेकिन तीन बातें याद रखने जैसी हैं। पहली बात कि पलकें मत झपकाओ—अपलक देखो। अगर तुम्हारी आंखें दुखने लगें और आंसू बहने लगें तो भी चिंता मत करो। वे आंसू भी तुम्हें निर्भार करने में सहयोगी होंगे। वे आंसू तुम्हारी आंखों को ज्यादा निर्दोष और ताजा बना जाएंगे; वे उन्हें नहला देंगे। तुम अपलक देखते जाओ।

दूसरी बात कि आकाश के बारे में सोच-विचार मत करो। इस बात को खयाल में रख लो। तुम आकाश के संबंध में सोच-विचार करने लग सकते हो। तुम्हें आकाश के संबंध में अनेक कविताएं, सुंदर-सुंदर कविताएं याद आ सकती हैं, लेकिन तब तुम चूक जाओगे। तुम्हें आकाश के बारे में सोच-विचार नहीं करना है; तुम्हें उसमें डूबना है, तुम्हें उसके साथ एक होना है। अगर तुम उसके संबंध में सोच-विचार करने लगे तो फिर अवरोध निर्मित हो जाएगा। तब तुम आकाश को चूक जाओगे और अपने ही मन में बंद हो जाओगे।

आकाश के संबंध में सोच-विचार मत करो; आकाश ही हो जाओ। बस उसमें झांको और उसमें प्रवेश करो और उसे भी अपने में प्रवेश करने दो। अगर तुम आकाश में डूबोगे तो आकाश भी तुममें डूबने लगेगी।

यह आकाश में प्रवेश कैसे होगा? यह कैसे संभव होगा कि तुम आकाश में गति करो? आकाश में गहरे, और गहरे अपलक देखते जाओ, मानो तुम उसकी सीमा खोजने की

▲

कोशिश कर रहे हो। उसकी गहराई में झांकते जाओ, जहां तक संभव हो। यह गहराई ही अवरोध को तोड़ देगी। और इस विधि का अभ्यास कम से कम चालीस मिनट तक करना चाहिए, उससे कम से काम नहीं चलेगा। उससे कम समय करना बहुत उपयोगी नहीं होगा।

जब तुम्हें वास्तव में लगे कि तुम आकाश के साथ एक हो गए हो तो तुम आंखें बंद कर सकते हो। जब आकाश तुममें प्रवेश कर जाए तो तुम आंखें बंद कर सकते हो। तब तुम उसे अपने भीतर देखने में भी समर्थ होगे। तब बाहर देखना जरूरी न रहा। तो चालीस मिनट के बाद जब तुम्हें लगे कि एकता सध गई, संवाद सध गया, तुम उसके हिस्से हो गए हो और अब मन नहीं है, तो तुम आंखें बंद कर सकते हो और भीतरी आकाश को अनुभव कर सकते हो।

निर्मलता तीसरी बात में सहयोगी होगी: 'उस निर्मलता में प्रवेश करो।' निर्मलता सहयोगी होगी—निरभ्र आकाश की निर्मलता। बस अपने चारों ओर फैली निर्मलता के प्रति सजग होओ। उसके बारे में विचार मत करो; उस निर्मलता, शुद्धता और निर्दोषता के प्रति सजग बनो। इन शब्दों को नहीं दोहराना है; सोचने-विचारने की बजाय इन्हें अनुभव करना है। और जब तुम आकाश को अपलक देखोगे तो अपने आप ही अनुभव घटित होगा; क्योंकि ये चीजें तुम्हारी कल्पना की नहीं हैं; ये हैं। अगर तुम गहरे झांकोगे तो ये घटित होने लगेंगी।

आकाश निर्मल है, शुद्ध है; अस्तित्व की शुद्धतम चीज है। कुछ भी उसे अशुद्ध नहीं करता। संसार आते हैं और चले जाते हैं; पृथ्वियां बनती हैं और खो जाती हैं, लेकिन आकाश निर्मल का निर्मल बना रहता है। तो शुद्धता है; तुम्हें उसे प्रक्षेपित नहीं करना है। तुम्हें सिर्फ उसे अनुभव करना है, उसके प्रति संवेदनशील होना है, ताकि उसका अनुभव हो सके। निर्मलता तो मौजूद ही है। तुम आकाश को राह दो। तुम उसे जबरदस्ती नहीं ला सकते; तुम्हें उसे सिर्फ प्रेमपूर्वक राह देनी है।

सभी ध्यान सिर्फ प्रेमपूर्वक राह देने की बात है। कभी आक्रमण की भाषा में मत सोचो; कभी जबरदस्ती मत करो। तुम जबरदस्ती कुछ भी नहीं कर सकते हो। सच तो यह है कि तुम्हारी जबरदस्ती करने की चेष्टा से ही तुम्हारे सभी दुख निर्मित हुए हैं। जबरदस्ती कुछ भी नहीं हो सकता; लेकिन तुम चीजों को घटित होने दे सकते हो। स्त्रैण बनो; चीजों को घटित होने दो। निष्क्रिय बनो। आकाश पूर्णतः निष्क्रिय है, कुछ भी तो नहीं करता है; बस है। तुम भी निष्क्रिय होकर आकाश को देखते रहो—खुले, ग्रहणशील, स्त्रैण, अपनी ओर से किसी तरह की भी जल्दबाजी किए बिना। और तब आकाश तुममें उतरेगा।

'ग्रीष्म ऋतु में जब तुम समस्त आकाश को अंतहीन निर्मलता में देखो, उस निर्मलता में प्रवेश करो।'

लेकिन अगर ग्रीष्म ऋतु न हो तो तुम क्या करोगे? अगर आकाश में बादल हों, आकाश साफ न हो, तो अपनी आंखें बंद कर लो और आंतरिक आकाश को देखो। आंखें बंद कर लो और अगर कुछ विचार दिखाई पड़ें तो उन्हें वैसे ही देखो जैसे कि आकाश में तिरते बादल हों। पृष्ठभूमि के प्रति, आकाश के प्रति सजग होओ और बादलों के प्रति उदासीन रहो।

हम विचारों से इतने जुड़े रहते हैं कि बीच के अंतरालों के प्रति कभी ध्यान नहीं दे पाते। एक विचार गुजरता है, और इसके पहले कि दूसरा विचार प्रवेश करे, वहां एक अंतराल होता है। उस अंतराल में ही आकाश की झलक है। जब विचार नहीं होता है तो क्या होता है?

▲

एक शून्यता होती है, एक खालीपन होता है। अगर आकाश बादलों से आच्छादित है—ग्रीष्म ऋतु नहीं है और आकाश साफ नहीं है—तो अपनी आंखें बंद कर लो और पृष्ठभूमि पर मन को एकाग्र करो; उस आंतरिक आकाश पर ध्यान करो जिस पर विचार आते-जाते हैं। विचारों पर बहुत ध्यान मत दो; उस आकाश पर ध्यान दो जिस पर विचारों की भाग-दौड़ होती है।

उदाहरण के लिए, हम लोग इस कमरे में बैठे हैं। मैं इस कमरे को दो ढंगों से देख सकता हूं। एक कि मैं तुम्हें देखूं और उस स्थान के प्रति उदासीन रहूं जिसमें तुम बैठे हो, उस कमरे के प्रति तटस्थ रहूं जिसमें तुम बैठे हो। मैं तुम्हें देखता हूं, मेरा ध्यान तुम पर है, उस खाली स्थान पर नहीं जिसमें तुम बैठे हो। अथवा मैं अपना दृष्टिकोण बदल लेता हूं और कमरे को, उसके खाली स्थान को देखता हूं और तुम्हारे प्रति उदासीन हो जाता हूं। तुम यहीं हो, लेकिन मेरा ध्यान, मेरा फोकस कमरे पर चला गया है। तब सारा परिप्रेक्ष्य बदल जाता है।

यही आंतरिक जगत में करो; आकाश पर ध्यान दो। विचार वहां चल रहे हैं, उनके प्रति उदासीन हो जाओ, उन पर कोई ध्यान मत दो। वे हैं, चल रहे हैं, देख लो कि ठीक है, विचार चल रहे हैं। सड़क पर लोग चल रहे हैं; देख लो और उदासीन रहो। यह मत देखो कि कौन जा रहा है, इतना भर जानो कि कुछ गुजर रहा है और उस स्थान के प्रति सजग होओ जिसमें गति हो रही है। तब ग्रीष्म ऋतु को आकाश भीतर घटित होता है।

ग्रीष्म ऋतु की प्रतीक्षा करने की जरूरत नहीं है। अन्यथा हमारा मन ऐसा है कि वह कोई भी बहाना पकड़ ले सकता है। वह कहेगा कि अभी ग्रीष्म ऋतु नहीं है। और यदि ग्रीष्म ऋतु भी हो तो वह कहेगा कि आकाश निर्मल नहीं है।

दूसरी विधि:

हे शक्ति, समस्त तेजोमय अंतरिक्ष मेरे सिर में ही समाहित है, ऐसा भाव करो।

'समस्त तेजोमय अंतरिक्ष मेरे सिर में ही समाहित है, ऐसा भाव करो।'

अपनी आंखें बंद कर लो। जब इस प्रयोग को करो तो आंखें बंद कर लो और भाव करो कि सारा अंतरिक्ष मेरे सिर में ही समाहित है।

आरंभ में यह कठिन होगा। यह विधि उच्चतर विधियों में से एक है। इसलिए इसे एक-एक कदम समझना अच्छा होगा। तो एक काम करो। यदि इस विधि को प्रयोग में लानी चाहते हो तो एक-एक कदम चलो, क्रम से चलो।

पहला चरणः सोते समय, जब तुम सोने जाओ तो बिस्तर पर लेट जाओ, आंखें बंद कर लो और महसूस करो कि तुम्हारे पांव कहां हैं। अगर तुम छह फीट लंबे हो या पांच फीट हो, बस यह महसूस करो कि तुम्हारे पांव कहां हैं, उनकी सीमा क्या है। और फिर भाव करो कि मेरी लंबाई छह इंच बढ़ गई है, मैं छह इंच और लंबा हो गया हूं। आंखें बंद किए बस यह भाव करो। कल्पना में महसूस करो कि मेरी लंबाई छह इंच बढ़ गई है।

फिर दूसरा चरणः अपने सिर को अनुभव करो कि वह कहां है, भीतर-भीतर अनुभव करो कि वह कहां है। और फिर भाव करो कि सिर भी छह इंच बड़ा हो गया है। अगर तुम इतना कर सके तो बात बहुत आसान हो जाएगी। फिर उसे और भी बड़ा करो, भाव करो कि तुम बारह फीट लंबे हो गए हो और तुम पूरे कमरे में फैल गए हो। अब तुम अपनी कल्पना में

▲

दीवारों को छू रहे हो; तुमने पूरे कमरे को भर दिया है। और तब क्रमशः भाव करो कि तुम इतने फैल गए हो कि पूरा मकान तुम्हारे अंदर आ गया है। और एक बार तुमने भाव करना जान लिया तो यह बहुत आसान है। अगर तुम छह इंच बढ़ सकते हो तो कितना भी बढ़ सकते हो। अगर तुम भाव कर सके कि मैं पांच फीट नहीं, छह फीट लंबा हूं तो फिर कुछ भी कठिन नहीं है। तब यह विधि बहुत ही आसान है।

पहले तीन दिन लंबे होने का भाव करो और फिर तीन दिन भाव करो कि मैं इतना बड़ा हो गया हूं कि कमरे को भर दिया है। यह केवल कल्पना का प्रशिक्षण है। फिर और तीन दिन यह भाव करो कि मैंने फैल कर पूरे घर को घेर लिया है; फिर तीन दिन भाव करो कि मैं आकाश हो गया हूं। तब यह विधि बहुत ही आसान हो जाएगी:

'हे शक्ति, समस्त तेजोमय अंतरिक्ष मेरे सिर में ही समाहित है, ऐसा भाव करो।'

तब तुम आंखें बंद करके अनुभव कर सकते हो कि सारा आकाश, सारा अंतरिक्ष तुम्हारे सिर में समाहित है। और जिस क्षण तुम्हें यह अनुभव होता है, मन विलीन होने लगता है। क्योंकि मन बहुत क्षुद्रता में जीता है। आकाश जैसे विस्तार में मन नहीं टिक सकता; वह खो जाता है। इस महाविस्तार में मन असंभव है। मन क्षुद्र और सीमित में ही हो सकता है; इतने विराट आकाश में मन को जीने के लिए जगह ही नहीं मिलती है।

यह विधि सुंदरतम विधियों में से एक है। मन अचानक बिखर जाता है और आकाश प्रकट हो जाता है। तीन महीने के भीतर यह अनुभव संभव है और तुम्हारा संपूर्ण जीवन रूपांतरित हो जाएगा।

लेकिन एक-एक कदम चलना होगा। क्योंकि कभी-कभी इस विधि से लोग विक्षिप्त हो जाते हैं, अपना संतुलन खो देते हैं। यह प्रयोग और इसका प्रभाव बहुत विराट है। अगर अचानक यह विराट आकाश तुम पर टूट पड़े और तुम्हें बोध हो कि तुम्हारे सिर में समस्त अंतरिक्ष समाहित हो गया है और तुम्हारे सिर में चांद-तारे और पूरी ब्रह्मांड घूम रहा है, तो तुम्हारा सिर चकराने लगेगा। इसलिए अनेक परंपराओं में इस विधि के प्रयोग में बहुत सावधानी बरती जाती है।

इस सदी के एक संत, रामतीर्थ ने इस विधि का प्रयोग किया था। और अनेक लोगों को, जो जानते हैं, संदेह है कि इसी विधि के कारण उन्होंने आत्मघात कर लिया। रामतीर्थ के लिए यह आत्मघात नहीं था; क्योंकि जिसने जान लिया कि सारा अंतरिक्ष उसमें समाहित है, उसके लिए आत्मघात असंभव है—वह आत्मघात नहीं कर सकता। वहां कोई आत्मघात करने वाला ही नहीं बचा। लेकिन दूसरों के लिए, जो बाहर से देख रहे थे, यह आत्मघात था।

रामतीर्थ को ऐसा अनुभव होने लगा कि सारा ब्रह्मांड उनके भीतर, उनके सिर के भीतर घूम रहा है। उनके शिष्यों ने पहले तो सोचा कि वे काव्य की भाषा में बोल रहे हैं। लेकिन फिर उन्हें लगने लगा कि वे पागल हो गए हैं; क्योंकि उन्होंने दावा करना शुरू कर दिया कि मैं ब्रह्मांड हूं और सब कुछ मेरे भीतर है। और फिर एक दिन वे एक पहाड़ की चोटी से नदी में कूद गए।

रामतीर्थ ने नदी में कूदने के पहले एक सुंदर कविता लिखी, जिसमें उन्होंने कहा है: 'मैं ब्रह्मांड हो गया हूं। अब मेरा शरीर भार हो गया है, इस शरीर को मैं अब अनावश्यक मानता

हूं; इसलिए मैं इसे वापस करता हूं। अब मुझे किसी सीमा की जरूरत नहीं है; मैं निस्सीम ब्रह्म हो गया हूं।'

मनोचिकित्सक तो सोचेंगे कि वे विक्षिप्त हो गए; यह पागलपन का लक्षण है। लेकिन जिन्हें मनुष्य चेतना के गहन आयामों का पता है, वे कहेंगे कि वे मुक्त हो गए, बुद्ध हो गए। लेकिन सामान्य चित्त के लिए यह आत्मघात है।

तो ऐसी विधियों से खतरा हो सकता है। इस कारण मैं कहता हूं कि उनकी तरफ क्रमशः बढ़ो, धीरे-धीरे चलो। तुम्हें इसका पता नहीं है, अतः कुछ भी संभव है। तुम्हें अपनी संभावनाओं का ज्ञान नहीं है; तुम्हारी कितनी तैयारी है, इसकी भी तुम्हें प्रत्यभिज्ञा नहीं है। और कुछ भी संभव है। अतः सावधानीपूर्वक इस प्रयोग को करने की जरूरत है।

पहले छोटी-छोटी चीजों पर अपनी कल्पना का प्रयोग करो; भाव करो कि शरीर बड़ा हो रहा है या छोटा हो रहा है। तुम दोनों तरफ जा सकते हो; तुम यदि पांच फीट छह इंच के हो तो भाव करो कि मैं चार फीट का हो गया हूं, तीन फीट का हो गया हूं, दो फीट का हो गया हूं, एक फुट का हो गया हूं, बिंदु मात्र रह गया हूं।

यह तैयारी भर है, इस बात की तैयारी है कि धीरे-धीरे तुम जो भी भाव करना चाहो वह कर सको। तुम्हारी आंतरिक चित्त भावे करने के लिए बिलकुल स्वतंत्र है; उसे कुछ भी भाव करने में कोई बाधा नहीं है। यह तुम्हारा भाव है; तुम चाहो तो फैल कर बड़े हो सकते हो और चाहो तो सिकुड़कर छोटे भी हो सकते हो। और तुम्हें वैसा ही बोध भी होने लगता है।

और अगर तुम इस प्रयोग को ठीक से करो तो तुम बहुत आसानी से अपने शरीर से बाहर आ सकते हो। अगर तुम कल्पना से शरीर को बड़ा-छोटा कर सकते हो तो तुम शरीर से बाहर आने में भी समर्थ हो। तुम सिर्फ कल्पना करो कि मैं अपने शरीर के बाहर खड़ा हूं, और तुम बाहर खड़े हो जाओगे।

लेकिन यह इतनी जल्दी नहीं होगा। पहले छोटे-छोटे चरणों में प्रयोग करो। और जब तुम्हें लगे कि तुम शांत रहते हो, घबराते नहीं, तब भाव करो कि तुमने पूरे कमरे को भर दिया है। और तुम वास्तव में दीवारों का स्पर्श अनुभव करने लगोगे। और तब भाव करो कि पूरा मकान तुम्हारे भीतर समा गया है। और तुम उसे अपने भीतर अनुभव करोगे। इस भांति एक-एक कदम आगे बढ़ो। और तब, धीरे-धीरे, आकाश को अपने सिर के भीतर अनुभव करो। और जब तुम आकाश को अपने सिर में अनुभव करते हो, जब तुम आकाश के साथ एक हो जाते हो, तो मन एकदम विदा हो जाता है। अब वहां उसका कोई काम न रहा।

इस विधि के लिए किसी गुरु या मित्र के साथ रहकर प्रयोग करना अच्छा होगा। अकेले में प्रयोग करना खतरनाक भी हो सकता है। तुम्हारे पास कोई होना चाहिए जो तुम्हारी देखभाल कर सके। यह समूह-विधि है, गुरुकुल या आश्रम में प्रयोग करने की विधि है। किसी आश्रम में जहां अनेक लोग मिलकर काम करते हों, वहां इस विधि का प्रयोग आसान है, कम खतरनाक और कम हानिकारक है। क्योंकि जब भीतर का आकाश विस्फोटित होता है। तो संभव है कि कई दिनों तक तुम्हें अपने शरीर की सुध ही न रहे। तुम भाव में इतने आविष्ट हो सकते हो कि तुम्हारा बाहर आना ही संभव न हो; क्योंकि उस विस्फोट के साथ समय विलीन हो जाता है; तो तुम्हें पता ही नहीं चलेगा कि कितना समय व्यतीत हो गया। शरीर का

पता ही नहीं चलता; शरीर का बोध ही नहीं रहता। तुम तो आकाश हो जाते हो।

तो कोई चाहिए जो तुम्हारे शरीर की देखभाल करे। बहुत ही प्रेमपूर्ण देखभाल की जरूरत होगी। इसीलिए किसी गुरु या समूह के साथ प्रयोग करने से यह विधि कम हानिकर, कम खतरनाक रह जाती है। और समूह भी ऐसा होना चाहिए, जो जानता हो कि इस विधि में क्या-क्या संभव है, क्या-क्या घटित हो सकता है और तब क्या किया जाना चाहिए। क्योंकि मन की इस अवस्था में अगर तुम्हें अचानक जगा दिया जाए तो तुम विक्षिप्त भी हो सकते हो। क्योंकि मन को वापस आने के लिए समय की जरूरत होती है। अगर झटके से तुम्हें शरीर में वापस आना पड़े तो संभव है कि तुम्हारा स्नायु-संस्थान उसे बर्दाश्त न कर सके। उसे कोई अभ्यास नहीं है। उसे प्रशिक्षित करना होगा।

तो अकेले प्रयोग न करें; समूह में या मित्रों के साथ एकांत जगह में यह प्रयोग कर सकते हैं। और धीरे-धीरे, एक-एक कदम बढ़ें; जल्दबाजी न करें।

तीसरी विधि:

जागते हुए, सोते हुए, स्वप्न देखते हुए, अपने को प्रकाश समझो।

'जागते हुए, सोते हुए, स्वप्न देखते हुए, अपने को प्रकाश समझो।'

पहले जागरण से शुरू करो। योग और तंत्र मनुष्य के मन के जीवन को तीन भागों में बांटते हैं—स्मरण रहे, मन के जीवन को—वे मन को तीन भागों में बांटते हैं: जाग्रत, सुषुप्ति और स्वप्न। ये तुम्हारी चेतना के नहीं, तुम्हारे मन के भाग हैं।

चेतना चौथी है—तुरीय। पूर्व में इसे कोई नाम नहीं दिया गया है, सिर्फ तुरीय या चतुर्थ कहा गया। तीन के नाम हैं। वे बादल हैं जिनके नाम हो सकते हैं। कोई जागता हुआ बादल है, कोई सोया हुआ बादल है और कोई स्वप्न देखता हुआ बादल है। वे सब बादल हैं; और जिस आकाश में वे घूमते हैं, वह अनाम है, उसे मात्र तुरीय कहा गया है।

पश्चिम का मनोविज्ञान हाल में ही स्वप्न के आयाम से परिचित हुआ है। असल में फ्रायड के साथ स्वप्न महत्वपूर्ण हुआ। लेकिन हिंदुओं के लिए यह एक अत्यंत प्राचीन धारणा है कि तुम तब तक किसी मनुष्य को सच में नहीं जान सकते जब तक तुम यह नहीं जानते कि वह अपने स्वप्नों में क्या करता है। क्योंकि वह जागते समय में जो भी करता है वह अभिनय ही होगा, झूठ ही होगा। क्योंकि मन की जाग्रत अवस्था में वह बहुत कुछ मजबूरी में करता है। वह स्वतंत्र नहीं है; समाज है, नियम-निषेध हैं, नैतिक व्यवस्था है। वह निरंतर अपनी कामनाओं के साथ संघर्ष करता है, उनका दमन करता है, उनमें हेर-फेर करता है, समाज के ढांचे के अनुरूप उन्हें बदलता है। और समाज तुम्हें कभी तुम्हारी समग्रता में स्वीकार नहीं करता है; वह चुनाव करता है, काट-छांट करता है।

संस्कृति का यही अर्थ है; संस्कृति चुनाव है। प्रत्येक संस्कृति एक संस्कार है; कुछ चीजें स्वीकृत हैं और कुछ चीजें अस्वीकृत हैं। कहीं भी तुम्हारे समग्र अस्तित्व को, तुम्हारी निजता को स्वीकृति नहीं दी जाती है—कहीं भी नहीं। कहीं कुछ पहलू स्वीकृत हैं; कहीं कुछ और पहलू स्वीकृत हैं। कहीं भी समग्र मनुष्य स्वीकृत नहीं है।

तो जाग्रत अवस्था में तुम झूठे, नकली, कृत्रिम और दमित होने के लिए मजबूर हो।

तुम जागते हुए प्रामाणिक नहीं हो सकते, अभिनेता भर हो सकते हो। तुम सहज नहीं हो सकते। तुम अंतःप्रेरणा से नहीं चलते, बाहर से धकाए जाते हो।

केवल अपने स्वप्नों में तुम स्वतंत्र हो; केवल स्वप्नों में तुम प्रामाणिक हो सकते हो। तुम अपने स्वप्नों में जो चाहे कर सकते हो। उससे किसी को लेना-देना नहीं है; वहां तुम अकेले हो। तुम्हारे सिवाय कोई भी उसमें प्रवेश नहीं कर सकता है; कोई भी तुम्हारे स्वप्नों में नहीं झांक सकता है। और किसी को इसकी चिंता भी नहीं है। तुम अपने स्वप्नों में क्या करते हो, इससे किसी को क्या लेना-देना है। सपने तुम्हारे बिलकुल निजी हैं। क्योंकि वे बिलकुल निजी हैं और उनका किसी से कोई लेना-देना नहीं है, इसलिए तुम स्वतंत्र हो सकते हो।

तो जब तक तुम्हारे सपनों को नहीं जाना जाता, तुम्हारे असली चेहरे से भी परिचित नहीं हुआ जा सकता है। हिंदुओं को इसका बोध रहा है। सपनों में प्रवेश करना अनिवार्य है। लेकिन सपने भी बादल ही हैं। यद्यपि ये बादल निजी हैं, कुछ स्वतंत्र हैं; फिर भी बादल ही हैं। उनके भी पार जाना है।

ये तीन अवस्थाएं हैं। जाग्रत, सुषुप्ति और स्वप्न। फ्रायड के साथ सपनों पर काम शुरू हुआ। अब सुषुप्ति पर, गहरी नींद पर काम होने लगा है। पश्चिम में अनेक प्रयोगशालाओं में यह जानने के लिए काम हो रहा है कि नींद क्या है? क्योंकि यह बहुत आश्चर्य की बात लगती है कि हमें यह भी पता नहीं कि नींद क्या है। नींद में क्या यथार्थतः घटित होता है, यह अभी वैज्ञानिक ढंग से नहीं जाना गया है।

और अगर हम नींद को नहीं जान सकते तो मनुष्य को जानना बहुत कठिन होगा। क्योंकि मनुष्य अपनी जिंदगी का एक तिहाई हिस्सा नींद में गुजारता है। जीवन का एक तिहाई हिस्सा, अगर तुम साठ साल जीने वाले हो तो बीस साल तुम सोकर गुजारोगे। इतना बड़ा हिस्सा है यह। जब तुम सोए हो तो तुम क्या कर रहे हो?

नींद में कुछ रहस्यपूर्ण घटित होता है। और यह इतना मूलभूत है कि उसके बिना जीवन संभव नहीं है। नींद में कोई गहरी चीज घटित होती है, लेकिन तुम्हें उसका बोध नहीं है। जागते हुए तुम भिन्न व्यक्ति हो, स्वप्न देखते हुए तुम भिन्न व्यक्ति हो और गहरी नींद में तुम भिन्न व्यक्ति हो। गहरी नींद में तुम्हें अपना नाम भी याद नहीं रहता है। तुम्हें यह भी पता नहीं रहता कि तुम मुसलमान हो, कि ईसाई हो, कि हिंदू हो। गहरी नींद में तुम इसका जवाब नहीं दे सकते कि तुम कौन हो—अमीर हो कि गरीब। कोई पहचान नहीं रहती है।

जागरण की अवस्था में तुम समाज के साथ होते हो। स्वप्न की अवस्था में तुम अपनी कामनाओं और इच्छाओं के साथ होते हो। और गहरी नींद में तुम प्रकृति के साथ जीते हो, प्रकृति के गहन गर्भ में होते हो। योग और तंत्र का कहना है कि इन तीनों के पार जाने पर ही तुम ब्रह्म में प्रवेश करते हो। इन तीनों से गुजरना होगा, इनके पार जाना होगा, इनका अतिक्रमण करना होगा।

एक फर्क है। अभी पश्चिम को मनोविज्ञान इन अवस्थाओं के अध्ययन में उत्सुक हो रहा है; पूर्व के साधक इन अवस्थाओं में उत्सुक थे, इनके अध्ययन में नहीं। वे इसमें उत्सुक थे कि कैसे इनका अतिक्रमण किया जाए। यह विधि अतिक्रमण की विधि है।

'जागते हुए, सोते हुए, स्वप्न देखते हुए, अपने को प्रकाश समझो।'

▲

बहुत कठिन है। तुम्हें जागरण से शुरू करना होगा। तुम स्वप्नों में कैसे स्मरण रख सकते हो? क्या तुम सचेतन रूप से कोई स्वप्न पैदा कर सकते हो? क्या तुम स्वप्न को व्यवस्था दे सकते हो, उसमें हेर-फेर कर सकते हो? क्या तुम अपनी पसंद के सपने निर्मित कर सकते हो? तुम नहीं कर सकते। आदमी कितना नपुंसक है! तुम अपने स्वप्न भी नहीं निर्मित कर सकते। वे भी अपने आप आते हैं; तुम बिलकुल असहाय हो।

लेकिन कुछ विधियां हैं जिनके द्वारा स्वप्न निर्मित किए जा सकते हैं। और ये विधियां अतिक्रमण करने में बहुत सहयोगी हैं। क्योंकि अगर तुम स्वप्न निर्मित कर सकते हो तो तुम उसका अतिक्रमण भी कर सकते हो। लेकिन आरंभ तो जाग्रत अवस्था से ही करना होगा।

जागते समय—चलते हुए, खाते हुए, काम करते हुए—अपने को प्रकाश रूप में स्मरण रखो। मानो तुम्हारे हृदय में एक ज्योति जल रही है और तुम्हारा शरीर उस ज्योति का प्रभामंडल भर है। कल्पना करो कि तुम्हारे हृदय में एक लपट जल रही है; और तुम्हारा शरीर उस लपट के चारों ओर प्रभामंडल के अतिरिक्त कुछ नहीं है; तुम्हारा शरीर उस लपट के चारों ओर फैला प्रकाश है। इस कल्पना को, इस भाव को अपने मन और चेतना की गहराई में उतरने दो। इसे आत्मसात करो।

थोड़ा समय लगेगा। लेकिन यदि तुम यह स्मरण करते रहे, कल्पना करते रहे, तो धीरे-धीरे तुम इसे पूरे दिन स्मरण रखने में समर्थ हो जाओगे। जागते हुए, सड़क पर चलते हुए तुम एक चलती-फिरती ज्योति हो जाओगे। शुरू-शुरू में किसी दूसरे को इसका बोध नहीं होगा; लेकिन अगर तुमने यह स्मरण जारी रखा तो तीन महीनों में दूसरों को भी इसका बोध होने लगेगा।

और जब दूसरों को आभास होने लगे तो तुम निश्चिंत हो सकते हो। किसी से कहना नहीं है, सिर्फ ज्योति का भाव करना है और भाव करना है कि तुम्हारा शरीर उसके चारों ओर फैला प्रभामंडल है। यह स्थूल शरीर नहीं है, विद्युत-शरीर है, प्रकाश-शरीर है। अगर तुम धैर्यपूर्वक लगे रहे तो तीन महीनों में, करीब-करीब तीन महीनों में दूसरों को बोध होने लगेगा कि तुम्हें कुछ घटित हो रहा है। वे तुम्हारे चारों ओर एक सूक्ष्म प्रकाश महसूस करेंगे। जब तुम निकट जाओगे, उन्हें एक अलग तरह की ऊष्मा महसूस होगी। तुम यदि उन्हें स्पर्श करोगे तो उन्हें ऊष्ण स्पर्श का अनुभव होगा। उन्हें पता चल जाएगा कि तुम्हें कुछ अदभुत घट रहा है। पर किसी से कहो मत। और जब दूसरों को पता चलने लगे तो तुम आश्वस्त हो सकते हो। और तब तुम दूसरे चरण में प्रवेश कर सकते हो; उसके पहले नहीं।

दूसरे चरण में इस विधि को स्वप्नावस्था में ले चलना है। अब तुम स्वप्न जगत में इसका प्रयोग शुरू कर सकते हो। यह अब यथार्थ है, अब यह कल्पना ही नहीं है। कल्पना के द्वारा तुमने सत्य को उघाड़ लिया है। यही सत्य है। सब कुछ प्रकाश से बना है; सब कुछ प्रकाशमय है। तुम प्रकाश हो; हालांकि तुम्हें इसका बोध नहीं है। क्योंकि पदार्थ का कण-कण प्रकाश है। वैज्ञानिक कहते हैं कि पदार्थ इलेक्ट्रान से बना है। यह वही बात है। प्रकाश ही सब का स्रोत है। तुम भी घनीभूत प्रकाश हो; कल्पना के जरिए तुम सिर्फ सत्य को फिर से उघाड़ रहे हो, प्रकट कर रहे हो। इस सत्य को आत्मसात करो। और जब तुम उससे आपूर हो जाओ तो उसे दूसरे चरण में, स्वप्न में ले जा सकते हो। उसके पहले नहीं।

तो नींद में उतरते हुए ज्योति को स्मरण करते रहो, देखते रहो, भाव करते रहो कि मैं प्रकाश हूं। और इसी स्मरण के साथ नींद में उतर जाओ। और नींद में भी यह स्मरण जारी रहता है। आरंभ में कुछ ही स्वप्न ऐसे होंगे जिनमें तुम्हें भाव होगा कि तुम्हारे भीतर ज्योति है, कि तुम प्रकाश हो। पर धीरे-धीरे स्वप्न में भी तुम्हें यह भाव बना रहने लगेगा।

और जब यह भाव स्वप्न में प्रवेश कर जाएगा, सपने विलीन होने लगेंगे। सपने खोने लगेंगे, सपने कम से कम होने लगेंगे और गहरी नींद की मात्रा बढ़ने लगेगी। और जब तुम्हारी स्वप्नावस्था में यह सत्य प्रकट होगा कि तुम प्रकाश हो, ज्योति हो, प्रज्वलित ज्योति हो, तब सभी स्वप्न विदा हो जाएंगे।

और जब सपने विदा हो जाते हैं, तभी इस भाव को सुषुप्ति में, गहन नींद में ले जाया जा सकता है, उसके पहले नहीं। अब तुम द्वार पर हो। जब सपने विदा हो गए हैं और तुम अपने को ज्योति की भांति स्मरण रखते हो तो तुम नींद के द्वार पर हो। अब तुम इस भाव के साथ नींद में प्रवेश कर सकते हो। और यदि तुम एक बार नींद में इस भाव के साथ उतर गए कि मैं ज्योति हूं, तो तुम्हें नींद में भी बोध बना रहेगा। और अब नींद केवल तुम्हारे शरीर को घटित होगी, तुम्हें नहीं।

यह विधि तुम्हें इन तीन अवस्थाओं—जागृति, स्वप्न और सुषुप्ति—के पार जाने में सहयोगी होगी। अगर तुम सजग रह सको कि मैं ज्योति हूं, प्रकाश हूं, कि नींद मुझे नहीं घटित हो रही है, तो तुम जागरूक हो। तुम एक सचेतन प्रयत्न कर रहे हो। अब तुम वह ज्योति हो। अब शरीर ही सोया है, तुम नहीं।

कृष्ण गीता में यही कहते हैं कि योगी कभी नहीं सोते; जब दूसरे सोते हैं, तब भी वे जागते हैं। ऐसा नहीं है कि उनके शरीर नहीं सोते; उनके शरीर तो सोते हैं, लेकिन शरीर ही। शरीर को विश्राम की जरूरत है। चेतना को विश्राम की कोई जरूरत नहीं है। क्योंकि शरीर यंत्र है, चेतना यंत्र नहीं है। शरीर को ईंधन चाहिए; उसे विश्राम चाहिए। यही कारण है कि शरीर जन्म लेता है, युवा होता है, वृद्ध होता है और मर जाता है। चेतना न कभी जन्म लेती है, न कभी बूढ़ी होती है और न कभी मरती है। उसे न ईंधन की जरूरत है और न विश्राम की। वह शुद्ध ऊर्जा है; नित्य-शाश्वत ऊर्जा।

अगर तुम इस ज्योति के, प्रकाश के बिंब को नींद के भीतर ले जा सके तो तुम फिर कभी नहीं सोओगे, सिर्फ तुम्हारा शरीर विश्राम करेगा। और जब शरीर सोया है तो तुम यह जानते रहोगे। और जैसे ही यह घटित होता है—तुम तुरीय हो, चतुर्थ हो। जागृति, स्वप्न और सुषुप्ति मन के अंश हैं। वे अंश हैं और तुम तुरीय हो गए, चतुर्थ हो गए। तुरीय वह है जो उनमें से गुजरता है, लेकिन उनमें से कोई भी नहीं है।

वस्तुतः यह बिलकुल सरल है। अगर तुम जाग्रत हो और फिर तुम स्वप्न देखने लगते हो तो तुम दोनों नहीं हो सकते। अगर तुम जागृति हो तो तुम स्वप्न कैसे देख सकते हो? और अगर तुम स्वप्न हो तो तुम सुषुप्ति में कैसे उतर सकते हो, जहाँ कोई सपने नहीं होते?

तुम एक यात्री हो और ये अवस्थाएं पड़ाव हैं—तभी तुम यहां से वहां जा सकते हो और फिर वापस आ सकते हो। सुबह तुम फिर जाग्रत अवस्था में वापस आ जाओगे। ये अवस्थाएं हैं; और जो इन अवस्थाओं से गुजरता है, वह तुम हो। लेकिन वह तुम चतुर्थ हो;

और इसी चतुर्थ को आत्मा कहते हैं; इसी चतुर्थ को भगवत्ता कहते हैं; इसी चतुर्थ को अमृत तत्व कहते हैं, शाश्वत जीवन कहते हैं।

'जागते हुए, सोते हुए, स्वप्न देखते हुए, अपने को प्रकाश समझो।'

यह बहुत सुंदर विधि है। लेकिन जाग्रत अवस्था से आरंभ करो। और स्मरण रहे कि जब दूसरों को इसका बोध होने लगे तभी तुम सफल हुए। उन्हें बोध होगा। और तब तुम स्वप्न में और फिर निद्रा में प्रवेश कर सकते हो। और अंत में तुम उसके प्रति जागोगे जो तुम हो—तुरीय।

आज इतना ही।

50

तुम अपने भाग्य के मालिक हो

प्रश्न-सार

1. क्या अंतस के रूपांतरण के लिए बाह्य की बिलकुल उपेक्षा भूल नहीं हैं?
2. क्या सभी ध्यान-विधियां भी कृत्य नहीं हैं?
3. सुस्पष्टता के लिए क्या मन का परिपक्व होना जरूरी नहीं हैं?
4. हम क्यों दुख निर्मित करना जारी रखते हैं?

25

▲

पहला प्रश्नः

कल रात आपने कहा कि बाह्य को बदलने से अंतस नहीं बदलता है, नहीं रूपांतरित होता है। लेकिन क्या यह सच नहीं है कि आंतरिक रूपांतरण के लिए सम्यक आहार, सम्यक श्रम, सम्यक नींद और सम्यक आचार-विचार भी महत्वपूर्ण स्थान रखते हैं। क्या बाह्य की बिल्कुल उपेक्षा करना भूल नहीं है ?

बाह्य अंतस को बदल तो नहीं सकता है, लेकिन वह सहयोग दे सकता है या बाधा दे सकता है। बाह्य वह परिस्थिति पैदा कर सकता है जिसमें आंतरिक रूपांतरण की घटना ज्यादा सरलता से घट सके। स्मरण रखने की बात यह है कि बाहरी बदलाहट आंतरिक रूपांतरण नहीं है। तुमने अगर सब कुछ कर लिया और परिस्थिति भी अनुकूल हो तो भी संभव है कि आंतरिक रूपांतरण न हो। परिस्थिति आवश्यक है, सहयोगी है; लेकिन वह रूपांतरण नहीं है।

और जो लोग बाह्य में फंस जाते हैं वे व्यर्थ बहुत समय गंवाते हैं। बाह्य बहुत बड़ा है। तुम उसमें जन्मों-जन्मों तक बदलाहट करते रह सकते हो और तुम्हें कभी संतोष नहीं होगा; सदा कुछ न कुछ बदलने को बाकी रहेगा। क्योंकि जब तक अंतस नहीं बदलता है, बाह्य कभी बिलकुल ठीक नहीं हो सकता। तुम उसे कितना भी बदलो, रंगरोगन करो, सुंदर करो; लेकिन तुम कभी तृप्त अनुभव नहीं करोगे, तुम कभी उस स्थिति में नहीं होगे जहां तुम्हें महसूस हो कि अब सब तैयार है। इस तरह अनेक लोगों ने अपना जीवन गंवाया है।

अगर तुम्हारा चित्त बाह्य से ग्रस्त हो जाए—भोजन से, कपड़ों से, आचरण से—तो उनसे बड़ी बाधा हो सकती है। मैं यह नहीं कह रहा हूं कि उनकी उपेक्षा करो। नहीं, मैं यह कह रहा हूं कि उनसे ग्रस्त मत हो जाओ; वे सहयोगी हो सकते हैं। लेकिन अगर तुम्हारा चित्त उनसे ग्रस्त हो गया तो वे भारी अवरोध सिद्ध हो सकते हैं। तब तुम उनमें ही उलझ जाते हो; तब तुम आंतरिक रूपांतरण को स्थगित कर रहे हो। और तुम बाह्य को कितना भी बदलते रहो, अंतस उससे स्पर्शित भी नहीं होता है। अंतस वही का वही रहता है।

तुमने एक पुरानी भारतीय कहानी सुनी होगी। पंचतंत्र में कथा है कि एक चूहा बिल्ली से बहुत डरता था; वह सदा भय और चिंता में डूबा रहता था। उसे नींद नहीं आती थी; नींद में भी वह बिल्ली का ही सपना देखता था और कांपने लगता था। एक जादूगर ने उस पर तरस खाकर उसे बिल्ली बना दिया। बाह्य बदल गया। लेकिन तुरंत बिल्ली के भीतर का चूहा कुत्ते से डरने लगा। चिंता वही रही, सिर्फ विषय बदल गया। पहले बिल्ली चिंता का विषय थी;

▲

अब कुत्ता हो गया। कांपना जारी रहा, संताप बना रहा; अभी भी सपने भय के ही आते रहे।

तो जादूगर ने उसे बिल्ली से कुत्ता बना दिया। लेकिन कुत्ते को तुरंत बाघ के भय ने पकड़ लिया। क्योंकि उसके भीतर का चूहा तो वही था; वह नहीं बदला था। उसका शरीर बदला था, बाह्य भर बदला था। वही चिंता, वही रोग, वही भय, सब ज्यों का त्यों रहा। जादूगर ने कुत्ते को बाघ बना दिया; लेकिन अब उसके भीतर का चूहा शिकारी से डरने लगा।

तो जादूगर ने चूहे से कहा: 'पुनः मूषको भव। फिर चूहा ही हो जा। क्योंकि मैं तुम्हारे शरीर बदल सकता हूं; पर मैं तुम्हें नहीं बदल सकता। तुम्हारा दिल चूहे का है, मैं क्या कर सकता हूं?

चूहे का दिल! तुम बाह्य को कितना भी बदलते रहो, चूहे का दिल वही का वही रहेगा। और वह ही समस्या पैदा करता है। रूप-रंग बदल जाता है, लेकिन वास्तविकता नहीं बदलती। और इससे क्या फर्क पड़ता है कि तुम बिल्ली से डरते हो या कुत्ते से डरते हो या बाघ से डरते हो? प्रश्न यह नहीं है कि तुम किससे डरते हो; प्रश्न यह है कि तुम डरते हो।

मेरा जोर इस बात पर है कि तुम्हें सावधान रहना है कि कहीं तुम्हारा बाह्य प्रयत्न आंतरिक रूपांतरण का सब्स्टीट्यूट न बन जाए; तुम बाह्य को ही सब कुछ न मान लो। यह एक बात। उससे जो सहायता ले सको वह लो। सम्यक भोजन अच्छा है; लेकिन चौबीस घंटे भोजन की चिंता में ही लगे रहना मूढ़ता है। सम्यक आचरण ठीक है; लेकिन उससे ग्रस्त होना मानसिक रुग्णता है। किसी भी चीज की अति अच्छी नहीं है।

भारत में साधुओं के कई संप्रदाय हैं जो भोजन के ही पीछे पड़े रहते हैं। दिन भर वे इसी फिक्र में लगे रहते हैं कि क्या खाना चाहिए और क्या नहीं खाना चाहिए, किसका बनाया भोजन लेना चाहिए और किसका बनाया नहीं लेना चाहिए। एक बार मैं एक संन्यासी के साथ यात्रा कर रहा था। वह सिर्फ गाय का दूध लेता था और वह भी सफेद गाय का दूध। अन्यथा वह भूखा रह जाता था। अब यह व्यक्ति विक्षिप्त है।

तो स्मरण रहे, अंतस महत्वपूर्ण है, अर्थपूर्ण है। बाह्य सहयोगी है, अच्छा है; लेकिन तुम्हें उसमें ही अटक नहीं जाना है। बाह्य इतना महत्वपूर्ण न हो जाए कि तुम अंतस को भूल जाओ। अंतस महत्वपूर्ण रहना चाहिए, केंद्रीय रहना चाहिए। और बाह्य को, यदि आसानी से संभव हो, तो मदद के लिए बदलना चाहिए। उसकी बिलकुल उपेक्षा मत करो। उपेक्षा करने की जरूरत नहीं है। क्योंकि बाह्य भी अंतस का ही हिस्सा है। बाह्य अंतस का विरोधी नहीं है, विपरीत नहीं है। वह तुम पर बाहर से थोपा हुआ नहीं है; वह भी तुम्हारा हिस्सा है। लेकिन अंतस केंद्र है, बाह्य परिधि है। तो परिधि को, चारदीवारी को उतना महत्व दो जितना जरूरी है; लेकिन चारदीवारी घर नहीं है। बाह्य की फिक्र करो; लेकिन उसके पीछे पागल मत होओ।

हमारा मन सदा बहाने खोजने की कोशिश करता है। अगर तुम भोजन से, कामवासना से, कपड़ों से, शरीर से उलझ जाओ तो तुम्हारा मन प्रसन्न होगा। क्योंकि अब तुम अंतस की यात्रा से बच गए; अब मन को बदलने की जरूरत न रही। अब मन को मिटाने की, मन के पार जाने की जरूरत न रही। भोजन की बदलाहट के लिए मन को बदलना जरूरी नहीं है। तुम यह खाओ या वह खाओ, उसके साथ वही मन चल सकता है। सिर्फ जब तुम अंतस की तरफ मुड़ते हो तो वहां तुम जैसे-जैसे आगे बढ़ोगे वैसे-वैसे मन विसर्जित होगा। अंतस का मार्ग

▲

अ-मन का मार्ग है।

तो मन भयभीत हो जाता है। वह कोई बहाना खोजेगा जो बाह्य में उलझा दे। और तब मन वैसा ही बना रह सकता है जैसा वह है। तुम क्या करते हो, उससे कोई फर्क नहीं पड़ता है। तुम क्या करते हो, यह अप्रासंगिक है। असली बात यह है कि मन बना रह सकता है। और मन वही का वही बने रहने के कोई न कोई उपाय खोज ही लेगा।

कभी-कभी तो ऐसा होता है कि यदि तुम किसी वृत्ति की स्वाभाविक, नैसर्गिक अभिव्यक्ति से लड़ते हो तो मन उसकी विकृत अभिव्यक्ति के उपाय खोज लेता है। जो कि और भी खतरनाक होते हैं। तब वे सहायक बनने की बजाय बाधक बन जाते हैं।

मैंने सुना है कि मुल्ला नसरुद्दीन सीढ़ियों से गिर पड़ा। उसके पांव की हड्डी टूट गई। तो उसके पांव पर प्लास्टर चढ़ा दिया गया और उससे कह दिया गया कि तीन महीने तक सीढ़ियों से बिलकुल चढ़े-उतरे नहीं। तीन महीनों के बाद वह फिर डाक्टर के पास गया और उसका प्लास्टर हटा दिया गया। मुल्ला ने पूछाः 'क्या अब मैं सीढ़ियों से चढ़-उतर सकता हूं?' डाक्टर ने कहा: 'तुम अब बिलकुल ठीक हो; तुम अब सीढ़ियों से चढ़-उतर सकते हो।'

मुल्ला ने कहाः 'डाक्टर साहब, मैं बहुत खुश हूं। आप कल्पना नहीं कर सकते कि मैं कितना प्रसन्न हूं। दिन भर पाइप के सहारे ऊपर-नीचे जाना कितना कष्टप्रद था। तीन महीनों तक रोज मुझे पाइप के सहारे ऊपर-नीचे जाना पड़ता था, वह कितना भद्दा लगता था। सारा मुहल्ला हंसता था। लेकिन आपने कहा था कि सीढ़ियों से मत ऊपर-नीचे जाना, तो मुझे यह उपाय निकालना पड़ा।'

प्रत्येक व्यक्ति यही कर रहा है। यदि सहज मार्ग अवरुद्ध होता है तो विकृति अनिवार्य है। और तुम मन की चालों को नहीं जानते हो; वे बहुत चालाक और सूक्ष्म हैं।

लोग अपनी समस्याएं लेकर मेरे पास आते हैं। समस्या बहुत सीधी-साफ दिखाई पड़ती है; लेकिन सीधी-साफ होती नहीं है। सभी समस्याएं सीधी-साफ मालूम पड़ती हैं; लेकिन ऐसी होती नहीं हैं। गहराई में कुछ और छिपा होता है; और जब तक उस कुछ और को नहीं जाना जाए, नहीं विसर्जित किया जाए, नहीं पार किया जाए, तब तक समस्या बनी रहेगी। सिर्फ उसका रूप बदल जाएगा।

कोई आदमी बहुत धूम्रपान करता है और वह उसे छोड़ना चाहता है। लेकिन धूम्रपान स्वयं समस्या नहीं है; समस्या कुछ और है। तुम धूम्रपान छोड़ सकते हो; लेकिन समस्या बनी रहेगी और वह फिर किसी नए रूप में प्रकट होगी।

तुम कब धूम्रपान करते हो? जब तुम चिंता में होते हो, तनाव में होते हो, तुम झट सिगरेट पीने लगते हो। और उससे तुम्हें राहत मिलती है। तुम थोड़ा आश्वस्त अनुभव करते हो, बेहतर अनुभव करते हो।

अब धूम्रपान बंद कर देने से तुम्हारी चिंता, तुम्हारी घबड़ाहट दूर नहीं होने वाली है। तुम्हारी घबड़ाहट, तुम्हारी चिंता, तुम्हारा तनाव, सब जहां का तहां रहेगा। तब तुम कुछ और उपाय करोगे। तब तुम धूम्रपान की जगह उससे कोई बेहतर और भिन्न व्यसन पकड़ लोगे। तुम कुछ भी कर सकते हो। तुम धूम्रपान की जगह कोई मंत्र पकड़ ले सकते हो। और जब भी तुम घबराहट अनुभव करोगे, तुम राम-राम-राम या कोई दूसरा मंत्र जपने लगोगे। और तुम धुआं

भीतर-बाहर करके क्या कर रहे हो? वह भी मंत्र है। तुम धुआं भीतर ले जाते हो, बाहर निकालते हो; भीतर ले जाते हो, बाहर निकालते हो—यह पुनरुक्ति बन जाती है; और इस पुनरुक्ति के कारण तुम्हें हलकापन लगता है। किसी चीज को भी बार-बार दोहराओ, और तुम्हें उससे एक तरह की राहत मिलेगी। लेकिन जब तुम राम-राम का जाप करते हो तो कोई नहीं कहेगा कि तुम कुछ गलत कर रहे हो। और समस्या वही है।

समस्या बिलकुल नहीं बदली; सिर्फ तुमने तरकीब बदल ली। तुम पहले धूम्रपान से जो काम लेते थे वही अब मंत्र से ले रहे हो। पुनरुक्ति मदद करती है, व्यर्थ की पुनरुक्ति भी मदद करती है। तुम्हें बस लगातार उसे दोहराना है। जब तुम कोई चीज लगातार दोहराते हो तो उससे राहत मिलती है। क्यों? क्योंकि उससे एक तरह की ऊब पैदा होती है। ऊब शिथिलता लाती है। तुम किसी भी चीज का उपयोग कर सकते हो जिससे ऊब पैदा होती हो।

अगर तुम धूम्रपान करते हो तो हरेक आदमी कहेगा कि यह गलत है; लेकिन अगर तुम कोई मंत्र जपते हो तो कोई उसे गलत नहीं कहेगा। लेकिन अगर समस्या वही है तो मैं कहता हूं कि यह भी गलत है; बल्कि यह धूम्रपान से भी ज्यादा खतरनाक है; क्योंकि धूम्रपान करते हुए तुम्हें यह बोध तो रहता है कि मैं कुछ गलत कर रहा हूं, मंत्र-जाप में यह बोध भी नहीं रहता है। और बोधहीनता के कारण यह रोग ज्यादा खतरनाक है, ज्यादा नुकसानदेह है।

तुम सतह पर कुछ भी कर सकते हो; लेकिन जब तक गहरी जड़ें नहीं बदलतीं तब तक कुछ नहीं होगा। तो बाह्य के संबंध में यह याद रहे कि उसके प्रति बोध रखते हुए सतह से जड़ों की तरफ चलो और जड़ को खोजो—खोजो कि ऐसा क्यों होता है?

कोई आदमी बहुत खाता है; वह इसे रोक सकता है। तुम अपने को कम खाने के लिए मजबूर कर सकते हो। लेकिन कोई आदमी इतना ज्यादा क्यों खाता है? क्यों? यह शारीरिक जरूरत नहीं है; इसलिए कहीं न कहीं इसमें मन का हाथ है। मन के साथ कुछ करना होगा; यह शरीर का सवाल नहीं है। तुम अपने को भोजन से क्यों भरते रहते हो?

भोजन के साथ इतनी ग्रस्तता प्रेम के अभाव से पैदा होती है। अगर तुम्हें प्रेम नहीं मिला है तो तुम ज्यादा खाओगे। अगर तुम्हें प्रेम मिला है और तुम भी प्रेम करते हो तो तुम कम खाओगे। जब भी कोई तुम्हें प्रेम करता है, तुम ज्यादा नहीं खा सकते। प्रेम तुम्हें इतना भर देता है कि तुम्हें खालीपन नहीं महसूस होता। और जब प्रेम नहीं मिलता है तो तुम खालीपन महसूस करते हो। उस खालीपन को किसी चीज से भरना है; तुम उसे भोजन से भरते हो।

और इसके कारण हैं। बच्चे को प्रेम और भोजन साथ-साथ मिलते हैं; एक ही मां से, एक ही मां की छाती से उसे प्रेम और भोजन दोनों मिलते हैं। भोजन और प्रेम जुड़ जाते हैं। यदि मां प्रेमपूर्ण है तो बच्चा कभी बहुत दूध नहीं पीएगा। कोई जरूरत नहीं है। प्रेम है तो वह आश्वस्त है; वह जानता है कि जब जरूरत होगी भोजन मिल जाएगा, दूध मिल जाएगा, मां आ जाएगी। वह सुरक्षित अनुभव करता है। लेकिन अगर मां प्रेम नहीं करती है तो बच्चा असुरक्षित महसूस करता है। तब वह नहीं जानता है कि भूख लगने पर उसे भोजन मिलेगा या नहीं, क्योंकि प्रेम नहीं है। वह बच्चा ज्यादा खाएगा। और यह सिलसिला जारी रहेगा; यह अचेतन में उतर जाएगा।

तो तुम अपना भोजन बदलते रह सकते हो—यह खाओ, वह खाओ, यह मत

खाओ—लेकिन उससे कोई फर्क नहीं पड़ने वाला है, क्योंकि बुनियादी कारण बना ही रहता है। फिर अगर तुम अपने को भोजन से भरना बंद कर दो तो तुम किसी और चीज से भरने लगोगे। और अनेक उपाय हैं। अगर तुम बहुत खाना बंद कर दोगे तो तुम धन इकट्ठा करने लगोगे। तुम्हें किसी चीज से अपने को भरना है; तब तुम धन इकट्ठा करने लगते हो।

गौर से निरीक्षण करो और तुम पाओगे कि जो आदमी धन इकट्ठा करता है वह कभी प्रेम नहीं करता है, क्योंकि उसके लिए धन इकट्ठा करना प्रेम का विकल्प बन गया है। अब वह धन से सुरक्षित अनुभव करेगा। जब तुम्हें प्रेम मिलता है तो असुरक्षा नहीं रहती। प्रेम में सब भय खो जाता है। प्रेम में कोई भविष्य नहीं है, कोई अतीत नहीं है। यह क्षण पर्याप्त है; यह क्षण शाश्वत है। तुम स्वीकृत हो। भविष्य की चिंता न रही; कल क्या होगा, इसकी फिक्र ने रही। प्रेम में कल नहीं होता है।

लेकिन यदि प्रेम न हो तो कल को खयाल होगा। तब कल क्या होगा, इसकी चिंता पकड़ेगी। तब तुम धन इकट्ठा करोगे, क्योंकि तुम किसी व्यक्ति को भरोसा नहीं कर सकते। तब तुम्हें चीजों का भरोसा होगा, पैसे और धन को भरोसा होगा। ऐसे लोग हैं जो कहते हैं कि धन को दान करो, धन इकट्ठा मत करो, धन की आसक्ति छोड़ो। लेकिन ये सतही बातें हैं, क्योंकि आंतरिक जरूरत तो वही की वही रहेगी। तब आदमी धन छोड़कर कुछ और इकट्ठा करने में लग जाएगा। एक रास्ते को बंद करो और तुम्हें तुरंत दूसरा रास्ता निर्मित करना पड़ेगा। जब तक जड़े नहीं मिटती हैं, यह सिलसिला जारी रहेगा।

तो बाह्य की बहुत चिंता मत लो। तुम्हारा बाह्य व्यक्तित्व क्या है, उसके प्रति सजग रहो, सावचेत रहो। बाह्य के प्रति बोधपूर्ण रहते हुए सदा परिधि से मूल की ओर चलो और खोजो कि कारण क्या है। कितनी भी घबराहट हो, सदा जड़ को खोजो। और एक बार तुम जड़ों को देख लेते हो, जड़ों को प्रकाश में ले आते हो...। इस नियम को स्मरण रखोः जड़े अंधेरे में ही जीती हैं। न सिर्फ पेड़-पौधों की जड़ें, किसी भी चीज की जड़े अंधेरे में ही जीती हैं। वे अंधकार में ही जी सकती हैं; प्रकाश में लाते ही वे मर जाती हैं।

तो अपनी परिधि से गहरे चलो, गहरे खोदते जाओ और जड़ों तक जाओ, और जड़ों को चेतना के प्रकाश में ले आओ। जैसे ही तुम जड़ों तक पहुंचते हो, वे खो जाती हैं। उनके लिए तुम्हें कुछ नहीं करना पड़ता है। तुम्हें कुछ करना पड़ता है, क्योंकि तुम नहीं जानते हो कि समस्या क्या है। समस्या को भलीभांति समझ लिया जाए तो समस्या विदा हो जाती है। समस्या की सम्यक समझ, समस्या की जड़ तक जाना ही समस्या का विसर्जन बन जाता है। यह पहली बात।

और दूसरी बातः तुम जो कुछ करते हो वह बहुत सतही है; उसमें तुम्हारी समग्रता सम्मिलित नहीं है। तो किसी आदमी के संबंध में उसके कृत्यों से निर्णय मत लो, क्योंकि कृत्य आणविक है, बहुत छोटा है। तुम किसी आदमी को क्रोध में देखकर निर्णय ले सकते हो कि यह आदमी घृणा, हिंसा और प्रतिशोध से भरा है। लेकिन क्षण भर बाद ही उसका क्रोध चला जाता है और वह व्यक्ति अत्यंत प्रेमपूर्ण हो जाता है और एक भिन्न सुगंध, एक भिन्न प्रफुल्लता उसके चेहरे पर फैल जाती है। क्रोध आणविक था। उससे पूरे मनुष्य के बारे में निर्णय मत लो। लेकिन यह प्रेम भी आणविक है, इससे भी पूरे मनुष्य के संबंध में मत निर्णय करो।

▲

तुमने जो कुछ किया है, तुम उनका जोड़ भर नहीं हो। तुम्हारे कृत्य आणविक ही रहते हैं; वे तुम्हारे हिस्से जरूर हैं; लेकिन तुम्हारी समग्रता उनके पार है। तुम एक क्षण बाद भिन्न व्यक्ति हो सकते हो। और तुम्हारे आचरण से, कृत्यों से तुम्हारे संबंध में जो निर्णय लिया गया है, तुम उसके बिलकुल विपरीत जा सकते हो। तुम अभी संत थे; दूसरे क्षण तुम पापी हो सकते हो। कोई कल्पना नहीं कर सकता था कि तुम्हारे जैसा संत यह कर सकता है। पर तुम यह कर सकते हो। यह अकल्पनीय नहीं है। अभी तक तुम पापी थे और अगले क्षण तुम उससे बाहर छलांग लगा सकते हो।

मैं यह कह रहा हूं कि तुम्हारा अंतस इतना विशाल है कि वह तुम्हारे बाह्य से नहीं निर्णीत हो सकता है। तुम्हारा बाह्य सतही और गौण है। मैं पुनः दोहरा दूं : तुम्हारा बाह्य गौण है; तुम्हारा अंतस मूलभूत है, केंद्रीय है।

तो स्मरण रहे कि अंतस को उघाड़ना है और बाह्य से नहीं उलझे रहना है। एक बात और, बाह्य सदा अतीत का है। वह सदा मृत है, क्योंकि जो कुछ तुम कर चुके वह अतीत हो चुका। वह सदा अतीत को है; वह कभी जीवंत नहीं है। और आंतरिक सदा जीवंत है; वह यहां और अभी है। बाह्य सदा मुर्दा है। अगर तुम मुझे जानते हो तो वही जानते हो जो मैंने किया और कहा है; तुम मेरे अतीत को जानते हो, मुझे नहीं जानते। मैं अभी हूं, जीवंत। वह मेरा आंतरिक बिंदु है। और तुम जो कुछ मेरे बारे में जानते हो वह मेरा बाह्य मात्र है। वह मृत अतीत है, वह अब नहीं है।

इसे अपनी ही चेतना में देखो। तुमने जो कुछ किया वह तुम्हारे ऊपर बंधन नहीं है। वह असल में है ही नहीं, वह स्मृति मात्र है। और तुम उससे बहुत बड़े हो। तुम्हारी अनंत संभावनाएं हैं। यह सांयोगिक है कि तुम पापी हो या पुण्यात्मा हो। यह सांयोगिक है कि तुम ईसाई हो या हिंदू हो। लेकिन तुम्हारा अंतरतम, तुम्हारी आत्मा सांयोगिक नहीं है; वह मूलभूत है। और अंतस पर जोर देना मूलभूत पर जोर देना है।

और वह अंतस सदा स्वतंत्र है; वह स्वतंत्रता है। बाह्य पराधीनता है, गुलामी है। तुम बाह्य को तभी जानते हो जब वह घटित हो चुका होता है। और तब तुम उसके बारे में कुछ नहीं कर सकते हो। तुम अपने अतीत के संबंध में क्या कर सकते हो? अतीत अनकिया नहीं हो सकता है। तुम पीछे नहीं लौट सकते हो। तुम अतीत के साथ कुछ नहीं कर सकते हो। अतीत गुलामी है।

अगर तुम यह बात ठीक से समझ लो तो तुम कर्म के सिद्धांत को समझ सकते हो। यह सिद्धांत—हिंदू-चिंतना को अत्यंत बुनियादी सिद्धांत—यह है कि जब तक तुम अपने कर्मों के पार नहीं जाते, तुम स्वतंत्र नहीं हो सकते। जब तक तुम अपने सभी कर्मों के पार नहीं गए हो, तुम बंधन में रहोगे।

तो बाह्य पर बहुत ध्यान मत दो: बाह्य से बहुत ग्रस्त मत होओ। उससे मदद ले सकते हो; लेकिन सदा स्मरण रहे कि अंतस को आविष्कृत करना है। जिन विधियों की हम यहां चर्चा कर रहे हैं वे अंतस के लिए हैं, अंतस को उघाड़ने के लिए हैं।

यहां मैं तुम्हें एक बात कहूं। ऐसी परंपराएं हैं, उदाहरण के लिए जैन धर्म एक सर्वाधिक महत्वपूर्ण परंपरा है। और जैन धर्म बाह्य को अतिशय महत्व देता है, जरूरत से ज्यादा महत्व

देता है। इतना महत्व देता है कि जैन भूल ही गए हैं कि ध्यान जैसी कोई चीज भी होती है, कि योग-विज्ञान जैसी भी कोई चीज होती है। वे बिलकुल भूल गए हैं। वे भोजन, कपड़े, नींद आदि चीजों में बेहद उलझे रहते हैं। वे ध्यान की दिशा में बिलकुल प्रयत्न नहीं करते। ऐसा नहीं है कि उनकी परंपरा की बुनियाद में ध्यान नहीं था। कोई भी धर्म ध्यान के बिना जन्म नहीं ले सकता है। लेकिन कहीं न कहीं वे बाह्य में उलझ गए, भटक गए। बाह्य उनके लिए इतना महत्वपूर्ण हो गया कि वे बिलकुल भूल ही गए कि बाह्य सिर्फ सहायक है; यह मंजिल नहीं है।

तुम क्या खाते हो, यह मंजिल नहीं है। तुम क्या हो, यह मंजिल है। अच्छा है यदि तुम्हारे भोजन की आदतें तुम्हारी आत्मा के उदघाटन में सहायक होती हैं; यह अच्छा है। लेकिन यदि तुम भोजन से ही ग्रस्त हो गए, यदि तुम निरंतर भोजन की ही सोचते रहे, तो तुम चूक गए। तब तुम भोजन के लिए पागल हो, विक्षिप्त हो।

दूसरा प्रश्न:
क्या यह सच नहीं है कि सभी ध्यान-विधियां भी कृत्य ही हैं, जो साधक को उसकी आत्मा तक पहुंचा देती हैं?

एक अर्थ में हां; और किसी गहरे अर्थ में नहीं। ध्यान-विधियां कृत्य हैं, क्योंकि तुम्हें कुछ करने को कहा जाता है। ध्यान करना भी कुछ करना है; चुपचाप बैठना भी कुछ करना है; कुछ नहीं करना भी कुछ करना है।

तो ऊपर-ऊपर से देखने पर तो सभी ध्यान-विधियां कृत्य हैं, लेकिन गहरे अर्थ में वे कृत्य नहीं हैं, क्योंकि यदि तुम उनमें सफल हो गए तो करना विदा हो जाता है। केवल आरंभ में ध्यान प्रयत्न जैसा लगता है। अगर तुम उसमें सफल हो गए तो प्रयत्न विलीन हो जाता है। और पूरी चीज प्रयत्नशून्य और सहज हो जाती है। यदि तुम इसमें सफल हो जाओ तो कृत्य नहीं है; तब तुम्हारी ओर से किसी प्रयत्न की जरूरत नहीं रहती है। वह श्वास जैसा हो जाता है, सहज हो जाता है। लेकिन आरंभ में प्रयत्न अनिवार्य है, क्योंकि मन ऐसा कुछ नहीं कर सकता है जो प्रयत्न न हो। अगर तुम मन को प्रयत्नशून्य होने को कहोगे तो उसे यह बात ही बेबूझ मालूम होगी।

झेन साधना में प्रयत्नशून्यता पर बहुत जोर दिया जाता है। गुरु शिष्य से कहता है: 'केवल बैठे रहो; कुछ करो मत।' और शिष्य चेष्टा करता है; और चेष्टा करता है। और चेष्टा करने के अतिरिक्त तुम कर ही क्या सकते हो? तो शिष्य मात्र बैठने की चेष्टा करता है, कुछ न करने की चेष्टा करता है।

और तब गुरु अपने डंडे से उसके सिर पर चोट करता है और कहता है: 'यह मत करो। मैंने तुमसे यह नहीं कहा कि बैठने की चेष्टा करो, क्योंकि वह तो प्रयत्न हो गया; और कुछ न करने की भी चेष्टा मत करो, वह भी कुछ करना हो गया। बस बैठो।'

यदि मैं तुमसे केवल बैठने को कहूं तो तुम क्या करोगे? तुम कुछ करोगे जो उसे केवल बैठना नहीं रहने देगा; उसमें प्रयत्न आ जाएगा। तुम प्रयत्न से बैठोगे; उसमें तनाव होगा। तुम सहज नहीं बैठ सकते हो। यह अजीब लगता है। लेकिन जैसे ही तुम सहज बैठने

की कोशिश करते हो, बात जटिल हो गई। सहज बैठने का प्रयत्न ही उसे जटिल बना देता है। तब फिर क्या किया जाए?

वर्षों बीत जाते हैं और शिष्य बैठने में लगा रहता है और गुरु इनकार करता रहता है कि वह चूकता ही जा रहा है। लेकिन शिष्य लगा ही रहता है, लगा ही रहता है। और रोज वह असफल होता है, क्योंकि उसमें प्रयत्न मौजूद रहता है। और वह गुरु को धोखा नहीं दे सकता। लेकिन एक दिन, धीरे-धीरे बैठते-बैठते, बैठने का बोध भी जाता रहता है। एक दिन अचानक वह ऐसे बैठा सहज है जैसे पेड़ या पत्थर हो, कुछ और नहीं कर रहा होता है। और तब गुरु कहता है: 'बिलकुल ठीक; अब तुमने उसे पा लिया। बैठने का यही ढंग है।'

लेकिन इस अप्रयास सहजता के लिए लंबे प्रयास और धैर्य की जरूरत होती है। प्रारंभ में प्रयत्न करना होगा। लेकिन प्रारंभ में ही; यह एक आवश्यक बुराई है। लेकिन तुम्हें निरंतर याद रखना है कि इसके पार जाना है। एक क्षण जरूर आना चाहिए जब तुम ध्यान के लिए कुछ करते नहीं हो, सिर्फ होते हो और ध्यान घटित होता है। तुम मात्र बैठे हो या खड़े हो और ध्यान घटित होता है। तुम कुछ नहीं करते हो, सिर्फ बोधपूर्ण हो और ध्यान घटित होता है।

ये सभी विधियां तुम्हें सहयोग देने के लिए हैं कि तुम प्रयत्न-रहित दशा को उपलब्ध होओ। आंतरिक रूपांतरण, अंतस की उपलब्धि प्रयत्न के द्वारा नहीं हो सकती, क्योंकि प्रयत्न एक तरह का तनाव है। प्रयत्न के साथ तुम पूरी तरह विश्राम में नहीं हो सकते; प्रयत्न ही बाधा बन जाएगा। अगर तुम इस पृष्ठभूमि को ध्यान में रखकर प्रयत्न करोगे तो धीरे-धीरे तुम इसे छोड़ने में भी समर्थ हो जाओगे।

यह तैरने जैसा है। अगर तुम्हें तैरने के संबंध में पता है तो तुम जानते होगे कि तुम्हें प्रारंभ में प्रयत्न करना पड़ता है—लेकिन सिर्फ प्रारंभ में। एक बार तुम्हें खयाल में आ जाए, एक बार तुम जान जाओ कि यह क्या है, तो प्रयत्न विदा हो जाता है; तुम सहजता से, बिना किसी प्रयत्न के तैर सकते हो। और अच्छे से अच्छा तैराक भी नहीं कह सकता है कि तैरना क्या है, कि वह कैसे तैरता है। वह तुम्हें नहीं समझा सकता है कि वह क्या कर रहा है।

सच तो यह है कि वह कुछ नहीं कर रहा है; वह सिर्फ अपने को पानी के साथ, नदी के साथ गहन प्रतिसंवेदनशील संबंध में, मैत्री में छोड़ रहा है। वह वस्तुतः कुछ कर नहीं रहा है। और अगर वह अभी भी कुछ कर रहा है तो अभी वह कुशल तैराक नहीं है। वह अभी सिक्खड़ है, सीख रहा है।

मैं तुम्हें एक घटना कहता हूं। बर्मा में एक बौद्ध भिक्षु को कहा गया कि वह नए मंदिर के लिए, विशेषकर उसके द्वार के लिए एक ड्राइंग, एक डिजाइन तैयार करे। तो भिक्षु ड्राइंग तैयार करने में लग गया। उस भिक्षु का एक बहुत मेधावी, बहुत कुशल शिष्य था; उसने उसे अपने पास रहने को कहा। शिष्य का काम था कि गुरु जब ड्राइंग बना रहा हो तो वह सिर्फ उसे देखता रहे; और अगर ड्राइंग उसे पसंद आए तो उसे कहना था कि ठीक है, और अगर पसंद न आए तो उसे कहना था कि ठीक नहीं है। और गुरु ने कहा: 'जब तुम हां कहोगे तो ही मैं ड्राइंग को अधिकारियों के पास भेजूंगा। जब तक तुम नहीं कहते रहोगे, मैं उसकी जगह दूसरी ड्राइंग बनाऊंगा।'

इस भांति सैकड़ों ड्राइंग रद्द हो गई। तीन महीने बीत गए और गुरु भी घबड़ा गया।

▲

लेकिन उसने वचन दिया था तो उसे उसका पालन करना ही था। शिष्य वहीं रहता; गुरु ड्राइंग बनाता और शिष्य कहता कि नहीं; गुरु फिर नई ड्राइंग बनाने लगता।

एक दिन स्याही समाप्त होने को थी, तो गुरु ने शिष्य से बाहर जाकर स्याही लाने को कहा। शिष्य बाहर गया। इस बीच गुरु उसे, उसकी उपस्थिति को भूल गया और सहज हो गया। उसकी उपस्थिति ही समस्या थी। उसके मन में सतत यह धारणा बनी रहती थी कि शिष्य उसे देख रहा है, उसकी कृति को जांच रहा है। और गुरु को निरंतर यह खयाल बना रहता था कि शिष्य को उसकी रचना जंचेगी या नहीं और कहीं उसे फिर से नई रचना में न लगना पड़े। इस आंतरिक ऊहापोह के कारण गुरु सहज नहीं हो पाता था। जैसे ही शिष्य बाहर गया; ड्राइंग पूरी हो गई। और जब शिष्य वापस आया तो उसने कहा: 'अदभुत! लेकिन आप यह पहले क्यों नहीं बना सके?'

गुरु ने कहा: 'अब मैं समझता हूं कि पहले क्यों नहीं कर सका; इसीलिए क्योंकि तुम यहां थे। तुम्हारे कारण मैं प्रयत्न कर रहा था कि तुम्हारी स्वीकृति मिले। और प्रयत्न ने सब चौपट कर दिया। मैं सहज-स्वाभाविक नहीं हो पाता था; मैं बह नहीं पाता था। तुम्हारे कारण मैं अपने को भूल नहीं पाता था।'

जब तुम ध्यान करते हो तो उसे करने का भाव, प्रयत्न का भाव, उसमें सफल होने का भाव ही बाधा बन जाता है। उसके प्रति सजग रहो। ध्यान जारी रखो और प्रयत्न के भाव के प्रति सावचेत रहो। एक दिन आएगा–मात्र धैर्य रखने से वह दिन आ जाता है—जब प्रयत्न नहीं रहता है। सच तो यह है कि तब तुम नहीं रहते, केवल ध्यान रहता है।

इसमें थोड़ा समय लग सकता है। इसकी भविष्यवाणी नहीं हो सकती; कोई नहीं कह सकता कि यह कब घटित होगा। क्योंकि यदि कोई चीज प्रयत्न से होती है तो भविष्यवाणी की जा सकती है कि अगर तुम इतना प्रयत्न करोगे तो सफल हो जाओगे। लेकिन ध्यान तो तभी होता है जब तुम प्रयत्नशून्य होते हो। इसलिए कोई भविष्यवाणी नहीं हो सकती, कुछ नहीं कहा जा सकता कि तुम कब सफल होगे। तुम इसी क्षण सफल हो सकते हो और तुम जन्मों-जन्मों तक निष्फल रह सकते हो। पूरी बात इस पर निर्भर है कि कब तुम्हारे प्रयत्न विदा होते हैं और कब तुम सहज और स्वाभाविक होते हो, कब तुम्हारा ध्यान कृत्य न रह कर तुम्हारा प्राण बनता है, कब तुम्हारा ध्यान प्रेम जैसा सहज हो जाता है।

प्रेम के संबंध में तुम कुछ नहीं कर सकते हो। या कि कर सकते हो? अगर तुम कुछ करते हो तो तुम प्रेम को झुठला रहे हो। वह प्रेम कृत्रिम होगा, उसमें गहराई नहीं होगी। उस प्रेम में तुम नहीं होगे; वह मात्र अभिनय होगा। प्रेम होता है तो होता है। तुम उसके संबंध में कुछ भी नहीं कर सकते हो।

वैसे ही तुम ध्यान के लिए भी कुछ नहीं कर सकते हो। लेकिन मेरा यह मतलब नहीं है कि तुम ध्यान के लिए कुछ न करो। क्योंकि तब तुम वही रह जाओगे जो हो। तुम्हें कुछ करना होगा; यह भली-भांति जानते हुए करना होगा कि सिर्फ करने से ही तुम ध्यान को उपलब्ध नहीं हो सकते। आरंभ में कुछ करना जरूरी होगा। इससे बचा नहीं जा सकता; करने की प्रक्रिया से गुजरना ही होगा। लेकिन उसके पार भी जाना है, उसका अतिक्रमण भी करना है; और एक प्रयत्नशून्य, सहज बहने की स्थिति को उपलब्ध करना है।

▲

ध्यान की मार्ग कठिन है और बहुत विरोधाभासों से भरा है। तुम्हें ध्यान से ज्यादा विरोधाभासी चीज खोजने से भी नहीं मिलेगी। विरोधाभासी इसलिए है क्योंकि उसे प्रयत्न की भांति शुरू करना है और प्रयत्नशून्यता में समाप्त करना है। लेकिन यह होता है। तुम तर्क से नहीं समझ सकते कि यह कैसे होता है; लेकिन अनुभव के तल पर ऐसा होता है। एक दिन आता है जब तुम अपने प्रयत्नों से ऊब जाते हो, थक जाते हो; और प्रयत्न अपने आप गिर जाते हैं।

बुद्ध के जीवन में ऐसा ही हुआ। छह वर्षों तक वे सभी संभव प्रयत्न करते रहे। किसी मनुष्य ने बुद्धत्व के लिए इतना अथक श्रम नहीं किया जितना बुद्ध ने किया। उन्होंने सब कुछ किया जो वे कर सकते थे। वे एक गुरु से दूसरे गुरु के पास भटकते रहे; और उन्हें जो कुछ करने को कहा गया उसे उन्होंने समग्रता से पूरा किया।

और वही समस्या थी। क्योंकि कोई गुरु उन्हें नहीं कह सकता था कि तुमने यह नहीं किया और इसलिए उपलब्धि नहीं हुई। यह असंभव था। वे गुरु से भी बेहतर प्रयोग करते थे। तो गुरुओं ने हार मान ली। उन्होंने बुद्ध से कहाः 'इतना ही हमारे पास सिखाने को था; इससे आगे हमें पता नहीं है। तुम कहीं और जाओ।'

बुद्ध एक खतरनाक शिष्य थे। और सिर्फ खतरनाक शिष्य ही पहुंचते हैं। उन्होंने सब शास्त्र छान डाले। उन्हें जो भी करने को कहा जाता वे उसे कर डालते, पूरे का पूरा कर डालते, जैसा कहा जाता ठीक वैसा ही कर डालते। और तब वे गुरु से आकर कहते: 'मैंने सब कर डाला, लेकिन कुछ हुआ नहीं। अब और क्या करना है?' तो गुरु कहते: 'अब तुम कहीं और जाओ। हिमालय में एक गुरु है, उसके पास जाओ। या अमुक जंगल में अमुक गुरु के पास जाओ। हम इससे ज्यादा नहीं जानते हैं।'

बुद्ध छह वर्षों तक ऐसे चक्कर काटते रहे। उन्होंने वह सब किया जो किसी मनुष्य के लिए करना संभव था। और तब वे ऊब गए; पूरी चीज उन्हें फिजूल, निष्फल और अर्थहीन मालूम पड़ने लगी। एक रात उन्होंने कहाः 'अब सब समाप्त हो गया। संसार में कुछ नहीं था; इस आध्यात्मिक खोज में भी कुछ नहीं है। अब मेरे लिए करने को कुछ नहीं है। सब बात समाप्त हो गई। यह लोक तो छूटा ही था, वह लोक भी छूट गया।'

सहसा सभी प्रयास गिर गए। बुद्ध खाली थे। क्योंकि जब करने को कुछ नहीं रहता है। तो मन गति नहीं कर सकता। मन तभी गतिमान होता है जब उसे कुछ करने को हो, कोई चाह, कोई मंजिल पाने को हो। मन तभी गति करता है, जब कुछ संभव है, कुछ पाया जा सकता है, कोई भविष्य है। संभावना है कि आज नहीं तो कल उपलब्धि होगी। तब मन यात्रा करता है।

उस रात बुद्ध आखिरी सीमा पर, आखिरी बिंदु पर पहुंच गए। वस्तुतः वे उसी क्षण मर गए, क्योंकि कोई भविष्य नहीं बचा। कुछ भी पाने को नहीं था; कुछ भी नहीं पाया जा सकता है। उन्होंने कहा कि मैंने सब करके देख लिया। सारा संसार व्यर्थ है; यह सारा अस्तित्व एक दुखस्वप्न है। उनके लिए भौतिक जगत ही व्यर्थ नहीं हुआ, आध्यात्मिक जगत भी व्यर्थ हो गया। और वे विश्राम में उतर गए।

ऐसा नहीं है कि बुद्ध को विश्राम में जाने के लिए कुछ करना पड़ा। यही बात ठीक से समझने जैसी है। चिंता करने के लिए जब कुछ नहीं बचा तो वे निश्चिंत हो गए, विश्राम को

▲

उपलब्ध हो गए। विश्राम के लिए उन्हें कोई प्रयास नहीं करना पड़ा। बोधिवृक्ष के नीचे वे विश्राम में जाने की कोई कोशिश नहीं कर रहे थे। उन्हें करने को कुछ नहीं था; चिंता करने को भी कुछ नहीं था—न कोई चाह, न कोई भविष्य, न कोई आशा। उस रात वे पूरी तरह निराश थे, शिथिल थे। और विश्राम घटित हुआ।

तुम विश्राम नहीं कर सकते, क्योंकि तुम्हें अभी बहुत कुछ पाना है। वही तुम्हारे मन को मथता रहता है, उद्वेलित करता रहता है। तुम गोल-गोल चक्कर लगाते रहते हो।

अचानक चक्कर थम गया, चक्र रुक गया। और बुद्ध शिथिल हुए और सो गए। भोर में जब वे जागे तो अंतिम तारा डूब रहा था। वे अंतिम तारे को डूबते हुए देखते रहे; और उसके विलीन होने के साथ-साथ वे भी विलीन हो गए। वे बुद्ध हो गए।

फिर लोग उनसे पूछने लगे कि आपने बुद्धत्व कैसे प्राप्त किया? उसका उपाय क्या है? अब तुम बुद्ध की कठिनाई समझ सकते हो। अगर वे कहते कि इस उपाय से हुआ तो वे गलत कहते, क्योंकि उन्होंने तभी पाया जब कोई उपाय न था। अगर वे कहते कि इस प्रयत्न से पाया तो भी वे गलत कहते, क्योंकि उन्होंने तब पाया जब कोई प्रयत्न न रहा। और अगर वे कहते कि कोई प्रयत्न मत करो और तुम पा लोगे तो भी वे गलत कहते, क्योंकि उनके अप्रयत्न में छह साल के प्रयत्न पृष्ठभूमि की तरह जुड़े थे। उस प्रयत्न के बिना, छह वर्षों के कठिन प्रयत्न के बिना यह प्रयत्नशून्यता की स्थिति उपलब्ध नहीं होती। उसी पागल प्रयास के कारण वे शिखर पर पहुंच गए; और जब कहीं जाने को न बचा तो वे विश्राम की घाटी में उतर गए।

इस बात को कई कारणों से स्मरण रखना चाहिए। आध्यात्मिक साधना अत्यंत विरोधाभासी घटना है। प्रयत्न करना है; लेकिन पूरी तरह जानते हुए करना है कि प्रयत्न से कुछ नहीं होने वाला है। प्रयत्न करना है अप्रयत्न को उपलब्ध होने के लिए; प्रयत्नशून्यता के लिए प्रयत्न करना है। लेकिन अपने प्रयत्न को शिथिल मत करो। अगर तुम अपने प्रयत्न को शिथिल करोगे तो तुम उस विश्राम को कभी नहीं उपलब्ध हो सकते जो बुद्ध को उपलब्ध हुआ। तुम तो सब प्रयत्न करो, ताकि अपने आप ही एक क्षण आए जब कि प्रयत्न के कारण ही तुम उस बिंदु पर पहुंच जाओ जहां विश्राम घटित होता है।

उदाहरण के लिए, तुम इस बात को एक भिन्न ढंग से देख सकते हो। मेरे देखे, पश्चिम में अहंकार केंद्रीय बिंदु रहा है। पश्चिम का सारा प्रयत्न अहंकार के विकास के लिए, अहंकार की तृप्ति के लिए रहा है। पूर्व का सारा प्रयास निरहंकारिता का रहा है, कि कैसे अहंकारशून्य हुआ जाए, कैसे अपने को भूला जाए, कैसे समर्पित हुआ जाए, कैसे अपने को पूरी तरह पोंछ दिया जाए। पूर्व निरहंकारिता के लिए प्रयत्नशील रहा है और पश्चिम पूर्ण अहंकार के लिए। लेकिन विरोधाभास यह है कि अगर तुम्हारे पास एक विकसित अहंकार नहीं है तो तुम समर्पण नहीं कर सकते। तुम समर्पण तभी कर सकते हो अगर तुम्हारे पास एक सुस्पष्ट अहंकार है। अन्यथा समर्पण नहीं हो सकता। कौन समर्पण करेगा?

तो मेरे देखे पूर्व और पश्चिम दोनों आधे-आधे हैं और दोनों दुखी हैं। क्योंकि पूर्व ने निरहंकार को चुना, जो कि अंतिम हिस्सा है; उसमें आरंभिक हिस्सा गायब है। समर्पण कौन करेगा? यदि शिखर ही नहीं है तो घाटी कौन निर्मित करेगा? घाटी तो शिखर के ही चारों ओर बनती है। जितना ऊंचा शिखर होता है उतनी ही गहरी घाटी होती है। अगर तुम्हारे पास

▲

अहंकार नहीं है या तुम्हारा अहंकार कुनकुना-कुनकुना है तो समर्पण संभव नहीं है। या फिर तुम्हारा समर्पण भी कुनकुना-कुनकुना होगा; उस समर्पण से कुछ भी नहीं होगा; कोई विस्फोट नहीं होगा।

पश्चिम में आरंभिक हिस्से पर जोर दिया गया है। तो तुम अपने अहंकार को बढ़ाए जा सकते हो। उससे अधिकाधिक चिंता पैदा होगी। और जब तुम्हारा अहंकार प्रगाढ़ हो जाएगा तो तुम्हें पता नहीं है कि उसका क्या किया जाए, क्योंकि अंतिम हिस्सा गायब है।

मेरे देखे, अध्यात्म की खोज दोनों है। एक बड़ा शिखर खड़ा करो, एक पूर्ण अहंकार निर्मित करो—सिर्फ इसलिए कि उसे विलीन किया जा सके। यह बात बेतुकी लगती है कि सिर्फ विलीन करने के लिए, सिर्फ समर्पण करने के लिए, सिर्फ खोने के लिए अहंकार निर्मित किया जाए। लेकिन तुम उस चीज को कैसे खो सकते हो जो तुम्हारे पास नहीं है? मेरी दृष्टि में मनुष्यता को इन दोनों बातों के लिए एक साथ प्रशिक्षित किया जाना चाहिए। प्रत्येक व्यक्ति को सहयोग दो कि उसका अहंकार बड़ा हो, परिपूर्ण हो–यह आधी यात्रा है—और फिर उसे समर्पण करने में सहयोग दो। जितना बड़ा शिखर होगा उतनी ही गहरी घाटी होगी। तुम्हारा अहंकार जितना बड़ा होगा, तुम्हारा समर्पण उतना ही गहरा होगा, समग्र होगा।

और यह नियम सभी चीजों के लिए है। अध्यात्म के मार्ग पर इस सतत विरोधाभास के नियम को स्मरण रखो। एक क्षण के लिए भी इसे मत भूलो। परिपूर्ण अहंकारी बनो, ताकि तुम समर्पण कर सको, खो सको, विलीन हो सको। तुम सब प्रयत्न करो जो कर सको, ताकि उस बिंदु पर पहुंच सको जहां प्रयत्न छूट जाए और तुम समग्रतः प्रयत्नशून्य हो जाओ।

तीसरा प्रश्न:

कल रात आपने कहा कि मन जितना बढ़ता है उतना ही हमें पता चलता है कि मन का स्वभाव भ्रांति है, भ्रम है। लेकिन क्या यह सच नहीं है कि मन का यह विकास एक प्रकार की सुस्पष्टता की ओर भी ले जाता है?

मैं अभी जो कह रहा था, इससे संबंधित है।

हां, यह एक प्रकार की सुस्पष्टता की ओर ले जाता है, क्योंकि जब मन परिपक्व और प्रौढ़ होता है तो तुम्हें पता चलता है कि मैं भ्रांत हूं। यह जानने के लिए भी कि मन भ्रांति है। बहुत विकसित मन की जरूरत है। जिन्हें यह बोध नहीं है कि मन एक भ्रांति है, उनका मन वस्तुतः प्रौढ़ नहीं हुआ है। वे लोग अभी बचकाने हैं, अप्रौढ़ हैं। बहुत प्रौढ़ चित्त ही मन के इस गुण के प्रति, उसके भ्रांतिपूर्ण होने के प्रति, सजग हो सकता है।

और जब तुम्हारा मन अच्छी तरह विकसित हो तो ही ध्यान संभव है, क्योंकि ध्यान विपरीत छोर है। ध्यान का अर्थ है अ-मन, लेकिन यदि तुम्हें मन ही नहीं है तो तुम अ-मन को कैसे उपलब्ध हो सकते हो? तो पहले मन को उपलब्ध करो—ताकि उसे खो सको। और यह मत सोचो कि जब अंततः अ-मन की स्थिति को उपलब्ध होना है तो फिर मन को उपलब्ध करने की क्या जरूरत है। क्योंकि अगर तुम्हारे पास मन नहीं है तो तुम्हें परम का, अ-मन का अनुभव नहीं होने वाला है। यह तो तभी हो सकता है जब मन हो।

▲

तो मैं मन के विरोध में नहीं हूं, मैं बुद्धि के विरोध में नहीं हूं। सच तो यह है कि मैं किसी चीज के भी विरोध में नहीं हूं। मैं प्रत्येक चीज के पक्ष में हूं, क्योंकि प्रत्येक चीज उसके विपरीत ध्रुव को उपलब्ध करने में उपयोगी हो सकती है। हर ध्रुव का विपरीत ध्रुव है। और अगर एक ध्रुव मौजूद न हो तो विपरीत ध्रुव को नहीं पहुंचा जा सकता है।

एक पागल आदमी ध्यान नहीं कर सकता है। क्यों? क्योंकि उसके पास मन ही नहीं है। लेकिन उसका अ-मन वही नहीं है जो बुद्ध का अ-मन है। अ-मन के दो आयाम हो सकते हैं; एक मन के नीचे और दूसरा मन के ऊपर। जो मन के ऊपर है वह भी अ-मन है और जो मन के नीचे है वह भी अ-मन है। तुम मन से नीचे गिर सकते हो, वहां भी मन नहीं है; लेकिन वह ध्यान नहीं है। तुम्हें मन के ऊपर उठना होगा तो ही बुद्ध के अ-मन की उपलब्धि होती है। इस बात को सतत स्मरण रखो, क्योंकि वे इतने समान हैं कि तुम पूरी चीज को गलत समझ सकते हो। वे इतने समान हैं।

उदाहरण के लिए, बच्चा निर्दोष होता है और संत भी निर्दोष होता है। लेकिन संत की निर्दोषता बचकानी नहीं है; वह बच्चे जैसी है, बचकानी नहीं है। कारण यह है कि बच्चा इसलिए निर्दोष है क्योंकि वह अज्ञानी है। उसकी निर्दोषता नकारात्मक है; वह एक अनुपस्थिति है। देर-अबेर सब प्रकट होगा; बच्चा एक ज्वालामुखी है जो फूटने की प्रतीक्षा कर रहा है। उसकी निर्दोषता ज्वालामुखी के फटने के पूर्व की शांति जैसी है।

संत वह है जो पार चला गया है। विस्फोट हो चुका है; ज्वालामुखी फिर शांत हो गया है। लेकिन यह शांति भिन्न है। पहली शांति के गर्भ में कुछ छिपा था; वह शांति सतह पर ही थी। गहरे में बच्चा अशांत होने के लिए तैयार हो रहा था। संत अशांति से गुजर चुका है, बवंडर जा चुका है। यह शांति, यह निर्दोषता समान मालूम होती है। लेकिन दोनों में गहरा भेद है।

तो कभी-कभी कोई मूढ़ भी संत जैसा मालूम पड़ सकता है। और मूढ़ संत जैसे होते हैं; वे चालाक नहीं हैं; चालाक होने के लिए प्रतिभा जरूरी है। वे हिसाब-किताबी नहीं हैं; हिसाबी-किताबी होने के लिए मन चाहिए। मूढ़ सरल होते हैं, निर्दोष होते हैं; चालाक नहीं होते, हिसाब-किताबी नहीं होते। वे किसी को धोखा नहीं दे सकते हैं। ऐसा नहीं है कि वे धोखा देना नहीं चाहते, लेकिन वे धोखा दे नहीं सकते; उसकी उनमें क्षमता ही नहीं है। वे संतों जैसे दिखते हैं। और कभी-कभी संत मूढ़ों जैसे मालूम पड़ते हैं, क्योंकि पुनः वही चीज घटित हुई है; हालांकि उसका आयाम भिन्न है, सर्वथा भिन्न है।

तुम मन के नीचे गिर सकते हो; उस हालत में भी अ-मन घटित होता है। लेकिन यह ध्यान नहीं है। तुम ने तो वह मन भी गंवा दिया जो ध्यान की ओर जाने के लिए सीढ़ी बन सकता था। तो मैं मन के विरोध में नहीं हूं। मन का विकास करो; लेकिन भलीभांति स्मरण रहे कि यह मात्र साधन है जिसे छोड़ देना है, फेंक देना है। मन का उपयोग नाव की तरह करना है; तुम दूसरे किनारे पहुंचते हो और नाव को छोड़ देते हो। तुम नाव को बिलकुल भूल जाते हो।

अंतिम प्रश्न:

हमें अक्सर अनुभव होता है कि हम अपना दुख स्वयं निर्मित करते हैं। इसके बावजूद

▲

हम दुख निर्मित करना क्यों जारी रखते हैं? और व्यक्ति कब और कैसे अपना दुख निर्मित करना बंद करता है?

पहली और सबसे बुनियादी बात समझने की यह है कि तुम कहते तो हो कि 'हमें अक्सर अनुभव होता है कि हम अपना दुख स्वयं निर्मित करते हैं, लेकिन ऐसा है नहीं। तुम वस्तुतः कभी अनुभव नहीं करते कि अपने दुखों के तुम स्वयं ही स्रष्टा हो। तुम ऐसा सोचते हो, क्योंकि तुम्हें यह सिखाया गया है। सदियों से गुरु और शिक्षक कहते आ रहे हैं कि तुम ही अपने दुखों के निर्माता हो, कोई दूसरा नहीं। तुमने ये बातें सुनी हैं, तुमने ये बातें पढ़ी हैं। ये बातें तुम्हारी मांस-मज्जा में समा गई हैं; ये बातें तुम्हारा अचेतन संस्कार बन गई हैं। इसलिए तुम कभी-कभी तोते की तरह दोहरा देते हो कि हम अपना दुख स्वयं निर्मित करते हैं। लेकिन यह तुम्हारा अपना अनुभव नहीं है; यह तुम्हारा अपना बोध नहीं है।

क्योंकि अगर यह तुम्हारी अपना बोध हो तो दूसरी बात असंभव है। तब तुम नहीं कह सकते कि 'इसके बावजूद हम क्यों दुख निर्मित करना जारी रखते हैं?' अगर तुम वास्तव में यह अनुभव करते हो तो तुम जब चाहो दुख निर्मित करना बंद कर दे सकते हो। हां, अगर तुम दुख निर्मित करना चाहते हो, अगर तुम उसमें सुख लेते हो, अगर तुम आत्म-पीड़क हो, तो बात दूसरी है; तब सब ठीक है। अगर तुम कहते हो कि मैं अपने दुख में मजा लेता हूं तो फिर ठीक है; फिर तुम दुख पैदा करते रहो। लेकिन अगर तुम कहते हो कि मैं दुखी हूं और मैं इसके पार जाना चाहता हूं, मैं एक क्षण दुखी नहीं रहना चाहता हूं, और मैं समझता हूं कि मैं ही अपने दुखों का निर्माता हूं, तो तुम गलत कहते हो। तुम समझ नहीं रहे हो कि तुम क्या कह रहे हो।

सुकरात ने कहा है कि ज्ञान पुण्य है। और पिछले दो हजार वर्षों से बड़ा विवाद रहा है। कि सुकरात सही है या गलत—ज्ञान पुण्य है। सुकरात का कहना है कि एक बार तुमने कोई चीज जान ली, फिर तुम उसके विपरीत नहीं कर सकते। अगर तुम जानते हो कि क्रोध दुख है तो तुम क्रोध नहीं कर सकते। जब सुकरात कहता है कि ज्ञान पुण्य है तो उसका यही अर्थ है। तुम यह नहीं कह सकते कि मैं जानता हूं कि क्रोध बुरा है तो भी मैं क्रोध करता हूं। अब मैं इसके लिए क्या करूं? सुकरात कहेगा कि तुम्हारी पहली बात गलत है; तुम नहीं जानते हो कि क्रोध बुरा है। और यही कारण है कि तुम क्रोध करते हो। अगर तुम जानते हो तो फिर तुम क्रोध नहीं कर सकते। तुम अपने ज्ञान के विपरीत कैसे जा सकते हो?

मैं जानता हूं कि अगर मैं आग में हाथ डालूंगा तो जलूंगा, अगर मैं यह जानता हूं तो मैं आग में हाथ नहीं डालूंगा। लेकिन अगर यह बात किसी और ने मुझसे कही है, अगर मैंने यह बात परंपरा से सुनी है, अगर मैंने शास्त्रों में पढ़ा है कि आग जलाती है और मैंने खुद आग को नहीं जाना है, या आग से जलने जैसा कोई अनुभव नहीं जाना है, तो ही मैं आग में हाथ डाल सकता हूं। और वह भी सिर्फ एक बार।

क्या तुम कल्पना भी कर सकते हो कि तुमने आग में हाथ डाला और हाथ जला और तुम्हें पीड़ा हुई; और फिर तुम जाकर पूछते हो कि मैं क्या करूं। मैं जानता हूं कि आग जलाती है, लेकिन इसके बावजूद मैं आग में हाथ डालता रहता हूं।

कौन विश्वास करेगा कि तुम जानते हो? और यह किस तरह का ज्ञान है? अगर

▲

तुम्हारा जलने और पीड़ित होने का अपना अनुभव तुम्हें पुनः आग में हाथ डालने से नहीं रोक सकता है तो फिर कोई भी चीज तुम्हें नहीं रोक सकती। तब फिर कोई संभावना नहीं है, क्योंकि अंतिम उपाय भी चूक गया।

लेकिन कोई व्यक्ति इसे नहीं चूक सकता है; यह असंभव है। सुकरात सही है। और जिन्होंने भी जाना है वे सुकरात से सहमत होंगे। उस सहमति में एक गहरा आधार है। एक बार तुम जान गए...। लेकिन स्मरण रहे, यह ज्ञान तुम्हारा अपना होना चाहिए। उधार ज्ञान से काम नहीं चलेगा; उधार ज्ञान बेकार है। जब तक यह तुम्हारा अपना अनुभव नहीं है, यह तुम्हें कभी नहीं बदल सकता। दूसरों के अनुभव काम नहीं आते हैं।

तुमने सुना है कि तुम स्वयं ही अपने दुखों के स्रष्टा हो; लेकिन यह बात सिर्फ बौद्धिक है, यह तुम्हारे प्राणों में नहीं प्रविष्ट हुई है, यह तुम्हारा अपना ज्ञान नहीं है। इसलिए जब तुम चर्चा करते हो तो तुम बौद्धिक ढंग से यह समझते हो; लेकिन जब वास्तविक स्थिति आएगी तो तुम सब चर्चा भूल जाओगे; तब तुम उसी ढंग से व्यवहार करोगे जो तुम जानते हो—उस ढंग से नहीं जैसा दूसरे जानते हैं।

जब तुम शांत, स्थिर, आराम से बैठे क्रोध की चर्चा कर रहे हो तो तुम कह सकते हो कि क्रोध जहर है, रोग है, पाप है। लेकिन जब कोई व्यक्ति तुम्हें क्रोधित कर देता है तो बात बिलकुल बदल जाती है। अब यह बौद्धिक चर्चा न रही; अब तुम इससे आविष्ट हो। और जैसे ही तुम आविष्ट होते हो, तुम क्रोधित हो जाते हो। बाद में जब तुम फिर शांत होगे तो तुम्हारी स्मृति वापस आ जाएगी, तुम्हारा मन फिर काम करने लगेगी और तुम पश्चात्ताप करोगे कि मैंने गलती की, मुझे ऐसा नहीं करना चाहिए था, मैं जानता हूं कि क्रोध करना गलत है।

यह 'मैं' कौन है? यह बुद्धि है, ऊपरी मन है। तुम नहीं जानते हो, क्योंकि जब कोई तुम्हें क्रोध में धक्का दे देता है तो तुम इस मन को हटाकर अलग रख देते हो। चर्चा करने के लिए यह ठीक है, लेकिन जब कोई वास्तविक परिस्थिति पैदा होती है तो उसमें वास्तविक ज्ञान ही काम देता है। जब तक परिस्थिति नहीं आती तब तक चलता है। और बातचीत में भी वास्तविक परिस्थिति खड़ी हो सकती है। दूसरा व्यक्ति अगर तुम्हारी बिलकुल न सुने, विवाद करता ही जाए, तो तुम क्रोधित हो जाओगे और सब भूल जाओगे।

सच्चे ज्ञान का अर्थ है कि यह तुम्हारा अपना अनुभव है, तुमने इसे सुनकर, पढ़कर सूचना की भांति नहीं इकट्ठा किया है। यह तुम्हारा अपना अनुभव है। और तब कोई समस्या नहीं है, क्योंकि तब तुम उसके विपरीत नहीं जा सकते। ऐसा नहीं कि उसके विपरीत न जाने के लिए तुम्हें कोई प्रयत्न करना होगा; तुम उसके विपरीत जा ही नहीं सकते। मैं कैसे अपने अनुभव के विपरीत जा सकता हूं? जब मैं भलीभांति जानता हूं कि यह दीवार है और मैं कमरे से बाहर जाना चाहता हूं तो मैं दीवार से निकलने की कोशिश कैसे करूंगा? मैं जानता हूं कि यह दीवार है, तो मैं दरवाजे की खोज करूंगा। सिर्फ अंधा आदमी ही दीवार से निकलने की कोशिश करेगा।

लेकिन अगर मैं दीवार से निकलने की कोशिश करूं और तुमसे कहूं कि मैं अच्छी तरह जानता हूं कि दरवाजा कहां है और मैं जानता हूं कि यह दीवार है, लेकिन इसके बावजूद मैं अपने को दीवार से निकलने से नहीं रोक सकता, तो उसका अर्थ है कि जहां तक मेरा संबंध

है वह दरवाजा झूठा है। दूसरों ने मुझे कहा है कि वह दरवाजा है; लेकिन जहां तक मेरा संबंध है, मैं जानता हूं कि वह दरवाजा झूठा है। और दूसरों ने मुझे कहा है कि यह दीवार है; लेकिन जहां तक मैं देखता हूं, मुझे इस दीवार में दरवाजा दिखाई पड़ता है, और यही वजह है कि मैं दीवार से निकलने की कोशिश करता हूं।

ऐसी स्थिति में तुम्हें तुम जो जानते हो और तुमने जो सूचना इकट्ठी की है, दोनों में साफ-साफ फर्क करना होगा। सूचना पर, जानकारी पर भरोसा मत करो। चाहे वह सर्वश्रेष्ठ स्रोत से ही क्यों न आई हो, तो भी सूचना सूचना है। अगर बुद्ध भी तुम्हें कहें तो भी यह तुम्हारा अपना ज्ञान नहीं है और उससे किसी भी तरह तुम्हें लाभ नहीं होगा। लेकिन तुम सोचते रह सकते हो कि यह तुम्हारा ज्ञान है; और यह नासमझी तुम्हारी ऊर्जा, समय और जीवन के अपव्यय का कारण हो सकती है।

बुनियादी बात यह नहीं है कि तुम पूछो कि क्या करें कि दुख न निर्मित हो; बुनियादी बात यह जानना है कि तुम स्वयं अपने दुख निर्मित करते हो। अगली बार जब भी कोई वास्तविक स्थिति हो और तुम दुख में होओ तो स्मरण रखना और गौर से देखना कि क्या मैं ही इस दुख का कारण हूं। और अगर तुम्हें अनुभव हो जाए कि मैं ही कारण हूं तो तुम्हारा दुख विलीन हो जाएगा और वह दुख फिर नहीं आएगा। वह फिर असंभव है।

लेकिन अपने को धोखा मत दो। तुम अपने को धोखा दे सकते हो; इसलिए मैं यह कहता हूं। जब तुम दुख में हो तो तुम कह सकते हो: 'हां, मैं जानता हूं, मैंने ही यह दुख निर्मित किया है।' लेकिन गहरे में तुम जानते हो कि किसी और ने इसे निर्मित किया है; तुम्हारी पत्नी ने निर्मित किया है, तुम्हारे पति ने निर्मित किया है, किसी और ने निर्मित किया है।

और यह महज सांत्वना है, क्योंकि तुम कुछ कर नहीं सकते। तो तुम अपने को सांत्वना देते हो: 'किसी दूसरे ने नहीं, मैंने ही इसे निर्मित किया है; और धीरे-धीरे मैं इसे निर्मित करना छोड़ दूंगा।'

लेकिन ज्ञान त्वरित रूपांतरण है; उसमें धीरे-धीरे की बात नहीं है। अगर तुम समझ गए कि मैंने ही यह दुख निर्मित किया है तो वह दुख तुरंत विदा हो जाएगा और वह फिर वापस नहीं आएगा। और यदि वह वापस आता है तो समझना कि तुम्हारी समझ गहरी नहीं है।

तो यह जानना जरूरी नहीं है कि क्या किया जाए, दुख को कैसे रोका जाए; इतना ही जरूरी है कि गहराई में उतरकर खोजा जाए कि इसका असली कारण कौन है। अगर दुख का कारण दूसरे लोग हैं तो दुख का आना नहीं बंद हो सकता है, क्योंकि तुम पूरे संसार को नहीं बदल सकते हो। अगर कारण तुम हो तो ही उसे रोका जा सकता है।

इसीलिए मैं इस बात पर जोर देता हूं कि केवल धर्म संसार को दुख से सुख की ओर ले जा सकता है। कोई और यह काम नहीं कर सकता, क्योंकि सभी यह मानते हैं कि दूसरे लोग दुख निर्मित करते हैं; अकेला धर्म कहता है कि तुम ही अपने दुख का कारण हो। धर्म तुम्हें अपने भाग्य का मालिक बना देता है। तुम अपने दुख का कारण हो तो तुम अपने आनंद का भी कारण हो सकते हो।

आज इतना ही।

51

अंधकार की साधना

सूत्र

76. वर्षा का अंधेरी रात में उस अंधकार में प्रवेश करो, जो रूपों का रूप है।

77. जब चंद्रमाहीन वर्षा को रात उपलब्ध न हो तो आखें बंद करो और अपने सामने अंधकार को देखो, फिर आंखें खोलकर अंधकार को देखो। इस प्रकार दोष सदा के लिए विलीन हो जाते है।

78. जहां कहीं भी तुम्हारा अवधान उतरे, उसी बिंदु पर, अनुभव।

43

▲

एक बार एक गांव में एक सज्जन आकर टिके; उन्हें लोग डाक्टर कहते थे। वे प्रसिद्ध इतिहासविद थे, विद्वान थे। उस गांव का पोस्ट मास्टर, बूढ़ा पोस्ट मास्टर इस बूढ़े व्यक्ति के प्रति बहुत कुतूहल से भर गया; वह जानना चाहता था कि यह किस तरह का डाक्टर है। तो एक दिन उसने पूछ ही लिया: 'महाशय, आप किस चीज के डाक्टर हैं?'

उस व्यक्ति ने कहाः 'मैं दर्शनशास्त्र का डाक्टर हूं।'

बूढ़े पोस्ट मास्टर ने यह नाम कभी सुना ही नहीं था। वह बहुत हैरान हुआ और उसने कहाः 'मैंने यहां इस रोग का रोगी कभी नहीं देखा, न ही उसके बारे में सुना है।'

इस पर हंसो मत। वह बूढ़ा पोस्ट मास्टर एक ढंग से सही था; दर्शनशास्त्र एक तरह का रोग ही है। निश्चित ही दर्शनशास्त्र के डाक्टर डाक्टर नहीं होते, बल्कि वे तो खुद ही मरीज होते हैं।

लेकिन दर्शनशास्त्र दूसरी बीमारियों जैसी बीमारी नहीं है; ऐसा नहीं है कि कुछ लोग इसके बीमार हैं और कुछ नहीं हैं। दर्शनशास्त्र का जन्म मनुष्य के जन्म के साथ ही हुआ है। यह उतना ही पुराना है जितना पुराना मनुष्य है, या मनुष्य का मन है। और करीब-करीब प्रत्येक मनुष्य इसका शिकार है। क्योंकि सोच-विचार कहीं नहीं पहुंचाता है; सोच-विचार तुम्हें गोल-गोल घुमाता है, दुष्चक्रों में घुमाता है। तुम घूमते तो बहुत हो—और अगर तुम कुशल हो तो तेजी से घूम सकते हो—लेकिन तुम कहीं पहुंचते नहीं।

इस बात को अच्छे से समझ लेना जरूरी है। क्योंकि इसे समझे बिना, इसकी प्रतीति के बिना तुम ध्यान में छलांग नहीं लगा सकते हो। ध्यान सर्वथा विपरीत बात है; वह दर्शनशास्त्र के बिलकुल विपरीत है। दर्शनशास्त्र का अर्थ विचार करना है और ध्यान का अर्थ निर्विचार दशा है। वे बिलकुल विपरीत ध्रुव हैं।

प्रश्नों के संबंध में सोच-विचार करना और उनके उत्तर ढूंढ़ना बिलकुल मानवीय है। लेकिन दर्शनशास्त्र किसी उत्तर पर नहीं पहुंचता है। विज्ञान किसी उत्तर पर पहुंचता है, धर्म

▲

किसी उत्तर पर पहुंचता है; लेकिन दर्शनशास्त्र किसी उत्तर पर नहीं पहुंचता है। और यदि वह किन्हीं उत्तरों पर पहुंचता मालूम भी पड़ता है तो वे उत्तर नहीं हैं, उत्तरों के धोखे भर हैं। अगर तुम उनमें गहरे उतरोगे तो तुम्हें और ज्यादा प्रश्न ही मिलेंगे और कुछ नहीं। प्रत्येक उत्तर और नए प्रश्न पैदा करता है, और यह सिलसिला चलता रहता है।

विज्ञान किन्हीं उत्तरों पर इसलिए पहुंचता है क्योंकि वह विचार पर नहीं, प्रयोग पर निर्भर है। वह विचार का उपयोग सिर्फ सहायक के रूप में करता है; लेकिन उसका आधार प्रयोग है। यही वजह है कि विज्ञान ने कुछ उत्तर दिए हैं।

लेकिन दार्शनिक—ज्ञात और अज्ञात दार्शनिक—सदियों से काम कर रहे हैं; लेकिन अब तक एक भी उत्तर, एक भी निष्पत्ति उनके हाथ नहीं आई है। यह संभव ही नहीं है। सोच-विचार का स्वभाव ही ऐसा है कि यदि तुम उसका उपयोग प्रयोग के सहायक के रूप में करोगे तो ही कुछ हाथ आ सकता है। इसीलिए कुछ उत्तर विज्ञान के हाथ लग सके।

लेकिन धर्म भी किन्हीं उत्तरों पर पहुंचता है, क्योंकि धर्म भी प्रयोग है। विज्ञान पदार्थ के साथ प्रयोग करता है; धर्म चेतना के साथ प्रयोग करता है। लेकिन दोनों प्रयोग हैं; दोनों प्रयोग पर निर्भर करते हैं। और दर्शनशास्त्र इन दोनों के बीच में है, जिसमें विचार ही विचार है—शुद्ध विचार, अमूर्त विचार। उसमें प्रयोग बिलकुल नहीं है। तुम चल तो बहुत सकते हो, लेकिन कहीं पहुंचते नहीं हो। दर्शनशास्त्र कोरी विचारणा है, मीमांसा है, अंतहीन सोच-विचार है। तुम उसका मजा ले सकते हो; यात्रा का मजा ले सकते हो; लेकिन कोई मंजिल कभी आती नहीं।

धर्म और विज्ञान एक अर्थ में समान हैं; दोनों प्रयोग में विश्वास करते हैं। निःसंदेह धर्म का प्रयोग विज्ञान के प्रयोग से बहुत गहरा है, क्योंकि विज्ञान के प्रयोग में प्रयोगकर्ता स्वयं संलग्न नहीं होता है। वह उपकरणों के द्वारा काम करता है, चीजों के साथ काम करता है, पदार्थ के साथ काम करता है। वह स्वयं उनसे अलग-थलग रहता है; वह स्वयं प्रयोग से बाहर रहता है। धर्म ज्यादा गहन विज्ञान है, क्योंकि उसमें प्रयोगकर्ता स्वयं प्रयोग बन जाता है। धर्म में कोई उपकरण नहीं हैं जो उससे अलग हों; धर्म में कोई विषय नहीं हैं जो उससे बाहर हों। वह दोनों है। अपने उपकरण और विषय और विधि वह स्वयं है। वही सब है। और उसे अपने ऊपर ही काम करना है।

और यह कठिन है। कठिन है, क्योंकि इसमें तुम खुद संलग्न हो। और क्योंकि तुम संलग्न हो, इसलिए प्रयोग अनुभव बन जाएगा। विज्ञान में प्रयोग प्रयोग ही रहेगा; वैज्ञानिक उससे अछूता रह जाएगा, वह रूपांतरित नहीं होगा। वैज्ञानिक वही का वही रहेगा। लेकिन धर्म में प्रयोग से गुजरकर तुम सर्वथा भिन्न व्यक्ति हो जाओगे। तुम वही के वही नहीं रह सकते; तुम्हारा रूपांतरण अनिवार्य है। यही कारण है कि धार्मिक प्रयोग अनुभव बन जाता है।

स्मरण रहे, तुम ईश्वर के संबंध में, आत्मा और परलोक के संबंध में विचार करते रह सकते हो; और तुम मान ले सकते हो कि मैं ईश्वर के संबंध में कुछ जानता हूं क्योंकि मैं इसे संबंध में सोच-विचार कर सकता हूं। लेकिन वह झूठा होगा। तुम ईश्वर के संबंध में कुछ भी नहीं जान सकते; 'संबंध में' शब्द ही बेतुका है। तुम ईश्वर को जान सकते हो, लेकिन तुम ईश्वर के संबंध में नहीं जान सकते। यह 'संबंध में' ही दर्शनशास्त्र निर्मित करता है।

▲

तुम ईश्वर के संबंध में कैसे जान सकते हो? या, उदाहरण के लिए, तुम प्रेम के संबंध में कैसे जान सकते हो? तुम प्रेम को तो जान सकते हो, लेकिन तुम प्रेम के संबंध में नहीं जान सकते। प्रेम के संबंध में जानने का अर्थ है कि कोई और जानता है और तुम उसके ज्ञान में विश्वास करते हो। तुम दूसरों के विचार इकट्ठे करते रहते हो और फिर तुम कहते होः 'मैं ईश्वर के संबंध में कुछ जानता हूं। लेकिन इकट्ठा किया हुआ सब ज्ञान झूठा है, खतरनाक है, क्योंकि उससे तुम धोखे में पड़ सकते हो।

तुम ईश्वर को जान सकते हो; तुम प्रेम को जान सकते हो; तुम अपने को जान सकते हो। लेकिन 'संबंध में' जैसे शब्दों को भूल जाओ। यह किसी के संबंध में जानना ही दर्शनशास्त्र है। उपनिषद कुछ कहते हैं, वेद कुछ कहते हैं, बाइबिल कुछ कहती है, कुरान कुछ कहती है; लेकिन तुम्हारे लिए वह जानना किसी के संबंध में जानना होगा। जब तक तुम्हारा अनुभव नहीं बनता है, वह व्यर्थ है, फिजूल है।

इस बात को अपने भीतर खूब गहराई में उतर जाने दो। क्योंकि तुम सोच-विचार करते रह सकते हो और मन ऐसा है कि तुम ध्यान के संबंध में भी विचार करने लग सकते हो। तुम किसी भी चीज को विचार का विषय बना सकते हो। ध्यान के संबंध में भी तुम विचार कर सकते हो, और तुम विचार करते रह सकते हो, लेकिन उससे कुछ नहीं होगा।

मैं अनेक विधियों पर बोल रहा हूं। इसमें एक खतरा है कि तुम इन विधियों के संबंध में विचार करने लग सकते हो; तुम जानकार हो जा सकते हो। लेकिन उससे कुछ नहीं होगा; वह किसी काम का नहीं है। वह व्यर्थ ही नहीं है, खतरनाक भी है। क्योंकि ध्यान एक अनुभव है; उसके संबंध में जानकारी दो कौड़ी की है।

इस 'अनुभव' शब्द को याद रखो। जीवन की समस्याएं, जीवन की सभी समस्याएं अस्तित्वगत हैं, यथार्थ हैं; वे सिद्धांत की, सोच-विचार की बातें नहीं हैं। तुम सोच-विचार के जरिए उन्हें हल नहीं कर सकते; तुम उन्हें जीकर ही उनका समाधान कर सकते हो। जीकर ही, जीने से ही भविष्य खुलता है; सोच-विचार से वह नहीं खुलता। सोच-विचार से उलटे भविष्य बंद हो जाता है।

तुमने शायद ध्यान नहीं दिया होगा, जब तुम विचार करते हो तो क्या होता है? जब तुम विचार करते हो तो तुम बंद हो जाते हो। तब जो भी वर्तमान है वह खो जाता है और तुम अपने मन में, अपने सपनों की दुनिया में विचरण करते हो। एक शब्द दूसरे शब्द को पैदा करता है, एक विचार दूसरे विचार को जन्म देता है; और ऐसे तुम चलते रहते हो। तुम विचार में जितनी गति करते हो, उतने ही तुम अस्तित्व से दूर होते जाते हो। विचार करना वास्तविकता से दूर चले जाने का उपाय है। विचार करना स्वप्न देखना है—शब्दों में स्वप्न देखना है।

जमीन पर लौट आओ। धर्म इस अर्थ में बहुत पार्थिव है—सांसारिक नहीं है, पार्थिव है। बहुत पार्थिव है, सब्सटेंशियल है, वास्तविक है। अस्तित्व में लौट आओ। जीवन की समस्याएं तभी हल हो सकती हैं जब तुम्हारी जड़े अस्तित्व में गड़ी हों। विचारों में विचरण करते हुए तुम जड़ों से दूर चले जाते हो; और तुम जितनी दूर निकल जाते हो, किसी समस्या के हल होने की संभावना उतनी ही कम हो जाती है। संभव है कि तुम चीजों को और भी उलझा दो; संभव है कि चीजें और ज्यादा गड्डमड्ड हो जाएं।

और फिर उलझनें जितनी बढ़ेगी तुम उतना ही अधिक सोच-विचार करोगे और उतने ही दूर निकल जाओगे। तो सोच-विचार से सावधान !

अब हम विधियों में प्रवेश करेंगे।

अंधकार-संबंधी पहली विधि:

वर्षा की अंधेरी रात में उस अंधकार में प्रवेश करो, जो रूपों का रूप है।

अतीत में एक बहुत पुराना गुह्य विद्या का संप्रदाय था, जिसके बारे में शायद तुमने न सुना हो। यह संप्रदाय 'इसेनी' नाम से जाना जाता था। जीसस की शिक्षा-दीक्षा उसी संप्रदाय में हुई थी; जीसस उस संप्रदाय के सदस्य थे। इसेनी संप्रदाय सारे संसार में अकेला संप्रदाय है जिसने परमात्मा की धारणा परम अंधकार के रूप में की है। कुरान कहती है कि परमात्मा प्रकाश है। वेद कहते हैं कि परमात्मा प्रकाश है। बाइबिल भी कहती है कि परमात्मा प्रकाश है। पूरी दुनिया में सिर्फ इसेनी की परंपरा कहती है कि परमात्मा घनघोर अंधेरा है, परमात्मा सर्वथा अंधकार है; एक अनंत अंधेरी रात जैसा है।

यह धारणा बहुत सुंदर है—आश्चर्यजनक है, पर बहुत सुंदर है। और बहुत अर्थपूर्ण भी है। तुम्हें इसका अर्थ जरूर समझना चाहिए। और तब यह विधि बहुत सहयोगी हो जाएगी। क्योंकि इस विधि का प्रयोग इसेनी साधक अंधकार में प्रवेश करने के लिए, उसके साथ एक होने के लिए करते थे।

थोड़ा इस पर विचार करो कि क्यों परमात्मा को सब जगह प्रकाश की भांति चित्रित किया गया है। इसलिए नहीं क्योंकि परमात्मा प्रकाश है, बल्कि इसलिए क्योंकि मनुष्य अंधकार से भयभीत है। यह मानवीय भय है। हम प्रकाश को पसंद करते हैं और अंधकार से डरते हैं; इसलिए हम अंधकार या कालिमा के रूप में ईश्वर की धारणा नहीं बना सकते। यह मानवीय धारणा है। हम ईश्वर को प्रकाश की भांति सोचते हैं, क्योंकि हम अंधकार से भयभीत हैं।

हमारे ईश्वर हमारे भय की ही निर्मिति हैं। हम ही उन्हें आकार और रूप देते हैं। और क्योंकि आकार और रूप हम देते हैं, ये आकार और रूप हमारे संबंध में खबर देते हैं, परमात्मा के संबंध में नहीं। वे हमारी निर्मिति हैं। हम अंधकार से भयभीत हैं: इसलिए परमात्मा प्रकाश है।

लेकिन ये विधियां एक भिन्न संप्रदाय की विधियां हैं। इसेनी कहते हैं कि ईश्वर अंधकार है। और इस बात में कुछ सार है। पहली तो बात कि अंधकार शाश्वत है। प्रकाश आता-जाता है; अंधेरा सदा है। सुबह सूर्य उगता है और प्रकाश होता है और संध्या सूर्य डूबता है और अंधेरा छा जाता है। अंधकार के लिए कुछ उदय नहीं होता है; अंधकार सदा है। वह न कभी उगता है और न डूबता ही है। प्रकाश आता-जाता है; अंधकार बना रहता है। और प्रकाश का सदा कोई स्रोत है; अंधकार स्रोतहीन है। और जिसका कोई स्रोत है वह शाश्वत नहीं हो सकता। असीम और शाश्वत तो वही हो सकता है जिसका कोई स्रोत न हो, जो स्रोतहीन हो। और प्रकाश में थोड़ा तनाव है; यही कारण है कि तुम प्रकाश में नहीं सो सकते। वह तनाव पैदा करता है। अंधकार विश्राम है—समग्र विश्राम।

लेकिन हम अंधकार से भयभीत क्यों हैं? कारण यह है कि प्रकाश हमें जीवन जैसा

मालूम पड़ता है; वह जीवन है। और अंधकार मृत्यु जैसा प्रतीत होता है; वह मृत्यु है। जीवन प्रकाश से आता है; और जब तुम मरते हो तो ऐसा लगता है कि तुम शाश्वत अंधकार में गिर गए। यही कारण है कि हम मृत्यु को काले रंग में चित्रित करते हैं और काला रंग शोक का रंग बन गया है। ईश्वर प्रकाश है और मृत्यु अंधकार है।

लेकिन ये हमारे भय हैं—प्रक्षेपित और आरोपित भय। वस्तुतः अंधकार असीम है; प्रकाश सीमित है। अंधकार गर्भ जैसा है, जिससे सब चीजें जन्म लेती हैं और जिसमें फिर विलीन हो जाती हैं।

यह इसेनियों का दृष्टिकोण था। और यह दृष्टिकोण बहुत सुंदर है, और बहुत सहयोगी भी। क्योंकि अगर तुम अंधकार को प्रेम कर सको तो तुम मृत्यु से निर्भय हो जाओगे। अगर तुम अंधकार में प्रवेश कर सको—और यह प्रवेश तभी हो सकता है जब भय न हो—तो तुम समग्र विश्राम को उपलब्ध हो जाओगे। अगर तुम अंधकार के साथ एक हो सको तो तुम खो जाओगे, विलीन हो जाओगे। सही समर्पण है। अब कोई भय न रहा। क्योंकि जब तुम अंधकार के साथ एक हो गए तो तुम मृत्यु के साथ एक हो गए। अब तुम्हारी मृत्यु नहीं हो सकती; तुम अब अमृत हो गए। अंधकार अमृत है। प्रकाश जन्मता है और मरता है; अंधकार बस है। वह अमृत है।

इन विधियों के संबंध में पहली बात यह स्मरण रखनी चाहिए कि तुम्हारे मन में अंधकार के प्रति, कालिमा के प्रति कोई भय न रहे। अन्यथा तुम यह प्रयोग नहीं कर सकोगे। पहले भय को छोड़ना होगा। तो आरंभिक चरण के रूप में एक काम यह करो: अंधेरे में बैठ जाओ, रोशनी बुझा दो और अंधकार को अनुभव करो। उसके प्रति प्रेमपूर्ण दृष्टि रखो; अंधकार को तुम्हें छूने दो। उसे देखो। अंधेरे कमरे में या अंधेरी रात में अपनी आंखें खोलो और अंधकार को अनुभव करो, उसके साथ संवाद में उतरो, उससे मैत्री साधो।

यदि तुम भयभीत हो गए तो ये विधियां तुम्हारे लिए किसी काम की न होंगी। तब तुम इनका प्रयोग नहीं कर सकोगे। पहले अंधकार के साथ घनिष्ठ मैत्री की जरूरत है। कभी रात में, जब सब लोग सोने के लिए चले जाएं, तुम अंधकार के साथ रहो। कुछ करो मत, बस उसके साथ रहो। और उसके साथ मात्र रहना ही तुम्हें उसके प्रति गहन भाव से भर देगा। कारण यह है कि अंधकार बहुत विश्रामदायी है। सिर्फ भय के कारण तुम्हें अंधकार के इस पहलू से परिचय नहीं हुआ। अगर रात में तुम्हें नींद न आए तो तुम तुरंत बत्ती जला लोगे और कुछ करने या पढ़ने लगोगे; लेकिन तुम अंधकार के साथ नहीं रहोगे। अंधकार के साथ रहो। और अगर तुम उसके साथ रह सके तो तुम्हारा उसके साथ एक नया संपर्क बनेगा, तुम्हें उसमें एक नया द्वार मिलेगा।

मनुष्य ने अपने को अंधकार के प्रति बिलकुल बंद कर रखा है। उसके कारण थे, ऐतिहासिक कारण थे। पुराने जमाने में मनुष्य जंगलों और गुफाओं में रहता था। वहां रातें बहुत खतरनाक होती थीं। दिन में तो वह सुरक्षित अनुभव करती था; चारों ओर देख सकता था। दिन में जंगली जानवरों के हमलों से वह अपना बचाव भी कर सकता था; कम से कम उनसे भाग सकता था। लेकिन रात में चारों तरफ अंधेरा होता था और वह बहुत असहाय हो जाता था। इससे ही वह अंधकार से भयभीत हो गया।

▲

और यह भय उसके अचेतन में गहरा चला गया है। हम अब भी भयभीत हैं। अब हम गुफाओं में नहीं रहते हैं। अब जंगली जानवरों का कोई भय नहीं है, अब कोई हम पर हमला नहीं करने जा रहा है। लेकिन भय कायम है। वह बहुत गहरे प्रविष्ट हो गया है, क्योंकि लाखों वर्षों तक मनुष्य का मन भयभीत रहा है। तुम्हारा अचेतन केवल तुम्हारा अपना अचेतन नहीं है; वह सामूहिक है, वंशानुगत है, वह तुम्हें विरासत में मिला है। वह भय वहां है और उस भय के कारण तुम अंधेरे के साथ संवाद नहीं कर सकते, उसके साथ लयबद्ध नहीं हो सकते।

एक और बात, इस भय के कारण ही मनुष्य ने अग्नि को पूजना शुरू किया। जब आग खोजी गई तो आग देवता बन गई। ऐसा नहीं कि आग देवता है, पर अंधेरे के डर के कारण आग देवता बन गई। दिन में प्रकाश था और भय नहीं था—मनुष्य ज्यादा सुरक्षित था। रात में अंधकार था। तो जब आग का आविष्कार हुआ तो आग ने देवता का पद ग्रहण कर लिया; वह सब से बड़ा देवता हो गई। पारसी लोग आज भी अग्नि की पूजा करते हैं। अंधकार के भय के कारण अग्नि-पूजा का जन्म हुआ। रात में आग आदमी की मित्र और सुरक्षा बन गई—दैवी सुरक्षा बन गई।

वह भय आज भी बना हुआ है। भले ही तुम्हें उसका बोध न हो, क्योंकि उसके प्रति बोधपूर्ण होने की स्थितियां नहीं हैं। लेकिन किसी भी रात रोशनी बुझा दो और अंधकार में बैठो, और वह आदिम भय तुम्हें घेर लेगा। तुम्हारे अपने घर में ही तुम्हें लगेगा कि चारों तरफ जंगली जानवर खड़े हैं। कोई आवाज होगी और तुम्हें जंगली जानवरों का भय पकड़ लेगा। तुम्हें लगेगा कि कहीं कुछ खतरा है। कहीं खतरा नहीं है; खतरा तुम्हारे अचेतन में है।

तो पहले तुम्हें अपने अचेतन भय को जीतना होगा और तब तुम इन विधियों में प्रवेश कर सकते हो, क्योंकि ये विधियां अंधकार से संबंधित हैं। और शिव सभी संभव विधियां दे रहे हैं। और इन विधियों के साथ मेरा अपना अनुभव बहुत सुंदर रहा है। अगर तुम इनका प्रयोग कर सके तो ये अदभुत हैं। तब तुम ऐसे प्रगाढ़ विश्राम में प्रवेश करोगे जिसका अनुभव तुम्हें कभी न हुआ होगा।

लेकिन पहले अपने अचेतन भयों को उघाड़ो तथा अंधकार को जीना और प्रेम करना सीखो। वह बहुत आनंददायी है। एक बार तुम इसे जान लेते हो और इसके संपर्क में होते हो तो तुम एक बहुत गहन जागतिक घटना के संपर्क में आ जाते हो।

जब भी तुम्हें अंधेरे में होने का मौका मिले तो जागे रहने का खयाल रखो। क्योंकि तुम दो काम कर सकते हो: या तो तुम रोशनी जला लोगे या नींद में चले जाओगे। ये दोनों अंधकार से बचने की तरकीबें हैं। अगर तुम सो जाते हो तो भय चला जाता है, क्योंकि तुम चेतन नहीं रहे। या अगर तुम चेतन रहे तो तुम रोशनी जला लोगे। न रोशनी जलाओ और न नींद में उतरो। अंधकार के साथ रहो।

बहुत से भय पकड़ेंगे। उन्हें अनुभव करो। उनके प्रति सजग होओ। उन्हें अपने चेतन में ले आओ। वे अपने आप ही आएंगे। और वे जब आएं तो उनके साक्षी भर रहो। वे भय विदा हो जाएंगे और शीघ्र ही वह दिन आएगा जब तुम अंधेरे में पूरे समर्पण के साथ रहोगे और तुम्हें कोई डर नहीं घेरेगा। तब तुम सहजता से अंधकार के साथ रह सकते हो। और तब एक बहुत सुंदर घटना घटती है। और तभी तुम इसेनियों के इस वक्तव्य को समझ सकोगे कि

▲

परमात्मा अंधकार है, परम अंधकार है।

'वर्षा की अंधेरी रात में उस अंधकार में प्रवेश करो, जो रूपों का रूप है।'

सभी रूप अंधकार से निकलते हैं और अंधकार में विलीन हो जाते हैं। अंधकार से ही पृथ्वियां आती हैं, निर्मित होती हैं, और फिर अंधकार में वापस गिर जाती हैं। अंधकार गर्भ है—जागतिक गर्भ। वहां अक्षुब्ध, निश्चल, परम शांति है।

शिव कहते हैं कि यह विधि वर्षा की रात में करने योग्य है, जब सब कुछ अंधकार में डूबा होता है, जब काले बादलों में तारे भी नहीं दिखाई देते और आसमान बिलकुल काला मालूम होता है। अंधेरी रात में जब चांद न हो, 'उस अंधकार में प्रवेश करो, जो रूपों का रूप है।' उस अंधकार के साक्षी बनो, और फिर उसमें विलीन हो जाओ। वह सब रूपों का रूप है, तुम रूप हो; तुम उसमें विलीन हो सकते हो।

जब प्रकाश होता है तो तुम परिभाषित हो जाते हो, सीमित हो जाते हो। मैं तुम्हें देख सकता हूं, क्योंकि प्रकाश है। तुम्हारे शरीर की सीमाएं हैं। तुम्हारी सीमाएं बन जाती हैं, तुम्हारी हदें निर्मित हो जाती हैं। तुम्हारी सीमाएं प्रकाश के कारण हैं। जब प्रकाश नहीं होता तो सीमाएं खो जाती हैं। अंधकार में कहीं कोई सीमा नहीं है, हर चीज दूसरी चीज में समा जाती है। रूप विसर्जित हो जाते हैं।

वह भी हमारे भय का एक कारण हो सकता है। क्योंकि तब तुम्हारी परिभाषा नहीं रहती है और तुम नहीं जानते हो कि मैं कौन हूं। तब तुम्हारा चेहरा नहीं देखा जा सकता, तुम्हारा शरीर नहीं देखा जा सकता। सब कुछ रूपहीन अस्तित्व में घुल-मिल जाता है। वह भय का एक कारण हो सकता है। क्योंकि तुम्हें तुम्हारे सीमित अस्तित्व का अहसास नहीं रहता, अस्तित्व धुंधला-धुंधला हो जाता है। और भय पकड़ता है, क्योंकि अब तुम नहीं जानते कि तुम कौन हो। तब अहंकार नहीं रह सकता है; सीमा के बिना अहंकार का होना कठिन है। आदमी भय अनुभव करता है; वह प्रकाश चाहता है।

धारणा और ध्यान करते हुए प्रकाश की बजाय अंधकार में विलीन होना आसान है। प्रकाश तोड़ता है, पृथकता पैदा करता है। अंधकार सभी पृथकता और फर्क मिटा देता है। प्रकाश में तुम सुंदर हो या कुरूप हो, अमीर हो या गरीब हो। प्रकाश तुम्हें व्यक्तित्व देता है, विशिष्टता देता है—शिक्षित हो, अशिक्षित हो, पुण्यात्मा हो, पापी हो। प्रकाश तुम्हें पृथक व्यक्ति की तरह प्रकट करता है, अंधकार तुम्हें अपने में समेट लेता है, तुम्हें स्वीकार कर लेता है। वह तुम्हें पृथक व्यक्ति की तरह नहीं लेता, वह तुम्हें बिना किसी परिभाषा के स्वीकार कर लेता है। तुम उसमें डूब जाते हो। तुम उसमें एक हो जाते हो।

अंधकार में सदा ही ऐसा होता है। लेकिन भयभीत होने के कारण तुम नहीं समझ पाते हो। अपने भय को अलग करो और उससे एक हो जाओ।

'उस अंधकार में प्रवेश करो, जो रूपों का रूप है। उस अंधकार में प्रवेश करो।'

तुम अंधकार में कैसे प्रवेश कर सकते हो? तीन बातें हैं। एक, अंधकार को देखो। यह कठिन है। किसी ज्योति को, किसी रोशनी के स्रोत को देखना आसान है; क्योंकि वह एक आब्जेक्ट की भांति सामने है और तुम उसे देख सकते हो। अंधकार कोई आब्जेक्ट नहीं है; वह सब जगह है, चारों ओर है। तुम उसे एक आब्जेक्ट की तरह नहीं देख सकते हो। शून्य में

▲

देखो, खालीपन में झांको। वह सब ओर है; तुम बस देखो। शिथिल होकर विश्रामपूर्वक देखते रहो। वह तुम्हारी आंखों में प्रवेश करने लगेगा। और जब अंधकार तुम्हारी आंखों में प्रवेश करता है तो तुम भी उसमें प्रवेश करते हो।

अंधेरी रात में इस विधि का प्रयोग करते हुए अपनी आंखें खुली रखो। आंखों को बंद मत करो। बंद आंखों से तुम एक अलग तरह के अंधकार में होते हो। वह तुम्हारा निजी अंधकार है—तुम्हारे मन का अंधकार। वह यथार्थ नहीं है, असली नहीं है। सच तो यह है कि बंद आंखों का अंधकार नकारात्मक है; वह विधायक अंधकार नहीं है।

यहां प्रकाश है; और तुम अपनी आंखें बंद कर लेते हो। तब तुम्हें जो अंधकार दिखाई देता है वह सिर्फ प्रकाश का नकारात्मक रूप है। वह सच्चा अंधकार नहीं है। जैसे कि तुम खिड़की को देखते हो और फिर आंखें बंद कर लेते हो तो तुम्हारी आंखों में खिड़की की नकारात्मक आकृति तैरती रहती है। हमारे सभी अनुभव प्रकाश के हैं, इसलिए हम जब आंख बंद करते हैं तो हमें प्रकाश का नकारात्मक अनुभव होता है। जिसे हम अंधकार कहते हैं वह असली अंधकार नहीं है। उससे काम नहीं चलेगा।

अपनी आंखें खुली रखो और अंधकार में खुली आंखों से देखते रहो। तब तुम्हें एक अलग ही किस्म का अंधकार मिलेगा—विधायक अंधकार। वह सचमुच है। उसमें टकटकी लगाओ। अंधकार को घूरते रहो। तुम्हारे आंसू बहने लगेंगे; तुम्हारी आंखें दुखने लगेंगी। इसकी चिंता मत करो; प्रयोग जारी रखो। जिस क्षण अंधकार, असली अंधकार तुम्हारी आंखों में प्रवेश करेगा, वह तुम्हें एक सुखद भाव से भर देगा—मानो कड़ी धूप में चलने वाले राही को घनी छाया मिल गई हो। और विधायक अंधकार का प्रवेश तुम्हारे भीतर से सभी नकारात्मक अंधकार को हटा देगा। यह बहुत अदभुत अनुभव है।

तुम्हारे भीतर जो अंधकार है वह नकारात्मक है; वह प्रकाश के विपरीत है। वह प्रकाश की अनुपस्थिति नहीं है, वह उसके विपरीत है। वह वही अंधकार नहीं है जिसे शिव सभी रूपों का रूप कहते हैं, सच्चा अंधकार कहते हैं। हम उस असली अंधकार से इतने भयभीत हैं कि हमने उससे बचने के लिए प्रकाश के अनेक साधन जुटा लिए हैं और हम एक प्रकाशित संसार में रहते हैं। और जब हम अपनी आंखें बंद करते हैं तो इस प्रकाशित संसार का एक नकारात्मक रूप हमारे भीतर प्रतिबिंबित होने लगता है।

असली अंधकार से, इसेनियों के और शिव के अंधकार से हमारा संपर्क खो गया है। उसके साथ हमारा कोई संपर्क नहीं है। हम उससे इतने भयभीत हैं कि हम उससे बिलकुल ही विमुख हो गए हैं। हमने उसकी तरफ अपनी पीठ कर ली है।

तो यह विधि प्रयोग में कठिन होगी, लेकिन अगर तुम इसे कर सको तो यह अदभुत है। तब तुम्हारी होना सर्वथा भिन्न होगा; तब तुम और ही व्यक्ति होगे।

जब अंधकार तुममें प्रवेश करता है तो तुम उसमें प्रवेश करते हो। यह सदा पारस्परिक है, दोनों तरफ से है। तुम किसी जागतिक तत्व में नहीं प्रवेश कर सकते अगर वह तत्व तुममें प्रवेश न करे। तुम जबरदस्ती नहीं कर सकते; उसमें जबरदस्ती प्रवेश नहीं हो सकता है। अगर तुम उपलब्ध हो, खुले हो, वलनरेबल हो, अगर तुम किसी जागतिक तत्व को अपने भीतर प्रवेश देते हो, तो ही तुम उस तत्व में प्रवेश कर सकते हो। यह सदा पारस्परिक है, साथ-साथ

▲

है। तुम जबरदस्ती नहीं कर सकते; तुम उसे सिर्फ घटित होने दे सकते हो।

अभी तो शहरों में, हमारे घरों में असली अंधकार का मिलना कठिन हो गया है। और नकली प्रकाश के साथ हमारा सब कुछ नकली हो गया है। हमारा अंधकार भी प्रदूषित है; वह भी शुद्ध नहीं है। तो अच्छा है कि सिर्फ अंधकार के अनुभव के लिए हम कहीं दूर निकल जाएं। तो किसी गांव में चले जाओ; जहां अभी बिजली न पहुंची हो। या किसी पहाड़ पर चले जाओ और वहां हफ्ते भर रहो, ताकि शुद्ध अंधकार का अनुभव हो सके। तुम वहां से और ही आदमी होकर लौटोगे।

पूर्ण अंधकार में बिताए उन सात दिनों में तुम्हारे सारे भय, सारे आदिम भय उभर कर ऊपर आ जाएंगे। भयानक जीव-जंतुओं से तुम्हारा सामना होगा; तुम्हें तुम्हारे अचेतन का साक्षात होगा। ऐसा लगेगा कि तुम उस पूरे विकास-क्रम से गुजर रहे हो जिससे पूरी मनुष्यता गुजरी है। अचेतन की गहराई में दबी बहुत चीजें ऊपर आएंगी। और वे यथार्थ मालूम पड़ेंगी। तुम भयभीत हो सकते हो, आतंकित हो सकते हो; क्योंकि वे चीजें यथार्थ मालूम पड़ेगी—और वे तुम्हारी मानसिक निर्मितियां भर हैं।

हमारे पागलखानों में अनेक पागल बंद हैं जो किसी और चीज से नहीं, इसी आदिम भय से पीड़ित हैं, जो भय उनके अचेतन से उभरकर बाहर आ गया है। यह भय वहां मौजूद है, और विक्षिप्त लोग उससे ही हमेशा भयभीत हैं, आतंकित हैं। और हमें अभी तक नहीं मालूम है कि इन आदिम भयों से मुक्त कैसे हुआ जाए। यदि इन पागलों को अंधकार पर ध्यान करने के लिए राजी किया जा सके तो उनका पागलपन विदा हो जाएगा।

सिर्फ जापान में इस दिशा में कुछ प्रयास किया जाता है। वे अपने पागल लोगों के साथ बिलकुल भिन्न व्यवहार करते हैं। यदि कोई व्यक्ति पागल हो जाता है, विक्षिप्त हो जाता है, तो जापान में वे उसे उसकी जरूरत के मुताबिक तीन से छह हफ्तों के लिए एकांत में रख देते हैं। वे उसे सिर्फ एकांत में रहने के लिए छोड़ देते हैं। कोई डाक्टर या मनोविश्लेषक उसके पास नहीं जाता है। वे उसे समय पर भोजन दे देते हैं, उसकी अन्य जरूरतें पूरी कर देते हैं, और उसे अकेला छोड़ देते हैं। रात में रोशनी नहीं जलाई जाती है; उसे अंधेरे में अकेले रहना पड़ता है। निश्चित ही उसे बहुत पीड़ा से गुजरना पड़ता है, अनेक अवस्थाओं से गुजरना पड़ता है। उसकी सब देखभाल की जाती है, लेकिन उसे किसी तरह का साथ-संग नहीं दिया जाता है। उसे अपनी विक्षिप्तता का साक्षात्कार सीधे और प्रत्यक्ष रूप से करना पड़ता है। और तीन से छह सप्ताह के अंदर उसका पागलपन दूर होने लगता है।

दरअसल कुछ नहीं किया गया, उसे सिर्फ एकांत में रख दिया गया। बस इतना ही किया गया। पश्चिम के मनोचिकित्सक चकित हैं। उन्हें यह बात समझ में नहीं आती कि यह कैसे होता है। वे खुद वर्षों मेहनत करते हैं। वे मनोविश्लेषण करते हैं, उपचार करते हैं, वे सब कुछ करते हैं, लेकिन वे रोगी को कभी अकेला नहीं छोड़ते। वे उसे कभी स्वयं ही अपने आंतरिक अचेतन का साक्षात्कार करने का मौका नहीं देते। क्योंकि तुम उसे जितना ही सहारा देते हो, वह उतना ही बेसहारा हो जाता है, वह उतना ही तुम पर निर्भर हो जाता है। और असली सवाल आंतरिक साक्षात्कार का है, स्वयं को देखने का है। सच में कोई भी कुछ सहारा नहीं दे सकता है। तो जो जानते हैं वे तुम्हें अपना साक्षात्कार करने को छोड़ देंगे। तुम्हें

अपने अचेतन को भर आंख देखना होगा।

और अंधकार पर किया जाने वाला यह ध्यान तुम्हारे सारे पागलपन को पी जाएगा। इसे प्रयोग करो। तुम अपने घर में भी इसे प्रयोग कर सकते हो। रोज रात एक घंटे के लिए अंधकार के साथ रहो। कुछ मत करो; सिर्फ अंधकार में टकटकी लगाओ, उसे देखो। तुम्हें पिघलने जैसा अनुभव होगा। तुम्हें एहसास होगा कि कोई चीज तुम्हारे भीतर प्रवेश कर रही है। और तुम किसी चीज में प्रवेश कर रहे हो। तीन महीने तक रोज एक घंटा अंधकार के साथ रहने पर तुम्हारे वैयक्तिकता के, पृथकता के सब भाव विदा हो जाएंगे। तब तुम द्वीप नहीं रहोगे, तुम सागर हो जाओगे; तुम अंधकार के साथ एक हो जाओगे।

और यह अंधकार इतना विराट है। कुछ भी उतना विराट और शाश्वत नहीं है, और कुछ भी तुम्हारे उतना निकट नहीं है। और तुम इस अंधकार से जितने भयभीत और त्रस्त हो उतने भयभीत और त्रस्त किसी अन्य चीज से नहीं हो। और यह तुम्हारे पास ही है, सदा तुम्हारी प्रतीक्षा में है।

'वर्षा की अंधेरी रात में उस अंधकार में प्रवेश करो, जो रूपों का रूप है।'

उसे इस तरह देखो कि वह तुममें प्रविष्ट हो जाए।

दूसरी बातः लेट जाओ और भाव करो कि तुम अपनी मां के पास हो। अंधकार मां है—सब की मां। थोड़ा विचार करो कि जब कुछ भी नहीं था तो क्या था? तुम अंधकार के अतिरिक्त और किसी चीज की कल्पना नहीं कर सकते। और यदि सब कुछ विलीन हो जाए। तो क्या रहेगा? अंधकार रहेगा। अंधकार माता है, गर्भ है।

तो लेट जाओ और भाव करो कि मैं अपनी मां के गर्भ में पड़ा हूं। और वह सच में वैसा अनुभव होगा, वह उष्ण मालूम पड़ेगा। और देर-अबेर तुम महसूस करोगे कि अंधकार का गर्भ मुझे सब तरफ से घेरे है और मैं उसमें हूं।

और तीसरी बात : चलते हुए, काम पर जाते हुए, भोजन करते हुए, कुछ भी करते हुए अपने साथ अंधकार का एक हिस्सा साथ लिए चलो। जो अंधकार तुममें प्रवेश कर गया है। उसे साथ लिए चलो। जैसे हम ज्योति को साथ लिए चलने की बात करते थे वैसे ही अंधकार को साथ लिए चलो। और जैसे मैंने तुम्हें बताया कि अगर तुम अपने साथ ज्योति को लिए चलो और भावना करो कि मैं प्रकाश हूं तो तुम्हारा शरीर एक अदभुत प्रकाश विकीरित करेगा और संवेदनशील लोग उसे अनुभव भी करेंगे, ठीक वही बात अंधकार के इस प्रयोग के साथ भी घटित होगी।

अगर तुम अपने साथ अंधकार को लिए चलो तो तुम्हारा सारा शरीर इतना विश्रांत हो जाएगा, इतना शांत और शीतल हो जाएगा कि वह दूसरों को भी अनुभव होने लगेगा। और जैसे साथ में प्रकाश लिए चलने पर कुछ लोग तुम्हारे प्रति आकर्षित होंगे वैसे ही साथ में अंधकार लिए चलने पर कुछ लोग तुमसे विकर्षित होंगे, दूर भागेंगे। वे तुमसे भयभीत और त्रस्त होंगे। वे ऐसी मौन उपस्थिति को झेल नहीं पाएंगे; यह उनके लिए असह्य होगा।

अगर तुम अपने साथ अंधकार लिए चलोगे तो अंधकार से भयभीत लोग तुमसे बचने की कोशिश करेंगे, वे तुम्हारे पास नहीं आएंगे। और प्रत्येक आदमी अंधकार से डरा हुआ है। तब तुम्हें लगेगी कि मित्र मुझे छोड़ रहे हैं। जब तुम अपने घर आओगे तो तुम्हारा परिवार

परेशान होगा। क्योंकि तुम तो शीतलता के पुंज की तरह प्रवेश करोगे और लोग अशांत और क्षुब्ध हैं। उनके लिए तुम्हारी आंखों में देखना कठिन होगा; क्योंकि तुम्हारी आंखें घाटी की तरह, गहन खाई की तरह गहरी होंगी। अगर कोई व्यक्ति तुम्हारी आंखों में झांकेगा तो वहां उसे ऐसी अतल खाई दिखेगी कि उसका सिर चकराने लगेगा।

लेकिन तुम्हें अदभुत अनुभव होंगे। तुम्हारे लिए क्रोध करना असंभव हो जाएगा। अपने भीतर अंधकार लिए तुम क्रोधित नहीं हो सकते हो। अपने साथ ज्योति लिए तुम बहुत आसानी से क्रोधित हो सकते हो, पहले से ज्यादा क्षुब्ध हो सकते हो। पहले से ज्यादा क्षुब्ध हो सकते हो, क्योंकि ज्योति तुम्हें उत्तेजित कर सकती है। ज्योति साथ लिए तुम पहले से ज्यादा कामुक हो सकते हो; क्योंकि ज्योति तुम्हें उत्तेजित कर सकती है, वह तुम्हारी वासना को भड़का सकती है। लेकिन अंधकार को साथ लिए तुम्हें अपने भीतर गहन निर्वासना का अनुभव होगा। तुम कामुक नहीं होगे; तुम आसानी से क्रोध में नहीं बहोगे। वासना विलीन हो जाएगी। तुम पुरुष हो या स्त्री, तुम्हें इसका भी बोध नहीं होगा। वे शब्द तुम्हारे लिए अप्रासंगिक हो जाएंगे, अर्थहीन हो जाएंगे। तुम सिर्फ होओगे।

दिन भर अपने साथ अंधकार लिए चलना तुम्हारे लिए बहुत उपयोगी होगा। क्योंकि जब तुम रात में अंधकार पर ध्यान करोगे तो जो आंतरिक अंधकार तुम अपने साथ दिन भर लिए चले थे वह तुम्हें बाहरी अंधकार से जुड़ने में सहयोगी होगा। आंतरिक बाह्य से मिलने के लिए उभर आएगा।

और सिर्फ इसके स्मरण से—कि मैं अंधकार लिए चल रहा हूं, कि मैं अंधकार से भरा हूं, कि मेरे शरीर की एक-एक कोशिका अंधकार से भरी है—तुम बहुत विश्राम अनुभव करोगे। इसे प्रयोग करो; तुम बहुत शांत हो जाओगे। तुम्हारे भीतर सब कुछ शांत और विश्रामपूर्ण हो जाएगा। तब तुम दौड़ नहीं सकोगे; तुम बस चलोगे और वह चलना भी धीमे-धीमे होगा। तुम धीरे-धीरे चलोगे—जैसे कि कोई गर्भवती स्त्री चलती है। तुम धीरे-धीरे चलोगे और बहुत सजगता से चलोगे। तुम अपने साथ कुछ लिए हुए चल रहे हो।

और जब तुम अपने साथ ज्योति लेकर चलोगे तो उलटी बात घटित होगी। तब तुम्हारा चलना तेज हो जाएगा; बल्कि तुम दौड़ना चाहोगे। तुम्हारी गतिविधि बढ़ जाएगी; तुम ज्यादा सक्रिय होगे। अंधकार को साथ लिए हुए तुम विश्राम अनुभव करोगे और दूसरे लोग समझेंगे कि तुम आलसी हो।

जिन दिनों मैं विश्वविद्यालय में था, दो वर्षों तक मैंने इस विधि का प्रयोग किया। और मैं इतना आलसी हो गया था कि सुबह बिस्तर से उठना भी मुश्किल था। मेरे प्राध्यापक इससे बहुत चिंतित थे और उन्हें लगता कि मेरे साथ कुछ गड़बड़ हो गई है। वे सोचते थे कि या तो मैं बीमार हूं या बिलकुल उदासीन हो गया हूं। एक प्राध्यापक तो, जो विभागीय अध्यक्ष थे और मुझे बहुत प्रेम करते थे, इतने चिंतित थे कि परीक्षा के दिनों में वे खुद मुझे सुबह होस्टल से लेकर परीक्षा-कक्ष पहुंचा आते थे, ताकि मैं वहां समय पर पहुंचूं। यह उनका रोज का काम था कि वे मुझे परीक्षा-कक्ष में दाखिल करके चैन लेते थे और घर जाते थे।

तो इसे प्रयोग में लाओ। अपने भीतर अंधकार लिए चलना, अंधकार ही हो जाना, जीवन के सुंदरतम अनुभवों में एक है। चलते हुए, बैठे हुए, भोजन करते हुए, कुछ भी करते

हुए स्मरण रखो कि मेरे भीतर एक अंधकार है, कि मैं अंधकार से भरा हूं। और फिर देखो कि चीजें किस तरह बदलती हैं। तब तुम उत्तेजित नहीं हो सकते, बहुत सक्रिय नहीं हो सकते, तनावग्रस्त नहीं हो सकते। तब तुम्हारी नींद इतनी गहरी हो जाएगी कि सपने विदा हो जाएंगे और पूरे दिन तुम मदहोश जैसे रहोगे।

सूफियों ने, उनके एक संप्रदाय ने इस विधि का प्रयोग किया है और वे मस्त सूफियों के नाम से जाने जाते हैं। वे इसी अंधकार के नशे में चूर रहते हैं। वे जमीन में गड़े खोदकर उसमें पड़े-पड़े ध्यान करते हैं, अंधकार पर ध्यान करते हैं—और अंधकार के साथ एक हो जाते हैं। उनकी आंखें तुम्हें कहेंगी कि वे पीए हुए हैं, नशे में हैं। तुम्हें उनकी आंखों में ऐसे प्रगाढ़ विश्राम का एहसास होगा जो तभी घटित होता है जब तुम गहरे नशे में होते हो, या जब तुम्हें नींद आती है। तभी तुम्हारी आंखों में वैसी अभिव्यक्ति होती है। वे मस्त सूफियों के नाम से प्रसिद्ध हैं। और उनका नशा अंधकार का नशा है।

अंधकार-संबंधी दूसरी विधि :

जब चंद्रमाहीन वर्षा की रात उपलब्ध न हो तो आंखें बंद करो और अपने सामने अंधकार को देखो, फिर आंखें खोलकर अंधकार को देखो। इस प्रकार दोष सदा के लिए विलीन हो जाते हैं।

मैंने कहा कि अगर तुम आंखें बंद कर लोगे तो जो अंधकार मिलेगा वह झूठा अंधकार होगा। तो क्या किया जाए अगर चंद्रमाहीन रात, अंधेरी रात न हो? यदि चांद हो और चांदनी का प्रकाश हो तो क्या किया जाए? यह सूत्र उसकी कुंजी देता है।

'जब चंद्रमाहीन वर्षा की रात उपलब्ध न हो तो आंखें बंद करो और अपने सामने अंधकार को देखो।'

आरंभ में यह अंधेरा झूठा होगा। लेकिन तुम इसे सच्चा बना सकते हो, और यह इसे सच्चा बनाने का उपाय है:

'फिर आंखें खोलकर अंधकार को देखो।'

पहले अपनी आंखें बंद करो और अंधकार को देखो। फिर आंखें खोलो और जिस अंधकार को तुमने भीतर देखा उसे बाहर देखो। अगर बाहर वह विलीन हो जाए तो उसका अर्थ है कि जो अंधकार तुमने भीतर देखा था वह झूठा था।

यह कुछ ज्यादा कठिन है। पहली विधि में तुम असली अंधकार को भीतर लिए चलते हो; दूसरी विधि में तुम झूठे अंधकार को बाहर लाते हो। उसे बाहर लाते रहो। आंखें बंद करो, अंधेरे को महसूस करो; आंखें खोलो और खुली आंखों से अंधेरे को बाहर देखो। इस भांति तुम भीतर के झूठे अंधकार को बाहर फेंकते हो। उसे बाहर फेंकते रहो।

इसमें कम से कम तीन से छह सप्ताह लगेंगे और तब एक दिन तुम अचानक भीतर के अंधकार को बाहर लाने में सफल हो जाओगे। और जिस दिन तुम भीतर के अंधकार को बाहर ला सको, तुमने सच्चे आंतरिक अंधकार को पा लिया। सच्चे को ही बाहर लाया जा सकता है; झूठे को नहीं लाया जा सकता।

यह एक बहुत अदभुत अनुभव है। अगर तुम भीतरी अंधकार को बाहर ला सकते हो

▲

तो तुम इसे प्रकाशित कमरे में भी बाहर ला सकते हो, और अंधकार का एक टुकड़ा तुम्हारे सामने फैल जाएगा। यह बहुत अदभुत अनुभव है, क्योंकि कमरा प्रकाशित है। सूर्य के प्रकाश में भी यह संभव है; अगर तुम आंतरिक अंधकार को पा सके तो तुम उसे बाहर भी ला सकते हो। तुम्हारी आंखों के सामने अंधकार का एक टुकड़ा उपस्थित हो जाएगा। तुम उसे फैलाते जा सकते हो।

एक बार तुम जान गए कि ऐसा हो सकता है तो तुम भरी दोपहरी में अंधेरी से अंधेरी रात जैसा अंधकार फैला सकते हो। सूर्य मौजूद है और तुम अंधकार को फैला सकते हो। अंधकार सदा है; जब सूर्य चमक रहा है तो भी अंधकार है। तुम उसे नहीं देख सकते; वह सूर्य के प्रकाश से ढंका रहता है। लेकिन एक बार तुम जान लो कि उसे कैसे उघाड़ा जाए तो तुम उसे उघाड़ सकते हो।

तिब्बत में इसी तरह की अनेक विधियां हैं। वे चीजों को भीतरी जगत से बाहरी जगत में ला सकते हैं। तुमने एक प्रसिद्ध विधि के संबंध में सुना होगा। वे इसे ताप-योग कहते हैं। सर्द रात है, बर्फ जैसी सर्द रात और बर्फ गिर रही है। एक तिब्बती लामा उस सर्द रात में, जब चारों ओर बर्फ गिर रही हो और तापमान शून्य से नीचे हो, खुले आकाश के नीचे बैठता है और उसके शरीर से पसीना बहने लगता है।

शरीर-शास्त्र के हिसाब से यह एक चमत्कार है। पसीना कैसे निकलने लगता है? वह भीतरी ताप को बाहर ला रहा है। वैसे ही आंतरिक शीतलता को भी बाहर लाया जा सकता है।

महावीर के जीवन में एक उल्लेख है; अब तक किसी ने भी उसको समझा नहीं है। जैन सोचते हैं कि महावीर कोई तप कर रहे थे। यह बात नहीं है। कहा जाता है कि जब गर्मी होती थी, सूर्य तपता था, तो महावीर सदा ऐसी जगह खड़े होते थे जहां कोई छाया, कोई वृक्ष नहीं होता, कुछ भी नहीं होता। गर्मी के दिनों में वे जलती धूप में खड़े होते। और सर्दी के दिनों में वे कोई शीतल स्थान, शीतलतम स्थान, वृक्ष की छाया या नदी का किनारा चुनते जहां तापमान शून्य से नीचे होता। सर्दी के समय में वे ध्यान करने के लिए सर्द स्थान चुनते थे और गर्मी के दिनों में गर्म से गर्म स्थान चुनते थे। लोग सोचते थे कि वे पागल हो गए हैं। और उनके अनुयायी सोचते हैं कि वे तप कर रहे थे।

ऐसी बात नहीं है। असल में महावीर इसी तरह की किसी आंतरिक विधि का प्रयोग कर रहे थे। जब गर्मी पड़ती थी तब वे भीतरी शीतलता को बाहर लाने का प्रयोग करते थे। और यह विपरीत स्थिति में ही अनुभव किया जा सकता है। जब सर्दी पड़ती थी तो वे भीतरी ताप को बाहर लाने का प्रयत्न करते थे। और यह भी प्रतिकूल पृष्ठभूमि में ही महसूस हो सकता है। वे शरीर के शत्रु नहीं थे, वे शरीर के विरोध में नहीं थे, जैसा जैन समझते हैं।

जैन समझते हैं कि महावीर शरीर को मिटाने में लगे थे, क्योंकि अगर तुम अपने शरीर को मिटा सको तो तुम अपनी कामनाओं को भी मिटा सकते हो। यह निरी बकवास है। वे तप-जप नहीं कर रहे थे; वे बस आंतरिक को बाहर ला रहे थे और वे आंतरिक द्वारा सुरक्षित थे। जैसे तिब्बती लामा गिरती बर्फ के नीचे ताप पैदा करके पसीना बहा सकते थे वैसे ही महावीर जलती धूप में खड़े रहते और उन्हें पसीना नहीं आता था। वे अपनी आंतरिक शीतलता को बाहर ला रहे थे; वह आंतरिक शीतलता बाहर आकर उनके शरीर की रक्षा करती थी।

▲

इसी तरह तुम अपने आंतरिक अंधकार को बाहर ला सकते हो, और यह अनुभव बहुत शीतल होता है। अगर तुम उसे ला सके तो तुम उससे सुरक्षित रहोगे; कोई उत्तेजना, कोई मनोवेग तुम्हें विचलित नहीं कर सकेगा।

तो प्रयोग करो। ये तीन बातें हैं। एक, अंधकार में खुली आंखों से देखो और अंधकार को अपने भीतर प्रवेश करने दो। दूसरी, अंधकार को अपने चारों ओर मां के गर्भ की तरह अनुभव करो, उसके साथ रहो और उसमें अपने को अधिकाधिक भूल जाओ। और तीसरी बात, जहां भी जाओ अपने हृदय में अंधेरे का एक टुकड़ा साथ लिए चलो।

अगर तुम यह कर सके तो अंधकार प्रकाश बन जाएगा। तुम अंधकार के द्वारा बुद्धत्व को उपलब्ध हो जाओगे।

'जब चंद्रमाहीन वर्षा की रात उपलब्ध न हो तो आंखें बंद करो और अपने सामने अंधकार को देखो, फिर आंखें खोलकर अंधकार को देखो।'

यह विधि है। पहले इसे भीतर अनुभव करो, गहन अनुभव करो, ताकि तुम उसे बाहर देख सको। फिर आंखों को अचानक खोल दो और बाहर अनुभव करो। इसमें थोड़ा समय जरूर लगेगा।

'इस प्रकार दोष सदा के लिए विलीन हो जाते हैं।'

अगर तुम आंतरिक अंधकार को बाहर ला सके तो, दोष सदा के लिए विलीन हो जाते हैं। क्योंकि आंतरिक अंधकार अनुभव में आ जाए तो तुम इतने शीतल, इतने शांत, इतने अनुद्विग्न हो जाओगे कि दोष तुम्हारे साथ नहीं रह सकते।

स्मरण रहे, दोष तभी तक रहते हैं जब तक तुम उत्तेजित होने की हालत में रहते हो। दोष अपने आप नहीं रहते; वे तुम्हारी उत्तेजित होने की क्षमता में रहते हैं। कोई व्यक्ति तुम्हारा अपमान करता है और तुम्हारे भीतर उस अपमान को पीने के लिए अंधकार नहीं है, तुम जल-भुन जाते हो, क्रोधित हो जाते हो। और तब कुछ भी संभव है। तुम हिंसक हो सकते हो, तुम हत्या कर सकते हो, तुम वह सब कर सकते हो जो सिर्फ पागल आदमी कर सकता है। कुछ भी संभव है; अब तुम विक्षिप्त हो। फिर कोई व्यक्ति तुम्हारी प्रशंसा करता है और तुम दूसरे छोर पर विक्षिप्त हो जाते हो। तुम्हारे चारों ओर स्थितियां हैं और तुम उन्हें चुपचाप आत्मसात करने में समर्थ नहीं हो।

किसी बुद्ध का अपमान करो। वे उसे आत्मसात कर लेंगे; वे उसे पचा जाएंगे। कौन अपमान को पचा जाता है? अंधकार का, शांति का आंतरिक पुंज उसे पचा लेता है। तुम कुछ भी विषाक्त फेंको, वह आत्मसात हो जाता है। उससे कोई प्रतिक्रिया नहीं लौटती है।

इसे प्रयोग करो। जब कोई तुम्हारा अपमान करे तो इतना ही स्मरण रखो कि मैं अंधकार से भरा हूं, और सहसा तुम्हें प्रतीत होगा कि कोई प्रतिक्रिया नहीं उठती है। तुम रास्ते से गुजर रहे हो और एक सुंदर स्त्री या पुरुष दिखाई देता है और तुम उत्तेजित हो उठते हो। खयाल करो कि मैं अंधकार से भरा हुआ हूं, और कामवासना विदा हो जाएगी। प्रयोग करके देखो। यह बिलकुल प्रायोगिक विधि है; इसमें विश्वास करने की जरूरत नहीं है।

जब भी तुम्हें मालूम पड़े कि मैं वासना से, या कामना से, या कामवासना से भरा हुआ हूं तो आंतरिक अंधकार को स्मरण करो। एक क्षण के लिए आंखें बंद करो और अंधकार की

▲

भावना करो; और तुम देखोगे कि वासना विलीन हो गई है, कामना विदा हो गई है। आंतरिक अंधकार ने उसे पचा लिया। तुम एक असीम शून्य हो गए हो, जिसमें कोई भी चीज गिर कर फिर वापस नहीं लौट सकती। तुम अब एक अतल खाई हो।

इसलिए शिव कहते हैं: 'इस प्रकार दोष सदा के लिए विलीन हो जाते हैं।'

ये विधियां आसान मालूम पड़ती हैं—वे आसान हैं। लेकिन क्योंकि वे सरल दिखती हैं, इसलिए उन्हें प्रयोग किए बगैर मत छोड़ दो। वे तुम्हारे अहंकार को चुनौती न भी दें तो भी प्रयोग करो। यह हमेशा होता है कि हम सरल चीजों को प्रयोग नहीं करते हैं। हम सोचते हैं कि वे इतनी सरल हैं कि सच नहीं हो सकतीं। और सत्य सदा सरल है; वह कभी जटिल नहीं है। उसे जटिल होने की जरूरत नहीं है। सिर्फ झूठ जटिल होते हैं; वे सरल नहीं हो सकते। अगर वे सरल हों तो उनका झूठ जाहिर हो जाएगा। और क्योंकि कोई चीज सरल मालूम पड़ती है, हम सोचते हैं कि इससे कुछ नहीं होगा। ऐसा नहीं है कि उससे कुछ नहीं होता है, लेकिन हमारा अहंकार तभी चुनौती पाता है जब कोई चीज बहुत कठिन हो।

तुम्हारे ही कारण अनेक संप्रदायों ने अपनी विधियों को जटिल बना दिया। उसकी कोई जरूरत नहीं है। लेकिन वे उसमें अनावश्यक जटिलताएं और अवरोध निर्मित करते हैं ताकि वे कठिन हो सकें, ताकि वे तुम्हें भाएं। उनसे तुम्हारे अहंकार को चुनौती मिलती है। अगर कोई चीज बहुत कठिन हो, जिसे बहुत थोड़े लोग करने में समर्थ हों, तो तुम्हें लगता है कि यह करने जैसा है। यह तुम्हें सिर्फ इसलिए करने जैसा लगता है क्योंकि बहुत थोड़े लोग ही इसे कर सकते हैं।

ये विधियां एकदम सरल हैं। शिव तुम्हारा विचार नहीं करते हैं; वे विधि का वर्णन ठीक वैसा कर रहे हैं जैसी वह है। वे उसे सरलतम रूप में, कम से कम शब्दों में, सूत्र रूप में प्रकट कर रहे हैं। तो अपने अहंकार के लिए चुनौती मत खोजो। ये विधियां तुम्हें अहंकार की यात्रा पर ले जाने के लिए नहीं हैं। वे तुम्हारे अहंकार को कोई चुनौती नहीं देती हैं, लेकिन यदि तुम इनका प्रयोग करोगे तो वे तुम्हें रूपांतरित कर देंगी। और चुनौती कोई अच्छी बात नहीं है, क्योंकि चुनौती से तुम ज्वर-ग्रस्त हो जाते हो, विक्षिप्त हो जाते हो।

तीसरी विधि:

जहां कहीं भी तुम्हारा अवधान उतरे, उसी बिंदु पर, अनुभव।

क्या? क्या अनुभव? इस विधि में सबसे पहले तुम्हें अवधान साधना होगा, अवधान का विकास करना होगा। तुम्हें एक भांति का अवधानपूर्ण रुख, रुझान विकसित करना होगा; तो ही यह विधि संभव होगी। और तब जहां कहीं भी तुम्हारा अवधान उतरे, तुम अनुभव कर सकते हो—स्वयं को अनुभव कर सकते हो। एक फूल को देखने भर से तुम स्वयं को अनुभव कर सकते हो। तब फूल को देखना सिर्फ फूल को ही देखना नहीं है वरन देखने वाले को भी देखना है। लेकिन यह तभी संभव है जब तुम अवधान का रहस्य जान लो।

तुम भी फूल को देखते हो और तुम सोच सकते हो कि मैं फूल को देख रहा हूं। लेकिन तुमने तो फूल के बारे में विचार करना शुरू कर दिया और तुम फूल को चूक गए। तुम वहां नहीं हो जहां फूल है; तुम कहीं और चले गए, तुम दूर हट गए। अवधान का अर्थ है कि

▲

जब तुम फूल को देखते हो तो तुम फूल को ही देखते हो, कोई दूसरा काम नहीं करते हो—मानो मन ठहर गया है, अब कोई विचारणा नहीं है, फूल का सीधा अनुभव भर है। तुम यहां हो और फूल वहां है, और दोनों के बीच कोई विचार नहीं है।

यदि यह संभव हो तो अचानक तुम्हारा अवधान फूल से लौटकर स्वयं पर आ जाएगा। एक वर्तुल बन जाएगा। तुम फूल को देखोगे और वह दृष्टि वापस लौटेगी; फूल उसे वापस कर देगा, द्रष्टा पर ही लौटा देगा। अगर विचार न हो तो यह घटित होता है। तब तुम फूल को ही नहीं देखते, तुम देखने वाले को भी देखते हो। तब देखने वाला और फूल दो आब्जेक्ट हो जाते हैं और तुम दोनों के साक्षी हो जाते हो।

लेकिन पहले अवधान को प्रशिक्षित करना होगा। तुममें अवधान बिलकुल नहीं है। तुम्हारा अवधान सतत बदलता रहता है—यहां से वहां, वहां से कहीं और। तुम एक क्षण के लिए भी अवधानपूर्ण नहीं रहते हो। जब मैं यहां बोल रहा हूं तो तुम मेरी पूरी बात भी कभी नहीं सुनते हो। तुम एक शब्द सुनते हो और फिर तुम्हारा अवधान और कहीं चला जाता है। फिर तुम्हारा अवधान वापस मेरी बात पर आता है, फिर तुम एक-दो शब्द सुनते हो, फिर तुम्हारा ध्यान कहीं और चला जाता है।

तुम थोड़े से शब्द सुनते हो और बाकी के खाली स्थानों पर अपने शब्द डाल लेते हो और सोचते हो कि तुमने मुझे सुना। और तुम जो भी यहां से ले जाते हो वह तुम्हारी अपनी रचना है, तुम्हारा अपना धंधा है। तुमने मेरे थोड़े से शब्द सुने और खाली जगहों को अपने शब्दों से भर दिया; और तुम जिनसे खाली जगहों को भरते हो वे पूरी चीज को बदल देते हैं।

मैं एक शब्द बोलता हूं और तुमने उसके संबंध में झट सोचना शुरू कर दिया; तुम मौन नहीं रह सकते। यदि तुम सुनते हुए मौन रह सको तो तुम अवधान पूर्ण हो। अवधान का अर्थ है वह मौन सजगता, वह शांत बोध, जिसमें विचारों का कोई व्यवधान न हो, बाधा न हो।

तो अवधान का विकास करो। और उसे करके ही तुम उसका विकास कर सकते हो; इसके अतिरिक्त कोई मार्ग नहीं है। अवधान दो, उसे बढ़ाते जाओ; प्रयोग से वह विकसित होगा। कुछ भी करते हुए, कहीं भी तुम अवधान को विकसित कर सकते हो। तुम कार में या रेलगाड़ी में यात्रा कर रहे हो, वहीं अवधान को बढ़ाने का प्रयोग करो। समय मत गंवाओ। तुम आधा घंटा कार या रेलगाड़ी में रहने वाले हो; वहीं अवधान साधो। बस वहां होओ, विचार मत करो। किसी व्यक्ति को देखो, रेलगाड़ी को देखो या बाहर देखो, पर द्रष्टा रहो। विचार मत करो; वहां होओ और देखो। तुम्हारी दृष्टि सीधी, प्रत्यक्ष और गहरी हो जाएगी। और तब सब तरफ से तुम्हारी दृष्टि वापस लौटने लगेगी और तुम द्रष्टा के प्रति बोध से भर जाओगे।

तुम्हें अपनी बोध नहीं है। तुम अपने प्रति सावचेत नहीं हो। क्योंकि विचारों की एक दीवार है। जब तुम एक फूल को देखते हो तो पहले तुम्हारे विचार तुम्हारी दृष्टि को बदल देते हैं; वे उसे अपना रंग दे देते हैं। और वह दृष्टि उस फूल को देखती है, वापस आती है, और फिर तुम्हारे विचार उसे दूसरा रंग देते हैं। और जब दृष्टि वापस आती है, वह तुम्हें कभी वहां नहीं पाती; तुम कहीं और चले गए होते हो। तुम वहां नहीं होते हो।

प्रत्येक दृष्टि वापस लौटती है। प्रत्येक चीज प्रतिबिंबित होती है, प्रतिसंवेदित होती है। लेकिन तुम उसे ग्रहण करने के लिए वहां मौजूद नहीं होते। तो उसके ग्रहण के लिए मौजूद

रहो। पूरे दिन तुम अनेक चीजों पर यह प्रयोग कर सकते हो। और धीरे-धीरे तुम्हारा अवधान विकसित होगा। तब इस अवधान के साथ यह प्रयोग करो:

'जहां कहीं भी तुम्हारा अवधान उतरे, उसी बिंदु पर, अनुभव।'

तब कहीं भी देखो, लेकिन केवल देखो। अब अवधान वहां है, अब तुम स्वयं को अनुभव करोगे। लेकिन पहली शर्त है अवधानपूर्ण होने की क्षमता प्राप्त करना। और तुम इसका अभ्यास कहीं भी कर सकते हो। उसके लिए अतिरिक्त समय की जरूरत नहीं है। तुम जो भी कर रहे हो, भोजन कर रहे हो, या स्नान कर रहे हो, बस अवधानपूर्ण होओ।

लेकिन समस्या क्या है? समस्या यह है कि हम सब काम मन के द्वारा करते हैं और हम निरंतर भविष्य के लिए योजनाएं बनाते रहते हैं। तुम रेलगाड़ी में सफर कर रहे हो और तुम्हारा मन किन्हीं दूसरी यात्राओं के आयोजन में व्यस्त है, उनके कार्यक्रम बनाने में संलग्न है। इसे बंद करो।

झेन संत बोकोजू ने कहा है: 'मैं यही एक ध्यान जानता हूं। जब मैं भोजन करता हूं तो भोजन करता हूं। जब मैं चलता हूं तो चलता हूं। और जब मुझे नींद आती है तो मैं सो जाता हूं। जो भी होता है, होता है; उसमें मैं कभी हस्तक्षेप नहीं करता।'

इतना ही करने को है कि हस्तक्षेप न करो। और जो भी घटित होता हो उसे घटित होने दो। तुम् सिर्फ वहां मौजूद रहो। यही चीज तुम्हें अवधानपूर्ण बनाएगी। और जब तुम्हें अवधान प्राप्त हो जाए तो यह विधि तुम्हारे हाथ में है:

'जहां कहीं भी तुम्हारा अवधान उतरे, उसी बिंदु पर, अनुभव।'

तुम अनुभव करने वाले को अनुभव करोगे। तुम स्वयं पर लौट आओगे। सब जगह से तुम प्रतिबिंबित होगे, सब जगह से तुम प्रतिध्वनित होगे। सारा अस्तित्व दर्पण बन जाएगा; तुम सब जगह प्रतिबिंबित होगे। पूरा अस्तित्व तुम्हें प्रतिबिंबित करेगा।

और केवल तभी तुम स्वयं को जान सकते हो, उसके पहले नहीं। जब तक समस्त अस्तित्व ही तुम्हारे लिए दर्पण न बन जाए, जब तक अस्तित्व का कण-कण तुम्हें प्रकट न करे, जब तक प्रत्येक संबंध तुम्हें विस्तृत न करे...। तुम इतने असीम हो कि छोटे दर्पणों से नहीं चलेगा। तुम अंतस में इतने विराट हो कि जब तक सारा अस्तित्व दर्पण न बने, तुम्हें झलक नहीं मिल पाएगी। जब समस्त अस्तित्व दर्पण बन जाता है, केवल तभी तुम प्रतिबिंबित हो सकते हो। तुम्हारे भीतर भगवत्ता विराजमान है।

और अस्तित्व को दर्पण बनाने की विधि है: अवधान पैदा करो, ज्यादा सावचेत बनो, और जहां कहीं तुम्हारा अवधान उतरे—जहां भी, जिस किसी विषय पर भी तुम्हारा ध्यान जाए—अचानक स्वयं को अनुभव करो।

यह संभव है। लेकिन अभी तो यह असंभव है, क्योंकि तुमने बुनियादी शर्त नहीं पूरी की है। तुम एक फूल को देख सकते हो; लेकिन वह अवधान नहीं है। अभी तो तुम फूल के चारों ओर बाहर-बाहर घूम रहे हो। तुमने भागते-भागते फूल को देखा है; तुम उसके साथ क्षण भर के लिए नहीं रहे हो। रुको, अवधान पैदा करो, सावचेत बनो; और समस्त जीवन ध्यानपूर्ण हो जाता है।

'जहां कहीं भी तुम्हारा अवधान उतरे, उसी बिंदु पर, अनुभव।'

बस, स्वयं को स्मरण करो।

इस विधि के सहयोगी होने का एक गहरा कारण है। तुम एक गेंद को दीवार पर मारो; गेंद वापस लौट आएगी। जब तुम किसी फूल या किसी चेहरे को देखते हो तो तुम्हारी कुछ ऊर्जा उस दिशा में गति कर रही है। तुम्हारा देखना ही ऊर्जा है। तुम्हें पता नहीं है कि जब तुम देखते हो तो तुम ऊर्जा दे रहे हो, थोड़ी ऊर्जा फेंक रहे हो। तुम्हारी ऊर्जा का, तुम्हारी जीवन-ऊर्जा का एक अंश फेंका जा रहा है। यही कारण है कि दिन भर रास्ते पर देखते-देखते तुम थक जाते हो। चलते हुए लोग, विज्ञापन, भीड़, दुकानें—इन्हें देखते-देखते तुम थकान अनुभव करते हो और आराम करने के लिए आंखें बंद कर लेना चाहते हो। क्या हुआ है? तुम इतने थके-मांदे क्यों हो रहे हो? तुम ऊर्जा फेंकते रहे हो।

बुद्ध और महावीर दोनों इस पर जोर देते थे कि उनके शिष्य चलते हुए ज्यादा दूर तक न देखें, जमीन पर दृष्टि रखकर चलें। बुद्ध कहते हैं कि तुम सिर्फ चार फीट आगे तक देख सकते हो। इधर-उधर कहीं मत देखो, सिर्फ अपनी राह को देखो जिस पर चल रहे हो। चार फीट आगे देखना काफी है; क्योंकि जब तुम चार फीट चल चुकोगे, तुम्हारी दृष्टि चार फीट आगे सरक जाएगी। उससे ज्यादा दूर मत देखो, क्योंकि तुम्हें अकारण अपनी ऊर्जा का अपव्यय नहीं करना है।

जब तुम देखते हो तो तुम थोड़ी ऊर्जा बाहर फेंकते हो। रुको, मौन प्रतीक्षा करो, उस ऊर्जा को वापस आने दो। और तुम चकित हो जाओगे; अगर तुम ऊर्जा को वापस आने देते हो तो तुम कभी थकोगे नहीं। इसे प्रयोग करो। कल सुबह इस विधि का प्रयोग करो। शांत हो जाओ, किसी चीज को देखो। शांत रहो, उसके बारे में विचार मत करो, और एक क्षण धैर्य से प्रतीक्षा करो। ऊर्जा वापस आएगी; असल में, तुम और भी प्राणवान हो जाओगे।

लोग निरंतर मुझसे पूछते हैं; मैं सतत पढ़ता रहता हूं, इसलिए वे पूछते हैं: 'आपकी आंखें अभी भी ठीक कैसे हैं? आप जितना पढ़ते हैं, आपको कब का चश्मा लग जाना चाहिए था।' तुम पढ़ सकते हो, लेकिन अगर तुम निर्विचार मौन होकर पढ़ो तो ऊर्जा वापस आ जाती है, वह व्यर्थ नहीं होती है। और तुम कभी थकान नहीं अनुभव करोगे। मैं जिंदगी भर रोज बारह घंटे पढ़ता रहा हूं, कभी-कभी अठारह घंटे भी; लेकिन मैंने थकावट कभी महसूस नहीं की। मैंने अपनी आंखों में कभी कोई अड़चन, कभी कोई थकान नहीं अनुभव की।

निर्विचार अवस्था में ऊर्जा लौट आती है; कोई बाधा नहीं पड़ती है। और अगर तुम वहां मौजूद हो तो तुम उसे पुनः आत्मसात कर लेते हो। और वह पुनः आत्मसात करना तुम्हें पुनरुज्जीवित कर देता है। सच तो यह है कि तुम्हारी आंखें थकने के बजाय ज्यादा शिथिल, ज्यादा प्राणवान, ज्यादा ऊर्जावान हो जाती हैं।

आज इतना ही।

52

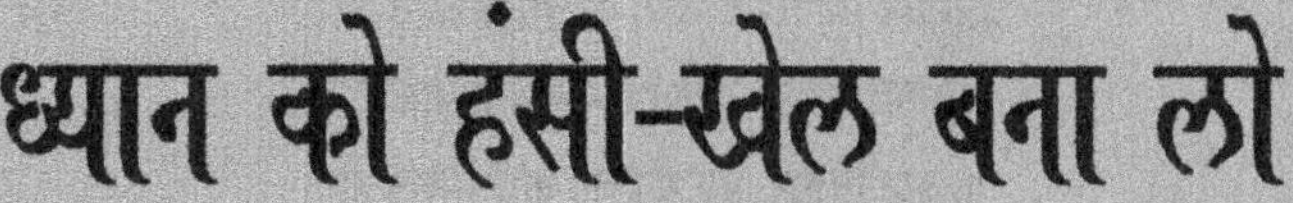

ध्यान को हंसी-खेल बना लो

प्रश्न-सार

▲

9. यदि सभी फिलासफी ध्यान-विरोधी है तो क्यों बुद्ध पुरुष दार्शनिक मीमांसा की मजबूत शृंखला अपने पीछे छोड़ जाते हैं?

2. क्या विचार से समस्याएं हल हो सकती है?

3. खुले, निर्मल आकाश को एकटक देखने, प्रज्ञावान सदगुरु के फोटो पर त्राटक करने और अंधकार को अपलक देखने में क्या फर्क है?

4. क्या विज्ञान और धर्म का कहीं मिलन हो सकता है।

5. हम अपने अधैर्य को कैसे वश में करे?

6. आधुनिक विज्ञान को ध्यान में रखकर कृपया अंधकार एवं प्रकाश के संबंध में कुछ और कहें।

पहला प्रश्न

उस रात आपने कहा कि सभी फिलासफी ध्यान-विरोधी हैं। लेकिन दूसरी तरफ आप कहते हैं कि तंत्र, योग और वेदांत जैसे पूर्वीय दर्शन बुद्ध पुरुषों द्वारा रचे गए हैं। यदि सभी फिलासफी ध्यान-विरोधी हैं तो क्यों बुद्ध पुरुष दार्शनिक मीमांसा की मजबूत श्रृंखला अपने पीछे छोड़ जाते हैं?

फिलासफी का सही अनुवाद दर्शन नहीं है। दर्शन पूर्वीय शब्द है। दर्शन का अर्थ होता है देखना। और फिलासफी का अर्थ होता है सोच-विचार करना। हरमन हेस ने पश्चिमी भाषा में दर्शन के लिए एक नया शब्द गढ़ा है; वह इसे फिलोसिया कहता है—सिया का अर्थ होता है देखना।।

फिलासफी का अर्थ विचार करना है; दर्शन का अर्थ देखना है। और दोनों बुनियादी रूप से भिन्न हैं; भिन्न ही नहीं, एक-दूसरे के सर्वथा विपरीत हैं। क्योंकि जब तुम विचार करते हो तो तुम देख नहीं सकते। तुम विचारों से इतने भरे होते हो कि दर्शन धूमिल हो जाता है, देखना धुंधला हो जाता है। जब तुम निर्विचार होते हो तो ही तुम देखने में समर्थ होते हो। तब तुम्हारी आंखें साफ हो जाती हैं, निर्मल हो जाती हैं। दर्शन तब घटित होती है जब विचार विलीन हो जाते हैं।

सुकरात, प्लेटो और अरस्तू के लिए, पश्चिम की पूरी परंपरा के लिए विचारणा आधार है। कणाद, कपिल, पतंजलि, बुद्ध के लिए, पूर्व की पूरी परंपरा के लिए दर्शन आधार है, देखना आधार है। इसलिए बुद्धे फिलासफर नहीं हैं—बिलकुल नहीं। पतंजलि, कपिल या कणाद फिलासफर नहीं हैं। उन्होंने सत्य को देखा है; उसके संबंध में विचार नहीं किया है।

यह भलीभांति स्मरण रखो कि तुम विचार इसीलिए करते हो, क्योंकि तुम देख नहीं सकते। अगर तुम देख सको तो विचार करने की जरूरत नहीं रहती। विचार करना सदा अज्ञान में होता है। विचार करना ज्ञान नहीं है, क्योंकि जब तुम जानते हो तो विचार करने की जरूरत नहीं रहती। जब तुम नहीं जानते हो तो उस खाली जगह को, अपने अज्ञान को विचार से भरते हो। विचार करना अंधेरे में टटोलना है।

इसलिए पूर्वीय दर्शन फिलासफी नहीं है। पूर्वीय दर्शन के लिए फिलासफी शब्द का उपयोग बिलकुल गलत है। दर्शन का अर्थ है देखना, और विचार की मध्यस्थता के बिना देखना, दृष्टि पैदा करना, जानना, अनुभव करना। और यह देखना, यह अनुभव तत्काल होता

है, प्रत्यक्ष होता है, तुरंत होता है, सीधा-साफ होता है।

विचार कभी अज्ञात तक नहीं पहुंचा सकता है। कैसे पहुंचा सकता है? यह असंभव है। विचार की प्रक्रिया को ही समझना होगा। जब तुम विचार करते हो तो वस्तुतः क्या करते हो? विचार करने के लिए तुम अतीत की स्मृतियों को ही काम में लाते हो।

अगर मैं तुम्हें एक प्रश्न पूछूं, पूछूं कि क्या ईश्वर है, तो तुम क्या करोगे? तुम ने ईश्वर के संबंध में जो कुछ सुना है, जो कुछ पढ़ा है, जो कुछ संग्रह किया है, तुम उस सब को दोहराओगे। अगर तुम किसी नए निष्कर्ष पर भी पहुंचोगे तो उसका नयापन ऊपरी होगा, यथार्थ नहीं होगा। वह निष्कर्ष पुराने विचारों का महज जोड़ होगा। तुम अनेक पुराने विचारों को मिलाकर एक नई संरचना खड़ी कर सकते हो, लेकिन वह संरचना देखने में ही नई होगी, वस्तुतः नई बिलकुल नहीं होगी।

सोच-विचार कभी मौलिक सत्य को नहीं उपलब्ध हो सकता है। विचार कभी मौलिक नहीं होता, हो नहीं सकता। विचार सदा अतीत का होता है, बीते हुए का होता है, ज्ञात का होता है। विचार कभी अज्ञात को नहीं छू सकता; वह सदा ज्ञात के वर्तुल में कोल्हू के बैल की तरह घूमता रहता है।

तुम्हें सत्य का पता नहीं है; तुम्हें ईश्वर का पता नहीं है। तुम क्या कर सकते हो? तुम उसके बारे में विचार कर सकते हो। तुम वर्तुल में घूम सकते हो, चक्कर लगा सकते हो। लेकिन इससे तुम्हें सत्य का कभी अनुभव नहीं होगा।

इसलिए पूर्व का जोर दर्शन पर है, विचार पर नहीं। तुम परमात्मा के संबंध में विचार नहीं कर सकते, लेकिन तुम उसे देख सकते हो। तुम परमात्मा के संबंध में किसी निष्कर्ष पर नहीं पहुंच सकते; लेकिन तुम उसे अनुभव कर सकते हो, उसको उपलब्ध हो सकते हो। परमात्मा तुम्हारा अनुभव बन सकता है। सूचना, ज्ञान, शास्त्र, सिद्धांत और फिलासफी के द्वारा तुम उसे जान नहीं सकते; तुम उसे तभी जान सकते हो जब तुम अपने सारे ज्ञान को उठाकर फेंक दो। तुम ने जो भी सुना है, पढ़ा है, संग्रह किया है, तुम्हारे मन ने जो भी धूल इकट्ठी की है, उस सबको, पूरे अतीत को अलग रख देना होगा। तब तुम्हारी आंखें निर्मल हैं, तब तुम्हारी चेतना का आकाश निरभ्र है और तब तुम उसे देख सकते हो।

परमात्मा यही है, अभी है, लेकिन तुम्हारी आंखों पर परदा पड़ा है। परमात्मा या सत्य को खोजने के लिए तुम्हें कहीं नहीं जाना है; वह यहीं है। वह ठीक यहीं है जहां तुम हो। और ऐसा ही हमेशा से है। लेकिन तुम्हारी आंखें बंद हैं, तुम्हारी आंखें धूमिल हैं। तो प्रश्न यह नहीं है कि कैसे अधिक सोच-विचार किया जाए, प्रश्न यह है कि कैसे निर्विचार चेतना को उपलब्ध हुआ जाए।

यही कारण है कि मैं कहता हूं कि ध्यान और फिलासफी एक-दूसरे के विरोधी हैं। फिलासफी सोच-विचार करना है; ध्यान निर्विचार निष्कर्ष पर पहुंचता है। और पूर्व की फिलासफी वस्तुतः फिलासफी नहीं हैं। पश्चिम में फिलासफी हैं; पूर्व में केवल धार्मिक अनुभव हैं, उपलब्धियां हैं।

हां, जब कोई बुद्ध होता है, या कोई कणाद या कोई पतंजलि होता है, जब कोई परम ज्ञान को उपलब्ध होता है तो वह उसके संबंध में वक्तव्य देता है। ये वक्तव्य अरस्तू के

▲

वक्तव्यों से या पाश्चात्य चिंतकों के निष्कर्षों से बहुत भिन्न हैं। और भिन्नता या फर्क यह है कि बुद्ध या कणाद पहले बोध को उपलब्ध होते —बोध पहले है—और तब वे वक्तव्य देते हैं। अनुभव प्राथमिक है और तब वे अभिव्यक्ति देते हैं।

अरस्तू, हीगल, कांट पहले सोच-विचार करते हैं और तब वे उस विचार से, तर्क से, पक्ष-विपक्ष के मंथन से विशेष निष्कर्षों पर पहुंचते हैं। ये निष्कर्ष ध्यान की साधना से नहीं आते हैं, मात्र विचार से, मनन से निकाले जाते हैं। और तब उन पर वे वक्तव्य देते हैं, सिद्धांत प्रतिपादित करते हैं। स्रोत ही अलग है।

बुद्ध के लिए उनका वक्तव्य संवाद का एक माध्यम भर है; वे यह कभी नहीं कहते हैं कि उनके बोलने से, उनके कहने से तुम सत्य को पा लोगे। अगर तुम बुद्ध को समझ सकते हो तो उसका यह अर्थ नहीं है कि तुमने सत्य को पा लिया; उसका इतना ही अर्थ है कि तुमने समझा है, जानकारी ली है। अब तुम्हें ध्यान से गुजरना होगा; मन की गहरी घाटियों से गुजरना होगा, गहन समाधि में उतरना होगा। तभी तुम सत्य को उपलब्ध हो सकोगे।

तो अनुभव के द्वारा ही सत्य तक पहुंचा जाता है; यह अस्तित्वगत है, मानसिक नहीं। सत्य को जानने के लिए और सत्य को उपलब्ध होने के लिए तुम्हें बदलना होगा। अगर तुम वही बने रहते हो जो हो, अगर तुम सूचनाएं जमा किए जाते हो, तो तुम बड़े पंडित हो जाओगे, बड़े शास्त्री हो जाओगे; लेकिन तुम बुद्ध नहीं होगे। तुम वही के वही आदमी बने रहोगे, तुममें कोई रूपांतरण नहीं होगा।

इसीलिए मैंने कहा कि फिलासफी एक आयाम है और ध्यान बिलकुल विपरीत आयाम है, सर्वथा विरोधी आयाम है। तो जीवन के संबंध में सोच-विचार मत करो, बल्कि जीवन को उसकी गहराई में जीओ। और आत्यंतिक समस्याओं के विषय में विचार मत करो, बल्कि इसी क्षण आत्यंतिक में प्रवेश कर जाओ। और वह आत्यंतिक भविष्य में नहीं है; वह सदा ही यहां और अभी है।

एक और मित्र ने भी इसी तरह का प्रश्न पूछा है।

उन्होंने पूछा है:
क्या सोच-विचार से समस्याओं का समाधान हो सकता है?

हां, कुछ समस्याएं विचार से हल की जा सकती हैं। लेकिन केवल वे ही समस्याएं विचार से हल की जा सकती हैं जो विचार से ही पैदा होती हैं। कोई सच्ची समस्या, कोई अस्तित्वगत समस्या, जीवन-समस्या विचार से नहीं पैदा होती है। सच्ची समस्या विचार से नहीं पैदा होती; वह जीवन में ही मौजूद है। विचार करना उसके लिए अधिक काम का नहीं होगा। केवल एक अर्थ में विचार करना काम का हो सकता है कि निरंतर विचार करते-करते तुम्हें कभी यह सत्य हाथ लग जाए कि विचार करना व्यर्थ है। और जिस क्षण तुम समझ लेते हो कि अस्तित्वगत समस्याओं के लिए विचार करना व्यर्थ है, तुम्हें एक अर्थ में थोड़ी मदद तो मिल गई। विचार के द्वारा ही तुम्हें यह ज्ञान हुआ।

लेकिन विचार से पैदा हुई समस्याएं विचार से ही हल हो सकती हैं। उदाहरण के लिए,

▲

गणित की समस्याएं हैं। गणित की समस्याएं विचार से हल की जा सकती हैं, क्योंकि समस्त गणित विचार से निर्मित हुआ है।

उदाहरण के लिए, अगर पृथ्वी पर मनुष्य ने हो तो क्या गणित रहेगा? गणित नहीं रहेगा। मनुष्य के मस्तिष्क के विदा होने के साथ ही गणित भी विदा हो जाएगा। जीवन और अस्तित्व में गणित नहीं है। बगीचे में वृक्ष हैं, लेकिन जब तुम एक, दो, तीन गिनते हो तो तीन वृक्ष नहीं हैं। यह तीन की संख्या मानसिक चीज है। वृक्ष हैं, लेकिन अंक नहीं हैं। अंक तीन तुम्हारे मन में है। तुम नहीं रहोगे तो वृक्ष तो होंगे, लेकिन तीन वृक्ष नहीं होंगे। केवल वृक्ष होंगे। तीन की संख्या मन से निर्मित हुई है; यह मन का खेल है। मन गणित निर्मित करता है; इसलिए गणित की कोई भी समस्या मन से ही हल होगी, विचार से ही हल होगी। स्मरण रहे, गणित के प्रश्न निर्विचार से नहीं हल हो सकते हैं। कोई ध्यान वहां काम नहीं देगा। क्योंकि ध्यान मन को विसर्जित कर देगा और मन के साथ पूरा गणित विसर्जित हो जाएगा।

तो ऐसी समस्याएं हैं, जो मन से पैदा होती हैं और मन से ही उनको समाधान हो सकता है। लेकिन ऐसी समस्याएं भी हैं जो मन से नहीं पैदा होती हैं; वे अस्तित्वगत समस्याएं हैं और उनका समाधान मन से नहीं हो सकता है। उनके समाधान के लिए तुम्हें अस्तित्व में ही गहरे उतरना होगा।

उदाहरण के लिए, प्रेम है। प्रेम एक अस्तित्वगत समस्या है; तुम विचार के द्वारा उसका समाधान नहीं कर सकते। बल्कि विचार से तुम और भी उलझन में पड़ जाओगे; तुम जितना विचार करोगे उतने ही समस्या के स्रोत से दूर हट जाओगे। यहां ध्यान सहयोगी होगा। ध्यान से तुम्हें अंतर्दृष्टि मिलेगी; ध्यान से तुम समस्या की अचेतन जड़ों तक पहुंच जाओगे। और अगर तुम इस संबंध में सोच-विचार करोगे तो तुम सतह पर ही रहोगे।

ध्यान रहे, जीवन की समस्याएं विचार से नहीं हल हो सकती हैं। उलटे सचाई यह है कि बहुत सोच-विचार के कारण तुम समाधान से वंचित हो रहे हो; सोच-विचार के कारण अधिकाधिक समस्याएं पैदा हो रही हैं।

उदाहरण के लिए, मृत्यु की समस्या विचार से नहीं पैदा हुई है, इसलिए तुम उसका समाधान विचार से नहीं कर सकते। चाहे तुम कितना भी विचार करो, तुम मृत्यु का समाधान कैसे करोगे? तुम्हें उससे सांत्वना मिल सकती है और तुम सोच भी सकते हो कि सांत्वना ही समाधान है। लेकिन सांत्वना समाधान नहीं है। तुम अपने को धोखा दे सकते हो, विचार से यह संभव है। तुम व्याख्याएं निर्मित कर सकते हो और व्याख्याओं से तुम समझ ले सकते हो कि मैंने समस्या का हल पा लिया। विचार के द्वारा तुम समस्या से पलायन कर सकते हो, लेकिन तुम उसे हल नहीं कर सकते। और इस फर्क को ठीक से समझ लो।

उदाहरण के लिए, मृत्यु है। तुम्हारी प्रेमिका मर जाती है, या तुम्हारा मित्र या तुम्हारी बेटी मर जाती है। मृत्यु चारों तरफ मौजूद है। तुम अब क्या कर सकते हो? तुम उसके संबंध में विचार कर सकते हो। तुम सोच-विचार कर सकते हो कि आत्मा अमर है; क्योंकि यह तुमने पढ़ा है। उपनिषद कहते हैं कि आत्मा अमर है, सिर्फ शरीर मरता है। लेकिन यह तुम्हारा अपना ज्ञान नहीं है। क्योंकि अगर तुम वस्तुतः जानते कि आत्मा अमर है तो कोई समस्या ही ने रही। या कि तब भी समस्या रहती? अगर तुम सचमुच जानते हो कि आत्मा अमर है तो मृत्यु

है ही नहीं। फिर समस्या कहां है?

लेकिन समस्या है। मृत्यु है; और तुम बेचैन हो, तुम गहन शोक में हो। तुम इस शोक से बचना चाहते हो; तुम किसी भांति इस संताप को भूलना चाहते हो। और तुम इस व्याख्या को पकड़ लेते हो कि आत्मा अमर है। अब यह एक चालाकी है। मैं यह नहीं कह रहा हूं कि आत्मा अमर नहीं है; लेकिन तुम्हारा यह कहना एक चालाकी है। तुम अपने को धोखा देने की चेष्टा कर रहे हो। तुम शोक में हो और तुम इस शोक से हट जाना चाहते हो। उसमें यह व्याख्या सहयोगी होगी। अब तुम अपने को यह कहकर सांत्वना दे सकते हो कि आत्मा अमर है, कोई मरता नहीं है, सिर्फ शरीर मरता है। जैसे मनुष्य कपड़े बदलता है, जैसे घर बदलता है, वैसे ही आत्मा एक घर से दूसरे घर में चली गई है। इस तरह तुम सोच सकते हो। लेकिन तुम्हें खुद इसका कुछ पता नहीं है; तुमने यह सब सुना है, तुमने ये सब सूचनाएं इकट्ठी कर ली हैं। लेकिन इन व्याख्याओं से तुम्हें थोड़ा चैन मिल जाएगा; तुम मृत्यु को भूल सकते हो।

लेकिन वस्तुतः वह समस्या का समाधान नहीं है। कुछ भी तो हल नहीं हुआ। अगले दिन किसी और की मृत्यु होगी और यह समस्या फिर उठ खड़ी होगी। फिर कोई और मरेगा और फिर यह समस्या उठ खड़ी होगी। और गहरे में तुम जानते हो कि मैं भी मरूंगा। तुम मृत्यु से बच नहीं सकते; इसीलिए भय है। लेकिन तुम व्याख्या के द्वारा इस भय को टाल सकते हो, भुला सकते हो। लेकिन उससे कुछ नहीं होगा।

मृत्यु अस्तित्वगत समस्या है; तुम विचार से उसका समाधान नहीं कर सकते। विचार से तुम सिर्फ झूठे समाधान निर्मित कर सकते हो। तब फिर क्या करें?

तब एक दूसरा आयाम है—ध्यान का आयाम। विचार से, चिंतन से काम नहीं चलेगा। स्थिति का सीधा साक्षात्कार करना है। मृत्यु घटित हुई है; तुम्हारी प्रेमिका चल बसी है। विचार में मत पड़ो। उपनिषद और गीता और बाइबिल को मत बीच में लाओ। क्राइस्टों और बुद्धों से मत पूछो; उन्हें उनकी जगह रहने दो। मृत्यु सामने है; उसको साक्षात्कार करो, उसे सीधे-सीधे देखो। इस स्थिति के साथ पूरी तरह रहो; उसके बारे में विचार मत करो। तुम क्या विचार कर सकते हो? तुम सिर्फ पुराने कचरे को दोहरा सकते हो। मृत्यु ऐसी नई घटना है, वह इतनी अज्ञात है कि तुम्हारा ज्ञान वहां किसी काम का नहीं होगा। इसलिए मन को अलग करो और मृत्यु के प्रगाढ़ ध्यान में उतरो।

कुछ करो मत। तुम क्या कर सकते हो जो सहयोगी हो सकता है? तुम कुछ नहीं जानते हो; इसलिए अपने अज्ञान में रहो। झूठे ज्ञान को, उधार ज्ञान को बीच में मत लाओ। मृत्यु यहां है; तुम उसके साथ रहो। अपनी समग्र उपस्थिति से मृत्यु का सामना करो, साक्षात करो। विचार मत करो; क्योंकि तब तुम स्थिति से बच रहे हो, यहां से हट रहे हो। विचार मत करो; मृत्यु के प्रति जागे रहो। दुख होगा, शोक होगा, दिल पर भारी बोझ होगा। उसे होने दो। वह जीवन का हिस्सा है; वह प्रौढ़ता का हिस्सा है; वह परम उपलब्धि का हिस्सा है। उसके साथ रहो, समग्रतः उपस्थित रहो। यह ध्यान होगा। और तुम्हें मृत्यु का एक प्रगाढ़ बोध उपलब्ध होगा। तब मृत्यु स्वयं शाश्वत जीवन बन जाएगी।

लेकिन मन को और ज्ञान को बीच में मत लाओ। मृत्यु के साथ रहो। तब मृत्यु तुम्हें अपना रहस्य प्रकट कर देगी। तब तुम जानोगे कि मृत्यु क्या है। तब तुम मृत्यु के आत्यंतिक

▲

रहस्य में प्रवेश पा जाओगे। तब मृत्यु तुम्हें जीवन के अंतरतम केंद्र पर पहुंचा देगी, क्योंकि मृत्यु ही जीवन का केंद्र है। मृत्यु जीवन के विपरीत नहीं है, वह जीवन की ही प्रक्रिया है। लेकिन मन यह विरोध खड़ा करता है कि जीवन और मृत्यु एक-दूसरे के विपरीत हैं। तब तुम विचार करने में संलग्न हो जाते हो। और क्योंकि मूल बात ही गलत है, विरोध ही गलत है, इसलिए तुम किसी वास्तविक और सच्चे निष्कर्ष पर नहीं पहुंच सकते।

जब भी कोई अस्तित्वगत समस्या हो, जीवन की समस्या हो तो मन को बीच में लाए बिना उस समस्या के साथ रहो। इसे ही मैं ध्यान कहता हूं। और समस्या के साथ मात्र रहने से ही समस्या का समाधान हो जाएगा। और अगर तुम वस्तुतः मृत्यु के साथ रह सके तो फिर तुम्हारे लिए मृत्यु समाप्त हो जाएगी, क्योंकि तब तुम जानते हो कि मृत्यु क्या है।

यह हमें कभी नहीं करते हैं। हम न कभी प्रेम के साथ रहते हैं, न मृत्यु के साथ, न किसी भी चीज के साथ रहते हैं जो प्रामाणिक रूप से यथार्थ हो, सच हो। हम सदा विचार के साथ गति करते हैं। और विचार बड़े झूठे हैं, वे सब कुछ झूठ कर देते हैं। सब विचार उधार हैं, वे तुम्हारे नहीं हैं। वे तुम्हें मुक्त नहीं कर सकते। केवल तुम्हारा अपना सत्य ही तुम्हारी मुक्ति बन सकता है। और तुम अपने सत्य तक अपनी अत्यंत मौन उपस्थिति के द्वारा ही पहुंच सकते हो।

सच्ची समस्याओं के लिए विचार निष्फल हैं, व्यर्थ हैं; विचार से सच्ची समस्याओं का हल नहीं होगा। लेकिन विचार उन झूठी समस्याओं को जरूर हल कर सकता है जो विचार से ही पैदा हुई हैं; क्योंकि झूठी समस्याएं तर्क के नियमों का अनुगमन करती हैं। लेकिन जीवन तर्क के नियमों का अनुगमन नहीं करता है। जीवन के अपने ही गुह्य नियम हैं और तुम उन पर तर्क को नहीं लाद सकते।

इस संबंध में एक बात और। जब भी तुम मन को लाते हो, मन विश्लेषण करता है, विभाजन करता है। सत्य एक है और मन सदा खंडों में बांटता है। और जैसे ही तुमने सत्य को बांटा कि तुमने उसे झुठला दिया। और फिर तुम जिंदगी भर संघर्ष करते रह सकते हो और कुछ उपलब्ध नहीं होगा। क्योंकि बुनियादी रूप से सत्य एक था और मन ने उसे दो खंडों में बांट दिया, और अब तुम खंडों के साथ काम कर रहे हो।

उदाहरण के लिए, मैंने कहा कि जीवन और मृत्यु एक हैं। लेकिन मन के लिए वे दो हैं और मृत्यु जीवन की शत्रु है। लेकिन वस्तुतः मृत्यु जीवन की शत्रु नहीं है; क्योंकि जीवन मृत्यु के बिना नहीं हो सकता। अगर जीवन मृत्यु के बिना नहीं हो सकता तो मृत्यु शत्रु कैसे हो सकती है? मृत्यु बुनियादी स्थिति है, मृत्यु जीवन को संभव बनाती है। जीवन मृत्यु में ही बड़ा होता है; मृत्यु आत्मा है, उसके बिना जीवन असंभव है। लेकिन मन, विचार उसे बांटता है और उसे विपरीत छोर के रूप में प्रस्तुत करता है। और तब तुम उसके संबंध में विचार करते रह सकते हो। लेकिन तुम जो भी विचार करोगे वह झूठा होगा; क्योंकि आरंभ में ही तुमसे एक पाप हो गया—विभाजन का पाप।

जब तुम ध्यान में उतरते हो तो विभाजन विलीन हो जाते हैं। जब तुम ध्यान में उतरते हो तो विभाजन संभव ही नहीं हैं। तुम मौन में विभाजन कैसे कर सकते हो?

हम लोग यहां हैं। हरेक व्यक्ति अपने मन में कुछ न कुछ विचार कर रहा है। तब हम

▲

लोग अलग-अलग हैं; तब प्रत्येक व्यक्ति अलग है। क्योंकि तुम्हारा विचार तुम्हारा विचार है और मेरा विचार मेरा विचार है। मेरे मन में मेरे अपने सपने हैं और तुम्हारे मन में तुम्हारे अपने सपने हैं। तब यहां अनेक व्यक्ति हैं।

लेकिन अगर हम सारे लोग ध्यान में हों—न तुम विचार कर रहे हो, न मैं विचार कर रहा हूं, विचार करना बंद हो गया है—तो यहां अनेक व्यक्ति नहीं होंगे। सच तो यह है कि तब यहां व्यक्ति ही नहीं होंगे। जब हम सारे लोग ध्यान में हैं तो सीमाएं विलीन हो गई हैं। जब मैं ध्यान में हूं और तुम ध्यान में हो तो हम दो व्यक्ति नहीं हैं। हम दो नहीं रह सकते, क्योंकि दो मौन एक हो जाते हैं। वे दो नहीं रह सकते, क्योंकि तुम एक मौन को दूसरे मौन से अलग कैसे कर सकते हो? यह नहीं हो सकता है। तुम एक विचार से दूसरे विचार को, एक मन से दूसरे मन को अलग कर सकते हो, उनके बीच सीमा-रेखा खींच सकते हो। लेकिन दो मौन तो एक ही हैं, वे दो शून्यों की भांति हैं। और दो शून्य दो नहीं हैं, एक ही हैं। तुम हजार शून्य रख सकते हो, लेकिन वे सब एक हैं।

ध्यान अंतस में शून्य निर्मित करता है—सभी विभाजन, सभी सीमाएं विलीन हो जाती हैं। और उससे तुम्हें सच्ची आंख उपलब्ध होती है—तीसरी आंख, दर्शन। अब तुम्हारे पास देखने वाली सच्ची आंखें हैं। और इन सच्ची आंखों के लिए सत्य उदघाटित हो जाता है, खुला और प्रकट हो जाता है। और सत्य के प्रकट होते ही कोई समस्या नहीं रह जाती है।

तीसरा प्रश्न:

खुले, निर्मल आकाश को एकटक देखने, प्रज्ञावान सदगुरु के फोटो पर त्राटक करने और अंधकार को अपलक देखने में क्या फर्क है?

देखने की विधि दरअसल विषय से संबंधित नहीं है; यह देखने से ही संबंधित है। क्योंकि जब तुम किसी चीज को अपलक देखते हो तो तुम्हारी दृष्टि स्थिर हो जाती है। तुम्हारा फोकस एक जगह पर हो जाता है और तुम स्थिर हो जाते हो। और मन का स्वभाव है कि वह सतत चलता रहे, सतत गति करता रहे। और अगर तुम सचमुच अपलक देखते हो, इधर-उधर गति नहीं करते, तो मन निस्संदेह कठिनाई में पड़ेगा। मन की प्रकृति है कि वह एक विषय से दूसरे विषय पर डोलता रहे, सतत गति करता रहे।

लेकिन यदि तुम अंधकार पर, या प्रकाश पर, या किसी चीज पर त्राटक करते हो, अगर तुम वास्तव में एकटक देखते हो तो मन की गति बंद हो जाती है। क्योंकि अगर मन गति करता रहे तो तुम एकटक नहीं देख पाओगे, तुम अपने लक्ष्य को चूकते रहोगे। जब मन कहीं और चला जाता है तो तुम भूल जाओगे, तुम्हें याद नहीं रहेगा कि तुम किसे देख रहे थे। शारीरिक रूप से तो विषय वहां मौजूद रहेगा, लेकिन तुम्हारे लिए वह खो जाएगा। क्योंकि तुम वहां नहीं हो, तुम विचार में भटक गए हो।

एकटक देखने का, त्राटक का मतलब है अपनी चेतना को गति नहीं करने देना, उसे स्थिर करना। और जब तुम मन को गति नहीं करने देते हो तो वह शुरू-शुरू में संघर्ष करता है, कठिन संघर्ष करता है। लेकिन अगर तुम त्राटक का अभ्यास जारी रखो तो मन धीरे-धीरे

▲

संघर्ष छोड़ देता है। तब वह कुछ क्षणों के लिए ठहर जाता है। और जब मन ठहर जाता है तो मन नहीं होता है, क्योंकि मन केवल गति में हो सकता है, विचार केवल गति में संभव हैं। जब कोई गति नहीं होती तो विचार विलीन हो जाते हैं। क्योंकि विचार भी गति है; एक विचार से दूसरे विचार पर गति करना है। विचार एक प्रक्रिया है।

यदि तुम किसी एक चीज को निरंतर देखते हो, पूरे होश से देखते हो, सावचेत होकर देखते हो...क्योंकि तुम मुर्दा-मुर्दा आंखों से भी देख सकते हो। तब तुम विचार करते रहोगे और तुम्हारी आंखें, मुर्दा आंखें देखती रहेंगी, देखने का बहाना करती रहेंगी। तुम मुर्दा आंखों से देखोगे और तुम्हारा मन यहां-वहां गति करता रहेगा। वह देखना नहीं है, और उससे कुछ लाभ नहीं होगा।

देखने का अर्थ है कि तुम्हारी आंखें ही नहीं, तुम्हारा समग्र मन भी आंखों की राह से किसी विषय पर स्थिर हो गया है। कोई भी विषय हो सकता है; यह तुम पर निर्भर है। अगर तुम्हें प्रकाश पसंद है तो ठीक है। और अगर तुम्हें अंधेरा अच्छा लगता है तो वह भी ठीक है। विषय गौण है। महत्वपूर्ण यह है कि देखने में मन को बिलकुल ठहरा देना है, स्थिर कर देना है, ताकि आंतरिक गति, भीतरी उछलकूद, हलन-चलन, सब बंद हो जाए। तुम सिर्फ देखो, कुछ करो मत। वह शांत-स्थिर देखना तुम्हें बिलकुल बदल देगा। वह ध्यान बन जाएगा।

यह अच्छा है। तुम इसे प्रयोग कर सकते हो। लेकिन स्मरण रहे कि तुम्हारी आंखें और तुम्हारी चेतना एक साथ हों, एक हो जाएं। आंखों से वास्तव में तुम्हें देखना है। तुम्हें वहां उपस्थित रहना है, अनुपस्थित नहीं। तुम्हारी उपस्थिति जरूरी है—समग्र उपस्थिति। और तब तुम विचार नहीं कर सकते; तब विचार करना असंभव है।

लेकिन इसमें एक खतरा है कि तुम मूर्च्छित हो जा सकते हो, तुम नींद में चले जा सकते हो। खुली आंखों से भी संभव है कि तुम सो जाओ। तब तुम्हारी दृष्टि पथरा जाएगी।

आरंभ में यह कठिनाई होगी कि तुम देखोगे और वहां उपस्थित नहीं रहोगे। यह पहली बाधा है। तुम्हारा मन भागता रहेगा। तुम्हारी आंखें तो ठहरी होंगी, लेकिन तुम्हारा मन गति करता रहेगा। आंख और मन का मिलना नहीं होगा। यह पहली कठिनाई होगी। और अगर तुम इस कठिनाई पर विजय पो गए तो दूसरी कठिनाई यह होगी कि गति-शून्य देखने में तुम्हें नींद पकड़ लेगी। तुम आत्मसम्मोहन में चले जाओगे; तुम स्वयं ही अपने को सम्मोहित कर लोगे। और यह स्वाभाविक है। क्योंकि हमारा मन दो ही अवस्थाएं जानता है: सतत गति या नींद। स्वभावतः मन दो ही अवस्थाओं में रहना जानता है: निरंतर गति में, विचार में, या नींद में।

और ध्यान तीसरी अवस्था है। ध्यान की तीसरी अवस्था का मतलब है कि मन उतना शांत है जितना प्रगाढ़ नींद में वह शांत होता है और साथ ही उतना सजग और सावचेत है जितना विचार की अवस्था में होता है। ध्यान में दोनों गुण एक साथ मौजूद रहते हैं। तुम्हें पूरी तरह सजग और सावचेत रहना है और साथ ही साथ गहरी नींद जैसे शांत भी रहना है।

इसीलिए पतंजलि का योगसूत्र कहता है कि ध्यान प्रगाढ़ निद्रा की अवस्था जैसा है—सिर्फ इस फर्क के साथ कि तुम सावचेत हो। पतंजलि समाधि की तुलना सुषुप्ति से करते हैं। दोनों में इतना ही अंतर है कि सुषुप्ति में तुम सजग नहीं हो और ध्यान में तुम सजग हो। लेकिन दोनों में एक समान गुण है: वह है प्रगाढ़ मौन, निस्तरंग, निष्कंप, निश्चल मौन।

तो आरंभ में ऐसा हो सकता है कि अपलक देखने से तुम्हें नींद लग जाए। इसलिए जब तुम अपने मन को स्थिर करने में सफल हो जाओ और तुम्हारा मन ठहर जाए तो सजग रहो, सो मत जाओ। क्योंकि यदि नींद आ गई तो तुम फिर गड्ढे में गिर गए, अतल खाई में उतर गए। इन दो खाइयों—सतत विचार और नींद—के बीच में ध्यान का पतला-सा पुल है।

चौथा प्रश्नः

आपने कहा कि विज्ञान आब्जेक्टिव के साथ प्रयोग करता है और धर्म सब्जेक्टिव के साथ। लेकिन इधर एक नया विज्ञान विकासमान है, जिसका नाम मनोविज्ञान—या ज्यादा उचित होगा कहना गहराई का मनोविज्ञान, डेप्थ साइकोलाजी है—जो आब्जेक्टिव और सब्जेक्टिव दोनों से संबंधित है। तो क्या इस गहराई के मनोविज्ञान में विज्ञान और धर्म का मिलन होता है?

वे नहीं मिल सकते हैं। गहराई का मनोविज्ञान या चित्त की गतिविधियों का अध्ययन भी आब्जेक्टिव है। और गहराई के मनोविज्ञान की विधि भी आब्जेक्टिव विज्ञान की विधि है।

इस भेद को समझने की कोशिश करो। उदाहरण के लिए, तुम ध्यान का अध्ययन वैज्ञानिक ढंग से कर सकते हो। तुम किसी ध्यान करने वाले व्यक्ति का निरीक्षण कर सकते हो। लेकिन यह निरीक्षण तुम्हारे लिए आब्जेक्टिव हो गया। तुम ध्यान करते हो और मैं निरीक्षण करता हूं। यह देखने के लिए कि तुम्हें क्या हो रहा है, तुम्हारे भीतर क्या हो रहा है, मैं सभी वैज्ञानिक यंत्र प्रयोग में ला सकता हूं।

यह अध्ययन आब्जेक्टिव है; मैं खुद प्रयोग के बाहर हूं। मैं ध्यान नहीं कर रहा हूं; तुम ध्यान कर रहे हो। तुम मेरे लिए आब्जेक्ट हो। तब मैं यह समझने की चेष्टा कर सकता हूं कि तुम्हें क्या हो रहा है। यंत्रों के द्वारा भी तुम्हारे बारे में बहुत कुछ जाना जा सकता है; लेकिन वह जानकारी आब्जेक्टिव और वैज्ञानिक ही होगी। असल में मैं जो भी अध्ययन करता हूं वह वही नहीं है जो तुम्हें हो रहा है, बल्कि वह तुम्हारे शरीर पर हुआ प्रभाव है।

तुम किसी बुद्ध में प्रवेश करके नहीं देख सकते कि उन्हें क्या हो रहा है; क्योंकि यथार्थतः वहां कुछ भी नहीं हो रहा है। बुद्ध पुरुष को गहनतम केंद्र शून्य है; वहां शून्य घटित हुआ है। और अगर शून्य घटित हुआ है तो तुम उसका अध्ययन कैसे कर सकते हो? तुम किसी चीज का अध्ययन कर सकते हो। तुम अल्फा तरंगों का अध्ययन कर सकते हो; मन को, शरीर को, रासायनिक व्यवस्था को क्या हो रहा है, यह तुम समझ सकते हो। लेकिन जब कोई बुद्ध हो जाता है तो वहां उसकी गहराई में कुछ भी नहीं होता है, सब होना समाप्त हो जाता है।

संसार समाप्त हो गया, यह कहने का यही अर्थ है। अब वहां कोई संसार न रहा, कोई घटना न रही। बुद्ध पुरुष ऐसे होते हैं जैसे नहीं हैं। इसीलिए बुद्ध कहते हैं कि मैं अब अनत्ता हो गया हूं; मेरे भीतर कोई भी नहीं है; मैं बस शून्य हूं; ज्योति बुझ गई है और घर खाली है।

वहां परम शून्य है। तुम उसके संबंध में क्या लिखोगे? ज्यादा से ज्यादा यही लिख सकते हो कि कुछ नहीं हो रहा है। यदि कुछ हो रहा होता तो उसे आब्जेक्टिव रूप से देखा जा सकता था।

▲

विज्ञान की विधि आब्जेक्टिव है। और विज्ञान सब्जेक्टिव से बहुत भयभीत है—कई कारणों से। विज्ञान और वैज्ञानिक चित्त सब्जेक्टिव में विश्वास नहीं करता है। क्योंकि पहले तो वह निजी है, वैयक्तिक है और उसमें कोई प्रवेश नहीं कर सकता। वह सार्वजनिक और सामूहिक नहीं हो सकता है। और जब तक कोई चीज सार्वजनिक और सामूहिक न हो, उसके संबंध में कुछ नहीं कहा जा सकता। जो व्यक्ति उसके संबंध में कुछ कह रहा है वह हो सकता है खुद धोखे में हो, या औरों को धोखा दे रहा हो। वह झूठा हो सकता है; या यदि झूठा न भी हो तो वह स्वयं भ्रमित हो सकता है। वह सोचता हो, मानता हो कि कुछ हुआ है और हो सकता है यह महज भ्रांति हो, आत्मवंचना हो।

तो विज्ञान के लिए सत्य का आब्जेक्टिव होना जरूरी है। जरूरी है कि दूसरे उसमें भाग ले सकें, ताकि हम निर्णय कर सकें कि यह बात सही है या नहीं।

दूसरी बात जरूरी है कि प्रयोग दोहराया जा सके; उसे दोहराने योग्य होना चाहिए। अगर हम पानी को गर्म करते हैं तो वह एक विशेष तापमान पर भाप बन जाता है। यह प्रयोग दोहराया जा सकता है। और हम चाहे जितनी बार भी दोहराएं, पानी सदा उसी तापमान पर भाप बनता है। लेकिन यदि पानी एक बार तो सौ डिग्री पर भाप बनता है और फिर नहीं बनता, या कभी वह अस्सी डिग्री पर भाप बनता है, तो यह वैज्ञानिक तथ्य नहीं बन सकता है। प्रयोग का दोहराए जाने योग्य होना जरूरी है और यह भी जरूरी है कि हर बार के प्रयोग में एक ही निष्पत्ति हाथ लगे।

लेकिन सब्जेक्टिव उपलब्धि को, वैयक्तिक ज्ञान को दोहराया नहीं जा सकता; उसकी भविष्यवाणी भी नहीं हो सकती है। और न तुम उसे बुलावा दे सकते हो; वह अपने आप घटित होता है। उसके साथ जबरदस्ती नहीं की जा सकती है। संभव है, तुम्हें गहन ध्यान घटित हुआ हो, तुम्हें आनंद का शिखर-अनुभव हुआ हो; लेकिन यदि कोई कहे कि फिर करके दिखाओ तो तुम नहीं दिखा सकोगे। इसके विपरीत, क्योंकि कोई कहता है और तुम करने का प्रयत्न करते हो, यह प्रयत्न ही बाधा बन सकता है। यहां तक कि निरीक्षकों की उपस्थिति भी बाधा बन सकती है। तुम प्रयोग को नहीं दोहरा पाओगे।

विज्ञान के लिए आब्जेक्टिव और दोहराने योग्य प्रयोग जरूरी हैं। और मनोविज्ञान को, यदि वह विज्ञान होना चाहता है, वैज्ञानिक नियमों का अनुसरण करना होगा।

धर्म सब्जेक्टिव है, निजी है; उसे किसी तथ्य को सिद्ध करने की चिंता नहीं है। उसकी एकमात्र फिक्र है कि कैसे वैयक्तिक अनुभव को उपलब्ध हुआ जाए। जो गहनतम है उसे वैयक्तिक रहना चाहिए; जो परम है उसे निजी रहना चाहिए। वह सामूहिक नहीं हो सकता है। जब तक सभी लोग बुद्धत्व को न उपलब्ध हो जाएं बुद्धत्व सामूहिक नहीं हो सकता। उसे उपलब्ध होने के लिए तुम्हें विकास करना है।

तो विज्ञान और धर्म वस्तुतः नहीं मिल सकते हैं, क्योंकि उनके रास्ते अलग-अलग हैं। धर्म बिलकुल निजी है—वहां व्यक्ति स्वयं के साथ संबंधित है। यही कारण है कि अतीत में जो देश अन्य देशों से ज्यादा धार्मिक हुए वे व्यक्तिवादी हो गए। उदाहरण के लिए भारत है। भारत व्यक्तिवादी देश है; वह यहां तक व्यक्तिवादी है कि स्वार्थी मालूम पड़ता है। हरेक व्यक्ति अपनी ही चिंता करता है, अपने विकास की, अपने बुद्धत्व की चिंता करता है। उसे

▲

दूसरों की कोई चिंता नहीं है, वह दूसरों के प्रति, समाज के प्रति, सामाजिक स्थिति के प्रति, गरीबी और गुलामी के प्रति उदासीन है। हरेक व्यक्ति अपनी फिक्र करता है, स्वयं के शिखर तक उठने की फिक्र करता है। यह बात स्वार्थपूर्ण मालूम पड़ती है।

पश्चिम के देश ज्यादा समाजवादी हैं और कम व्यक्तिवादी। इसीलिए साम्यवाद की धारणा भारतीय चित्त के लिए असंभव हो गई। हमने जगत को बुद्ध और पतंजलि तो दिए, लेकिन हम मार्क्स न दे सके। मार्क्स को पश्चिम से आना पड़ा, जहां समाज, सामूहिक जीवन व्यक्ति से ज्यादा महत्वपूर्ण है, जहां विज्ञान धर्म से ज्यादा महिमावान है, जहां आब्जेक्टिव घटना तुम्हारी बिलकुल निजी घटना से ज्यादा महत्वपूर्ण है। पश्चिम के लिए एकांत में घटित होने वाली चीज स्वप्नवत है।

इसे देखो। जो सार्वजनिक रूप से घटित होता है उसे हम माया कहते हैं। शंकर कहते हैं कि सारा जगत माया है। वह जो तुम्हारे अंतरतम में घटित होता है, वही परम, वही ब्रह्म सत्य है और शेष सब असत्य है। और पश्चिम की वैज्ञानिक दृष्टि ठीक इसके विपरीत है। उसके अनुसार जो तुम्हारे भीतर घटित होता है वह भ्रांति है, जो बाहर घटित होता है वही सत्य है।

ये दो दृष्टियां इतनी भिन्न हैं और उनके रास्ते इतने विपरीत हैं कि उनका मिलन नहीं हो सकता है। और उसकी जरूरत भी नहीं है। उनके आयाम अलग-अलग हैं, उनके क्षेत्र अलग-अलग हैं। वे एक-दूसरे के क्षेत्र में बाधा नहीं देते हैं; उनमें कोई विरोध नहीं है। विरोध की कोई जरूरत नहीं है। विज्ञान आब्जेक्टिव जगत के साथ काम करता है और धर्म वैयक्तिक, निजी, सब्जेक्टिव जगत के साथ काम करता है। वे एक-दूसरे के क्षेत्र में अतिक्रमण नहीं करते हैं; उनमें संघर्ष की कोई संभावना ही नहीं है।

और मेरी दृष्टि यह है कि जब तुम बाहरी दुनिया के साथ काम कर रहे हो तो तुम्हें वैज्ञानिक रुझान से काम करना चाहिए और जब तुम अपने पर काम कर रहे हो तो तुम्हें धार्मिक रुझान से काम करना उचित है। और दोनों के बीच कोई विरोध, कोई संघर्ष मत पैदा करो। उसकी कोई जरूरत नहीं है। अंतस के जगत में विज्ञान को मत ले जाओ और वैसे ही बाहर के जगत में धर्म को मत ले जाओ।

अगर तुम बाहर के जगत में धर्म को ले जाओगे तो तुम अराजकता पैदा करोगे। भारत में हमने यही किया है; पूरा गड़बड़-घोटाला हो गया है। और अगर तुम आंतरिक जगत में विज्ञान को ले जाओगे तो तुम विक्षिप्तता पैदा करोगे; पश्चिम ने यही किया है। अब पश्चिम पूरी तरह विक्षिप्त हो रहा है। और दोनों ने एक ही भूल की है।

तो दोनों को गड्ड-मड्ड मत करो, न बाह्य में अंतस को घुसाओ और न अंतस में बाह्य को। सब्जेक्टिव को सब्जेक्टिव रहने दो और आब्जेक्टिव को आब्जेक्टिव। और जब तुम बाहर जाओ तो वैज्ञानिक और आब्जेक्टिव रहो और जब अंदर प्रवेश करो तो धार्मिक और सब्जेक्टिव होओ। कोई विरोध पैदा करने की जरूरत नहीं है—बिलकुल नहीं।

संघर्ष तब खड़ा होता है जब हम दोनों आयामों पर एक ही दृष्टि को थोपने की कोशिश करते हैं। हम पूरी तरह वैज्ञानिक होना चाहते हैं या पूरी तरह धार्मिक। यह गलत है; आब्जेक्टिव जगत में धार्मिक दृष्टिकोण से चलना या सब्जेक्टिव जगत में वैज्ञानिक दृष्टिकोण अपनाना भूल भरा है, खतरनाक है, हानिकारक है।

▲

पांचवां प्रश्नः

आपने अनेक उपायों और विधियों की चर्चा की है। उन्हें सफलतापूर्वक पूरा करने की हममें बहुत उत्कंठा है। हम अपने अति अधैर्य को कैसे वश में करें?

यहां दो बातें स्मरण रखने जैसी हैं। एक कि अध्यात्म हमारी कामना का फल नहीं हो सकता; क्योंकि कामना ही हमारी सब चिंता और संताप का मूल कारण है। और तुम अपनी कामनाओं को आध्यात्मिक जगत में नहीं ला सकते हो।

लेकिन यह होता है। और यह स्वाभाविक है। क्योंकि हम एक ही यात्रा से परिचित हैं—वह है कामना की यात्रा। हम सांसारिक चीजों की कामना करते हैं। कोई धन चाहता है, कोई यश चाहता है, कोई पद-प्रतिष्ठा चाहता है, कोई कुछ चाहता है। हम संसार की चीजों की कामना करते हैं और इस तरह की कामनाओं से हमें निराशा हाथ लगती है।

और निराशा ही हाथ लगने वाली है, हमारी कामना पूरी होती है या नहीं, यह अप्रासंगिक है। अगर कामना पूरी नहीं होती है तब तो जाहिर है कि हम दुखी होंगे। लेकिन अगर कामना पूरी हो जाती है तो भी हम दुखी होंगे। क्योंकि जब कोई कामना पूरी होती है तो कामना तो पूरी होती है, लेकिन आश्वासन नहीं पूरा होता है। तुम्हें मन चाहा धन मिल सकता है, लेकिन वस्तुतः धन नहीं चाहा गया था, धन के द्वारा कुछ और ही चाहा गया था। और वह कभी पूरा नहीं होता है। तुम धन तो पा सकते हो, लेकिन तुमने धन के इर्द-गिर्द जो आशा पाली थी—सुख की आशा, आनंद की आशा, महासुख की आशा—वह आशा पूरी नहीं होती है। इसलिए धन न मिलने पर भी तुम दुखी होते हो और धन मिलने पर भी तुम दुखी होते हो। सब कुछ है, सब साधन हाथ में हैं, लेकिन साध्य हाथ से निकल गया है। साध्य सदा छूट-छूट जाता है। इसलिए कामना की राह में एक गहन निराशा अनिवार्य है।

और जब यह गहन निराशा तुम्हें पकड़ती है तो तुम्हारी नजर इस संसार से सर्वथा भिन्न चीज की तरफ उठती है। तब एक धार्मिक कामना पैदा होती है, एक धार्मिक चाह का जन्म होता है। लेकिन तुम फिर कामना करने लगते हो। और तुम फिर बेचैन होने लगते हो; तुम यह पाना चाहते हो, वह पाना चाहते हो। तो मन नहीं बदला; कामना का विषय बदल गया। पहले तुम धन चाहते थे, अब ध्यान चाहते हो। पहले पद-प्रतिष्ठा की खोज थी, अब मौन और शांति की खोज है। पहले कुछ चाहते थे, अब कुछ और चाहते हो। लेकिन मन और मन की व्यवस्था, तुम्हारे होने का ढंग, सब वही का वही है। पहले तुम क चाहते थे, अब ख चाह रहे हो; लेकिन चाहना जारी है, कामना जारी है।

और कामना समस्या है; यह समस्या नहीं है कि तुम क्या चाहते हो। तुम क्या चाहते हो यह समस्या नहीं है, समस्या यह है कि तुम चाहते हो, तुम फिर कामना कर रहे हो। और तुम्हें फिर निराशा हाथ लगेगी, दुख हाथ लगेगा। तुम असफल होगे तो दुखी होगे; तुम सफल होगे तो भी दुखी होगे। वही बात फिर-फिर होगी; क्योंकि तुम असली बात नहीं समझे, तुम असली बात ही चूक गए।

तुम ध्यान को नहीं चाह सकते; क्योंकि ध्यान तभी घटित होता है जब कोई चाह नहीं रहती। तुम मोक्ष की, निर्वाण की कामना नहीं कर सकते; क्योंकि मोक्ष या निर्वाण केवल

▲

निष्काम अवस्था में घटित होता है, उसे कामना का विषय नहीं बनाया जा सकता है।

इसलिए मेरे देखे—और उन सबके देखे जो जानते हैं—कामना करना ही संसार है, चाहना ही संसार है। ऐसा नहीं है कि तुम सांसारिक चीजें चाहते हो; नहीं, चाहना ही संसार है, कामना ही संसार है।

और जब तुम कामना करते हो तो अधैर्य अनिवार्य है। क्योंकि मन प्रतीक्षा करना नहीं चाहता है, मन स्थगित करना नहीं चाहता है। मन अधीर है। अधैर्य कामना की छाया है। कामना जितनी तीव्र होगी, उतना ही अधैर्य होगा। और अधैर्य से अशांति पैदा होगी। तब तुम ध्यान को कैसे उपलब्ध होगे? कामना से मन गतिमान होता है और कामना से अधैर्य पैदा होता है। और अधैर्य से अधिक अशांति आती है।

ऐसा होता है और यह मैं रोज-रोज देखता हूं। एक आदमी सांसारिक जीवन में था और उतना अशांत नहीं था। लेकिन वह जब ध्यान शुरू करता है, या धार्मिक आयाम में गति शुरू करता है तो वह ज्यादा अशांत हो जाता है—जितना कि वह पहले कभी नहीं था। क्योंकि अब उसकी कामना पहले से ज्यादा है और उसका अधैर्य अधिक है। और संसार की चीजें इतनी ठोस और वास्तविक थीं कि वह उनकी प्रतीक्षा कर सकता था। वे सदा उसकी पहुंच के भीतर थीं। अब अध्यात्म के जगत में चीजें इतनी अदृश्य हैं, इतनी सूक्ष्म हैं, दूर की हैं, कि वे कभी उसकी पहुंच के भीतर नहीं लगती हैं। जिंदगी बहुत छोटी मालूम पड़ती है और कामना के विषय अनंत मालूम पड़ते हैं। इससे और अधिक अधैर्य, और अधिक अशांति पैदा होती है। और अशांत मन से तुम ध्यान कैसे करोगे?

यही उलझन है। इसे समझने की कोशिश करो। अगर तुम वास्तव में निराश हो, दुखी हो, अगर तुम समझते हो कि बाहर की सारी चीजें व्यर्थ हैं—धन, कामवासना, पद-प्रतिष्ठा, सब व्यर्थ हैं—अगर तुम्हें यह बोध हुआ है, तो अब तुम्हें उससे भी एक गहरी बात समझने की जरूरत है। अगर ये चीजें व्यर्थ हैं तो कामना करना और भी व्यर्थ है। तुम कामना करते रहते हो और कुछ भी नहीं होता है। कामना से दुख ही निर्मित होता है।

इस तथ्य को देखो कि कामना से दुख निर्मित होता है। और अगर तुम कामना न करो तो कोई दुख नहीं है। तो कामना को छोड़ो! और नई कामना मत निर्मित करो। बस कामना करना छोड़ दो। कोई आध्यात्मिक कामना मत पैदा करो, मत कहो कि अब मैं ईश्वर को खोजने निकला हूं, कि मैं यह पाना चाहता हूं, वह पाना चाहता हूं, कि मैं सत्य को उपलब्ध होना चाहता हूं। नई कामना मत निर्मित करो।

अगर तुम नई कामना निर्मित करते हो तो उसका अर्थ है कि तुमने अपने दुख को नहीं समझा। उस दुख को देखो जो कामना से पैदा होता है। समझो कि कामना दुख है और उसे गिरा दो, छोड़ दो। उसे छोड़ने के लिए किसी प्रयत्न की जरूरत नहीं है।

स्मरण रहे, अगर तुम प्रयत्न करोगे तो तुम दूसरी कामना निर्मित कर लोगे। तुम कोई दूसरी कामना इसीलिए तो खोजते हो ताकि उसे पकड़ कर इसे छोड़ सको। अगर दूसरी कामना होगी तो तुम उसका सहारा पकड़ लोगे। तब तुम नई कामना से चिपक जाओगे और पुरानी को छोड़ दोगे। अगर कोई नई कामना मिलती हो तो पुरानी को छोड़ना आसान है। लेकिन तब तुम पूरी बात ही चूक गए।

कामना मात्र को छोड़ो और नई कामना मत निर्मित करो। और तब कोई अधैर्य नहीं होगा। तब तुम्हें ध्यान साधना नहीं पड़ेगा, ध्यान तुम्हें घटित होने लगेगा। क्योंकि निष्काम चित्त ध्यान में होता है। और तब तुम इन विधियों के साथ खेल सकते हो। मैं इसे खेल कहता हूं। तब तुम इन विधियों के साथ खेल सकते हो। तब यह साधना नहीं है, अभ्यास नहीं है। अभ्यास शब्द ठीक नहीं है, यह शब्द ही गलत है। तब तुम इन विधियों के साथ खेल सकते हो, तुम उनका आनंद ले सकते हो। क्योंकि अब कुछ पाने की कामना नहीं है, अब कहीं पहुंचने का अधैर्य नहीं है।

तुम खेल सकते हो, और खेल से—जब ध्यान खेल हो जाता है—सब संभव है। और सब तुरंत संभव होता है; क्योंकि तुम अशांत नहीं हो, बेचैन नहीं हो, तुम जल्दी में नहीं हो, तुम्हें कहीं जाना नहीं है, कहीं पहुंचना नहीं है। तुम यहीं और अभी हो। ध्यान हो तो ठीक, न हो तो ठीक। अब तुममें कुछ गलत नहीं है; क्योंकि कोई कामना नहीं है, अपेक्षा नहीं है, भविष्य नहीं है। और ध्यान रहे, जब ध्यान और गैर-ध्यान तुम्हारे लिए समान हैं तो यही ध्यान है, तुम पहुंच गए। मंजिल की गई, परम का आविर्भाव हुआ।

यह अजीब मालूम पड़ेगा कि मैं कहता हूं कि ध्यान को साधना मत बनाओ। खेल बनाओ, उसे हंसी-खेल समझो और किसी फल के लिए नहीं, उसे करने में ही उसका सुख लो। हमारा मन बहुत गंभीर है, अत्यंत गंभीर है। अगर हम खेलते भी हैं तो उसे गंभीर चीज बना लेते हैं, हम खेल को भी काम बना लेते हैं, कर्तव्य बना लेते हैं। छोटे बच्चों की तरह खेलो। ध्यान की विधियों के साथ खेलो। और तब उनसे बहुत कुछ संभव है। उन्हें गंभीरता से मत लो, उन्हें हंसी-खेल समझो।

लेकिन हम तो सब चीजों को गंभीर बना लेते हैं। हम तो खेल को भी गंभीर बना लेते हैं। और धर्म के साथ तो हम सदा से गंभीर रहे हैं। हमने धर्म को कभी हंसी-खेल की तरह नहीं लिया। और यही कारण है कि पृथ्वी अधार्मिक बनी रही। धर्म को हंसी-खेल बनाना है, आनंद बनाना है, उत्सव बनाना है। इसी क्षण को उत्सव बनाना है; तुम जो भी कर रहे हो उसका आनंद लेना है—इतना आनंद लेना है, इतना गहन आनंद लेना है कि मन समाप्त हो जाए।

अगर तुम मुझे ठीक से समझो तो ये एक सौ बारह विधियां बताएंगी कि प्रत्येक चीज विधि बन सकती है। अगर तुम मुझे वस्तुतः समझते हो तो यह हो सकता है। इसीलिए तो एक सौ बारह विधियां हैं। अगर तुम उस चित्त की गुणवत्ता को समझो जिसमें ध्यान होता है तो प्रत्येक चीज विधि बन सकती है। उसके साथ खेलो, उसे उत्सव बनाओ, उसका आनंद लो। उसमें इतने गहरे उतरो कि समय समाप्त हो जाए।

लेकिन यदि कामना है, चाह है, तो समय समाप्त नहीं हो सकता। सच तो यह है कि कामना ही समय है। जब तुम कुछ कामना करते हो तो उसके लिए भविष्य जरूरी है, क्योंकि कामना यहीं और अभी पूरी नहीं हो सकती है। कामना भविष्य में ही पूरी हो सकती है। इसलिए कामना को गति करने के लिए भविष्य की जरूरत होती है। और तब समय तुम्हें नष्ट कर देता है, तुम शाश्वत से वंचित रह जाते हो। शाश्वत अभी और यहीं है।

तो ध्यान को हंसी-खेल की तरह लो, उसे आनंद और उत्सव बनाओ। और किसी भी चीज को उत्सव बनाया जा सकता है। तुम बाहर बगीचे में गड्ढा खोद रहे हो—यही चीज विधि

बन सकती है। सिर्फ खोदो और खोदने के कृत्य को उत्सव बनाओ, उसका आनंद लो। पूरी तरह कृत्य ही बन जाओ और कर्ता को भूल जाओ। कोई 'मैं' नहीं है, कृत्य ही है। और तुम कृत्य में डूबे हो, आनंदपूर्वक डूबे हो। तब समाधि है—कोई अधैर्य नहीं, कोई कामना नहीं और कोई प्रयोजन नहीं।

यदि तुम ध्यान में प्रयोजन, कामना और अधैर्य को जोड़ोगे तो तुम सब नष्ट कर दोगे। और तब तुम जितना करोगे, उतनी ही निराशा होगी। तुम कहोगे कि मैं इतनी कर रहा हूं और कुछ नहीं होता है। लोग मेरे पास आते हैं और कहते हैं: 'मैं यह कर रहा हूं, मैं वह कर रहा हूं और इतने महीनों से कर रहा हूं, इतने वर्षों से कर रहा हूं; और कुछ नहीं हो रहा है।'

एक साधक यहां हालैंड से आया था। वह एक विधि का प्रयोग दिन में तीन सौ बार करता था। उसने मुझसे कहा : 'दो वर्षों से मैं प्रति दिन यह विधि तीन सौ दफे कर रहा हूं। एक दिन की भी चूक नहीं हुई है। मैंने सब छोड़ दिया है, क्योंकि मुझे यह विधि तीन सौ बार करनी है। और कुछ नहीं हुआ!' और इस कठिन साधना के कारण वह साधक विक्षिप्तता के कगार पर आ खड़ा हुआ था।

मैंने उससे कहा : 'पहली तो बात कि तुम इसे छोड़ दो। और जो कुछ करना चाहो करो, लेकिन इस विधि को मत करो। अन्यथा तुम पागल हो जाओगे।'

उसने इस विधि को अत्यंत गंभीरता से लिया हुआ था। यह उसके लिए जीवन-मरण को सवाल था। चाहे जैसे हो उसे यह हासिल करना था। और उसने कहा : 'कौन जानता है कि मेरे कितने दिन बचे हैं? समय कम है और मुझे यह इसी जन्म में हासिल कर लेना है। मैं पुनः जन्म लेना नहीं चाहता; जीवन ऐसा संताप है।' वह फिर-फिर जन्म लेगी। और जिस ढंग से वह प्रयोग कर रहा है वह और-और पागल होता जाएगा।

लेकिन यह गलत है। पूरी दृष्टि ही गलत है। ध्यान को खेल की तरह लो, उसे हंसी-खेल समझो और उसका आनंद लो। और तब उसकी गुणवत्ता ही बदल जाती है। तब तुम उसका उपयोग किसी साध्य के लिए साधन की तरह नहीं कर रहे हो। नहीं, तुम यहीं और अभी उसका आनंद ले रहे हो। तब यही साधन है और यही साध्य है। यही आरंभ है और यही अंत है।

और तब तुम ध्यान से वंचित नहीं रहोगे। तब तुम इसे नहीं चूक सकते; ध्याने तुम्हें घटित होगा। क्योंकि अब तुम उसके लिए तैयार हो; तुम खुले हुए हो। किसी ने नहीं कहा है। कि ध्यान को खेल की तरह लो; लेकिन मैं कहता हूं, इसे खेल की तरह लो। छोटे बच्चों की भांति इसके साथ खेलो।

अंतिम प्रश्न:

उस दिन आपने कहा कि अस्तित्व में अंधकार प्रकाश से ज्यादा बुनियादी है, जब कि अधिकांश धर्मों का ख्याल ठीक इसके विपरीत है। क्या आप इस पर, विशेषकर इसके प्रति आधुनिक विज्ञान की दृष्टि को ध्यान में रखकर, कुछ और प्रकाश डालने की कृपा करेंगे? क्या आधुनिक विज्ञान यह नहीं कहता है कि पदार्थ के अंतिम विभाज्य घटक विद्युत-ऊर्जा मात्र हैं?

फिर वही विभाजनः प्रकाश और अंधेरा। वे दो हैं, अगर तुम मन से देखते हो। और अगर तुम उन पर ध्यान करते हो तो वे एक हैं। और इससे कोई फर्क नहीं पड़ता है कि तुम प्रकाश पर ध्यान करते हो या अंधकार पर। अगर तुम ध्यान करते हो तो वे एक ही घटना के दो छोर हैं। तब प्रकाश कम अंधकार है और अंधकार कम प्रकाश है। अंतर केवल मात्राओं का है। वे एक-दूसरे के विपरीत दो चीजें नहीं हैं, बल्कि वे एक ही तत्व की, एक ही घटना की भिन्न-भिन्न मात्राएं हैं, अवस्थाएं हैं।

और वह तत्व न प्रकाश है और न अंधकार। वह एक, जिसकी ये दोनों मात्राएं हैं, न प्रकाश है और न अंधकार है—या वह दोनों है। और तुम उसमें प्रकाश से भी प्रवेश कर सकते हो; तुम उसमें अंधकार से भी प्रवेश कर सकते हो। यह तुम पर निर्भर है।

अनेक धर्मों ने प्रकाश का उपयोग किया है; क्योंकि वह ज्यादा सुगम है, ज्यादा सरल है। अंधकार कठिन है और दुर्गम है। अगर तुम अंधकार के द्वार से प्रवेश करने की कोशिश में हो तो तुम कठिन मार्ग का चुनाव कर रहे हो। इसीलिए अनेक धर्मों ने प्रकाश को चुना है। लेकिन तुम दोनों में से किसी को भी चुन सकते हो। यह तुम पर निर्भर है।

अगर तुम दुस्साहसी हो और चुनौतियों से घबराते नहीं तो अंधेरे को चुनो। अगर तुम कमजोर हो और कठिन रास्ते पर नहीं जाना चाहते हो तो प्रकाश को चुनो। क्योंकि दोनों एक ही तत्व के दो पहलू हैं जो कहीं प्रकाश की तरह दिखाई पड़ता है और कहीं अंधकार की तरह दिखाई पड़ता है।

उदाहरण के लिए, यह कमरा प्रकाश से भरा है, लेकिन यह प्रकाश हरेक व्यक्ति के लिए एक जैसा नहीं है; या कि है? अगर मेरी आंखें कमजोर हैं तो मेरे लिए वैसा ही प्रकाश नहीं है जैसा तुम्हारे लिए है। मुझे वह थोड़ा धुंधला मालूम पड़ता है। मान लो कि मंगल ग्रह से, या किसी अन्य ग्रह से कोई व्यक्ति यहां आता है और उसकी आंखें ज्यादा बेधक हैं। तो जहां तुम्हें प्रकाश दिखाई पड़ता है वहीं उसे बहुत तीव्र प्रकाश, बहुत ज्यादा प्रकाश दिखाई पड़ेगा। और जहां तुम्हें अंधकार दिखाई पड़ता है वहां उसे प्रकाश दिखाई पड़ेगा।

ऐसे पशु-पक्षी हैं जिन्हें रात में दिखाई पड़ता है जब तुम्हें दिखाई नहीं पड़ता है। उनके लिए जो प्रकाश है तुम्हारे लिए वह अंधेरा है। तो प्रकाश क्या है? और अंधकार क्या है?

दोनों एक ही तत्व हैं—एक ही घटना हैं। और तुम उसमें कितना प्रवेश कर सकते हो और वह तुममें कितना प्रवेश कर सकता है, उस प्रवेश पर निर्भर है कि तुम उसे प्रकाश कहते हो या अंधकार। ये ध्रुवीय विपरीतताएं विपरीत दिखाई भर पड़ती हैं, वे विपरीत हैं नहीं। वे एक ही घटना की सापेक्ष मात्राएं हैं।

वैज्ञानिक कहते हैं कि पदार्थ के अंतिम विभाज्य घटक विद्युत-ऊर्जा मात्र हैं। लेकिन वे यह नहीं कहते हैं कि वे प्रकाश हैं; वे उन्हें विद्युत-ऊर्जा कहते हैं। अंधकार भी विद्युत-ऊर्जा है और प्रकाश भी विद्युत-ऊर्जा है। विद्युत-ऊर्जा प्रकाश का पर्यायवाची नहीं है। अगर तुम उसे विद्युत-ऊर्जा नाम देते हो तो उसकी एक अभिव्यक्ति प्रकाश है और उसकी दूसरी अभिव्यक्ति अंधकार है। लेकिन इस संबंध में वैज्ञानिक बहस में पड़ने की जरूरत नहीं है; वह व्यर्थ है। अच्छा है कि अपने मन में विचार करो कि तुम्हें क्या पसंद है। अगर तुम्हें प्रकाश भाता है तो प्रकाश से प्रवेश करो। वह तुम्हारा द्वार है। और अगर तुम्हें अंधकार के साथ अच्छा लगता है

▲

तो अंधकार से प्रवेश करो। और दोनों तुम्हें एक ही मंजिल पर पहुंचा देंगे।

इन एक सौ बारह विधियों में अनेक विधियां हैं जो प्रकाश से संबंध रखती हैं और थोड़ी सी विधियां हैं जो अंधकार से संबंधित हैं। और शिव सभी संभव विधियों की चर्चा कर रहे हैं। शिव किन्हीं विशेष तरह के लोगों से नहीं बात कर रहे हैं; वे सभी तरह के लोगों से बात कर रहे हैं। निश्चित ही कुछ ऐसे लोग भी हैं जो अंधकार से प्रवेश करना पसंद करेंगे। उदाहरण के लिए, स्त्रैण चित्त के लोग, निष्क्रिय और भावुक चित्त के लोग अंधकार के द्वार से प्रवेश करना पसंद करेंगे। उन्हें अंधकार अधिक पसंद होगा। और पुरुष चित्त प्रकाश को ज्यादा पसंद करेगा।

तुमने शायद इस तथ्य पर ध्यान नहीं दिया होगा कि अतीत के और वर्तमान के अनेक कवियों और दार्शनिकों ने, जिन्हें मनुष्य-मन की अच्छी परख है, स्त्री की तुलना अंधकार से की है और पुरुष की तुलना प्रकाश से की है। प्रकाश आक्रामक है—पुरुष-तत्व। अंधकार ग्राहक है—स्त्री-तत्व। अंधकार गर्भ जैसा है।

तो चुनाव तुम पर निर्भर है। अगर तुम्हें अंधकार पसंद है तो ठीक है; उससे ही प्रवेश करो। और अगर तुम्हें प्रकाश पसंद है तो भी ठीक है, प्रकाश से प्रवेश करो। और कभी-कभी विरोधी तत्व भी आकर्षित करता है। तुम उसे भी प्रयोग कर सकते हो। किसी के प्रयोग में कोई खतरा नहीं है; क्योंकि प्रत्येक मार्ग एक ही मंजिल पर पहुंचा देता है।

लेकिन इस संबंध में सोच-विचार ही मत करते रहो। समय नष्ट न करो; प्रयोग करो। क्योंकि तुम जिंदगीभर इसी सोच-विचार में पड़े रह सकते हो कि कौन विधि रास आएगी, कि क्या किया जाए और क्या न किया जाए, कि क्यों इतने अधिक धर्मों ने प्रकाश पर जोर दिया और इतने कम धर्मों ने अंधकार पर जोर दिया। इन बातों की चिंता में मत पड़ो; उससे कुछ लाभ नहीं होगा। अच्छा है कि तुम अपनी पसंद पर विचार करो। विचार करो कि मुझे क्या रास आएगा, मुझे क्या सुविधाजनक रहेगा। और फिर प्रयोग शुरू कर दो।

और शेष सब विधियों को भूल जाओ। क्योंकि ये सभी एक सौ बारह विधियां तुम्हारे लिए नहीं हैं। अगर तुम अपने लिए एक भी विधि चुन सके तो पर्याप्त है। तुम्हें सभी एक सौ बारह विधियों से गुजरने की जरूरत नहीं है। एक विधि पर्याप्त है। सिर्फ इतना सजग और बोधपूर्ण होने की जरूरत है कि तुम उस विधि को पहचान सको जो तुम्हारे लिए अनुकूल है। अन्य सभी विधियों और उपायों की झंझट में मत पड़ो; वह व्यर्थ है।

एक विधि को चुन लो और उसके साथ खेलपूर्ण ढंग से प्रयोग करो। अगर तुम्हें अच्छी लगे और लगे कि कुछ हो रहा है तो उसमें गहरे जाओ और शेष एक सौ ग्यारह को भूल जाओ। और अगर तुम्हें लगे कि मैंने गलत विधि चुनी है तो उसे छोड़ दो और दूसरी विधि चुनो। और तब उससे खेलो। अगर तुम इस तरह चार, पांच या छह विधियों का प्रयोग करोगे तो सही विधि तुम्हारे हाथ आ जाएगी। लेकिन गंभीर मत होओ—बस खेलो।

आज इतना ही।

53

जब हरि हैं मैं नाहिं

सूत्र

79. भाव करो कि एक आग तुम्हारे पांव के अंगूठे से शुरू होकर पूरे शरीर में ऊपर उठ रही है और अंततः शरीर जलकर राख हो जाता है; लेकिन तुम नहीं।

80. यह काल्पनिक जगत जलकर राख हो रहा है, यह भाव करो; और मनुष्य से श्रेष्ठतर प्राणी बनो।

81. जैसे विषयीगत रूप से अक्षर शब्दों में और शब्द वाक्यों में जाकर मिलते हैं और विषयगत रूप से वर्तुल चक्रों में और चक्र मूल तत्व में जाकर मिलते हैं, वैसे ही अंततः इन्हें भी हमारे अस्तित्व में आकर मिलते हुए पाओ।

▲

सभी बुद्ध पुरुष, सभी धर्म सिर्फ एक बात पर सहमत हैं। उनके मतभेद अनेक हैं, लेकिन उनमें एक बड़ी सहमति है। सहमति यह है कि मनुष्य अपने अहंकार के कारण ही सत्य से वंचित है; सत्य और उसके बीच एक ही बाधा है, और वह अहंकार है—यह भाव कि मैं हूं। इस बात पर सब बुद्ध, सब क्राइस्ट, सब कृष्ण एकमत हैं। और उनकी इस सहमति के कारण मुझे लगता है कि सारी आध्यात्मिक साधना का बुनियादी सूत्र यही है; शेष सब गौण है। सार-सूत्र यह है कि तुम अपने अहंकार के कारण सत्य से वंचित हो रहे हो।

यह अहंकार क्या है? यह किन चीजों का जोड़ है? यह कैसे पैदा होता है? और यह इतना महत्वपूर्ण क्यों हो जाता है?

अपने मन को देखो। तुम अपने मन की घटना को सैद्धांतिक ढंग से नहीं समझ सकते; उसे केवल अस्तित्वगत ढंग से ही समझ सकते हो। अपने मन को देखो, उसका निरीक्षण करो; और तुम्हें एक गहरी समझ प्राप्त होगी। और अगर तुम समझ सके कि यह अहंकार क्या है तो फिर कोई समस्या न रही; तब उसे आसानी से छोड़ा जा सकता है। बल्कि उसे छोड़ने की भी जरूरत नहीं है; अगर तुम अहंकार को समझ सके तो यह समझ ही उसका विसर्जन बन जाती है। क्योंकि अहंकार तुम्हारी नासमझी से निर्मित होता है; अहंकार तुम्हारी मूर्च्छा से पैदा होता है। अगर तुम उसके प्रति बोधपूर्ण हो जाओ, अगर तुम उस पर अपनी चेतना को थिर कर सको, तो वह विलीन हो जाता है। अगर तुम अंधकार को देखने के लिए दीया लाओ, यह देखने के लिए दीया लाओ कि अंधकार कैसा है, तो भी अंधकार विदा हो जाता है।

अहंकार है; क्योंकि तुम कभी अपने होने के प्रति सजग नहीं हो। अहंकार तुम्हारी बेहोशी की, तुम्हारी मूर्च्छा की छाया है। इसलिए दरअसल इसे छोड़ने की जरूरत नहीं है; अगर तुम उसे ठीक से देख सको तो वह अपने आप ही विलीन हो जाता है।

क्या है अहंकार? क्या तुमने कोई ऐसा क्षण जाना है जब अहंकार न हो?

जब भी तुम मौन होते हो, अहंकार नहीं होता है। और जब भी तुम्हारा मन अशांत होता

है, उद्विग्न होता है, बेचैन होता है, अहंकार मौजूद हो जाता है। और जब तुम विश्राम में होते हो, मौन और शांत होते हो, अहंकार नहीं होती है। अभी ही अगर तुम मौन हो जाओ तो अहंकार कहां है? तुम तो होगे, लेकिन मैं का कोई भाव नहीं होगा। इसलिए इस अहंकार को अस्तित्वतः समझो; इसे सोचकर नहीं, जीकर समझो।

अभी मैं बोल रहा हूं, तुम देख सकते हो कि अगर तुम मौन हो, पूरी तरह सजग हो तो तुम तो हो, पर 'मैं' का भाव नहीं है। और इससे ठीक उलटा भी होता है कि जब तुम अशांत हो, द्वंद्व और चिंता से भरे हो; तब तुम्हारे भीतर एक ठोस अहंकार होता है। जब तुम क्रोध में हो, कामुक, हिंसक और आक्रामक हो तो तुम्हारे भीतर अहंकार बिलकुल स्पष्ट और उभर कर खड़ा होता है। और जब तुम प्रेमपूर्ण हो, करुणापूर्ण हो, तो कोई अहंकार नहीं होता है।

यही कारण है कि हम प्रेम करने में असमर्थ हो गए हैं; अहंकार के साथ प्रेम असंभव है। और यही कारण है कि हम प्रेम की बातचीत तो बहुत करते हैं, लेकिन हम कभी प्रेम नहीं करते। और जिसे हम प्रेम कहते हैं वह करीब-करीब कामवासना है; वह प्रेम नहीं है। तुम अपना अहंकार छोड़ने को राजी नहीं हो। और जब तक अहंकार विलीन नहीं होता, प्रेम नहीं हो सकता है।

प्रेम, ध्यान, परमात्मा, इन सब की एक ही शर्त है कि अहंकार न हो। इसलिए जीसस ठीक कहते हैं कि परमात्मा प्रेम है, क्योंकि दोनों तभी होते हैं जब अहंकार नहीं होता। अगर तुम प्रेम को जानते हो तो तुम्हें परमात्मा को जानने की जरूरत न रही; तुमने उसे जान ही लिया। प्रेम परमात्मा का ही दूसरा नाम है। और अगर तुम प्रेम जानते हो तो ध्यान की भी जरूरत नहीं है; तुम ध्यान में ही हो। प्रेम ध्यान का ही दूसरा नाम है।

ध्यान की इतनी सारी विधियां जरूरी हैं, इतने सारे गुरु जरूरी हैं, इतने विद्यापीठ जरूरी हैं—क्योंकि प्रेम नहीं है। अगर प्रेम हो तो कुछ भी साधने की जरूरत नहीं है। क्योंकि बात पूरी हो गई; अहंकार का विसर्जन ही असली बात है।

पहली बात समझने की यह है कि जब भी तुम शांत होते हो तो अहंकार नहीं होता है। और मेरी बात मान मत लो; मैं किसी सिद्धांत की बात नहीं कर रहा हूं। यह तथ्य है; यह हकीकत है। तुम्हें मेरी बात मान लेने की जरूरत नहीं है; स्वयं के भीतर इसका निरीक्षण करो, इसे देखो। और इसे भविष्य के लिए स्थगित करने की भी जरूरत नहीं है। तुम इसी क्षण इस तथ्य को देख सकते हो कि अगर तुम शांत हो तो तुम हो, लेकिन बिना किसी सीमा के, बिना किसी केंद्र के। जब तुम मौन हो तो तुम हो—बिना किसी केंद्र के, बिना किसी केंद्रीभूत 'मैं' के। एक उपस्थिति है, चेतना है; लेकिन कोई नहीं है जो कहे कि 'मैं हूं'।

जब तुम शांत हो तो अहंकार नहीं है। और जब तुम अशांत हो तो अहंकार है। तो अहंकार ही रोग है—सभी रोगों का इकट्ठा रूप। यही कारण है कि अहंकार के समर्पण पर इतना जोर दिया जाता है। यह जोर रोग के समर्पण के लिए है।

और दूसरी बात कि इस शांति में अगर तुम्हें क्षण भर के लिए भी अपने अहंकार-रहित अस्तित्व की झलक मिल जाए तो तुम उससे तुलना कर सकते हो और तब तुम अहंकार की घटना में प्रवेश कर सकते हो, तब तुम समझ सकते हो कि वह क्या है।

मन संग्रह है; मन संगृहीत अतीत है। मन कभी भी यहां और अभी नहीं है; वह सदा

अतीत में है, अतीत से निर्मित है। मन संग्रह है; मन स्मृति है। तुम जितने अनुभवों से गुजरे हो, तुम जितनी सूचनाओं के संपर्क में आए हो, तुमने पढ़-सुनकर जितना ज्ञान इकट्ठा किया है, वे सब संगृहीत हैं। मन निरंतर संग्रह कर रहा है। मन सबसे बड़ा संग्रह करने वाला है; वह संग्रह करता रहता है। तुम जब सजग नहीं होते हो तो भी वह संग्रह करता रहता है। तुम जब सोए होते हो तो भी मन संग्रह करता रहता है।

शायद तुम्हें इसका बोध भी न हो। जब तुम सोए होते हो और सड़क पर शोर होता है तो उस शोर को भी मन संगृहीत कर लेता है। सुबह यदि तुम्हें सम्मोहित करके पूछा जाए तो तुम वह सब बता दोगे जो तुम्हारे मन ने पिछली रात जमा किया था।

अगर तुम मूर्च्छित भी हो, अचेत हो, बेहोशी में पड़े हो, तो भी मन अपना संग्रह जारी रखता है। संग्रह करने के लिए मन को तुम्हारे होश में होने की जरूरत नहीं है; वह तुम्हारी अचेतन अवस्था में भी संग्रह करता रहता है। जब तुम मां के पेट में थे, मन वहां भी संग्रह कर रहा था। और सम्मोहन के द्वारा तुम्हारे मां के गर्भ के दिनों की स्मृतियां जगाई जा सकती हैं। अपने जन्म लेने की घटना के संबंध में तुम्हें कुछ भी स्मरण नहीं है, लेकिन मन तब भी संग्रह कर रहा था। जो भी हो रहा था, मन उसे इकट्ठा कर रहा था। और अब सम्मोहन के द्वारा इस स्मृति को जगाया जा सकता है, स्मृति को तुम्हारी चेतना के सामने लाया जा सकता है। और लाखों स्मृतियां संगृहीत हैं—यह संग्रह ही मन है। यह स्मृति ही मन है।

'मैं' या अहंकार कैसे निर्मित होता है? चेतना तुम्हारे भीतर है और इस चेतना के चारों ओर परिधि पर ये स्मृतियां इकट्ठी हैं। वे उपयोगी हैं और तुम उनके बिना जीवित नहीं रह सकते। उनकी जरूरत है। लेकिन इन दोनों के बीच एक नई चीज घटित होती है—एक उप-घटना। भीतर चेतना है, भीतर तुम हो—मैं के बिना। अंतस में कोई 'मैं' नहीं है। वहां तुम हो—बिना किसी केंद्र के। और परिधि पर प्रत्येक क्षण ज्ञान, अनुभव, स्मृतियां इकट्ठी हो रही हैं; और यही मन है। और जब तुम संसार को देखते हो तो तुम इसी मन के द्वारा देखते हो। जब तुम किसी नए अनुभव से गुजरते हो तो तुम स्मृतियों के द्वारा उसे देखते हो, स्मृतियों के द्वारा उसकी व्याख्या करते हो। तुम प्रत्येक चीज को अतीत के माध्यम से देखते हो; अतीत बीच में आ जाता है। और अतीत के द्वारा निरंतर देखने से तुम्हारा अतीत के साथ तादात्म्य हो जाती है। यह तादात्म्य ही अहंकार है।

इसी बात को मुझे इस ढंग से कहने दोः स्मृतियों के साथ चेतना का तादात्म्य अहंकार है। तुम कहते हो कि मैं हिंदू हूं, कि मैं ईसाई हूं, कि मैं जैन हूं। तुम क्या कह रहे हो? कोई भी व्यक्ति ईसाई या हिंदू या जैन की भांति जन्म नहीं लेता है। तुम मात्र मनुष्य की भांति जन्म लेते हो। और फिर तुम्हें सिखाया जाता है, फिर तुम्हें संस्कारित किया जाता है कि मैं ईसाई हूं, या हिंदू हूं, या जैन हूं। यह स्मृति है। तुम्हें सिखाया गया है कि तुम ईसाई हो। यह स्मृति है। और अब जब भी तुम इस स्मृति के द्वारा देखते हो, तुम समझते हो कि मैं ईसाई हूं।

तुम्हारी चेतना ईसाई नहीं है—हो नहीं सकती। वह शुद्ध चेतना है। तुम्हें सिखाया गया है कि तुम ईसाई हो। यह सिखावन परिधि पर संगृहीत है। और अब तुम उस रंगीन चश्मे से संसार को देखते हो और सारा संसार तुम्हें रंगीन दिखाई पड़ता है। वे चश्मे बहुत जोर से और बहुत गहरे चिपक गए हैं और तुम कभी उनसे अलग नहीं होते, तुम कभी उन्हें हटाकर अलग

नहीं रखते। तुम उनके इतने आदी हो गए हो कि तुम भूल ही गए हो कि तुम्हारी आंखों पर कोई चश्मे भी हैं। तब तुम कहते हो कि मैं ईसाई हूं।

जब भी तुम्हारा किसी स्मृति, किसी ज्ञान, किसी अनुभव, या किसी नाम-रूप के साथ तादात्म्य हो जाता है तो यह 'मैं' जन्म लेता है। तब तुम जवान हो, बूढ़े हो, धनी हो, गरीब हो, सुंदर हो, असुंदर हो, शिक्षित हो, अशिक्षित हो, सम्मानित हो, असम्मानित हो। तब तुम उन चीजों के साथ तादात्म्य किए जाते हो जो तुम्हारे चारों ओर इकट्ठी होती हैं और अहंकार का जन्म होता है। मन के साथ तादात्म्य ही अहंकार है।

यही कारण है कि जब तुम मौन हो तो अहंकार नहीं है, क्योंकि जब तुम मौन हो तो मन नहीं है। मौन का यही अर्थ है। जब मन सक्रिय है तो तुम मौन नहीं हो। मन के रहते तुम मौन नहीं हो सकते; भीतर की बातचीत, भीतर का शोरगुल ही तो मन की सक्रियता है। जब यह बातचीत बंद होती है, या नहीं होती है, या जब तुम उसके पार चले गए होते हो, या तुम अपने अंतस में सरक गए होते हो, तो मौन है। और उस मौन में अहंकार नहीं है।

लेकिन यह कभी-कभी होता है, और क्षण भर के लिए ही होता है, कि तुम मौन हो। यही वजह है कि तुम्हें लगता है कि मौन के वे क्षण कितने प्यारे थे। फिर तुम उस अवस्था की आकांक्षा करने लगते हो। तुम किसी पहाड़ पर जाते हो, या सुबह उगते हुए सूरज को देखते हो, और सहसा तुममें खुशी को ज्वार उठने लगता है। तुम आनंदित अनुभव करते हो; एक सुख उतर आता है। क्या हुआ है वस्तुतः?

शांत सुबह के कारण, शांत सूर्योदय के कारण, हरियाली और पर्वत के सौंदर्य के कारण तुम्हारी भीतरी बातचीत बंद हो गई है। यह घटना इतनी अदभुत है—तुम्हारे चारों ओर इतना सौंदर्य, इतनी शांति, इतनी निस्तब्धता—कि तुम क्षण भर के लिए ठहरे गए हो। और उस ठहरने में तुम निरहंकार अवस्था को उपलब्ध हो गए हो। हालांकि यह उपलब्धि क्षण भर की ही है।

यह अनुभव और भी स्थितियों में हो सकता है। यह संभोग में हो सकता है; यह संगीत में हो सकता है; ऐसी किसी भी स्थिति में हो सकता है जो तुम्हें अभिभूत कर ले और जिसमें तुम्हारी निरंतर चलने वाली बातचीत क्षण भर के लिए ठहर जाए!

जब भी तुम अहंकार-शून्य होते हो, चाहे आकस्मिक रूप से या किसी अभ्यास से, तुम्हें एक सूक्ष्म आनंद का अनुभव होता है—जो पहले कभी नहीं हुआ था। यह आनंद कहीं बाहर से नहीं आता है। यह आनंद पहाड़ों से, या सूर्योदय से, या सुंदर फूलों से नहीं आता है। यह आनंद संभोग से नहीं आता है। यह आनंद कहीं बाहर से नहीं आता है; बाहर तो सिर्फ एक स्थिति होती है, आनंद तुम्हारे भीतर से आता है।

अगर तुम बाहर की स्थिति को बार-बार दोहराओ तो फिर यह आनंद नहीं आएगा। क्योंकि तब तुम उस स्थिति के आदी हो जाओगे, तब उसका तुम पर कोई असर नहीं होगा। वही पहाड़, वही सूर्योदय, तुम फिर जाते हो और तुम्हें आनंद नहीं मिलता है। तुम्हें लगता है कि मैं कुछ चूक रहा हूं। लेकिन कारण यह है कि पहली दफा यह दृश्य इतना नया था कि उसने तुम्हारे मन को अभिभूत कर लिया था। वह चमत्कार इतना अदभुत था, आश्चर्य इतना विराट था कि तुम अपनी पुरानी बातचीत को नहीं जारी रख सकते थे। मन ठहर गया;

अचानक ठहर गया। लेकिन जब दूसरी दफा तुम वहां जाते हो तो तुम्हें सब पता है। अब उसमें कोई चमत्कार नहीं है, कोई रहस्य नहीं है। इसलिए मन जारी रहता है।

ऐसा प्रत्येक अनुभव में होता है। तुम किसी भी आनंददायी अनुभव को दोहराओ, और उसका आनंद नष्ट हो जाता है; क्योंकि दोहराए गए अनुभव में मन बना रहता है।

तो दूसरी बात स्मरण रखने की यह है कि मन एक संग्रह है, और तुम्हारी चेतना इसी संगृहीत अतीत के पीछे छिपी है और तुमने उसके साथ तादात्म्य किया हुआ है। जब भी तुम कहते हो कि 'मैं यह हूं, मैं वह हूं,' तुम अहंकार निर्मित करते हो।

और तीसरी बाते। अगर तुम यह समझ सके तो तीसरी बात कठिन नहीं है। और वह तीसरी बात यह है कि मन का उपयोग किया जा सकता है। उससे तादात्म्य करने की जरूरत नहीं है; लेकिन तुम मन का उपयोग एक यंत्र की तरह कर सकते हो। और मन एक यंत्र ही है; उसके साथ तादात्म्य करने की जरूरत नहीं है। सदा उससे ऊपर रहो। सच तो यह है कि तुम सदा ऊपर हो; क्योंकि तुम यहां हो, अभी हो, सदा उपस्थित हो, और मन सदा अतीत है। तुम सदा मन के आगे हो। मन तुम्हारे पीछे-पीछे चलता है; वह तुम्हारी छाया है।

यह क्षण हमेशा नया है, तुम्हारा मन उसे नहीं पा सकती। एक क्षण बाद यह क्षण स्मृति का हिस्सा हो जाएगा; तब मन उसे पकड़ सकेगा। तुम प्रत्येक क्षण स्वतंत्र हो। इसीलिए बुद्ध ने क्षण पर इतना जोर दिया है। वे कहते हैं, 'क्षण में रहो और मन नहीं होगा।' लेकिन क्षण बहुत आणविक है; बहुत सूक्ष्म है। तुम उसे आसानी से चूक सकते हो। मन सदा अतीत है; जो भी तुमने जाना है वह मन है। और जो सत्य अभी है, वह मन का हिस्सा नहीं है। एक क्षण बाद वह मन का हिस्सा हो जाएगा।

अगर तुम सत्य के प्रति अभी और यहीं बोधपूर्ण हो सको तो तुम सदा मन के पार रहोगे। और अगर तुम मन के पार रह सके, सदा उसके ऊपर रह सके, कभी उसमें उलझे नहीं, अगर तुमने उसका उपयोग भर किया, कभी उसमें ग्रस्त नहीं हुए, उसे एक यंत्र की तरह उपयोग में लिया, लेकिन उससे तादात्म्य नहीं किया—तो अहंकार विलीन हो जाएगा, तुम अहंकार-मुक्त हो जाओगे।

और जब तुम अहंकार-मुक्त हो जाते हो तो कुछ और करने को नहीं है। तब शेष सब कुछ अपने आप ही घटित होता है। तुम अब संवेदनशील हो, खुले हुए हो; अब सारा अस्तित्व तुममें घटित होता है। अब समस्त आनंद तुम्हारा है। अब दुख असंभव है। दुख अहंकार से आता है। और आनंद निरहंकार के द्वार से आता है।

अब हम विधियों में प्रवेश करेंगे; क्योंकि ये विधियां अहंकार-शून्य होने से संबंधित हैं। बहुत सरल विधियां हैं। लेकिन यदि तुम इस पृष्ठभूमि को समझोगे तो ही तुम उनका प्रयोग कर सकोगे। और उनसे बहुत कुछ संभव है।

अग्नि-संबंधी पहली विधिः

भाव करो कि एक आग तुम्हारे पांव के अंगूठे से शुरू होकर पूरे शरीर में ऊपर उठ रही है और अंततः शरीर जलकर राख हो जाता है; लेकिन तुम नहीं।

यह बहुत सरल विधि है और बहुत अदभुत है, प्रयोग करने में भी सरल है। लेकिन

▲

पहले कुछ बुनियादी जरूरतें पूरी करनी होती हैं।

बुद्ध को यह विधि बहुत प्रीतिकर थी और वे अपने शिष्यों को इस विधि में दीक्षित करते थे। जब भी कोई व्यक्ति बुद्ध से दीक्षित होता था तो वे उससे पहली बात यही कहते थे; वे उससे कहते थे कि मरघट चले जाओ और वहां किसी जलती चिता को देखो, जलते हुए शरीर को देखो, जलते हुए शव को देखो। तीन महीने तक उसे कुछ और नहीं करना था, सिर्फ मरघट में बैठकर देखना था।

तो साधक गांव के मरघट में चला जाता था और तीन महीने तक दिन-रात वहीं रहता था। और जब भी कोई मुर्दा आता, वह बैठकर उस पर ध्यान करता था। वह पहले शव को देखता; फिर आग जलाई जाती और शरीर जलने लगता और वह देखता रहता। तीन महीने तक वह इसके सिवाय कुछ और नहीं करता, बस मुर्दों को जलते देखता रहता।

बुद्ध कहते थे, 'उसके संबंध में विचार मत करना, उसे बस देखना।'

और यह कठिन है कि साधक के मन में यह विचार न उठे कि देर-अबेर मेरा शरीर भी जला दिया जाएगा। तीन महीने लंबा समय है। और साधक को रात-दिन निरंतर जब भी कोई चिता जलती, उस पर ध्यान करना था। देर-अबेर उसे दिखाई देने लगता कि चिता पर मेरा शरीर ही जल रहा है, चिता पर मैं ही जलाया जा रहा हूं।

यह सहयोगी होगा। अगर तुम इस विधि का प्रयोग करना चाहते हो तो मरघट चले जाओ और देखो। तीन महीने के लिए नहीं, लेकिन कम से कम एक मुर्दे को तो जलते हुए जरूर देखो, उसका अच्छी तरह निरीक्षण करो। और तब तुम इस विधि का प्रयोग आसानी से कर सकते हो। विचार मत करो, सिर्फ घटना को देखो, देखो कि क्या हो रहा है।

लोग अपने सगे-संबंधियों को जलाने ले जाते हैं, लेकिन वे कभी उस घटना को देखते नहीं। वे दूसरी चीजों के संबंध में या मृत्यु के संबंध में ही बातचीत करने लगते हैं। वे विवाद करते हैं, विवेचना करते हैं। वे बहुत कुछ करते हैं, अनेक चीजों की चर्चा करते हैं, गपशप करते हैं, लेकिन वे कभी दाह-क्रिया का निरीक्षण नहीं करते। इसे तो ध्यान बना लेना चाहिए। वहां बातचीत की इजाजत नहीं होनी चाहिए। क्योंकि अपने किसी प्रियजन को जलते हुए देखना एक दुर्लभ अनुभव है। वहां तुम्हें यह भाव अवश्य उठेगा कि मैं भी जल रहा हूं। अगर तुम अपनी मां को जलते हुए देख रहे हो, या पिता को, या पत्नी को, या पति को, तो यह असंभव है कि तुम अपने को भी उस चिता में जलते हुए न देखो।

यह अनुभव इस विधि के लिए सहयोगी होगा—यह पहली बात।

दूसरी बात कि अगर तुम मृत्यु से बहुत भयभीत हो तो तुम इस विधि का प्रयोग नहीं कर सकोगे। क्योंकि वह भय ही अवरोध बन जाएगा; तुम उसमें प्रवेश न कर सकोगे। या तुम ऊपर-ऊपर कल्पना करते रहोगे, मगर तुम अपने गहन प्राणों से उसमें प्रवेश नहीं करोगे।

तब तुम्हें कुछ भी नहीं होगा। तो यह दूसरी बात स्मरण रहे कि तुम चाहे भयभीत हो या नहीं हो, मृत्यु निश्चित है। केवल मृत्यु निश्चित है। इससे कोई फर्क नहीं पड़ता है कि तुम भयभीत हो या नहीं; यह अप्रासंगिक है। जीवन में मृत्यु के अतिरिक्त कुछ भी निश्चित नहीं है। सब कुछ अनिश्चित है, केवल मृत्यु निश्चित है। सब कुछ सांयोगिक है—हो भी सकता है, नहीं भी हो सकता है—लेकिन मृत्यु सांयोगिक नहीं है।

▲

लेकिन मनुष्य के मन को देखो। हम सदा मृत्यु की चर्चा इस भांति करते हैं मानो वह दुर्घटना हो। जब भी किसी की मृत्यु होती है, हम कहते हैं कि वह असमय मर गया। जब भी कोई मरता है तो हम इस तरह की बातें करने लगते हैं मानो यह कोई अनहोनी घटना है। सिर्फ मृत्यु अनहोनी नहीं है—सिर्फ मृत्यु सुनिश्चित है। बाकी सब कुछ सांयोगिक है। मृत्यु बिलकुल निश्चित है। तुम्हें मरना है।

और जब मैं कहता हूं कि तुम्हें मरना है तो ऐसा लगता है कि यह मरना कहीं भविष्य में है, बहुत दूर है। ऐसी बात नहीं है। तुम मर ही चुके हो; जिस क्षण तुम पैदा हुए, तुम मर चुके। जन्म के साथ ही मृत्यु निश्चित हो गई। उसका एक छोर, जन्म का छोर घटित हो चुका; अब दूसरे छोर को, मृत्यु के छोर को घटित होना है। इसलिए तुम मर चुके हो, आधे मर चुके हो; क्योंकि जन्म लेने के साथ ही तुम मृत्यु के घेरे में आ गए, दाखिल हो गए। अब कुछ भी उसे नहीं बदल सकता; अब उसे बदलने का उपाय नहीं है। तुम उसमें प्रवेश कर चुके; जन्म के साथ तुम आधे मर गए।

और दूसरी बात कि मृत्यु अंत में नहीं घटेगी, वह घट ही रही है। मृत्यु एक प्रक्रिया है। जैसे जीवन प्रक्रिया है, वैसे ही मृत्यु भी प्रक्रिया है। द्वैत हम निर्मित करते हैं; लेकिन जीवन और मृत्यु ठीक तुम्हारे दो पांवों की तरह हैं। जीवन और मृत्यु दोनों एक प्रक्रिया हैं। तुम प्रतिक्षण मर रहे हो।

मुझे यह बात इस तरह से कहने दोः जब तुम श्वास भीतर ले जाते हो तो वह जीवन है; और जब तुम श्वास बाहर निकालते हो तो वह मृत्यु है। बच्चा जन्म लेने पर पहला काम करता है कि वह श्वास भीतर ले जाता है। बच्चा पहले श्वास छोड़ नहीं सकता; उसका पहला काम श्वास लेना है। वह श्वास छोड़ नहीं सकता; क्योंकि उसके सीने में हवा नहीं है। उसे पहले श्वास लेनी पड़ती है; पहला कृत्य श्वास लेना है। और मरता हुआ बूढ़ा आदमी अंतिम कृत्य करता है कि वह श्वास छोड़ता है। मरते हुए तुम श्वास ले नहीं सकते; या कि ले सकते हो? जब तुम मर रहे हो तो तुम श्वास नहीं ले सकते; वह तुम्हारा अंतिम कृत्य नहीं हो सकता है। अंतिम कृत्य तो श्वास छोड़ना ही होगा। पहला काम श्वास लेना है और अंतिम काम श्वास छोड़ना है। श्वास लेना जीवन है और श्वास छोड़ना मृत्यु। प्रत्येक क्षण तुम दोनों काम कर रहे हो—श्वास लेते हो और छोड़ते हो। श्वास लेना जीवन है और श्वास छोड़ना मृत्यु।

तुमने शायद यह निरीक्षण न किया हो, लेकिन यह निरीक्षण करने जैसा है। जब भी तुम श्वास छोड़ते हो, तुम शांत अनुभव करते हो। लंबी श्वास बाहर फेंको और तुम्हें अपने भीतर एक शांति का अनुभव होगा। और जब भी तुम श्वास भीतर लेते हो, तुम बेचैन हो जाते हो, तनावग्रस्त हो जाते हो। भीतर जाती श्वास की तीव्रता ही तनाव पैदा करती है।

और सामान्यतः हम सदा श्वास लेने पर जोर देते हैं। अगर मैं कहूं कि गहरी श्वास लो तो तुम सदा श्वास लेने से शुरू करोगे। सच तो यह है कि हम श्वास छोड़ने से डरते हैं, यही कारण है कि हमारी श्वास इतनी उथली हो गई है। तुम कभी श्वास छोड़ते नहीं, तुम श्वास लेते हो। सिर्फ तुम्हारा शरीर श्वास छोड़ने का काम करता है, क्योंकि शरीर सिर्फ श्वास लेकर ही जीवित नहीं रह सकता।

एक प्रयोग करो। पूरे दिन जब भी तुम्हें स्मरण रहे, श्वास छोड़ने पर ध्यान दो, पूरी

▲

श्वास बाहर फेंको। और तुम श्वास भीतर मत लो, श्वास लेने का काम शरीर पर छोड़ दो; तुम केवल श्वास छोड़ते जाओ—लंबी और गहरी श्वास। और तब तुम्हें एक गहन शांति का अनुभव होगा; क्योंकि मृत्यु मौन है, मृत्यु शांति है।

और अगर तुम श्वास छोड़ने पर ध्यान दे सके, ज्यादा से ज्यादा ध्यान दे सके, तो तुम अहंकार-रहित अनुभव करोगे। श्वास लेने से तुम ज्यादा अहंकारी अनुभव करोगे और श्वास छोड़ने से ज्यादा अहंकार-रहित। तो श्वास छोड़ने पर ज्यादा ध्यान दो। पूरे दिन, जब भी याद आए, गहरी श्वास बाहर फेंको और लो मत, श्वास लेने का काम शरीर को करने दो; तुम कुछ मत करो।

श्वास छोड़ने पर यह जोर तुम्हें इस विधि के प्रयोग में बहुत सहयोगी होगा; क्योंकि तुम मरने के लिए तैयार होगे। मरने की तैयारी जरूरी है; अन्यथा यह विधि बहुत काम की नहीं होगी। और तुम मृत्यु के लिए तैयार तभी हो सकते हो जब तुमने किसी न किसी तरह से एक बार उसका स्वाद लिया हो। गहरी श्वास छोड़ो और तुम्हें उसका स्वाद मिल जाएगा।

यह बहुत सुंदर है। मृत्यु बहुत सुंदर है। मृत्यु के समान कुछ भी नहीं है—इतनी मौन, इतनी विश्रामपूर्ण, इतनी शांत, इतनी अनुद्विग्न। लेकिन हम मृत्यु से भयभीत हैं। और हम मृत्यु से भयभीत क्यों हैं? मृत्यु का इतना भय क्यों है?।

हम मृत्यु से भयभीत हैं, इसका कारण मृत्यु नहीं है। मृत्यु को तो हम जानते ही नहीं हैं। तुम उस चीज से कैसे भयभीत हो सकते हो जिसका तुम्हें कभी सामना ही नहीं हुआ? तुम उस चीज से कैसे भयभीत हो सकते हो जिसे तुम जानते ही नहीं हो? किसी चीज से भयभीत होने के लिए उसे जानना जरूरी है।

तो असल में तुम मृत्यु से भयभीत नहीं हो, यह भय कुछ और है। तुम वस्तुतः कभी जीए ही नहीं, और इससे ही मृत्यु का भय पैदा होता है। मृत्यु का भय पकड़ता है, क्योंकि तुम जी नहीं रहे हो। और तुम्हारा भय यह है : 'अब तक मैं जीया ही नहीं, और मृत्यु आ गई तो क्या होगा? मैं तो अतृप्त, अनजीया ही मर जाऊंगा।' मृत्यु का भय उन्हें ही पकड़ता है जो वस्तुतः जीवित नहीं हैं।

यदि तुमने जीवन को जीया है, जीवन को जाना है, तो तुम मृत्यु का स्वागत करोगे। तब कोई भय नहीं है। तुमने जीवन को जान लिया; अब तुम मृत्यु को भी जानना चाहोगे। लेकिन हम जीवन से ही इतने डरे हुए हैं कि हम उसे नहीं जान पाए हैं; हम उसमें गहरे नहीं उतरे हैं। वही चीज मृत्यु का भय पैदा करती है।

अगर तुम इस विधि में प्रवेश करना चाहते हो तो तुम्हें मृत्यु के प्रति इस सघन भय के प्रति जागना होगा, बोधपूर्ण होना होगा। और इस सघन भय को विसर्जित करना होगा, तो ही इस विधि में प्रवेश हो सकता है।

इससे मदद मिलेगी : श्वास छोड़ने पर ज्यादा ध्यान दो। सारा ध्यान श्वास छोड़ने पर दो, श्वास लेना भूल जाओ। और डरो मत कि मर जाओगे; तुम नहीं मरोगे। श्वास लेने का काम खुद शरीर कर लेगा। शरीर का अपना विवेक है। अगर तुम गहरी श्वास बाहर फेंकोगे तो शरीर खुद गहरी श्वास भीतर लेगा। तुम्हें हस्तक्षेप करने की जरूरत नहीं है। और तुम्हारी समस्त चेतना पर एक गहरी शांति फैल जाएगी। सारा दिन तुम विश्राम अनुभव करोगे, और

एक आंतरिक मौन घटित होगा।

अगर तुम एक और प्रयोग करो तो विश्रांति और मौन का यह भाव और भी प्रगाढ़ हो सकता है। दिन में सिर्फ पंद्रह मिनट के लिए गहरी श्वास बाहर छोड़ो। कुर्सी पर या जमीन पर बैठ जाओ और गहरी श्वास छोड़ो और छोड़ते समय आंखें बंद रखो। जब श्वास बाहर जाए तब तुम भीतर चले जाओ। और फिर शरीर को श्वास भीतर लेने दो। और जब श्वास भीतर जाए, आंखें खोल लो और तुम बाहर चले जाओ। ठीक उलटा करो: जब श्वास बाहर जाए तो तुम भीतर जाओ; और जब श्वास भीतर जाए तो तुम बाहर जाओ।

जब तुम श्वास छोड़ते हो तो भीतर खाली स्थान, अवकाश निर्मित होता है; क्योंकि श्वास जीवन है। जब तुम गहरी श्वास छोड़ते हो तो तुम खाली हो जाते हो; जीवन बाहर निकल गया। एक ढंग से तुम मर गए; क्षण भर के लिए मर गए। मृत्यु के उस मौन में अपने भीतर प्रवेश करो। श्वास बाहर जा रही है; आंखें बंद करो और भीतर सरक जाओ। वहां अवकाश है; तुम आसानी से सरक सकते हो। स्मरण रहे, जब तुम श्वास ले रहे हो तब भीतर जाना बहुत कठिन है। वहां जाने के लिए जगह कहां है? श्वास छोड़ते हुए ही तुम भीतर जा सकते हो। और जब श्वास भीतर हो तो तुम बाहर चले जाओ; आंखें खोलो और बाहर निकल जाओ। इन दोनों के बीच एक लयबद्धता निर्मित कर लो।

पंद्रह मिनट के इस प्रयोग से तुम गहन विश्राम में उतर जाओगे और तब तुम इस विधि के प्रयोग के लिए अपने को तैयार पाओगे। इस विधि में उतरने के पहले पंद्रह मिनट के लिए यह प्रयोग जरूर करो, ताकि तुम तैयार हो सको—तैयार ही नहीं उसके प्रति स्वागतपूर्ण हो सको, खुले हो सको। मृत्यु का भय खो जाएगा, क्योंकि अब मृत्यु प्रगाढ़ विश्राम मालूम पड़ेगी। अब मृत्यु जीवन के विरुद्ध नहीं, वरन जीवन का स्रोत, जीवन की ऊर्जा मालूम पड़ेगी। जीवन तो झील की सतह पर लहरों की भांति है और मृत्यु स्वयं झील है। और जब लहरें नहीं हैं तब भी झील है। और झील तो लहरों के बिना हो सकती है, लेकिन लहरें झील के बिना नहीं हो सकतीं। जीवन मृत्यु के बिना नहीं हो सकता, लेकिन मृत्यु जीवन के बिना हो सकती है। क्योंकि मृत्यु स्रोत है। और तब तुम इस विधि का प्रयोग कर सकते हो।

'भाव करो कि एक आग तुम्हारे पांव के अंगूठे से शुरू होकर पूरे शरीर में ऊपर उठ रही है...।'

बस लेट जाओ। पहले भाव करो कि तुम मर गए हो, शरीर एक शव मात्र है। लेटे रहो और अपने ध्यान को पैर के अंगूठे पर ले जाओ। आंखें बंद करके भीतर गति करो। अपने ध्यान को अंगूठों पर ले जाओ और भाव करो कि वहां से आग ऊपर बढ़ रही है और सब कुछ जल रहा है; जैसे-जैसे आग बढ़ती है वैसे-वैसे तुम्हारा शरीर विलीन हो रहा है। अंगूठे से शुरू करो और ऊपर बढ़ो।

अंगूठे से क्यों शुरू करो? यह आसान होगा, क्योंकि अंगूठा तुम्हारे 'मैं' से, तुम्हारे अहंकार से बहुत दूर है। तुम्हारा अहंकार सिर में केंद्रित है; वहां से शुरू करना कठिन होगा। तो दूर के बिंदु से शुरू करो; भाव करो कि अंगूठे जल गए हैं, सिर्फ राख बची है।

और फिर धीरे-धीरे ऊपर बढ़ो और जो भी आग की राह में पड़े उसे जलाते जाओ। सारे अंग—पैर, जांघ—विलीन हो जाएंगे। और देखते जाओ कि अंग-अंग राख हो रहे हैं;

जिन अंगों से होकर आग गुजरी है वे अब नहीं हैं, वे राख हो गए हैं। ऊपर बढ़ते जाओ; और अंत में सिर भी विलीन हो जाता है। प्रत्येक चीज राख हो गई है; धूल धूल में मिल गई है।

'और अंततः शरीर जलकर राख हो जाती है; लेकिन तुम नहीं।'

तुम शिखर पर खड़े द्रष्टा रह जाओगे, साक्षी रह जाओगे। शरीर वहां पड़ा होगा—मृत, जला हुआ, राख—और तुम द्रष्टा होगे, साक्षी होगे। इस साक्षी का कोई अहंकार नहीं है।

यह विधि निरहंकार अवस्था की उपलब्धि के लिए बहुत उपयोगी है। क्यों? क्योंकि इसमें बहुत सी बातें घटती हैं। यह विधि सरल मालूम पड़ती है; लेकिन यह उतनी सरल है। नहीं। इसकी आंतरिक संरचना बहुत जटिल है।

पहली बात यह है कि तुम्हारी स्मृतियां शरीर का हिस्सा हैं। स्मृति पदार्थ है; यही कारण है कि उसे संगृहीत किया जा सकता है। स्मृति मस्तिष्क के कोष्ठों में संगृहीत है। स्मृतियां भौतिक हैं, शरीर का हिस्सा हैं। तुम्हारे मस्तिष्क का आपरेशन करके अगर कुछ कोशिकाओं को निकाल दिया जाए तो उनके साथ कुछ स्मृतियां भी विदा हो जाएंगी। स्मृतियां मस्तिष्क में संगृहीत रहती हैं। स्मृति पदार्थ है; उसे नष्ट किया जा सकता है।

और अब तो वैज्ञानिक कहते हैं कि स्मृति प्रत्यारोपित की जा सकती है। देर-अबेर हम उपाय खोज लेंगे कि जब आइंस्टीन जैसा व्यक्ति मरे तो हम उसके मस्तिष्क की कोशिकाओं को बचा लें, और उन्हें किसी बच्चे में प्रत्यारोपित कर दें। और उस बच्चे को आइंस्टीन के अनुभवों से गुजरे बिना ही आइंस्टीन की स्मृतियां प्राप्त हो जाएंगी।

तो स्मृति शरीर का हिस्सा है। और अगर सारा शरीर जल जाए, राख हो जाए, तो कोई स्मृति नहीं बचेगी। याद रहे, यह बात समझने जैसी है। अगर स्मृति रह जाती है तो शरीर अभी बाकी है, और तुम धोखे में हो। अगर तुम सचमुच गहराई से इस भाव में उतरोगे कि शरीर नहीं है, जल गया है, आग ने उसे पूरी तरह राख कर दिया है, तो उस क्षण तुम्हें कोई स्मृति नहीं रहेगी। साक्षित्व के उस क्षण में कोई मन नहीं रहेगा। सब कुछ ठहर जाएगा, विचारों की गति रुक जाएगी; केवल दर्शन, मात्र देखना रह जाएगा कि क्या हुआ है।

और एक बार तुमने यह जान लिया तो तुम इस अवस्था में निरंतर रह सकते हो। एक बार सिर्फ यह जानना है कि तुम अपने को अपने शरीर से अलग कर सकते हो। यह विधि तुम्हें अपने शरीर से अलग जानने की, तुम्हारे और तुम्हारे शरीर के बीच एक अंतराल पैदा करने का, कुछ क्षणों के लिए शरीर से बाहर होने का एक उपाय है। अगर तुम इसे साध सको तो तुम शरीर में होते हुए भी शरीर में नहीं होगे। तुम पहले की तरह ही जीए जा सकते हो; लेकिन अब तुम फिर कभी वही नहीं होगे जो थे।

इस विधि में कम से कम तीन महीने लगेंगे। इसे करते रहो; यह एक दिन में नहीं होगी। लेकिन यदि तुम प्रतिदिन इसे एक घंटा देते रहे तो तीन महीने के भीतर किसी दिन अचानक तुम्हारी कल्पना सफल होगी और एक अंतराल निर्मित हो जाएगा और तुम सचमुच देखोगे कि तुम्हारा शरीर राख हो गया है। तब तुम निरीक्षण कर सकते हो। और उस निरीक्षण में एक गहन तथ्य का बोध होगा कि अहंकार असत्य है, झूठ है; उसकी कोई सत्ता नहीं है। अहंकार था; क्योंकि तुम शरीर से, विचारों से, मन से तादात्म्य किए बैठे थे। तुम उनमें से

▲

कुछ भी नहीं हो—न मन, न विचार, न शरीर। तुम उन सबसे भिन्न हो जो तुम्हें घेरे हुए हैं; तुम अपनी परिधि से सर्वथा भिन्न हो।

तो ऊपर से यह विधि सरल मालूम पड़ती है, लेकिन यह तुम्हारे भीतर गहन रूपांतरण ला सकती है। लेकिन पहले मरघट में जाकर ध्यान करो, जहां लोगों को जलाया जाता हो वहां बैठकर ध्यान करो। देखो कि कैसे शरीर जलता है, कैसे शरीर फिर मिट्टी हो जाता है, ताकि तुम फिर आसानी से कल्पना कर सको। और तब अंगूठों से आरंभ करो और बहुत धीरे-धीरे ऊपर बढ़ो।

और इस विधि में उतरने के पहले श्वास छोड़ने पर ज्यादा ध्यान दो। इस विधि को करने के ठीक पहले पंद्रह मिनट तक श्वास छोड़ो और आंखें बंद कर लो, फिर शरीर को श्वास लेने दो और आंखें खोल दो। पंद्रह मिनट तक गहन विश्राम में रहो और फिर विधि में प्रवेश करो।

अग्नि-संबंधी दूसरी विधिः

यह काल्पनिक जगत जलकर राख हो रहा है, यह भाव करो; और मनुष्य से श्रेष्ठतर प्राणी बनो।

अगर तुम पहली विधि कर सके तो यह दूसरी विधि बहुत सरल हो जाएगी। अगर तुम यह भाव कर सके कि तुम्हारा शरीर जल रहा है तो यह भाव करना कठिन नहीं होगा कि सारा जगत जल रहा है, क्योंकि तुम्हारा शरीर जगत का हिस्सा है और तुम अपने शरीर के द्वारा ही जगत से जुड़े हो। सच तो यह है कि अपने शरीर के कारण ही तुम जगत से जुड़ते हो—जगत तुम्हारे शरीर का फैलाव है। अगर तुम अपने शरीर के जलने की कल्पना कर सकते हो तो जगत के जलने की कल्पना करना कठिन नहीं है।

और सूत्र कहता है कि यह जगत काल्पनिक है; वह है, क्योंकि तुमने उसे माना हुआ है। और यह सारा जगत जल रहा है, विलीन हो रहा है।

लेकिन अगर तुम्हें लगे कि पहली विधि कठिन है तो तुम दूसरी विधि से भी आरंभ कर सकते हो। पर पहली को साध लेने से दूसरी बहुत आसान हो जाती है। और असल में अगर कोई पहली विधि को साध ले तो उसके लिए दूसरी विधि की जरूरत ही नहीं रहती। तुम्हारे शरीर के साथ सब कुछ अपने आप ही विलीन हो जाता है। लेकिन यदि पहली विधि कठिन लगे तो तुम दूसरी विधि में सीधे भी उतर सकते हो।

मैंने कहा कि अंगूठों से आरंभ करो, क्योंकि वे सिर से, अहंकार से बहुत दूर हैं। लेकिन हो सकता है कि तुम्हें अंगूठों से आरंभ करने की बात भी न जमे। तो और दूर निकल जाओ—संसार से शुरू करो। और तब अपनी तरफ आओ; संसार से शुरू करो और अपने निकट आओ। और जब सारा जगत जल रहा हो तो तुम्हारे लिए उस पूरे जलते जगत में जलना आसान होगा।

दूसरी विधि है: 'यह काल्पनिक जगत जलकर राख हो रहा है, यह भाव करो; और मनुष्य से श्रेष्ठतर प्राणी बनो।'

अगर तुम सारे संसार को जलता हुआ देख सके तो तुम मनुष्य के ऊपर उठ गए, तुम

▲

अतिमानव हो गए। तब तुम अतिमानवीय चेतना को जान गए।

तुम यह कल्पना कर सकते हो; लेकिन कल्पना का प्रशिक्षण जरूरी है। हमारी कल्पना बहुत प्रगाढ़ नहीं है। वह कमजोर है, क्योंकि कल्पना के प्रशिक्षण की व्यवस्था ही नहीं है। बुद्धि प्रशिक्षित है; उसके लिए विद्यालय हैं और महाविद्यालय हैं। बुद्धि के प्रशिक्षण में जीवन का बड़ा हिस्सा खर्च किया जाता है। लेकिन कल्पना का कोई प्रशिक्षण नहीं होता है। और कल्पना का अपना ही जगत है—बहुत अदभुत जगत है। यदि तुम अपनी कल्पना को प्रशिक्षित कर सको तो चमत्कार घटित हो सकते हैं।

छोटी-छोटी चीजों से शुरू करो। क्योंकि बड़ी चीजों में कूदना कठिन होगा; और संभव है तुम्हें उनमें असफलता हाथ लगे। उदाहरण के लिए, यह कल्पना कि सारा संसार जल रहा है, जरा कठिन है। यह भाव बहुत गहरा नहीं जा सकता है।

पहली बात कि तुम जानते हो कि यह कल्पना है। और यदि कल्पना में तुम सोचो भी कि चारों तरफ लपटें ही लपटें हैं तो भी तुम्हें लगेगा कि संसार जला नहीं है, वह अभी भी है। क्योंकि यह केवल तुम्हारी कल्पना है और तुम नहीं जानते हो कि कल्पना कैसे यथार्थ बनती है। तुम्हें पहले उसे महसूस करना होगा।

इस विधि में उतरने के पहले एक सरल प्रयोग करो। अपने दोनों हाथों को एक-दूसरे में गूंथ लो, आंखों को बंद कर लो और भाव करो कि अब वे ऐसे गुंथ गए हैं कि खुल नहीं सकते और उन्हें खोलने के लिए कुछ भी नहीं किया जा सकता।

शुरू-शुरू में तुम्हें लगेगा कि तुम केवल कल्पना कर रहे हो और तुम उन्हें खोल सकते हो। लेकिन तुम सतत दस मिनट तक भाव करते रहो कि मैं उन्हें नहीं खोल सकता, मैं उन्हें खोलने के लिए कुछ नहीं कर सकता, मेरे हाथ खुल ही नहीं सकते। और फिर दस मिनट के बाद उन्हें खोलने की कोशिश करो।

दस में से चार व्यक्ति तुरंत सफल हो जाएंगे; चालीस प्रतिशत लोग तुरंत कामयाब हो जाएंगे—दस मिनट के बाद वे अपने हाथ नहीं खोल पाएंगे। कल्पना यथार्थ हो गई। वे जितना ही संघर्ष करेंगे, वे हाथ खोलने के लिए जितनी ही ताकत लगाएंगे, उतना ही हाथों का खुलना कठिन होता जाएगा। तुम्हें पसीना आने लगेगा। तुम्हारे ही हाथ हैं, और तुम देख रहे हो कि वे बंध गए हैं और तुम उन्हें नहीं खोल सकते !

लेकिन भयभीत मत होओ। फिर आंखें बंद कर लो और फिर भाव करो कि मैं उन्हें खोल सकता हूं। और तो ही तुम उन्हें खोल सकते हो। लेकिन चालीस प्रतिशत लोग तुरंत सफल हो जाएंगे।

ये चालीस प्रतिशत लोग इस विधि में आसानी से उतर सकते हैं; उनके लिए कोई कठिनाई नहीं है। बाकी साठ प्रतिशत के लिए यह विधि कठिन पड़ेगी; उन्हें समय लगेगा। जो लोग बहुत भाव-प्रवण हैं वे कुछ भी कल्पना कर सकते हैं, और वह घटित होगा। और एक बार उन्हें यह प्रतीति हो जाए कि कल्पना यथार्थ हो सकती है, कि भाव वास्तविक बन सकता है, तो उन्हें आश्वासन मिल गया और वे आगे बढ़ सकते हैं। तब तुम अपने भाव के द्वारा बहुत कुछ कर सकते हो।

तुम अभी भी भाव से बहुत कुछ करते हो, लेकिन तुम्हें पता नहीं है। तुम अभी भी

करते हो, लेकिन तुम्हें उसका बोध नहीं है। शहर में कोई नया रोग फैलता है, फ्रेंच फ्लू फैलता है, और तुम उसके शिकार हो जाते हो। तुम कभी सोच भी नहीं सकते कि सौ में से सत्तर लोग सिर्फ कल्पना के कारण बीमार हो जाते हैं। चूंकि शहर में रोग फैला है, तुम कल्पना करने लगते हो कि मैं भी इसका शिकार होने वाला हूं—और तुम शिकार हो जाओगे। तुम सिर्फ अपनी कल्पना से अनेक रोग पकड़ लेते हो। तुम सिर्फ अपनी कल्पना से अनेक समस्याएं निर्मित कर लेते हो।

तो तुम समस्याओं को हल भी कर सकते हो, यदि तुम्हें पता हो कि तुमने ही उन्हें निर्मित किया है। अपनी कल्पना को थोड़ा बढ़ाओ, और तब यह विधि बहुत उपयोगी होगी।

तीसरी विधिः

जैसे विषयीगत रूप से अक्षर शब्दों में और शब्द वाक्यों में जाकर मिलते हैं और विषयगत रूप से वर्तुल चक्रों में और चक्र मूल-तत्व में जाकर मिलते हैं, वैसे ही अंततः इन्हें भी हमारे अस्तित्व में आकर मिलते हुए पाओ।

यह भी एक कल्पना-संबंधी विधि है।

अहंकार सदा भयभीत है। वह संवेदनशील होने से, खुला होने से डरता है; वह डरता है कि कोई चीज भीतर प्रवेश करके उसे नष्ट न कर दे। इसलिए अहंकार अपने चारों ओर एक किलाबंदी करता है; और तुम एक कारागृह में रहने लगते हो। तुम अपने अंदर किसी को भी प्रवेश नहीं देते हो। तुम डरते हो कि यदि कोई चीज भीतर आ जाए और झंझट खड़ी करे तो क्या होगा। तो बेहतर है कि किसी को आने ही मत दो। तब सारा संवाद बंद हो जाता है; उनके साथ भी संवाद बंद हो जाता है जिन्हें तुम प्रेम करते हो, या सोचते हो कि तुम प्रेम करते हो।

किन्हीं पति-पत्नी को बात करते हुए देखो; वे एक-दूसरे से बात नहीं कर रहे हैं, उनके बीच कोई संवाद नहीं है। बल्कि वे शब्दों के द्वारा एक-दूसरे से बच रहे हैं; वे बात कर रहे हैं ताकि एक-दूसरे से बचा जाए। मौन में वे एक-दूसरे के प्रति खुल जाएंगे; मौन में वे एक-दूसरे के समीप आ जाएंगे; क्योंकि मौन में कोई दीवार नहीं रहती है, कोई अहंकार नहीं रहता है। इसलिए पति-पत्नी कभी चुप नहीं रहेंगे; वे समय काटने के लिए किसी न किसी चीज की चर्चा करते रहेंगे। अन्यथा डर है कि कहीं एक-दूसरे के प्रति संवेदनशील न हो जाएं, खुल न जाएं। हम एक-दूसरे से इतने भयभीत हैं।

मैंने सुना है कि एक दिन मुल्ला नसरुद्दीन घर से बाहर निकल रहा था कि उसकी पत्नी ने कहा : 'नसरुद्दीन, क्या तुम भूल गए कि आज कौन-सा दिन है?' नसरुद्दीन को पता था, यह उनके विवाह की पच्चीसवीं वर्षगांठ का दिन था। तो उसने कहा 'मुझे याद है, बखूबी याद है।' पत्नी ने फिर पूछा : 'तो हम लोग इस दिन को किस तरह मनाने जा रहे हैं?' नसरुद्दीन ने कहा: 'प्रिये, मुझे नहीं मालूम।' और फिर उसने सिर खुजलाते हुए हैरानी के स्वर में कहा : 'कितना अच्छा होगा कि हम इस उपलक्ष्य में दो मिनट मौन रहें।'

तुम किसी के साथ मौन नहीं रह सकते; तुम बेचैन होने लगते हो। मौन में दूसरा तुममें प्रवेश करने लगता है। मौन में तुम खुले होते हो, तुम्हारे द्वार-दरवाजे खुले होते हैं, तुम्हारी खिड़कियां खुली होती हैं। तुम डरते हो। तो तुम बातचीत करते रहते हो, बंद रहने के उपाय

करते रहते हो। अहंकार कवच है, अहंकार कारागृह है। और हम इतने असुरक्षित अनुभव करते हैं कि हमें कारागृह भी स्वीकार है। कारागृह थोड़ी सुरक्षा का भाव देता है; तुम सुरक्षित अनुभव करते हो।

इस विधि का, इस तीसरी विधि का प्रयोग करने के लिए पहली और सब से बुनियादी बात है कि भलीभांति जान लो कि जीवन एक असुरक्षा है। उसे सुरक्षित बनाने का कोई उपाय नहीं है; तुम जो भी करोगे, उससे कुछ होने वाला नहीं है। तुम सिर्फ सुरक्षा का भ्रम पैदा कर सकते हो; जीवन असुरक्षित ही रहता है। असुरक्षा ही उसका स्वभाव है; क्योंकि मृत्यु उसमें अंतर्निहित है, साथ-साथ जुड़ी है। जीवन सुरक्षित कैसे हो सकता है?

एक क्षण के लिए सोचो, अगर जीवन पूरी तरह सुरक्षित हो तो वह मृत ही होगा। सर्वथा सुरक्षित जीवन, समग्रतः सुरक्षित जीवन जीवंत नहीं हो सकता है; क्योंकि उसमें चुनौती की पुलक नहीं रहेगी। अगर तुम सभी खतरों से सुरक्षित हो जाओगे तो तुम मुर्दा हो जाओगे। जीवन के होने में ही जोखिम है, खतरा है, असुरक्षा है, चुनौती है। उसमें मौत सम्मिलित है।

मैं तुम्हें प्रेम करता हूं। अब मैंने खतरनाक रास्ते पर कदम रखा; अब कुछ भी सुरक्षित नहीं हो सकता। लेकिन अब मैं कल के लिए सब कुछ सुरक्षित करने की चेष्टा करूंगा। कल के लिए मैं उस सब की हत्या करूंगा जो जीवित है; क्योंकि तभी मैं कल के लिए सुरक्षित अनुभव करूंगा। तो प्रेम विवाह में बदल जाता है।

विवाह सुरक्षा है। प्रेम असुरक्षित है—अगले क्षण सब कुछ बदल जा सकता है। और तुमने कितनी-कितनी आशाएं बांधी हैं—और अगले क्षण प्रेमिका तुम्हें छोड़कर चली जाती है, या मित्र तुम्हें छोड़ देता है और तुम अपने को अचानक अकेला पाते हो। प्रेम असुरक्षित है। तुम भविष्य के संबंध में आश्वस्त नहीं हो सकते; कोई भविष्यवाणी नहीं हो सकती है।

तो हम प्रेम की हत्या कर देते हैं और उसकी जगह एक सुरक्षित परिपूरक खोज लेते हैं। उसका नाम ही विवाह है। विवाह के साथ तुम सुरक्षित हो सकते हो; उसकी भविष्यवाणी की जा सकती है। तुम्हारी पत्नी कल भी तुम्हारी पत्नी रहेगी; तुम्हारा पति भविष्य में भी तुम्हारा पति रहेगा। लेकिन क्योंकि तुमने सब सुरक्षा कर ली, अब कोई खतरा नहीं है—प्रेम मर गया; वह नाजुक संबंध मर गया। क्योंकि मृत चीजें ही स्थाई हो सकती हैं, जीवित चीजें बदलेंगी ही, वे बदलने को बाध्य हैं। बदलाहट जीवन का गुण है; और बदलाहट में असुरक्षा है।

तो जो भी जीवन की गहराइयों में उतरना चाहते हैं उन्हें असुरक्षित रहने के लिए तैयार रहना चाहिए : उन्हें खतरे में जीने के लिए तैयार रहना चाहिए; उन्हें अज्ञात में जीने के लिए तैयार रहना चाहिए। उन्हें किसी भी तरह भविष्य को बांधने की, सुरक्षित करने की चेष्टा नहीं करनी चाहिए। यह चेष्टा ही सब चीजों की हत्या कर देती है।

और यह भी स्मरण रहे, असुरक्षा जीवंत ही नहीं है, सुंदर भी है। सुरक्षा कुरूप और गंदी है। असुरक्षा जीवंत और सुंदर है। तुम तभी सुरक्षित हो सकते हो, यदि तुम अपने सभी द्वार-दरवाजे, सभी खिड़कियां, सब झरोखे बंद कर लो। न हवा को अंदर आने दो और न रोशनी को, कुछ भी अंदर मत आने दो। तब किसी तरह तुम सुरक्षित हो जाते हो; लेकिन तब तुम जीवित नहीं हो, तुम अपनी कब्र में प्रवेश कर गए।

यह विधि तभी संभव है जब तुम खुले हुए हो, ग्रहणशील हो, भयभीत नहीं हो।

▲

क्योंकि यह विधि पूरे ब्रह्मांड को अपने में प्रवेश देने की विधि है।

'जैसे विषयीगत रूप से अक्षर शब्दों में और शब्द वाक्यों में जाकर मिलते हैं और विषयगत रूप से वर्तुल चक्रों में और चक्र मूल तत्व में जाकर मिलते हैं, वैसे ही अंततः इन्हें भी हमारे अस्तित्व में आकर मिलते हुए पाओ।'

प्रत्येक चीज मेरे अस्तित्व में आकर मिल रही है। मैं खुले आकाश के नीचे खड़ा हूं और सभी दिशाओं से, सभी कोने-कातर से सारा अस्तित्व मुझमें मिलने चला आ रहा है। इस हालत में तुम्हारा अहंकार नहीं रह सकता है; इस खुलेपन में, जहां समस्त अस्तित्व तुममें मिल रहा है, तुम 'मैं' की भांति नहीं रह सकते हो। तुम खुले आकाश की भांति तो रहोगे, लेकिन एक जगह केंद्रित 'मैं' की भांति नहीं।

इस विधि को छोटे-छोटे प्रयोगों से शुरू करो। किसी वृक्ष के नीचे बैठ जाओ। हवा बह रही है और वृक्ष के पत्तों में सरसराहट की आवाज हो रही है। हवा तुम्हें छूती है, तुम्हारे चारों तरफ डोलती है और गुजर जाती है। लेकिन तुम उसे ऐसे ही मत गुजर जाने दो; उसे अपने भीतर प्रवेश करने दो और अपने में होकर गुजरने दो। आंखें बंद कर लो और जैसे हवा वृक्ष से होकर गुजरे और पत्तों में सरसराहट हो, तुम भाव करो कि मैं भी वृक्ष के समान खुला हुआ हूं और हवा मुझमें भी होकर बह रही है—मेरे आस-पास से नहीं, ठीक मेरे भीतर से होकर बह रही है। वृक्ष की सरसराहट तुम्हें अपने भीतर अनुभव होगी और तुम्हें लगेगा कि मेरे शरीर के रंध्र-रंध्र से हवा गुजर रही है।

और हवा वस्तुतः तुमसे होकर गुजर रही है। यह कल्पना ही नहीं है, यह तथ्य है। तुम भूल गए हो। तुम नाक से ही श्वास नहीं लेते, तुम पूरे शरीर से श्वास लेते हो, एक-एक रंध्र से श्वास लेते हो, लाखों छिद्रों से श्वास लेते हो। अगर तुम्हारे शरीर के सभी छिद्र बंद कर दिए जाएं, उन पर रंग पोत दिया जाए और तुम्हें सिर्फ नाक से श्वास लेने दिया जाए तो तुम तीन घंटे के अंदर मर जाओगे। सिर्फ नाक से श्वास लेकर तुम जीवित नहीं रह सकते हो। तुम्हारे शरीर का प्रत्येक कोष्ठ जीवंत है और प्रत्येक कोष्ठ श्वास लेता है। हवा सच में तुम्हारे शरीर से होकर गुजरती है, लेकिन उसके साथ तुम्हारा संपर्क नहीं रहा है।

तो किसी झाड़ के नीचे बैठो और अनुभव करो। आरंभ में यह कल्पना मालूम पड़ेगी, लेकिन जल्दी ही कल्पना यथार्थ बन जाएगी। यह यथार्थ ही है कि हवा तुमसे होकर गुजर रही है। और फिर उगते हुए सूरज के नीचे बैठो और अनुभव करो कि सूरज की किरणें न केवल मुझे छू रही हैं, बल्कि मुझमें प्रवेश कर रही हैं और मुझसे होकर गुजर रही हैं। इस तरह तुम खुल जाओगे, ग्रहणशील हो जाओगे।

और यह प्रयोग किसी भी चीज के साथ किया जा सकता है। उदाहरण के लिए, मैं यहां बोल रहा हूं और तुम सुन रहे हो। तुम मात्र कानों से भी सुन सकते हो और अपने पूरे शरीर से भी सुन सकते हो। तुम अभी और यहीं यह प्रयोग कर सकते हो—सिर्फ थोड़ी सी बदलाहट की बात है—और अब तुम मुझे कानों से ही नहीं सुन रहे हो, तुम मुझे अपने समस्त शरीर से सुन रहे हो। और जब तुम वास्तव में सुनते हो, ध्यान से सुनते हो, तो यह सुनना तुम्हारे समस्त शरीर से होता है। तुम्हारा कोई अंश नहीं सुनता है, तुम्हारी ऊर्जा का कोई एक खंड नहीं सुनता है; पूरे के पूरे तुम सुनते हो। तुम्हारा समूचा शरीर सुनने में संलग्न होता है।

और तब मेरे शब्द तुमसे होकर गुजरते हैं; अपने प्रत्येक कोष्ठ से, प्रत्येक रंध्र से, प्रत्येक छिद्र से तुम उन्हें पीते हो। वे सभी ओर से तुममें समाहित होते हैं।

तुम एक और प्रयोग कर सकते हो: जाओ और किसी मंदिर में बैठ जाओ। अनेक भक्त आएंगे-जाएंगे और मंदिर का घंटा बार-बार बजेगा। तुम अपने पूरे शरीर से उसे सुनो। घंटा बज रहा है और पूरा मंदिर उसकी ध्वनि से गूंज रहा है। मंदिर की प्रत्येक दीवार उसे प्रतिध्वनित कर रही है, उसे तुम्हारी ओर वापिस फेंक रही है।

इसीलिए हमने मंदिरों को गोलाकार बनाया है, ताकि आवाज हर तरफ से प्रतिध्वनित हो और तुम्हें अनुभव हो कि हर तरफ से ध्वनि तुम्हारी ओर आ रही है। सब तरफ से ध्वनि लौटा दी जाती है, सब तरफ से ध्वनि तुममें आकर मिलती है। और तुम उसे अपने पूरे शरीर से सुन सकते हो; तुम्हारी प्रत्येक कोशिका, प्रत्येक रंध्र उसे सुनता है, उसे पीता है, अपने में समाहित करता है। ध्वनि तुम्हारे भीतर से होकर गुजरती है। तुम रंध्रमय हो गए हो; सब तरफ द्वार ही द्वार हैं। अब तुम किसी चीज के लिए बाधा न रहे, अवरोध न रहे—न हवा के लिए, न ध्वनि के लिए—न किरण के लिए, किसी के लिए भी नहीं। अब तुम किसी भी चीज का प्रतिरोध नहीं करते हो, अब तुम दीवार न रहे।

और जैसे ही तुम्हें अनुभव होता है कि तुम अब प्रतिरोध नहीं करते, संघर्ष नहीं करते, वैसे ही अचानक तुम्हें बोध होता है कि अहंकार भी नहीं है। क्योंकि अहंकार तो तभी है जब तुम संघर्ष करते हो। अहंकार प्रतिरोध है। जब-जब तुम कहते हो 'नहीं', अहंकार खड़ा हो जाता है। जब-जब तुम कहते हो 'हां', अहंकार विदा हो जाता है।

मैं उस व्यक्ति को आस्तिक कहता हूं, सच्चा आस्तिक, जिसने अस्तित्व को हां कहा है। उसमें कोई 'नहीं' नहीं रहा, कोई प्रतिरोध नहीं रहा। उसे सब स्वीकार है; वह सब कुछ को घटित होने देता है। अगर मृत्यु भी आती है तो वह अपना द्वार बंद नहीं करेगा। उसके द्वार मृत्यु के लिए भी खुले रहेंगे।

इस खुलेपन को लाना है; तो ही तुम यह विधि साध सकते हो। क्योंकि यह विधि कहती है कि सारा अस्तित्व तुममें बहा आ रहा है, तुममें आकर मिल रहा है; तुम समस्त अस्तित्व के संगम हो, तुम्हारी तरफ से विरोध नहीं, स्वागत है; तुम उसे अपने में मिलने देते हो। इस मिलन में तुम तो विलीन हो जाओगे, तुम तो शून्य आकाश हो जाओगे—असीम आकाश। क्योंकि यह विराट ब्रह्मांड अहंकार जैसी क्षुद्र चीज में नहीं उतर सकता; वह तो तभी उतर सकता है जब तुम भी उसके जैसे ही असीम हो गए हो, जब तुम स्वयं विराट आकाश हो गए हो। लेकिन यह होता है। धीरे-धीरे तुम्हें ज्यादा से ज्यादा संवेदनशील होना है और तुम्हें अपने प्रतिरोधों के प्रति बोधपूर्ण होना है।

हम बहुत प्रतिरोध से भरे हैं। अगर मैं अभी तुम्हें स्पर्श करूं तो तुम महसूस करोगे कि तुम मेरे स्पर्श का प्रतिरोध कर रहे हो, तुम एक बाधा खड़ी कर रहे हो, ताकि मेरी ऊष्मा तुममें प्रविष्ट न हो सके, मेरा स्पर्श तुममें प्रविष्ट न हो सके। हम एक-दूसरे को छूने की इजाजत भी नहीं देते; अगर कोई तुम्हें जरा सा भी छू देता है तो तुम सजग हो जाते हो और दूसरा कहता है: 'क्षमा करें।'

हर जगह प्रतिरोध है। अगर मैं तुम्हें गौर से देखता हूं तो तुम प्रतिरोध करते हो; क्योंकि

▲

मेरा देखना तुममें प्रवेश कर सकता है, तुममें गहरे उतर सकता है, तुम्हें उद्वेलित कर सकता है। तब तुम क्या करोगे?

और ऐसा अजनबी व्यक्ति के साथ ही नहीं होता है। वैसे तो अजनबी व्यक्ति के साथ भी इसकी कोई जरूरत नहीं है; क्योंकि कोई भी अजनबी नहीं है—या कहें कि हर कोई अजनबी है। एक ही छत के नीचे रहने से अजनबीपन कैसे मिट सकता है? क्या तुम अपने पिता को जानते हो जिन्होंने तुम्हें जन्म दिया? वे भी अजनबी हैं। क्या तुम अपनी मां को जानते हो? वह भी अजनबी है। तो या तो हर कोई अजनबी है या कोई भी अजनबी नहीं है। लेकिन हम डरे हुए हैं, और हम सब जगह अवरोध निर्मित करते हैं। और ये अवरोध हमें असंवेदनशील बना देते हैं; और तब कुछ भी हममें प्रवेश नहीं कर सकता।

लोग मेरे पास आते हैं और वे कहते हैं: 'कोई प्रेम नहीं करता, कोई मुझे प्रेम नहीं करता है।' और मैं उस व्यक्ति को छूता हूं और महसूस करता हूं कि वह स्पर्श से भी डरा हुआ है। एक सूक्ष्म खिंचाव है, मैं उसका हाथ अपने हाथ में लेता हूं और वह अपने को सिकोड़ लेता है। वह अपने हाथ में मौजूद नहीं है; मेरे हाथ में उसका मुर्दा हाथ है। वह तो पीछे हट चुका है। और वह कहता है कि 'कोई मुझे प्रेम नहीं करता है।'

कोई तुम्हें प्रेम कैसे कर सकता है? और अगर सारा संसार भी तुम्हें प्रेम करे तो भी तुम उसे अनुभव नहीं करोगे, क्योंकि तुम बंद हो। प्रेम तुममें प्रवेश नहीं कर सकता; कोई द्वार-दरवाजा नहीं है। और तुम अपने ही कारागृह में बंद होकर दुख पा रहे हो।

अगर अहंकार है तो तुम बंद हो—प्रेम के प्रति, ध्यान के प्रति, परमात्मा के प्रति। इसलिए पहले तो ज्यादा संवेदनशील, ज्यादा ग्राहक, ज्यादा खुले होने की चेष्टा करो; जो तुम्हें होता है उसे होने दो। तो ही भगवत्ता घटित हो सकती है; क्योंकि वह अंतिम घटना है। अगर तुम साधारण चीजों को ही अपने में प्रवेश नहीं दे सकते हो तो परम तत्व को कैसे प्रवेश दोगे? क्योंकि जब तुम्हें परम घटित होगा तब तो तुम बिलकुल नहीं रहोगे; तुम बिलकुल खो जाओगे।

कबीर ने कहा है: 'जब मैं था तब हरि नहीं, अब हरि हैं मैं नाहिं।' खोजनेवाला कबीर अब कहां है? वह तो रहा नहीं। कबीर आश्चर्य से पूछते हैं : 'यह कैसा मिलन है? जब मैं था तो परमात्मा नहीं था और अब जब परमात्मा है तो मैं नहीं हूं। यह कैसा मिलन है?'

लेकिन वस्तुतः यही मिलन मिलन है; क्योंकि दो नहीं मिल सकते। सामान्यतः हम सोचते हैं कि मिलन के लिए दो की जरूरत है; अगर एक ही है तो मिलन कैसे होगा? सामान्य तर्क कहता है कि मिलन के लिए दो जरूरी हैं, मिलन के लिए दूसरा जरूरी है। लेकिन सच्चे मिलन के लिए, उस मिलन के लिए जिसे हम प्रेम कहते हैं, उस मिलन के लिए जिसे हम प्रार्थना कहते हैं, उस मिलन के लिए जिसे हम समाधि कहते हैं, एक ही होना चाहिए। जब साधक है तो साध्य नहीं है और जब साध्य आता है तो साधक विलीन हो जाता है।

ऐसा क्यों होता है?

क्योंकि अहंकार बाधा है। जब तुम्हें लगता है कि मैं हूं तो तुम इतने मौजूद होते हो कि तुममें कुछ भी प्रवेश नहीं कर सकता। तुम अपने से ही इतने भरे होते हो। जब तुम नहीं होते हो तो सब कुछ तुमसे होकर गुजर सकता है। तुम इतने विराट हो गए होते हो कि परमात्मा भी

तुमसे होकर गुजर सकता है। अब पूरा अस्तित्व तुमसे होकर गुजरने को तैयार है; क्योंकि तुम तैयार हो।

धर्म की सारी कला इसमें है कि कैसे स्वयं को खोया जाए, कैसे विलीन हुआ जाए, कैसे समर्पित हुआ जाए, कैसे शून्य आकाश हुआ जाए।

आज इतना ही।

54

समग्र मनुष्य: संतुलित संस्कृति

प्रश्न-सार

1. ध्यानी व्यक्ति नकारात्मक तरंगों से अपना बचाव कैसे करें?
2. बोधपूर्ण होने पर भी जो मैं-भाव बना रहता है, उसे कैसे विलीन किया जाए?
3. क्या ऐसी संस्कृति संभव है जो मनुष्य को समग्रता से स्वीकार करे?

पहला प्रश्न:

जो ध्यानी व्यक्ति खुला, निष्क्रिय, ग्राहक और संवेदनशील है, उसे अपने चारों ओर फैली नकारात्मक और तनावग्रस्त तरंगों के प्रभाव के कारण दुख सहना पड़ता है। कृपा करके समझाएं कि वह हानिप्रद तरंगों से अपना बचाव कैसे करे?

यदि तुम वास्तव में खुले हुए हो और ग्रहणशील हो तो तुम्हारे लिए कुछ भी नकारात्मक नहीं है। नकारात्मकता तुम्हारी व्याख्या है, तुम्हारी धारणा है। अगर तुम खुले हुए हो तो तुम्हारे लिए कुछ भी हानिप्रद नहीं है। क्योंकि हानि का भाव भी तुम्हारी व्याख्या है, तुम्हारी धारणा है। अगर तुम सचमुच ग्रहणशील हो तो कुछ भी तुम्हें हानि नहीं कर सकता, कुछ भी तुम्हें हानिप्रद नहीं मालूम हो सकता। कोई चीज तुम्हें हानिप्रद इसीलिए लगती है; क्योंकि तुम प्रतिरोध करते हो, क्योंकि तुम उसके विरोध में हो, क्योंकि तुम्हें उसका स्वीकार नहीं है।

इस बात को गहराई से समझने की जरूरत है। शत्रु है; क्योंकि तुम उससे अपना बचाव कर रहे हो। शत्रु है; क्योंकि तुम खुले नहीं हो। अगर तुम खुले हो तो सारा अस्तित्व मित्रवत हो जाता है; इससे अन्यथा नहीं हो सकता। सच तो यह है कि तुम्हें यह भाव भी नहीं उठेगा कि वह मित्रवत है; वह बस मित्रवत है। तब उसके मित्र होने का भाव भी नहीं उठता है, क्योंकि तुम्हें यह भाव तभी उठ सकता है जब उसके साथ उसका विपरीत भाव, शत्रुता का भाव भी मौजूद हो।

यह बात मुझे इस भांति कहने दो : अगर तुम ग्रहणशील हो, खुले हो, तो उसका मतलब है कि तुम असुरक्षा में रहने के लिए राजी हो। गहरे में उसका यह अर्थ है कि तुम मरने के लिए भी तैयार हो। तुम प्रतिरोध नहीं करोगे; तुम विरोध नहीं करोगे; तुम बाधा नहीं बनोगे। यदि मृत्यु आए तो कोई प्रतिरोध नहीं होगा; तुम उसे भी आने दोगे। तुम अस्तित्व को समग्रतः स्वीकार करते हो। तब फिर तुम उसे मृत्यु की तरह कैसे अनुभव करोगे? अगर तुम उसे अस्वीकार करोगे तो ही मृत्यु तुम्हें शत्रु मालूम पड़ेगी। अगर अस्वीकार नहीं है तो शत्रु कैसा? शत्रु तो तुम्हारे अस्वीकार से निर्मित होता है। मृत्यु तुम्हारी कोई हानि नहीं कर सकती; क्योंकि हानि तुम्हारी व्याख्या है। अब कोई भी तुम्हारी कुछ हानि नहीं कर सकता; यह असंभव है।

ताओवादी शिक्षा का यही रहस्य है। लाओत्सु की बुनियादी शिक्षा यही है: अगर तुम स्वीकार करते हो तो सारा अस्तित्व तुम्हारे साथ है; इससे अन्यथा नहीं हो सकता। और जब

▲

तुम अस्वीकार करते हो तो तुम शत्रु निर्मित करते हो। तुम जितना ही अस्वीकार करोगे, तुम जितना ही बचाव करोगे, उतने ही शत्रु पैदा हो जाएंगे। शत्रु तुम्हारी निर्मिति है। वह कहीं बाहर नहीं है; वह तुम्हारी व्याख्या से पैदा होता है।

एक बार तुम यह समझ लोगे तो फिर यह प्रश्न कभी नहीं उठेगा। तुम यह नहीं कह सकते कि मैं ध्यानपूर्ण हूं, मैं खुला हुआ हूं, ग्रहणशील हूं, इसलिए अपने चारों ओर की नकारात्मक तरंगों से अपनी रक्षा कैसे करूं। अब कुछ भी नकारात्मक नहीं हो सकता।

नकारात्मक का अर्थ क्या है? नकारात्मक का अर्थ है वह चीज जिसे तुम इनकार करते हो, जिसे तुम स्वीकार करना नहीं चाहते, जिसे तुम हानिप्रद मानते हो। और यदि ऐसा है तो तुम खुले हुए नहीं हो, तब तुम ध्यान में नहीं हो। यह प्रश्न केवल बौद्धिक तल पर उठता है; यह अनुभूतिगत प्रश्न नहीं है। तुमने ध्यान का स्वाद नहीं लिया है; तुम्हें ध्यान का पता नहीं है। तुम सिर्फ सोच-विचार कर रहे हो। और सोच-विचार महज कल्पना है, अनुमान है। यह तुम्हारा अनुमान है कि अगर मैं ध्यान करूंगा और संवेदनशील हो जाऊंगा तो मैं असुरक्षा में पड़ जाऊंगा, तब नकारात्मक तरंगें मुझमें प्रवेश कर जाएंगी और मुझे नुकसान पहुंचाएंगी और तब मैं अपनी रक्षा कैसे करूंगा। यह एक बौद्धिक प्रश्न है, कल्पित प्रश्न है।

मेरे पास बौद्धिक प्रश्न मत लाओ। वे व्यर्थ हैं, असार हैं। ध्यान करो, संवेदनशील होओ; और तब तुम कभी ऐसे प्रश्न मेरे पास नहीं लाओगे। क्योंकि तुम्हारे स्वीकार करने में ही नकारात्मक विदा हो जाएगा। फिर कुछ भी नकारात्मक नहीं है। और अगर तुम सोचते हो कि कुछ नकारात्मक है तो तुम खुले नहीं हो सकते; नकारात्मक का डर ही तुम्हें बंद कर देगा। तुम बंद हो जाओगे; खुल नहीं सकते। यह डर ही कि कुछ तुम्हारी हानि कर सकता है तुम्हें खुलने नहीं देगा, तुम ग्रहणशील कैसे हो सकते हो!

इसीलिए मैं इस बात पर जोर देता हूं कि जब तक मृत्यु का भय तुम्हारे भीतर से नहीं जाता है, तुम ग्रहणशील नहीं हो सकते, तुम खुले नहीं हो सकते। तब तक तुम अपने मन में ही कैद रहोगे, अपने कारागृह में ही बंद रहोगे।

लेकिन तुम अनुमान कर सकते हो; और तुम जो भी अनुमान करोगे वह गलत होगा। क्योंकि मन ध्यान के संबंध में कुछ भी नहीं जान सकता; उस जगत में उसका प्रवेश संभव नहीं है। मन जब पूरी तरह विसर्जित हो जाता है तब ध्यान घटित होता है। तुम उसके संबंध में कुछ अनुमान नहीं कर सकते; तुम उसके संबंध में कुछ सोच-विचार नहीं कर सकते।

खुले होओ। और तुम्हारे खुलने में अस्तित्व में जो कुछ भी नकारात्मक है वह विदा हो जाता है। तब मृत्यु भी नकारात्मक नहीं है। तुम्हारे भय से नकार निर्मित होता है। कहीं गहरे में तुम भयभीत हो और उसी भय के कारण तुम सुरक्षा के उपाय करते हो। और उन सुरक्षा के उपायों की आड़ में शत्रुता पैदा होती है।

इस तथ्य को देखो कि शत्रु तुम पैदा करते हो। अस्तित्व को तुमसे कोई शत्रुता नहीं है। कैसे अस्तित्व शत्रुतापूर्ण हो सकता है? तुम अस्तित्व के हिस्से हो; तुम उसके अंग हो, अभिन्न अंग हो। अस्तित्व तुम्हारे प्रति शत्रुतापूर्ण कैसे हो सकता है? तुम अस्तित्व से जुड़े हुए हो; तुम उससे पृथक नहीं हो। तुम्हारे और अस्तित्व के बीच कोई अंतराल नहीं है।

जब भी तुम्हें लगता है कि नकारात्मकता है, मृत्यु है, घृणा है, शत्रु है, और यदि मैं

खुला और असुरक्षित रहा तो अस्तित्व मुझे मिटा देगा, तो तुम्हें खयाल आता है कि मुझे अपना बचाव करना होगा। और फिर तुम बचाव की ही नहीं सोचते, कुछ और भी सोचते हो। क्योंकि सुरक्षा का सर्वश्रेष्ठ उपाय आक्रमण करना है, हमला करना है। तो तुम मात्र अपना बचाव ही नहीं करते; जब भी तुम्हें खयाल आता है कि मुझे अपना बचाव करना है तो तुम आक्रामक हो जाते हो। क्योंकि आक्रमण सुरक्षा की सबसे कारगर उपाय है।

भय शत्रु पैदा करता है और सुरक्षा को जन्म देता है। और सुरक्षा से फिर आक्रमण आता है। इस तरह तुम हिंसक हो जाते हो; तुम निरंतर अपने बचाव में लगे रहते हो। और तब तुम सबके विरुद्ध हो जाते हो। इस बात को अच्छे से समझना होगा कि अगर तुम भयभीत हो तो तुम सबके विरुद्ध हो। मात्रा का फर्क हो सकता है; लेकिन तब तुम्हारे शत्रु तो शत्रु हैं ही, तुम्हारे मित्र भी शत्रु ही हैं। मित्र थोड़ा कम शत्रु है, इतना ही फर्क है। तब तुम्हारा पति या तुम्हारी पत्नी भी शत्रु है। तुमने सिर्फ कोई व्यवस्था बना ली है, कुछ समायोजन कर लिया है। या संभव है, तुम दोनों का कोई समान शत्रु है; बड़ा शत्रु है और उस समान और बड़े शत्रु के खिलाफ तुम दोनों मिल गए हो, तुमने एक दल बना लिया है। लेकिन शत्रुता है।

अगर तुम बंद हो तो सारा अस्तित्व तुम्हारा दुश्मन है। ऐसा है नहीं; लेकिन ऐसा तुम्हें मालूम पड़ता है कि समस्त अस्तित्व शत्रुतापूर्ण है। जब तुम खुले होते हो तो समस्त अस्तित्व तुम्हारा मित्र हो जाता है। और अभी जब कि तुम बंद हो, मित्र भी शत्रु है। इससे अन्यथा नहीं हो सकता; गहरे में तुम अपने मित्र से भी डरते हो।

हेनरी थोरो ने या किसी अन्य ने कहीं परमात्मा से प्रार्थना में कहा है कि 'मैं अपने शत्रुओं से निपट लूंगा, लेकिन तुम मुझे मेरे मित्रों से निपटने में मेरी सहायता करो। मैं अपने शत्रुओं से लड़ लूंगा, तुम मुझे मेरे मित्रों से बचाओ।'

मित्रता सिर्फ सतह पर है; गहरे में शत्रुता है। संभव है, तुम्हारी मैत्री शत्रुता को छिपाने के लिए एक मुखौटा भर हो। अगर तुम बंद हो तो तुम सिर्फ शत्रु ही पैदा कर सकते हो, क्योंकि जब तुम खुले होते हो तो ही मित्र प्रकट होता है। जब तुम किसी के प्रति समग्रतः खुलते हो तो ही मैत्री घटित होती है। और कोई दूसरा उपाय नहीं है।

जब तुम बंद हो तो प्रेम कैसे कर सकते हो? तुम अपने कारागृह में बंद हो; मैं अपने कारागृह में बंद हूं। और जब हम मिलते हैं तो सिर्फ कारागृह की दीवारें एक-दूसरे से मिलती हैं; हम तो उनके पीछे छिपे रहते हैं। हम अपने-अपने कैप्सूल में बंद रहते हैं; और ये कैप्सूल ही एक-दूसरे को स्पर्श करते हैं। हमारे शरीर ही एक-दूसरे को छूते हैं; गहरे में हम दूर-दूर रहते हैं, कटे-कटे रहते हैं। संभोग में भी जब तुम्हारे शरीर एक-दूसरे में प्रवेश करते हैं, तुम प्रवेश नहीं करते। सिर्फ शरीर ही मिलते हैं; तुम तब भी अपने कैप्सूल में, अपने कवच में बंद रहते हो। तुम अपने को महज धोखा दे रहे हो कि कोई मिलन हुआ है। काम-कृत्य में भी, जो कि गहनतम मिलन है, कोई मिलन हो नहीं पाता। यह हो नहीं सकता, क्योंकि तुम बंद हो। प्रेम असंभव हो गया है। और कारण यही है कि तुम भयभीत हो।

तो ऐसे प्रश्न मत पूछो। ऐसे गलत प्रश्न मत लाओ। अगर तुमने खुलापन जाना है तो तुम यह नहीं सोच सकते कि कोई चीज तुम्हारे लिए हानिप्रद हो सकती है। अब कुछ भी हानिप्रद नहीं है। इसलिए मैं कहता हूं कि मृत्यु भी वरदान है। तुम्हारा परिप्रेक्ष्य बदल गया है।

▲

अब तुम जहां भी देखते हो, खुले हृदय से देखते हो। यह खुला हृदय हर चीज की गुणवत्ता को बदल देता है। और तब तुम्हें नहीं लगेगा कि कोई भी चीज तुम्हें हानि करने वाली है, तब तुम यह नहीं पूछोगे कि बचाव कैसे किया जाए। उसकी कोई जरूरत नहीं होगी। यह जरूरत ही इसलिए पैदा होती है क्योंकि तुम बंद हो।

लेकिन तुम बौद्धिक प्रश्न खड़े कर सकते हो। लोग मेरे पास आते हैं और पूछते हैं: 'अच्छा, अगर हमने ईश्वर को पा लिया तो क्या होगा?' वे अगर से प्रश्न शुरू करते हैं। अस्तित्व में कोई अगर-मगर नहीं हैं; अस्तित्व में तुम ऐसे प्रश्न नहीं उठा सकते। ऐसे प्रश्न अनर्गल हैं, मूढ़तापूर्ण हैं; क्योंकि तुम नहीं जानते कि तुम क्या कह रहे हो। 'अगर मैंने ईश्वर को पा लिया, तब क्या होगा?' वह प्रश्न 'तब क्यों?' कभी नहीं आता है। क्योंकि ईश्वर के अनुभव के बाद तुम नहीं हो, सिर्फ ईश्वर है। इस अनुभव के बाद कोई भविष्य नहीं रहता है, केवल वर्तमान रहता है। और इस अनुभव के बाद कोई चिंता नहीं रहती; क्योंकि तुम अस्तित्व के साथ एक हो गए हो। इसलिए वह प्रश्न कि 'तब क्या होगा?' कभी नहीं उठता है।

यह प्रश्न मन के कारण उठता है। क्योंकि मन सतत चिंता में रहता है, संघर्ष में जीता है। मन सतत भविष्य के बाबत सोच-विचार करता रहता है।

दूसरा प्रश्नः।

जब मैं अधिकाधिक बोधपूर्ण होता हूं तो मेरा होने का भाव भी प्रगाढ़ होता है और यह भाव बना रहता है कि मैं हूं, मैं उपस्थित हूं, मैं बोधपूर्ण हूं। कृपया समझाएं कि यह भाव शुद्ध बोध की अहंकारशून्य अवस्था में कैसे विलीन हो जाए?

यह भी एक बौद्धिक प्रश्न है : 'जब मैं अधिकाधिक बोधपूर्ण होता हूं तो मेरा होने का भाव भी प्रगाढ़ होता है और यह भाव बना रहता है कि मैं हूं, मैं उपस्थित हूं, मैं बोधपूर्ण हूं।'

ऐसा कभी होता नहीं है; क्योंकि जैसे-जैसे बोध बढ़ता है, 'मैं' कम होता जाता है। पूर्ण-बोध में तुम तो होते हो, लेकिन ऐसा कोई भाव नहीं रहता है कि मैं हूं। शब्दों में ज्यादा से ज्यादा यही कहा जा सकता है कि एक सूक्ष्म 'हूं-पन' को भाव रहता है, मगर कोई 'मैं' नहीं रहता है। तुम अपने होने को अनुभव करते हो; और उसे प्रगाढ़ता से अनुभव करते हो, तुम आप्तकाम अनुभव करते हो; मगर कोई 'मैं' नहीं रहता है। तुम यह नहीं अनुभव कर सकते कि मैं हूं, तुम यह नहीं अनुभव कर सकते कि मैं उपस्थित हूं, तुम यह नहीं अनुभव कर सकते कि मैं बोधपूर्ण हूं। वह 'मैं' असजगता का, मूर्च्छा का, बेहोशी का हिस्सा है; वह तुम्हारी नींद का हिस्सा है। अगर तुम वास्तव में सजग हो, चेतन हो, बोधपूर्ण हो तो वह नहीं रह सकता।

इसी भांति बौद्धिक प्रश्न उठते हैं। तुम उनके संबंध में सोचते रह सकते हो और कुछ भी हल नहीं होगा। अगर ऐसा होता है कि तुम्हें लगता है कि मैं हूं, मैं सजग हूं, तो एक बात गांठ बांध लेने जैसी है कि तुम सजग नहीं हो, बोधपूर्ण नहीं हो। तब ये भाव कि मैं सजग हूं, मैं चेतन हूं, विचार भर हैं, तुम उनका विचार कर रहे हो। वे अनुभूत क्षण नहीं हैं।

तुम सोच सकते हो कि मैं सजग हूं, तुम दोहरा सकते हो कि मैं बोधपूर्ण हूं, लेकिन कुछ परिणाम नहीं होने वाला है। यह दोहराना बोध नहीं है; यह दोहराने की जरूरत

नहीं है कि मैं सजग हूं। तुम बस सजग होते हो और 'मैं' नहीं पाया जाता।

सजगता को प्रयोग करो। ठीक अभी सजग होओ। और 'मैं' कहां है? तुम तो हो, तुम तो प्रगाढ़ रूप से हो; लेकिन 'मैं' कहां है? चेतना की तीव्रता में, प्रगाढ़ता में अहंकार विलीन हो जाता है। बाद में जब बोध खो जाता है और विचारना शुरू होता है, तब तुम अनुभव कर सकते हो कि मैं हूं। लेकिन बोध के क्षण में 'मैं' नहीं रहता है। अभी ही इसे अनुभव करो। तुम यहां शांत-मौन हो, तुम अपनी उपस्थिति अनुभव कर सकते हो; लेकिन 'मैं' कहां है? 'मैं' कहीं नहीं पाया जाता है। 'मैं' तभी खड़ा होता है जब तुम पीछे लौटकर विचार करते हो। जब तुम होश खो देते हो, 'मैं' तुरंत उठ खड़ा होता है।

यदि तुम एक क्षण के लिए भी सरल बोध को अनुभव कर सको तो तुम तो हो, लेकिन 'मैं' नहीं है। जब तुम बोध खो देते हो, जब बोध को क्षण गुजर जाता है और तुम सोच-विचार करने लगते हो, तो तुरंत 'मैं' वापस लौट आता है। यह विचार-प्रक्रिया का हिस्सा है।

'मैं' की धारणा एक विचार ही है; 'मैं एक विचार ही है। 'मैं' हूं', यह भी एक विचार है। जब तुम सावचेत हो और विचार नहीं है तब तुम कैसे अनुभव कर सकते हो कि मैं हूं? तुम्हारा होना तो रहता है; लेकिन यह होना कोई विचार नहीं है, यह विचारना नहीं है। यह अस्तित्वगत है। यह तथ्य है। लेकिन फिर तुम तथ्य पर तुरंत विचार करने लग सकते हो। और तुम 'मैं' की इस अनुपस्थिति के अंतराल के बारे में भी विचार कर सकते हो। और जैसे ही तुम सोच-विचार करते हो, 'मैं' लौट आता है। विचारणा के साथ अहंकार प्रवेश कर जाता है; विचारणा अहंकार है। निर्विचार में अहंकार नहीं है।

तो जब भी तुम कोई प्रश्न पूछना चाहो, पहले उसे अस्तित्वगत बना लो। मुझे प्रश्न देने के पहले देख लो कि तुम जो भी पूछ रहे हो प्रासंगिक है या नहीं। ऐसे प्रश्न प्रासंगिक मालूम पड़ते हैं, लेकिन सिर्फ बौद्धिक तल पर। ये प्रश्न ऐसे हैं जैसे मैं कहता हूं कि रोशनी जला दी गई है और फिर मैं पूछता हूं कि रोशनी तो जला दी गई है और तो भी अंधेरा बना है; अब इस अंधेरे के साथ क्या किया जाए?

इससे केवल एक ही बात प्रकट होती है कि रोशनी अभी भी जली नहीं है। अन्यथा अंधेरा कैसे रह सकता है? और अगर अंधेरा है तो प्रकाश नहीं है। और अगर प्रकाश है तो अंधेरा नहीं है। वे दोनों एक साथ नहीं हो सकते।

बोध और अहंकार एक साथ नहीं हो सकते। अगर बोध जगा है, अगर बोध है, तो अहंकार विदा हो गया है। बोध को आना और अहंकार को जाना, दोनों युगपत घटनाएं हैं; उनमें एक क्षण को भी अंतराल नहीं है। प्रकाश जला नहीं कि अंधकार विलीन हुआ नहीं। ऐसा नहीं है कि अंधकार धीरे-धीरे जाता है, थोड़ा-थोड़ा जाता है, क्रमशः जाता है। तुम उसे बाहर जाते हुए नहीं देख सकते; तुम यह नहीं कह सकते कि अब अंधकार बाहर जा रहा है।

प्रकाश के होते ही अंधकार तत्क्षण विलीन हो जाता है। एक क्षण का भी अंतराल नहीं है। क्योंकि अगर अंतराल हो तो तुम अंधकार को बाहर जाते हुए देख सकते हो। और अगर एक क्षण को भी अंतराल हो तो कोई कारण नहीं है कि एक घंटे को अंतराल क्यों नहीं हो सकता। लेकिन कोई अंतराल नहीं है; घटना युगपत है। वस्तुतः प्रकाश को आना और अंधकार को जाना एक ही घटना के दो पहलू हैं।

यही बात बोध के साथ भी है। जब तुम बोधपूर्ण होते हो तो अहंकार नहीं होता है।

लेकिन अहंकार तरकीबें निकाल सकता है। वह कह सकता है कि मैं बोधपूर्ण हूं, मैं सजग हूं। अहंकार कह सकता है कि मैं सजग हूं और तुम्हें धोखे में रख सकता है। तब ऐसा प्रश्न खड़ा होगा।

और अहंकार सब कुछ संग्रह करना चाहता है। वह बोध भी इकट्ठा करना चाहता है। अहंकार धन, पद और प्रतिष्ठा ही नहीं चाहता है, वह ध्यान भी चाहता है, समाधि भी चाहता है, बुद्धत्व भी चाहता है। अहंकार को सब चाहिए। जो कुछ भी संभव है, अहंकार सब पर मालकियत करना चाहता है। उसे सब चाहिए—ध्यान भी, समाधि भी, निर्वाण भी—ताकि वह उदघोषणा कर सके कि मैंने ध्यान भी पा लिया।

और तब यह प्रश्न उठ सकता है कि ध्यान पा लिया, बोध आ गया, लेकिन फिर अहंकार क्यों बना है? दुख क्यों जारी है? अतीत का सारा बोझ बना रहता है; कुछ भी नहीं बदलता है।

अहंकार धोखा देने में बहुत ही कुशल है; उससे सावधान रहो। वह तुम्हें धोखा दे सकता है। और वह शब्दों का अच्छा उपयोग कर सकता है; वह शब्दों का जाल गढ़ सकता है। वह किसी भी चीज के बारे में बातें कर सकता है—निर्वाण के संबंध में भी।

मैंने सुना है कि एक बार ऐसा हुआ कि दो तितलियां न्यूयार्क की गलियों से होकर उड़ी जा रही थीं। न्यूयार्क की इम्पायर स्टेट बिल्डिंग के पास से गुजरते हुए मर्द-तितली ने स्त्री-तितली से कहाः 'तुम जानती हो, अगर मैं चाहता तो एक धक्के में ही इम्पायर स्टेट बिल्डिंग को धराशायी कर देता।'

एक समझदार आदमी वहां मौजूद था, उसने यह बात सुनी। और उसने नर-तितली को अपने पास बुलाया और उससे कहा : 'तुम क्या कह रहे थे? तुम भलीभांति जानते हो कि तुम इम्पायर स्टेट बिल्डिंग को एक धक्के में नहीं गिरा सकते। यह बात तुम बखूबी जानते हो, उसे कहने की जरूरत नहीं है। फिर तुमने ऐसी बात क्यों कही?'

नर-तितली ने कहाः 'मुझे क्षमा करें महाशय। मुझे बहुत खेद है। मैं तो सिर्फ अपनी प्रेमिका पर धाक जमाने की चेष्टा कर रहा था।'

समझदार व्यक्ति ने इतना कह कर उसे छोड़ दिया, 'ऐसा मत करो।'

नर-तितली जब अपनी प्रेमिका के पास पहुंचा तो प्रेमिका ने उससे पूछाः 'वह समझदार व्यक्ति तुमसे क्या कह रहा था?' तो उस नर शेखचिल्ली ने कहा : 'उसने मुझसे मिन्नत करते हुए कहा कि ऐसा मत करो। वह इतना डर गया था, वह कांप रहा था। उसने सुन लिया था कि मैं इम्पायर स्टेट बिल्डिग को धराशायी करने जा रहा था, इसलिए उसने कहा, ऐसा मत करो।'

यही निरंतर हो रहा है। उस समझदार व्यक्ति ने बिलकुल भिन्न अर्थ में वे शब्द कहे थे; उसने कहा था कि ऐसी बातें मत कहो। लेकिन अहंकार उसका शोषण करने से बाज नहीं आता है। तुम्हारा अहंकार किसी चीज का भी शोषण कर सकता है; वह अत्यंत चालाक है। और वह चालाकी में इतना अनुभवी है—हजारों साल का अनुभव उसके पास है—कि तुम्हें पता भी नहीं चलेगा कि कहां चालाकी हो गई।

मेरे पास लोग आते हैं और कहते हैं, 'ध्यान घटित हो गया है, अब मैं अपनी चिंताओं से कैसे निपटू?' इस भांति अहंकार चालें चलता रहता है। और उन्हें यह समझ भी नहीं आता है कि वे क्या कह रहे हैं। 'ध्यान हो गया, कुंडलिनी जाग गई; अब क्या करें? चिंताएं तो अब भी हैं।'

तुम्हारा मन चीजों को मान लेना चाहता है। इसलिए कुछ किए बिना ही तुम मान लेते हो, विश्वास कर लेते हो, अपने को धोखा दे लेते हो। इस तरह तुम अपनी इच्छाओं की पूर्ति कर लेते हो। लेकिन इच्छा-पूर्ति से सत्य नहीं बदलता; चिंताएं बनी ही रहती हैं। तुम अपने को धोखा दे सकते हो, लेकिन चिंताओं को धोखा नहीं दे सकते। चिंताएं सिर्फ इसलिए नहीं दूर हो जाएंगी क्योंकि तुम कहते हो कि 'ध्यान घट गया, कुंडलिनी जाग गई, मैं अब पांचवें शरीर में प्रविष्ट हो गया।' चिंताएं तो सुनेंगी भी नहीं कि तुम क्या कह रहे हो।

लेकिन यदि सच ही ध्यान घटित हो जाए तो चिंताएं कहां हैं? ध्यानपूर्ण चित्त में चिंताएं कैसे हो सकती हैं?

तो यह स्मरण रहे कि जब तुम सजग हो, बोध से भरे हो, तो तुम हो; लेकिन तब तुम अहंकार नहीं हो। तब तुम असीम हो; तब तुम अनंत विस्तार हो; लेकिन इस विस्तार का कोई केंद्र नहीं है। उसमें 'मैं' का कोई केंद्रीभूत भाव नहीं है। तब तुम केंद्र-रहित अस्तित्व हो, जिसका न कहीं आरंभ होता है और न जिसका कहीं अंत होता है। तुम एक असीम आकाश हो। और जब यह 'मैं' विलीन होता है तो अपने आप ही 'तुम' भी विदा हो जाता है; क्योंकि 'तुम' 'मैं' के साथ ही रह सकता है। मैं हूं, इसलिए तुम भी हो। अगर यह 'मैं' मुझसे विदा हो जाए तो तुम भी नहीं होगे। मैं के जाते ही तुम नहीं हो सकते हो ; कैसे हो सकते हो?

मेरे कहने का यह मतलब नहीं है कि तुम शारीरिक रूप से नहीं होगे। तुम तो जैसे हो वैसे ही होगे; लेकिन मेरे लिए तुम नहीं हो सकते। मेरे 'मैं' के संदर्भ में ही 'तुम' अर्थपूर्ण है; मेरा 'मैं' 'तुम' को निर्मित करता है। और जब एक छोर विदा होता है तो दूसरा भी विदा हो जाता है। तब मात्र अस्तित्व है; सारे अवरोध गिर गए। अहंकार के जाते ही सारा अस्तित्व एक हो जाता है। अहंकार ही बांटता है। और अहंकार है; क्योंकि तुम मूर्च्छित हो। बोध की आग उसे जला डालेगी।

इसे अधिक-अधिक प्रयोग करो। अचानक सजग हो जाओ। सड़क पर चलते-चलते अचानक खड़े हो जाओ, गहरी श्वास लो और क्षण भर के लिए सजग हो जाओ। और जब मैं कहता हूं कि सजग हो जाओ तो उसका मतलब है कि उस क्षण जो भी हो रहा हो उसके प्रति सिर्फ बोधपूर्ण हो जाओ। सड़क पर शोरगुल है, लोगों की आवाज है, उनकी बातचीत है, चारों तरफ जो कुछ भी हो रहा है, सबके प्रति बोधपूर्ण हो जाओ। बस होशपूर्ण हो जाओ। उस क्षण तुम नहीं हो; सिर्फ अस्तित्व है और उसका सौंदर्य है।

तब यातायात का शोरगुल शोरगुल नहीं रह जाता है, वह उपद्रव नहीं मालूम पड़ता है। क्योंकि अब उसका प्रतिरोध करने वाला, उससे लड़ने वाला कोई नहीं रहा। वह आवाज तुम्हारे पास आती है और गुजर जाती है। वह सुनी जाती है और खो जाती है। वह आती है और गुजर जाती है। अब कोई बाधा नहीं है जिससे वह टकराए। अब वह तुममें कोई घाव नहीं बना सकती, क्योंकि सारे घाव अहंकार में बनते हैं। वह गुजर जाएगी; क्योंकि टकराने के लिए

कोई अवरोध न रहा। कोई संघर्ष नहीं होगा, कोई उपद्रव नहीं होगा।

स्मरण रहे, सड़क का शोरगुल उपद्रव नहीं है। वह उपद्रव तो तब बनता है जब तुम उससे लड़ने लगते हो, जब तुम्हारी एक बंधीबंधायी धारणा होती है कि वह उपद्रव है। जब तुम उसे स्वीकार कर लेते हो तो वह आता है और चला जाता है; और तुम्हारा स्नान हो जाता है और तुम ज्यादा ताजे होकर निकलते हो। और तब तुम्हें कुछ भी थकाता नहीं है।

एक ही चीज थकाने वाली है जो तुम्हारी शक्ति को चूसती रहती है; और वह है प्रतिरोध जिसे हम अहंकार कहते हैं। लेकिन हम कभी इसे इस ढंग से नहीं देखते हैं। अहंकार ही हमारा जीवन बन गया है, जीवन भर का सार-सूत्र बन गया है। लेकिन सच तो यह है कि अहंकार नहीं है। कई बार ऐसा होता है कि जब मैं किसी को कहता हूं कि इस अहंकार को विदा करो तो वह मुझे इस तरह घूरता है जैसे वह पूछ रहा हो—यह प्रश्न उसकी आंखों में साफ दिखता है—कि अगर अहंकार ही मिट गया तो जीवन कैसे संभव होगा? तब तो मैं ही मिट जाऊंगा।

मैंने सुना है कि एक बड़े राजनेता से, देश के एक महान राजनेता से किसी ने कहाः 'आप तो थक जाते होंगे। सारे दिन, आप जहां भी जाते हैं, हस्ताक्षर मांगने वालों की भीड़ लगी रहती है।' राजनेता ने कहाः 'मेरी तो करीब-करीब जान ही निकल जाती है, लेकिन यह आधा सत्य है।' राजनेता ने कहाः 'मेरी तो करीब-करीब जान ही निकल जाती है, लेकिन यह आधा सत्य है।' वह राजनेता निश्चित ही बहुत ईमानदार आदमी, बहुत दुर्लभ आदमी रहा होगा। उसने कहा : 'मेरी तो करीब-करीब जान ही निकल जाती है—लेकिन करीब-करीब ही। अगर मेरे हस्ताक्षर मांगने वाला कोई न हो तो मेरी पूरी की पूरी जान निकल जाएगी। यह निरंतर की भीड़ मुझे करीब-करीब मार डालती है; लेकिन दूसरी बाते ज्यादा खतरनाक होगी। अगर कोई व्यक्ति मेरे हस्ताक्षर लेने न आए तो मेरी तो बिलकुल ही जान निकल जाएगी।'

तो अहंकार कितना ही थकाने वाला क्यों न हो, तुम्हें लगता है कि वही तुम्हारा जीवन है और अगर अहंकार चला जाए तो तुम्हारे हिसाब से जीवन भी चला जाएगा। तुम सोच भी नहीं सकते कि जीवन तुम्हारे बिना कैसे हो सकता है, तुम्हारे 'मैं' के एक केंद्र बिंदु के बिना जीवन कैसे चल सकता है।

एक तरह से यह बात तर्क-संगत है; क्योंकि हम कभी अहंकार के बिना नहीं रहे हैं। हम तो उसके माध्यम से ही जीते हैं; हम तो उसके साथ ही रहते आए हैं। हम तो एक ही तरह के जीवन से परिचित हैं जो अहंकार पर आधारित है। हमें इससे भिन्न किसी जीवन का पता नहीं है।

और क्योंकि हम अहंकार के माध्यम से ही जीते हैं; इसलिए वस्तुतः हम जी ही नहीं पाते। हम सिर्फ जीने के लिए संघर्ष करते हैं; हमें कभी जीवन का स्पर्श नहीं अनुभव हुआ। वह सदा हमारे आस-पास से निकल जाता है। जीवन सदा मिलता-मिलता सा लगता है; वह सदा हमारी आशा में होता है कि कल या अगले क्षण वह मिलेगा और हम जीएंगे। लेकिन वह कभी नहीं मिलता है, वह कभी नहीं उपलब्ध होता है। जीवन सदा आशा बना रहता है, सपना बना रहता है; और हम चलते रहते हैं। और चूंकि वह मिलता नहीं है, हम और तेज-तेज चलते हैं। वह बात भी तर्कसंगत है। जब हमें जीवन नहीं घटित होता है तो मन एक ही बात

▲

सोच सकता है कि हम काफी तेज नहीं चले; वह कहता है: और तेज चलो, जल्दी करो।

एक बार ऐसा हुआ कि एक बड़े वैज्ञानिक, टी.एच. हक्सले लंदन में कहीं व्याख्यान देने जा रहे थे। वे रेलवे स्टेशन पर, एक उपनगरीय स्टेशन पर पहुंचे। लेकिन गाड़ी लेट थी। तो उन्होंने एक टैक्सी पकड़ी और ड्राइवर से बोले : 'जल्दी करो, गाड़ी को तेज से तेज चाल से ले चलो।' जब गाड़ी बहुत तेजी से भागने लगी तो उनको अचानक खयाल आया कि उन्होंने टैक्सी वाले को पता तो बताया ही नहीं है कि जाना कहां है। और तभी उन्हें यह भी स्मरण आया कि वे खुद भी पता भूल गए हैं। तो उन्होंने टैक्सी-चालक से पूछा: 'मित्र, क्या तुम जानते हो कि मुझे कहां जाना है?'

टैक्सी-चालक ने कहा: 'नहीं महाशय, लेकिन हम बहुत तेजी से जा रहे हैं।'

यही हो रहा है। तुम उतनी तेजी से जा रहे हो जितनी तेजी संभव है। लेकिन तुम जा कहां रहे हो? तुम क्यों जा रहे हो? मंजिल क्या है? गंतव्य क्या है? क्योंकि आशा है कि किसी दिन जीवन तुम्हें घटित होगा। लेकिन यह अभी ही क्यों नहीं घटित हो रहा है? तुम जिंदा हो—फिर जीवन अभी क्यों नहीं घट रहा है? क्यों निर्वाण सदा भविष्य में है, सदा कल है? वह आज क्यों नहीं है? और कल कभी नहीं आता है। या वह जब भी आता है, सदा आज की तरह आता है—और तुम उसे फिर चूक जाओगे।

लेकिन हम हमेशा इसी तरह जीते रहे हैं। हमें जीने का एक ही आयाम मालूम है—यही आयाम जिसमें हम अभी जी रहे हैं। यह धीरे-धीरे मरना है, जीना बिलकुल नहीं। हम किसी तरह जीवन को ढोए जा रहे हैं। हम बस प्रतीक्षा में जीते हैं, आशा में जीते हैं।

अहंकार के साथ जीवन सदा प्रतीक्षा है—और एक निरर्थक प्रतीक्षा है। तुम तेजी से दौड़ सकते हो, जल्दबाजी कर सकते हो; लेकिन तुम कहीं भी नहीं पहुंचोगे। इस जल्दबाजी में, इस भाग-दौड़ में तुम सिर्फ अपनी ऊर्जा गंवाओगे और मर जाओगे। और तुम यह बहुत बार कर चुके हो। तुम निरंतर जल्दबाजी में रहे हो; और इस जल्दबाजी से सतत अपनी ऊर्जा गंवाते रहे हो; और तब मृत्यु के अतिरिक्त कुछ भी हाथ नहीं आता है। तुम जीवन के लिए दौड़ रहे हो और सिर्फ मृत्यु हाथ आती है, और कुछ भी नहीं।

लेकिन मन सिर्फ एक ही आयाम का आदी रहा है; उसे एक ही मार्ग का पता है। और यह कोई मार्ग भी नहीं है, सिर्फ मार्ग जैसा भासता है। लेकिन मन कहेगा कि यदि अहंकार नहीं रहेगा तो जीवन कहां रहेगा।

लेकिन मैं तुमसे कहता हूं कि अगर अहंकार है तो जीवन की कोई संभावना नहीं है, केवल जीवन का आश्वासन है। अहंकार आश्वासन देने में अत्यंत कुशल है; वह निरंतर तुम्हें आश्वासन देता रहता है। और तुम इतने मूर्च्छित हो कि कोई आश्वासन पूरा नहीं होता है और फिर भी तुम भरोसा कर लेते हो। जब भी कोई नया आश्वासन दिया जाता है, तुम फिर विश्वास कर लेते हो।

पीछे लौट कर देखो। अहंकार ने कितने आश्वासन दिए, और मिला कुछ भी नहीं। सभी आश्वासन व्यर्थ गए। लेकिन तुम कभी पीछे मुड़कर नहीं देखते हो; तुम कभी हिसाब नहीं करते हो। जब तुम बच्चे थे तो जवानी का आश्वासन मिला था; कि जब जवान होगे तो जीवन उपलब्ध होगा। हर कोई यही कहता था और तुम भी मानते थे कि जवान होने पर जो भी

▲

मिलनी है सब मिल जाएगा। अब वे दिन भी गुजर गए और कोई आश्वासन पूरा नहीं हुआ। लेकिन तुम भूल गए हो। तुम आश्वासनों की बात भूल गए हो और यह भी भूल गए हो कि वे पूरे नहीं हुए। पीछे मुड़कर देखना इतना दुखदायी है कि तुम कभी नहीं देखते।

और अब तुम बुढ़ापे की आशा कर रहे हो। तुम सोचते हो कि बुढ़ापे में संन्यास घटित होगा, ध्यान घटित होगा और सारी चिंताएं विदा हो जाएंगी। तुम उम्मीद में हो कि बुढ़ापे में, जब तुम्हारे बच्चे विश्वविद्यालय में पहुंच चुकेंगे और सब कुछ व्यवस्थित हो जाएगा, तुम पर कोई दायित्व नहीं रहेगा, तो तुम परमात्मा की खोज में लगोगे। तुम्हें भरोसा है कि बुढ़ापे में चमत्कार घटित होगा।

यह होने वाला नहीं है, क्योंकि आशा से कोई चमत्कार नहीं घटता है। अहंकार के आश्वासन से कुछ भी नहीं होता है।

चमत्कार अभी घट सकता है—चमत्कार अभी ही घट सकता है। लेकिन उसके लिए अत्यंत तीव्र बोध की, सघन जागरूकता की जरूरत है; ताकि तुम सारे आश्वासनों को, सभी आशाओं को, सभी भविष्य की योजनाओं को, सभी सपनों को अलग रख सको और अभी और यहीं उसे प्रत्यक्ष देख सको जो कि तुम हो। इस अपने पर लौटने में, जब तुम्हारी चेतना कहीं और न जाकर तुम पर ही लौट आती है, तुम चैतन्य का एक वर्तुल बन जाते हो। और यही क्षण शाश्वत हो जाता है। तुम सजग और बोधपूर्ण हो। उस सजगता में, उस बोध में कोई 'मैं' नहीं है, मात्र अस्तित्व है, मात्र होना है। और उस बोध से ही सरलता का जन्म होता है।

सरलता लंगोटी लगाना नहीं है। गरीबी में रहना सरलता नहीं है। भिखारी होने में सरलता नहीं है। वे तो बहुत जटिल और चालाक चीजें हैं। वे बहुत हिसाब-किताब की चीजें हैं। सरलता तब आती है जब तुम एक सहज जीवन को उपलब्ध होते हो जिसमें कोई 'मैं' नहीं होता। उससे ही सरलता का जन्म होता है; तुम विनम्र होते हो। ऐसा नहीं कि तुम सरलता का अभ्यास करते हो; क्योंकि अभ्यास-जनित सरलता कभी सरलता नहीं हो सकती। अभ्यास से जन्मी सरलता प्रच्छन्न अहंकार है।

सरलता आती है; अगर तुम बोधपूर्ण हो तो सरलता तुमसे प्रवाहित होने लगती है। तुम विनम्र हो जाते हो। यह विनम्रता किसी अहंकार के विपरीत नहीं है; क्योंकि अहंकार के विपरीत साधी गई विनम्रता दूसरे ढंग का अहंकार ही होगी। और यह अहंकार ज्यादा सूक्ष्म होगा, ज्यादा खतरनाक होगा, ज्यादा जहरीला होगा।

सच्ची विनम्रता अहंकार के विपरीत नहीं होगी. वह अहंकार की अनुपस्थिति होगी—मात्र अनुपस्थिति। अहंकार विलीन हो गया, तुम अपने घर आ गए और तुमने जान लिया कि अहंकार नहीं है—तब सरलता का जन्म होता है, तब विनम्रता का उदय होता है। यह सरलता और यह विनम्रता स्वतः प्रवाहित होती हैं। तुमने उनके लिए कुछ किया नहीं; वे उप-उत्पत्तियां हैं—प्रगाढ़ बोध की उप-उत्पत्तियां हैं।

तो इस तरह का प्रश्न मूढ़तापूर्ण है। अगर तुम्हें लगता है कि तुम बोधपूर्ण हो और फिर भी 'मैं' बना है तो भलीभांति जानना कि तुम्हें बोध नहीं घटा है। तो बोध के लिए प्रयत्न करो, बोधपूर्ण बनो। और बोध की पहचान यह है कि जब तुम बोधपूर्ण होते हो तो 'मैं' नहीं होता, जब तुम बोधपूर्ण होते हो तो 'मैं' नहीं पाया जाता। यही एकमात्र पहचान है।

▲

तीसरा प्रश्न:

एक दिन आपने आब्जेक्टिव पश्चिमी संस्कृति और सब्जेक्टिव पूर्वीय संस्कृति के असंतुलन के विषय में हमें समझाया। आपने यह भी बताया कि अब तक किसी भी संस्कृति में समग्र मनुष्य स्वीकृत नहीं है। तो क्या आप कभी भविष्य में ऐसी संस्कृति के आने का अनुमान करते हैं जो मनुष्य को उसकी समग्रता में स्वीकार करेगी और आब्जेक्टिव और सब्जेक्टिव, दोनों पहलुओं से उसे विकसित होने का अवसर देगी?

यह एकांगी विकास, यह एकतरफा विकास एक स्वाभाविक भूल की तरह, एक स्वाभाविक भ्रांति की तरह घटित हुआ है। इस स्वाभाविक भ्रांति को समझने की कोशिश करो। क्योंकि इस पर बहुत चीजें निर्भर हैं।

जब भी कोई बात कही जाती है, उसका विपरीत पक्ष अपने आप ही अस्वीकृत हो जाता है। जब भी कुछ चीज कही जाती है, उसका विपरीत पक्ष साथ ही साथ अस्वीकृत हो जाता है। अगर मैं कहता हूं कि 'ईश्वर भीतर है', तो 'ईश्वर बाहर है' यह बात अस्वीकृत हो जाती है। हालांकि मैंने इसका उल्लेख भी नहीं किया है। लेकिन अगर मैं कहता हूं कि 'ईश्वर बाहर है' तो 'ईश्वर भीतर है' यह बात अस्वीकृत हो गई। अगर मैं कहता हूं कि शांत होने के लिए तुम्हें भीतर जाना होगा तो उसमें यह बात निहित ही है कि अगर तुम बाहर जाओगे तो कभी शांत न होगे।

तो भाषा में जो भी कहा जाता है, वह सदा ही किसी चीज का अस्वीकार हो जाता है, इनकार हो जाता है। इसका अर्थ है कि भाषा कभी पूरे जीवन को नहीं समाहित कर सकती है। और अगर तुम पूरे जीवन को भाषा में कहने की चेष्टा करोगे तो भाषा अतर्क्य हो जाएगी, बेबूझ हो जाएगी। अगर मैं कहूं कि 'ईश्वर भीतर है और ईश्वर बाहर है', तो वह वक्तव्य अर्थहीन होगा। अगर मैं कहूं कि चाहे तुम बाहर जाओ चाहे भीतर, शांति उपलब्ध होगी, तो उसमें भी कोई अर्थ नहीं रहेगा। क्योंकि मैं दोनों बातें, दोनों विपरीत बातें एक साथ कह रहा हूं, इकट्ठा कह रहा हूं। और वे एक-दूसरे को काट देती हैं, और कुछ भी कहना नहीं कहने जैसा हो जाता है।

यह प्रयोग भी किया गया है। यह प्रयोग भी कई बार हुआ है कि समस्त जीवन को भाषागत अभिव्यक्ति दी जाए, भाषा में प्रकट किया जाए। लेकिन यह प्रयोग भी सफल नहीं हुआ। वह सफल हो नहीं सकता है। तुम कहने का प्रयत्न कर सकते हो, लेकिन तब तुम्हारे वक्तव्य बेबूझ हो जाते हैं, तब उनमें कोई अर्थ नहीं होता है। तर्क के अपने नियम हैं जिन्हें पूरा करना जरूरी है। और भाषा तर्क से चलती है।

तुम मुझसे पूछते हो: 'क्या आप यहां हैं?' यदि मैं कहूं कि हां, एक अर्थ में मैं यहां हूं और एक अर्थ में नहीं हूं, या यदि मैं हां और नहीं दोनों एक साथ कहूं, तो क्या होगा? यदि तुम मुझे प्रेम करते हो तो तुम मुझे रहस्यवादी संत कहोगे और यदि प्रेम नहीं करते तो पागल कहोगे। क्योंकि दोनों बातें एक साथ कैसे हो सकती हैं? या तो मैं यहां हूं—तो मुझे हां कहना चाहिए। और या मैं यहां नहीं हूं—तो मुझे नहीं कहना चाहिए। लेकिन यदि मैं हां और नहीं दोनों एक साथ कहता हूं तो मैं भाषा की तर्क-व्यवस्था के बाहर छलांग लगा रहा हूं।

भाषा सदा विकल्प है, भाषा सदा चुनाव है। यही कारण है कि सभी संस्कृतियां, सभी समाज, सभी सभ्यताएं एकांगी हो जाती हैं। और कोई भी संस्कृति भाषा के बिना नहीं हो सकती है। सच तो यह है कि भाषा ही संस्कृति निर्मित करती है। और मनुष्य ही एकमात्र पशु है जिसके पास भाषा है; इसलिए केवल मनुष्य ही संस्कृति या समाज या सभ्यता निर्मित करता है, कोई अन्य पशु संस्कृति या समाज या सभ्यता नहीं निर्मित करता है। और भाषा के साथ चुनाव प्रवेश कर जाता है। और चुनाव के साथ असंतुलन आता है।

ध्यान रहे, कोई पशु असंतुलित नहीं है, सिर्फ मनुष्य असंतुलित है। सभी पशु अत्यंत संतुलन में जीते हैं। पशु ही नहीं, पेड़, पत्थर सब कुछ संतुलित है; सिर्फ मनुष्य असंतुलित है। समस्या क्या है?

समस्या यह है कि मनुष्य भाषा के माध्यम से जीता है। और भाषा चुनाव पैदा करती है। अगर मैं किसी को कहूं कि 'तुम सुंदर और कुरूप दोनों हो', तो इस वक्तव्य का कोई अर्थ नहीं होगा। कुरूप और सुंदर दोनों? तुम्हारा मतलब क्या है? अगर मैं कहूं कि 'तुम सुंदर हो' तो उसका अर्थ है। अगर मैं कहूं कि 'तुम कुरूप हो' तो उसका भी अर्थ है। लेकिन अगर मैं कहूं कि तुम दोनों हो, सुंदर और कुरूप दोनों हो, तो उसका कोई अर्थ नहीं है।

लेकिन यथार्थ ऐसा ही है। यथार्थतः न कोई केवल कुरूप है और न कोई केवल सुंदर है। जहां-जहां सौंदर्य है वहां-वहां कुरूपता है। जहां-जहां बुद्धि है वहां-वहां मूढ़ता है। तुम्हें कोई बुद्धिमान व्यक्ति नहीं मिलेगा जो मूढ़ न हो; तुम ऐसे मूढ़ व्यक्ति को नहीं खोज सकते जो साथ-साथ बुद्धिमान भी न हो।

तुम्हारे लिए यह धारणा कठिन होगी। क्योंकि जब तुम कहते हो कि यह आदमी मूढ़ है तब तुम खोज बंद कर देते हो, तुम बंद हो जाते हो, तुम द्वार-दरवाजे बंद कर लेते हो। तुम कहते हो, 'यह आदमी मूढ़ है।' अब तुम उसकी बुद्धि के बारे में खोज-बीन नहीं करोगे।

और अगर तुम्हें उसकी बुद्धि का पता लगे तो तुम उसे स्वीकार नहीं करोगे। तुम कहोगे: 'यह आदमी मूढ़ है, यह बुद्धिमान कैसे हो सकता है। यह असंभव है। कुछ गलत बात हो गई है। गलती से कुछ ठीक हो गया होगा। यह कुछ संयोग से हो गया है। वह बुद्धिमान नहीं हो सकता है।' और अगर तुम निर्णय ले लेते हो कि यह आदमी बुद्धिमान है। और तब उससे कुछ मूढ़ता हो जाती है तो तुम उस पर ध्यान नहीं दोगे, या तुम कुछ सफाई दोगे, उसे बुद्धिसंगत बनाओगे।

जीवन तो एक साथ दोनों है, लेकिन भाषा विभाजन करती है। भाषा चुनाव है। और इस कारण प्रत्येक संस्कृति अपनी व्यवस्था निर्मित करती है, अपने चुनाव बनाती है। अतीत में पूर्व ने विज्ञान का विकास किया, प्रौद्योगिकी का विकास किया, वैज्ञानिक अनुसंधान का विकास किया। अतीत में पूर्व ने वह सब विकसित किया जो अब पश्चिम में विकसित हो रहा है। पांच हजार वर्ष पहले पूर्व के लोगों ने यह सारा विकास कर लिया था। लेकिन उन्हें लगा कि यह सब व्यर्थ है—जैसा कि आज पश्चिम को अनुभव हो रहा है। उन्हें लगा कि यह सारा विकास निष्प्रयोजन है। और जब उन्हें ऐसा लगा तो वे विपरीत दिशा में मुड़ गए। उन्होंने कहा: 'अब भीतर चलो। जो भी बाहर है वह माया है; वह कहीं नहीं ले जाता है। भीतर मुड़ो।' विज्ञान का विकास बंद हो गया, प्रौद्योगिकी का विकास रुक गया।

▲

और इतना ही नहीं कि विकास रुक गया; जब वे भीतर मुड़े तो उन्होंने उस सब की निंदा शुरू कर दी जो बाहर था। उन्होंने कहा: 'जो भीतर है वही जीने योग्य है; जो भी बाहर है उसे छोड़ो।' वे संसार-विरोधी हो गए; वे जीवन-विरोधी हो गए। उन्होंने मात्र अध्यात्म को चुना—शुद्ध अध्यात्म को।

लेकिन जीवन दोनों है। वस्तुतः यह कहना सही नहीं है कि जीवन दोनों है। जीवन एक है। जिसे हम पदार्थ कहते हैं वह अध्यात्म की एक अभिव्यक्ति है; और जिसे हम अध्यात्म कहते हैं वह पदार्थ की एक अभिव्यक्ति के अलावा कुछ नहीं है। जीवन एक है। भीतर और बाहर दो विरोधी चीजें नहीं हैं; वे एक ही अस्तित्व के दो छोर हैं।

लेकिन जब भी कोई समाज एक विकल्प की अति पर पहुंचता है—और एक का चुनाव अति पर जाने को बाध्य है—तो तुरत दूसरे का अभाव उसे खलने लगता है। और जिसका अभाव है वह तुम्हें ज्यादा याद आता है, ज्यादा महसूस होता है। जो तुम्हारे पास है उसे तुम भूल सकते हो; लेकिन जो नहीं है उसका खयाल भूलना मुश्किल है। तो पूर्व को वैज्ञानिक और तकनीकी विकास के शिखर पर पहुंच कर उसकी व्यर्थता महसूस हुई; उसे लगा कि यह व्यर्थ है, इससे शांति नहीं उपलब्ध हो सकती, इससे आनंद नहीं उपलब्ध हो सकता। उसे लगा कि इसे छोड़ देना बेहतर है; इसको त्याग करना ही उचित है। और तब उसने भीतर जाने का, आंतरिक जगत में प्रवेश करने का निश्चय किया। और जब यह आंतरिक यात्रा शुरू हुई तो वह यात्रा अपने ही आप बाह्य का इनकार बन गई।

पश्चिम में अभी यही हो रहा है। अब पश्चिम ने विज्ञान और तकनीकी विकास का शिखर छू लिया है और उसे उसकी व्यर्थता महसूस होने लगी है।

और भारत दरिद्रता के अतल गर्त में उतर गया है। यह होना ही था। क्योंकि पूर्वीय मानस अंतस की यात्रा पर निकल गया। जब तुम बाह्य की उपेक्षा करके अंतस में प्रवेश करते हो तो तुम्हारा दरिद्र होना निश्चित है, तुम्हारा गुलाम होना पक्का है, तुम्हारा रुग्ण और दुखी होना अनिवार्य है; उसे कोई नहीं रोक सकता है। अब ध्यान में भारत की रुचि नहीं है। अब भारत अंतर्यात्रा में उत्सुक नहीं है। अब यह देश मोक्ष और निर्वाण की खोज करना नहीं चाहता है। अब भारत का सारा रस आधुनिक टेक्नोलाजी में है। उसके विद्यार्थी इंजीनियर और डाक्टर होना चाहते हैं। भारत की प्रतिभा आधुनिक टेक्नोलाजी और परमाणु ऊर्जा की खोज में पश्चिम की ओर भागी जा रही है। और पश्चिम की प्रतिभा ध्यान सीखने के लिए, अंतर्यात्रा में उतरने के लिए पूरब आ रही है।

जहां तक बाह्य का संबंध है, पश्चिम ने सफलता का शिखर छू लिया है। मनुष्य के इतिहास में पहली दफा वहां मनुष्य बाह्य अंतरिक्ष की यात्रा पर निकला है, चांद पर पहुंचा है। लेकिन चांद पर पहुंचने से क्या होगा? आदमी तो दुखी का दुखी ही है। अब वे पूछते हैं, 'इससे क्या होगा? हम चांद पर पहुंच भी गए तो क्या हो गया? आदमी वही का वही है।' चांद कोई सहायता नहीं कर सकता; क्योंकि तुम आदमी को पृथ्वी से चांद पर भी भेज दो तो वह वही का वही रहता है। तो बाह्य अंतरिक्ष की यात्रा किसी काम की नहीं लगती, शक्ति का अपव्यय लगती है। कैसे भीतर की ओर मुड़ा जाए?

अब पश्चिम के लोग पूर्व की ओर मुड़ रहे हैं और पूर्व पश्चिम की ओर मुड़ रहा है।

▲

लेकिन फिर वही चुनाव! अगर पश्चिम पूरी तरह पूर्व की ओर मुड़ जाए तो दो-तीन सदियों में वह भी दरिद्र हो जाएगा। हिप्पियों को देखो; वे वही कर रहे हैं। अगर पश्चिम की नई पीढ़ी बिलकुल हिप्पी हो जाए तो विज्ञान, प्रौद्योगिकी और उद्योगों के लिए कौन काम करेगा? कौन उस सभ्यता को सम्हालेगा जिसे पश्चिम ने इतने श्रम से हासिल किया है? जिसे हासिल करने में सदियां लगती हैं उसे तुम एक पीढ़ी में गंवा दे सकते हो। अगर नई पीढ़ी इनकार कर दे और कहे कि हम विश्वविद्यालयों में नहीं पढ़ेंगे तो तुम क्या कर सकते हो? पुरानी पीढ़ी कब तक जीएगी? बीस साल और, और सब कुछ समाप्त हो जाएगा। यदि नई पीढ़ी इनकार कर दे और कह दे कि हम विश्वविद्यालयों में नहीं पढ़ेंगे, तो सब समाप्त हो जाएगा।

और वे सच में विश्वविद्यालय छोड़ रहे हैं; वे भाग रहे हैं। और वे कहते हैं: 'जब प्रेम ही नहीं है तो फिर क्या प्रयोजन है बड़ी गाड़ियों को, बड़े महलों का, बड़ी प्रौद्योगिकी का? जब मन की शांति नहीं है तो क्या उपयोग है इस सारी धन-दौलत का? जब जीवन ही नहीं है तो किस काम की है यह सुख-सुविधा? इन्हें छोड़ो।'

और दो सौ वर्षों के भीतर पश्चिम गरीबी के अतल गर्त में गिर सकता है। पूर्व में यह घटना घट चुकी है। महाभारत के समय में पूर्व में करीब-करीब वही तकनीक मौजूद थी जो आज पश्चिम में दिख रही है। और फिर वह व्यर्थ सिद्ध हुई।

और यदि भारतीय मानस टेक्नोलाजी में लग जाए तो दो पीढ़ियों के भीतर धर्म यहां से विदा हो जाएगा—विदा हो ही चुका है—और ध्यान शब्द तिथिबाह्य मालूम पड़ेगा। तब तुम आंतरिक की चर्चा करोगे तो लोग सोचेंगे कि तुम होश में नहीं हो। वे कहेंगे कि कोई आंतरिक जैसी चीज है ही नहीं।

भाषा के कारण ऐसा होता है। भाषा चुनाव है; भाषा विकल्प है। और मनुष्य का मन अति पर चला जाता है। और जब वह एक विकल्प की अति पर जाता है तो दूसरा विकल्प खो जाता है। और दूसरे विकल्प के खोने के साथ उसके अनेक गुण भी खो जाते हैं। और जब वे खो जाते हैं तो तुम्हें उनका अभाव महसूस होता है, तुम्हें उनकी कमी खलने लगती है। और तब तुम दूसरे विकल्प की अति पर चले जाते हो—जहां कुछ और खो जाता है।

इसलिए कोई समग्र संस्कृति अब तक नहीं पैदा हो सकी। और वह तब तक नहीं पैदा होगी जब तक मनुष्य मौन होना नहीं सीखता है, जब तक मौन मानव-मन का आधार नहीं बनता है। भाषा नहीं, मौन। क्योंकि मौन में तुम समग्र होते हो, भाषा में तुम समग्र नहीं होते हो। जब तक मनुष्यता भाषा के जरिए नहीं, मन के जरिए नहीं, वरन मौन के जरिए जीना नहीं शुरू करती, जब तक वह अपने प्राणों की समग्रता से नहीं जीती, तब तक समग्र संस्कृति संभव नहीं है। समग्र मनुष्य ही समग्र संस्कृति का निर्माण कर सकता है।

अभी मनुष्य खंडित है, विभाजित है, टूटा हुआ है। मनुष्य जो हो सकता है, उसे जो होना चाहिए, वह अभी उसका एक अंश भर है। मनुष्य अपनी संभावना को, अपनी क्षमता को एक खंड भर है। और ये खंडित मनुष्य एक खंडित समाज बनाते हैं। खंडित समाज सदा रहे हैं। लेकिन अब यह संभव मालूम पड़ता है कि हमें अतियों में डोलने की अपनी मूढ़ता का बोध हो जाए। और अगर यह बोध तीव्र और प्रगाढ़ हो, यदि हम विपरीत अति की तरफ गति करना छोड़ दें तो हम समग्र को देखना शुरू करेंगे।

▲

उदाहरण के लिए मैं हूं। मैं पदार्थ के विरोध में नहीं हूं; मैं अध्यात्म के विरोध में नहीं हूं। मैं अध्यात्म के पक्ष में नहीं हूं; मैं पदार्थ के पक्ष में नहीं हूं। मैं दोनों के लिए हूं। मैं पदार्थ और अध्यात्म में, आंतरिक और बाह्य में कोई चुनाव नहीं करता; मैं दोनों के लिए हूं। क्योंकि अगर तुम दोनों को स्वीकार करते हो तो ही तुम समग्र और संपूर्ण हो सकते हो।

लेकिन परंपरा के कारण, अतीत के संस्कारों के कारण इसे समझना कठिन है। जब भी तुम किसी आध्यात्मिक व्यक्ति को देखते हो, तुम तुरंत खोजने लगते हो कि वह गरीब है या नहीं। उसे गरीब ही होना चाहिए; उसे झोपड़े में ही रहना चाहिए; उसे भूखा ही रहना चाहिए। क्यों? वह गरीब क्यों रहे? वह भूखा क्यों रहे? वह भूखा क्यों मरे? क्योंकि यह हमारे संस्कारों का हिस्सा है, हमारी परंपरा का प्रभाव है कि हम बाह्य के विरुद्ध आंतरिक को चुनते हैं। अगर तुम किसी व्यक्ति को सुख-सुविधा में रहते देखोगे तो तुम विश्वास नहीं करोगे कि वह आध्यात्मिक हो सकता है। वह आध्यात्मिक कैसे हो सकता है?

लेकिन सुख में गलत क्या है? और अध्यात्म सुख के विरुद्ध कैसे है? सच तो यह है कि अध्यात्म परम सुख है। वस्तुतः आध्यात्मिक व्यक्ति ही सुख में जी सकता है। क्योंकि उसे सुख की कला आती है, उसे सुख लेना आता है, उसे अपने साथ आनंद लिए चलने की तरकीब मालूम है।

लेकिन परंपरा तुम्हारे खून में मिल गई है। तुम जब किसी आध्यात्मिक व्यक्ति को गरीबी में रहते देखते हो तो तुम्हें लगता है कि वह प्रामाणिक है। लेकिन अध्यात्म का गरीबी से क्या संबंध है? और क्यों हम अतियों का चुनाव करते हैं? लंबी परंपरा के कारण तुम यह नहीं समझ सकते हो; तुम्हें इसका बोध भी नहीं है।

अभी एक आदमी यहां आया था। उसने मुझे बताया कि वर्धा में, जहां विनोबा रहते हैं, दिन भर बहुत गर्मी पड़ती है। लेकिन विनोबा पंखे का उपयोग नहीं करते हैं, कूलर का उपयोग नहीं करते हैं, एयरकंडीशनिंग का उपयोग नहीं करते हैं। यह असंभव है कि वे उनका उपयोग करें। कोई आध्यात्मिक व्यक्ति एयरकंडीशनर का उपयोग कैसे कर सकता है? वह तो पंखे का भी उपयोग नहीं करता है। और जो व्यक्ति वहां से आया था वह इससे बहुत प्रभावित था। उसने कहा कि विनोबा जी कितने आध्यात्मिक हैं। वे पंखे तक की उपयोग नहीं करते। मैंने पूछाः 'वे फिर क्या करते हैं?' वह बोला: 'पूरे दिन दस बजे से पांच बजे तक सात घंटे वे एक गीले कपड़े को अपने सिर और पेट पर रखते हैं।'

अब सात घंटे विनोबा के खराब हो रहे हैं हर दिन। और एक पंखे या कूलर या एयरकंडीशनर की क्या कीमत है। लेकिन वहां पंखा होता तो यह आदमी समझता कि विनोबा आध्यात्मिक नहीं हैं। और किसी रूप में विनोबा भी इस दृष्टिकोण से सहमत हैं कि उनके सात घंटे महत्वपूर्ण नहीं हैं।

जीवन बहुत छोटा है। और विनोबा जैसा प्रतिभावान व्यक्ति भी रोज सात घंटे व्यर्थ ही नष्ट करता है। लेकिन उन्हें भी लगता है कि प्रौद्योगिकी या विज्ञान अध्यात्म-विरोधी है। बाह्य और अंतस में उन्होंने अंतस को चुना है।

लेकिन अगर तुमने अंतस को चुना है तो गीला कपड़ा लगाना भी बाह्य है। वह वही काम है, केवल ढंग बहुत आदिम है। तुम क्या कर रहे हो? तुम भी एक ढंग से ठंडक पैदा कर

रहे हो, पर तुम सात घंटे नष्ट कर रहे हो। यह बहुत बड़ी कीमत है। लेकिन हम कहेंगेः 'नहीं, यह तप है, यह अध्यात्म है और यह आदमी महान है।'

यह चीज हमारे हड्डी-मांस-मज्जा में घुस गई है।

मैं जीवन को उसकी समग्रता में स्वीकार करता हूं। बाह्य और आंतरिक दोनों हैं और दोनों मेरे हिस्से हैं। और उनमें एक संतुलन होना चाहिए। तुम्हें एक की कीमत पर दूसरे को नहीं चुनना है। और अगर तुम चुनोगे तो तुम अति के शिकार हो जाओगे और उसका दुख भोगोगे।

तो एक संतुलन पैदा करो। बाह्य और आंतरिक परस्पर विरोधी नहीं हैं; वे एक ही ऊर्जा के प्रवाह हैं। बाह्य और आंतरिक एक ही नदी के दो किनारे हैं और नदी सिर्फ एक किनारे से नहीं बह सकती है। तुम दूसरे को भूल सकते हो, लेकिन दूसरा रहेगा। और नदी तभी हो सकती है जब दूसरा भी है। तुम दूसरे को बिलकुल भूल जा सकते हो। लेकिन तब पाखंड पैदा होता है, क्योंकि तब तुम्हें नाहक दूसरे को छिपाना पड़ता है। उसकी कोई जरूरत नहीं है, दूसरे किनारे के बिना नदी नहीं बह सकती है।

जीवन आंतरिक और बाह्य के बीच प्रवाहित होता है; और दोनों अनिवार्य हैं। जीवन एक के साथ संभव नहीं है। और दो वस्तुतः दो नहीं हैं। नदी के दो किनारे देखने में ही दो हैं; अगर तुम नदी में गहरे उतरोगे तो तुम पाओगे कि वे संयुक्त हैं, जुड़े हैं। एक ही भूमि दो किनारों जैसी प्रतीत हो रही है। बाह्य और आंतरिक एक ही भूमि हैं, एक घटना हैं, एक ही तत्व हैं।

अगर यह अंतर्दृष्टि गहराती है और मनुष्य—और मेरी उत्सुकता मनुष्य में है, समाजों, संस्कृतियों और सभ्यताओं में नहीं—अगर मनुष्य समग्र और संतुलित होता है तो यह संभव है कि किसी दिन मानवता एक संतुलित समाज बन जाए। और तभी मनुष्य सुख में होगा, शांति में होगा। और तभी अनावश्यक कठिनाई के बिना विकास संभव होगा।

अभी तो यह एक दुर्लभ घटना है कि कोई व्यक्ति सम्यक विकास को उपलब्ध हो। प्रायः सभी बीज व्यर्थ चले जाते हैं। करोड़ों में कभी कोई बीज विकसित होता है और फूल बनता है। यह तो शुद्ध अपव्यय है।

लेकिन यदि समाज संतुलित हो—कुछ भी अस्वीकृत न हो, कुछ भी चुना न जाए, वरन एक गहन लयबद्धता में समग्र का स्वीकार हो—तो बहुत-बहुत लोग विकास को उपलब्ध होंगे। तब वस्तुतः स्थिति बिलकुल उलटी होगी; तब बिरला ही कोई व्यक्ति विकास को उपलब्ध होने से वंचित रहेगा।

आज इतना ही।

55

दो विचारों के अंतराल में झांको

सूत्र

▲

82. अनुभव करो : मेरा विचार, मैं-पन, आंतरिक इंद्रियां—मुझ।

83. कामना के पहले और जानने के पहले मैं कैसे कह सकता हूं कि मैं हूं? विमर्श करो। सौंदर्य में विलीन हो जाओ।

▲

एक बार किसी छोटे शहर में एक आगंतुक ने अनेक लोगों से वहां के नगर-प्रमुख के संबंध में पूछताछ की : 'आपका महापौर कैसी आदमी है?'

पुरोहित ने कहाः 'वह किसी काम का नहीं है।'

पेट्रोल-डिपो के मिस्त्री ने कहाः 'वह बिलकुल निकम्मा आदमी है।'

नाई ने कहाः 'मैंने अपने जीवन में उस दुष्ट को कभी वोट नहीं दिया।'

तब वह आगंतुक खुद महापौर से मिला, जो कि बहुत बदनाम व्यक्ति था, और उसने उससे पूछा : 'आपको अपने काम के लिए क्या तनख्वाह मिलती है?'

महापौर ने कहाः 'भगवान का नाम लो! मैं इसके लिए कोई तनख्वाह नहीं लेता; मैंने तो बस पद की खातिर यह काम स्वीकार किया है।'

यही अहंकार की स्थिति है। तुम्हारे सिवाय कोई और तुम्हारे अहंकार की चिंता नहीं लेता है। अकेले तुम सोचते हो कि तुम्हारा अहंकार सिंहासन पर बैठा है; दूसरों के लिए ऐसी बात नहीं है। तुम्हारे सिवाय कोई और तुम्हारे अहंकार से सहमत नहीं है; दूसरे सब उसके विरोध में हैं। लेकिन तुम एक सपने में खोए रहते हो, एक भ्रांति में जीए जाते हो। तुम अपनी एक प्रतिमा बना लेते हो। तुम उस प्रतिमा को पोषण देते हो; तुम उस प्रतिमा की सुरक्षा करते हो। और तुम सोचते हो कि सारा संसार तुम्हारे अहंकार के लिए ही है।

यह विक्षिप्तता है; यह पागलपन है। यह सत्य नहीं है। संसार तुम्हारे लिए नहीं है। किसी को तुम्हारे अहंकार से कुछ लेना-देना नहीं है—किसी को भी नहीं। तुम हो या नहीं हो, इससे भी कुछ फर्क नहीं पड़ता है। तुम एक लहर भर हो। लहर आती है, चली जाती है; सागर कोई फिक्र नहीं करता है।

लेकिन तुम अपने को बहुत महत्वपूर्ण मानते हो। जो लोग अपने अहंकार को विसर्जित करना चाहते हैं उन्हें सबसे पहले इस तथ्य को स्वीकार करना है। और जब तक तुम अपने अहंकार के ढांचे को अलग नहीं कर देते हो, तुम सत्य को नहीं देख पाओगे। क्योंकि तुम जो कुछ भी देखते हो, तुम जो कुछ भी समझते हो, अहंकार उसे विकृत कर देता है। अहंकार

सबका उपयोग अपने लिए करने की चेष्टा करता है। और उसके लिए कुछ भी नहीं है, क्योंकि सत्य उस किसी चीज का समर्थन नहीं कर सकता जो असत्य है, जो झूठ है।

स्मरण रहे, सत्य किसी ऐसी चीज का समर्थन नहीं कर सकता जो नहीं है। और तुम्हारा अहंकार सबसे असंभव चीज है; वह सबसे बड़ा झूठ है। वह वस्तुतः है नहीं; वह तुम्हारी निर्मिति है—तुम्हारी कल्पना की निर्मिति है। सत्य उसे कोई सहारा नहीं दे सकता; सत्य तो उसे निरंतर तोड़ता है, चकनाचूर करता है, मिटाता है। जब भी तुम्हारा अहंकार सत्य के संपर्क में आता है, सत्य उसे बहुत भयभीत करता है, उसे भारी आघात पहुंचाता है।

इन आघातों से अपनी सुरक्षा करने के लिए, जो कि सतत आ रहे हैं, निरंतर आ रहे हैं, तुम धीरे-धीरे सत्य को देखने से बचते हो। अपने अहंकार को खोने की बजाय तुम सत्य को देखने से बचते हो। और फिर तुम अपने अहंकार के चारों ओर एक झूठा संसार निर्मित करते हो और सोचते हो कि यही सत्य है। तब तुम अपनी ही बनाई दुनिया में जीने लगते हो। तुम्हारा यथार्थ जगत के साथ संपर्क टूट जाता है; तुम उसके संपर्क में नहीं आते, क्योंकि तुम भयभीत हो। तुम अपने अहंकार के कांच के घर में रहते हो। और भय है कि अगर तुम सत्य के संपर्क में आओगे, तुम्हारा अहंकार मिट सकता है; इससे अच्छा है कि सत्य के संपर्क से ही दूर रहा जाए। इस असंभव अहंकार को बचाने के लिए, उसकी रक्षा के लिए हम सत्य से बचते रहते हैं, भागते रहते हैं।

लेकिन मैं क्यों कहता हूं कि अहंकार असंभव चीज है? मैं क्यों कहता हूं कि अहंकार असत्य है? इस बात को ठीक से समझने की कोशिश करो। सत्य एक ही है। सत्य अखंड है, समग्र है। तुम अकेले नहीं रह सकते; या रह सकते हो? अगर वृक्ष न हों तो तुम नहीं हो सकोगे। वृक्ष ही तुम्हारे लिए आक्सीजन पैदा कर रहे हैं। अगर हवा न हो तो तुम मर जाओगे। क्योंकि हवा ही तुम्हें प्राण देती है, जीवन देती है। अगर सूर्य ठंडा हो जाए तो तुम यहां नहीं होगे। क्योंकि उसका ताप, उसकी किरणें ही तुम्हारा जीवन हैं।

जीवन एक जागतिक समग्रता की भांति है। तुम अकेले नहीं हो; तुम अकेले नहीं जीवित रह सकते हो। तुम एक अखंड जगत में जीते हो। तुम कोई अलग-थलग, आणविक जीवन नहीं जीते हो; तुम जागतिक संपूर्णता में उसकी एक लहर की भांति हो। तुम उससे जुड़े हुए हो, संयुक्त हो। यहां सब कुछ एक-दूसरे से जुड़ा है, संबंधित है।

लेकिन अहंकार तुम्हें यह भाव देता है कि तुम व्यक्ति हो, अकेले हो, पृथक हो, अलग हो। अहंकार तुम्हें यह भाव देता है कि तुम एक द्वीप हो। लेकिन तुम अलग नहीं हो, तुम द्वीप नहीं हो। इसीलिए अहंकार झूठ है, असत्य है। और यही कारण है कि सत्य उसका समर्थन नहीं कर सकता है।

तो दो ही रास्ते हैं। अगर तुम सत्य के संपर्क में आते हो, अगर तुम उसके प्रति खुलते हो, तो तुम्हारा अहंकार विसर्जित हो जाएगा—या फिर तुम्हें अपना ही स्वप्न-संसार निर्मित करना है और उसी में जीना है। और तुमने वह संसार निर्मित कर लिया है। प्रत्येक आदमी अपने ही सपनों की दुनिया में जीता है।

लोग मेरे पास आते हैं और मैं उन्हें देखता हूं, और मैं देखता हूं कि वे नींद में हैं, वे सपने देख रहे हैं। और उनकी समस्याएं उनके सपनों से निकली हैं और वे उन्हें हल करना

चाहते हैं। वे समस्याएं हल नहीं हो सकती हैं, क्योंकि वे यथार्थ नहीं हैं, असली नहीं हैं। तुम झूठी समस्याओं का समाधान कैसे कर सकते हो? अगर असली समस्या हो तो उसका समाधान हो सकता है। लेकिन वह है ही नहीं; इसलिए उसका समाधान नहीं हो सकता है। जो समस्या ही झूठी है वह हल कैसे हो सकती है? वह झूठे समाधान से ही हल हो सकती है। लेकिन वह झूठा समाधान दूसरी समस्याएं पैदा कर देगा, जो कि फिर झूठी होंगी। और तब तुम एक भूलभुलैया में पड़ जाओगे, जिसका कोई अंत नहीं है।

अगर तुम सत्य को जानना चाहते हो—और सत्य को जानना परमात्मा को जानना है। परमात्मा कहीं आसमान में नहीं छिपा है; वह जो तुम्हारे चारों ओर यथार्थ है, सत्य है, वही परमात्मा है। परमात्मा नहीं छिपा है। तुम असत्य में छिपे हो। परमात्मा तो निकटतम प्रत्यक्ष उपस्थिति है। लेकिन तुम अपने झूठे संसार के कैप्सूल में बंद हो और उसकी रक्षा करते रहते हो। और उस झूठे संसार का केंद्र अहंकार है।

अहंकार असत्य है, झूठ है; क्योंकि तुम पृथक नहीं हो, तुम सत्य के साथ एक हो। तुम सत्य के अंग हो; तुम उससे अलग नहीं हो सकते। तुम उससे अलग होकर एक क्षण के लिए भी जीवित नहीं रह सकते हो। तुम अपनी प्रत्येक श्वास के द्वारा पूरे जगत से जुड़े हो। तुम एक जीवंत स्पंदन हो, धड़कन हो; तुम कोई मृत इकाई नहीं हो। और वह जीवंत स्पंदन सत्य के साथ गहन लयबद्धता में है।

लेकिन तुम उस स्पंदन को भूल गए हो। और तुमने एक मृत अहंकार, एक मृत धारणा कि मैं हूं, निर्मित कर ली है। और यह मैं हूं की धारणा सदा समिष्ट के विरोध में है; वह सदा अपना बचाव करती रहती है, संघर्ष और सुरक्षा करती रहती है। इसीलिए सभी धर्म अहंकार के विसर्जन पर इतना जोर देते हैं।

पहली बात कि अहंकार झूठ है और इसीलिए वह विसर्जित हो सकता है। लेकिन जो भी सत्य है वह नहीं विसर्जित हो सकता है। जो सत्य हो तुम उसे कैसे मिटा सकते हो? अगर कोई चीज है, सच है, तो वह नहीं मिटाई जा सकती: वह रहेगी। चाहे तुम कुछ भी करो, वह रहेगी। केवल झूठी चीजें मिटाई जा सकती हैं। वे विलीन हो सकती हैं, वे शून्य में खो सकती हैं। तुम्हारा अहंकार विलीन हो सकता है; क्योंकि वह झूठ है। वह मात्र एक विचार है, एक खयाल है। उसमें कोई सार नहीं है।

दूसरी बात कि तुम इस अहंकार को चौबीस घंटे सतत नहीं कायम रख सकते हो। वह इतना झूठ है कि तुम्हें उसे निरंतर ईंधन देना पड़ता है, भोजन देना पड़ता है। जब तुम नींद में होते हो तो अहंकार नहीं होता है; यही वजह है कि तुम सुबह नींद से उठकर इतना ताजा अनुभव करते हो। क्योंकि नींद में तुम सत्य के गहन संपर्क में होते हो। सत्य ने तुम्हें पुनर्जीवित कर दिया है, नवजीवित कर दिया है।

गहरी नींद में तुम्हारा अहंकार नहीं है। तुम्हारा नाम, तुम्हारा रूप, सब विलीन हो गया है। तुम नहीं जानते कि मैं कौन हूं—शिक्षित या अशिक्षित, गरीब या अमीर, पापी या पुण्यात्मा। तुम कुछ नहीं जानते हो। गहरी नींद में तुम जागतिक समिष्ट में लौट जाते हो; वहां अहंकार नहीं है। सुबह तुम ओजस्वी, ताजा और युवा अनुभव करते हो। किसी गहरे स्रोत से ऊर्जा तुम्हारे पास आ गई है; तुम पुनरुज्जीवित हो गए।

▲

लेकिन रात में यदि तुमने सपने देखे हों तो सुबह तुम थके हुए होगे। क्योंकि सपनों में अहंकार बना रहता है; सपनों में अहंकार जारी रहता है। तो वह तुम्हें बुनियादी स्रोत से मिलने नहीं देता है। सुबह तुम थके-थके महसूस करोगे।

गहरी नींद में अहंकार नहीं रहता है। जब तुम गहरे प्रेम में होते हो, अहंकार नहीं रहता है। जब तुम शिथिल होते हो, विश्रामपूर्ण और मौन होते हो, अहंकार नहीं रहता है। जब तुम किसी चीज में इतनी समग्रता से डूब जाते हो कि भूल ही जाते हो कि मैं हूं, तब अहंकार नहीं होता है। संगीत सुनते हुए जब तुम अपने को भूल जाते हो, अहंकार नहीं होता है। और सचाई यह है कि उस समय तुम्हें जो शांति अनुभव होती है वह संगीत से नहीं आती है, वह अहंकार के भूलने से आती है। संगीत तो बहाना है।

सुंदर सूर्योदय या सूर्यास्त देखते हुए तुम अपने को भूल जाते हो, तुम्हें अचानक अहसास होता है कि कुछ घटित हुआ है। तुम वहां नहीं हो; कोई विराट वहां उपस्थित है। इस विराट की उपस्थिति को जीसस परमात्मा कहते हैं। यह शब्द केवल प्रतीक है। मोहम्मद भी उसे परमात्मा कहते हैं। शब्द तो प्रतीक मात्र है। परमात्मा का मतलब है: वह जो विराट है—वह क्षण जब तुम्हें भाव होता है कि कुछ विराट घटित हो रहा है। और यह अनुभव तभी हो सकता है जब तुम नहीं हो। जब तुम हो, विराट नहीं हो सकता है। क्योंकि तुम ही बाधा हो।

किसी भी क्षण में, जब तुम अनुपस्थित हो, परमात्मा उपस्थित होता है। तुम्हारी अनुपस्थिति भगवत्ता की उपस्थिति है। इसे सदा स्मरण रखो कि तुम्हारी अनुपस्थिति भगवत्ता की उपस्थिति है, और तुम्हारी उपस्थिति भगवत्ता की अनुपस्थिति है।

इसलिए प्रश्न यह नहीं है कि परमात्मा को कैसे उपलब्ध हुआ जाए, परमात्मा को कैसे पाया जाए; प्रश्न यह है कि कैसे अनुपस्थित हुआ जाए। तुम परमात्मा की फिक्र मत करो; तुम उसे बिलकुल भूल जा सकते हो। परमात्मा शब्द को भी स्मरण रखने की जरूरत नहीं है—यह अप्रासंगिक है। क्योंकि बुनियादी बात परमात्मा नहीं है, बुनियादी बात तुम्हारा अहंकार है। अगर अहंकार नहीं है तो परमात्मा घटित होता है। और अगर तुम चेष्टा करते हो, अगर तुम परमात्मा को पाने का प्रयत्न करते हो, अगर तुम मोक्ष को उपलब्ध होने का प्रयत्न करते हो, तो तुम चूक सकते हो। क्योंकि संभव है कि यह सारा प्रयत्न अहंकार-केंद्रित हो।

आध्यात्मिक जगत के साधक की समस्या यही है। संभव है, यह तुम्हारा अहंकार ही हो जो परमात्मा को पाने की सोचता हो। तुम अपनी सांसारिक सफलताओं से संतुष्ट नहीं हो। बाहरी संसार में भी तुम्हारी उपलब्धियां हैं—पद है, प्रतिष्ठा है, सम्मान है। तुम शक्तिशाली हो, धनवान हो, ज्ञानवान हो, सम्मानित हो। लेकिन तुम्हारा अहंकार तृप्त नहीं है। अहंकार कभी भी तृप्त नहीं होता है। और कारण क्या है? कारण यही है कि अहंकार एक झूठ है। सच्ची भूख तृप्त हो सकती है, झूठी भूख नहीं। अहंकार की भूख झूठी है, वह तृप्त नहीं हो सकती। तुम जो भी करोगे, वह व्यर्थ होगा। क्योंकि अहंकार झूठ है, इसलिए कोई भी भोजन उसे तृप्त नहीं कर सकता। भूख अगर सच्ची हो तो ही वह तृप्त हो सकती है।

स्वाभाविक भूख तृप्त हो सकती है; वह कतई कोई समस्या नहीं है। लेकिन अस्वाभाविक भूख कभी तृप्त नहीं हो सकती है। पहली तो बात कि वह भूख ही नहीं है; तो तुम उसे कैसे तृप्त कर सकते हो? वह झूठी भूख है; वहां बस एक रिक्तता का भाव है। तुम

▲

उसमें भोजन डालते रहते हो; वह भोजन तुम एक खड्ड में, अतल खड्ड में डाल रहे हो। तुम कहीं नहीं पहुंच सकते; अहंकार को तृप्त करना असंभव है।

मैंने सुना है कि जब सिकंदर भारत आ रहा था तब किसी ने उससे कहा: 'क्या तुमने कभी इस बात पर ध्यान दिया है कि एक ही दुनिया है, और अगर तुम उसे जीत लोगे तो फिर क्या करोगे?' और कहा जाता है कि यह बात सुनते ही सिकंदर बहुत उदास और दुखी हो गया। उसने कहा : 'मैंने इस बात पर कभी गौर नहीं किया, लेकिन यह बात मुझे बहुत दुखी किए दे रही है। यह सच है कि एक ही दुनिया है और मैं उसे जीत लूंगा। लेकिन फिर मैं क्या करूंगा?'

यह सारा संसार भी तुम्हारी प्यास नहीं बुझा सकता है, क्योंकि प्यास झूठी है, नकली है। भूख स्वाभाविक नहीं है।

अहंकार ईश्वर की खोज पर भी निकल सकता है। मेरा खयाल है कि सौ में से निन्यानबे मामलों में अहंकार ही खोज पर निकलता है। और तब यह खोज आरंभ से ही निष्फल होने को बाध्य है। क्योंकि अहंकार ईश्वर को नहीं पा सकता है। और अहंकार ही उसे पाने के सब उपाय कर रहा है। तो स्मरण रहे, तुम्हारा ध्यान, तुम्हारी प्रार्थना, तुम्हारी पूजा अहंकार की यात्रा न हो। अगर वह अहंकार की यात्रा है तो तुम नाहक अपनी शक्ति गंवा रहे हो। तो इसके प्रति भलीभांति बोधपूर्ण होओ।

और यह सिर्फ बोध का सवाल है। अगर तुम बोधपूर्ण हो तो तुम देख सकते हो कि तुम्हारा अहंकार कैसे गति करता है, कैसे काम करता है। यह कठिन नहीं है; इसके लिए किसी खास प्रशिक्षण की जरूरत नहीं है। तुम आंख बंद करके देख सकते हो कि तुम्हारी आकांक्षा क्या है। तुम अपने से पूछ सकते हो कि क्या मैं सच ही भगवत्ता को खोज रहा हूं, या यह भी अहंकार की ही एक यात्रा है—क्योंकि यह सम्मानजनक है; क्योंकि लोग सोचते हैं कि तुम धार्मिक आदमी हो; क्योंकि गहरे में तुम सोचते हो कि जब तक मैं ईश्वर पर भी न कब्जा कर लूं, मैं संतुष्ट कैसे हो सकता हूं।

क्या परमात्मा पर भी तुम्हारा अधिकार हो सकता है, कब्जा हो सकता है? उपनिषद कहते हैं कि जो कहता है कि मैंने ईश्वर को पा लिया, उसने नहीं पाया है; क्योंकि यह दावा कि मैंने ईश्वर को पा लिया, अहंकार का ही दावा है। उपनिषद कहते हैं कि जो दावा करता है कि मैंने ईश्वर को जान लिया, उसने नहीं जाना। यह दावा ही बताता है कि उसने नहीं जाना है, क्योंकि यह दावा कि मैंने जान लिया, अहंकार का दावा है। अहंकार ही तो एकमात्र बाधा है।

अब हम विधियों में प्रवेश करेंगे।

पहली विधिः

अनुभव करो : मेरा विचार, मैं-पन, आंतरिक इंद्रियां—मुझ।

यह बहुत ही सरल और बहुत ही सुंदर विधि है।

'अनुभव करो : मेरा विचार, मैं-पन, आंतरिक इंद्रियां—मुझ।'

पहली बात यह है कि विचार नहीं करना है, अनुभव करना है। विचार करना और अनुभव करना दो भिन्न-भिन्न आयाम हैं। और हम बुद्धि से इतने ग्रस्त हो गए हैं कि जब हम

▲

यह भी कहते हैं कि हम अनुभव करते हैं तो भी हम अनुभव नहीं करते, सोच-विचार ही करते हैं। तुम्हारा भाव-पक्ष, तुम्हारा हृदय-पक्ष बिलकुल बंद हो गया है, मुर्दा हो गया है। जब तुम कहते हो कि 'मैं तुम्हें प्रेम करता हूं', तो भी वह भाव नहीं होता, विचार ही होता है।

और भाव और विचार में फर्क क्या है? अगर तुम भाव करोगे तो तुम अपने को हृदय के पास केंद्रित अनुभव करोगे। अगर मैं कहता हूं कि तुम्हें मैं प्रेम करता हूं, तो मेरा यह प्रेम का भाव मेरे हृदय से प्रवाहित होगा, उसका स्रोत कहीं हृदय के आसपास होगा। और अगर वह विचार मात्र होगा तो वह सिर से आता होगा। जब तुम किसी व्यक्ति को प्रेम करते हो तो यह महसूस करने की कोशिश करो कि यह प्रेम सिर से आ रहा है या हृदय से आ रहा है।

जब भी तुम किसी प्रगाढ़ भाव में होते हो तो तुम सिर के बिना होते हो। उस क्षण कोई सिर नहीं होता है; हो भी नहीं सकता। तब हृदय ही तुम्हारा समस्त अस्तित्व होता है—मानो सिर है ही नहीं। भाव की अवस्था में हृदय तुम्हारे होने का केंद्र होता है।

जब तुम सोच-विचार कर रहे होते हो तब सिर तुम्हारे होने का केंद्र होता है। और क्योंकि विचार करना जीने के लिए बहुत उपयोगी सिद्ध हुआ, इसलिए हमने और सब कुछ बंद कर दिया। हमारे जीवन के अन्य सभी आयाम बंद हो गए हैं। हम सिर ही सिर रह गए हैं; और हमारे शरीर सिर के आधार भर हैं। हम सोच-विचार ही करते रहते हैं; हम अपने भावों के बारे में भी विचार ही करते रहते हैं।

तो भाव में उतरने की कोशिश करो। तुम्हें थोड़ी मेहनत करनी पड़ेगी; क्योंकि भाव की क्षमता, भाव का गुण कुंठित पड़ी है। उस संभावना का द्वार पुनः खोलने के लिए तुम्हें कुछ करना होगा।

तुम एक फूल को देखते हो, और देखते ही कहते हो कि यह सुंदर है। थोड़ा रुको, जरा प्रतीक्षा करो। जल्दी निर्णय मत करो; प्रतीक्षा करो। और फिर देखो कि कहीं तुमने सिर से ही तो यह नहीं कह दिया कि यह सुंदर है। क्या है तुमने यह अनुभव किया है? क्या यह सिर्फ आदतवश है? क्योंकि तुम जानते हो कि गुलाब सुंदर होता है, गुलाब को सुंदर समझा जाता है। लोग कहते हैं कि यह सुंदर है और तुमने भी अनेक बार कहा है कि सुंदर है।

जैसे ही तुम गुलाब को देखते हो, मन आगे आ जाता है, मन कहता है कि यह सुंदर है। बात खत्म हुई। अब गुलाब से कोई संपर्क नहीं रहा। उसकी जरूरत न रही; तुमने कह दिया। अब तुम अन्यत्र जा सकते हो। गुलाब से कोई मिलन न हुआ; मन ने तुम्हें गुलाब की एक झलक भी नहीं मिलने दी। मन बीच में आ गया और हृदय गुलाब के संपर्क में न आ सका।

केवल हृदय कह सकता है कि यह सुंदर है या नहीं। क्योंकि सौंदर्य एक भाव है, कोई विचार नहीं। तुम बुद्धि से नहीं कह सकते कि यह सुंदर है। कैसे कह सकते हो? सौंदर्य कोई गणित नहीं है; वह गणनातीत है। और सौंदर्य वस्तुतः केवल गुलाब में नहीं है। क्योंकि संभव है कि किसी अन्य के लिए वह जरा भी सुंदर न हो, और कोई अन्य उसे देखे बिना ही उसके पास से गुजर जाए। और यह भी संभव है कि किसी अन्य के लिए गुलाब कुरूप हो। तो सौंदर्य केवल गुलाब में नहीं है; सौंदर्य तो हृदय और गुलाब के मिलन में है। जब हृदय गुलाब से मिलता है तो सौंदर्य का फूल खिलता है। जब हृदय किसी चीज के प्रगाढ़ संपर्क में आता है

तो बड़ी अदभुत घटना घटती है।

जब तुम किसी व्यक्ति के प्रगाढ़ संपर्क में आते हो तो वह व्यक्ति सुंदर हो जाता है। और यह मिलन जितना ज्यादा गहरा होता है उतना ही ज्यादा सौंदर्य प्रकट होता है। तो सौंदर्य वह भाव है जो हृदय को घटितं होता है, मस्तिष्क को नहीं। सौंदर्य कोई हिसाब-किताब नहीं है और न सौंदर्य को परखने की कोई कसौटी है। वह एक भाव है। यदि मैं कहूं कि गुलाब सुंदर नहीं है तो तुम विवाद नहीं कर सकते; विवाद करने की जरूरत नहीं है। तुम कहोगे: 'यह तुम्हारा भाव है। और गुलाब सुंदर है—यह मेरा भाव है।' वहां विवाद का कोई प्रश्न ही नहीं है। मस्तिष्क विवाद कर सकता है, हृदय विवाद नहीं कर सकता। बात वहीं खत्म हो गई; पूर्ण विराम आ गया। अगर मैं कहता हूं कि यह मेरा भाव है, तो विवाद की जरूरत न रही।

सिर के तल पर विवाद जारी रह सकता है और फिर हम किसी निष्कर्ष पर पहुंच सकते हैं। हृदय के तल पर निष्कर्ष पहले ही आ चुका है। हृदय से निष्कर्ष पर पहुंचने की कोई प्रक्रिया नहीं है, कोई विधि नहीं है। उसका निष्कर्ष तत्काल होता है, तत्क्षण होता है, तुरंत होता है। सिर से निष्कर्ष पर पहुंचने की एक प्रक्रिया है, एक व्यवस्था है; तुम तर्क करते हो, तुम विवाद करते हो, तुम विश्लेषण करते हो, और तब निष्कर्ष पर पहुंचते हो कि ऐसा है या नहीं है। हृदय के लिए यह तात्कालिक घटना है; निष्कर्ष पहले ही आ जाता है।

इस पर गौर करो। सिर के तल पर निष्कर्ष अंत में आता है; हृदय के तल पर निष्कर्ष पहले आता है। हृदय से तुम निष्कर्ष पहले ले लेते हो और तब तुम प्रक्रिया खोजते हो। यह प्रक्रिया खोजना सिर का काम है।

तो ऐसी विधियों के प्रयोग में पहली कठिनाई यह है कि तुम्हें यही पता नहीं है कि भाव क्या है। पहले भाव को विकसित करने की कोशिश करो। जब तुम किसी चीज को छुओ तो आंख बंद कर लो—विचार मत करो, अनुभव करो। उदाहरण के लिए, मैं तुम्हारा हाथ अपने हाथ में लेता हूं और कहता हूं कि आंखें बंद करो और महसूस करो कि क्या हो रहा है, तो तुम तुरंत कहोगे कि आपका हाथ मेरे हाथ में है।

लेकिन यह भाव नहीं है, यह विचार है। मैं फिर कहता हूं : 'विचार नहीं, अनुभव करो।' तब तुम कहते हो: 'आप प्रेम प्रकट कर रहे हैं। वह भी फिर विचार ही है। अगर मैं फिर जोर देकर कहूं कि 'सिर्फ अनुभव करो, सिर को बीच में मत लाओ; बताओ कि ठीक-ठीक क्या अनुभव कर रहे हो?' तो ही तुम अनुभव कर पाओगे और कहोगे: 'उष्मा अनुभव कर रहा हूं।'

क्योंकि प्रेम भी एक निष्पत्ति है। 'आपका हाथ मेरे हाथ में है,' यह सिर से निकला हुआ विचार है। सच्ची बात यह है कि मेरे हाथ से तुम्हारे हाथ में या तुम्हारे हाथ से मेरे हाथ में एक ऊष्मा प्रवाहित हो रही है; हमारी जीवन-ऊर्जाओं का मिलन हो रहा है और मिलन का बिंदु ऊष्मा से भरा है। यह भाव है, अनुभव है, संवेदना है। यह यथार्थ है।

लेकिन हम निरंतर सिर में रहते हैं। वह हमारी आदत हो गई है। हमें उसका ही प्रशिक्षण मिला है। तो तुम्हें अपने बंद हृदय को फिर से खोलना होगा।

भावों के साथ रहने की चेष्टा करो। दिन में कभी-कभी—जब तुम कोई धंधा नहीं कर रहे हो। क्योंकि धंधे में व्यस्त रहकर शुरू-शुरू में भावों के साथ जीना कठिन होगा। वहां सिर

▲

बहुत कुशल सिद्ध हुआ है और वहां भावों का भरोसा नहीं किया जा सकता। लेकिन जब तुम अपने घर पर बच्चों के साथ खेल रहे हो तो वहां सिर की जरूरत नहीं है—यह धंधा नहीं है। लेकिन तुम तो वहां भी अपने सिर को अलग नहीं करते हो।

तो अपने बच्चों के साथ खेलते हुए, या अपनी पत्नी के साथ बैठे हुए, या कुछ भी न करते हुए, कुर्सी में विश्राम करते हुए—भाव में जीओ, अनुभव करो। कुर्सी की बुनावट को अनुभव करो, तुम्हारा हाथ कुर्सी को स्पर्श कर रहा है, तुम्हें कैसा अनुभव हो रहा है? हवा चल रही है, हवा अंदर आ रही है; वह तुम्हें स्पर्श करती है। तुम्हें कैसा अनुभव हो रहा है? रसोईघर से गंध आ रही है; वह कैसी लग रही है? उसे महसूस करो; उस पर विचार मत करो। सोच-विचार मत करने लगो कि रसोईघर में कुछ पक रहा है। तब तुम उसके बारे में सपना देखने लगोगे। नहीं, जो भी तथ्य है उसे महसूस करो। और तथ्य के साथ रहो; विचार में मत भटको।

तुम चारों ओर से घटनाओं से घिरे हो; तुम्हारी तरफ चारों ओर से बहुत कुछ आ रहा है, तुमसे आकर मिल रहा है। सभी ओर से अस्तित्व तुमसे मिलने के लिए आ रहा है, तुम्हारी सभी इंद्रियों से होकर तुममें प्रवेश कर रहा है। लेकिन तुम हो कि अपने सिर में बंद हो। तुम्हारी इंद्रियां मुर्दा हो गई हैं; वे कुछ भी महसूस नहीं करती हैं।

तो इसके पहले कि तुम यह विधि प्रयोग करो, थोड़ा संवेदना का विकास जरूरी है। क्योंकि यह आंतरिक प्रयोग है, जब तुम बाह्य को ही नहीं अनुभव कर सकते तो तुम्हारे लिए आंतरिक को अनुभव करना बहुत कठिन होगा। क्योंकि आंतरिक सूक्ष्म है; अगर तुम स्थूल को नहीं अनुभव कर सकते तो सूक्ष्म को कैसे कर सकते हो? अगर तुम ध्वनियों को नहीं सुन सकते तो आंतरिक मौन को, निशब्द को, अनाहत नाद को सुनना कठिन होगा, बहुत कठिन होगा। वह बहुत ही सूक्ष्म है।

तुम बगीचे में बैठे हो और सड़क पर ट्रैफिक है, शोरगुल है और तरह-तरह की आवाजें आ रही हैं। तुम अपनी आंखें बंद कर लो और वहां होने वाली सबसे सूक्ष्म आवाज को पकड़ने की कोशिश करो। कोई कौआ कांव-कांव कर रहा है; कौए की इस कांव-कांव पर अपने को एकाग्र करो। सड़क पर यातायात का भारी शोर है, इसमें कौए की आवाज इतनी धीमी है, इतनी सूक्ष्म है कि जब तक तुम अपने बोध को उस पर एकाग्र नहीं करोगे तुम्हें उसका पता भी नहीं चलेगा। लेकिन अगर तुम एकाग्रता से सुनोगे तो सड़क का सारा शोरगुल दूर हट जाएगा और कौए की आवाज केंद्र बन जाएगी। और तुम उसे सुनोगे, उसके सूक्ष्म भेदों को भी सुनोगे। वह बहुत सूक्ष्म है, लेकिन तुम उसे सुन पाओगे।

तो अपनी संवेदनशीलता को बढ़ाओ। जब कुछ स्पर्श करो, जब कुछ सुनो, जब भोजन करो, जब स्नान करो तो अपनी इंद्रियों को खुली रहने दो। और विचार मत करो, अनुभव करो। तुम स्नान कर रहे हो; अपने ऊपर गिरते हुए पानी की ठंडक को महसूस करो। उस पर विचार मत करो। यह मत कहो कि पानी बहुत ठंडा है, बहुत अच्छा है। कुछ मत कहो, कोई शब्द मत दो। क्योंकि जैसे ही तुम शब्द देते हो, तुम अनुभव से चूक जाते हो। जैसे ही शब्द आते हैं, मन सक्रिय हो जाता है। कोई शब्द मत दो। शीतलता को अनुभव करो, मगर यह मत कहो कि पानी ठंडा है। कुछ कहने की जरूरत नहीं है।

▲

लेकिन हमारी मन विक्षिप्त है; हम कुछ न कुछ कहे ही चले जाते हैं।

मुझे स्मरण है, मैं एक विश्वविद्यालय में था। मेरे साथ वहां एक महिला प्रोफेसर भी थी जो लगातार कुछ न कुछ बोलती ही रहती थी। उसके लिए असंभव था कि कभी भी वह चुप रहे। एक दिन मैं कालेज के बरामदे में खड़ा था और सूर्यास्त हो रहा था। अत्यंत सुंदर सूर्यास्त था। और वह स्त्री ठीक मेरे बगल में खड़ी थी। मैंने उससे कहाः 'देखो!' वह कुछ बोल रही थी, तो मैंने कहाः 'देखो, कैसा सुंदर सूर्यास्त है।' वह बहुत अनिच्छा से देखने को राजी हुई। फिर उसने कहा : 'क्या आप नहीं सोचते कि बायीं ओर यदि कुछ और जामुनी रंग रहता तो ठीक था?' यह कोई चित्र नहीं था, असली सूर्यास्त था।

हम लगातार बोलते रहते हैं और हमें यह भी बोध नहीं रहता कि हम क्या बोल रहे हैं। मन की इस सतत बातचीत को बंद करो तो ही तुम अपने भावों को प्रगाढ़ कर सकते हो। और भाव प्रगाढ़ हो तो यह विधि तुम्हारे लिए चमत्कार कर सकती है।

'अनुभव करोः मेरा विचार...।'

आंखों को बंद कर लो और विचार को अनुभव करो। विचारों की सतत धारा चल रही है; विचारों का एक प्रवाह, एक धारा बही जा रही है। इन विचारों को अनुभव करो। और उनकी उपस्थिति को अनुभव करो। तुम जितना ही उन्हें अनुभव करोगे, वे उतने ही अधिक प्रकट होंगे—पर्त दर पर्त। न सिर्फ वे विचार प्रकट होंगे जो सतह पर हैं; उनके पीछे और भी विचारों की पर्तें हैं; और उनके पीछे भी और-और पर्तें हैं—पर्तों पर पर्तें हैं।

और विधि कहती है, 'अनुभव करो : मेरा विचार।'

और हम कहे चले जाते हैं: 'ये मेरे विचार हैं।' लेकिन अनुभव करोः क्या वे सचमुच तुम्हारे हैं? क्या तुम कह सकते हो कि वे मेरे हैं? तुम जितना ही अनुभव करोगे उतना ही तुम्हारे लिए यह कहना कठिन होगा कि वे मेरे हैं। वे सब उधार हैं; वे सब बाहर से आए हैं। वे तुम्हारे पास आए हैं, लेकिन वे तुम्हारे नहीं हैं। कोई विचार तुम्हारा नहीं है, वह धूल है जो तुम पर आ जमी है। चाहे तुम्हें यह पता भी न हो कि किस स्रोत से यह विचार आया है तो भी विचार तुम्हारा नहीं है। और अगर तुम पूरी चेष्टा करोगे तो तुम जान लोगे कि यह विचार कहां से आया है।

सिर्फ आंतरिक मौन तुम्हारा है। किसी ने तुम्हें यह नहीं दिया है, तुम इसके साथ ही पैदा हुए थे और इसके साथ ही तुम मरोगे। विचार तुम्हें दिए गए हैं, तुम उनसे संस्कारित हो। अगर तुम हिंदू हो तो तुम्हारे विचार एक तरह के हैं। अगर तुम मुसलमान हो तो तुम्हारे विचार और तरह के हैं। और अगर तुम कम्युनिस्ट हो तो तुम्हारे विचार कुछ और ही हैं। वे तुम्हें दिए गए हैं, या संभवतः तुमने उन्हें स्वेच्छा से ग्रहण किया है, लेकिन कोई विचार तुम्हारा नहीं है।

अगर तुम विचारों की उपस्थिति, उनकी भीड़ की उपस्थिति महसूस कर सको तो तुम यह भी महसूस करोगे कि वे विचार मेरे नहीं हैं। यह भीड़ बाहर से तुम्हारे पास आई है, यह तुम्हारे चारों तरफ इकट्ठी हो गई है; लेकिन यह तुम्हारी नहीं है। और अगर तुम्हें यह अनुभव हो कि कोई विचार मेरा नहीं है तो ही तुम मन को अपने से अलग कर सकते हो। अगर वे विचार तुम्हारे हैं तो तुम उनका बचाव करोगे। यह भाव कि यह विचार मेरा है, यही तो आसक्ति है, लगाव है। तब मैं उसे अपने भीतर जड़े देता हूं; तब मैं जमीन बन जाता हूं और

▲

विचार मुझमें जड़े जमा सकता है। और जब मैं देखता हूं कि कोई विचार मेरा नहीं है तो वह निर्मूल हो जाता है, उखड़ जाता है, तब मेरा उससे कोई लगाव नहीं रहता है। 'मेरे' का भाव ही लगाव पैदा करता है।

तुम अपने विचारों के लिए लड़ सकते हो। तुम अपने विचारों के लिए शहीद हो सकते हो। तुम अपने विचारों के लिए हत्या कर सकते हो, खून कर सकते हो। और विचार तुम्हारे नहीं हैं। चैतन्य तुम्हारा है; लेकिन विचार तुम्हारे नहीं हैं। और क्यों इस बोध से मदद मिलती है?

अगर तुम देख सको कि विचार मेरे नहीं हैं तो कुछ भी तुम्हारा नहीं रह जाता है। क्योंकि विचार ही हर चीज की जड़ में हैं। मेरा घर, मेरी संपत्ति, मेरा परिवार—ये चीजें तो बाहरी हैं; लेकिन गहरे में विचार मेरे हैं। अगर विचार मेरे हैं तो ही ये चीजें, इनका विस्तार, इनका फैलाव मेरा हो सकता है। अगर विचार मेरे नहीं हैं तो कुछ भी महत्व का न रहा। क्योंकि यह भी एक विचार ही है कि तुम मेरी पत्नी हो, कि तुम मेरे पति हो। यह भी एक विचार ही है। और अगर बुनियादी तौर से विचार ही मेरा नहीं है तो पत्नी मेरी कैसे हो सकती है? या पति मेरा कैसे हो सकता है? विचार के मिटते ही सारा संसार मिट जाता है, तब तुम संसार में रह कर भी संसार में नहीं रहते हो।

तुम हिमालय चले जा सकते हो, तुम संसार छोड़ सकते हो, लेकिन अगर तुम सोचते हो कि विचार मेरे हैं तो तुम कहीं नहीं गए, तुम वहीं के वहीं हो। हिमालय में बैठे हुए तुम संसार में उतने ही होगे जितने यहां रह कर हो, क्योंकि विचार संसार है। तुम हिमालय में भी अपने विचार साथ लिए जाते हो। तुम घर छोड़ देते हो, लेकिन असली घर अंदर है, असली घर विचार की ईंटों से बना है। बाहर का घर असली घर नहीं है।

यह अजीब बात है, लेकिन यह रोज ही घटती है। मैं एक व्यक्ति को देखता हूं कि उसने संसार छोड़ दिया और फिर भी वह हिंदू बना हुआ है। वह संन्यासी हो जाता है और फिर भी हिंदू या जैन ही बना रहता है। इसका क्या मतलब है? वह संसार का त्याग कर देता है, लेकिन विचारों का त्याग नहीं करता है। वह अभी भी जैन है। वह अभी भी हिंदू है। उसका विचारों को संसार अभी भी कायम है। और विचारों का संसार ही असली संसार है।

अगर तुम देख सको कि कोई विचार मेरा नहीं है...और तुम देख सकोगे, क्योंकि तुम द्रष्टा होगे और विचार विषय बन जाएंगे। जब तुम शांत होकर विचारों का निरीक्षण करोगे तो विचार विषय होंगे और तुम देखने वाले होगे। तुम द्रष्टा होगे, तुम साक्षी होगे और विचार तुम्हारे सामने तैरते रहेंगे।

और अगर तुम गहरे देख सके, गहरे अनुभव कर सके, तो तुम देखोगे कि विचारों की कोई जड़े नहीं हैं। तुम देखोगे कि विचार आकाश में बादलों की भांति तैर रहे हैं और तुम्हारे भीतर उनकी कोई जड़ें नहीं हैं। वे आते हैं और चले जाते हैं। तुम उनके नाहक शिकार हो गए हो और नाहक तुम्हारा उनके साथ तादात्म्य हो गया है। विचार का जो भी बादल तुम्हारे घर से गुजरता है, तुम कहते हो कि यह मेरा बादल है।

विचार बादलों जैसे हैं। तुम्हारी चेतना के आकाश से वे गुजरते रहते हैं और तुम उनसे लगाव निर्मित करते रहते हो। तुम कहते हो कि यह बादल मेरा है। और यह सिर्फ एक आवारा

बादल है, जो गुजर रहा है। और यह गुजर जाएगा।

अपने बचपन में लौटो। उस समय भी तुम्हारे कुछ विचार थे। और उनसे तुम्हारा लगाव था। और तुम कहते थे कि वे मेरे विचार हैं। और फिर बचपन विदा हो गया। और बचपन के साथ वे विचार, वे बादल भी विदा हो गए। अब वे तुम्हें याद भी नहीं हैं। फिर तुम जवान हुए। और तब दूसरे बादल आए, जो जवानी से आकर्षित होकर आते हैं। और तुमने उनसे भी अपना लगाव बनाया। और अब तुम बूढ़े हो। जवानी के विचार अब नहीं हैं; वे अब तुम्हें याद तक नहीं हैं। और कभी वे इतने महत्वपूर्ण थे कि तुम उनके लिए जान तक दे सकते थे। वे अब याद तक नहीं हैं। अब तुम अपनी उस मूढ़ता पर हंस सकते हो कि तुम उनके लिए मर सकते थे, कि तुम उनके लिए शहीद हो सकते थे। अब तुम उनके लिए दो कौड़ी भी खर्च करने को राजी नहीं हो। वे अब तुम्हारे न रहे। वे बादल चले गए। लेकिन उनकी जगह दूसरे बादल आ गए हैं और तुम उन्हें पकड़ कर बैठ गए हो।

बादल बदलते रहते हैं, लेकिन तुम्हारा लगाव, तुम्हारी पकड़ नहीं बदलती है। यही समस्या है। और ऐसा नहीं है कि तुम्हारे बचपन के जाने पर ही बादल बदलते हैं, वे प्रतिपल बदल रहे हैं। एक मिनट पहले तुम एक तरह के बादलों से घिरे थे, अब तुम और तरह के बादलों से घिर गए हो। जब तुम यहां आए थे, एक तरह के बादल तुम पर मंडरा रहे थे; जब तुम यहां से जाओगे, दूसरी तरह के बादल मंडराएंगे। और तुम प्रत्येक बादल के साथ चिपक जाते हो, उससे लगाव बना लेते हो। अगर अंत में तुम्हारे हाथ कुछ भी नहीं आता है तो यह स्वाभाविक है, क्योंकि बादलों से क्या मिल सकता है? और विचार बादल ही हैं।

यह सूत्र कहता है: 'अनुभव करो।' पहले भाव में स्थापित होओ। तब देखो: 'मेरे विचार।' तब उस विचार को देखो जिसे तुमने सदा 'मेरा विचार' कहा है। भाव में स्थित होकर विचार को देखने से 'मेरा' विलीन हो जाता है। और यह 'मेरा' ही चालबाजी है। क्योंकि अनेक 'मेरों से, अनेक 'मुझों' से 'मैं' विकसित होता है, 'मैं' बनता है। यह मेरा है, यह मेरा है—जितने 'मेरे' हैं उनसे ही 'मैं' बनता है।

यह विधि जड़ से ही शुरू करती है। और विचार ही सबकी जड़ है। अगर 'मेरे' के भाव को उसकी जड़ में ही काट सको तो वह फिर प्रकट नहीं होगा—वह फिर कहीं नहीं दिखाई पड़ेगा। और अगर तुम उसे जड़ से नहीं काटते हो तो फिर और कहीं काटने से कुछ नहीं होगा—चाहे तुम जितना काटो वह व्यर्थ होगा; वह फिर-फिर प्रकट होता रहेगा।

मैं उसे काट सकता हूं; मैं कह सकता हूं कि कोई मेरी पत्नी नहीं है, हम लोग अजनबी हैं और विवाह तो केवल एक सामाजिक औपचारिकता है। मैं अपने को अलग कर लेता हूं; मैं कहता हूं कि कोई मेरी पत्नी नहीं है। लेकिन यह बात बहुत सतही है। फिर मैं कहता हूं: मेरा धर्म। फिर मैं कहता हूं : मेरा संप्रदाय। मैं कहता हूं : यह मेरा धर्मग्रंथ है, यह बाइबिल है, यह कुरान है, यह मेरा शास्त्र है। इस तरह 'मेरे' का भाव किसी दूसरे क्षेत्र में जारी रहता है और तुम वही के वही रहते हो।

'मेरा विचार' और तब 'मैं-पन'। पहले विचारों की श्रृंखला को देखो, विचारों की प्रक्रिया को देखो, विचारों के प्रवाह को देखो; और खोजो कि कौन से विचार तुम्हारे हैं, या कि वे भटकते बदल भर हैं। और जब तुम्हें प्रतीत हो कि कोई विचार तुम्हारे नहीं हैं, विचारों से

'मेरे' को जोड़ना ही भ्रम है, तो तुम आगे बढ़ सकते हो, तब तुम और गहरे उतर सकते हो। तब मैं-पन के प्रति होश साधो। यह 'मैं' कहां है?

रमण अपने शिष्यों को एक विधि देते थे। उनके शिष्य पूछते थे: 'मैं कौन हूं?' तिब्बत में भी वे एक ऐसी ही विधि का उपयोग करते हैं जो रमण की विधि से भी बेहतर है। वे यह नहीं पूछते कि मैं कौन हूं। वे पूछते हैं कि 'मैं कहां हूं?' क्योंकि यह 'कौन' समस्या पैदा कर सकता है। जब तुम पूछते हो कि 'मैं कौन हूं?' तो तुम यह तो मान ही लेते हो कि मैं हूं, इतना ही जानना है कि मैं कौन हूं। यह तो तुमने पहले ही मान लिया कि मैं हूं; यह बात निर्विवाद है। यह तो स्वीकृत है कि मैं हूं; अब प्रश्न इतना ही है कि मैं कौन हूं। केवल प्रत्यभिज्ञा होनी है, सिर्फ चेहरा पहचानना है; लेकिन वह है—अपरिचित ही सही, पर वह है।

तिब्बती विधि रमण की विधि से बेहतर है। तिब्बती विधि कहती है कि मौन हो जाओ और खोजो कि मैं कहां हूं। अपने भीतर प्रवेश करो, एक-एक कोने-कातर में जाओ और पूछो: 'मैं कहां हूं?' तुम्हें 'मैं' कहीं नहीं मिलेगा। तुम उसे कहीं नहीं पाओगे। तुम उसे जितना ही खोजोगे उतना ही वह वहां नहीं होगा।

और यह पूछते-पूछते कि 'मैं कौन हूं?' या कि 'मैं कहां हूं?' एक क्षण आता है जब तुम उस बिंदु पर होते हो जहां तुम तो होते हो, लेकिन कोई 'मैं' नहीं होता, जहां तुम बिना किसी केंद्र के होते हो। लेकिन यह तभी घटित होगा जब तुम्हारी अनुभूति हो कि विचार तुम्हारे नहीं हैं। यह ज्यादा गहन क्षेत्र है—यह 'मैं-पन'।

हम इसे कभी अनुभव नहीं करते हैं। हम सतत 'मैं-मैं' करते रहते हैं। 'मैं' शब्द का निरंतर उपयोग होता रहता है; जो शब्द सर्वाधिक उपयोग किया जाता है वह 'मैं' है। लेकिन तुम्हें उसका अनुभव नहीं होता है। 'मैं' से तुम्हारा क्या मतलब होता है? जब तुम कहते हो 'मैं' तो उससे क्या मतलब होता है तुम्हारा? इस शब्द का अर्थ क्या होता है? उससे क्या व्यक्त होता है, क्या जाहिर होता है?

मैं इशारा कर सकता हूं और कह सकता हूं कि मेरा मतलब यह है। मैं अपने शरीर की तरफ इशारा कर सकता हूं और कह सकता हूं कि मेरा मतलब यह है। लेकिन तब यह पूछा जा सकता है कि तुम्हारा मतलब हाथ से है, कि तुम्हारा मतलब पैर से है, कि तुम्हारा मतलब पेट से है? तब मुझे इनकार करना पड़ेगा; मुझे 'नहीं' कहना पड़ेगा। और इस तरह मुझे पूरे शरीर को ही इनकार करना होगा। तो फिर तुम्हारा क्या मतलब है जब तुम 'मैं' कहते हो? क्या तुम्हारा मतलब सिर से है? कहीं गहरे में जब भी तुम 'मैं' कहते हो, एक बहुत धुंधला-सा, अस्पष्ट-सी भाव होता है। और यह अस्पष्ट भाव तुम्हारे विचारों का है।

भाव में स्थित होकर, विचारों से पृथक होकर इस 'मैं-पन' का साक्षात करो, इसे सीधे-सीधे देखो। और जैसे-जैसे तुम उसका साक्षात करते हो तुम पाते हो कि वह नहीं है। वह सिर्फ एक उपयोगी शब्द था, भाषागत प्रतीक था, आवश्यक था; लेकिन वह सत्य नहीं था। बुद्ध भी उसका उपयोग करते हैं, बुद्धत्व को उपलब्ध होने के बाद भी वे उसका उपयोग करते हैं। यह सिर्फ एक कामचलाऊ उपाय है। लेकिन जब बुद्ध 'मैं' कहते हैं तो उसका मतलब अहंकार नहीं होता, क्योंकि वहां कोई भी नहीं है।

जब तुम इस 'मैं-पन' का साक्षात करोगे तो यह विलीन हो जाएगा। इस क्षण में तुम्हें

▲

भय पकड़ सकता है, तुम आतंकित हो सकते हो। और यह अनेक लोगों के साथ होता है कि जब वे इस विधि में गहरे उतरते हैं तो वे इतने भयभीत हो जाते हैं कि भाग खड़े होते हैं।

तो यह स्मरण रहे: जब तुम अपने मैं-पन का साक्षात करोगे, उसको अनुभव करोगे, तो तुम ठीक उसी स्थिति में होगे जिस स्थिति में मृत्यु के समय होगे। ठीक उसी स्थिति में, क्योंकि 'मैं' विलीन हो रहा है। और तुम्हें लगेगा कि मेरी मृत्यु घटित हो रही है। तुम्हें डूबने जैसा भाव होगा कि मैं डूबता जा रहा हूं। और यदि तुम भयभीत हो गए तो तुम बाहर आ जाओगे और फिर विचारों को पकड़ लोगे; क्योंकि वे विचार सहयोगी होंगे। वे बादल वहां होंगे; तुम उनसे फिर चिपक जा सकते हो, और तुम्हारा भय जाता रहेगा।

पर स्मरण रहे, यह भय बहुत शुभ है। यह एक आशापूर्ण लक्षण है। यह भय बताता है कि तुम गहरे जा रहे हो। और मृत्यु गहनतम बिंदु है। यदि तुम मृत्यु में उतर सके तो तुम अमृत हो जाओगे। क्योंकि जो मृत्यु में प्रवेश कर जाता है, उसकी मृत्यु असंभव है। क्योंकि जो मृत्यु में उतर जाता है, उसकी मृत्यु नहीं हो सकती। तब मृत्यु भी बाहर-बाहर है, परिधि पर है। मृत्यु कभी केंद्र पर नहीं है, वह सदा परिधि पर है। जब मैं-पन विदा होता है तो तुम ठीक मृत्यु जैसे ही हो जाते हो। पुराना गया और नए का आगमन हुआ।

यह चैतन्य, जो मैं-पन के जाने पर आता है, सर्वथा नया है, अछूता है, युवा है, कुंआरा है। पुराना बिलकुल नहीं बेचा और पुराने ने इसे स्पर्श भी नहीं किया है। वह मैं-पन विलीन हो जाता है और तुम अपने अछूते कुंआरेपन में, अपनी संपूर्ण ताजगी में प्रकट होते हो। तुमने अस्तित्व का गहरे से गहरा तल छू लिया है।

तो इस तरह सोचो : विचार, उसके नीचे मैं-पन और तीसरी चीज :

'अनुभव करो : मेरा विचार, मैं-पन, आंतरिक इंद्रियां—मुझ।'

जब विचार विलीन हो चुके हैं या उन पर तुम्हारी पकड़ छट गई है—वे चल भी रहे हों तो उनसे तुम्हें लेना-देना नहीं है, तुम पृथक, अनासक्त और विमुक्त हो—और मैं-पन भी विदा हो गया है, तब तुम आंतरिक इंद्रियों को देखते हो।

ये आंतरिक इंद्रियां—यह सबसे गहरी बात है। हमें अपनी बाह्य इंद्रियों को जानते हैं। हाथ से मैं तुम्हें छूता हूं, आंख से देखता हूं; ये बाह्य इंद्रियां हैं। आंतरिक इंद्रियां वे हैं जिनसे मैं अपने होने को, अपने अस्तित्व को अनुभव करता हूं। बाह्य इंद्रियां दूसरों के लिए हैं; मैं बाह्य इंद्रियों के द्वारा तुम्हारे संबंध में जानता हूं।

लेकिन मैं अपने बारे में कैसे जानता हूं? मैं हूं, यह भी मैं कैसे जानता हूं? मुझे मेरे होने की अनुभूति, होने की प्रतीति, होने का अहसास कौन देता है?

उसके लिए आंतरिक इंद्रियां हैं। जब विचार ठहर जाते हैं और जब मैं-पन नहीं बचता है तो उस शुद्धता में, उस स्वच्छता में, उस स्पष्टता में तुम आंतरिक इंद्रियों को देख सकते हो।

चैतन्य, प्रतिभा, मेधा—ये आंतरिक इंद्रियां हैं। उनके द्वारा हमें अपने होने का, अपने अस्तित्व का बोध होता है। यही कारण है कि अगर तुम अपनी आंखें बंद कर लो तो तुम अपने शरीर को बिलकुल भूल सकते हो, लेकिन तुम्हारा यह भाव कि मैं हूं बना ही रहेगा।

और उससे ही यह बात भी समझ में आती है—और यह बात बिलकुल सच है—कि जब कोई व्यक्ति मर जाता है तो हमारे लिए तो वह मर जाता है, लेकिन उसे थोड़ा समय लग

▲

जाता है इस तथ्य को पहचानने में कि मैं मर गया हूं। क्योंकि होने का आंतरिक भाव वही का वही बना रहता है।

तिब्बत में तो मरने के विशेष प्रयोग हैं और वे कहते हैं कि मरने की तैयारी बहुत जरूरी है। उनका एक प्रयोग इस प्रकार है: जब भी कोई व्यक्ति मरने लगता है तो गुरु या पुरोहित, या कोई भी जो बारदो प्रयोग जानता है, उससे कहता रहता है कि 'स्मरण रखो, होश रखो, बोध बनाए रखो कि मैं शरीर छोड़ रहा हूं।' क्योंकि जब तुम शरीर छोड़ देते हो तो भी यह समझने में थोड़ा समय लगता है कि मैं मर गया हूं। क्योंकि आंतरिक भाव वही का वही बना रहता है; उसमें कोई बदलाहट नहीं होती।

शरीर तो केवल दूसरों को छूने और अनुभव करने के लिए है। इसके द्वारा तुमने कभी अपने को नहीं स्पर्श किया है, न अपने को जाना है। तुम अपने को किन्हीं अन्य इंद्रियों के द्वारा जानते हो जो आंतरिक हैं। लेकिन हमारी मुश्किल यह है कि हमें अपनी उन इंद्रियों का पता नहीं है और हम अपने को दूसरों के द्वारा जानते हैं। हमारी ही नजर में हमारी जो तस्वीर है वह दूसरों द्वारा निर्मित है। मेरे बारे में दूसरे जो कहते हैं वही मेरी मेरे संबंध में जानकारी है। अगर वे कहते हैं कि तुम सुंदर हो, या अगर वे कहते हैं कि तुम कुरूप हो, तो मैं उस पर भरोसा कर लेता हूं। मेरे बारे में मेरी इंद्रियां दूसरों के माध्यम से, दूसरों से प्रतिफलित होकर जो कुछ मुझे बताती हैं, वही मेरी मेरे संबंध में धारणा बन जाती है।

अगर तुम अपनी आंतरिक इंद्रियों को पहचान लो तो तुम समाज से बिलकुल मुक्त हो गए। यही मतलब है जब पुराने शास्त्रों में कहा जाता है कि संन्यासी समाज का हिस्सा नहीं है। क्योंकि वह अब स्वयं को आंतरिक इंद्रियों के द्वारा जानता है। अब उसका अपने संबंध में ज्ञान दूसरों के मत पर आधारित नहीं है; अब यह ज्ञान किसी के माध्यम से देखा गया प्रतिफलन नहीं है। अब उसे स्वयं को जानने के लिए किसी दर्पण की जरूरत नहीं है। उसने आंतरिक दर्पण को पा लिया है और वह स्वयं को आंतरिक दर्पण के द्वारा जानता है।

और आंतरिक सत्य को तभी जाना जा सकता है जब तुमने आंतरिक इंद्रियों को पा लिया हो। और तब तुम उन आंतरिक इंद्रियों के द्वारा देख सकते हो। और तब—'मुझ'। इसे शब्दों में कहना कठिन है; इसीलिए 'मुझ' का प्रयोग किया गया है। कोई भी शब्द गलत होगा; 'मुझ' भी गलत है। लेकिन मैं विलीन हो गया है। स्मरण रहे, इस 'मुझ' का 'मैं' से कुछ लेना-देना नहीं है। जब विचार निर्मूल हो गए हैं, जब 'मैं-पन' विदा हो चुका है, जब आंतरिक इंद्रियां जान ली गई हैं, तब 'मुझ' प्रकट होता है। तब पहली दफा मेरा असली होना प्रकट होता है। वह असली होना 'मुझ' है।

बाहरी संसार न रहा, विचार न रहे, अहंकार का भाव न रहा और मैंने अपनी आंतरिक इंद्रियों को, चैतन्य को, मेधा को, बोध को, या उसे जो कुछ भी कहो, जान लिया है। तब इस आंतरिक इंद्रियों के प्रकाश में 'मुझ' का अवतरण होता है। यह 'मुझ' तुम्हारा नहीं है; यह तुम्हारा अंतरतम है, जिसे तुम नहीं जानते हो। यह 'मुझ' अहंकार नहीं है। यह 'मुझ' तुम्हारे विरोध में नहीं है। यह 'मुझ' जागतिक है, विराट है। इस 'मुझ' की कोई सीमा नहीं है; इसमें सब कुछ निहित है, समाया है। यह लहर नहीं है; यह सागर ही है।

'अनुभव करोः मेरा विचार, मैं-पन, आंतरिक इंद्रियां।' और तब एक अंतराल है और

अचानक 'मुझ' प्रकट होता है। जब यह 'मुझ' प्रकट होता है तो व्यक्ति जानता है कि मैं ब्रह्म हूं, अहं ब्रह्मास्मि! यह जानना अहंकार का दावा नहीं है; अहंकार तो जा चुका। इस विधि के द्वारा तुम अपना रूपांतरण कर सकते हो। लेकिन पहले भाव में स्थिर होओ।

दूसरी विधिः।

कामना के पहले और जानने के पहले मैं कैसे क़ह सकता हूं कि मैं हूं? विमर्श करो। सौंदर्य में विलीन हो जाओ।

'कामना के पहले और जानने के पहले मैं कैसे कह सकता हूं कि मैं हूं?'

एक कामना पैदा होती है और कामना के साथ यह भाव पैदा होता है कि मैं हूं। एक विचार उठता है और विचार के साथ यह भाव उठता है कि मैं हूं। इसे अपने अनुभव में ही देखो; कामना के पहले और जानने के पहले अहंकार नहीं है।

मौन बैठो और भीतर देखो। एक विचार उठता है और तुम उस विचार के साथ तादात्म्य कर लेते हो। एक कामना पैदा होती है और तुम उस कामना के साथ तादात्म्य कर लेते हो। तादात्म्य में तुम अहंकार बन जाते हो। फिर जरा सोचो: कोई कामना नहीं है, कोई ज्ञान नहीं है, कोई विचार नहीं है—तुम्हारा किसी के साथ तादात्म्य नहीं हो सकता। अहंकार खड़ा नहीं हो सकता।

बुद्ध ने इस विधि का उपयोग किया और उन्होंने अपने शिष्यों से कहा कि और कुछ मत करो, सिर्फ इतना ही करो कि जब कोई विचार उठे तो उसे देखो। बुद्ध कहा करते थे कि जब कोई विचार उठे तो देखो कि यह विचार उठ रहा है। अपने भीतर ही देखो कि अब विचार उठ रहा है, अब विचार है, अब विचार विदा हो रहा है। बस देखते भर रहो कि अब विचार उठ रहा है, अब विचार पैदा हो गया है, अब विचार विलीन हो रहा है। ऐसा देखने से तादात्म्य नहीं होगा।

यह विधि सुंदर है और बहुत सरल है। एक विचार उठता है। तुम सड़क पर चल रहे हो, एक सुंदर कार गुजरती है और तुम उसे देखते हो। और तुमने अभी देखा भी नहीं कि उसे पाने की कामना पैदा हो जाती है। इस पर प्रयोग करो। आरंभ में धीमे शब्दों में कहो, धीरे से कहो कि मैं कार देखता हूं, कार सुंदर है और उसे पाने की कामना पैदा हो रही है। पूरी घटना को शाब्दिक रूप दो।

शुरू-शुरू में शाब्दिक रूप देना अच्छा है। अगर तुम इसे जोर से कह सको तो और भी अच्छा है। जोर से कहो कि 'मैं देख रहा हूं कि एक कार गुजरी है और मन कहता है कि कार सुंदर है और अब कामना उठी है कि मैं यह कार प्राप्त करके रहूंगा।' सब कुछ शब्दों में कहो, स्वयं से ही कहो और जोर से कहो; और तुरंत तुम्हें अहसास होगा कि मैं इस पूरी प्रक्रिया से अलग हूं।

पहले देखो, मन ही मन में कामना के उठने को देखो। और जब तुम देखने में निष्णात हो जाओ तब जोर से कहने की जरूरत नहीं है। तब मन ही मन देखो कि एक कामना पैदा हुई है। एक सुंदर स्त्री गुजरती है और कामवासना उठती है; उसे मन ही मन ऐसे देखो जैसे कि तुम्हें उससे कुछ लेना-देना नहीं है, तुम सिर्फ घटित होने वाले तथ्य को देख भर रहे हो। और

▲

तुम अचानक अनुभव करोगे कि मैं इससे बाहर हूं।

बुद्ध कहते हैं कि जो भी हो रहा है, उसे देखो; और जब वह विदा हो जाए तो उसे भी देखो कि अब कामना विदा हो गई है। और तुम उस विचार से, उस कामना से एक दूरी, एक पृथकता अनुभव करोगे।

यह विधि कहती है: 'कामना के पहले और जानने के पहले मैं कैसे कह सकता हूं कि मैं हूं?'

अगर कोई कामना नहीं है, कोई विचार नहीं है, तो तुम कैसे कह सकते हो कि मैं हूं? मैं कैसे कह सकता हूं कि मैं हूं? तब सब कुछ मौन है, शांत है; एक लहर भी तो नहीं है। और लहर के बिना मैं 'मैं' का भ्रम कैसे निर्मित कर सकता हूं? अगर कोई लहर हो तो मैं उससे आसक्त हो सकता हूं और उसके माध्यम से मैं अनुभव कर सकता हूं कि मैं हूं। जब चेतना में कोई लहर नहीं है तो कोई 'मैं' नहीं है।

तो कामना के उठने से पहले स्मरण रखो, जब कामना आ जाए तो स्मरण रखो, और जब कामना विदा हो जाए तो भी स्मरण रखो। जब कोई विचार उठे तो स्मरण रखो, उसे देखो। सिर्फ देखो कि विचार उठा है। देर-अबेर वह विदा हो जाएगा, क्योंकि सब कुछ क्षणिक है। और बीच में एक अंतराल होगा। दो विचारों के बीच में खाली जगह है। दो कामनाओं के बीच में अंतराल है। और उस अंतराल में, उस खाली जगह में 'मैं' नहीं है।

मन में चलते विचार को देखो और तुम पाओगे कि वहां एक अंतराल भी है। चाहे वह कितना ही छोटा हो, अंतराल है। फिर दूसरा विचार आता है और फिर एक अंतराल। उन अंतरालों में 'मैं' नहीं है। और वे अंतराल ही तुम्हारा असली होना हैं, तुम्हारा अस्तित्व हैं। आकाश में विचार के बादल चल रहे हैं। दो बादलों के बीच के अंतराल में देखो और आकाश प्रकट हो जाएगा।

'विमर्श करो। सौंदर्य में विलीन हो जाओ।'

विमर्श करो कि कामना पैदा हुई और कामना विदा हो गई—और मैं उसके अंतराल में हूं और कामना ने मुझे अशांत नहीं किया है। विमर्श करो कि कामना आई, कामना गई, वह थी और अब नहीं है और मैं अनुद्विग्न रहा, वैसा ही रहा हूं जैसा पहले था; मुझमें कोई बदलाहट नहीं हुई है। विमर्श करो कि कामना छाया की भांति आई और चली गई; उसने मुझे स्पर्श भी नहीं किया; मैं अछूता रह गया हूं। इस कामना की गतिविधि के प्रति, इस विचार की हलचल के प्रति विमर्श से भरो। और अपने भीतर की अगति के प्रति भी, ठहराव के प्रति भी विमर्शपूर्ण होओ।

'विमर्श करो। सौंदर्य में विलीन हो जाओ।'

और वह अंतराल सुंदर है; उस अंतराल में डूब जाओ। उस अंतराल में डूब जाओ, शून्य हो जाओ। यह सौंदर्य का प्रगाढ़तम अनुभव है। और केवल सौंदर्य का ही नहीं, शुभ और सत्य का भी प्रगाढ़तम अनुभव है। उस अंतराल में तुम हो।

सारा ध्यान भरे हुए स्थानों से हटाकर खाली स्थानों पर लगाना है। तुम कोई किताब पढ़ रहे हो। उसमें शब्द हैं, उसमें वाक्य हैं। लेकिन शब्दों के बीच, वाक्यों के बीच खाली स्थान भी हैं। और उन खाली स्थानों में तुम हो। कागज की जो शुभ्रता है, वह तुम हो; और जो

काले अक्षर हैं वे तुम्हारे भीतर चलने वाले विचार और कामना के बादल हैं। अपने परिप्रेक्ष्य को बदलो; अपने गेस्टाल्ट को बदलो। काले अक्षरों को मत देखो, शुभ्रता को देखो।

अपने प्राणों के अंतराल को देखो। जो भरे हुए स्थान हैं, उनके प्रति उदासीन रहो; और अंतराल के प्रति, खाली आकाश के प्रति सावचेत बनो। और उस अंतराल के द्वारा, उस आकाश के द्वारा तुम परम सौंदर्य में विलीन हो जाओगे।

आज इतना ही।

56

अहंकार की यात्रा और अध्यात्म

प्रश्न-सार

▲

1. कृपया बताएं कि कोई शून्यता के साथ जीना कैसे सीखें?
2. क्या सारा आध्यात्मिक प्रयोग झूठे अहंकार के सच्चे रूपांतरण के लिए है?
3. अगर अहंकार झूठ है तो क्या अचेतन मन, स्मृतियों का संग्रह और रूपांतरण की प्रक्रिया, यह सब भी झूठ है?
4. कोई कैसे जाने कि उसकी आध्यात्मिक खोज अहंकार की यात्रा न होकर एक प्रामाणिक। धार्मिक खोज है?

पहला प्रश्नः

जब ध्यान में 'मैं' थोड़ी देर के लिए खो जाता है और भीतर एक शून्यता निर्मित होती है और उस शून्यता को अज्ञात आकर नहीं भरता है तो एक निराशा अनुभव होती है। कृपया बताएं कि कोई व्यक्ति उस शून्यता के साथ जीना कैसे सीखे ?

शून्यता ही अज्ञात है। यह प्रतीक्षा मत करो, यह आशा मत करो कि कुछ आकर उस शून्यता को भर देगा। अगर तुम प्रतीक्षा कर रहे हो, अगर तुम आशा कर रहे हो, कामना कर रहे हो, तो तुम शून्य नहीं हो। अगर तुम इंतजार कर रहे हो कि कोई चीज, कोई अज्ञात शक्ति तुम पर उतरेगी, तो तुम शून्य नहीं हो। क्योंकि यह आशा मौजूद है,. यह कामना मौजूद है, यह चाह मौजूद है। इसलिए मत चाहो कि कोई चीज आकर तुम्हें भर दे। सिर्फ शून्य होओ। प्रतीक्षा भी मत करो।

शून्यता ही अज्ञात है। जब तुम सचमुच शून्य हो, खाली हो, तो अज्ञात तुम पर उतर आया। ऐसा नहीं है कि पहले तुम शून्य होओ और तब अज्ञात उतरता है। तुम शून्य हुए कि अज्ञात उतरा; इसमें एक क्षण का भी अंतराल नहीं है। शून्यता और अज्ञात एक ही हैं।

आरंभ में वह तुम्हें रिक्तता जैसा, खालीपन जैसा मालूम पड़ता है; वैसा मालूम पड़ता है क्योंकि तुम हमेशा अहंकार से भरे रहे हो। सच तो यह है कि तुम्हें अहंकार की अनुपस्थिति मालूम हो रही है और इसीलिए तुम खालीपन अनुभव करते हो। पहले अहंकार विलीन होता है; लेकिन अहंकार का अभाव खालीपन का एक भाव पैदा करता है। सिर्फ एक अनुपस्थिति : कुछ जो पहले था और अब नहीं है। अहंकार तो चला गया है, लेकिन उसकी अनुपस्थिति महसूस होती है।

तो पहले अहंकार विलीन होगा और फिर अहंकार का अभाव विलीन होगा। उसके बाद ही तुम वस्तुतः शून्य होगे। और वस्तुतः शून्य होना वस्तुतः भरा होना है, पूर्ण होना है।

वह आंतरिक आकाश दिव्य है, भागवत है, जो अहंकार की अनुपस्थिति से निर्मित होता है भागवत को कहीं बाहर से नहीं आना है; तुम पहले से ही भागवत हो। क्योंकि तुम अहंकार से भरे हो, इसलिए तुम उसे समझ नहीं सकते, देख नहीं सकते, छू नहीं सकते। अहंकार का परदा तुम्हें रोकता है।

जब अहंकार विदा हो गया, सीमा समाप्त हो गई। वहां अब कोई परदा नहीं है। आने

▲

को कुछ भी नहीं है; जो आने को है वह आया ही हुआ है। यह स्मरण रहे कि कुछ भी नया आने को नहीं है; जो भी संभव है वह पहले से है, मौजूद ही है। इसलिए सवाल पाने का नहीं है; सवाल सिर्फ अनावृत करने का है, उघाड़ने का है। खजाना मौजूद है, पर ढंका हुआ है—तुम सिर्फ उसे उघाड़ते हो।

जब बुद्ध ज्ञान को उपलब्ध हुए तो उनसे बार-बार पूछा गया: 'आपने क्या पाया? आपने क्या उपलब्ध किया?' कहते हैं कि बुद्ध ने कहा: 'मैंने कुछ पाया नहीं, बल्कि मैंने खोया, मैंने अपने को खोया। और जो मैंने पाया है वह तो सदा से था; इसलिए मैं नहीं कह सकता कि मैंने इसे उपलब्ध किया। पहले मुझे इसका बोध नहीं था; अब मुझे बोध हो गया है। लेकिन मैं यह नहीं कह सकता कि मैंने इसे पाया है। बल्कि अब मुझे आश्चर्य होता है कि यह कैसे संभव हुआ कि इसे मैंने अब तक नहीं जाना। और वह सदा साथ ही था; बस जरा सजग होने की बात थी।'

भगवत्ता भविष्य में नहीं है। तुम्हारी भगवत्ता वर्तमान में है, यहां और अभी है। ठीक इसी क्षण तुम भगवान हो। हां, तुम्हें इसका बोध नहीं है। तुम सही दिशा में नहीं देख रहे हो, या तुम उससे लयबद्ध नहीं हो। इतनी ही बात है। जैसे कि एक रेडियो कमरे में रखा है। ध्वनि-तरंगें अभी भी यहां से गुजर रही हैं; लेकिन रेडियो किसी तरंग-विशेष से नहीं जुड़ा है। तो ध्वनि अव्यक्त है, अप्रकट है। तुम रेडियो को तरंग-विशेष से जोड़ दो और ध्वनि-तरंग प्रकट हो जाएगी। बस लयबद्ध होने की बात है, तालमेल भर बैठाना है। यह लयबद्ध होना ही ध्यान है। और जब तुम लयबद्ध होते हो, अव्यक्त व्यक्त हो जाता है, अप्रकट प्रकट हो जाता है।

लेकिन स्मरण रहे, कामना मत करो। क्योंकि कामना तुम्हें शून्य नहीं होने देगी। और अगर तुम शून्य नहीं हो तो कुछ नहीं होगा, क्योंकि वहां अवकाश ही नहीं है। तो तुम्हारा अव्यक्त स्वभाव व्यक्त नहीं होगा। उसे व्यक्त होने के लिए, अवकाश चाहिए, स्थान चाहिए, शून्यता चाहिए।

और यह मत पूछो कि शून्यता के साथ कैसे रहा जाए। वह असली सवाल नहीं है। बस शून्य होओ। तुम अभी शून्य नहीं हो। अगर तुमने एक बार जान लिया कि शून्यता क्या है तो तुम उससे प्रेम करने लगोगे। वह परम आनंद है। यह वह सुंदरतम अनुभव है जो मन, मनुष्य और चेतना के लिए संभव है। तब तुम नहीं पूछोगे कि शून्यता के साथ कैसे रहा जाए। तुम यह प्रश्न इस तरह पूछ रहे हो मानो शून्यता कुछ घबड़ाने वाली चीज है। अहंकार को घबड़ाहट मालूम पड़ती है। अहंकार सदा शून्यता से भयभीत है। इसीलिए तुम पूछते हो कि इसके साथ कैसे रहा जाए—मानो यह कोई दुश्मन हो।

शून्य तम्हारा अंतरस्थ केंद्र है, तम्हारा अंतरतम है। सारी गतिविधि परिधि पर है; अंतरस्थ केंद्र मात्र शून्य है। जो भी व्यक्त है, प्रकट है, सब सतह पर है; तुम्हारे प्राणों का गहनतम केंद्र अव्यक्त शून्य है। बुद्ध ने उसे नाम दिया है: शून्यता। वही तुम्हारा स्वभाव है; वही तुम्हारा होना है; वही तुम्हारी आत्मा है। उसी शून्य से सब कुछ आता है और फिर उसमें ही वापस समा जाता है। वह शून्य उदगम है, स्रोत है।

तो मत पूछो कि उसे कैसे भरा जाए। क्योंकि जब भी तुम उसे भरने का प्रयास करोगे, तुम और-और अहंकार ही निर्मित करोगे। शून्य को भरने का प्रयास ही तो अहंकार है। और

यह कामना भी कि अब कुछ उतरे—कोई परमात्मा, कोई परम शक्ति, कोई अज्ञात शक्ति उतरे—यह कामना भी एक विचार ही है। तुम परमात्मा के संबंध में जो कुछ भी सोच-विचार करोगे वह परमात्मा नहीं होगा; वह तुम्हारा विचार ही होगा।

जब तुम कहते हो कि वह अज्ञात है तो इतना कहते ही तुमने उसे ज्ञात बना दिया। तुम अज्ञात के बारे में क्या जानते हो? यह कहना भी कि वह अज्ञात है बताता है कि तुम्हें कोई गुण मालूम है—यह मालूम है कि वह अज्ञात है। मन अज्ञात की धारणा नहीं बना सकता; विचार में आते ही अज्ञात ज्ञात हो जाता है। मन जो कुछ भी कहेगा वह महज शब्द-जाल होगा, विचार-प्रक्रिया होगा।

'परमात्मा' शब्द परमात्मा नहीं है। परमात्मा का विचार परमात्मा नहीं है। और जब विचार नहीं है तो तुम जानोगे कि परमात्मा क्या है, तुम अनुभव करोगे कि परमात्मा क्या है। उसके संबंध में कुछ और नहीं कहा जा सकता है। उसका सिर्फ संकेत हो सकता है, इशारा किया जा सकता है। और सभी संकेत अधूरे हैं; क्योंकि वे परोक्ष हैं।

इतना ही कहा जा सकता है कि जब तुम नहीं हो, वह है। और तुम तब नहीं हो जब कामना नहीं है, क्योंकि तुम कामना से जीते हो। कामना वह भोजन है, जिसके सहारे तुम जीते हो। कामना ईंधन है। जब कोई कामना नहीं है, चाह नहीं है, भविष्य नहीं है और जब तुम नहीं हो, तब वह शून्यता अस्तित्व की पूर्णता हो जाती है। उस शून्यता में सारा अस्तित्व तुम पर प्रकट हो जाता है। तुम अस्तित्व के साथ एक हो जाते हो।

तो मत पूछो कि शून्यता के साथ कैसे रहा जाए। पहले शून्य होओ। यह पूछने की जरूरत नहीं है कि उसके साथ कैसे रहा जाए। वह इतना आनंदपूर्ण है; वह गहनतम आनंद है। जब तुम पूछते हो कि शून्यता के साथ कैसे रहा जाए तो तुम वस्तुतः यह पूछ रहे हो कि स्वयं के साथ कैसे रहा जाए। लेकिन तुमने अभी स्वयं को नहीं जाना है। उसमें और-और गहरे प्रवेश करो।

ध्यान में तुम्हें कभी-कभी एक तरह की शून्यता का अनुभव होता है; वह वास्तविक शून्यता नहीं है। मैं उसे एक तरह की रिक्तता कहता हूं। ध्यान में कुछ क्षणों के लिए तुम्हें ऐसा अनुभव होगा जैसे कि विचार की प्रक्रिया ठहर गई है। शुरू-शुरू में ऐसे अंतराल आएंगे। लेकिन क्योंकि तुम्हें ऐसा अनुभव होता है जैसे कि विचार की प्रक्रिया ठहर गई है, इसलिए यह भी एक विचार ही है—बहुत सूक्ष्म विचार। तुम क्या कर रहे हो? तुम भीतर-भीतर कह रहे हो: 'विचार की प्रक्रिया ठहर गई है।' लेकिन यह क्या है? यह एक सूक्ष्म विचार-प्रक्रिया है, जो अब आरंभ हुई है। और तुम कहते हो, यह शून्यता है। तुम कहते हो, अब कुछ घटित होने वाला है। यह क्या है? फिर एक नई विचार-प्रक्रिया आरंभ हो गई।

जब ऐसा फिर हो तो उसके शिकार मत बनना। जब तुम्हें लगे कि कोई मौन उतर रहा है, तो उसे शब्द देना मत शुरू कर देना। शब्द देकर तुम उसे नष्ट कर देते हो। प्रतीक्षा करो; किसी चीज की प्रतीक्षा नहीं, सिर्फ प्रतीक्षा करो। कुछ करो मत। यह भी मत कहो कि यह शून्यता है। जैसे ही तुम यह कहते हो, तुम उसे नष्ट कर देते हो। उसे देखो, उसमें प्रवेश करो, उसका साक्षात करो। लेकिन प्रतीक्षा करो, उसे शब्द मत दो। जल्दी क्या है?

शब्द देकर मन फिर दूसरे रास्ते से प्रवेश कर गया; उसने तुम्हें धोखा दे दिया। मन की

इस चालबाजी के प्रति सजग रहो। शुरू-शुरू में ऐसा होना अनिवार्य है। तो जब फिर ऐसा हो तो रुको, प्रतीक्षा करो। उसके जाल में मत फंसो। कुछ कहो मत; चुप रहो। तब तुम गहरे प्रवेश करोगे, और तब वह खोएगी नहीं। क्योंकि तुम एक बार सच्ची शून्यता को जान लो तो फिर वह खोती नहीं है। सच्ची शून्यता कभी नहीं खोती है; यही उसकी गुणवत्ता है।

और एक बार तुमने अपने आंतरिक खजाने को जान लिया, एक बार तुम अपने अंतरतम केंद्र के संपर्क में आ गए, तो फिर तुम अपने काम-धाम में लगे रह सकते हो, तुम जो चाहो कर सकते हो, तुम सामान्य सांसारिक जिंदगी जी सकते हो—और यह शून्य तुम्हारे साथ रहेगा। तुम इसे भूल नहीं सकते; भीतर वह शून्य बना रहेगा। इसका संगीत सतत सुनाई देगा। तुम जो भी करोगे, करना सतह पर रहेगा, भीतर तुम शून्य के शून्य रहोगे।

और अगर तुम भीतर शून्य रह सके, करना सिर्फ सतह पर चलता रहा, तो तुम जो भी करोगे वह दिव्य हो जाएगा, तुम जो भी करोगे उसमें भगवत्ता का स्पर्श होगा। क्योंकि अब कृत्य तुमसे नहीं आ रहा है, अब कृत्य मूलभूत शून्यता से आ रहा है। तब अगर तुम बोलोगे तो वे शब्द तुम्हारे नहीं होंगे।

यही मतलब है मोहम्मद का जब वे कहते हैं कि 'कुरान मैंने नहीं कहा, यह मुझ पर ऐसे उतरा है जैसे किसी और ने मेरे द्वारा कहा हो।' यह आंतरिक शून्य से आया है। यही अर्थ है हिंदुओं का जब वे कहते हैं कि 'वेद मनुष्य के द्वारा नहीं लिखे गए हैं; वे अपौरुषेय हैं, स्वयं भगवान ने उन्हें कहा है।'

वह जो अति रहस्यपूर्ण है, उसको प्रतीकों में कहने के ये उपाय हैं। और यही रहस्य है: जब तुम आत्यंतिक रूप से शून्य हो तो तुम जो भी कहते हो या करते हो वह तुमसे नहीं आता है—क्योंकि तुम तो बचे ही नहीं। वह शून्यता से आता है; वह अस्तित्व के गहनतम स्रोत से आता है। वह उसी स्रोत से आता है जिससे यह सारा अस्तित्व आया है। तब तुम गर्भ में प्रवेश कर गए—सीधे अस्तित्व के गर्भ में। तब तुम्हारे शब्द तुम्हारे नहीं हैं, तब तुम्हारे कृत्य तुम्हारे नहीं हैं। अब मानो तुम एक उपकरण भर हो—समस्त के हाथों में।

अगर क्षण भर के लिए शून्यता अनुभव में आए और बिजली की कौंध की तरह चली जाए तो वह शून्यता सच्ची नहीं है। और अगर तुम उस पर विचार करने लगोगे तो वह क्षणिक शून्यता भी खो जाएगी। उस क्षण में विचार न करना बड़े साहस का काम है। मेरे देखे, यह सबसे बड़ा संयम है। जब मन शांत हो जाता है और तुम शून्य में गिर रहे होते हो तो उस क्षण में नहीं सोचने के लिए सर्वाधिक साहस की जरूरत है। क्योंकि उस क्षण मन का सारा अतीत बल मारेगा, उसका समस्त यंत्र कहेगा कि अब सोच-विचार करो। सूक्ष्म ढंगों से, परोक्ष ढंगों से तुम्हारी अतीत की स्मृतियां तुम्हें सोचने को बाध्य करेंगी। और अगर तुमने सोच-विचार शुरू कर दिया तो तुम वापस आ गए।

अगर उस क्षण में तुम शांत रह सको, अगर तुम अपने मन और स्मृतियों के जाल में न पड़ो—यही असली शैतान है जो तुम्हें फुसलाता है। तुम्हारा अपना ही मन तुम्हें फुसलाता है। जैसे ही तुम शून्य होने लगते हो, मन कुछ तरकीब करता है कि तुम सोच-विचार में पड़ जाओ। और अगर तुम सोच-विचार में पड़ गए तो तुम वापस आ गए।

कहा जाता है कि जब महान गुरु बोधिधर्म चीन गए तो बहुत से शिष्य उनके पास

इकट्ठे हो गए। वे प्रथम झेन गुरु थे। एक शिष्य, जो प्रधान शिष्य होने वाला था, उनके पास आया और उसने कहा: 'मैं बिलकुल शून्य हो गया हूं।' बोधिधर्म ने तुरंत ही उसे एक तमाचा मारा और कहा 'अब जाओ और इस शून्यता को भी बाहर फेंक आओ। अभी तुम शून्यता से भरे हो, इसे भी फेंक आओ तो ही तुम सचमुच शून्य होगे।'

तुम समझे? तुम शून्यता के विचार से भी भरे हो सकते हो। तब वह तुम पर मंडराता रहेगा, वह बादल बन जाएगा। अगर तुम कहते हो कि मैं शून्य हूं तो तुम शून्य नहीं हो। अब यह 'शून्य' शब्द तुम्हारे मन में है और तुम उससे भरे हो। मैं भी तुमसे यही कहता हूं: 'इस शून्यता को भी जाने दो।'

दूसरा प्रश्न:

आपने मनुष्य के मन के रूपांतरण की, आमूल परिवर्तन की चर्चा की, मनुष्य के अचेतन को चेतन में बदलने की चर्चा की और कहा कि अध्यात्म एक अस्तित्वगत प्रयोग है। लेकिन कल रात आपने कहा कि अहंकार एक झूठी इकाई है और उसमें कोई सार-सत्य नहीं है। तो क्या इसका मतलब है कि सारा आध्यात्मिक प्रयोग उस अहंकार का अस्तित्वगत रूपांतरण है जो कि है ही नहीं?

नहीं। आध्यात्मिक रूपांतरण अहंकार का रूपांतरण नहीं है; वह उसका विसर्जन है। तुम्हें अहंकार को रूपांतरित नहीं करना है; क्योंकि वह कितना भी रूपांतरित हो, अहंकार अहंकार ही रहेगा। वह सूक्ष्म हो सकता है, ज्यादा परिष्कृत, ज्यादा सुसंस्कृत हो सकता है, लेकिन अहंकार अहंकार ही रहेगा। और वह जितना ज्यादा सुसंस्कृत होगा, उतना ज्यादा जहरीला हो जाएगा। वह जितना ज्यादा सूक्ष्म होगा, तुम उतने ही उसके चंगुल में फंस जाओगे, क्योंकि तुम्हें उसका पता ही नहीं चलेगा। तुम्हें तो अपने इतने स्थूल अहंकार का भी पता नहीं है, जब वह सूक्ष्म हो जाएगा तो तुम उसे कैसे जान सकोगे? तब तो जानने की कोई संभावना नहीं रहेगी।

अहंकार को परिष्कृत करने के उपाय हैं; लेकिन वे उपाय अध्यात्म के उपाय नहीं हैं। नैतिकता उन्हीं उपायों पर आधारित है; और नैतिकता और धर्म में यही भेद है। नैतिकता अहंकार को परिष्कृत करने के उपायों के सहारे जीती है; नैतिकता प्रतिष्ठा पर खड़ी है। हम आदमी को कहते हैं: 'यह मत करो। अगर तुम ऐसा करोगे तो तुम्हारी प्रतिष्ठा खतरे में पड़ जाएगी। यह मत करो; लोग क्या कहेंगे? ऐसा मत करो; तुम्हें सम्मान नहीं मिलेगा। यह करो, और सब लोग तुम्हें सम्मान देंगे।' सारी नैतिकता अहंकार पर खड़ी है, सूक्ष्म अहंकार पर।

धर्म अहंकार का रूपांतरण नहीं है, धर्म अतिक्रमण है। तुम बस अहंकार को छोड़ देते हो। और तुम इस कारण से नहीं छोड़ते हो क्योंकि वह गलत है। इस भेद को स्मरण रखो। नैतिकता कहती है: 'जो गलत है उसे छोड़ो और जो सही है उसे ग्रहण करो।' धर्म कहता है: 'जो असत्य है—गलत नहीं—उसे छोड़ो। गलत को नहीं, झूठ को त्यागो। जो असत्य है उसे छोड़ो और सत्य में प्रवेश करो।'

अध्यात्म में सत्य का मूल्य है, सही का नहीं। क्योंकि सही भी असत्य हो सकता है।

और एक झूठे संसार में झूठी गलत चीजों के विपरीत झूठी सही चीजों की जरूरत पड़ती है।

तो अध्यात्म अहंकार का रूपांतरण नहीं है; वह अतिक्रमण है। तुम अहंकार के पार चले जाते हो। और यह पार चले जाना ही जागरण है। यह देख लेना एक गहन सजगता है कि अहंकार है या नहीं। अगर अहंकार है, अगर वह तुम्हारा एक अंग है, एक वास्तविक अंग है, तो तुम उसके पार नहीं जा सकते हो। अगर वह असत्य है तो ही अतिक्रमण संभव है। तुम स्वप्न से जाग सकते हो; तुम सत्य से नहीं जाग सकते। या जाग सकते हो? तुम स्वप्न का अतिक्रमण कर सकते हो; तुम सत्य का अतिक्रमण नहीं कर सकते।

अहंकार झूठी इकाई है। और हमारा क्या मतलब है जब हम कहते हैं कि अहंकार झूठी इकाई है। हमारा मतलब यह है कि अहंकार इसलिए है, क्योंकि तुमने उसका साक्षात नहीं किया है। अगर तुम उसका साक्षात कर लो तो वह नहीं होगा। अहंकार तुम्हारे अज्ञान में होता है; क्योंकि तुम मूर्च्छित हो इसलिए वह है। अगर तुम बोधपूर्ण हो जाओ तो वह नहीं रहेगा।

अगर तुम बोधपूर्ण होते हो, जागरूक होते हो और तुम्हारे सजग होने से कोई चीज विलीन हो जाती है तो समझना चाहिए कि वह चीज झूठी है। बोध में सत्य प्रकट होगा और असत्य विलीन हो जाएगा।

तो यह कहना भी ठीक नहीं है कि अपने अहंकार को छोड़ो। क्योंकि जब भी यह कहा जाता है कि अहंकार को छोड़ो तो उससे ऐसा लगता है कि अहंकार कुछ है और उसे तुम छोड़ सकते हो। और तुम अहंकार को छोड़ने के लिए घोर प्रयत्न भी कर सकते हो। लेकिन यह सारा प्रयत्न व्यर्थ होगा। तुम उसे दूर नहीं कर सकते हो, क्योंकि जो हो उसे ही दूर किया जा सकता है। तुम उससे लड़ भी नहीं सकते हो—छाया से कैसे लड़ सकते हो? और अगर लड़ोगे, तो स्मरण रहे, तुम ही हारोगे। तुम इस कारण नहीं हारोगे कि छाया बहुत शक्तिशाली है, तुम इसलिए हारोगे क्योंकि छाया नहीं है। तुम उसे नहीं हरा सकते हो, तुम ही हारोगे और अपनी मूर्खता के कारण हारोगे।

छाया से लड़ कर तुम कभी नहीं जीत सकते; यह निश्चित है। तुम हारोगे, यह भी निश्चित है। क्योंकि लड़ कर तुम अपनी ही ऊर्जा नष्ट करोगे। ऐसा नहीं है कि छाया बहुत शक्तिशाली है; सच्चाई यह है कि छाया है ही नहीं। तुम स्वयं से लड़कर अपनी ऊर्जा गंवा रहे हो। फिर तुम थक जाओगे और गिर जाओगे। और तब तुम सोचोगे कि छाया जीत गई और मैं हार गया। और छाया थी ही नहीं। अगर तुम अहंकार से लड़ोगे तो तुम हारोगे। अच्छा है कि उसमें प्रवेश करो और खोजो कि वह कहां है।

कथा है कि चीन के सम्राट ने बोधिधर्म से पूछाः 'मेरा चित्त अशांत है, बेचैन है। मेरे भीतर निरंतर अशांति मची रहती है। मुझे थोड़ी शांति दें या मुझे कोई गुप्त मंत्र बताएं कि कैसे मैं आंतरिक मौन को उपलब्ध होऊं।'

बोधिधर्म ने सम्राट से कहाः 'आप सुबह ब्रह्ममुहूर्त में यहां आ जाएं, चार बजे सुबह आ जाएं। जब यहां कोई भी न हो, जब मैं यहां अपने झोपड़े में अकेला होऊं, तब आ जाएं। और याद रहे, अपने अशांत चित्त को अपने साथ ले आएं; उसे घर पर ही न छोड़ आएं।'

सम्राट घबरा गया; उसने सोचा कि यह आदमी पागल है। यह कहता है। 'अपने अशांत चित्त को साथ लिए आना; उसे घर पर मत छोड़ आना। अन्यथा मैं शांत किसे

करूंगा? मैं उसे जरूर शांत कर दूंगा, लेकिन उसे ले आना। यह बात भलीभांति स्मरण रहे।' सम्राट घर गया, लेकिन पहले से भी ज्यादा अशांत होकर गया। उसने सोचा था कि यह आदमी संत है, ऋषि है, कोई मंत्र-तंत्र बता देगा। लेकिन यह जो कह रहा है वह तो बिलकुल बेकार की बात है, कोई अपने चित्त को घर पर कैसे छोड़ आ सकता है?

सम्राट रात भर सो न सका। बोधिधर्म की आंखें और जिस ढंग से उसने देखा था, वह सम्मोहित हो गया था। मानो कोई चुंबकीय शक्ति उसे अपनी ओर खींच रही हो। सारी रात उसे नींद नहीं आई। और चार बजे सुबह वह तैयार था। वह वस्तुतः नहीं जाना चाहता था, क्योंकि यह आदमी पागल मालूम पड़ता था। और इतने सबेरे जाना, अंधेरे में जाना, जब वहां कोई न होगा, खतरनाक था। यह आदमी कुछ भी कर सकता है। लेकिन फिर भी वह गया, क्योंकि वह बहुत प्रभावित भी था।

और बोधिधर्म ने पहली चीज क्या पूछी? वह अपने झोपड़े में डंडा लिए बैठा था। उसने कहा 'अच्छा तो आ गए, तुम्हारा अशांत मन कहां है? उसे साथ लाए हो न? मैं उसे शांत करने को तैयार बैठा हूं।' सम्राट ने कहाः 'आप कह क्या रहे हैं। कोई अपने मन को कैसे भूल सकता है? वह तो सदा साथ है।'

बोधिधर्म ने कहा: 'कहां? वह कहां है? मुझे दिखाओ ताकि मैं उसे शांत कर दूं और तुम घर वापस जाओ।' सम्राट ने कहा: 'लेकिन यह कोई वस्तु नहीं है; मैं आपको दिखा नहीं सकता हूं। मैं इसे अपने हाथ में नहीं ले सकता; यह मेरे भीतर है।'

बोधिधर्म ने कहा: 'बहुत अच्छा, अपनी आंखें बंद करो, और खोजने की चेष्टा करो कि चित्त कहां है। और जैसे ही तुम उसे पकड़ लो, आंखें खोलना और मुझे बताना मैं उसे शांत कर दूंगा।'

उस एकांत में और इस पागल व्यक्ति के साथ—सम्राट ने आंखें बंद कर लीं। उसने चेष्टा की, बहुत चेष्टा की। और वह भयभीत भी था, क्योंकि बोधिधर्म अपना डंडा लिए बैठा था, किसी भी क्षण चोट कर सकता था। सम्राट भीतर खोजने की कोशिश करता रहा। उसने सब जगह खोजा, प्राणों के कोने-कातर में झांका, खूब खोजा कि कहां है वह मन जो कि इतना अशांत है। और जितना ही उसने देखा उतना ही उसे बोध हुआ कि अशांति तो विलीन हो गई। उसने जितना ही खोजा उतना ही मन नहीं था, छाया की तरह मन खो गया था।

दो घंटे गुजर गए और उसे इसका पता भी नहीं था कि क्या हो रहा है। उसका चेहरा शांत हो गया; वह बुद्ध की प्रतिमा जैसा हो गया। और जब सूर्योदय होने लगा तो बोधिधर्म ने कहाः 'अब आंखें खोलो। इतना पर्याप्त है। दो घंटे पर्याप्त से ज्यादा हैं। अब क्या तुम बता सकते हो कि चित्त कहां है?'

सम्राट ने आंखें खोलीं। वह इतना शांत था जितना कि कोई मनुष्य हो सकता है। उसने बोधिधर्म के चरणों पर अपना सिर रख दिया और कहा: 'आपने उसे शांत कर दिया।'

सम्राट वू ने अपनी आत्मकथा में लिखा है: 'यह व्यक्ति अदभुत है, चमत्कार है। इसने कुछ किए बिना ही मेरे मन को शांत कर दिया। और मुझे भी कुछ न करना पड़ा। सिर्फ मैं अपने भीतर गया और मैंने यह खोजने की कोशिश की कि मन कहां है। निश्चित ही बोधिधर्म ने सही कहा कि पहले उसे खोजो कि वह कहां है। और उसे खोजने का प्रयत्न ही

काफी था—वह कहीं नहीं पाया गया।'

तुम्हें अहंकार कहीं नहीं मिलेगा। अगर तुम भीतर जाओगे, अगर तुम खोजोगे, तो तुम्हें वह कहीं नहीं मिलेगा। वह कभी था ही नहीं। मन एक झूठा परिपूरक है, भ्रांति है। उसकी थोड़ी उपयोगिता है; इसीलिए तुमने उसकी ईजाद कर ली है। क्योंकि तुम अपने असली होने को, अपने सच्चे केंद्र को नहीं जानते हो और केंद्र के बिना काम नहीं चल सकता है, इसलिए तुम ने एक काल्पनिक केंद्र निर्मित कर लिया है। और तुम उससे अपना काम चला लेते हो।

असली केंद्र का तुम्हें पता नहीं है, इसलिए तुमने एक झूठा केंद्र निर्मित कर लिया है। अहंकार एक झूठा केंद्र है, कामचलाऊ केंद्र है। केंद्र के बिना जीना कठिन है, काम चलाना कठिन है। तुम्हें काम चलाने के लिए एक केंद्र की जरूरत है। और तुम अपने असली केंद्र को नहीं जानते हो, इसलिए मन ने एक झूठा केंद्र निर्मित कर लिया है। मन परिपूरक निर्मित करने में, सब्स्टीट्यूट बनाने में बहुत कुशल है। वह सदा परिपूरक चीजें तुम्हें पकड़ा देता है—अगर तुम असली को न पा सको। अन्यथा तुम विक्षिप्त हो जाओगे। केंद्र के बिना तुम पागल हो जाओगे, खंड-खंड हो जाओगे, कोई एकता नहीं रह जाएगी। इसलिए मन झूठा केंद्र निर्मित कर लेता है।

स्वप्न में ऐसा ही होता है। तुम्हें प्यास लगी है। अब अगर यह प्यास तीव्र हो जाए तो नींद में बाधा पड़ेगी, तुम्हें पानी पीने के लिए उठना पड़ेगा। अब तुम्हारा मन सब्स्टीट्यूट निर्मित करेगा; वह एक स्वप्न निर्मित करेगा। अब तुम्हें उठना नहीं पड़ेगा; अब नींद में कोई बाधा नहीं होगी। तुम स्वप्न देखते हो कि तुम पानी पी रहे हो; तुम फ्रिज से पानी निकाल कर पी रहे हो। मन ने तुम्हें परिपूरक दे दिया; अब तुम निश्चित हो। असली प्यास बुझी नहीं है; बस धोखा दिया गया है। लेकिन अब तुम्हें लगता है कि मैंने पानी पी लिया। अब तुम सो रह सकते हो; तुम्हारी नींद अबाधित जारी रह सकती है।

सपनों में तुम्हारा मन निरंतर तुम्हें परिपूरक चीजें देता रहता है, ताकि तुम्हारी नींद न टूटे। और वही बात तुम्हारे जागते में भी होती है। मन तुम्हें विक्षिप्तता से बचाने के लिए परिपूरक देता रहता है; अन्यथा तुम खंड-खंड हो जाओगे, बिखर जाओगे।

जब तक असली केंद्र का पता नहीं चलता, अहंकार की जरूरत रहेगी। और जब असली केंद्र जान लिया गया तो पानी के बारे में सपना देखने की जरूरत नहीं रहती है। ध्यान तुम्हें असली केंद्र देता है। और उसके साथ ही झूठे केंद्र की उपयोगिता समाप्त हो जाती है।

लेकिन यह बात ध्यान में आनी जरूरी है कि अहंकार तुम्हारा असली केंद्र नहीं है, तो ही तुम सत्य की खोज आरंभ कर सकते हो। और अध्यात्म अहंकार का रूपांतरण नहीं है; वह रूपांतरित नहीं हो सकता। वह असत्य है, वह है ही नहीं, तुम उसके साथ कुछ नहीं कर सकते हो। अगर तुम बोधपूर्ण हो, सजग हो, अगर तुम अपने भीतर उसका निरीक्षण करते हो, तो अहंकार विलीन हो जाता है। तुम्हारे बोध के प्रकाश में वह नहीं पाया जाता है। अध्यात्म अतिक्रमण है।

तीसरा प्रश्न:

अगर अहंकार झूठ है तो क्या उसका मतलब यह नहीं है कि अचेतन मन, मस्तिष्क की

▲

कोशिकाओं में स्मृतियों का संग्रह और रूपांतरण की प्रक्रिया, यह सब भी झूठ है, स्वप्न की प्रक्रिया का ही हिस्सा है?

नहीं। अहंकार झूठ है; मस्तिष्क की कोशिकाएं झूठ नहीं हैं। अहंकार झूठ है; स्मृतियां झूठ नहीं हैं। अहंकार झूठ है; विचार की प्रक्रिया झूठ नहीं है। विचार की प्रक्रिया सच है। स्मृतियां सच हैं; मस्तिष्क की कोशिकाएं सच हैं; तुम्हारा शरीर सच है। तुम्हारा शरीर सच है और तुम्हारी आत्मा सच है। ये दो सच हैं। लेकिन जब आत्मा का शरीर से तादात्म्य हो जाता है तो अहंकार निर्मित होता है; वह अहंकार झूठ है।

यह ऐसा है। मैं दर्पण के सामने खड़ा हूं। मैं सच हूं, लेकिन दर्पण में जो प्रतिबिंब है, वह सच नहीं है। मैं सच हूं, दर्पण भी सच है; लेकिन दर्पण में जो प्रतिबिंब है वह प्रतिबिंब है, वह सच नहीं है। मस्तिष्क की कोशिकाएं सच हैं, चैतन्य सच है; लेकिन जब चैतन्य का मस्तिष्क की कोशिकाओं से तादात्म्य हो जाता है तो अहंकार निर्मित होता है; वह अहंकार झूठ है।

तो जब तुम जाग जाते हो, जब तुम बुद्धत्व को उपलब्ध होते हो, तो तुम्हारी स्मृति नहीं विलीन होती है। स्मृति तो रहेगी; वस्तुतः वह पहले से बहुत ज्यादा पारदर्शी होगी, बहुत ज्यादा स्वच्छ होगी। तब वह ज्यादा सही ढंग से काम करेगी; क्योंकि तब उसे झूठे अहंकार से बाधा नहीं पहुंचेगी। उसी तरह तुम्हारी विचार-प्रक्रिया नहीं विलीन होगी, बल्कि तुम पहली बार विचार करने में समर्थ होगे। अब तक तो तुम केवल दूसरों के विचार उधार लेते थे; अब तुम पहली बार विचार करने में समर्थ होगे।

लेकिन अब तुम मालिक होगे—तुम्हारी विचार-प्रक्रिया नहीं। पहले विचार-प्रक्रिया मालिक थी; उस पर तुम्हारा कोई वश नहीं था। विचार-प्रक्रिया अपने आप चलती रहती थी; तुम उसके गुलाम थे। तुम सोना चाहते थे और मन सोच-विचार करता रहता था। तुम उसे रोकना चाहते थे और वह रुकने का नाम नहीं लेता था। सच तो यह है कि तुम उसे जितनी ही रोकने की चेष्टा करते थे वह उतनी ही ज्यादा जिद्द पकड़ लेता था। मन तुम्हारा मालिक था।

लेकिन जब तुम बुद्ध हो जाते हो तो मन तो होगा, लेकिन तब वह यंत्र की भांति होगा। जब तुम्हें जरूरत होगी, तुम उसका उपयोग कर सकोगे। और जब तुम्हें उसकी जरूरत नहीं होगी, वह तुम्हारी चेतना में भीड़भाड़ नहीं करेगा। तब तुम उसका उपयोग कर सकते हो और तुम उसे बंद भी कर सकते हो। मन की कोशिकाएं होंगी, शरीर होगा, स्मृति होगी, विचार-प्रक्रिया होगी; सिर्फ एक चीज नहीं होगी—मैं का भाव नहीं होगा।

यह समझना थोड़ा कठिन है। बुद्ध चलते हैं, बुद्ध भोजन लेते हैं, बुद्ध सोते हैं, बुद्ध स्मृति का उपयोग करते हैं। उनकी स्मृतियां हैं; उनके मस्तिष्क की कोशिकाएं बहुत सुंदर ढंग से काम करती हैं। लेकिन बुद्ध ने कहा है: 'मैं चलता हूं, लेकिन मेरे भीतर कोई नहीं चलता है; मैं बोलता हूं, लेकिन मेरे भीतर कोई नहीं बोलता है; मैं भोजन लेता हूं, लेकिन मेरे भीतर कोई नहीं भोजन लेता है।' आंतरिक चेतना अब अहंकार नहीं है। इसलिए जब बुद्ध को भूख लगती है तो उसे वे वैसे ही नहीं अनुभव करते हैं जैसे तुम करते हो। जब तुम्हें भूख लगती है तो तुम्हें लगता है, 'मैं भूखा हूं।' जब बुद्ध को भूख लगती है तो उन्हें लगता है, 'शरीर भूखा

▲

है, मैं केवल जानने वाला हूं।' और उस जानने वाले को 'मैं' का कोई भाव नहीं है।

अहंकार झूठी इकाई है—एक मात्र झूठी इकाई—बाकी सब कुछ यथार्थ है, सच है। दो सच मिल सकते हैं और उनके मिलन में तीसरा उपतत्व, आभास, निर्मित हो सकता है। जब दो सच मिलते हैं तो कोई आभास घटित हो सकता है। लेकिन यह भ्रांति तभी घटित हो सकती है, यदि चेतना हो। अगर चेतना न हो तो भ्रांति घटित नहीं हो सकती है। आक्सीजन और हाइड्रोजन के मिलने से झूठा जल नहीं बनेगा।

झूठे तो तभी पैदा हो सकता है जब तुम चेतन हो; क्योंकि चेतना ही भूल कर सकती है, पदार्थ भूल नहीं कर सकता है। पदार्थ झूठा नहीं हो सकता; पदार्थ सदा सच है। पदार्थ न धोखा दे सकता है और न पदार्थ धोखा खा सकता है। सिर्फ चैतन्य यह कर सकता है। चेतना के साथ ही भूल करने की संभावना है।

लेकिन एक दूसरी बात भी स्मरण रहे। पदार्थ सदा सच है; वह कभी झूठ नहीं है। लेकिन साथ ही पदार्थ कभी सत्य नहीं है, पदार्थ नहीं जान सकता कि सत्य क्या है। अगर तुम भूल नहीं कर सकते तो तुम कभी यह भी नहीं जान सकते कि सत्य क्या है।

दोनों संभावनाएं साथ-साथ खुलती हैं। मनुष्य की चेतना भूल कर सकती है और यह जान भी सकती है कि उससे भूल हुई है। और यह जानकर वह भूल से हट भी सकती है, भूल को सुधार भी सकती है। वही उसका सौंदर्य है। खतरा तो है, लेकिन खतरा अनिवार्य है। प्रत्येक विकास के साथ नए खतरे आते हैं। पदार्थ के लिए कोई खतरा नहीं है।

इसे इस तरह देखो। जब भी अस्तित्व में कोई नई चीज पैदा होती है, कोई नई चीज विकसित होती है, तो उसके साथ-साथ नए खतरे भी पैदा हो जाते हैं। पत्थर के लिए कोई खतरा नहीं है। फिर छोटे-छोटे जीवाणु हैं, जैसे अमीबा। अमीबा में कामवासना वैसी नहीं है जैसी मनुष्य या पशु में है। वे सिर्फ अपने शरीर को विभाजित कर लेते हैं। अमीबा बड़ा होता जाता है, जब वह एक हद तक बड़ा हो जाता है तो अपने शरीर को दो में बांट लेता है। मूल-शरीर दो में बंट जाता है। अब दो अमीबा हो गए। ये अमीबा अनंत काल तक जीवित रह सकते हैं, क्योंकि उनका न जन्म है और न मृत्यु।

कामवासना के साथ जन्म आता है और जन्म के साथ मृत्यु आती है। और जन्म के साथ वैयक्तिकता आती है, और वैयक्तिकता के साथ अहंकार आता है।

तो प्रत्येक विकास के अपने अंतर्निहित खतरे हैं। लेकिन वे सुंदर हैं। अगर तुम्हें समझ हो, अगर तुम समझ सको, तो उनमें गिरने की जरूरत नहीं है, तुम उनका अतिक्रमण कर सकते हो। और जब तुम उनका अतिक्रमण करते हो तो तुम परिपक्व होते हो, एक समन्वय को उपलब्ध होते हो। और अगर तुम खतरे के शिकार हो गए तो समन्वय नहीं उपलब्ध होगा।

अध्यात्म शिखर है। वह सब विकास का अंतिम, परम शिखर है। झूठ का अतिक्रमण हो जाता है और सच आविष्कृत हो जाता है। और सच ही बचता है; झूठ गिर जाता है।

लेकिन यह मत सोचो कि शरीर झूठ है, वह सच है। वैसे ही मस्तिष्क की कोशिकाएं सच हैं, विचार-प्रक्रिया सच है। सिर्फ चेतना और विचार-प्रक्रिया का तादात्म्य झूठ है। वह एक गांठ है; तुम उसे खोल सकते हो। और जिस क्षण तुम उसे खोलते हो, तुमने द्वार खोल दिया।

अंतिम प्रश्न:
कोई कैसे जान सकता है कि जिस आध्यात्मिक खोज में वह लगा है वह अहंकार की यात्रा न होकर एक प्रामाणिक धार्मिक खोज है?

अगर तुम्हें पता नहीं चल रहा है, अगर तुम उलझन में हो, तो पक्का समझो कि यह अहंकार की यात्रा है। अगर तुम भ्रमित नहीं हो, उलझन में नहीं हो, अगर तुम भलीभांति जानते हो कि यह प्रामाणिक है, अगर कोई संदेह बिलकुल नहीं है, तो ही यह प्रामाणिक है। और यह किसी दूसरे को धोखा देने का सवाल नहीं है; यह स्वयं को ही धोखा देने या न देने का सवाल है। अगर तुम भ्रमित हो, संदेहग्रस्त हो, तो यह अहंकार की यात्रा है। क्योंकि जैसे ही खोज प्रामाणिक होती है, संदेह नहीं रहता है; श्रद्धा घटित होती है।

मुझे दूसरे ढंग से कहने दो। जब भी तुम ऐसी समस्याएं लाते हो तो तुम्हारा प्रश्न ही बता देता है कि तुम गलत रास्ते पर हो। कोई मेरे पास आता है और कहता है: 'बताइए, मेरा ध्यान गहरे जा रहा है अथवा नहीं।' मैं उससे कहता हूं: 'अगर वह गहरे जा रहा होता तो मेरे पास आने और मुझसे पूछने की जरूरत न थी। गहराई ऐसा अनुभव है कि तुम उसे जान ही लोगे। और अगर तुम अपनी गहराई नहीं जान सकते तो दूसरा कौन जानेगा? तुम मुझसे सिर्फ इसलिए पूछने आए हो, क्योंकि तुम्हें गहराई का अनुभव नहीं हो रहा है। अब तुम चाहते हो कि कोई दूसरा इसे प्रमाणित कर दे। अगर मैं कहूं कि हां, तुम्हारा ध्यान गहरा हो रहा है तो तुम्हें बहुत खुशी होगी। यह अहंकार की यात्रा है।'

जब तुम बीमार होते हो तो तुम जानते हो कि मैं बीमार हूं। कभी ऐसा भी हो सकता है कि बीमारी बहुत भीतरी हो, तुम्हें उसका पता न हो; लेकिन इसके विपरीत कभी नहीं घटता है। जब तुम बिलकुल स्वस्थ होते हो तो तुम्हें इसका पता होता है। स्वास्थ्य कभी छुपा नहीं रहता है। जब तुम स्वस्थ होते हो तो तुम यह जानते हो। हो सकता है कि अपनी बीमारी का तुम्हें वैसा बोध न हो, लेकिन स्वास्थ्य का—यदि स्वास्थ्य है—बोध तुम्हें रहता है। क्योंकि स्वास्थ्य का बोध तुम्हें नहीं होगा तो किसे होगा? तुम्हारी बीमारी के लिए विशेषज्ञ हो सकते हैं जो तुम्हें बताएं कि तुम्हें किस तरह का रोग है; लेकिन तुम्हारे स्वास्थ्य के बारे में बताने वाले कोई विशेषज्ञ नहीं हैं। उसकी जरूरत नहीं है। लेकिन अगर तुम पूछते हो कि मैं स्वस्थ हूं कि नहीं, तो इतना निश्चित है कि तुम अस्वस्थ हो। यह पूछना ही यह बता देता है।

तो जब तुम आध्यात्मिक खोज पर निकले हो तो तुम जान सकते हो कि यह अहंकार की यात्रा है या प्रामाणिक खोज है। और तुम्हारी भ्रांति बताती है कि यह प्रामाणिक खोज नहीं है। यह एक तरह की अहंकार की यात्रा है। और अहंकार की यात्रा क्या है? तुम्हें वास्तविक तत्व की, सत्य की चिंता नहीं है; तुम उस पर भी मालकियत करने की फिक्र में हो।

लोग मेरे पास आते हैं और कहते हैं: 'आप तो जानते ही हैं; और आप हमारे बारे में जान सकते हैं। तो बताइए कि हमारी कुंडलिनी जागी है या नहीं।' उन्हें कुंडलिनी से कुछ लेना-देना नहीं है, कोई मतलब नहीं है; वे सिर्फ प्रमाणपत्र चाहते हैं। और कभी-कभी मैं खेल करता हूं और कहता हूं: 'हां, तुम्हारी कुंडलिनी जाग गई है।' यह सुनते ही वह आदमी खुशी से नाच उठता है। वह बहुत उदास आया था और जब मैं कहता हूं कि तुम्हारी कुंडलिनी जाग

▲

गई है तो वह बच्चे की तरह खुश हो जाता है। वह खुशी से भरकर लौटता है। लेकिन जैसे ही वह कमरे से बाहर जाता कि मैं उसे वापस बुलाता और कहताः 'मैं तो मजाक कर रहा था। यह असली चीज नहीं है; तुम्हें कुछ नहीं घटा है।' और वह फिर उदास हो जाता है, उसका मुंह लटक जाता है। उसे किसी जागरण की चिंता नहीं है, उसे यह जानकर अच्छा लगता है कि मेरी कुंडलिनी जाग गई है और मैं दूसरों से श्रेष्ठ हूं।

और इसी तरह अनेक तथाकथित गुरु तुम्हारा शोषण करते हैं, क्योंकि तुम अपने अहंकार की तृप्ति चाहते हो। वे तुम्हें प्रमाणपत्र दे सकते हैं; वे तुम्हें कह सकते हैं: 'हां, तुम बुद्धत्व को उपलब्ध हो गए, तुम बुद्ध हो गए।' और तुम इस बात को इनकार नहीं करोगे। अगर मैं यही बात दस लोगों को कहूं तो नौ इनकार नहीं करेंगे। वे उससे प्रसन्न ही होंगे। वे ऐसे ही गुरु की तलाश में थे जो उन्हें कहे कि तुम बुद्ध हो।

झूठे गुरु दुनिया में हैं; क्योंकि तुम्हें उनकी जरूरत है। कोई प्रामाणिक गुरु तुम्हें ये बातें नहीं कहेगा और न प्रमाणपत्र देगा। प्रमाणपत्र अहंकार की मांग है। प्रमाणपत्र की कोई जरूरत नहीं है। अगर तुम यह अनुभव करते हो तो तुम यह अनुभव करते हो। यदि सारा संसार भी इनकार करे तो उसे इनकार करने दो; उससे कोई फर्क नहीं पड़ेगा। अगर अनुभव सच्चा है तो इससे क्या फर्क पड़ता है कि कोई कहता है कि तुम पहुंच गए हो या कोई कहता है कि नहीं पहुंचे? यह अप्रासंगिक है। लेकिन यह अप्रासंगिक नहीं है; क्योंकि तुम्हारी बुनियादी खोज अहंकार है। तुम मान लेना चाहते हो कि मैंने सब पा लिया।

और बहुत बार ऐसा होता है कि जब तुम संसार में असफल होते हो, जब संसार में तुम्हें दुख मिलता है, जब तुम वहां सफल नहीं होते और तुम्हें लगता है कि मेरी महत्वाकांक्षा अतृप्त रह गई और जिंदगी निकली जा रही है, तो तुम अध्यात्म की तरफ मुड़ते हो। वही महत्वाकांक्षा यहां तृप्ति की मांग कर रही है।

और यहां उसको तृप्त करना आसान है, क्योंकि अध्यात्म में तुम अपने को आसानी से धोखा दे सकते हो; असली संसार में, पदार्थ के संसार में तुम इतनी आसानी से धोखा नहीं दे सकते। अगर तुम गरीब हो तो तुम अमीर होने का दावा कैसे कर सकते हो? और तुम्हारे दावे से कोई धोखे में आने वाला नहीं है। और अगर तुमने अमीर होने की जिद ही ठान ली तो तुम्हारे इर्द-गिर्द का सारा समाज, सारी भीड़ कहेगी कि तुम पागल हो गए हो।

मैं एक आदमी को जानता था जो सोचने लगा कि मैं पंडित जवाहर लाल नेहरू हूं। उसका परिवार, उसके मित्र, उसके परिवार वाले उसे समझाते कि ऐसी मूढ़ता की बातें न करो, अन्यथा लोग तुम्हें पागल कहेंगे। लेकिन उसने कहाः 'मैं मूढ़ता की बात नहीं कर रहा हूं; मैं पंडित जवाहर लाल नेहरू हूं।' वह अपने दस्तखत भी जवाहर लाल नेहरू के नाम से करने लगा। वह सर्किट हाउसों को, सरकारी अफसरों को, कलेक्टरों और कमिश्नरों को तार भेजताः 'मैं आ रहा हूं: पंडित जवाहरलाल नेहरू।' आखिरकार उसे बांधकर घर में बंद कर दिया गया।

मैं उससे मिलने गया। वह मेरे गांव में ही रहता था। उसने कहाः 'आप समझदार आदमी हैं; आप समझ सकते हैं। ये मूर्ख, इनमें कोई भी मुझे नहीं समझता है। मैं जवाहर लाल नेहरू हूं।' मैंने उससे कहा: 'यही कारण है कि मैं तुमसे मिलने आया हूं। और इन मूर्खों से मत

डरो, क्योंकि तुम्हारे जैसे महान लोगों ने सदा ही दुख झेला है।'

उस आदमी ने कहाः 'बिलकुल ठीक।' वह बहुत खुश हुआ। उसने कहाः 'आप अकेले आदमी हैं जो मुझे समझ सकते हैं। महान पुरुषों को दुख झेलना ही पड़ता है।'

बाहर की दुनिया में अगर तुम अपने को धोखा देने की कोशिश करोगे तो पागल समझे जाओगे। लेकिन अध्यात्म में यह बहुत आसान है। तुम कह सकते हो कि मेरी कुंडलिनी जाग गई है। चूंकि तुम्हारी पीठ में थोड़ा दर्द है, तुम्हारी कुंडलिनी जाग गई है। चूंकि तुम्हारा मस्तिष्क थोड़ा असंतुलित मालूम पड़ता है, तुम सोचते हो कि चक्र खुल रहे हैं। तुम्हें निरंतर सिरदर्द रहता है और तुम सोचते हो कि तीसरी आंख खुल रही है। तुम धोखा दे सकते हो, और कोई कुछ न कहेगा, कोई उत्सुक नहीं है। लेकिन नकली गुरु भी हैं जो कहेंगेः 'हां, ऐसा ही हो रहा है।' और तुम बहुत खुश हो जाओगे।

अहंकार की यात्रा का मतलब है कि तुम अपने को रूपांतरित करने में उत्सुक नहीं हो, तुम सिर्फ उपलब्धि का दावा करने में उत्सुक हो। और दावा आसान है; तुम उसे सस्ते में खरीद सकते हो। और यह पारस्परिक समझौता है। जब गुरु, तथाकथित गुरु कहता है कि तुम बुद्ध पुरुष हो तो उसने तुम्हें बुद्ध बना दिया और फिर तुम इस गुरु को आदर देते हो। यह पारस्परिक समझौता है। तुम उसे आदर देते हो। और अब तुम उस गुरु को छोड़ भी नहीं सकते, क्योंकि अगर तुम उस गुरु को छोड़ दोगे तो तुम्हारे बुद्धत्व का, तुम्हारी कुंडलिनी का क्या होगा? अब तुम उसे छोड़ नहीं सकते। गुरु तुम पर निर्भर है, क्योंकि तुम उसे आदर-सम्मान देते हो। और तुम उस पर निर्भर रहोगे, क्योंकि कोई दूसरा विश्वास नहीं करेगा कि तुम जाग्रत पुरुष हो। तुम कहीं नहीं जा सकते। यह एक पारस्परिक धोखा है।

अगर तुम प्रामाणिक खोज में हो तो यह बात इतनी सस्ती नहीं है। और इसके लिए तुम्हें किसी गवाह की जरूरत नहीं है। यह खोज कठिन और दुष्कर है। इसमें जन्म-जन्म लग सकते हैं। और यह साधना दुर्धर्ष है; यह लंबी तपस्या है। क्योंकि बहुत कुछ तोड़ना है, बहुत कुछ का अतिक्रमण करना है; एक लंबे अर्से से जमी जंजीरों को तोड़ना है। यह आसान नहीं है। यह बच्चों का खेल नहीं है। क्योंकि जब भी तुम अपने पुराने ढंग-ढांचे बदलने लगते हो तो जो भी पुराना है उसे हटाना पड़ता है। और तुम्हारे उसमें न्यस्त स्वार्थ हैं। तुम्हें बहुत पीड़ा से गुजरना होगा।

जब तुम अपने अहंकार की खोज में भीतर झांकना शुरू करोगे और उसे नहीं पाओगे तो तुम्हारी अपनी उस प्रतिमा का क्या होगा जिसके साथ तुम सदा से रहते आए हो? तुमने सदा सोचा है कि मैं एक बहुत भला आदमी हूं—नैतिक हूं, यह हूं, वह हूं—उसका क्या होगा? जब तुम पाओगे कि मैं कहीं भी नहीं हूं तो वह भला आदमी कहां होगा? तुम्हारे अहंकार में वह सब सम्मिलित है जो तुमने अपने संबंध में सोचा-विचारा है। उसमें सब कुछ सम्मिलित है। ऐसा नहीं है कि तुम आसानी से छोड़ सको। यह तुम हो—तुम्हारा समूचा अतीत। जब तुम उसे छोड़ते हो तो तुम ना-कुछ हो जाते हो—मानो तुम पहले कभी थे ही नहीं। पहली बार तुम्हारा जन्म होता है—एक निर्दोष बच्चे की भांति, जिसको कोई अनुभव नहीं है, कोई जानकारी नहीं है, जिसका कोई अतीत नहीं है।

इसके लिए बहुत हिम्मत चाहिए, बहुत साहस चाहिए। प्रामाणिक खोज दुस्साहस है।

▲

अहंकार की यात्रा तो बहुत आसान है। और अहंकार की यात्रा आसानी से सफल भी होती है; क्योंकि उसमें वस्तुतः कुछ भी सफल नहीं होता है। तुम विश्वास करने लगते हो, तुम मानने लगते हो कि मुझे हुआ है। लेकिन तुम सिर्फ समय और शक्ति और जीवन गंवा रहे हो।

अगर तुम किसी सच्चे गुरु के साथ हो तो वह तुम्हें तुम्हारी अहंकार की यात्रा से बाहर निकालने की चेष्टा करेगा। उसे नजर रखनी होगी कि कहीं तुम पागल तो नहीं हो रहे हो, कि कहीं तुम सपनों की भाषा में तो नहीं सोचने लगे हो। वह तुम्हें पीछे खींच लेगा।

और यह बहुत कठिन काम है। क्योंकि जब भी तुम्हें पीछे खींचा जाता है, तुम गुरु से बदला लेते हो। तुम कहते हो, 'मैं इतना ऊंचा उठ रहा था, उपलब्धि के कगार पर था और वह कहता है कि यह कुछ भी नहीं है, तुम मात्र कल्पना कर रहे हो।' तुम्हें वह खींच कर धरती पर उतार देता है।

सच्चे गुरु के साथ शिष्य होना कठिन है। शिष्य प्रायः अपने गुरुओं के विरोध में चले जाते हैं। क्योंकि शिष्य अहंकार की यात्रा पर होते हैं और गुरु उन्हें उससे निकालने की चेष्टा कर रहा होता है। और ऐसे शिष्य ही झूठे गुरुओं को पैदा करते हैं। शिष्यों की कोई कामना है, बड़ी कामना है, और जो भी उनकी कामना की पूर्ति करेगा, वह उनका गुरु हो जाएगा। और तुम्हारे अहंकार को सहयोग देना आसान है, क्योंकि तुम उसी की खोज में हो, तुम वही चाहते हो। तुम्हारे अहंकार को मिटाने में सहयोग देना बड़ा कठिन काम है।

तो यह भलीभांति स्मरण रहे: प्रतिदिन, प्रतिपल जांचते रहो कि तुम्हारी खोज अहंकार की यात्रा तो नहीं है। सतत जांचते रहो। यह बहुत सूक्ष्म है। और अहंकार के ढंग बहुत ही सूक्ष्म हैं। वे ऊपर से दिखते भी नहीं हैं। अहंकार तुम्हें भीतर से चलाता रहता है; वह तुम्हें कहीं गहरे अचेतन से नचाता रहता है।

लेकिन अगर तुम सावधान हो तो अहंकार तुम्हें धोखा नहीं दे सकता। अगर तुम सावचेत हो तो तुम उसकी भाषा समझ लोगे, तुम उसका रंग-ढंग जान लोगे। क्योंकि अहंकार सदा अनुभव की खोज करता है। अनुभव अहंकार का मूलमंत्र है। अहंकार सदा अनुभव की खोज में है; वह अनुभव कामवासना का है या आध्यात्मिक, इससे कोई फर्क नहीं पड़ता है। अहंकार अनुभव चाहता है; हर चीज का अनुभव चाहता है, कुंडलिनी का अनुभव चाहता है, सातवें शरीर का अनुभव चाहता है। अहंकार निरंतर अनुभवों के पीछे पागल है।

सच्ची खोज किसी अनुभव का लोभ नहीं है। क्योंकि प्रत्येक अनुभव तुम्हें निराश करेगा; करेगा ही। क्योंकि प्रत्येक अनुभव पुनरुक्त होगा, और तुम उससे ऊब जाओगे। फिर तुम किसी नए अनुभव की मांग करोगे।

अहंकार हमेशा नए अनुभवों की खोज में लगा रहता है। समझो कि तुम ध्यान करते हो। और अगर तुम इसीलिए ध्यान करते हो कि उससे तुम्हें नई पुलक मिले, नया रोमांचक अनुभव मिले, क्योंकि तुम्हारा जीवन ऊब से भर गया है, तुम अपने सामान्य दिनचर्या के जीवन से थक गए हो और तुम्हें कोई नया अनुभव चाहिए तो वह तुम्हें मिल सकता है। मनुष्य जिस चीज की खोज करता है वह उसे मिल जाती है। यही तो संताप है कि तुम जो चाहते हो वह तुम्हें मिल जाएगा। और तब तुम पछताओगे। तुम्हें उत्तेजना तो मिल जाएगी, लेकिन फिर क्या? फिर तुम उससे भी थक जाओगे। फिर तुम एल एस डी या कुछ और चीज लेना

▲

चाहोगे। फिर तुम उत्तेजना की इस खोज में इस गुरु से उस गुरु के पास जाओगे, इस आश्रम से उस आश्रम का चक्कर लगाओगे।

नए अनुभवों के लोभ का नाम अहंकार है। और प्रत्येक नया अनुभव पुराना हो जाएगी। क्योंकि जो भी नया है वह पुराना हो जाती है। फिर क्या?

अध्यात्म वस्तुतः अनुभव की खोज नहीं है। अध्यात्म स्वयं की खोज है, आत्मा की खोज है। अध्यात्म किसी भी अनुभव की खोज नहीं है—आनंद की भी नहीं, समाधि की भी नहीं। क्योंकि अनुभव मात्र बाह्य घटना है; वह चाहे भीतरी भी हो तो भी बाहरी है। अध्यात्म उस सत्य की खोज है जो तुम्हारे भीतर है: मैं जानें कि मेरा सत्य क्या है। और इस जानने के साथ अनुभव का सारा लोभ समाप्त हो जाती है। और इस जानने के साथ कोई कामना नहीं रहती—नए अनुभव के तलाश की कोई कामना नहीं रहती। आंतरिक सत्य को, प्रामाणिक आत्मा को जानने के साथ सारी खोज खत्म हो जाती है।

तो किसी अनुभव की खोज में मत निकलो। सभी अनुभव मन की चालाकियां हैं, मन के पलायन हैं। ध्यान अनुभव नहीं है; ध्यान बोध है। ध्यान अनुभव नहीं है; ध्यान समस्त अनुभव का ठहर जाना है। यही कारण है कि जिन्होंने भी इस आंतरिक घटना को व्यक्त करना चाहा है—उदाहरण के लिए बुद्ध—वे कहते हैं: 'मत पूछो कि क्या होता है।' और अगर तुम जिद्द करोगे तो वे कहेंगे: 'कुछ नहीं घटता है, शून्य घटित होता है।'

अगर मैं तुमसे कहूं कि ध्यान में कुछ नहीं घटित होता है, तो तुम क्या करोगे? तुम ध्यान करना बंद कर दोगे। तुम कहोगे कि अगर कुछ नहीं घटित होने वाला है, तो क्या प्रयोजन है? यह बताता है कि तुम अहंकार की यात्रा पर हो। यदि मैं कहता हूं कि कुछ नहीं होता है और तुम तब भी कहते हो कि ठीक, मैंने बहुत घटनाएं देखी हैं, मैंने अनेक अनुभव जाने हैं और प्रत्येक अनुभव निराशाजनक सिद्ध हुआ है...।

तुम एक अनुभव से गुजरते हो और तब तुम्हें पता चलता है कि यह कुछ भी नहीं था। और तब उसे दोहराने की इच्छा होती है, और फिर यह पुनरुक्ति उबाने वाली हो जाती है। फिर तुम किसी और चीज की खोज करते हो। ऐसे ही तुम जन्मों-जन्मों से चलते रहे हो। ऐसे ही तुम हजारों जन्मों से अनुभव के लिए दौड़ते रहे हो।

तो अगर तुम कहते हो: 'मैंने अनुभव जाना है; अब मैं कोई अनुभव नहीं चाहता हूं। अब मैं अनुभव करने वाले को ही जानना चाहता हूं।' तब सारा जोर ही बदल जाता है।

अनुभव तुम्हारे बाहर है; अनुभव करने वाली तुम्हारी आत्मा है। और सच्चे और झूठे अध्यात्म में यही अंतर है। अगर तुम अनुभवों के लिए हो तो अध्यात्म झूठा है, अगर तुम अनुभोक्ता के लिए हो तो अध्यात्म सच्चा है। तब तुम कुंडलिनी की चिंता नहीं करते हो, तब तुम चक्रों की फिक्र नहीं करते हो, तब तुम्हें इन सब चीजों से कुछ लेना-देना नहीं है। वे चीजें घटित होंगी, लेकिन तुम उनकी चिंता नहीं लेते हो, तुम उनमें उत्सुक नहीं हो। तुम उन राहों में नहीं भटकोगे। तुम उस आंतरिक केंद्र की तरफ बढ़ते जाओगे जहां कुछ भी नहीं बचता है, सिर्फ तुम अपने समग्र अकेलेपन में, परम एकांत में बचते हो; केवल चैतन्य, विषय-शून्य चैतन्य बचता है।

विषय अनुभव है। तुम जो कुछ भी अनुभव करते हो वह तुम्हारी चेतना का विषय है।

मैं दुख अनुभव करता हूं; तो दुख मेरी चेतना का विषय है। मैं सुख अनुभव करता हूं; तो सुख विषय है। मैं ऊब अनुभव करता हूं; तो ऊब विषय है। और फिर तुम मौन भी अनुभव कर सकते हो; तो मौन विषय है। और फिर तुम आनंद भी अनुभव कर सकते हो; तो आनंद विषय है। तुम विषय बदलते रह सकते हो। तुम अनंत काल तक विषय बदलते रह सकते हो। लेकिन वह असली चीज नहीं है।

सत्य तो वह है जिसे ये सारे अनुभव घटित होते हैं—जिसे ऊब घटित होती है, जिसे आनंद घटित होता है। आध्यात्मिक खोज यह नहीं है कि क्या घटित होता है; आध्यात्मिक खोज यह है कि किसे घटित होता है। और तब अहंकार के पैदा होने की कोई संभावना नहीं रहती।

आज इतना ही।

57

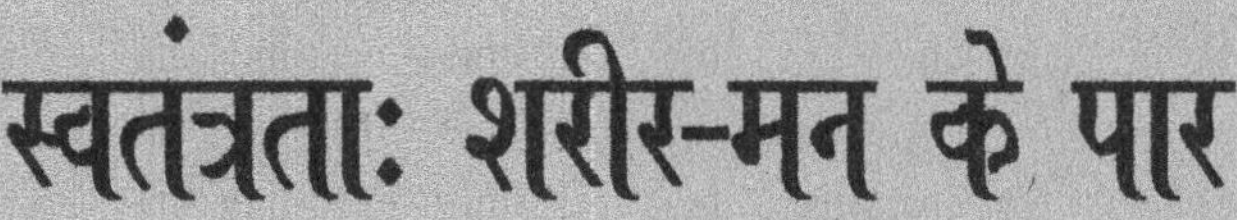

स्वतंत्रताः शरीर-मन के पार

सूत्र

84. शरीर के प्रति आसक्ति को दूर हटाओ।
और यह भाव करो कि मैं सर्वत्र हूं।
जो सर्वत्र है वह आनंदित है।
85, ना-कुछ का विचार करने से सीमित आत्मा
असीम हो जाती है।

159

▲

मैंने एक बूढ़े डाक्टर के संबंध में एक कहानी सुनी है। एक दिन उसके सहायक ने उसे फोन किया, क्योंकि वह बड़ी कठिनाई में पड़ गया था। एक रोगी का दम घुट रहा था; रोगी के गले में बिलियर्ड की गेंद अटक गई थी। सहायक को समझ नहीं पड़ रहा था कि क्या करे। तो उसने बूढ़े डाक्टर से पूछा कि मुझे क्या करना चाहिए? बूढ़े डाक्टर ने कहा: 'एक पंख से रोगी को गुदगुदाओ।'

कुछ मिनटों के बाद सहायक ने फिर डाक्टर को फोन किया। वह बहुत प्रसन्न था, खुश था। उसने कहा: 'आपका इलाज तो अदभुत सिद्ध हुआ। रोगी हंसने लगा और उसने गेंद को उगल दिया। लेकिन मुझे बताइए कि आपने यह अनोखा इलाज कहां सीखा?'

बूढ़े डाक्टर ने कहा: 'मैंने खुद ही गढ़ लिया था। यह सदा मेरा सिद्धांत रहा है कि जब तुम्हें कुछ न सूझे कि क्या किया जाए तो कुछ भी करो।'

लेकिन जहां तक ध्यान का संबंध है, यह सिद्धांत नहीं चलेगा। अगर तुम्हें नहीं मालूम है कि क्या किया जाए तो कुछ मत करो। क्योंकि मन बहुत जटिल है, बहुत पेचीदा है और नाजुक है। अगर तुम नहीं जानते हो कि क्या करना चाहिए तो बेहतर है कि कुछ भी मत करो। क्योंकि जाने बिना तुम जो भी करोगे उससे समाधान की बजाय उलझाव ही अधिक पैदा होगा। वह घातक भी सिद्ध हो सकता है, आत्मघातक भी सिद्ध हो सकता है।

अगर तुम मन के बारे में कुछ नहीं जानते हो...। और सच तो यही है कि तुम मन के बारे में कुछ भी नहीं जानते हो। तुम्हारे लिए मन एक शब्द भर है; तुम्हें उसकी जटिलता का कुछ ज्ञान नहीं है। मन अस्तित्व में सर्वाधिक जटिल चीज है; उसकी कोई तुलना नहीं हो सकती है; और मन सर्वाधिक नाजुक भी है; तुम उसे नष्ट कर दे सकते हो। तुम उसके साथ कुछ ऐसा कर सकते हो जिसे फिर अनकिया न किया जा सके।

ये विधियां मनुष्य के मन के गहन ज्ञान पर, मन के सघन साक्षात्कार पर आधारित हैं। और प्रत्येक विधि लंबे प्रयोगों से गुजरकर बनी है।

इसलिए ध्यान रहे, कोई भी चीज अपनी तरफ से मत करो। और दो विधियों को मिला

▲

कर प्रयोग मत करो; क्योंकि उनकी प्रक्रिया भिन्न है; उनके ढंग भिन्न हैं; उनके आधार भिन्न हैं। वे एक ही लक्ष्य पर ले जाती हैं; लेकिन साधन के रूप में वे पूरी तरह भिन्न हैं। कभी-कभी तो वे एक-दूसरे के बिलकुल विपरीत हो सकती हैं। तो दो विधियों को मत मिलाओ। किसी भी विधि में कुछ मत मिलाओ; विधि जैसी दी हुई है उसे वैसी ही प्रयोग करो। उसमें कोई बदलाहट मत करो, उसमें कोई सुधार मत करो। क्योंकि तुम उसमें कोई सुधार नहीं कर सकते; और तुम उसमें जो भी बदलाहट करोगे, वह घातक होगा।

और ध्यान रहे, किसी भी विधि को प्रयोग में लाने के पहले उसे सावधानी से भलीभांति समझ लो। और अगर तुम्हें कोई उलझन हो और अगर तुम नहीं जानते हो कि विधि वस्तुतः क्या है तो बेहतर है कि उसे प्रयोग में मत लाओ, क्योंकि प्रत्येक विधि तुममें एक आमूल क्रांति लाने के लिए है।

ये विधियां विकासकारी नहीं हैं; ये क्रांतिकारी हैं। विकास से मेरा मतलब है कि अगर तुम कुछ न करो, बस जीते चले जाओ, तो कभी करोड़ों वर्षों में ध्यान तुम्हें अपने आप ही घटित होगा, लाखों जन्मों में तुम विकसित होगे; समय के सामान्य क्रम में कभी तुम उस बिंदु पर पहुंचोगे जहां कोई बुद्ध क्रांति के द्वारा एक क्षण में पहुंच जाते हैं।

तो ये विधियां क्रांतिकारी विधियां हैं। सच तो यह है कि ये मनुष्य-निर्मित हैं; ये प्राकृतिक नहीं हैं। प्रकृति भी तुम्हें बुद्धत्व पर, आत्मोपलब्धि पर पहुंचा देगी, तुम किसी न किसी दिन उसे जरूर पा लोगे; लेकिन तब फिर यह बात प्रकृति के हाथ में है। तुम उसके लिए सिर्फ दुख में रहे आने के सिवाय और कुछ नहीं कर सकते हो। उसके लिए बहुत लंबा समय चाहिए—करोड़ों वर्ष, करोड़ों जन्म।

धर्म क्रांतिकारी है। धर्म तुम्हें विधि देता है जो लंबी प्रक्रिया को कम करती है, जिससे तुम छलांग लगा सकते हो—ऐसी छलांग जो तुम्हें करोड़ों जन्मों से बचा सकती है। एक क्षण में तुम करोड़ों वर्ष की यात्रा पूरी कर सकते हो।

इसीलिए यह खतरनाक भी है; और जब तक तुम ठीक-ठीक नहीं समझते हो, मत प्रयोग करो। और अपनी ओर से उसमें कुछ मत जोड़ो; कुछ मत बदलो। पहले विधि को बिलकुल सही-सही समझने की चेष्टा करो। और जब तुम उसे समझ जाओ तो प्रयोग करो। और इस बूढ़े डाक्टर के सिद्धांत को मत काम में लाओ कि जब तुम्हें नहीं पता हो कि क्या किया जाए तो कुछ भी करो। नहीं, कुछ मत करो। न करना करने से कहीं ज्यादा लाभदायक होगा। इसलिए क्योंकि मन इतना नाजुक है कि अगर तुम कुछ गलत कर गए तो उसे अनकिया करना बहुत कठिन होगा। उसे अनकिया करना बहुत-बहुत कठिन है। कुछ गलत कर बैठना आसान है, लेकिन उसे अनकिया करना बहुत कठिन है। इसे स्मरण रखो।

अनासक्ति-संबंधी पहली विधिः

शरीर के प्रति आसक्ति को दूर हटाओ और यह भाव करो कि मैं सर्वत्र हूं। जो सर्वत्र है वह आनंदित है।

बहुत सी बातें समझने जैसी हैं। पहली बातः 'शरीर के प्रति आसक्ति को दूर हटाओ।' शरीर के प्रति हमारी आसक्ति प्रगाढ़ है। यह अनिवार्य है; यह स्वाभाविक है। तुम

▲

अनेक-अनेक जन्मों से शरीर में रहते आए हो; आदि काल से ही तुम शरीर में हो। शरीर बदलते रहे हैं, लेकिन तुम सदा शरीर में रहे हो, तुम सदा सशरीर रहे हो।

ऐसे क्षण, ऐसे समय भी रहे हैं जब तुम शरीर में नहीं थे, लेकिन तब तुम अचेतन थे, मूर्च्छित थे। जब तुम मरते हो, जब तुम एक शरीर छोड़ते हो, तो तुम मूर्च्छा की हालत में मरते हो और फिर तुम मूर्च्छित ही रहते हो। फिर तुम्हारा एक नए शरीर में जन्म होता है, लेकिन उस समय भी तुम मूर्च्छित ही रहते हो। एक मृत्यु और दूसरे जन्म के बीच का अंतराल मूर्च्छा में बीतता है। इसलिए तुम्हें पता नहीं है कि शरीर में नहीं होना, अशरीरी होना क्या है, कैसा है। जब तुम शरीर में नहीं हो तो तुम्हें नहीं मालूम कि मैं कौन हूं। तुम्हें एक ही बात का पता है और वह है शरीर में होने का; तुमने अपने को शरीर में ही जाना है।

यह इतनी प्राचीन है, इतनी निरंतर है, कि तुम भूल ही गए हो कि मैं शरीर से भिन्न हूं। यह एक विस्मरण है जो स्वाभाविक है, अनिवार्य है। और इसी कारण से आसक्ति है। तुम्हें लगता है कि मैं शरीर हूं; और यही आसक्ति है। तुम्हें लगता है कि मैं शरीर के सिवाय कुछ भी नहीं हूं, शरीर से अधिक कुछ भी नहीं हूं।

शायद तुम मेरे साथ इस बात पर सहमत न हो, क्योंकि कई बार तुम सोचते हो कि मैं शरीर नहीं हूं, मैं आत्मा हूं। लेकिन यह तुम्हारा जानना नहीं है; यह बस तुमने सुना है, तुमने पढ़ा है। यह तुमने जाने बिना मान लिया है।

तो पहला काम यह है कि तुम्हें इस तथ्य को स्वीकार करना है कि वस्तुतः मेरा जानना यही है कि मैं शरीर हूं। अपने को धोखा मत दो; क्योंकि धोखा देने से काम नहीं चलेगा। अगर तुम सोचते हो कि मैं पहले से ही जानता हूं कि मैं शरीर नहीं हूं तो तुम शरीर के प्रति अपनी आसक्ति को दूर नहीं कर सकते। क्योंकि तुम्हारे लिए आसक्ति है ही नहीं; तुम जानते ही हो। और तब अनेक कठिनाइयां उठ खड़ी होंगी, जिनका समाधान नहीं हो सकता। किसी कठिनाई को आरंभ में ही हल किया जा सकता है। एक बार तुम उसके आरंभ को चूक गए तो तुम कठिनाई को नहीं हल कर सकते। हल करने के लिए तुम्हें फिर आरंभ पर लौटना होगा। तो यह स्मरण रहे, तुम्हें पहले यह भलीभांति बोध होना चाहिए कि मैं नहीं जानता कि मैं शरीर के अतिरिक्त कुछ हूं। यह पहला बुनियादी बोध है।

यह बोध अभी तुम्हें नहीं है। तुमने जो कुछ सुना है उससे तुम्हारा मन भरा है और भ्रांत है। तुम्हारा मन दूसरों से मिले ज्ञान से संस्कारित है। यह ज्ञान उधार है। यह ज्ञान सच्चा नहीं है। ऐसा नहीं कि यह गलत है; जिन्होंने कहा है उन्होंने ऐसा जाना है। लेकिन जब तक वह तुम्हारा अनुभव न हो जाए, तब तक तुम्हारे लिए गलत है। जब मैं कहता हूं कि कोई चीज गलत है तो मेरा मतलब यह है कि यह तुम्हारा अपना अनुभव नहीं है। यह किसी और के लिए सच हो सकता है, लेकिन तुम्हारे लिए सच नहीं है। और इस अर्थ में सत्य वैयक्तिक अनुभूति है। अनुभूत सत्य ही सत्य है। जो अनुभूत नहीं है वह सत्य नहीं है। कोई जागतिक सत्य नहीं होता है। प्रत्येक सत्य को सत्य होने के लिए पहले वैयक्तिक होना पड़ता है।

तुम जानते हो, तुमने सुना है कि मैं शरीर नहीं हूं—यह तुम्हारे ज्ञान का हिस्सा है, यह तुमने बाप-दादों से सुना है—लेकिन यह तुम्हारा अनुभव नहीं है। पहले इस तथ्य का साक्षात करो कि मैं अपने को शरीर की भांति ही जानता हूं। यह साक्षात्कार तुम्हारे भीतर बड़ी बेचैनी

पैदा करेगा। इस बेचैनी को छिपाने के लिए ही तुमने यह ज्ञान इकट्ठा किया था। तुम माने रहते हो कि मैं शरीर नहीं हूं और तुम शरीर की भांति रहे आते हो। इससे तुम विभाजित हो जाते हो; इससे तुम्हारा सारा जीवन अप्रामाणिक हो जाता है, झूठा और नकली हो जाता है। वस्तुतः यह चित्त की रुग्ण अवस्था है, भ्रांत अवस्था है। तुम जीते हो शरीर की तरह और तुम बातें करते हो आत्मा की तरह। और तब द्वंद्व है, संघर्ष है; तब तुम सतत एक आंतरिक उपद्रव में, एक गहन अशांति में जीते हो, जिसका निराकरण संभव नहीं है।

तो पहले इस तथ्य को देखो कि मैं आत्मा के संबंध में कुछ नहीं जानता हूं; मैं जो कुछ भी जानता हूं वह शरीर के संबंध में जानता हूं। इससे तुम्हारे भीतर एक बड़ी बेचैनी की स्थिति पैदा होगी; जो भी अंदर छिपा है वह उभर कर सतह पर आएगा। इस तथ्य के साक्षात्कार से कि मैं शरीर हूं, तुम्हें वस्तुतः पसीना आने लगेगा। इस तथ्य का साक्षात करके कि मैं शरीर हूं, तुम्हें बहुत बेचैनी होगी, तुम बहुत अजीब अनुभव करोगे। लेकिन इस अनुभव से गुजरना ही होगा; तो ही तुम जान सकते हो कि शरीर के प्रति आसक्ति का क्या अर्थ है।

ऐसे शिक्षक हैं जो कहे चले जाते हैं कि तुम्हें अपने शरीर से आसक्त नहीं होना चाहिए। लेकिन तुम्हें इस बुनियादी बात का ही पता नहीं है कि शरीर के प्रति यह आसक्ति क्या है। शरीर के प्रति आसक्ति शरीर के साथ प्रगाढ़ तादात्म्य है, लेकिन पहले तुम्हें समझना है कि यह तादात्म्य क्या है।

तो अपने उस सारे ज्ञान को अलग हटा दो जिसने तुम्हें यह भ्रांत धारणा दी है कि तुम आत्मा हो। यह अच्छी तरह जान लो कि मैं एक ही चीज को जानता हूं और वह शरीर है। कैसे यह बोध तुम्हारे भीतर छिपे हुए उपद्रव को, तुम्हारे भीतर छिपे हुए नरक को उभार कर ऊपर ले आता है, उसे प्रत्यक्ष कर देता है?

जब तुम्हें बोध होता है कि मैं शरीर हूं तो पहली दफा तुम्हें आसक्ति का बोध होता है। पहली दफा तुम्हारी चेतना में इस तथ्य का बोध होता है कि यह शरीर—जो पैदा होता है। और मर जाता है—यही मैं हूं। पहली दफा तुम्हें इस तथ्य का बोध होता है कि यह खून, हड्डी-मांस-मज्जा—यही मैं हूं। पहली दफा तुम्हें इस तथ्य का बोध होता है कि यह कामवासना, क्रोध—यही मैं हूं। इस तरह सभी झूठी प्रतिमाएं गिर जाती हैं; तुम अपनी सचाई में प्रकट हो जाते हो।

यह सचाई दुखद है, बहुत दुखद है। यही कारण है कि हम उसे छिपाते रहते हैं। यह एक गहरी चालाकी है। तुम अपने को आत्मा माने रहते हो और जो भी तुम्हें नापसंद है उसे तुम शरीर पर थोप देते हो। तुम कहते हो कि कामवासना शरीर का है और प्रेम मेरा है। तुम कहते हो कि लोभ और क्रोध शरीर के हैं और करुणा मेरी है। करुणा आत्मा की है और क्रूरता शरीर की है। क्षमा आत्मा की है और क्रोध शरीर का है। जो भी तुम्हें गलत और कुरूप मालूम पड़ता है, उसे तुम शरीर पर थोप देते हो। और जो भी तुम्हें सुंदर मालूम पड़ता है, उसके साथ तुम अपना तादात्म्य बना लेते हो। इस तरह तुम विभाजन पैदा करते हो।

यह विभाजन तुम्हें जानने नहीं देगी कि आसक्ति क्या है। और जब तक तुम यह नहीं जानते कि आसक्ति क्या है और जब तक तुम उसके नरक से, उसकी पीड़ा से नहीं गुजरते हो, तब तक तुम उसे दूर नहीं हटा सकते। कैसे दूर करोगे? तुम किसी चीज को तभी दूर करोगे

▲

जब वह रोग सिद्ध हो, जब वह भारी बोझ सिद्ध हो, जब वह नरक सिद्ध हो। तभी तुम उसे अपने से अलग कर सकते हो।

तुम्हारी आसक्ति अभी नरक नहीं सिद्ध हुई है। बुद्ध कुछ भी कहें, महावीर कुछ भी कहें, वह अप्रासंगिक है। वे कहे जा सकते हैं कि आसक्ति नरक है; लेकिन यह तुम्हारा भाव नहीं है। इसीलिए तुम बार-बार पूछते हो कि आसक्ति से कैसे छूटा जाए, अनासक्त कैसे हुआ जाए, आसक्ति के पार कैसे हुआ जाए। तुम यह 'कैसे' इसीलिए पूछते रहते हो क्योंकि तुम्हें नहीं मालूम है कि आसक्ति क्या है। अगर तुम जानते हो कि आसक्ति क्या है तो तुम कूद कर बाहर निकल जाओगे, तब तुम 'कैसे' नहीं पूछोगे।

अगर तुम्हारे घर में आग लगी हो तो तुम किसी से पूछने नहीं जाओगे, तुम किसी गुरु के पास यह पूछने नहीं जाओगे कि आग से कैसे निकला जाए। अगर घर जल रहा हो तो तुम तत्क्षण बाहर निकल जाओगे। तुम एक क्षण भी देर नहीं करोगे। तुम गुरु की खोज नहीं करोगे। तुम शास्त्रों से सलाह नहीं लोगे। तुम यह जानने की चेष्टा भी नहीं करोगे कि निकलने के उपाय क्या हैं, कि निकलने के लिए किन साधनों को काम में लाया जाए, कि निकलने के लिए कौन सा द्वार सही द्वार है। ये चीजें अप्रासंगिक हैं, जब घर धू-धू कर जल रहा हो।

जब तुम जानते हो कि आसक्ति क्या है तो तुम यह जानते हो कि घर जल रहा है। और तब तुम उसे अपने से दूर कर सकते हो।

इस विधि में प्रवेश के पहले तुम्हें आत्मा संबंधी उधार ज्ञान को हटा देना होगा, ताकि शरीर के प्रति आसक्ति अपनी समग्रता में प्रकट हो सके। यह बहुत कठिन होगा; उसका साक्षात्कार गहरी चिंता और संताप में ले जाएगा। यह आसान नहीं होगा; कठिन होगा, दुष्कर होगा। लेकिन यदि तुम्हें एक बार उसका साक्षात्कार हो जाए तो तुम उसे दूर कर सकते हो। और 'कैसे पूछने की जरूरत नहीं है। यह बिलकुल ही आग है, नरक है; तुम उससे छलांग लगाकर बाहर निकल सकते हो।

यह सूत्र कहता है: 'शरीर के प्रति आसक्ति को दूर हटाओ और यह भाव करो कि मैं सर्वत्र हूं। जो सर्वत्र है वह आनंदित है।'

और जिस क्षण तुम आसक्ति को दूर हटाओगे, तुम्हें बोध होगा कि मैं सर्वत्र हूं। इस आसक्ति के कारण तुम्हें महसूस होता है कि मैं शरीर में सीमित हूं। शरीर तुम्हें नहीं सीमित करता है, तुम्हारी आसक्ति तुम्हें सीमित करती है। शरीर तुम्हारे और सत्य के बीच अवरोध नहीं निर्मित करता है, उसके प्रति तुम्हारी आसक्ति अवरोध निर्मित करती है।

एक बार तुम जान गए कि आसक्ति नहीं है तो फिर तुम्हारा कोई शरीर भी नहीं है—अथवा सारा अस्तित्व तुम्हारा शरीर बन जाता है; तुम्हारा शरीर समग्र अस्तित्व का हिस्सा बन जाता है। तब वह पृथक नहीं है।

सच तो यह है कि तुम्हारा शरीर तुम्हारे पास आया हुआ निकटतम अस्तित्व है; और कुछ नहीं। शरीर निकटतम अस्तित्व है, और वही फिर फैलता जाता है। तुम्हारा शरीर अस्तित्व का निकटतम हिस्सा है और फिर सारा अस्तित्व फैलता जाता है। एक बार तुम्हारी आसक्ति गई कि तुम्हारे लिए शरीर न रहा, अथवा समस्त अस्तित्व तुम्हारा शरीर बन जाता है। तब तुम सर्वत्र हो, सब तरफ हो।

▲

शरीर में तुम एक जगह हो; शरीर के बिना तुम सर्वत्र हो। शरीर में तुम एक विशेष स्थान में सीमित हो; शरीर के बिना तुम पर कोई सीमा न रही। यही कारण है कि जिन्होंने जाना है वे कहते हैं कि शरीर कारागृह है। दरअसल, शरीर कारागृह नहीं है, आसक्ति कारागृह है। जब तुम्हारी निगाह शरीर पर ही सीमित नहीं है तब तुम सर्वत्र हो।

यह बात बेतुकी मालूम पड़ती है। मन को, जो शरीर में है, यह बात बेतुकी मालूम पड़ती है। यह बात पागलपन जैसी लगती है—कोई व्यक्ति सभी जगह कैसे हो सकता है। और वैसे ही बुद्ध पुरुष को हमारा यह कहना कि मैं 'यहां' हूं, पागलपन जैसा मालूम पड़ता है। तुम किसी एक स्थान में कैसे हो सकते हो? चेतना कोई स्थान नहीं लेती है। इसीलिए अगर तुम आंखें बंद कर लो और पता लगाने की चेष्टा करो कि शरीर में मैं कहां हूं तो तुम हैरान रह जाओगे; तुम नहीं खोज पाओगे कि मैं कहां हूं।

अनेक धर्म और अनेक संप्रदाय हुए हैं जो कहते हैं कि तुम नाभि में हो। दूसरे कहते हैं कि तुम हृदय में हो। कुछ का कहना है कि तुम सिर में हो। कुछ कहते हैं कि तुम इस चक्र में हो और कुछ कहते हैं कि उस चक्र में हो। लेकिन शिव कहते हैं कि तुम कहीं नहीं हो। यही कारण है कि अगर तुम आंखें बंद कर लो और खोजने की कोशिश करो कि मैं कहां हूं तो तुम कुछ नहीं बता सकते। तुम तो हो, लेकिन तुम्हारे लिए कोई 'कहां' नहीं है। तुम बस हो।

प्रगाढ़ नींद में भी तुम्हें शरीर को बोध नहीं रहता है। तुम तो हो। सुबह जाग कर तुम कहोगे कि नींद बहुत गहरी थी, बहुत आनंदपूर्ण थी। तुम्हें एक गहन आनंद को बोध था, लेकिन तुम्हें शरीर का बोध नहीं था। प्रगाढ़ निद्रा में तुम कहां होते हो? और जब तुम मरते हो तो कहां जाते हो? लोग निरंतर पूछते हैं कि जब कोई मरता है तो वह कहां जाता है?

लेकिन यह प्रश्न निरर्थक है, मूढ़तापूर्ण है। यह प्रश्न हमारे इस भ्रम से ही उठता है कि हम शरीर में हैं। अगर हम मानते हैं कि हम शरीर में हैं तो फिर प्रश्न उठता है कि मरने पर हम कहां जाते हैं।

तुम कहीं नहीं जाते हो। जब तुम मरते हो तो तुम कहीं नहीं जाते हो, इतनी ही बात है। तब तुम किसी एक स्थान में बंधे नहीं हो, बस। लेकिन अगर तुम्हें बंधने की कामना हो तो तुम बंध जाओगे। तुम्हारी कामनाएं तुम्हें नए कारागृहों में ले जाती हैं। लेकिन जब तुम शरीर में नहीं हो तो तुम कहीं नहीं हो, या तुम सब कहीं हो। यह तुम पर निर्भर है कि कौन सा शब्द—कहीं नहीं या सब कहीं—तुम्हें रास आती है।

अगर तुम बुद्ध से पूछोगे तो वे कहेंगे कि तुम कहीं नहीं हो। यही कारण है कि वे 'निर्वाण' शब्द चुनते हैं। निर्वाण का अर्थ है कि तुम कहीं नहीं हो। ज्योति के बुझने को भी निर्वाण कहते हैं। तुम कह सकते हो कि बुझने के बाद ज्योति कहां है? बुद्ध कहेंगे कि वह कहीं नहीं है; ज्योति बस नहीं हो गई है। बुद्ध नकारात्मक शब्द चुनते हैं: 'कहीं नहीं।' निर्वाण का वही अर्थ है। जब तुम शरीर से बंधे नहीं हो तो तुम निर्वाण में हो, तुम कहीं नहीं हो।

शिव विधायक शब्द चुनते हैं; वे कहते हैं कि तुम सब कहीं हो। लेकिन दोनों शब्द एक ही अर्थ रखते हैं। अगर तुम सब कहीं हो तो तुम कहीं एक जगह नहीं हो सकते। तुम सब कहीं हो, यह कहना करीब-करीब वैसा ही है जैसा यह कहना कि तुम कहीं नहीं हो। लेकिन शरीर से हम आसक्त हैं और हमें लगता है कि हम बंधे हैं। यह बंधन मानसिक है; यह तुम्हारी

▲

अपनी करनी है। तुम अपने को किसी भी चीज के साथ बांध सकते हो। तुम्हारे पास एक कीमती हीरा है, और तुम्हारे प्राण उसमें अटके हो सकते हैं। यदि वह हीरा चोरी हो जाए तो तुम आत्महत्या कर सकते हो, तुम पागल हो सकते हो। क्या कारण है? बहुत लोग हैं जिनके पास हीरा नहीं है, उनमें से कोई भी आत्महत्या नहीं कर रहा है, किसी को हीरे के बिना कोई कठिनाई नहीं हो रही है। लेकिन तुम्हें क्या हुआ है?

कभी तुम भी हीरे के बिना थे और कोई समस्या नहीं थी। अब तुम फिर हीरे के बिना हो, लेकिन अब समस्या है। यह समस्या कैसे निर्मित होती है? यह तुम्हारी अपनी करनी है। अब तुम आसक्त हो, बंधे हो। हीरा तुम्हारा शरीर बन गया है; अब तुम इसके बिना नहीं रह सकते। अब इसके बिना तुम्हारा जीना असंभव है।

जहां भी तुम आसक्त होते हो, नया कारागृह बन जाता है। और हम जीवन में यही करते हैं: हम निरंतर और-और कारागृह बनाते रहते हैं, बड़े से बड़े कारागृह बनाते रहते हैं। और फिर हम उन कारागृहों को सजाते हैं, ताकि वे घर मालूम पड़े। और फिर हम भूल ही जाते हैं कि वे कारागृह हैं।

यह सूत्र कहता है कि अगर तुम शरीर से अपनी आसक्ति को दूर कर सको तो यह बोध घटित होगा कि मैं सर्वत्र हूं, सब कहीं हूं। तब तुम बूंद न रहे, सागर हो गए; तब तुम्हें सागर होने का भाव होता है। अब तुम्हारी चेतना किसी स्थान से नहीं बंधी है; वह स्थान-मुक्त है। तुम बिलकुल आकाश के समान हो जाते हो, जो सबको घेरे हुए है। अब सब कुछ तुममें है—तुम्हारी चेतना अनंत तक फैल गई है।

और फिर सूत्र कहता है: 'जो सर्वत्र है वह आनंदित है।'

एक जगह से बंधे रहकर तुम दुख में रहोगे, क्योंकि तुम सदा उससे बड़े हो जहां तुम बंधे हो। यही दुख है। मानो तुम अपने को एक छोटे-से पात्र में सीमित कर रहे हो, सागर को एक घड़े में बंद किया जा रहा है। दुख अनिवार्य है। यही दुख है। और जब भी इस दुख की अनुभूति हुई है, बुद्धत्व की खोज, ब्रह्म की खोज शुरू हो जाती है।

ब्रह्म का अर्थ है अनंत, असीम फैलाव। और मोक्ष की खोज स्वतंत्रता की खोज है। सीमित शरीर में तुम स्वतंत्र नहीं हो सकते हो। एक स्थान में तुम बंध जाते हो। कहीं नहीं या सब कहीं में ही तुम स्वतंत्र हो सकते हो।

मनुष्य के मन को देखो। वह सदा स्वतंत्रता खोज रहा है—उसकी दिशा चाहे जो भी हो। दिशा राजनीतिक हो सकती है, सामाजिक हो सकती है, मानसिक हो सकती है, धार्मिक हो सकती है। दिशा जो भी हो, मनुष्य का मन स्वतंत्रता की खोज कर रहा है। स्वतंत्रता मनुष्य की गहनतम आवश्यकता मालूम पड़ती है। जहां भी मनुष्य के मन को अवरोध मिलता है, जहां भी उसे गुलामी का, बंधन का अहसास होता है, वह उसके विरुद्ध लड़ता है।

मनुष्य का सारा इतिहास स्वतंत्रता के युद्ध का इतिहास है। आयाम भिन्न हो सकते हैं। मार्क्स और लेनिन आर्थिक स्वतंत्रता के लिए लड़ते हैं। गांधी और अब्राहम लिंकन राजनीतिक स्वतंत्रता के लिए लड़ते हैं। और हजारों तरह की गुलामियां हैं, और संघर्ष जारी है। लेकिन एक बात निश्चित है कि कहीं गहरे में मनुष्य निरंतर और-और स्वतंत्रता की खोज कर रहा है।

शिव कहते हैं—और यही बात सभी धर्म कहते हैं—कि तुम राजनीतिक तल पर

स्वतंत्र हो सकते हो, लेकिन संघर्ष समाप्त नहीं होगा। एक तरह की गुलामी हट जाएगी, लेकिन और तरह की गुलामियां हैं। जब तुम राजनीतिक रूप से स्वतंत्र होगे तो तुम्हें अन्य गुलामियों का बोध होगा। आर्थिक गुलामी समाप्त हो सकती है, लेकिन तब तुम अन्य गुलामियों के प्रति सजग हो जाओगे; यौन और शरीर के तल पर जो गुलामियां हैं उनके प्रति सजग हो जाओगे। यह संघर्ष तब तक नहीं खत्म होगा जब तक तुम यह नहीं अनुभव करते, यह नहीं जानते, कि मैं सर्वत्र हूं। जिस क्षण तुम्हें प्रतीत होता है कि मैं सर्वत्र हूं, कि मैं सब जगह हूं, तो स्वतंत्रता प्राप्त हुई।

यह स्वतंत्रता राजनीतिक नहीं है; यह स्वतंत्रता आर्थिक नहीं है; यह स्वतंत्रता सामाजिक भी नहीं है। यह स्वतंत्रता अस्तित्वगत है। यह स्वतंत्रता समग्र है। इसीलिए हमने उसे मोक्ष कहा है—समग्र स्वतंत्रता। और तुम तभी आनंदित हो सकते हो। हर्ष या आनंद तभी संभव है जब तुम पूरी तरह स्वतंत्र हो। सच तो यह है कि पूरी तरह स्वतंत्र होना ही आनंद है। आनंद परिणाम नहीं है; स्वतंत्रता की घटना ही आनंद है। जब तुम पूरी तरह स्वतंत्र हो तो तुम आनंदित हो।

यह आनंद परिणाम की तरह नहीं घटित हो रहा है। स्वतंत्रता ही आनंद है; गुलामी दुख है, संताप है। जिस क्षण तुम किसी सीमा में बंधा अनुभव करते हो उसी क्षण तुम दुख में पड़ जाते हो। जहां-जहां भी तुम सीमित अनुभव करते हो वहां-वहां तुम दुख अनुभव करते हो। और जब तुम असीम-अनंत अनुभव करते हो, दुख विलीन हो जाता है।

तो बंधन दुख है और मुक्त जीवन आनंद है। जब भी तुम्हें इस स्वतंत्रता का अनुभव होता है, तुम्हें आनंद घटित होता है। अभी भी जब तुम्हें किसी तरह की स्वतंत्रता का अनुभव होता है, चाहे वह समग्र न भी हो, तो तुम प्रसन्न हो जाते हो। जब तुम किसी के प्रेम में पड़ते हो, तुम पर एक खुशी, एक आनंद बरस जाता है। यह क्यों होता है?

असल में जब भी तुम किसी के प्रेम में पड़ते हो तो तुम शरीर के प्रति अपनी आसक्ति को दूर हटा देते हो। किसी गहरे अर्थ में अब दूसरे का शरीर भी तुम्हारा अपना शरीर हो गया है। तुम अब अपने शरीर में ही सीमित नहीं हो, दूसरे का शरीर भी तुम्हारा शरीर बन गया है, तुम्हारा घर बन गया है, आवास बन गया है। तुम्हें थोड़ी स्वतंत्रता महसूस होती है; अब तुम दूसरे में गति कर सकते हो और दूसरा तुममें गति कर सकता है। एक अर्थ में एक अवरोध गिर गया; अब तुम पहले से ज्यादा हो।

जब तुम किसी को प्रेम करते हो तो तुम पहले से बहुत ज्यादा हो जाते हो। तुम्हारा होना थोड़ा फैला, थोड़ा विराट हुआ। तुम्हारी चेतना अब पहले की तरह क्षुद्र न रही; उसने नया विस्तार पा लिया। प्रेम में तुम्हें थोड़ी स्वतंत्रता का अनुभव होता है। हालांकि यह समग्र नहीं है, और देर-अबेर तुम फिर बंधन अनुभव करोगे। तुम्हें विस्तार तो मिला, लेकिन यह विस्तार अभी भी सीमित है।

इसीलिए जो लोग वस्तुतः प्रेम करते हैं वे देर-अबेर प्रार्थना में उतर जाते हैं। प्रार्थना का अर्थ है वृहत प्रेम। प्रार्थना का अर्थ है पूरे अस्तित्व के साथ प्रेम। अब तुम्हें रहस्य का पता चल गया। तुम्हें कुंजी का, गुप्त कुंजी का पता चल गया कि मैंने एक व्यक्ति को प्रेम किया और जिस क्षण मैंने प्रेम किया, सारे अवरोध गिर गए, सारे दरवाजे खुल गए और कम से कम एक

व्यक्ति के लिए मेरा होना विस्तृत हुआ, मेरे प्राणों का विस्तार हुआ। अब तुम्हें गुप्त कुंजी मालूम है कि अगर मैं पूरे अस्तित्व को प्रेम करने लगे तो मैं शरीर नहीं रहूंगा।

प्रगाढ़ प्रेम में तुम शरीर नहीं रह जाते हो। जब तुम किसी के प्रेम में होते हो तो तुम अपने को शरीर नहीं समझते हो। और जब तुम्हें प्रेम नहीं मिलता है, जब तुम प्रेम में नहीं होते हो, तब तुम अपने को शरीर ज्यादा अनुभव करते हो, तब तुम्हें अपने शरीर का खयाल ज्यादा रहता है। तब तुम्हारा शरीर बोझ बन जाता है, जिसे तुम किसी तरह ढोते हो। जब तुम्हें प्रेम मिलता है, शरीर निर्भार हो जाता है। जब तुम्हें प्रेम मिलता है और तुम प्रेम में होते हो तो तुम्हें ऐसा नहीं लगता कि गुरुत्वाकर्षण का कोई प्रभाव है। तुम नाच सकते हो; तुम वस्तुतः उड़ सकते हो। एक अर्थ में शरीर नहीं रहा—लेकिन सीमित अर्थ में ही। वही बात एक गहरे अर्थ में तब घटती है जब तुम समग्र अस्तित्व के साथ प्रेम में होते हो।

प्रेम में तुम्हें आनंद मिलता है। आनंद सुख नहीं है। स्मरण रहे, आनंद सुख नहीं है। सुख इंद्रियों के द्वारा मिलता है; आनंद इंद्रियगत नहीं है, वह अतींद्रिय अवस्था में प्राप्त होता है। सुख तुम्हें शरीर से मिलता है; आनंद तब मिलता है जब तुम शरीर नहीं होते हो। जब क्षण भर के लिए शरीर विलीन हो गया है और तुम मात्र चेतना हो तो तुम्हें आनंद प्राप्त होता है। और जब तुम शरीर हो तो तुम्हें केवल सुख मिल सकता है; वह सदा शरीर से मिलता है। शरीर से दुख संभव है, सुख संभव है, लेकिन आनंद तभी संभव है जब तुम शरीर नहीं हो।

आनंद कभी-कभी अचानक और आकस्मिक रूप से भी घटित होता है। तुम संगीत सुन रहे हो और अचानक सब कुछ खो जाता है। तुम संगीत में इतने तल्लीन हो कि तुम्हें अपने शरीर की सुध भूल गई। तुम संगीत में डूब गए हो; तुम संगीत के साथ एक हो गए हो। तुम इतने एक हो गए हो कि कोई सुनने वाला नहीं बचा है; सुनने वाला और सुना जाने वाला संगीत एक हो गए हैं। सिर्फ संगीत बचा है; तुम नहीं बचे। तुम विस्तृत हो गए, फैल गए। अब तुम संगीत के स्वरों के साथ बह रहे हो। अब तुम्हारी कोई सीमा न रही। संगीत के स्वर मौन में विलीन हो रहे हैं और तुम भी उनके साथ मौन में विलीन हो रहे हो। शरीर की सुधि जाती रही। और जब भी शरीर की सुधि नहीं रहती है, शरीर अनजाने ही, अचेतन रूप से दूर हट जाता है और तुम्हें आनंद घटित होता है।

तंत्र और योग के द्वारा तुम यही चीज विधिपूर्वक कर सकते हो। तब वह आकस्मिक नहीं है; तब तुम उसके मालिक हो। तब यह चीज तुम्हें अनजाने नहीं घटती है; तब तुम्हारे हाथ में कुंजी है और तुम जब चाहो द्वार खोल सकते हो—या तुम चाहो तो द्वार हमेशा के लिए खोल सकते हो और कुंजी को फेंक सकते हो। द्वार को फिर बंद करने की जरूरत न रही।

सामान्य जीवन में भी आनंद घटता है; लेकिन वह कैसे घटता है, यह तुम्हें नहीं मालूम। स्मरण रहे, यह सदा तभी घटता है जब तुम शरीर नहीं होते हो। तो जब भी तुम्हें पुनः किसी आनंद के क्षण का अनुभव हो तो सजग होकर देखना कि उस क्षण में तुम शरीर हो या नहीं। तुम शरीर नहीं होगे। जब भी आनंद है, शरीर नहीं है। ऐसा नहीं कि शरीर नहीं रहता है; शरीर तो रहता है, लेकिन तुम शरीर से आसक्त नहीं हो; तुम शरीर से बंधे नहीं हो। तुम उससे बाहर निकल गए हो। हो सकता है, संगीत के कारण तुम बाहर निकल गए, या खूबसूरत सूर्योदय को देखकर बाहर निकल गए, या एक बच्चे को हंसते देखकर बाहर निकल गए, या

▲

किसी के प्रेम में होने के कारण शरीर से बाहर आ गए—कारण जो भी हो, मगर तुम क्षण भर के लिए बाहर आ गए। शरीर तो है, लेकिन दूर हो गया; तुम उससे आसक्त नहीं हो। तुमने एक उड़ान ली।

इस विधि के द्वारा तुम जानते हो कि जो सर्वत्र है वह दुखी नहीं हो सकता; वह आनंदित है, वह आनंद है। तो स्मरण रहे, तुम जितने सीमित होगे उतने ही दुखी होगे। फैलो, अपनी सीमाओं को दूर हटाओ, और जब भी संभव हो, शरीर को अलग हटा दो। तुम आकाश को देखो, वहां बादल तैर रहे हैं, उन बादलों के साथ तैरो, शरीर को जमीन पर ही रहने दो। और आकाश में चांद है; चांद के साथ यात्रा करो। जब भी तुम शरीर को भूल सको, उस अवसर को मत चूको, यात्रा पर निकल पड़ो। और तुम धीरे-धीरे परिचित हो जाओगे कि शरीर से बाहर होने का क्या मतलब है।

और यह सिर्फ अवधान की बात है। आसक्ति अवधान देने की बात है। अगर तुम शरीर को अवधान देते हो तो तुम उससे आसक्त हो। अगर अवधान हटा लिया जाए तो तुम आसक्त नहीं रहे।

उदाहरण के लिए, तुम खेल के मैदान में खेल रहे हो। तुम हाकी या वाली-बाल खेल रहे हो, या कोई और खेल खेल रहे हो। तुम खेल में इतने तल्लीन हो कि तुम्हारा अवधान शरीर पर नहीं है। तुम्हारे पैर पर चोट लग गई है और खून बह रहा है; लेकिन तुम्हें उसको पता नहीं है। दर्द भी है, लेकिन तुम वहां नहीं हो। खून बह रहा है, लेकिन तुम शरीर के बाहर हो। तुम्हारी चेतना, तुम्हारा अवधान गेंद के साथ दौड़ रहा है, गेंद के साथ भाग रहा है। तुम्हारा अवधान कहीं और है। लेकिन जैसे ही खेल समाप्त होता है, तुम अचानक शरीर में लौट आते हो और देखते हो कि खून बह रहा है, पीड़ा हो रही है। और तुम्हें आश्चर्य होता है कि यह कैसे हुआ, कब हुआ और कैसे तुम्हें उसको बोध नहीं हुआ!

शरीर में होने के लिए तुम्हारे अवधान की जरूरत है। यह स्मरण रहे, जहां भी तुम्हारा अवधान है तुम वहीं हो। अगर तुम्हारा अवधान फूल में है तो तुम फूल में हो। और अगर तुम्हारा अवधान धन में है तो तुम धन में हो। तुम्हारा अवधान ही तुम्हारा होना है। और अगर तुम्हारा अवधान कहीं नहीं है तो तुम सब कहीं हो।

ध्यान की पूरी प्रक्रिया चेतना की उस अवस्था में होना है जहां तुम्हारा अवधान कहीं नहीं हो, जहां तुम्हारे अवधान का कोई विषय न हो, कोई लक्ष्य न हो। जब कोई विषय नहीं है तो कोई शरीर नहीं है। तुम्हारा अवधान ही शरीर का निर्माण करता है। तुम्हारा अवधान ही तुम्हारा शरीर है। और जब अवधान कहीं नहीं है तो तुम सब कहीं हो। और तब तुम्हें आनंद घटित होता है। यह कहना भी ठीक नहीं है कि तुम्हें आनंद घटित होता है—तुम ही आनंद हो। अब यह तुमसे अलग नहीं हो सकता; यह तुम्हारा प्राण ही बन गया है।

स्वतंत्रता आनंद है। इसीलिए स्वतंत्रता की इतनी अभीप्सा है, इतनी खोज है।

अनासक्ति-संबंधी दूसरी विधिः

ना-कुछ का विचार करने से सीमित आत्मा असीम हो जाती है।

मैं यही कह रहा था। अगर तुम्हारे अवधान का कोई विषय नहीं है, कोई लक्ष्य नहीं

है, तो तुम कहीं नहीं हो, या तुम सब कहीं हो। और तब तुम स्वतंत्र हो। तुम स्वतंत्रता ही हो गए हो।

यह दूसरा सूत्र कहता है: 'ना-कुछ का विचार करने से सीमित आत्मा असीम हो जाती है।'

अगर तुम सोच-विचार नहीं कर रहे हो तो तुम असीम हो। विचार तुम्हें सीमा देता है। और सीमाएं अनेक तरह की हैं। तुम हिंदू हो, यह एक सीमा है। हिंदू होना किसी विचार से, किसी व्यवस्था से, किसी ढंग-ढांचे से बंधा होना है। तुम ईसाई हो, यह भी एक सीमा है। धार्मिक आदमी कभी भी हिंदू या ईसाई नहीं हो सकता है। और अगर कोई आदमी हिंदू या ईसाई है तो वह धार्मिक नहीं है। असंभव है। क्योंकि ये सब विचार हैं। धार्मिक आदमी का अर्थ है कि वह विचार से नहीं बंधा है। वह किसी विचार से सीमित नहीं है; वह किसी व्यवस्था से, किसी ढंग-ढांचे से नहीं बंधा है, वह मन की सीमा में नहीं जीता है—वह असीम में जीता है।

जब तुम्हारा कोई विचार है तो वह विचार तुम्हारा अवरोध बन जाता है। वह विचार सुंदर हो सकता है, लेकिन फिर भी वह बंधन है। सुंदर कारागृह भी कारागृह ही है। विचार स्वर्णिम हो सकता है, उससे कोई फर्क नहीं पड़ता; स्वर्णिम विचार भी तुम्हें उतना ही बांधता है जितना कोई और विचार। और जब तुम्हारा कोई विचार है और तुम उससे आसक्त हो तो तुम सदा किसी के विरोध में हो। क्योंकि सीमा हो ही नहीं सकती, यदि तुम किसी के विरोध में नहीं हो। विचार सदा पूर्वाग्रह-ग्रस्त होता है, विचार सदा पक्ष या विपक्ष में होता है।

मैंने एक बहुत धार्मिक ईसाई के संबंध में सुना है, जो कि एक गरीब किसान था। वह मित्र-समाज का सदस्य था, वह क्वेकर था। क्वेकर लोग अहिंसक होते हैं; वे प्रेम और मैत्री में विश्वास करते हैं। वह क्वेकर अपनी खच्चर गाड़ी पर बैठकर शहर से गांव वापस आ रहा था। एक जगह खच्चर अचानक बिना किसी कारण के रुक गया और आगे बढ़ने से इनकार करने लगा। उसने खच्चर को ईसाई ढंग से, मैत्रीपूर्ण ढंग से, अहिंसक ढंग से फुसलाने की कोशिश की। वह क्वेकर था, वह खच्चर को मार नहीं सकता था, उसे कठोर वचन नहीं कह सकता था; उसे डांट-फटकार या गाली भी नहीं दे सकता था। लेकिन वह गुस्से से भरा था।

लेकिन खच्चर को मारा कैसे जाए? वह उसे मारना चाहता था। तो उसने खच्चर से कहाः 'ठीक से आचरण करो। मैं क्वेकर हूं, इसलिए मैं तुम्हें मार नहीं सकता, डांट नहीं सकता, मैं हिंसा नहीं कर सकता; लेकिन स्मरण रहे, ऐ खच्चर, कि मैं तुम्हें किसी ऐसे आदमी के हाथ बेच तो सकता हूं जो ईसाई न हो।'

ईसाई की अपनी दुनिया है और गैर-ईसाई उसके बाहर हैं। कोई ईसाई यह सोच भी नहीं सकता कि कोई गैर-ईसाई ईश्वर के राज्य में प्रवेश पा सकता है। वैसे ही कोई हिंदू या जैन यह नहीं सोच सकता कि उनके अलावा कोई दूसरा आनंद के जगत में प्रवेश पा सकता है—असंभव है।

विचार सीमा बनाता है, अवरोध खड़े करता है; और जो लोग पक्ष में नहीं हैं उन्हें विरोधी मान लिया जाता है। जो मेरे साथ सहमत नहीं हैं वे मेरे विरोध में हैं। फिर तुम सब कहीं कैसे हो सकते हो? तुम ईसाई के साथ हो सकते हो; तुम गैर-ईसाई साथ नहीं हो सकते।

तुम हिंदू के साथ हो सकते हो; लेकिन तुम गैर-हिंदू के साथ, मुसलमान के साथ नहीं हो सकते। विचार को किसी न किसी के विरोध में होना पड़ता है—चाहे वह किसी व्यक्ति के विरोध में हो या किसी वस्तु के। वह समग्र नहीं हो सकता है। स्मरण रहे, विचार कभी समग्र नहीं हो सकता; केवल निर्विचार ही समग्र हो सकता है।

दूसरी बात कि विचार मन से आता है, वह सदा मन की उप-उत्पत्ति है। विचार तुम्हारा रुझान है, तुम्हारा अनुमान है, पूर्वाग्रह है। विचार तुम्हारी प्रतिक्रिया है, तुम्हारा सिद्धांत है, तुम्हारी धारणा है, तुम्हारी मान्यता है, लेकिन विचार अस्तित्व नहीं है। वह अस्तित्व के संबंध में है, वह स्वयं अस्तित्व नहीं है।

एक फूल है। तुम उस फूल के संबंध में कुछ कह सकते हो; वह कहना एक प्रतिक्रिया है। तुम कह सकते हो कि फूल सुंदर है, कि असुंदर है; तुम कह सकते हो कि फूल पवित्र है; लेकिन तुम फूल के संबंध में जो भी कहते हो वह फूल नहीं है। फूल का होना तुम्हारे विचारों के बिना है। और तुम फूल के संबंध में जो भी सोच-विचार करते हो उससे तुम अपने और फूल के बीच अवरोध निर्मित कर रहे हो। फूल को होने के लिए तुम्हारे विचारों की जरूरत नहीं है। फूल बस है। अपने विचारों को छोड़ो और तब तुम फूल में डूब सकोगे।

तुम गुलाब के संबंध में जो भी कहते हो वह व्यर्थ है; वह कितनी भी अर्थपूर्ण मालूम पड़े, लेकिन वह अर्थहीन ही है। जो तुम कहते हो उसकी कोई जरूरत नहीं है; फूल का होना तुम्हारे कहने न कहने पर निर्भर नहीं है। बल्कि तुम्हारा कुछ कहना तुम्हारे और फूल के बीच एक पतला परदा निर्मित करता है। वह एक सीमा बना देता है। इसलिए जब भी कोई विचार आता है, वह तुम्हें सीमित कर देता है, तुम्हारे लिए अस्तित्व का द्वार बंद हो जाता है।

यह सूत्र कहता है: 'ना-कुछ का विचार करने से सीमित आत्मा असीम हो जाती है।'

अगर तुम सोच-विचार में उलझे नहीं हो, अगर तुम सिर्फ हो, पूरे सजग और सावचेत हो, विचार के किसी धुएं के बिना हो, तो तुम असीम हो।

यह शरीर ही एकमात्र शरीर नहीं है; एक गहनतर शरीर भी है, वह मन है। शरीर पदार्थ से बनी है। मन भी पदार्थ से बना है; वह और सूक्ष्म पदार्थ से बना है। शरीर बाहरी पर्त है और मन आंतरिक पर्त है। और शरीर से अनासक्त होना बहुत कठिन नहीं है, मन से अनासक्त होना बहुत कठिन है; क्योंकि मन के साथ तुम्हारा तादात्म्य ज्यादा गहरा है, तुम मन से ज्यादा जुड़े हो।

अगर कोई तुमसे कहे कि तुम्हारा शरीर रुग्ण मालूम पड़ता है तो तुम्हें पीड़ा नहीं होती है। तुम शरीर से उतने आसक्त नहीं हो; वह तुमसे जरा दूरी पर मालूम पड़ता है। लेकिन अगर कोई तुमसे कहे कि तुम्हारा मन रुग्ण, अस्वस्थ मालूम पड़ता है तो तुम्हें पीड़ा होती है। उसने तुम्हारा अपमान कर दिया। मन से तुम अपने को ज्यादा निकट अनुभव करते हो। अगर कोई आदमी तुम्हारे शरीर के संबंध में कुछ बुरा कहे तो तुम उसे बरदाश्त कर सकते हो, लेकिन अगर वही तुम्हारे मन के संबंध में कुछ बुरा कहे तो बरदाश्त करना असंभव होगा। क्योंकि उसने गहरे में चोट कर दी।

मन शरीर की भीतरी पर्त है। मन और शरीर दो नहीं हैं। तुम्हारे शरीर की बाहरी पर्त शरीर है और भीतरी पर्त मन है। ऐसा समझो कि तुम्हारा एक घर है; तुम उस घर को बाहर से

▲

देख सकते हो और तुम उस घर को भीतर से देख सकते हो। बाहर से दीवारों की बाहरी पर्त दिखाई पड़ेगी; भीतर से भीतरी पर्त दिखाई पड़ेगी। मन तुम्हारी आंतरिक पर्त है; वह तुम्हारे ज्यादा निकट है। लेकिन फिर भी वह शरीर ही है।

मृत्यु में तुम्हारा बाहरी शरीर गिर जाता है; लेकिन उसकी भीतरी सूक्ष्म पर्त को तुम अपने साथ ले जाते हो। तुम उससे इतने आसक्त हो कि मृत्यु भी तुम्हें तुम्हारे मन से पृथक नहीं कर पाती। मन जारी रहता है। यही कारण है कि तुम्हारे पिछले जन्मों को जाना जा सकता है। तुम अभी भी अपने सभी अतीत के मनों को अपने साथ लिए हुए हो। वे सब के सब तुममें मौजूद हैं। अगर तुम कभी कुत्ते थे तो कुत्ते का मन अब भी तुम्हारे भीतर है। अगर तुम कभी वृक्ष थे तो वृक्ष का मन अब भी तुम्हारे साथ है। अगर तुम कभी स्त्री या पुरुष थे तो वे चित्त अब भी तुम्हारे भीतर मौजूद हैं। सारे के सारे चित्त तुम्हारे पास हैं। तुम उनसे इतने बंधे हो कि तुम उनकी पकड़ को नहीं छोड़ सकते।

मृत्यु में बाह्य विलीन हो जाता है, लेकिन आंतरिक कायम रहता है। यह आंतरिक शरीर बहुत ही सूक्ष्म पदार्थ है। वस्तुतः वह ऊर्जा का स्पंदन मात्र है—विचार की तरंगें। तुम उन्हें अपने साथ लिए चलते रहते हो। और तुम उन्हीं विचार-तरंगों के अनुरूप फिर नए शरीर में प्रवेश करते हो। तुम अपने विचारों के ढांचे के अनुकूल, अपनी कामनाओं के अनुकूल, अपने मन के अनुकूल अपने लिए नया शरीर निर्मित कर लेते हो। मन में उसका ब्लू-प्रिंट, उसकी रूपरेखा मौजूद है, और उसके अनुरूप बाहरी पर्त फिर बनती है।

तो पहला सूत्र शरीर को अलग करने के लिए है। दूसरा सूत्र मन को, आंतरिक शरीर को अलग करने के लिए है। मृत्यु भी तुम्हें तुम्हारे मन से अलग नहीं कर पाती; यह काम केवल ध्यान कर सकता है। यही कारण है कि ध्यान मृत्यु से भी बड़ी मृत्यु है; वह मृत्यु से भी गहरी शल्य-चिकित्सा है। इसीलिए ध्यान से इतना भय होता है। लोग ध्यान के बारे में सतत बात करेंगे, लेकिन वे ध्यान कभी करेंगे नहीं। वे बात करेंगे, वे उसके संबंध में लिखेंगे, वे उस पर उपदेश भी देंगे; लेकिन वे कभी ध्यान करेंगे नहीं। ध्यान से एक गहरा भय है, और वह भय मृत्यु का भय है।

जो लोग ध्यान करते हैं वे किसी न किसी दिन उस बिंदु पर पहुंच जाते हैं जहां वे घबड़ा जाते हैं, जहां से वे पीछे लौट जाते हैं। वे मेरे पास आते हैं और कहते हैं: 'अब हम आगे प्रवेश नहीं कर सकते; यह असंभव है।' एक क्षण आता है जब व्यक्ति को लगता है कि मैं मर रहा हूं। और वह क्षण किसी भी मृत्यु से बड़ी मृत्यु का क्षण है। क्योंकि जो सबसे अंतरस्थ है वही अलग हो रहा है, वही मिट रहा है। व्यक्ति को लगता है कि मैं मर रहा हूं। उसे लगता है कि मैं अब अनस्तित्व में सरक रहा हूं। एक गहन अतल का द्वार खुल जाता है; एक अनंत शून्य सामने खड़ा हो जाता है। वह घबरा जाता है और पीछे लौटकर शरीर को पकड़ लेता है, ताकि मिट न जाए; क्योंकि पांव के नीचे से जमीन खिसक रही है और सामने एक अतल खाई खुल रही है—शून्य की खाई।

इसलिए लोग यदि चेष्टा भी करते हैं तो सदा ऊपर-ऊपर करते हैं। वे पूरी त्वरा से ध्यान नहीं करते हैं। कहीं अचेतन में उन्हें बोध है कि अगर हम गहरे उतरेंगे तो नहीं बचेंगे। और यह सही है। यह भय सच है। तुम फिर तुम नहीं रहोगे। एक बार तुमने उस अतल को,

उस शून्य को जान लिया तो तुम फिर वही नहीं रहोगे जो थे। तुम उससे एक नया जीवन लेकर लौटोगे, तुम नए मनुष्य हो जाओगे।

पुराना मनुष्य तो मिट गया; वह कहां गया, तुम्हें इसका नामो-निशान भी नहीं मिलेगा। पुराना मनुष्य मन के साथ तादात्म्य में था; अब तुम मन के साथ तादात्म्य नहीं कर सकते। अब तुम मन का उपयोग कर सकते हो, अब तुम शरीर का उपयोग कर सकते हो, लेकिन अब मन और शरीर यंत्र हैं और तुम उनसे ऊपर हो। तुम उनका जैसा चाहो वैसा उपयोग कर सकते हो, लेकिन तुम उनसे तादात्म्य नहीं करते हो। यह स्वतंत्रता देता है।

लेकिन यह तभी हो सकता है जब तुम ना-कुछ का विचार करो। 'ना-कुछ का विचार'—यह बहुत विरोधाभासी है। तुम किसी चीज के बारे में विचार कर सकते हो, लेकिन ना-कुछ के बारे में कैसे विचार कर सकते हो? इस 'ना-कुछ' का क्या अर्थ है? और तुम उसके संबंध में विचार कैसे कर सकते हो? जब भी तुम किसी के संबंध में विचार करते हो, वह विषय बन जाता है, वह विचार बन जाता है। और विचार पदार्थ हैं। तुम ना-कुछ का विचार कैसे कर सकते हो? तुम शून्य के संबंध में कैसे सोच सकते हो? तुम नहीं सोच सकते, यह संभव नहीं है। लेकिन इस प्रयत्न में ही, ना-कुछ के विषय में, शून्य के संबंध में सोचने के प्रयत्न में ही सोच-विचार खो जाएगा, विलीन हो जाएगा।

तुमने झेन कोआन के संबंध में सुना होगा। झेन गुरु साधक को एक कोआन देते हैं और कहते हैं कि इस पर विचार करो। यह कोआन जान-बूझकर विचार को बंद करने के लिए दी जाती है। उदाहरण के लिए, वे साधक से कहते हैं: 'जाओ और पता लगाओ कि तुम्हारा मौलिक चेहरा क्या है, वह चेहरा जो तुम्हारे जन्म के भी पहले था। अभी जो तुम्हारा चेहरा है उस पर मत विचार करो, उस चेहरे पर विचार करो जो जन्म के पहले था।'

तुम इस संबंध में क्या सोच-विचार कर सकते हो? जन्म के पहले तुम्हारा कोई चेहरा नहीं था; चेहरा तो जन्म के साथ आता है। चेहरा तो शरीर का हिस्सा है। तुम्हारा कोई चेहरा नहीं है; चेहरा शरीर का है। आंखें बंद करो और कोई चेहरा नहीं है। तुम अपने चेहरे के बारे में दर्पण के द्वारा जानते हो। तुमने खुद उसे कभी नहीं देखा है; तुम उसे देख भी नहीं सकते। तो कैसे कोई मौलिक चेहरे के संबंध में सोच-विचार कर सकता है?

लेकिन साधक चेष्टा करता है; और यह चेष्टा करना ही मदद करता है। साधक चेष्टा पर चेष्टा करेगा—और यह असंभव चेष्टा है। वह बार-बार गुरु के पास आएगा और कहेगाः 'क्या मौलिक चेहरा यह है?' लेकिन उसके पूछने के पहले ही गुरु कहता है: 'नहीं, यह गलत है।' तुम जो कुछ भी लाओगे वह गलत होने ही वाला है।

साधक महीनों तक बार-बार आता रहता है। कुछ खोजता है, कुछ कल्पना करता है, कोई चेहरा देखता है और गुरु से कहता है: 'यह रहा मौलिक चेहरा !' और गुरु फिर कहता है: 'नहीं!' हर बार उसे यह नहीं सुनने को मिलता है। और धीरे-धीरे वह बहुत ज्यादा भ्रमित हो जाता है, उलझनग्रस्त हो जाता है। वह कुछ सोच नहीं पाता है। वह हर तरह से प्रयत्न करता है और हर बार असफल होता है। यह असफलता ही बुनियादी बात है। किसी दिन वह समग्र असफलता पर पहुंच जाता है। उस समग्र असफलता में सब सोच-विचार ठहर जाता है और उसे बोध होता है कि मौलिक चेहरे के संबंध में कोई सोच-विचार नहीं हो सकता। और इस

बोध के साथ ही सोच-विचार गिर जाता है।

और जब साधक को इस अंतिम असफलता का बोध होता है और वह गुरु के पास आता है तो गुरु उससे कहता है: 'अब कोई जरूरत नहीं है, मैं मौलिक चेहरा देख रहा हूं।' साधक की आंखें शून्य हैं। वह गुरु से कुछ कहने नहीं, सिर्फ उनके सान्निध्य में रहने को आया है। उसे कोई उत्तर नहीं मिला; उत्तर था ही नहीं। वह पहली बार उत्तर के बिना आया है। कोई उत्तर नहीं है; वह मौन होकर आया है।

पहले वह जब भी आया था, कोई उत्तर लेकर आया था। मन मौजूद था, विचार चल रहा था और वह उस विचार से सीमित था। उसने कोई चेहरा खोज लिया था या उसने किसी चेहरे की कल्पना कर ली थी और वह उस चेहरे से सीमित था। अब वह मौलिक हो गया है; अब उसकी कोई सीमा नहीं है। अब उसका कोई चेहरा नहीं है, कोई धारणा नहीं है, कोई विचार नहीं है। वह बिना किसी मन के आया है।

यही अ-मन की अवस्था है। इस अ-मन की अवस्था में 'सीमित आत्मा असीम हो जाती है।' सीमाएं विलीन हो जाती हैं। और तुम अचानक सर्वत्र हो, सब कहीं हो। तुम अचानक सब कुछ हो। अचानक तुम वृक्ष में हो, पत्थर में हो, आकाश में हो, मित्र में हो, शत्रु में हो—अचानक तुम सब कहीं हो, सब में हो। सारा अस्तित्व दर्पण के समान हो गया है—और तुम सर्वत्र अपनी ही प्रतिछवि देख रहे हो।

यही अवस्था आनंद की अवस्था है। अब तुम्हें कुछ भी अशांत नहीं कर सकता; क्योंकि तुम्हारे अतिरिक्त कुछ और नहीं है। अब कुछ भी तुम्हें मिटा नहीं सकता; क्योंकि तुम्हारे सिवाय कोई और नहीं है। अब मृत्यु नहीं है; क्योंकि मृत्यु में भी तुम हो। अब कुछ भी तुम्हारे विरोध में नहीं है; क्योंकि एकमात्र तुम हो, अकेले तुम हो।

इस एकाकीपन को महावीर ने कैवल्य कहा है—समग्र एकांत। एकांत क्यों? क्योंकि सब कुछ तुममें समाहित है, सब कुछ तुममें है।

तुम इस अवस्था को दो ढंगों से अभिव्यक्त कर सकते हो। तुम कह सकते हो, 'केवल मैं हूं, अहं ब्रह्मास्मि, मैं ब्रह्म हूं, मैं परमात्मा हूं, मैं समग्र हूं। सब कुछ मेरे भीतर आ गया है; सारी नदियां मेरे सागर में विलीन हो गई हैं। अकेला मैं ही हूं; और कुछ भी नहीं है।' सुफी संत यही कहते हैं और मुसलमान कभी नहीं समझ पाते कि क्यों सूफी ऐसी बातें कहते हैं। एक सूफी कहता है: 'कोई परमात्मा नहीं है; केवल मैं हूं।' या वह कहता है: 'मैं परमात्मा हूं।' यह विधायक ढंग है कहने का कि अब कोई पृथकता न रही। बुद्ध नकारात्मक ढंग उपयोग करते हैं; वे कहते हैं: 'मैं न रहा; कुछ भी न रहा।'

दोनों बातें सच हैं। क्योंकि जब सब कुछ मुझमें सम्मिलित है तो अपने को 'मैं' कहने में कोई तुक नहीं है। 'मैं' सदा ही 'तू' के विरोध में है; 'तू' के संदर्भ में 'मैं' अर्थपूर्ण है, जब 'तू' न रहा तो 'मैं' व्यर्थ हो गया। इसीलिए बुद्ध कहते हैं कि 'मैं' नहीं है, कुछ नहीं है।

या तो सब कुछ तुममें समा गया है, या तुम शून्य हो गए हो और सबमें विलीन हो गए हो। दोनों अभिव्यक्तियां ठीक हैं।

निश्चित ही कोई भी अभिव्यक्ति पूरी तरह सही नहीं हो सकती है। यही कारण है कि विपरीत अभिव्यक्ति भी सदा सही है। प्रत्येक अभिव्यक्ति आंशिक है, अंश है; इसीलिए विरोधी

▲

अभिव्यक्ति भी सही है, विरोधी अभिव्यक्ति भी उसका ही अंश है।

इसे स्मरण रखो। तुम जो वक्तव्य देते हो वह सच हो सकता है और उसका विरोधी वक्तव्य भी, बिलकुल विरोधी वक्तव्य भी सच हो सकता है। वस्तुतः यह होना अनिवार्य है। क्योंकि प्रत्येक वक्तव्य अंश मात्र है। और अभिव्यक्ति के दो ढंग हैं। तुम विधायक ढंग चुन सकते हो या नकारात्मक ढंग चुन सकते हो। अगर तुम विधायक ढंग चुनते हो तो नकारात्मक ढंग गलत मालूम पड़ता है। लेकिन वह गलत नहीं है, वह परिपूरक है। वह दरअसल उसके विरोध में नहीं है।

तो तुम चाहे उसे ब्रह्म कहो या निर्वाण कहो, दोनों एक ही अनुभव की तरफ इशारा करते हैं। और वह अनुभव यह है: ना-कुछ का विचार करने से तुम उसे जान लेते हो।

इस विधि के संबंध में कुछ बुनियादी बातें समझ लेनी जरूरी हैं। एक कि विचार करते हुए तुम अस्तित्व से पृथक हो जाते हो। विचार करना कोई संबंध नहीं है; वह कोई संवाद नहीं है। विचार करना अवरोध है। निर्विचार में तुम अस्तित्व से संबंधित होते हो, जुड़ते हो; निर्विचार में तुम संवाद में होते हो।

जब तुम किसी से बातचीत करते हो तो तुम उससे जुड़े नहीं हो। बातचीत ही बाधा बन जाती है। और तुम जितना ही बोलते हो तुम उससे उतने ही दूर हट जाते हो। अगर तुम किसी के साथ मौन में होते हो तो तुम उससे जुड़ते हो। और अगर तुम दोनों का मौन सच ही गहन हो, अगर तुम्हारे मन में कोई विचार न हो, दोनों के मन पूरी तरह मौन हों—तो तुम एक हो।

दो शून्य दो नहीं हो सकते, दो शून्य एक हो जाते हैं। अगर तुम दो शून्यों को जोड़ो तो वे दो नहीं रहते, वे मिलकर एक बड़ा शून्य हो जाते हैं, वे एक हो जाते हैं। सच तो यह है कि कोई शून्य बड़ा या छोटा नहीं हो सकता; शून्य बस शून्य है। तुम न उसमें कुछ जोड़ सकते हो और न उससे कुछ घटा सकते हो। शून्य पूर्ण है। जब भी तुम किसी के साथ मौन में होते हो, तुम एक होते हो। जब तुम अस्तित्व के साथ मौन होते हो तो तुम अस्तित्व के साथ एक होते हो।

यह विधि कहती है कि अस्तित्व के साथ मौन होओ और तब तुम परमात्मा को जान लोगे। अस्तित्व के साथ संवाद का एक ही साधन है, मौन। यदि तुम अस्तित्व से बातचीत करते हो तो तुम चूकते हो। तब तुम अपने विचारों में ही बंद हो।

इसे प्रयोग की तरह करो। किसी चीज के साथ भी, एक पत्थर के साथ भी इसे प्रयोग करो। पत्थर के साथ मौन होकर रहो; उसे अपने हाथ में ले लो और मौन हो जाओ। और संवाद घटित होगा, मिलन घटित होगा। तुम पत्थर में गहरे प्रवेश कर जाओगे और पत्थर तुममें गहरे प्रवेश कर जाएगा। तुम्हारे रहस्य पत्थर के प्रति खुल जाएंगे और पत्थर अपने रहस्य तुम्हारे प्रति प्रकट कर देगा। लेकिन तुम पत्थर के साथ भाषा का उपयोग नहीं कर सकते; पत्थर कोई भाषा नहीं जानता है। और चूंकि तुम भाषा का उपयोग करते हो, तुम उसके साथ संबंधित नहीं हो सकते।

मनुष्य ने मौन बिलकुल खो दिया है। जब तुम कुछ नहीं कर रहे होते हो तो भी तुम मौन नहीं हो। मन कुछ न कुछ करता ही रहता है। और इसी निरंतर की भीतरी बातचीत के कारण, इस सतत आंतरिक बकवास के कारण तुम किसी के भी साथ संबंधित नहीं होते हो। तुम अपने प्रियजनों के साथ भी संबंधित नहीं हो सकते, क्योंकि यह बातचीत चलती रहती है।

तुम अपनी पत्नी के साथ बैठे हो सकते हो; लेकिन तुम अपने भीतर बातचीत में लगे हो और तुम्हारी पत्नी अपने भीतर बातचीत में लगी है। तुम दोनों अपने-अपने भीतर बातचीत में लगे हो। पास होकर भी तुम एक-दूसरे से बहुत दूर हो, दो ध्रुवों जैसे दूर हो। मानो तुम एक तारे पर हो और तुम्हारी पत्नी दूसरे तारे पर है और दोनों के बीच अनंत दूरी है। और फिर तुम्हें लगता है कि प्रेम नहीं है। तब तुम एक-दूसरे को दोष देते हो कि 'तुम मुझे प्रेम नहीं करते।'

असल में प्रेम का प्रश्न ही नहीं है। प्रेम संभव ही नहीं है। प्रेम मौन का फूल है। प्रेम का फूल मौन में ही खिलता है, मौन मिलन में खिलता है। यदि तुम निर्विचार नहीं हो सकते हो तो तुम प्रेम में भी नहीं हो सकते। और फिर प्रार्थना में होना तो असंभव ही है।

लेकिन हम तो प्रार्थना करते हुए भी बातचीत में लगे रहते हैं। हमारे लिए प्रार्थना परमात्मा के साथ बातचीत है। हम बातचीत के इतने अभ्यस्त हो गए हैं, इतने संस्कारित हो गए हैं, कि जब हम मंदिर या मस्जिद भी जाते हैं तो वहां भी अपनी बकवास जारी रखते हैं। हम परमात्मा के साथ भी बोलते रहते हैं, बातचीत करते रहते हैं।

यह बिलकुल मूढ़तापूर्ण है। परमात्मा या अस्तित्व तुम्हारी भाषा नहीं समझ सकता है। अस्तित्व एक ही भाषा समझता है—मौन की भाषा और मौन न संस्कृत है, न अरबी, न अंग्रेजी, न हिंदी। मौन जागतिक है; मौन किसी एक का नहीं है।

पृथ्वी पर कम से कम चार हजार भाषाएं हैं। और प्रत्येक मनुष्य अपनी भाषा के घेरे में बंद है। अगर तुम उसकी भाषा नहीं जानते हो तो तुम उसके साथ संबंधित नहीं हो सकते। तुम संबंधित ही नहीं हो सकते। अगर मैं तुम्हारी भाषा नहीं जानता हूं और तुम मेरी भाषा नहीं जानते हो तो हम दोनों संबंधित नहीं हो सकते; तब हम एक-दूसरे के लिए अजनबी हैं। हम एक-दूसरे में प्रवेश नहीं कर सकते; हम एक-दूसरे को न समझ सकते हैं, न प्रेम कर सकते हैं।

ऐसा इसीलिए है, क्योंकि हमें वह बुनियादी जागतिक भाषा नहीं मालूम है जो कि मौन है। सच तो यह है कि मौन के द्वारा ही कोई किसी से संबंधित होता है। और अगर तुम मौन की भाषा जानते हो तो तुम किसी भी चीज के साथ संबंधित हो सकते हो, जुड़ सकते हो। क्योंकि चट्टानें मौन हैं, वृक्ष मौन हैं, आकाश मौन है—मौन अस्तित्वगत है। यह मानवीय गुण ही नहीं है, यह अस्तित्वगत है। सबको पता है कि मौन क्या है; सबका अस्तित्व मौन में ही है।

यदि तुम्हारे हाथ में एक पत्थर है तो वह पत्थर अपने भीतर नहीं बोल रहा है; लेकिन तुम बोल रहे हो। यही कारण है कि तुम पत्थर से संबंधित नहीं हो सकते हो। और पत्थर तो ग्रहणशील है, खुला हुआ है, वह तुम्हें आमंत्रण दे रहा है। पत्थर तुम्हारा स्वागत करेगा। लेकिन तुम बातचीत में लगे हो और पत्थर तुम्हारी भाषा नहीं समझ सकता। वही बाधा बन जाता है। ऐसे ही तुम मनुष्यों के साथ भी गहन संबंध में नहीं हो सकते; कोई घनिष्ठता संभव नहीं है। भाषा, शब्द सब कुछ नष्ट कर देते हैं।

ध्यान का अर्थ मौन है—कोई विचार नहीं। विचार बिलकुल खो गए हैं। ध्यान है मात्र होना—खुला, ग्रहणशील, तत्पर, मिलने को उत्सुक, स्वागत में, प्रेमपूर्ण—लेकिन वहां सोच-विचार बिलकुल नहीं है। और तब तुम्हें अनंत प्रेम घटित होगा और तुम यह कभी नहीं कहोगे कि कोई मुझे प्रेम नहीं करता है। तुम यह कभी नहीं कहोगे, तुम्हें कभी यह भाव भी नहीं उठेगा।

▲

अभी तो तुम कुछ भी करो, तुम यही कहोगे कि कोई मुझे प्रेम नहीं करता है। और तुम्हें यह भाव भी उठेगा कि कोई मुझे प्रेम नहीं देता है। हो सकता है कि तुम यह नहीं कहो; तुम यह दिखावा भी कर सकते हो कि कोई मुझे प्रेम करता है; लेकिन गहरे में तुम जानते हो कि कोई तुम्हें प्रेम नहीं करता है।

प्रेमी भी एक-दूसरे से पूछते रहते हैं: 'क्या तुम मुझे प्रेम करते हो?' अनेक ढंगों से वे निरंतर यही बात पूछते रहते हैं। सब डरे हुए हैं, सब अनिश्चय में हैं, सब असुरक्षित हैं। बहुत तरीकों से वे यह जानने की कोशिश करते हैं कि दूसरा सच में मुझे प्रेम करता है। और उन्हें कभी भरोसा नहीं हो सकता है। क्योंकि प्रेमी कह सकता है कि हां, मैं तुम्हें प्रेम करता हूं; लेकिन इसका भरोसा क्या? तुम्हें पक्का कैसे होगा? तुम कैसे जानोगे कि प्रेमी तुम्हें धोखा नहीं दे रहा है? वह तुम्हें समझा-बुझा सकता है; वह तुम्हें यकीन दिला सकता है। लेकिन इससे सिर्फ बुद्धि संतुष्ट हो सकती है; हृदय तृप्त नहीं होगा।

प्रेमी-प्रेमिका सदा दुखी रहते हैं। उन्हें कभी इस बात का पक्का भरोसा नहीं होता कि दूसरा मुझे प्रेम करता है। तुम्हें कैसे भरोसा आ सकता है! असल में भाषा के जरिए भरोसा देने का कोई उपाय नहीं है। और तुम भाषा के जरिए पूछ रहे हो। और जब प्रेमी मौजूद है तो तुम मन में बातचीत में उलझे हो, प्रश्न पूछ रहे हो, विवाद कर रहे हो। तुम्हें कभी भरोसा नहीं आएगा और तुम्हें सदा लगेगा कि मुझे प्रेम नहीं मिल रहा है, और यही गहन संताप बन जाता है।

और ऐसा इसलिए नहीं होता है कि कोई तुम्हें प्रेम नहीं करता है, ऐसा इसलिए होता है कि तुम बंद हो, तुम विचारों में बंद हो। वहां कुछ भी प्रवेश नहीं कर पाता है। विचारों में प्रवेश नहीं किया जा सकता, उन्हें गिराना होगा। और अगर तुम उन्हें गिरा देते हो तो सारा अस्तित्व तुममें प्रवेश कर जाता है।

यह सूत्र कहता है: 'ना-कुछ का विचार करने से सीमित आत्मा असीम हो जाती है।'

तुम असीम हो जाओगे। तुम पूर्ण हो जाओगे। तुम जागतिक हो जाओगे। तुम सब कहीं होगे। और तब तुम आनंद ही हो।

अभी तुम दुख ही दुख हो और कुछ नहीं। जो चालाक हैं वे अपने को धोखे में रखते हैं कि हम दुखी नहीं हैं, या वे इस आशा में रहते हैं कि कुछ बदलेगा, कुछ घटित होगा, और हमें अपने जीवन के अंत में सब उपलब्ध हो जाएगा। लेकिन तुम दुखी हो। तुम दिखावे और धोखे निर्मित कर सकते हो, तुम मुखौटे ओढ़ सकते हो, तुम निरंतर मुस्कुराते रह सकते हो; लेकिन गहरे में तुम जानते हो कि मैं दुखी हूं, पीड़ित हूं।

यह स्वाभाविक है। विचारों में बंद रहकर तुम दुख में ही रहोगे। विचारों से मुक्त होकर, विचारों के पार होकर—सजग, सचेतन, बोधपूर्ण, लेकिन विचारों से अछूते—तुम आनंद ही आनंद हो।

आज इतना ही।

58

अपनी नियति अपने हाथ में लो

प्रश्न-सार

1. क्या त्वरित विधियां स्वभाव के, ताओं के
विपरीत नहीं हैं?
2. हम अब तक बुद्धत्व को प्राप्त क्यों नहीं हुए?
3. यदि समग्र बोध और समग्र स्वतंत्रता को
उपलब्ध होकर प्राकृतिक विकास के
करोड़ों जन्मों को टाला जा सकता है,
तो क्या यह तर्क नहीं किया जा सकता
कि ऐसा हस्तक्षेप नहीं करना चाहिए?
4. क्या अकर्म और विस्तृत बोध पर्यायवाची हैं?

पहला प्रश्नः

ये विधियां त्वरित हैं, क्रांतिकारी हैं; लेकिन क्या ये ताओ के, स्वभाव के विपरीत नहीं हैं?

वे ताओ के विपरीत हैं; वे स्वभाव के विपरीत हैं। कोई भी प्रयत्न स्वभाव के विपरीत है; प्रयत्न मात्र ताओ के विपरीत है। अगर तुम सब कुछ स्वभाव पर, ताओ पर छोड़ सको तो किसी विधि की जरूरत नहीं है। क्योंकि स्वभाव पर छोड़ना परम विधि है। अगर तुम सब कुछ ताओ पर छोड़ सको तो वही गहनतम समर्पण है, परम समर्पण है, जो मनुष्य कर सकता है। तुम अपने को, अपने भविष्य को, अपनी संभावनाओं को समर्पित कर रहे हो। तुम सब समय को, सब प्रयत्न को समर्पित कर रहे हो।

इसका अर्थ है अनंत धैर्य, अनंत प्रतीक्षा। अगर तुम सब कुछ स्वभाव को समर्पित कर सको तो फिर कोई प्रयत्न नहीं करना है, फिर कुछ नहीं करना है। तब तुम बस नदी की धारा के साथ बहते हो। तब तुम बस उसे होने देते हो जो है, जो होता है। तुम अपने को पूरी तरह छोड़ देते हो। चीजें तुम्हें घटित होती हैं, लेकिन तुम उनके लिए प्रयत्न नहीं करते हो। तुम उनकी चाह तक नहीं करते हो। अगर वे होती हैं तो ठीक; अगर वे नहीं होती हैं तो भी ठीक। तुम कोई चुनाव नहीं करते हो। जो भी होता है वह होता है; तुम्हारी कोई अपेक्षा नहीं है। और निराशा की तो बात ही नहीं है, जीवन की नदी बहती है और तुम उसके साथ-साथ बहते हो।

तुम्हें किसी मंजिल पर नहीं पहुंचना है; क्योंकि मंजिल के साथ प्रयत्न आ जाता है। तुम्हें कहीं जाना नहीं है; क्योंकि अगर कहीं जाना है तो प्रयत्न आ गया; प्रयत्न उसमें निहित है। तुम्हें कहीं नहीं जाना है, कहीं नहीं पहुंचना है। तुम्हारी कोई मंजिल नहीं है; तुम्हारा कोई आदर्श नहीं है; तुम्हें कुछ पाना भी नहीं है। तुम सब कुछ समर्पित कर देते हो। और समर्पण के इस क्षण में, तत्क्षण, तुम्हें सब कुछ मिल जाता है।

प्रयत्न समय लेगा; समर्पण कोई समय नहीं लेगा। विधि को समय की जरूरत होगी; समर्पण को किसी समय की जरूरत नहीं होगी। यही कारण है कि मैं समर्पण को परम विधि कहता हूं।

समर्पण अ-विधि है, गैर-विधि है; तुम उसका अभ्यास नहीं कर सकते। तुम समर्पण

को साध नहीं सकते हो। और अगर तुम साध सकते हो तो वह समर्पण नहीं है। तब तुम्हें अपने करने पर भरोसा है; तब तुम कुछ करने की चेष्टा कर रहे हो; चाहे वह समर्पण ही क्यों न हो, तुम कुछ करने की चेष्टा कर रहे हो। तब विधि आ जाएगी। और विधि के साथ समय आ जाता है, भविष्य आ जाता है।

समर्पण समय के बाहर है; वह समयातीत है। अगर तुम समर्पण करते हो तो इसी क्षण तुम समय के बाहर हो गए; और जो भी हो सकता है वह होगा। लेकिन तब तुम उसकी खोज नहीं कर रहे हो, उसकी चाह नहीं कर रहे हो। तब तुम्हें उसका लोभ नहीं है; तुम्हें उसकी जरा भी कामना नहीं है। वह हो या न हो, तुम्हारे लिए एक जैसा है।

ताओ का अर्थ समर्पण है—स्वभाव के प्रति समर्पण। तब तुम नहीं हो।

तंत्र और योग विधियां हैं। उनसे तुम स्वभाव पर पहुंचोगे; लेकिन यह लंबी प्रक्रिया होगी। अंततः तो सभी विधियों के बाद तुम्हें समर्पण ही करना होगा। लेकिन विधियों से समर्पण अंत में आता है; ताओ में वह आरंभ में ही आ जाता है। अगर तुम अभी समर्पण कर सको तो किसी विधि की जरूरत नहीं है। लेकिन अगर तुम समर्पण नहीं कर सकते और अगर तुम मुझसे पूछते हो कि समर्पण कैसे किया जाए, तो विधि जरूरी है।

कभी-कभार लाखों-करोड़ों में एक व्यक्ति ऐसा होता है जो बिना यह पूछे कि कैसे किया जाए समर्पण कर देता है। अगर तुम पूछते हो कि कैसे किया जाए तो तुम वह व्यक्ति नहीं हो जो समर्पण कर सके। कैसे किया जाए पूछने का अर्थ ही यह है कि तुम विधि मांग रहे हो। ये विधियां उन सबके लिए हैं जो इस 'कैसे' से मुक्त नहीं हो सकते; ये विधियां तुम्हें 'कैसे करें' की बुनियादी चिंता से छुटकारा दिलाने के लिए हैं। अगर तुम पूछे बिना ही समर्पण कर सको तो किसी भी विधि की जरूरत नहीं है।

लेकिन तब तुम यहां मेरे पास नहीं आते, तब तुम किसी भी समय समर्पण कर सकते हो। क्योंकि समर्पण के लिए गुरु जरूरी नहीं है। गुरु तो विधियां ही सिखा सकता है। जब तुम खोजते हो तो तुम विधियां ही खोज रहे हो। प्रत्येक खोज विधियों की खोज है। जब तुम किसी के पास जाते हो और पूछते हो तो तुम विधि पूछ रहे हो, उपाय पूछ रहे हो। अन्यथा कहीं जाने की जरूरत नहीं है। खोज ही बताती है कि तुम्हें विधि की गहरी जरूरत है। तो ये विधियां तुम्हारे लिए हैं।

और ऐसा नहीं है कि विधियों के बिना यह नहीं घट सकता; यह घट सकता है, लेकिन बहुत थोड़े लोगों को घटा है। और उन थोड़े से लोगों को भी वस्तुतः अनायास नहीं घटा है; अपने पिछले जन्मों में उन्होंने विधियों के साथ इतना संघर्ष किया है, उन्होंने विधियों के साथ इतना संघर्ष किया है कि अब वे उनसे थक गए हैं, ऊब गए हैं। जब तुम बार-बार पूछते हो कि कैसे करें, कैसे करें, तो एक क्षण आता है जब तुम उससे ज्यादा नहीं कर सकते और अंततः यह कैसे अपने आप ही गिर जाता है। तब तुम समर्पण कर सकते हो।

तो विधि की जरूरत है ही। कृष्णमूर्ति हैं; वे कह सकते हैं कि किसी विधि की जरूरत नहीं है। लेकिन यह उनका पहला जन्म नहीं है, और वे अपने पिछले जन्म में यह नहीं कह सकते थे। इस जन्म में भी उन्हें अनेक विधियां दी गई थीं और उन्होंने उनका प्रयोग किया। तो तुम विधियों के द्वारा उस बिंदु पर पहुंच सकते हो जहां तुम समर्पण कर सको और सभी

▲

विधियों को छोड़ कर सहज जीओ—लेकिन वह बिंदु भी विधियों के द्वारा ही आता है।

तो विधि ताओ के विरुद्ध है, क्योंकि तुम ताओ के विरुद्ध हो। तुम्हें संस्कारों से मुक्त करना है। अगर तुम ताओ में हो तो कोई विधि जरूरी नहीं है। अगर तुम स्वस्थ हो तो औषधि की कोई जरूरत नहीं है। प्रत्येक औषधि स्वास्थ्य के विरुद्ध है। लेकिन तुम बीमार हो; इसलिए औषधि जरूरी है। यह औषधि तुम्हारी बीमारी को मिटाएगी। यह तुम्हें स्वास्थ्य नहीं दे सकती; लेकिन अगर बीमारी हट गई तो तुम्हें स्वास्थ्य घटित होगा। कोई औषधि तुम्हें स्वास्थ्य नहीं दे सकती है; बुनियादी तौर से प्रत्येक औषधि विष है, जहर है। लेकिन तुमने अपने शरीर में बहुत कुछ विष इकट्ठा कर लिया है; तुम्हें उसका एंटीडोट चाहिए। औषधि संतुलन पैदा करेगी और स्वास्थ्य संभव हो पाएगा।

कोई विधि तुम्हें तुम्हारी भगवत्ता नहीं दे सकती; उससे तुम्हें तुम्हारा स्वभाव नहीं उपलब्ध होगा। तुमने अपने स्वभाव के चारों ओर जो बहुत कुछ इकट्ठा कर लिया है, विधि केवल उसे मिटा देगी। वह सिर्फ तुम्हें संस्कार-शून्य करेगी। तुम संस्कारों में दबे हो और अभी तुम समर्पण में छलांग नहीं लगा सकते। अगर तुम छलांग लगा सको तो अच्छा है, लेकिन तुम यह नहीं कर सकते। तुम्हारे संस्कार पूछेंगे कि कैसे; तब विधि सहयोगी होगी।

अगर तुम ताओ में जीते हो तो किसी योग की, तंत्र की, धर्म की जरूरत नहीं है। जब कोई बिलकुल स्वस्थ है तो किसी औषधि की क्या जरूरत है? प्रत्येक धर्म औषधि है। जब संसार पूरी तरह ताओ में जीएगा तो धर्म विदा हो जाएगा। तब किसी गुरु की, किसी बुद्ध की, किसी जीसस की जरूरत नहीं होगी। क्योंकि तब प्रत्येक व्यक्ति बुद्ध होगा या जीसस होगा। लेकिन अभी जैसे तुम हो, तुम्हें विधियों की जरूरत है। विधियां एंटीडोट हैं।

तुमने अपने चारों ओर एक ऐसा जटिल मन निर्मित कर लिया है कि तुम्हें जो भी कहा जाए, जो भी दिया जाए, तुम उसे जटिल बना लोगे। तुम उसे और ज्यादा जटिल बना लोगे, और ज्यादा कठिन बना लोगे।

अगर मैं तुमसे कहूं कि समर्पण करो तो तुम तुरंत पूछोगे कि कैसे करूं। अगर मैं तुमसे कहूं कि विधियों को उपयोग करो तो तुम पूछोगे कि क्या विधियां ताओ के विपरीत नहीं हैं। अगर मैं कहूं कि किसी विधि की जरूरत नहीं है, सिर्फ समर्पण करो और परमात्मा तुम्हें उपलब्ध हो जाएगा तो तुम तुरंत पूछोगे कि समर्पण कैसे करूँ।

तुम्हारा मन ही ऐसा है। अगर मैं कहूं कि ताओ यहीं और अभी है, तुम्हें कुछ साधना नहीं है, तुम सिर्फ छलांग लो और समर्पण कर दो, तो तुम कहोगे कि मैं समर्पण कैसे करूं? और अगर मैं तुम्हारे कैसे के उत्तर में तुम्हें कोई विधि दें, तो तुम्हारा मन कहेगा कि क्या विधि या उपाय स्वभाव के, ताओ के प्रतिकूल नहीं है? अगर भगवत्ता मेरा स्वभाव है तो वह विधि से कैसे उपलब्ध हो सकती है? अगर वह है ही तो विधि व्यर्थ है, निरर्थक है। फिर विधियों में समय क्यों गंवाया जाए? अपने इस मन को देखो।

मुझे याद आता है, एक बार ऐसा हुआ कि एक आदमी ने, एक लड़की के पिता ने संगीतकार ल्योपोल्ड गोडोवस्की से कहा कि आप मेरे घर आकर मेरी बेटी को सुनें। उसकी बेटी पियानो बजाना सीख रही थी। तो गोडोवस्की उनके घर आया और उसने बड़े धैर्य से लड़की को पियानो बजाते सुना। जब लड़की ने पियानो बजाना बंद किया तो पिता खुशी से

चिल्ला उठा और उसने गोडोवस्की से कहाः 'कितनी अदभुत है।'

कहते हैं कि गोडोवस्की ने कहाः 'बहुत अदभुत है। उसकी तरकीब गजब की है। मैंने कभी किसी को ऐसा आसान संगीत इतनी कठिनाई से बजाते हुए नहीं सुना। उसकी विधि आश्चर्यजनक है। ऐसी सरल चीज को इतनी कठिनता से बजाते हुए मैंने पहले कभी किसी को नहीं देखा।'

यही तुम्हारे मन में होती रहता है। सरल चीज को भी तुम जटिल बना लोगे, अपने लिए कठिन बना लोगे। और यह सुरक्षा का उपाय है, सुरक्षा की व्यवस्था है। क्योंकि जब तुम किसी चीज को कठिन बना लेते हो तो तुम्हें फिर उसे करने की जरूरत नहीं रहती। पहले समस्या तो हल हो और तब तुम उसे कर सकते हो।

अगर मैं समर्पण करने को कहता हूं तो तुम पूछते हो कि कैसे? अब जब तक मैं तुम्हारे कैसे का जवाब न दें, तुम समर्पण कैसे करे सकते हो? और अगर मैं तुम्हें कोई विधि देता हूं तो तुम्हारा मन तुरंत एक नई समस्या निर्मित कर लेता है कि विधि क्यों? स्वभाव है, ताओ है, परमात्मा हमारे भीतर है; फिर यह प्रयत्न क्यों, चेष्टा क्यों? और जब तक इसका समाधान नहीं होता, कुछ करने की जरूरत नहीं है।

स्मरण रहे, तुम इस दुष्चक्र में सतत और सदा के लिए घूमते रह सकते हो। तुम्हें कहीं न कहीं इसे तोड़ना है और इसके बाहर आ जाना है। तो निर्णायक बनो, निर्णय करो। क्योंकि निर्णय से ही तुम्हारी मनुष्यता का जन्म होगा; निर्णय से ही तुम मनुष्य बनते हो। निर्णायक बनो। अगर तुम समर्पण कर सकते हो तो समर्पण करो। और अगर समर्पण नहीं कर सकते तो बौद्धिक समस्या मत पैदा करो; तब किसी विधि का प्रयोग करो।

दोनों रास्तों से समर्पण ही घटित होगा। अगर तुम ठीक इसी क्षण समर्पण कर सको तो बहुत अच्छा। लेकिन अगर अभी समर्पण करना संभव न हो तो विधियों के प्रयोग से गुजरो। यह गुजरना आवश्यक है।

यह तुम्हारे कारण आवश्यक है; यह स्वभाव या ताओ के कारण आवश्यक नहीं है। ताओ के लिए किसी अभ्यास की जरूरत नहीं है। अभ्यास तुम्हारे कारण जरूरी है। ये विधियां तुम्हें मिटा डालेंगी; इन विधियों के द्वारा तुम मिट जाओगे और तुम्हारी अंतरस्थ आत्मा उदघटित होगी। तुम्हें अपने को पूर्णतः मिटा डालना है। अगर तुम एक छलांग में अपने को मिटा सको तो समर्पण करो। यदि नहीं तो विधियों के द्वारा थोड़ा-थोड़ा करके मिटाओ।

लेकिन एक बात स्मरण रहे: तुम्हारा मन समस्याएं पैदा कर सकता है, जो कि उसकी तरकीब है। वह निर्णय को स्थगित करने की तरकीब है। अगर मन सुनिश्चित नहीं है तो तुम्हें अपराध-भाव नहीं होती है। तुम सोचते हो कि मैं क्या कर सकता हूं? जब तक कोई चीज सुस्पष्ट नहीं है, साफ-सुथरी नहीं है, ठीक-ठीक पता नहीं है, तब तक मैं क्या कर सकता हूं? तुम्हारा मन तुम्हारे चारों ओर धुंध निर्मित कर देगा। और जब तक तुम निर्णय नहीं लेते, तुम्हारा मन तुम्हें कभी स्पष्ट नहीं होने देगा। निर्णय के साथ ही बादल विलीन हो जाएंगे।

मन बहुत कूटनीतिक है, मन बहुत राजनीतिक है; वह तुम्हारे साथ राजनीतिक खेल खेलता रहता है। वह बहुत चालाक है, चालबाज है।

मैंने सुना है, एक बार मुल्ला नसरुद्दीन अपने बेटे और बहू से मिलने आया। वह तीन

▲

दिन के लिए आया था, लेकिन एक सप्ताह टिक गया। फिर एक सप्ताह भी गुजर गया और वह महीना भर रह गया। तब पति-पत्नी चिंता में पड़े कि इस बूढ़े से कैसे छुटकारा पाया जाए। उन्होंने इस प्रश्न पर विचार-विमर्श किया और फिर एक तरकीब निकाली।

पति ने पत्नी से कहा कि आज रात तुम शोरबा बनाना और मैं कहूंगा कि इसमें नमक बहुत है, इसे पीया नहीं जा सकता, इसे पीना असंभव है। और तुमको कहना है कि इसमें ज्यादा नमक नहीं है। हम लोग विवाद करेंगे और झगड़ना शुरू कर देंगे। तब मैं अपने पिता से पूछूंगा कि आपकी क्या राय है, आप क्या कहते हैं? अगर वे मेरे साथ राजी होंगे तो तुम गुस्से से पागल हो जाना और उन्हें घर से निकल जाने को कहना। और अगर वे तुमसे राजी हुए तो मैं आपे से बाहर हो जाऊंगा और उन्हें कहूंगा कि घर से तुरंत निकल जाइए।

तो शोरबा बना और जैसी कि योजना थी, वे आपस में विवाद करने लगे और झगड़ने लगे। और फिर बात हद्द पर पहुंच गई; वे एक-दूसरे को मारने-पीटने पर उतारू हो गए। नसरुद्दीन यह सब चुपचाप बैठा देख रहा था। तभी बेटा उसकी तरफ मुड़ा और उसने पूछाः 'अब्बा-जान, आप क्या कहते हैं? इसमें नमक बहुत ज्यादा है या नहीं?' नसरुद्दीन ने शोरबे में अपना चम्मच डुबोया, उसे चखा, क्षण भर के लिए स्वाद पर ध्यान किया और फिर बोला : 'यह मेरे बिलकुल अनुकूल है।'

नसरुद्दीन ने किसी का पक्ष नहीं लिया। सारा आयोजन व्यर्थ चला गया।

तुम्हारा मन इसी ढंग से काम करता है; वह कभी कोई पक्ष नहीं लेगा। क्योंकि जैसे ही तुम कोई पक्ष लेते हो, तुम्हें कृत्य में उतरना होगा। मन कोई पक्ष नहीं लेगा और तर्क करता रहेगा। वह कभी कोई निर्णय नहीं लेगा; वह सदा अनिर्णय में रहेगा। जो भी कहा जाएगा उस पर विवाद तो होगा, लेकिन वह कभी निर्णय नहीं बनेगा। और तुम अनंत काल तक विवाद कर सकते हो। उसका कहीं कोई अंत नहीं है। केवल निर्णय तुम्हें कृत्य में उतारेगा और कृत्य ही रूपांतरण बनेगा।

तो अगर तुम वस्तुतः अपने भीतर गहन क्रांति चाहते हो तो निर्णय लो, स्थगित मत करते रहो। बहुत दार्शनिक मत होओ; वह खतरनाक है। साधक के लिए दार्शनिक होना खतरनाक है। जो दरअसल कोई साधना नहीं कर रहा है, केवल समय काट रहा है, दार्शनिक होना उसके लिए ठीक है। उसके लिए यह एक अच्छा खेल है। अगर तुम कीमत चुकाने के लिए राजी हो तो दर्शन-शास्त्र अच्छा खेल है। लेकिन मुझे नहीं लगता कि कोई इतनी कीमत चुका सकता है; क्योंकि यह समय का अपव्यय है।

तो कोई भी निर्णय लो। अगर समर्पण कर सकते हो तो समर्पण करो। तब उसमें कैसे का सवाल नहीं है। और यदि समर्पण नहीं कर सकते तो किसी विधि का अभ्यास करो। क्योंकि तब तुम विधि के जरिए ही उस जगह पहुंच सकते हो जहां समर्पण घटित होगा।

दूसरा प्रश्नः

स्वाभाविक गति से कोई व्यक्ति करोड़ों वर्षों और जन्मों के बाद बुद्धत्व को उपलब्ध होगा। लेकिन संभव है कि हम सब अब तक करोड़ों वर्षों और जन्मों से गुजर चुके हों, फिर भी बुद्धत्व को नहीं उपलब्ध हुए। ऐसा क्यों?

▲

तुम 'क्यों' नहीं पूछ सकते। तुम 'क्यों' तभी पूछ सकते हो यदि तुम कुछ कर रहे हो। अगर प्रकृति कर रही है तो तुम क्यों का प्रश्न नहीं उठा सकते; यह प्रकृति की बात है। और प्रकृति उत्तरदायी नहीं है; वह तुम्हें कोई उत्तर नहीं देगी। वह बिलकुल चुप है। और प्रकृति के लिए करोड़ों जन्म भी कुछ नहीं हैं, शायद उसके लिए कुछ सेकेंड ही हुए हों। तुम्हारे लिए करोड़ों वर्ष और जन्म एक लंबा इतिहास हो सकते हैं; प्रकृति के लिए वह कुछ भी नहीं है। प्रकृति को कोई जल्दबाजी नहीं है और प्रकृति तुममें विशेष रूप से उत्सुक नहीं है। वह अपना काम किए जाती है; किसी दिन घटना घटेगी। लेकिन तुम उससे 'क्यों' नहीं पूछ सकते, क्योंकि प्रकृति मौन है।

अगर तुम चिंतित हो कि क्यों अब तक घटना नहीं घटी तो तुम्हें कुछ करना होगा। अगर चिंता ने तुम्हें घेरा है तो तुम कुछ करो। तुम्हारा अपना कृत्य ही तुम्हें उस जगह पहुंचाएगा जहां बुद्धत्व घट सकता है।

प्रकृति के तौर-तरीके धीमे और शांत हैं। वहां जल्दी नहीं है, क्योंकि प्रकृति के लिए समय की कमी नहीं है। अनंत समय है; उसका न आदि है न अंत। लेकिन मनुष्य उस जगह आ गया है जहां वह सचेतन हो गया है, जहां वह प्रश्न पूछने लगा है। कोई वृक्ष कभी नहीं पूछता; वह बोधिवृक्ष भी नहीं पूछता जिसके नीचे बुद्ध बुद्ध हुए थे। वृक्ष कभी नहीं पूछेगा: 'गौतम, मैं क्यों बुद्ध नहीं हुआ? मैं भी तो उतने ही करोड़ वर्षों से हूं जितने करोड़ वर्षों से आप हैं। क्यों?' वृक्ष कभी नहीं पूछेगा। वृक्ष बिलकुल प्राकृतिक है। प्रश्न उठाने से आदमी अप्राकृतिक हो गया है। अप्राकृतिक तुममें प्रविष्ट हो गया है; तुम पूछने लगे हो—तुम पूछने लगे हो कि क्यों अब तक नहीं घटित हुआ।

यह पूछना शुभ है, क्योंकि यह तुम्हें उस निर्णायक बिंदु पर पहुंचा देगा जहां तुम अपने ऊपर श्रम करने लग सकते हो। और मनुष्य इसे प्रकृति पर नहीं छोड़ सकता; मनुष्य सचेतन हो गया है। तुम अब इसे प्रकृति के ऊपर नहीं छोड़ सकते हो। यही कारण है कि मनुष्य ने धर्मों का निर्माण किया। किसी पशु का कोई धर्म नहीं है। उसकी जरूरत नहीं है। पशु प्रश्न नहीं उठाते हैं; वे जल्दी में नहीं हैं। निसर्ग में सब कुछ मंद गति से हो रहा है—इतनी मंद गति कि गति जैसी नहीं लगती। प्रकृति एक ही पैटर्न को निरंतर दोहराती रहती है; वह एक ही वर्तुल में अनंत काल तक घूमती रहती है।

मनुष्य सचेतन हो गया है। मनुष्य समय के प्रति बोधपूर्ण हो गया है। और जैसे ही तुम्हें समय का बोध होता है, तुम शाश्वत के बाहर फेंक दिए जाते हो। तुम तब जल्दी में होते हो। और मनुष्य की चेतना जैसे-जैसे विकसित होती है, वह और ज्यादा जल्दी में होता है, वह और ज्यादा समय के प्रति बोधपूर्ण होता है।

किसी आदिम समाज में जाकर देखो; उन्हें समय का बोध नहीं है। जो समाज जितना सभ्य होता है वह उतना ही समय के प्रति बोधपूर्ण होता है। आदिम समाज प्रकृति के ज्यादा निकट होता है; वह जल्दी में नहीं होता है, मंद गति है। जैसे प्रकृति चलती है वह भी वैसे ही चलती है। तुम जितने ज्यादा सभ्य होते हो, उतना ही तुम्हें समय का बोध होता है। सच तो यह है कि समय का बोध कसौटी है; कोई समाज कितना सभ्य है यह इससे जाना जा सकता है कि उसे समय का बोध कितना है। तब तुम जल्दी में होते हो; तब तुम प्रतीक्षा नहीं कर सकते हो।

▲

तब तुम इसे प्रकृति पर नहीं छोड़ सकते हो। इसे तुम्हें अपने हाथ में लेना है।

और मनुष्य इसे अपने हाथ में ले सकता है। वह कुछ कर सकता है और प्रक्रिया शीघ्र पूरी की जा सकती है। वह एक क्षण में भी पूरी हो सकती है। जो काम करोड़ों वर्षों ने नहीं किया, करने में असमर्थ रहे, उसे तुम एक क्षण में कर सकते हो। एक क्षण में तुम इतनी त्वरा से भर सकते हो कि करोड़ों वर्षों और जन्मों की यात्रा तत्क्षण हो सकती है।

यह संभव है। और क्योंकि यह संभव है, इसीलिए तुम चिंता में हो। तुम्हारी चिंता इस बात का लक्षण है कि जो संभव है उसे तुम वास्तविक नहीं बना रहे हो। यही चिंता है और यही मनुष्य की दुविधा है। तुम यह कर सकते हो; और तुम नहीं कर रहे हो। उससे एक आंतरिक चिंता पैदा होती है, संताप पैदा होता है। अगर वह तुमसे नहीं हो सकता तो प्रश्न ही नहीं उठता; फिर चिंता की कोई बात न रही। चिंता बताती है कि अब यह संभव है कि तुम छलांग लगा सकते हो और अनेक अनावश्यक जन्मों का अतिक्रमण कर सकते हो, लेकिन तुम यह नहीं कर रहे हो।

तुम सचेतन हो गए हो। तुम प्रकृति से ऊपर उठ गए हो। चैतन्य एक नई घटना है। तुम प्रकृति से ऊपर उठ गए हो और अब तुम सचेतन रूप से विकास कर सकते हो। सचेतन विकास क्रांति है। तुम इसके लिए कुछ कर सकते हो। अब तुम गुलाम नहीं हो; तुम किसी के हाथ की कठपुतली नहीं हो। तुम अपनी नियति अपने हाथ में ले सकते हो। वह संभव है। और क्योंकि वह संभव है और तुम उसके लिए कुछ नहीं कर रहे हो, इसीलिए एक आंतरिक चिंता पैदा होती है। और तुम इस संभावना के प्रति जितने बोध से भरोगे उतनी ही अधिक चिंता महसूस होगी।

बुद्ध बहुत चिंतित थे; तुम उतने चिंतित नहीं हो। बुद्ध बहुत चिंता-ग्रस्त थे, सघन संताप में थे, बहुत पीड़ित थे। जब तक वे उपलब्ध नहीं हो गए, वे भयंकर विषाद में थे। क्योंकि उन्हें पूरा बोध था कि कुछ है जो बिलकुल संभव है, बिलकुल हाथ के पास है। और उन्हें यह भी लगता था कि मैं अभी भी चूक रहा हूं; मैं हाथ बढ़ाऊं और पा लूंगा—लेकिन मेरे हाथों को लकवा लग गया है। उन्हें लगता था कि एक ही कदम की बात है और मैं बाहर हो जाऊंगा—और मैं वह कदम नहीं उठा रहा हूं; मैं छलांग लगाने से डर रहा हूं।

जब तुम मंजिल के निकट होते हो—और तुम उसे महसूस कर सकते हो, तुम उसे देख सकते हो—और फिर भी चूकते जाते हो, तब तुम्हें संताप होता है। जब तुम मंजिल से बहुत दूर हो, जब तुम उसे महसूस नहीं कर सकते, देख नहीं सकते, जब तुम्हें यह भी पक्का नहीं है कि कोई मंजिल है, जब तुम नियति के संबंध में बिलकुल अनजान हो, तब कोई चिंता नहीं होती है।

पशु संताप में नहीं हैं। वे सुखी मालूम पड़ते हैं—मनुष्य से ज्यादा सुखी मालूम पड़ते हैं। कारण क्या है? वृक्ष पशु से भी ज्यादा सुखी हैं। वे इससे बिलकुल अनजान हैं कि क्या हो सकता है, क्या संभव है, क्या बिलकुल निकट है। वे इतने अज्ञान में हैं कि उन्हें अपने अज्ञान का बोध भी नहीं है; वे अपने अज्ञान में आनंदित हैं। उन्हें कोई चिंता नहीं है। वे प्रकृति के साथ बहते रहते हैं।

मनुष्य चिंता-ग्रस्त होता है। और कोई मनुष्य जितना ही ज्यादा मनुष्य होगा उतनी ही

▲

बड़ी उसकी चिंता होगी। अगर तुम बस जी रहे हो तो तुम पशु का जीवन जी रहे हो।

धार्मिक संताप तब पैदा होता है जब तुम्हें बोध होता है कि अब कुछ हो सकता है, कि बीज मौजूद है और मुझे कुछ करना है कि वह अंकुरित हो, कि फूल दूर नहीं हैं और मैं यह फसल काट सकती हूं—लेकिन फिर भी कुछ नहीं हो रहा है। तब एक बहुत नपुंसक स्थिति अनुभव होती है।

बुद्ध होने के ठीक पहले बुद्ध की यही दशा थी। वे आत्मघात के कगार पर खड़े थे। तुम्हें उस अवस्था से गुजरना होगा। और तुम उसे प्रकृति पर नहीं छोड़ सकते; तुम्हें उसके लिए कुछ करना होगा—और तुम कर सकते हो। और मंजिल दूर नहीं है।

अगर तुम्हें चिंता होती है तो हतोत्साहित मत होओ। अगर तुम्हें अपने भीतर तीव्र दुख का, पीड़ा का, संताप का अनुभव होता है तो उससे निराश मत होओ। वह शुभ लक्षण है। वह बताता है कि तुम्हें उसका और-और बोध हो रहा है जो संभव है, और अब तुम्हें तब तक चैन नहीं होगा जब तक वह वास्तविक न हो जाए।

मनुष्य इसे प्रकृति पर नहीं छोड़ सकता, क्योंकि मनुष्य सचेतन हो गया है। उसका एक बहुत छोटा अंश ही सचेतन हुआ है, लेकिन उससे ही सब कुछ बदल जाता है। और जब तक तुम्हारा समग्र अस्तित्व सचेतन नहीं होता, तुम फिर से पशु या वृक्ष के सहज सुख को नहीं जान सकते। अब उसे जानने का एक ही उपाय है कि तुम और-और सजग हो जाओ, सचेतन हो जाओ, बोधपूर्ण हो जाओ। तुम पीछे नहीं लौट सकते; पीछे लौटने का कोई उपाय नहीं है। कोई भी पीछे नहीं लौट सकता है। या तो तुम वहीं रहो जहां हो और दुख भोगो; या तुम्हें आगे जाना होगा और दुख के पार जाना होगा। तुम पीछे नहीं जा सकते हो।

समग्र मूर्च्छा आनंदपूर्ण है; समग्र चैतन्य आनंदपूर्ण है। और तुम दोनों के बीच में हो। तुम्हारा एक हिस्सा चेतन हो गया है, लेकिन तुम्हारा बड़ा हिस्सा अभी भी अचेतन है। तुम विभाजित हो। तुम बंट गए हो; तुम अखंड नहीं रहे। अखंडता खो गई है। पशु अखंड है और फिर संत अखंड हैं। मनुष्य खंडित है; उसका एक हिस्सा पशु ही बना हुआ है और एक हिस्सा संत हो गया है। इसीलिए संघर्ष है, द्वंद्व है; तुम जो भी करते हो वह तुम कभी पूरे हृदय से नहीं कर पाते।

तो दो रास्ते हैं। एक तो यह है कि तुम आत्म-वंचना करो, अपने को धोखा दे लो—यानी फिर से बिलकुल अचेतन हो जाओ। तुम नशे में उतर सकते हो, तुम शराब पी सकते हो, तुम मादक द्रव्यों का प्रयोग कर सकते हो। उनसे तुम पशु-जगत में फिर लौट जाते हो। तुम अपने उस हिस्से को नशे में डुबो देते हो जो चेतन हो गया है और फिर पूरी तरह अचेतन हो जाते हो।

लेकिन यह धोखा क्षणिक है; तुम फिर उठ खड़े होगे। नशे का असर खो जाएगा और तुम्हारा अचेतन फिर चेतन हो जाएगा। जिस हिस्से को तुमने शराब से या नशे से या रासायनिक द्रव्यों से या किसी भी चीज से जबरदस्ती सुला दिया है वह फिर जाग उठेगा; और फिर तुम ज्यादा दुख में पड़ोगे, क्योंकि अब तुम तुलना कर सकते हो। अब तुम पहले से ज्यादा दुखी होगे।

तुम अपने को नशे में भुलाए रख सकते हो। और नशे के अनेक उपाय हैं—सिर्फ

रासायनिक उपाय ही नहीं हैं, धार्मिक उपाय भी हैं। तुम किसी मंत्र का, किसी जप का उपयोग कर सकते हो; तुम किसी मंत्र का जप कर सकते हो और उससे मादक प्रभाव पैदा कर सकते हो, नशे जैसा असर पैदा कर सकते हो। तुम अनेक चीजें कर सकते हो, जो तुम्हें फिर से बेहोश बना सकती हैं। लेकिन यह बेहोशी थोड़े समय के लिए होगी; तुम्हें उससे फिर बाहर आना होगा। और तुम पहले से ज्यादा दुखी बाहर आओगे; क्योंकि अब तुम तुलना कर सकते हो कि अगर मुर्च्छा में यह संभव है तो समग्र चैतन्य में क्या नहीं संभव होगा! तुम्हें अब उसके लिए ज्यादा प्यास होगी; तुम ज्यादा तड़पोगे।

एक बात स्मरण रहे: समग्रता आनंद है। अगर तुम पूरी तरह मूर्च्छित हो तो वह भी आनंद है; लेकिन तुम्हें उसका बोध नहीं है। पशु सुखी हैं, लेकिन उन्हें अपने सुख का बोध नहीं है। इसलिए ऐसा सुख व्यर्थ है। यह ऐसा ही है कि जब तुम सोए हो तो सुखी हो और जब तुम जागे हो तो दुखी हो। समग्रता आनंद है।

तुम चैतन्य में भी समग्र हो सकते हो। तब आनंद भी होगा और उसका तुम्हें पूर्ण बोध भी होगा। यह संभव है साधना से, उपाय से, विधियों के प्रयोग से, जो तुम्हारी चेतना को बढ़ाते हैं। तुम संबुद्ध नहीं हो, क्योंकि तुमने उसके लिए कुछ किया नहीं है; लेकिन तुम्हें बोध हुआ है। कि मैं संबुद्ध नहीं हूं। यह प्रकृति ने किया है; करोड़ों वर्षों में प्रकृति ने तुम्हें बोध दिया है।

शायद तुम्हें इस तथ्य का पता न हो कि जहां तक शरीर का संबंध है, मनुष्य का विकास ठहर गया है। हमारे पास ऐसे अस्थिपंजर हैं जो करोड़ों वर्ष पुराने हैं; लेकिन उनमें कोई खास फर्क नहीं है, वे हमारे अस्थिपंजर जैसे ही हैं। करोड़ों वर्षों से शरीर के तल पर कोई विकास नहीं हुआ है; वह वही का वही रहा है। यहां तक कि मस्तिष्क भी वही का वही है; उसमें भी कोई खास विकास नहीं हुआ है। जहां तक शरीर का संबंध है, प्रकृति को जो करना था वह कर चुकी। किसी अर्थ में मनुष्य अब अपने विकास के लिए स्वयं जिम्मेवार है। और यह विकास शारीरिक नहीं होगा, यह विकास आध्यात्मिक होगा।

बुद्ध के अस्थिपंजर में कोई बुनियादी भिन्नता नहीं है; लेकिन तुम और बुद्ध पूर्णतः भिन्न हो। प्राकृतिक विकास का क्रम क्षैतिज है, सीधी रेखा की तरह है; साधना, विधि और आध्यात्मिक विकास का क्रम ऊर्ध्वाधर है, खड़ी रेखा की तरह है। तुम्हारा शरीर ठहर गया है, वह अपने विकास के चरम बिंदु पर पहुंच चुका है। अब आगे उसका विकास नहीं है। क्षैतिज विकास ठहर गया है; अब ऊर्ध्वाधर विकास शुरू होता है। अब तुम जहां हो वहां से ऊर्ध्व छलांग लेनी होगी। यह ऊध्वधिर विकास चेतना का होगा—शरीर का नहीं। और उसके लिए तुम खुद उत्तरदायी हो।

तुम प्रकृति से नहीं पूछ सकते कि क्यों मैं संबुद्ध नहीं है। लेकिन प्रकृति तुमसे पूछ सकती है कि क्यों तुम अब तक संबुद्ध नहीं हुए, क्योंकि अब तुम्हें सब कुछ उपलब्ध है। तुम्हारे शरीर को वह सब मिला हुआ है जो जरूरी है। तुम्हें बुद्ध को शरीर प्राप्त है। तुम्हें बुद्ध होने के लिए जो भी जरूरी है वह सब प्राप्त है। सिर्फ थोड़ी व्यवस्था बिठानी है, थोड़ा संयोजन बिठाना है—और तुम बुद्ध हो जाओगे।

तो प्रकृति तुमसे पूछ सकती है कि तुम अब तक संबुद्ध क्यों नहीं हुए। प्रकृति ने तुम्हें उसके लिए सब कुछ दिया है। और प्रकृति का यह पूछना असंगत नहीं होगा। लेकिन प्रकृति

से तुम्हारा पूछना असंगत है। तुम्हें पूछने का कोई अधिकार नहीं है। अब तुम्हें बोध है और तुम कुछ कर सकते हो। तुम्हें सभी तत्व उपलब्ध हैं; हाइड्रोजन है, आक्सीजन है, विद्युत भी है। सिर्फ तुम्हें कुछ प्रयत्न करना है, कुछ प्रयोग करने हैं, और पानी निर्मित हो जाएगा।

संबुद्ध होने के लिए, बुद्धत्व घटने के लिए जो भी जरूरी है, वह तुम्हारे पास है; लेकिन वह बिखरा हुआ है। तुम्हें उसे संयुक्त करना है, थोड़ी व्यवस्था लानी है, थोड़ी लयबद्धता लानी है—और अचानक वह ज्योति प्रकट होगी जो बुद्धत्व बन जाती है। ये सब विधियां उसी के लिए हैं। तुम्हारे पास सब है; सिर्फ थोड़ी युक्ति की जरूरत है, यह जानने की जरूरत है कि क्या करे ताकि तुम्हें बुद्धत्व घटित हो जाए।

तीसरा प्रश्नः

आप कहते हैं कि समग्र बोध और समग्र स्वतंत्रता को उपलब्ध होकर प्राकृतिक विकास के करोड़ों वर्षों और करोड़ों जन्मों को टाला जा सकता है। तो क्या इसके विपरीत यह तर्क नहीं दिया जा सकता कि कर्म के साथ, उसकी कार्य-कारण की प्राकृतिक शक्तियों के साथ हस्तक्षेप नहीं करना चाहिए? या कि यह भी परम नियम के अंतर्गत ही है कि वह विकासमान जगत की, विकासमान आत्मा की पहुंच के भीतर ऐसी संभावना भी दे?

सब कुछ के विपरीत तर्क दिया जा सकता है; लेकिन तर्क कहीं पहुंचाता नहीं है। तुम तर्क दे सकते हो, लेकिन वह तर्क तुम्हारी मदद कैसे करेगा? तुम तर्क दे सकते हो कि कर्म की स्वाभाविक प्रक्रिया के साथ हस्तक्षेप नहीं करना चाहिए। तो हस्तक्षेप मत करो। लेकिन तब अपने दुख में सुखी रहो। मगर तुम उसमें सुखी नहीं हो, तुम हस्तक्षेप करना चाहते हो। अगर तुम नैसर्गिक प्रक्रिया पर भरोसा कर सको तब तो बहुत अदभुत है। लेकिन फिर कोई शिकायत मत करो, फिर तब मत पूछो कि ऐसा क्यों है। कर्म की नैसर्गिक प्रक्रिया के कारण ऐसा है। तुम दुख में हो तो कर्म की नैसर्गिक प्रक्रिया के कारण दुख में हो। इससे अन्यथा संभव नहीं है। तो कोई हस्तक्षेप मत करो।

भाग्य का सिद्धांत यही है। तब तुम्हें कुछ नहीं करना है; जो हो रहा है, वह हो रहा है और उसे तुम्हें स्वीकार करना है। तब वह भी समर्पण हो जाता है; तुम्हें कुछ करने की कोई जरूरत नहीं है। लेकिन समग्र स्वीकार जरूरी है। वस्तुतः हस्तक्षेप करने की कोई जरूरत नहीं है। लेकिन क्या तुम उस अवस्था में हो सकते हो कि तुम कोई हस्तक्षेप न करो? तुम तो निरंतर प्रत्येक चीज के साथ हस्तक्षेप कर रहे हो। तुम इसे प्रकृति पर नहीं छोड़ सकते हो। अगर तुम प्रकृति पर छोड़ सको तो कुछ भी जरूरी नहीं है और तुम्हें सब कुछ घटित होगा। लेकिन अगर तुम न छोड़ सको तो फिर हस्तक्षेप करो। और तुम हस्तक्षेप कर सकते हो, लेकिन उसकी प्रक्रिया को समझना होगा।

सच तो यह है कि ध्यान कर्म की प्रक्रिया में हस्तक्षेप करना नहीं है, ध्यान कर्म की प्रक्रिया के बाहर छलांग लगाना है। वस्तुतः यह हस्तक्षेप नहीं है, यह दुष्चक्र से छलांग लगाकर बाहर निकल जाना है। चक्र चलता रहेगा और प्रक्रिया अपने आप ही समाप्त हो जाएगी। तुम उसे समाप्त नहीं कर सकते, लेकिन तुम उसके बाहर हो सकते हो। और जब तुम

▲

उसके बाहर हो जाते हो तो वह तुम्हारे लिए माया हो जाती है।

उदाहरण के लिए, रमण कैंसर से मरे। उनके शिष्यों ने उन्हें इस बात के लिए राजी करने की कोशिश की कि वे इलाज कराएं। रमण ने कहाः 'ठीक है, अगर तुम यह चाहते हो और तुम्हें इससे सुख होगा तो मेरी इलाज करो। लेकिन जहां तक मेरी बात है, मैं बिलकुल ठीक हूं।' और डाक्टर चकित हुए यह देखकर कि उनका शरीर पीड़ित था, गहन पीड़ा में था, लेकिन उनकी आंखों में पीड़ा की कोई झलक नहीं थी। उनका शरीर तो गहन कष्ट में था, लेकिन वे कष्ट में नहीं थे।

शरीर कर्म जगत का हिस्सा है; वह कार्य-कारण के यांत्रिक वर्तुल का हिस्सा है। लेकिन चेतना उसके पार हो सकती है, उसका अतिक्रमण कर सकती है। रमण साक्षी मात्र थे। वे देख रहे थे कि शरीर पीड़ा में है, कि शरीर मरने जा रहा है, लेकिन मैं साक्षी हूं। वे उसके साथ हस्तक्षेप नहीं कर रहे थे—बिलकुल भी नहीं। जो कुछ हो रहा था वे उसका निरीक्षण कर रहे थे, लेकिन वे खुद उस दुष्चक्र में नहीं थे, उनका उससे तादात्म्य नहीं था, वे उसके हिस्से नहीं थे।

ध्यान हस्तक्षेप नहीं है। सच तो यह है कि ध्यान के बिना तुम प्रतिपल हस्तक्षेप कर रहे हो। ध्यान से तुम पार चले जाते हो, तुम शिखर पर खड़े द्रष्टा हो जाते हो। दूर, नीचे घाटी में चीजें चलती रहती हैं, लेकिन तुम्हें उनसे कुछ लेना-देना नहीं है। तुम केवल दर्शक हो। मानो वे चीजें किसी दूसरे व्यक्ति को घटित हो रही हैं, किसी स्वप्न में घटित हो रही हैं, किसी फिल्म के परदे पर घटित हो रही हैं। तुम कोई हस्तक्षेप नहीं कर रहे हो। तुम नाटक के हिस्से नहीं हो; तुम उसके बाहर आ गए हो। अब तुम अभिनेता नहीं रहे; तुम दर्शक हो गए हो। इतनी ही बदलाहट है।

और जब तुम साक्षी मात्र रह जाते हो तो शरीर उस सबको पूरा करेगा जिसे पूरा किया जाना है। अगर तुम्हारे दुख के बहुत से कर्म बाकी हैं और अब तुम साक्षी हो गए हो इसलिए तुम्हारा फिर जन्म होने वाला नहीं है तो शरीर को इसी जन्म में उन सारे दुखों को भोगना पड़ेगा जिन्हें वह वैसे अनेक जन्मों में भोगता। इसीलिए बहुत बार ऐसा होता है कि बुद्ध पुरुष को बहुतेरे शारीरिक रोग सताते हैं। क्योंकि अब भविष्य में कोई जन्म नहीं है, भविष्य में कोई जीवन नहीं है, यह उनका अंतिम शरीर है; इसलिए सभी कर्मों को और सारी प्रक्रिया को पूरा करना है, समाप्त करना है।

तो अगर हम जीसस के जीवन को पूरब की दृष्टि से देखें तो उनकी सूली एक भिन्न घटना हो जाती है। पश्चिमी चित्त जन्मों की श्रृंखला को, पुनर्जन्म के सिद्धांत को नहीं मानता है; इसलिए उसके पास सूली का कोई गहन विश्लेषण नहीं है। उन्होंने एक मिथक गढ़ लिया है कि जीसस ने हमारे लिए दुख सहा, वे हमारे उद्धार के लिए सूली पर चढ़े। लेकिन यह बात बेतुकी लगती है; और यह तथ्यपूर्ण भी नहीं है।

अगर जीसस तुम्हारी मुक्ति के लिए मरे तो फिर मनुष्यता अभी भी दुख में क्यों है?

और मनुष्यता तो अभी पहले से भी ज्यादा दुख में है। जीसस की सूली के बाद मनुष्य-जाति प्रभु के राज्य में नहीं प्रविष्ट हो गई है। यदि उन्होंने हमारे लिए दुख उठाया, यदि उनकी सूली हमारे अपराध और पाप के लिए पाश्चात्ताप थी, तो जीसस निष्फल गए। क्योंकि

▲

अपराध जारी है, पाप जारी है, दुख बना हुआ है। तब तो उनकी यातना व्यर्थ गई, तब तो उनकी सूली निष्फल गई।

ईसाइयत के पास केवल एक मिथक है। लेकिन मानव जीवन के पूर्वीय विश्लेषण की दृष्टि बिलकुल भिन्न है। जीसस की सूली उनके अपने ही कर्मों की सघन अभिव्यक्ति थी। यह उनका अंतिम जन्म था, वे फिर शरीर में प्रवेश करने वाले नहीं थे। इसलिए उनके समस्त दुख एक बिंदु पर संचित और केंद्रित हो गए, घनीभूत हो गए। और वह बिंदु उनकी सूली बन गया।

जीसस ने किसी दूसरे के लिए दुख नहीं सहा; कोई किसी दूसरे के लिए दुख नहीं सह सकता। उन्होंने अपने लिए, अपने अतीत के कर्मों के लिए दुख सहा। कोई दूसरा तुम्हें मुक्त नहीं कर सकता है; क्योंकि तुम अपने कर्मों के कारण बंधन में हो। तो जीसस तुम्हें कैसे मुक्त कर सकते हैं? वे अपने को गुलाम बना सकते हैं; वे अपने को मुक्त कर सकते हैं, वे स्वयं मुक्त व्यक्ति बन सकते हैं। सूली के द्वारा उनके अपने कर्मों का हिसाब-किताब बंद हो गया, पूरा हो गया, उनकी श्रृंखला समाप्त हो गई। कार्य-कारण की श्रृंखला का अंत आ गया। उनका अब फिर जन्म नहीं होगा; वे अब दूसरे गर्भ में प्रवेश नहीं करेंगे। अगर वे बुद्ध पुरुष नहीं होते तो उन्हें यह सारा दुख अनेक जन्मों में झेलना पड़ता। वही दुख एक जन्म में, एक बिंदु पर घनीभूत हो गया।

तो तुम हस्तक्षेप नहीं कर सकते; और अगर तुम हस्तक्षेप करते हो तो तुम अपने लिए ज्यादा दुख निर्मित कर लोगे। कर्मों में हस्तक्षेप मत करो; वरन उनके पार जाओ, उनके साक्षी बनो। उन्हें स्वप्नवत समझो—यथार्थ नहीं। उन्हें केवल देखो और उनके प्रति तटस्थ रहो। उनमें ग्रस्त मत होओ। तुम्हारा शरीर पीड़ित है—उस पीड़ा को देखो। तुम्हारा शरीर खुश है—उस खुशी को देखो। उसके साथ तादात्म्य मत करो। ध्यान का इतना ही अर्थ है।

और तरकीबें मत खोजो; बहाने मत खोजो। यह मत कहो कि इसके लिए तर्क दिया जा सकता है। तुम किसी भी चीज के लिए तर्क खोज सकते हो। तुम तर्क करने के लिए स्वतंत्र हो। लेकिन स्मरण रहे, तुम्हारा तर्क आत्मघाती हो सकता हो। तुम अपने विरोध में ही तर्क दे सकते हो। और तुम ऐसे तर्क खड़े कर सकते हो, जिनसे तुम्हारा कोई भला नहीं होनेवाला है, जिनसे तुम्हारा कोई रूपांतरण नहीं होनेवाला है, बल्कि वे बाधा बन सकते हैं। लेकिन हम निरंतर तर्क करते रहते हैं।

आज ही एक लड़की मुझे मिलने आई। उसने मुझसे पूछा: 'बताइए कि क्या ईश्वर है?' वह विवाद करने को तत्पर थी कि ईश्वर नहीं है। मैंने उसकी तरफ देखा। मैंने उसकी आंखों में झांका। वह तनावग्रस्त थी। वह तर्कों से भरी थी। वह इस मुद्दे पर झगड़ना चाहती थी। वह वस्तुतः गहरे में यह मानना चाहती थी कि ईश्वर नहीं है। क्योंकि अगर ईश्वर है तो तुम कठिनाई में पड़ोगे। अगर ईश्वर है तो तुम वही नहीं रह सकते जो हो। तब एक चुनौती खड़ी हो जाती है। ईश्वर एक चुनौती है। उसका अर्थ है कि तुम अपने से संतुष्ट नहीं रह सकते; तुमसे कुछ उच्चतर, कुछ श्रेष्ठतर संभव है। तब चेतना की एक ऊंची अवस्था, परम अवस्था संभव है। ईश्वर का वही अर्थ है। वह लड़की तर्क करने को तत्पर थी। उसने कहा: 'मैं नास्तिक हूं और मैं ईश्वर में विश्वास नहीं करती हूं।'

मैंने उस लड़की से कहा: 'यदि ईश्वर नहीं है तो तुम उसमें अविश्वास कैसे कर सकती

हो? और ईश्वर से कोई लेना-देना नहीं है। तुम्हारे विश्वास, तुम्हारे अविश्वास, उसके पक्ष और विपक्ष में तुम्हारे तर्क, सब तुमसे संबंधित हैं। परमात्मा से कोई लेना-देना नहीं है। तुम क्यों चिंतित हो? अगर परमात्मा नहीं है तो तुम इतनी लंबी यात्रा करके मेरे पास क्यों आई हो? जो चीज नहीं है, उसके संबंध में विवाद करने के लिए तुम मेरे पास क्यों आई हो? उसे भूल जाओ; उसे क्षमा कर दो; और अपने घर जाओ। अपना समय मत गंवाओ। अगर ईश्वर नहीं है तो तुम्हें चिंता क्यों है? वह नहीं है, यह सिद्ध करने का प्रयत्न क्यों करती हो? यह प्रयत्न तुम्हारे बाबत कुछ खबर देता है, कि तुम भयभीत हो। अगर परमात्मा है तो वह चुनौती है। अगर परमात्मा नहीं है तो तुम जो हो वही बनी रह सकती हो; तब जीवन में कोई चुनौती नहीं है।'

जो आदमी चुनौतियों से, खतरों से, जोखिमों से भयभीत है, जो अपने को बदलने से, अपने रूपांतरण से डरता है, वह सदा परमात्मा को अस्वीकार करेगा। अस्वीकार उसका ढंग बन जाता है। लेकिन यह अस्वीकार उसके संबंध में कुछ बताता है—ईश्वर के संबंध में नहीं।

मैंने उस लड़की को कहा कि परमात्मा कोई ऐसी चीज नहीं है जिसे सिद्ध या असिद्ध किया जा सके। परमात्मा कोई विषय नहीं है जिसके पक्ष या विपक्ष में हम कोई मत बना सकें। परमात्मा तुम्हारे अंतस की संभावना है। वह कोई बाह्य चीज नहीं है, वह तुम्हारे अंतस की संभावना है। अगर तुम उस संभावना तक पहुंच सके तो वह सत्य हो जाता है। और अगर तुम उस शिखर तक की यात्रा न कर सको तो वह असत्य है। और अगर तुम उसके विरोध में तर्क देते हो तो यात्रा करने की बात ही न रही; तुम वही के वही बने रहते हो। और यह एक दुष्चक्र बन जाता है।

तुम तर्क करते हो कि ईश्वर नहीं है, और इसी कारण तुम कभी उसकी ओर कदम नहीं उठाते; क्योंकि यह एक आंतरिक यात्रा है, एक आंतरिक तीर्थयात्रा है। तुम कभी यात्रा नहीं करते; क्योंकि तुम उस बिंदु की ओर कैसे यात्रा कर सकते हो जो है ही नहीं? तो तुम वही के वही बने रहते हो।

और जब तुम वही के वही बने रहते हो तो तुम्हारा परमात्मा से कभी साक्षात्कार नहीं होता है। कभी उसके किसी अनुभव से, उसकी किसी तरंग से तुम्हारा मिलन नहीं होता है। और तब तुम्हारे लिए यह बात और भी सिद्ध हो जाती है कि वह नहीं है। और जितनी ही यह बात सिद्ध होती है, तुम उससे उतनी ही दूर होते जाते हो, तुम उतने ही नीचे गिरते जाते हो; अंतराल उतना ही बड़ा होता जाता है।

तो मैंने उस लड़की से कहा कि प्रश्न यह नहीं है कि परमात्मा है या नहीं; प्रश्न यह है कि तुम विकास करना चाहती हो या नहीं। अगर तुम विकसित होती हो तो तुम्हारा परम विकास ही उससे मिलन बन जाएगा, तुम्हारा परम विकास ही उसका साक्षात्कार बन जाएगा। मैंने उससे एक कहानी कही।

एक सुबह जब तेज हवा चल रही थी और वसंत ऋतु विदा हो रही थी, एक घोंघा चेरी के वृक्ष के ऊपर धीरे-धीरे चढ़ने लगा। यह देख कर पास के बलूत के वृक्ष पर बैठी चिड़ियां हंसने लगीं; क्योंकि चेरी का मौसम नहीं था, वृक्ष पर एक भी चेरी का फल नहीं था। और यह गरीब घोंघा ऊपर चढ़ने के लिए जी-तोड़ परिश्रम कर रहा था। चिड़ियां उसकी बेकार की मेहनत पर हंस रही थीं।

▲

फिर एक चिड़िया उड़ी और घोंघे के पास जाकर बोली: 'मित्र, कहां जा रहे हो? पेड़ पर तो अभी एक भी चेरी नहीं है।'

लेकिन घोंघा जरा भी नहीं रुका; उसने अपनी ऊपर की यात्रा जारी रखी। और चलते-चलते ही उसने कहा: 'लेकिन जब तक मैं वहां पहुंचूंगा, तब तक फल आ जाएंगे। जब मैं पहुंचूंगा तो फल वहां होंगे। मुझे ऊपर तक चढ़ने में बहुत समय लगेगा और तब तक फल आ जाएंगे।'

परमात्मा नहीं है; लेकिन जिस क्षण तुम पहुंचोगे, वह वहां होगा। परमात्मा कोई ऐसी चीज नहीं है जो पहले से मौजूद हो; वह ऐसा नहीं है। परमात्मा विकास है। परमात्मा तुम्हारा ही विकास है। जब तुम उस बिंदु पर पहुंचते हो जहां तुम पूरी तरह सचेतन हो, तब परमात्मा है। लेकिन विवाद मत करो। विवाद में अपनी शक्ति गंवाने के बजाय अपने को रूपांतरित करने में शक्ति का उपयोग करो।

और शक्ति बहुत नहीं है। अगर तुम अपनी शक्ति को विवाद में व्यय करोगे तो तुम विवाद करने में निष्णात हो जाओगे। लेकिन यह अपव्यय है; यह छोटी सी चीज के लिए बहुत बड़ी कीमत देने जैसा है, क्योंकि वही शक्ति ध्यान बन सकती है। तुम कुशल तार्किक बन सकते हो; तुम बहुत तर्कपूर्ण विवाद कर सकते हो; तुम किसी चीज के पक्ष या विपक्ष में बहुत तर्कसंगत करने वाले प्रमाण खोज ले सकते हो, लेकिन तुम वही के वही रहोगे। तुम्हारे तर्क तुम्हें रूपांतरित करने वाले नहीं हैं।

एक बात स्मरण रहे: जो भी तुम्हें रूपांतरित करे, वह शुभ है। जिससे भी तुम्हें विकास और विस्तार मिले, जिससे तुम्हारी चेतना में वृद्धि हो, वही शुभ है। और जो भी तुम्हें अटकाए और तुम्हारी यथास्थिति को बनाए रखे, वह अशुभ है, वह घातक है, आत्मघातक है।

अंतिम प्रश्न:

मैं कभी-कभी अपने को अकर्म की अवस्था में, बहुत निष्क्रिय अनुभव करता हूं; लेकिन तब मेरे चारों ओर क्या हो रहा है उसके प्रति मेरा बोध कम हो जाता है। दरअसल मैं अपने चारों ओर की चीजों से विरक्त सा हो जाता हूं। इससे लगता है कि यह निष्क्रियता झूठी है, क्योंकि मेरी समझ से निष्क्रियता के साथ तो बोध बढ़ना चाहिए। क्या आप इस अवस्था पर कुछ कहने की कृपा करेंगे?

सामान्यतः हम ज्वरग्रस्त अवस्था में होते हैं—सक्रिय, लेकिन ज्वरग्रस्त। अगर तुम निष्क्रिय हो जाओगे तो ज्वर चला जाएगा। अगर तुम निष्क्रियता और अकर्म की अवस्था में होगे, अगर तुम अपने भीतर विश्रामपूर्ण होगे, तो सक्रियता चली जाएगी, ज्वर खो जाएगा; और ज्वर के साथ जो तीव्रता रहती है वह भी नहीं रहेगी। तुम थोड़ा उदास अनुभव करोगे; तुम्हें लगेगा कि मेरा बोध घट रहा है। लेकिन बोध नहीं घट रही है, सिर्फ ज्वर की तेजी घट रही है।

और यह शुभ है। इससे भयभीत मत होओ। और यह मत सोचो कि यह निष्क्रियता सच्ची नहीं है। यह बात तुम्हारा मन कह रहा है जिसे ज्वरग्रस्त सक्रियता की और ज्वर की तेजी

▲

की जरूरत है। ज्वर कोई बोध नहीं है। लेकिन ज्वर में एक रुग्ण बोध, एक रुग्ण सजगता होती है। वह रुग्णता है; उसके पीछे मत जाओ। उसे जाने दो; निष्क्रियता में उतरो।

आरंभ में तुम्हें लगेगा कि मेरा बोध बढ़ने के बजाय कम हो रहा है। उसे कम होने दो। क्योंकि जो चीज निष्क्रियता के आने से कम होती है वह ज्वरग्रस्त है और इसीलिए कम होती है। उसे कम होने दो। एक क्षण आएगा जब तुम एक संतुलन पर पहुंच जाओगे। उस संतुलन के बिंदु पर फिर न बढ़ती होती है और न घटती। वह स्वस्थ बिंदु है; अब बुखार जा चुका। और संतुलन के उस बिंदु पर तुम्हें जो भी बोध होता है वह सम्यक बोध है; वह ज्वरग्रस्त नहीं है। और काश, तुम उस बिंदु की प्रतीक्षा कर सको।

यह कठिन है; क्योंकि आरंभ में तुम्हें लगता है कि मेरी पकड़ ढीली हो रही है, कि मैं सचमुच मुर्दा हो रहा हूं, कि मेरी सक्रियता, मेरी सजगता, मेरा सब कुछ चला गया, कि मैं मृत्यु में उतर रहा हूं। ऐसा लगता है; क्योंकि तुम जिस जीवन को जानते हो वह ज्वरग्रस्त है। दरअसल, वह जीवन नहीं है, केवल ज्वर है, उत्तप्तता है, एक तनाव की अवस्था, अति सक्रियता की अवस्था है। आरंभ में तुम एक ही अवस्था को जानते हो—इस ज्वर की अवस्था को। तुम कुछ और नहीं जानते हो; इसलिए तुलना कैसे कर सकते हो?

इसलिए जब तुम निष्क्रि य होते हो, शिथिल होते हो, तो तुम्हें महसूस होगा कि कुछ खो गया है। उसे खो जाने दो। निष्क्रियता के साथ रहो। शीघ्र ही एक संतुलन का बिंदु आएगा जब तुम ठीक उस बिंदु पर होगे जहां ज्वर नहीं है; तुम बस स्वयं होगे। तब कोई दूसरा तुम्हें सक्रियता में नहीं ढकेलेगा; तब कोई दूसरा तुम्हें संचालित नहीं करेगा। और अब एक सक्रियता तुम्हें घटित होगी, लेकिन वह सहज-स्फूर्त होगी, वह स्वाभाविक होगी। तुम कुछ करोगे, लेकिन अब तुम आगे की ओर खींचे नहीं जाओगे और पीछे की ओर ढकेले नहीं जाओगे।

और वह कसौटी क्या है जिससे तुम जानोगे कि यह सक्रियता मुझ पर थोपी नहीं गई है, कि यह सक्रियता ज्वरग्रस्त नहीं है? यही कसौटी है: अगर कर्म सहज है तो तुम उससे तनावग्रस्त नहीं होगे, कोई बोझ नहीं अनुभव करोगे; बल्कि तुम उसका आनंद लोगे। और कर्म अपने आप में लक्ष्य होगा, उसका कोई और लक्ष्य नहीं होगा। यह कोई साधन नहीं होगा जिसके जरिए कहीं पहुंचना हो; यह तुम्हारी ऊर्जा का प्रवाह होगा, अतिरेक होगा। और यह अतिरेक, यह बाढ़ यहां और अभी होगी; यह भविष्य में किसी प्रयोजन के लिए नहीं होगी। तुम उससे आनंदित होगे। वह जो भी कर्म होगा—चाहे बगीचे में गड्ढा खोदना हो या वृक्ष की छंटाई करनी हो या बैठना हो, चलना हो या भोजन करना हो—तुम जो भी कर रहे होगे वह अपने आप में पूर्ण होगा, वह समग्र कर्म होगा। और उसके बाद तुम थकोगे नहीं, बल्कि तुम ताजा अनुभव करोगे।

ज्वरग्रस्त सक्रियता तुम्हें थकाती है; वह रुग्ण है। स्वाभाविक सक्रियता तुम्हें पोषण देती है; तुम उसके बाद ज्यादा ऊर्जस्वी, ज्यादा शक्तिशाली महसूस करते हो, ज्यादा जीवंत महसूस करते हो। वह सक्रियता तुम्हें ज्यादा जीवन प्रदान करती है।

लेकिन आरंभ में जब तुम निष्क्रिय होने लगते हो और अकर्म में उतरते हो तो तुम्हें यह अनुभव होना अनिवार्य है कि मेरा बोध कम हो रहा है। नहीं, तुम्हारा बोध नहीं कम हो रहा है; तुम्हारी सिर्फ ज्वरग्रस्त मानसिकता, ज्वरग्रस्त सजगता कम हो रही है। तुम इस निष्क्रियता में

▲

प्रतिष्ठित हो जाओगे और एक सहज-स्वाभाविक बोध घटित होगा।

ज्वरग्रस्त सजगता में और सहज बोध में यही फर्क है। दोनों में यही फर्क है: ज्वरग्रस्त सजगता में एक दिशा में एकाग्रता होती है; शेष सब भूल जाता है। तुम किसी एक चीज पर एकाग्र होते हो। तुम मुझे सुन रहे हो। अगर यह ज्वरग्रस्त सजगता है तो तुम मुझे तो सुनते हो, लेकिन शेष सब कुछ के प्रति तुम बिलकुल बेहोश होते हो। लेकिन अगर यह निष्क्रिय बोध है—ज्वरग्रस्त बोध नहीं—संतुलित और सहज बोध है तो अगर कार गुजरती है तो तुम उसे भी सुनते हो। तब तुम मात्र सजग हो, बोधपूर्ण हो; तुम सबके प्रति बोधपूर्ण हो; तुम्हारे चारों ओर जो भी हो रहा है, तुम सबके प्रति बोधपूर्ण हो।

और यही इसका सौंदर्य है कि कार गुजरती है और तुम उसकी आवाज सुनते हो; लेकिन वह आवाज बाधा नहीं बनती है। अगर तुम ज्वरग्रस्त ढंग से सजग हो तो तुम कार की आवाज सुनोगे तो मुझे सुनने से चूक जाओगे; तब गाड़ी बाधा बन जाएगी। क्योंकि तुम नहीं जानते हो कि कैसे उस सबके प्रति पूरी तरह बोधपूर्ण हुआ जाए, मात्र बोधपूर्ण हुआ जाए, जो तुम्हारे चारों ओर घटित हो रहा है।

तुम्हें एक ही ढंग मालूम है कि कैसे सब कुछ को भूलकर सिर्फ एक चीज के प्रति सजग हुआ जाए। अगर तुम किसी अन्य चीज के प्रति सजग हुए तो तुम्हारा पहली चीज से संपर्क टूट जाएगा। अगर तुम मुझे ज्वरग्रस्त मन से सुन रहे हो तो कोई भी चीज तुम्हें बाधा दे सकती है। क्योंकि जैसे ही तुम्हारा अवधान दूसरी चीज पर जाता है, तुम मुझसे हट जाते हो, टूट जाते हो। यह अवधान एक आयामी है; यह समग्र नहीं है। और जो स्वाभाविक, निष्क्रिय बोध है, वह समग्र होता है; उसे कोई भी चीज बाधा नहीं दे सकती। वह एकाग्रता नहीं है, वह ध्यान है।

एकाग्रता सदा ज्वरग्रस्त होती है, क्योंकि एकाग्रता में तुम अपनी ऊर्जा को एक बिंदु पर जबरदस्ती केंद्रित करते हो। ऊर्जा स्वतः सभी दिशाओं में प्रवाहित होती है। इसे गति करने के लिए कोई एक दिशा नहीं चाहिए; ऊर्जा सर्वत्र प्रवाहित होते रहने से सहज रहती है। हम द्वंद्व निर्मित करते हैं; क्योंकि हम कहते हैं कि इसे सुनना शुभ है और उसे सुनना अशुभ है। अगर तुम प्रार्थना कर रहे हो और कोई बच्चा हंसने लगता है तो तुम उसे विघ्न मानते हो। तुम्हें उस सरल बोध को खयाल भी नहीं है जिसमें प्रार्थना भी चलती रहती है और बच्चा भी हंसता रहता है और दोनों में कोई विरोध नहीं है, कोई संघर्ष नहीं है। वे दोनों एक ही समिष्ट के हिस्से हैं।

इसे प्रयोग करो। पूरी तरह सावचेत होओ; पूरी तरह बोधपूर्ण होओ। एकाग्र मत होओ। सब तरह की एकाग्रता थकाती है। उसमें तुम थकते हो क्योंकि तुम ऊर्जा के साथ जबरदस्ती कर रहे हो, अस्वाभाविक ढंग से उसे मजबूर कर रहे हो। सरल बोध सर्वग्राही होता है; उसमें सब समाहित होता है। जब तुम निष्क्रिय होते हो, शांत होते हो, तो सब कुछ तुम्हारे चारों ओर घटित होता है और कुछ भी तुम्हें विचलित नहीं करती। और तब कुछ भी तुम्हारे बोध से चूकता नहीं; सब कुछ घटित होता रहता है और तुम उसे जानते रहते हो, देखते रहते हो।

एक आवाज आती है; वह तुम्हें सुनाई पड़ती है, तुम्हारे भीतर गति करती है और गुजर जाती है; और तुम जैसे के तैसे रहते हो। जैसा कि खाली कमरे में होता है। अगर यहां कोई न हो तो सड़क चलती रहेगी और उसकी आवाज कमरे में आती रहेगी, गुजरती रहेगी और कमरा

▲

अप्रभावित रहेगा—मानो कुछ भी न हुआ हो।

निष्क्रिय बोध में तुम अप्रभावित रहते हो, अछूते रहते हो। सब कुछ घटित होता है, तुमसे होकर गुजरता है; लेकिन तुम उससे अस्पर्शित रहते हो, बेदाग रहते हो। ज्वरग्रस्त एकाग्रता में प्रत्येक चीज तुम्हें छूती है, तुम्हें प्रभावित करती है।

इस संबंध में एक और बात। पूर्वीय मनोविज्ञान में एक शब्द है, संस्कार। अगर तुम किसी चीज पर अपने अवधान को एकाग्र कर रहे हो तो वह एकाग्रता संस्कार बनाएगी, तुम उस चीज से संस्कारित हो जाओगे; तुम्हें एक संस्कार मिल जाएगी। और अगर तुम मात्र बोधपूर्ण हो, निष्क्रिय ढंग से बोधपूर्ण हो, अगर तुम एकाग्र नहीं हो, अपने अवधान को कहीं केंद्रित नहीं कर रहे हो, तुम बस हो—तो कुछ भी तुम्हें संस्कारित नहीं करेगा। तब तुम कोई संस्कार इकट्ठा नहीं करते हो। तुम अस्पर्शित, शुद्ध, कुंवारे बने रहते हो—कुछ भी तुम्हें स्पर्श नहीं करता है। जो व्यक्ति निष्क्रिय रूप से बोधपूर्ण है, वह संसार में रहता है, लेकिन संसार उसमें नहीं रहता है। वह संसार से गुजरता है, लेकिन संसार उससे नहीं गुजरता है।

झेन संत बोकोजू कहा करते थेः 'जाओ और नदी को पार करो, लेकिन ऐसे पार करो कि पानी तुम्हें स्पर्श न करे।' और उनके आश्रम के पास जो नदी थी उस पर कोई पुल नहीं था। अनेक शिष्य चेष्टा करते थे, लेकिन जब वे नदी को पार करते थे तो पानी उन्हें छू जाता था। एक दिन एक शिष्य बोकोजू के पास आया और उसने कहाः 'आप हमें पहेलियां देते हैं। हम नदी पार करते हैं; उस पर कोई पुल नहीं है। अगर पुल होता तो बेशक हम नदी पार करते और पानी हमें नहीं छूता। लेकिन हमें नदी से होकर गुजरना पड़ता है और पानी छूता है।' बोकोजू ने कहाः 'मैं आऊंगा और नदी पार करूंगा। तुम देखना।'

और बोकोजू ने नदी पार की। निश्चित ही पानी उनके पैर में लग गया और शिष्यों ने कहा: 'देखिए, पानी तो आपको लग गया।' बोकोजू ने कहाः 'जहां तक मैं जानता हूं, पानी मुझे नहीं लगा है। मैं तो साक्षी मात्र था। पानी ने मेरे पैर को स्पर्श किया, मुझे नहीं। मैं तो केवल देख रहा था।'

निष्क्रिय सजगता में, साक्षी-भाव में तुम संसार से अस्पर्शित गुजरते हो। तुम संसार में हो, लेकिन संसार तुममें नहीं है।

आज इतना ही।

59

स्वयं को असीमतः अनुभव करो

सूत्र

86. भाव करो कि मैं किसी ऐसी चीज को चिंतना करता हूं जो दृष्टि के परे है, जो पकड़ के परे है, जो अनस्तित्व के, न होने के परे है—मैं।

87. मैं हूं। यह मेरा है। यह यह है। हे प्रिये, ऐसे भाव में भी असीमतः उतरो।

मनुष्य द्विमुखी है—पशु और देवता दोनों है। पशु उसका अतीत है और देवता उसका भविष्य। और इससे ही कठिनाई पैदा होती है। अतीत बीत चुका है, वह है नहीं; उसकी स्मृति भर शेष है। और भविष्य अभी भी भविष्य है, वह आया नहीं है; वह एक स्वप्न भर है, एक संभावना मात्र है। और इन दोनों के बीच मनुष्य है—अतीत की छाया और भविष्य का स्वप्न।

मनुष्य दोनों नहीं है और दोनों है। वह दोनों है, क्योंकि अतीत उसका है; वह पशु था। वह दोनों है, क्योंकि भविष्य उसका है; वह देवता हो सकता है। और वह दोनों नहीं है, क्योंकि अतीत अब नहीं है और भविष्य अभी होने को है।

मनुष्य इन दोनों के बीच एक तनाव की भांति है—जो था और जो हो सकता है उनके बीच एक तनाव। इससे एक द्वंद्व पैदा होता है—कुछ पाने का, कुछ होने का सतत संघर्ष पैदा होता है। एक अर्थ में मनुष्य नहीं है; वह सिर्फ पशुता से देवत्व की तरफ उठा हुआ कदम है। और उठा हुआ कदम कहीं नहीं होता है। वह कहीं था और फिर कहीं होगा; लेकिन ठीक अभी वह कहीं नहीं है, बस अधर में अटका हुआ है।

तो मनुष्य जो कुछ भी करता है—मैं कहता हूं, जो कुछ भी—वह कभी तृप्त नहीं होता, वह सदा अतृप्त रहता है, क्योंकि उसमें दो सर्वथा विपरीत अस्तित्वों का मिलन हो रहा है। अगर उसका पशु तृप्त होता है तो देवता अतृप्त रह जाता है। और अगर उसका देवता तृप्त होता है तो पशु अतृप्त रह जाता है। एक हिस्सा सदा ही असंतुष्ट रहता है।

अगर तुम पशु की तरफ झुकते हो, पशु की तरह जीते हो, तो तुम एक ढंग से अपने अस्तित्व के एक हिस्से को तृप्त करते हो। लेकिन तब तुरंत ही उस तृप्ति में से अतृप्ति पैदा होती है। क्योंकि जो विपरीत हिस्सा है, भविष्य है, वह ठीक उलटा है। पशु की तृप्ति तुम्हारे भविष्य की, तुम्हारी संभावना की अतृप्ति बन जाती है। और अगर तुम अपनी दैवीय संभावना को तृप्त करते हो तो पशु आहत अनुभव करता है, वह बगावत करता है, तुम्हारे भीतर एक असंतोष पैदा होता है। तुम दोनों को संतुष्ट नहीं कर सकते; एक को संतुष्ट करते हो तो दूसरा

▲

असंतुष्ट हो जाता है।

मुझे एक कहानी याद आती है। एक स्पोर्ट्स कार का उत्साही चालक ईसाइयों के स्वर्ग-द्वार पर, पर्ली गेट पर पहुंची। संत पीटर ने उसका स्वागत किया। वह अपनी जगुआर कार के साथ पहुंचा था और संत पीटर से उसने पहला ही प्रश्न पूछाः 'आपके स्वर्ग में सुंदर राजपथ तो हैं न?'

संत पीटर ने कहा : 'हां, यहां राजपथ तो हैं और सर्वश्रेष्ठ राजपथ हैं; लेकिन एक कठिनाई है। कठिनाई यह है कि स्वर्ग में कार चलाना मना है।'

उस तीव्र गति के शौकीन चालक ने कहाः 'तब यह जगह मेरे लिए नहीं है। कृपा करके मुझे दूसरी जगह भिजवाने की व्यवस्था कर दें; मैं नरक जाना पसंद करूंगा। मैं अपनी जगुआर से अलग नहीं हो सकता।'

ऐसा ही हुआ। वह नरक पहुंचा। और शैतान ने वहां उसका स्वागत करते हुए कहा कि मुझे तुमसे मिल कर प्रसन्नता हुई। उसने कहाः 'तुम तो मेरे जैसे ही हो; मैं भी जगुआर को आशिक हूं।'

उस गति के प्रेमी ने कहाः 'बहुत खूब! कृपया मुझे अपने राजपथों का नक्शा दीजिए।'

यह सुनकर शैतान उदास हो गया। उसने कहा : 'महाशय, यहां कोई राजपथ नहीं हैं; यही तो नरक पीड़ा है।'

मनुष्य की स्थिति यही है। मनुष्य दोहरा है, दो में बंटा है। अगर एक हिस्से के लिए तुम कुछ करोगे तो वही तुम्हारे दूसरे हिस्से के लिए अतृप्ति का कारण हो जाएगा। और अगर तुम अन्यथा करोगे तो दूसरा हिस्सा अतृप्त अनुभव करेगा। कुछ न कुछ अभाव सदा ही बना रहता है। और तुम दोनों को संतुष्ट नहीं कर सकते; क्योंकि वे एक-दूसरे के विपरीत हैं।

लेकिन हरेक आदमी इसी असंभव प्रयास में लगा है। वह कहीं समझौता करना चाहता है जहां स्वर्ग और नरक दोनों मिलें, शरीर और आत्मा दोनों संतुष्ट हों, जहां शिखर और घाटी, अतीत और भविष्य कहीं मिलें और एक समझौते पर पहुंचें। और यह प्रयास हम अनेक जन्मों से कर रहे हैं। लेकिन यह संभव नहीं हुआ और न संभव होने वाला है। पूरा प्रयास व्यर्थ है, असंभव है।

ये विधियां तुम्हारे भीतर कोई समझौता निर्मित करने के लिए नहीं हैं। ये विधियां तुम्हारे अतिक्रमण के लिए हैं। ये विधियां पशु के विरुद्ध परमात्मा को संतुष्ट करने के लिए नहीं हैं। वह असंभव है। उससे तुम्हारे भीतर और भी ज्यादा उपद्रव पैदा होगा, और भी ज्यादा संघर्ष और हिंसा पैदा होगी। ये विधियां परमात्मा के विरुद्ध तुम्हारे पशु को संतुष्ट करने के लिए भी नहीं हैं। ये विधियां द्वैत के अतिक्रमण के लिए हैं। वे न पशु के पक्ष में हैं और न परमात्मा के पक्ष में।

स्मरण रहे, तंत्र और अन्य धर्मों में यही बुनियादी भेद है। तंत्र कोई धर्म नहीं है। क्योंकि धर्म का बुनियादी अर्थ है कि वह पशु के विरुद्ध परमात्मा के पक्ष में है। इसलिए हरेक धर्म द्वंद्व का, संघर्ष का हिस्सा है। तंत्र संघर्ष की विधि नहीं है, यह अतिक्रमण की विधि है। तंत्र पशु से लड़ता नहीं है; यह परमात्मा के पक्ष में नहीं है। तंत्र समस्त द्वैत के पार है। वह वस्तुतः न किसी के पक्ष में है और न विरोध में है। वह सिर्फ तुम्हारे भीतर तीसरी शक्ति का

▲

निर्माण कर रहा है, अस्तित्व के तीसरे केंद्र का निर्माण कर रहा है, जहां तुम न पशु हो और न परमात्मा। तंत्र के लिए यह तीसरा बिंदु अद्वैत है।

तंत्र कहता है कि तुम द्वैत से लड़कर अद्वैत को नहीं उपलब्ध हो सकते हो। तुम किसी एक पक्ष को चुनकर अद्वैत को नहीं प्राप्त हो सकते हो। तुम विकल्प से, चुनाव से एक पर नहीं पहुंच सकते; उसके लिए निर्विकल्प साक्षी भाव आवश्यक है, चुनाव-रहित बोध मूलभूत है।

तंत्र के लिए यह बात बहुत बुनियादी है। और यही कारण है कि तंत्र को कभी ठीक-ठीक नहीं समझा गया। सदियों-सदियों तक इसे लंबी नासमझी का शिकार होना पड़ा है। क्योंकि जब तंत्र यह कहता है कि वह पशु के विरोध में नहीं है, तो तुम तुरंत समझने लगते हो कि तंत्र पशु के पक्ष में है। और जब तंत्र कहता है कि वह परमात्मा के पक्ष में नहीं है, तो तुम फिर सोचने लगते हो कि वह परमात्मा के विरोध में है।

सचाई यह है कि तंत्र चुनाव-रहित दर्शन है। न पशु के पक्ष में होओ और न परमात्मा के पक्ष में होओ—कोई द्वंद्व मत पैदा करो। थोड़ा पीछे हटो, जरा दूर सरको, अपने और इस द्वैत के बीच अंतराल पैदा करो, थोड़ी दूरी बनाओ। तुम इन दोनों के पार एक तीसरी शक्ति बन जाओ, साक्षी बन जाओ, जहां से तुम पशु और परमात्मा दोनों को देख सकते हो।

मैंने तुम्हें कहा कि पशु अतीत है और परमात्मा भविष्य, और अतीत और भविष्य एक-दूसरे के विरोधी हैं। तंत्र वर्तमान में है। वह न अतीत है और न भविष्य; वह अभी और यहीं है। इसलिए न अतीत से बंधे रहो और न भविष्य के पीछे दौड़ो। भविष्य की कामना मत करो और अतीत से बंधे हुए मत रहो। अतीत को ढोओ मत और भविष्य के लिए कोई प्रक्षेपण मत करो। इसी वर्तमान क्षण के प्रति निष्ठावान रहो, ईमानदार रहो, और तुम अतिक्रमण कर जाओगे। तब तुम न पशु हो और न परमात्मा।

तंत्र के लिए ऐसा होना, अतिक्रमण में होना, परमात्मा होना है। ऐसा होना, वर्तमान क्षण की तथाता में होना, जहां अतीत छुट चुका है और भविष्य का प्रक्षेपण नहीं है, तुम स्वतंत्र हो, तुम स्वतंत्रता हो।

इस अर्थ में ये विधियां धार्मिक नहीं हैं, क्योंकि धर्म सदा पशु के विरोध में है। धर्म द्वंद्व निर्मित करता है। अगर तुम सचमुच धार्मिक हो तो तुम खंडित हो जाओगे, स्कीजोफ्रेनिक हो जाओगे। सब धार्मिक सभ्यताएं खंडित सभ्यताएं हैं। वे मानसिक रुग्णता पैदा करती हैं, क्योंकि वे आंतरिक विभाजन पैदा करती हैं। वे तुम्हें दो में तोड़ देती हैं और तुम्हारा ही एक हिस्सा तुम्हारा शत्रु बन जाता है। और तब तुम्हारी सारी ऊर्जा अपने से ही लड़ने में नष्ट होती है। इस अर्थ में तंत्र धार्मिक नहीं है, क्योंकि तंत्र किसी द्वंद्व में, किसी संघर्ष में, किसी हिंसा में विश्वास नहीं करता है।

और तंत्र कहता है कि स्वयं से लड़ो मत, सिर्फ बोधपूर्ण होओ, अपने प्रति कठोर और हिंसक मत होओ। बस साक्षी होओ, द्रष्टा होओ। जब तुम साक्षी हो तो तुम दो में से कोई भी नहीं हो; तब दोनों चेहरे विलीन हो जाते हैं। साक्षी होने के क्षण में तुम मनुष्य नहीं हो; तुम बस हो। तुम किसी विशेषण के बिना हो। तुम नाम-रूप के बिना हो। तुम किसी कोटि के बिना हो। तुम कोई व्यक्ति विशेष हुए बिना हो। बस शुद्ध होना है। ये विधियां उसी निर्दोष अस्तित्व की उपलब्धि की विधियां हैं।

▲

अब मैं विधियों की चर्चा करूंगा।

पहली विधिः

भाव करो कि मैं किसी ऐसी चीज की चिंतना करता हूं जो दृष्टि के परे है, जो पकड़ के परे है, जो अनस्तित्व के, न होने के परे है—मैं।

'भाव करो कि मैं किसी ऐसी चीज की चिंतना करता हूं जो दृष्टि के परे है'—जिसे देखा नहीं जा सकता। लेकिन क्या तुम किसी ऐसी चीज की कल्पना कर सकते हो जो देखी न जा सके? कल्पना तो सदा उसकी होती है जो देखी जा सके। तुम उसकी कल्पना कैसे कर सकते हो, उसका अनुमान कैसे कर सकते हो, जो देखी ही न जा सके? तुम उसकी ही कल्पना कर सकते हो जिसे तुम देख सकते हो। तुम उस चीज का स्वप्न भी नहीं देख सकते जो दृश्य न हो, जो देखी न जा सके। यही कारण है कि तुम्हारे सपने भी वास्तविकता की छायाएं हैं। तुम्हारी कल्पना भी शुद्ध कल्पना नहीं है; क्योंकि तुम जो भी कल्पना करते हो उसे तुमने किसी न किसी भांति जानी है। तुम नई व्यवस्था, नए संयोजन जमा सकते हो, लेकिन उस संयोजन के सभी तत्व परिचित होंगे, जाने-माने होंगे।

तुम कल्पना कर सकते हो कि एक सोने का पहाड़ आकाश में बादलों की भांति उड़ा जा रहा है। तुमने कभी ऐसी चीज नहीं देखी है। लेकिन तुमने बादल देखा है; तुमने पहाड़ देखा है; तुमने सोना देखा है। ये तीन तत्व इकट्ठी किए जा सकते हैं। तो कल्पना कभी मौलिक नहीं होती; वह सदा ही उनका जोड़ होती है जिन्हें तुमने देखा है।

यह विधि कहती है: 'भाव करो कि मैं किसी ऐसी चीज की चिंतना करता है जो दृष्टि के परे है।'

यह असंभव है। लेकिन इसीलिए यह प्रयोग करने लायक है, क्योंकि इसे करने में ही तुम्हें कुछ घटित हो जाएगा। ऐसा नहीं कि तुम देखने में सक्षम हो जाओगे; लेकिन अगर तुम उसे देखने की चेष्टा करोगे जो देखी न जा सके तो सारा दर्शन खो जाएगा। ऐसी चीज के देखने के प्रयत्न में तुमने जो भी देखा है वह सब विलीन हो जाएगा।

अगर तुम इस प्रयत्न में धैर्यपूर्वक लगे रहे तो अनेक चित्र, अनेक बिंब तुम्हारे सामने प्रकट होंगे। तुम्हें उन प्रतिबिंबों को इनकार कर देना है, क्योंकि तुम जानते हो कि तुमने उन्हें देखा है; वे देखे जा सकते हैं। हो सकता है कि तुमने उन्हें बिलकुल वैसे ही न देखा हो जैसे वे हैं, लेकिन यदि तुम उनकी कल्पना कर सकते हो तो वे देखे भी जा सकते हैं। उन्हें अलग हटा दो। और इसी तरह अलग करते चलो। यह विधि कहती है कि जो नहीं देखा जा सकता उसे देखने के प्रयत्न में लगे रहो।

यदि तुम मन में उभरने वाले प्रतिबिंबों को हटाते गए तो क्या होगा? यह कठिन होगा, क्योंकि अनेक चित्र उभर कर सामने आएंगे। तुम्हारा मन अनेक चित्र, अनेक बिंब, अनेक सपने सामने ले आएगा; अनेक धारणाएं आएंगी, अनेक प्रतीक पैदा होंगे। तुम्हारा मन नए-नए दृश्य निर्मित करेगा। लेकिन उन्हें हटाते चलो, जब तक कि तुम्हें वह न घटित हो जो अदृश्य है। वह क्या है?

यदि तुम हटाते ही गए तो बाहर से तुम्हें कुछ घटित नहीं होगा, सिर्फ मन का पर्दा

▲

खाली हो जाएगा; उस पर कोई चित्र, कोई प्रतीक, कोई बिंब, कोई सपने नहीं होंगे। उस क्षण में रूपांतरण घटित होता है। जब खाली पर्दा रहता है, उस पर कोई चित्र नहीं रहता, उस क्षण में तुम्हें अपना बोध होता है। तब तुम्हें द्रष्टा का बोध होता है। जब देखने को कुछ न बचा तो सारा अवधान बदल जाता है, सारी चेतना पीछे लौट कर देखने लगती है, स्वमुखी हो जाती है। जब तुम्हें देखने को कुछ नहीं होता है तब तुम्हें पहली बार स्वयं का बोध होता है; तब तुम स्वयं को देखते हो।

यह सूत्र कहता है: 'भाव करो कि मैं किसी ऐसी चीज की चिंतना करता हूं जो दृष्टि के परे है, जो पकड़ के परे है, जो अनस्तित्व के, न होने के परे है—मैं।'

तब तुम स्वयं को उपलब्ध होते हो, स्वयं होते हो। तब तुम पहली दफा उसे जानते हो जो देखता है, जो समझता है, जो जानता है। लेकिन यह जानने वाला सदा विषयों में छिपा रहता है। तुम चीजों को तो जानते हो, लेकिन तुम कभी जानने वाले को नहीं जानते। ज्ञाता ज्ञान में खोया रहता है। मैं तुम्हें देखता हूं और फिर किसी दूसरे को देखता हूं; और यह जुलूस चलता रहता है। जन्म से मृत्यु तक मैं हजार-हजार चीजें देखता रहूंगा, देखता रहूंगा। और जो द्रष्टा है, जो इस जुलूस को देखता है, वह भूल गया है। वह भीड़ में खो गया है। भीड़ विषयों की है और द्रष्टा उसमें खो गया है।

यह सूत्र कहता है कि अगर तुम किसी ऐसी चीज की चिंतना करने की चेष्टा करते हो जो दृष्टि के परे है, पकड़ के परे है, जिसे तुम मन से नहीं पकड़ सकते—और जो अनस्तित्व के, न होने के भी परे है, तो तुरंत मन कहेगा कि अगर कोई चीज देखी नहीं जा सकती और पकड़ी नहीं जा सकती तो वह चीज है ही नहीं। मन तुरंत प्रतिक्रिया करेगा कि अगर कोई चीज अदृश्य और अग्राह्य है तो वह नहीं है। मन कहेगा कि वह नहीं है, असंभव है।

इस मन की बातों में मत उलझो। यह सूत्र कहता है: 'दृष्टि के परे, पकड़ के परे, अनस्तित्व के परे।' मन कहेगा कि ऐसा कुछ नहीं है, ऐसा हो नहीं सकता, यह असंभव है। सूत्र कहता है कि इस मन का विश्वास मत करो। कुछ है जो अनस्तित्व के परे अस्तित्ववान है, जो है और फिर भी देखा नहीं जा सकता, पकड़ा नहीं जा सकता; वह तुम हो।

तुम अपने को नहीं देख सकते हो। या देख सकते हो? क्या तुम किसी ऐसी स्थिति की कल्पना कर सकते हो जिसमें तुम अपना साक्षात्कार कर सको, जिसमें तुम अपने को जान सको? तुम आत्मज्ञान शब्द को दोहराते रह सकते हो, लेकिन वह एक बिलकुल अर्थहीन शब्द है, क्योंकि तुम स्वयं को, अपने को नहीं जान सकते हो। आत्मा सदा ज्ञाता है; उसे ज्ञात नहीं बनाया जा सकता, उसे ज्ञान का विषय नहीं बनाया जा सकता।

उदाहरण के लिए, अगर तुम सोचते हो कि मैं आत्मा को जान सकता हूं तो जिस आत्मा को तुम जानोगे वह तुम्हारी आत्मा नहीं होगी; आत्मा तो वह होगी जो इस आत्मा को जान रही है। तुम सदा ज्ञाता रहोगे; तुम कभी ज्ञात नहीं हो सकते। तुम अपने को अपने ही सामने खड़ा नहीं कर सकते; तुम सदा ही पीछे रहोगे। तुम जो भी जानोगे वह तुम नहीं हो सकते। इसका यह अर्थ है कि तुम स्वयं को नहीं जान सकते; तुम स्वयं को उस भांति नहीं जान सकते जिस भांति अन्य चीजों को जानते हो।

मैं अपने को उस भांति नहीं देख सकता जिस भांति मैं तुम्हें देखता हूं। देखेगा कौन?

क्योंकि ज्ञान, दृष्टि, दर्शन का अर्थ है कि वहां कम से कम दो हैं: जानने वाला और जाना जाने वाला। इस अर्थ में आत्मज्ञान संभव नहीं है; क्योंकि वहां एक ही है। वहां ज्ञाता और ज्ञेय एक हैं; वहां द्रष्टा और दृश्य एक हैं। तुम अपने को विषय नहीं बना सकते हो।

इसलिए आत्मज्ञान शब्द गलत है। लेकिन यह कुछ कहता है, कुछ इशारा करता है, जो कि सच है। तुम अपने को जान सकते हो, लेकिन यह जानना उस जानने से भिन्न होगा, बिलकुल भिन्न होगा, जिस तरह तुम दूसरी चीजों को जानते हो। जब जानने को कुछ भी नहीं रहता है, जब सभी विषय खो जाते हैं, जब जो भी देखा और ग्रहण किया जा सकता है वह विदा हो जाता है, जब तुम सबको अलग कर देते हो, तब तुम्हें अचानक स्वयं का बोध होता है। और यह बोध द्वंद्वात्मक नहीं है, इसमें दो नहीं हैं, इसमें आब्जेक्ट और सब्जेक्ट नहीं हैं। यह अद्वैत है, अखंड है।

यह बोध एक भिन्न ही भांति का जानना है। यह बोध तुम्हें अस्तित्व का एक भिन्न ही आयाम देता है। तुम दो में नहीं बंटे हो; तुम स्वयं के प्रति बोधपूर्ण हो। तुम उसे देख नहीं रहे, तुम उसे पकड़ नहीं सकते; और इसके बावजूद वह है—पूरी तरह है।

इसे इस तरह समझो : हमारे पास ऊर्जा है; वह ऊर्जा विषयों की तरफ बही जा रही है। ऊर्जा गतिहीन नहीं हो सकती, कहीं ठहरी हुई नहीं रह सकती। स्मरण रहे, अस्तित्व के परम नियमों में एक नियम यह है कि ऊर्जा गतिहीन नहीं हो सकती, वह गत्यात्मक है। दूसरा कोई उपाय नहीं है; उसे सतत गतिमान रहना है। गत्यात्मकता उसका स्वभाव है। ऊर्जा सतत गतिमान है।

तो जब मैं तुम्हें देखता हूं तब मेरी ऊर्जा तुम्हारी तरफ बहती है। जब मैं तुम्हें देखता हूं तो एक वर्तुल बन जाता है। मेरी ऊर्जा तुम्हारी तरफ बहती है और फिर मेरी तरफ लौट आती है। इस तरह एक वर्तुल निर्मित होता है। यदि मेरी ऊर्जा तुम्हारी तरफ जाए, लेकिन मेरी तरफ वापस न आए तो मैं तुम्हें नहीं जान पाऊंगा। एक वर्तुल जरूरी है। ऊर्जा को जाना चाहिए और फिर लौटकर आना चाहिए। उस लौटने में वह तुम्हें मेरे पास लाती है। और मैं तुम्हें जानता हूं।

ज्ञान का अर्थ है कि ऊर्जा ने एक वर्तुल बनाया है; उसने भीतर से बाहर की तरफ गति की; और फिर वह वापस मूल स्रोत पर लौट आई। अगर मैं इसी भांति जीता रहूं, दूसरों के साथ वर्तुल बनाता रहूं, तो मैं कभी स्वयं को नहीं जान पाऊंगा। क्योंकि मेरी ऊर्जा दूसरों की ऊर्जा से भरी है; वह दूसरों के प्रभाव, दूसरों के प्रतिबिंब मुझे देती जाती है। इसी भांति तो तुम ज्ञान इकट्ठा करते हो।

यह विधि कहती है कि विषय को विलीन हो जाने दो और अपनी ऊर्जा को रिक्तता में, शून्य में गति करने दो। वह तुम्हारी ओर से चलती तो है, लेकिन कोई विषय वहां नहीं है जिसे वह पकड़े या जिसे देखे। तो वह शून्यता से गुजर कर तुम्हारे पास लौट आती है। वहां कोई विषय नहीं है; वह तुम्हारे लिए कोई जानकारी नहीं लाती है। वह खाली, रिक्त और शुद्ध लौट आती है। वह अपने साथ कुछ नहीं लाती है, वह सिर्फ स्वयं को लाती है। वह कुंवारी की कुंवारी है; कुछ भी उसमें प्रविष्ट नहीं हुआ है। वह विशुद्ध है।

यही ध्यान की पूरी प्रक्रिया है। तुम शांत बैठे हो और तुम्हारी ऊर्जा गति कर रही है। वहां कोई विषय नहीं है जिससे वह दूषित हो सके, जिससे वह आबद्ध हो सके, जिससे वह

▲

प्रभावित हो सके, जिसके साथ वह एक हो सके। तब तुम उसे अपने पर लौटा लेते हो। वहां कोई विषय नहीं है; कोई विचार नहीं है; कोई प्रतिबिंब नहीं है। ऊर्जा गति करती है, उसकी गति शुद्ध है, और वह शुद्ध और कुंवारी ही तुम्हारे पास लौट आती है। जिस अवस्था में वह तुमसे गई थी उसी अवस्था में वह लौट आती है, अपने साथ कुछ भी नहीं लाती है। वह एक खाली वाहन की भांति तुम तक लौट आती है। वह अपने साथ कोई ज्ञान नहीं लाती है; वह सिर्फ अपने को अपने साथ लाती है। और शुद्ध ऊर्जा के उस प्रवेश में तुम स्वयं के प्रति बोध से भर जाते हो।

यदि ऊर्जा अपने साथ कोई जानकारी लाए तो तुम उस चीज के प्रति ही बोधपूर्ण होगे। तुम एक फूल को देखते हो। तुम्हारी ऊर्जा फूल पर जाती है और उसे फूल को, फूल के प्रतिबिंब को, फूल के रंग को, फूल की गंध को अपने साथ ले आती है। ऊर्जा फूल को तुम्हारे पास ला रही है; वह तुम्हें फूल की जानकारी देती है और तब तुम फूल से परिचित होते हो। ऊर्जा फूल से आच्छादित है। तुम कभी ऊर्जा से, उस शुद्ध ऊर्जा से जो तुम हो, परिचित नहीं होते। तुम दूसरों की तरफ जाते हो और स्रोत पर लौट आते हो।

अगर इस ऊर्जा को कुछ भी प्रभावित न करे, अगर वह अप्रभावित, असंस्कारित, अस्पर्शित लौट आए, अगर वह वैसी की वैसी लौट आए जैसी गई थी, अगर वह शुद्ध लौट आए और कुछ न लाए, तो तुम स्वयं को जानते हो। यह ऊर्जा का शुद्ध वर्तुल है; अब ऊर्जा कहीं बाहर न जाकर तुम्हारे भीतर ही गति करती है, तुम्हारे भीतर ही वर्तुल बनाती है। अब कोई दूसरा नहीं है; तुम स्वयं अपने में गति करते हो। यह गति ही आत्म-प्रकाश बन जाती है; आत्मज्ञान, आत्मबोध बन जाती है। बुनियादी तौर से सब ध्यान-विधियां इसी के अलग-अलग प्रकार हैं।

'भाव करो कि मैं किसी ऐसी चीज की चिंतना करता हूं जो दृष्टि के परे है, जो पकड़ के परे है, जो अनस्तित्व के, न होने के परे है—मैं।'

अगर यह हो सके तो तुम पहली दफा स्वयं को जानोगे, स्वयं के अस्तित्व को जानोगे, जानने वाले को, आत्मा को जानोगे।

ज्ञान दो प्रकार का है : विषयगत ज्ञान और आत्मगत ज्ञान। एक तो विषय का ज्ञान है और दूसरा स्वयं का ज्ञान है। और कोई आदमी चाहे लाखों चीजें जान ले, चाहे वह पूरे जगत को जान ले, लेकिन अगर वह स्वयं को नहीं जानता है तो वह अज्ञानी ही है। वह जानकार हो सकता है, पंडित हो सकता है; लेकिन वह प्रज्ञावान नहीं है। संभव है कि वह बहुत जानकारी इकट्ठी कर ले, बहुत ज्ञान इकट्ठा कर ले, लेकिन उसके पास उस बुनियादी चीज का अभाव है जो किसी को प्रज्ञावान बनाता है—वह स्वयं को नहीं जानता है।

उपनिषदों में एक कथा है। एक युवक, श्वेतकेतु, अपने गुरु के घर से वापस आया। उसने सभी परीक्षाएं उत्तीर्ण कर ली थीं और उसने उनमें विशिष्टता हासिल की थी। गुरु जो भी उसे दे सके, उसने सब संजो कर रख लिया था। और वह बहुत अहंकार से भरा था।

जब वह अपने पिता के घर पहुंचा तो पहली बात जो पिता ने पूछी वह यह थी: 'तुम ज्ञान से बहुत भरे हुए मालूम पड़ते हो और तुम्हारे ज्ञान ने तुम्हें बहुत अहंकारी बना दिया है। यह तुम्हारे चलने के ढंग से—जिस ढंग से तुमने घर में प्रवेश किया—प्रकट होता है। मुझे

▲

तुमसे एक ही प्रश्न पूछना है, क्या तुमने उसे जाना जो सब को जानता है? क्या तुमने उसे जाना जिसे जानने पर सब जान लिया जाता है? क्या तुमने स्वयं को जाना?'

श्वेतकेतु ने कहाः 'लेकिन हमारे विद्यापीठ के पाठ्यक्रम में यह नहीं था; हमारे गुरु ने इसकी कोई चर्चा नहीं की। मैंने सब जान लिया है जो जाना जा सकता है। आप मुझे कुछ भी पूछें और मैं उत्तर दूंगा। लेकिन आप यह क्या पूछ रहे हैं? यह तो कभी नहीं बताया गया।'

पिता ने कहाः 'फिर तुम वापस जाओ। और जब तक उसे न जान लो जिसे जानकर सब जान लिया जाता है और जिसे जाने बिना कुछ नहीं जाना जाता, तब तक घर मत लौटना। पहले स्वयं को जानो।'

श्वेतकेतु वापस गया। उसने गुरु से कहाः 'मेरे पिता ने कहा कि तुम्हें घर में नहीं आने दिया जाएगा, इसे घर में तुम्हारा स्वागत नहीं होगा; क्योंकि हमारे कुल में हम जन्म से ही ब्राह्मण नहीं हैं, हम ब्रह्म को जानकर ब्राह्मण हैं। हम ब्राह्मण जन्म से ही नहीं हैं, प्रामाणिक ज्ञान को प्राप्त करके हम ब्राह्मण हैं। तो जब तक तुम सच्चे ब्राह्मण न हो जाओ—जो जन्म से नहीं, ब्रह्म को जानकर हुआ जाता है—तब तक इसे घर में प्रवेश मत करना। तुम हमारे योग्य नहीं हो। इसलिए अब आप मुझे वह ज्ञान सिखाएं।'

गुरु ने कहाः 'जो भी सिखाया जा सकता है, वह सब मैंने तुम्हें सिखा दिया है; और तुम जिसकी बात कर रहे हो वह सिखाया नहीं जा सकता। तो तुम एक काम करो; तुम बस इसके प्रति उपलब्ध रहो, इसके प्रति खुले रहो। यह ज्ञान सीधे-सीधे नहीं सिखाया जा सकता है। तुम सिर्फ खुले रहो, और किसी दिन घटना घट जाएगी। तुम आश्रम की गायों को ले जाओ'—आश्रम में बहुत गायें थीं; कहते हैं चार सौ गायें थीं—गुरु ने श्वेतकेतु से कहा: 'तुम गायों को जंगल ले जाओ और गायों के साथ रहो। विचार करना बंद कर दो, शब्दों को छोड़ो; पहले गाय बनो। गायों के साथ रहो, उन्हें प्रेम करो, और वैसे ही मौन हो जाओ जैसे गायें मौन हैं। और जब गायें एक हजार हो जाएं तब वापस आ जाना।'

श्वेतकेतु चार सौ गायों को लेकर जंगल चला गया। वहां सोच-विचार का कोई उपयोग नहीं था। वहां कोई नहीं था जिसके साथ बातचीत की जा सके। उसका चित्त धीरे-धीरे गाय जैसा हो गया। वह वृक्षों के नीचे मौन बैठा रहता था। और ऐसे वर्षों बीत गए, क्योंकि वह तभी वापस जा सकता था जब गाएं एक हजार हो जाएं। धीरे-धीरे उसके मन से भाषा विलीन हो गई। धीरे-धीरे समाज उसके मन से विदा हो गया। धीरे-धीरे वह मनुष्य भी नहीं रहा; उसकी आंखें गायों की आंखों जैसी हो गईं, वह गायों जैसा ही हो गया।

और कहानी बहुत सुंदर है। कहानी कहती है कि श्वेतकेतु गिनना भूल गया। क्योंकि अगर भाषा विलीन हो जाए, शब्द-जाल खो जाए तो गिनना कैसा? वह भूल गया कि कैसे गिनती की जाती है। वह यह भी भूल गया कि वापस जाना है। और आगे की कहानी तो और भी सुंदर है। तब गायों ने कहाः 'श्वेतकेतु, अब हम हजार हो गई हैं। अब हम गुरु के घर लौट चलें। गुरु हमारी प्रतीक्षा करते होंगे।'

श्वेतकेतु वापस आया। और गुरु ने दूसरे शिष्यों से कहा: 'गायों की गिनती करो।' गायों की गिनती की गई। और शिष्यों ने गुरु से कहाः 'एक हजार गाएं हैं।' गुरु ने कहाः 'एक हजार नहीं, एक हजार एक गाएं हैं—वह एक श्वेतकेतु है।'

श्वेतकेतु गायों के बीच खेड़ा था—मौन, शांत; न कोई विचार था, न मन था; वह बिलकुल गाय की भांति शुद्ध और सरल और निर्दोष हो गया था। और गुरु ने उससे कहा: 'तुम्हें यहां आने की जरूरत नहीं है, तुम अपने पिता के घर वापस चले जाओ। तुमने जान लिया; घटना घट गई। तुम अब मेरे पास क्यों आए हो? तुम्हें तो घटना घट गई है।'

घटना घटती है—जब चित्त में जानने के लिए कोई विषय नहीं रहता तो तुम जानने वाले को जानते हो। जब मन विचारों से खाली है, जब एक भी लहर नहीं है, एक भी कंपन नहीं है, तब तुम अकेले हो, स्वयं हो। तब तुम्हारे अतिरिक्त कुछ भी नहीं है। स्वभावतः, तब तुम्हें स्वयं का बोध होता है, तुम पहली बार स्वयं से भर जाते हो; एक आत्म-प्रकाश घटित होता है, आत्मबोध घटित होता है।

यह सूत्र आधारभूत सूत्रों में एक है। इसे प्रयोग करो। प्रयोग कठिन है। क्योंकि विचार करने की आदत, विषयों से चिपकने की आदत, देखे जा सकने वाले और पकड़े जा सकने वाले विषयों की आदत इतनी गहरी है कि उससे मुक्त होने के लिए, विषयों में और विचारों में फिर ग्रस्त न होकर मात्र साक्षी हो जाने के लिए, नेति-नेति कह कर सब को हटा देने के लिए बहुत समय और सतत श्रम की जरूरत होगी।

उपनिषदों की समस्त विधि का सार-निचोड़ इन दो शब्दों में निहित है: नेति-नेति। यह भी नहीं, यह भी नहीं। जो भी मन के सामने आए उसे कहो: यह भी नहीं। यह कहते जाओ और मन के सारे फर्नीचर को बाहर फेंकते जाओ, हटाते जाओ। कमरे को खाली कर देना है, बिलकुल खाली कर देना है। उसी खालीपन में घटना घटती है।

अगर कुछ भी रह जाएगा तो तुम उससे प्रभावित होते रहोगे। और तब तुम अपने को नहीं जान सकोगे। तुम्हारी निर्दोषता विषयों में खो जाती है। विचारों से भरा मन बाहर भटकता रहता है; तब तुम स्वयं से नहीं जुड़ सकते।

दूसरी विधिः

मैं हूं। यह मेरा है। यह यह है। हे प्रिये, ऐसे भाव में भी असीमतः उतरो।

'मैं हूं।' तुम इस भाव में कभी गहरे नहीं उतरते हो कि मैं हूं। तुम हो; लेकिन तुम कभी इस घटना में गहरे नहीं उतरते हो।

शिव कहते हैं: 'मैं हूं। यह मेरा है। यह यह है। हे प्रिये, ऐसे भाव में भी असीमतः उतरो।'

मैं तुम्हें एक झेन कथा कहता हूं। तीन मित्र एक रास्ते से गुजर रहे थे। संध्या उतर रही थी और सूरज डूब रहा था, तभी उन्होंने एक साधु को नजदीक की पहाड़ी पर खड़ा देखा। वे लोग आपस में विचार करने लगे कि साधु क्या कर रहा है। एक ने कहा: 'वह जरूर अपने मित्रों की प्रतीक्षा कर रहा है। वह अपने झोपड़े से घूमने के लिए निकला होगा और उसके संगी-साथी पीछे छूट गए होंगे; वह उनकी राह देख रहा है।'

दूसरे मित्र ने इस बात को काटते हुए कहा: 'यह सही नहीं है। अगर कोई व्यक्ति किसी की राह देखता है तो वह कभी-कभी पीछे मुड़ कर भी देखता है। लेकिन यह आदमी तो पीछे की तरफ कभी नहीं देखता है। इसलिए मेरा अनुमान है कि वह किसी की राह नहीं देख

▲

रहा है, बल्कि उसकी गाय खो गई है। सांझ निकट आ रही है, सूरज डूब रहा है और जल्दी ही अंधेरा घिर जाएगा, इसलिए वह अपनी गाय की तलाश में है। वह पहाड़ी की चोटी पर खड़ा देख रहा है कि जंगल में गाय कहां है।'

तीसरे मित्र ने कहाः 'ऐसा नहीं हो सकता है। क्योंकि वह इतना शांत खड़ा है, जरा भी इधर-उधर नहीं हिलता है। ऐसा नहीं लगता है कि वह कहीं कुछ देख रहा है—उसकी आंखें भी बंद हैं। जरूर वह प्रार्थना कर रहा होगा। वह किसी खोई हुई गाय का या किन्हीं पीछे छूट गए मित्रों का इंतजार नहीं कर रहा है।'

इस तरह वे तर्क-वितर्क करते रहे, लेकिन किसी नतीजे पर नहीं पहुंच पाए। फिर उन्होंने तय किया कि हमें पहाड़ी पर चलकर खुद साधु से ही पूछना चाहिए कि आप क्या कर रहे हैं। और वे साधु के पास ऊपर गए। पहले मित्र ने कहाः 'क्या आप अपने मित्रों की प्रतीक्षा कर रहे हैं जो पीछे छूट गए हैं?'

साधु ने आंखें खोलीं और कहाः 'मैं किसी की भी प्रतीक्षा में नहीं हूं। और मेरे न मित्र हैं और न शत्रु, जिनकी मैं प्रतीक्षा करूं।' यह कहकर उसने आंखें बंद कर लीं।

दूसरे मित्र ने कहाः 'तब मैं जरूर सही हूं। क्या आप अपनी गाय को खोज रहे हैं जो जंगल में खो गई है?'

साधु ने कहाः 'नहीं, मैं किसी को नहीं खोज रहा हूं—न गाय को और न किसी अन्य को। मैं स्वयं के अतिरिक्त किसी में भी उत्सुक नहीं हूं।'

तीसरे मित्र ने कहाः 'तब तो निश्चित ही आप कोई प्रार्थना या कोई ध्यान कर रहे हैं।'

साधु ने फिर आंखें खोलीं और कहा: 'मैं कुछ भी नहीं कर रहा हूं। मैं बस यहां हूं। मैं केवल हूं। मैं कुछ कर नहीं रहा हूं; मैं यहां बस हूं, मैं मात्र हूं।'

बौद्ध इसे ही ध्यान कहते हैं। अगर तुम कुछ करते हो तो वह ध्यान नहीं है; तुम बहुत दूर चले गए। अगर तुम प्रार्थना करते हो तो वह ध्यान नहीं है; तुम बातचीत करने लगे। अगर तुम कोई शब्द उपयोग में लाते हो तो वह ध्यान नहीं है; मन उसमें प्रविष्ट हो गया। उस साधु ने ठीक कहा। उसने कहाः 'मैं यहां बस हूं, कुछ कर नहीं रहा हूं।'

यह सूत्र कहता है: 'मैं हूं।'

इस भाव में गहरे उतरो। बस बैठे हुए इस भाव में गहरे उतरो कि मैं मौजूद हूं, मैं हूं। इसे अनुभव करो; इस पर विचार मत करो। तुम अपने मन में कह सकते हो कि मैं हूं; लेकिन कहते ही वह व्यर्थ हो गया। तुम्हारा सिर सब गुड़गोबर कर देता है। सिर में मत दोहराओ कि मैं जीता हूं, मैं हूं। कहना व्यर्थ है; कहना दो कौड़ी का है। तुम बात ही चूक गए। इसे अपने प्राणों में अनुभव करो। इसे अपने पूरे शरीर में अनुभव करो। केवल सिर में नहीं, इसे समग्र इकाई की भांति अनुभव करो। बस अनुभव करो: 'मैं हूं।'

मैं हूं, इन शब्दों का उपयोग मत करो। क्योंकि मैं तुम्हें समझा रहा हूं, इसलिए मुझे इन शब्दों का उपयोग करना पड़ रहा है। शिव पार्वती को समझा रहे थे, इसलिए उन्हें भी मैं हूं को शब्दों में कहना पड़ा।

तुम शब्दों को मत दोहराओ। यह कोई मंत्र नहीं है। तुम्हें यह दोहराना नहीं है कि मैं हूं, मैं हूं। अगर तुम दोहराओगे तो तुम सो जाओगे, तुम आत्म-सम्मोहित हो जाओगे।

▲

जब तुम किसी चीज को दोहराते हे तो तुम आत्म-सम्मोहित हो जाते हो। पहले दोहराने से ऊब पैदा होती है और फिर तुम्हें नींद आने लगती है और फिर होश खो जाता है। तुम इस आत्म-सम्मोहन से जब वापस आओगे तो बहुत ताजा अनुभव करोगे—वैसे ही ताजा अनुभव करोगे, जैसे गहरी नींद से जागने पर करते हो।

यह स्वास्थ्य के लिए अच्छा है, लेकिन यह ध्यान नहीं है। अगर तुम्हें नींद न आती हो तो तुम मंत्र का उपयोग कर सकते हो। मंत्र बिलकुल ट्रैंक्वेलाइजर जैसा है—उससे भी बेहतर। तुम किसी शब्द को निरंतर दोहराते रहो, उसका एकसुरा जाप करते रहो और तुम्हें नींद लग जाएगी। जो भी चीज ऊब लाती है, वह नींद पैदा करती है।

मनोवैज्ञानिक और मनोचिकित्सक अनिद्रा से पीड़ित लोगों को सलाह देते हैं कि घड़ी की टिक-टिक सुनते रहो और तुम्हें नींद आ जाएगी। यह टिक-टिक लोरी का काम करती है। मां के गर्भ में बच्चा निरंतर नौ महीने तक सोया रहता है। मां का हृदय निरंतर धड़कता रहता है और वह धड़कन नींद का कारण बन जाती है।

यही कारण है कि जब तुम्हें कोई अपने हृदय से लगा लेता है तो तुम्हें अच्छा लगता है। उस धड़कन के पास तुम्हें अच्छा लगता है, तुम विश्राम अनुभव करते हो। जो भी चीज एकरसता पैदा करती है उससे विश्राम मिलता है; तुम सो जाते हो।

तुम गांव में शहर के मुकाबले ज्यादा नींद ले सकते हो, क्योंकि गांव का जीवन एकरस है, सपाट है, उबाऊ है। शहर का जीवन भिन्न है, वहां प्रतिपल कुछ न कुछ नया हो रहा है। सड़कों का शोरगुल भी बदलता रहता है। गांव में सब कुछ वही का वही रहता है। सच तो यह है कि गांव में कोई खबर ही निर्मित नहीं होती है; वहां कुछ होता ही नहीं है। गांव में सब कुछ वर्तुल में घूमता रहता है। इसलिए गांव के लोग गहरी नींद सोते हैं, क्योंकि उनके चारों ओर का जीवन उबाने वाला है। शहर में नींद कठिन है, क्योंकि तुम्हारे चारों ओर का जीवन उत्तेजना से भरा है; वहां सब कुछ बदल रहा है।

तुम कोई भी मंत्र काम में ला सकते हो। राम-राम या ओम-ओम, कुछ भी चलेगा। तुम जीसस क्राइस्ट का नाम जप सकते हो, अवे मारिया जप सकते हो। कोई भी शब्द ले लो और उसे एक ही सुर में जपते रहो, तुम्हें गहरी नींद आ जाएगी। और तुम यह भी कर सकते हो—रमण महर्षि साधना की एक विधि बताते थे कि स्वयं से पूछो कि मैं कौन हूं। लोगों ने उसको भी मंत्र बना लिया। वे आंखें बंद करके बैठते थे और दोहराते रहते थे: 'मैं कौन हूं? मैं कौन हूं?' यह मंत्र बन गया। लेकिन वह रमण का उद्देश्य नहीं था।

तो इसे मंत्र मत बनाओ। बैठ कर यह मत दोहराओ कि मैं हूं, उसकी कोई जरूरत नहीं है। सब जानते हैं और तुम भी जानते हो कि तुम हो। उसकी जरूरत नहीं है, वह फिजूल है। मैं हूं—यह अनुभव करो। अनुभव भिन्न बात है, सर्वथा भिन्न बात है। विचार करना अनुभव से बचने की तरकीब है। विचार करना न केवल भिन्न है, बल्कि धोखा है।

जब मैं कहता हूं कि अनुभव करो कि मैं हूं तो उसका क्या मतलब है? मैं इस कुर्सी पर बैठा हूं। अगर मैं अनुभव करने लगूं कि मैं हूं तो मैं अनेक चीजों के प्रति बोधपूर्ण हो जाऊंगा—कुर्सी पर पड़ने वाले दबाव का बोध होगा, मखमल के स्पर्श का बोध होगा, कमरे से हवा के गुजरने का बोध होगा, मेरे शरीर से ध्वनि के स्पर्श होने का बोध होगा, हृदय की

धड़कन का बोध होगा, शरीर में खून के मौन प्रवाह का बोध होगा, शरीर की एक सूक्ष्म तरंग का बोध होगा। हमारा शरीर जीवंत और गत्यात्मक है; वह कोई स्थिर, ठहरी हुई चीज नहीं है। तुम तरंगायित हो रहे हो। निरंतर एक सूक्ष्म कंपन जारी है; और जब तक तुम जीवित हो, यह जारी रहेगा। तो एक कंपन का बोध होगा। तुम इन सारी बहुआयामी चीजों के प्रति बोध से भर जाओगे।

और अगर तुम इसी क्षण अपने भीतर-बाहर होने वाली चीजों के प्रति इतने ही बोधपूर्ण हो जाओ, तो मैं हूं का वह अनुभव होगा जो उसका मतलब है। अगर तुम पूरी तरह बोधपूर्ण हो जाओ तो विचार रुक जाएगा। क्योंकि जब तुम अनुभव करते हो कि मैं हूं, तो यह अनुभव ऐसी समग्र घटना है कि उसमें विचार नहीं चल सकता।

शुरू-शुरू में तुम पाओगे कि विचार तैर रहे हैं। लेकिन धीरे-धीरे जब अस्तित्व में तुम्हारी जड़ें गहरी होंगी, जितने ही तुम अपने होने के अनुभव में थिर होगे, उतने ही विचार दूर होते जाएंगे। और तुम इस दूरी को महसूस करोगे। तुम्हें लगेगा कि ये विचार मुझे नहीं, किसी और को घट रहे हैं—बहुत-बहुत दूर। दूरी स्पष्ट अनुभव होगी। और तुम जब वस्तुतः अपने केंद्र में, अपने होने में स्थित हो जाओगे, तब मन विलीन हो जाएगा। तुम होगे; लेकिन न कोई शब्द होगा, न कोई प्रतिबिंब होगा।

ऐसा क्यों होता है? क्योंकि मन दूसरों से संबंधित होने का एक उपाय है। यदि मुझे तुमसे संबंधित होना है तो मुझे मन का उपयोग करना होगा, मुझे शब्दों का और भाषा का उपयोग करना पड़ेगा। यह सामाजिक घटना है, सामूहिक क्रिया है। अगर तुम अकेले में भी बोलते हो तो तुम अकेले नहीं हो, तुम किसी अन्य व्यक्ति से बोल रहे हो। भले ही तुम अकेले हो, लेकिन अगर तुम बातचीत कर रहे हो तो तुम अकेले नहीं हो, तुम किसी से बातें कर रहे हो। तुम अकेले कैसे बातें कर सकते हो? कोई और मन के भीतर मौजूद है और तुम उससे बोल रहे हो।

मैं दर्शन-शास्त्र के एक अध्यापक की आत्मकथा पढ़ रहा था। उसने अपने संस्मरण में कहा है कि एक दिन वह अपनी पांच साल की बेटी को स्कूल छोड़ने जा रहा था। बेटी को स्कूल में छोड़कर उसे विश्वविद्यालय पहुंचना था और वहां लेक्चर देना था। तो वह रास्ते में अपने लेक्चर की तैयारी करने लगा। वह भूल ही गया कि उसकी बेटी कार में उसके बगल में बैठी है और वह बोल-बोल कर लेक्चर देने लगा। लड़की कुछ क्षणों तक सब सुनती रही और फिर उसने पूछा: 'डैडी, आप मुझसे बोल रहे हैं या मेरे बिना ही बोल रहे हैं?'

जब भी तुम बोलते हो तो किसी से बोलते हो—किसी न किसी से बोलते हो। चाहे वह वहां उपस्थित न हो, लेकिन तुम्हारे लिए वह उपस्थित है, तुम्हारे मन के लिए वह उपस्थित है। सब विचार वार्तालाप है। विचार मात्र वार्तालाप है। वह एक सामाजिक कृत्य है। इसलिए अगर किसी बच्चे को समाज के बाहर बड़ा किया जाए तो वह भाषा से वंचित रह जाएगा। वह बातचीत करना नहीं सीख पाएगा। समाज तुम्हें भाषा देता है, समाज के बिना भाषा नहीं हो सकती। भाषा सामाजिक घटना है।

जब तुम अपने में प्रतिष्ठित हो जाते हो तो कोई समाज नहीं रहता है, कोई भी नहीं रहता है। मात्र तुम होते हो। मन विलीन हो जाता है। तब तुम किसी से संबंधित नहीं हो रहे

▲

हो—कल्पना में भी नहीं—और इसीलिए मन विलीन हो जाता है। तुम मन के बिना होते हो—और यही ध्यान है। मन के बिना होना ही ध्यान है। तुम मूर्च्छित नहीं हो, पूर्णतः सजग और सावचेत हो, अस्तित्व को उसकी समग्रता में, उसके बहु-आयाम में अनुभव कर रहे हो, लेकिन मन खो गया है।

और मन के खोने के साथ ही अनेक चीजें विदा हो जाती हैं। मन के साथ तुम्हारा नाम विदा हो जाता है। मन के साथ तुम्हारा रूप विदा हो जाता है। मन के साथ तुम्हारा हिंदू, मुसलमान या पारसी होना विदा हो जाता है। मन के साथ ही तुम्हारा भला या बुरा होना, पुण्यात्मा या पापी होना, सुंदर या कुरूप होना विदा हो जाता है। मन के साथ ही तुम्हारा सब कुछ, जो तुम पर थोपा गया था, विलीन हो जाता है। तब तुम अपनी मौलिक शुद्धता में प्रकट होते हो। तब तुम अपनी समग्र निर्दोषता में, अपने कुंवारेपन में प्रकट होते हो। तब तुम तिनके की तरह झोंकों में उड़ते नहीं रहते, तुम अस्तित्व में प्रतिष्ठित होते हो।

मन के साथ तुम अतीत में गति कर सकते हो। मन के साथ तुम भविष्य की यात्रा कर सकते हो। मन के बिना न तुम अतीत में जा सकते हो और न भविष्य में। मन के बिना तुम यहां और अभी हो। मन के विलीन होते ही वर्तमान क्षण शाश्वत हो जाता है। वर्तमान क्षण के अतिरिक्त और कुछ नहीं रहता है। और आनंद घटित होता है। तुम्हें किसी खोज में नहीं जाना है, वर्तमान क्षण में स्थित, आत्मा में प्रतिष्ठित—तुम आनंदित हो। और यह आनंद कुछ ऐसा नहीं है जो तुम्हें घटित होता है। तुम स्वयं आनंद हो।

'मैं हूं।' इसे प्रयोग करो। और तुम यह प्रयोग कहीं भी कर सकते हो। बस में या रेलगाड़ी में यात्रा करते हुए, बैठे हुए या लेटे हुए, अस्तित्व को वैसा ही अनुभव करो जैसा वह है। उसके संबंध में विचार मत करो। अचानक तुम्हें बोध होगा कि तुम कितनी चीजों के प्रति अनजान रहे हो जो निरंतर तुम्हें घट रही हैं।

तुमने कभी अपने शरीर को अनुभव नहीं किया। तुम्हारे हाथ हैं, लेकिन तुमने उन्हें भी कभी अनुभव नहीं किया। तुमने कभी नहीं जाना कि हाथ क्या कहते हैं, वे सतत तुम्हें क्या-क्या सूचनाएं देते रहते हैं। हाथ कभी भारी और उदास होता है और कभी हलका और प्रफुल्लित। कभी उसमें रसधार बहती है और कभी सब कुछ मुर्दा-मुर्दा हो जाता है। कभी तुम उसे जीवंत और नृत्य करते हुए पाते हो और कभी ऐसा लगता है कि उसमें जीवन नहीं है, वह जड़ और मृत है, तुमसे लटका है, लेकिन जीवित नहीं है।

जब तुम अपने होने को अनुभव करोगे तो तुम अपने हाथों की, नाक की, शरीर की भाव-दशा से परिचित होगे। यह बहुत बड़ी बात है। उसमें बहुत सूक्ष्म भेद हैं। शरीर सतत तुमसे कुछ कह रहा है, लेकिन तुम उसे सुनने को मौजूद ही नहीं होते हो। और तुम्हारे चारों ओर का अस्तित्व निरंतर सूक्ष्म ढंगों से, अनेक-अनेक ढंगों, भिन्न-भिन्न ढंगों से तुममें प्रवेश कर रहा है; लेकिन तुम बेहोश हो, तुम उसके स्वागत के लिए वहां मौजूद नहीं हो।

जब तुम अपने अस्तित्व को अनुभव करने लगते हो तो सारा जगत तुम्हारे लिए सर्वथा नए रूप में जीवंत हो उठता है। अब तुम उसी सड़क से गुजरते हो जिससे रोज गुजरते थे, लेकिन अब वह सड़क वही सड़क नहीं है, क्योंकि अब तुम अस्तित्व में केंद्रित हो। तुम उन्हीं मित्रों से मिलते हो जिनसे सदा मिलते थे, लेकिन अब वे वही नहीं हैं, क्योंकि तुम बदल गए

हो। तुम अपने घर वापस आते हो तो जिस पत्नी के साथ वर्षों से रहते आए हो उसे भी सर्वथा भिन्न पाते हो। वह भी वही नहीं रही।

अब तुम अपने होने के प्रति बोधपूर्ण हो और तुम दूसरों के होने के प्रति भी बोधपूर्ण हो। जब पत्नी क्रोध करती है तो अब तुम उसके क्रोध का भी आनंद ले सकते हो, क्योंकि अब तुम समझ सकते हो कि क्या हो रहा है। और अगर तुम क्रोध को देख सके तो शायद क्रोध क्रोध न मालूम हो; वह प्रेम लग सकता है। अगर तुम उसे गहराई में अनुभव कर सके तो क्रोध बताएगा कि पत्नी अभी भी तुम्हें प्रेम करती है। अन्यथा वह क्रोध नहीं करती, वह चिंता ही नहीं लेती। वह अभी भी पूरे दिन तुम्हारी राह देखती है। वह क्रोधित है, क्योंकि वह तुम्हें प्रेम करती है। वह तुमसे उदासीन और विरक्त नहीं है।

स्मरण रहे, प्रेम का विपरीत क्रोध या घृणा नहीं है, उसका असली विपरीत उदासीनता है। यदि कोई तुमसे उदासीन है तो उसका अर्थ है कि प्रेम खो गया। अगर कोई व्यक्ति तुम्हारे प्रति क्रोध करने को भी राजी नहीं है तो समझो कि सब कुछ समाप्त हो गया।

लेकिन सामान्यतः जब तुम्हारी पत्नी क्रोध करती है तो तुम उससे भी ज्यादा उग्र प्रतिक्रिया करते हो, तुम आक्रामक हो जाते हो। तुम उसके क्रोध का मतलब नहीं समझे, क्योंकि अभी तुम अपने में केंद्रित नहीं हो, तुम स्वस्थ नहीं हो। तुमने अपने ही क्रोध को उसके यथार्थ में नहीं जाना है, यही कारण है कि तुम दूसरों के क्रोध को नहीं समझ सकते। अगर तुम अपने क्रोध को जान सके, अगर तुम उसे उसकी समग्र भावदशा में अनुभव कर सके, तो तुम दूसरों के क्रोध को भी जान लोगे। तुम किसी पर तभी क्रोध करते हो जब तुम उसको प्रेम करते हो। अन्यथा क्रोध करने की कोई जरूरत नहीं है। क्रोध के द्वारा पत्नी तुमसे कह रही है कि मैं अभी भी तुम्हें प्रेम करती हूं, मैं तुमसे उदासीन नहीं हूं। पत्नी तुम्हारी प्रतीक्षा करती रही, प्रतीक्षा करती रही, और अब वही प्रतीक्षा क्रोध बन गई है।

शायद वह यह बात सीधे-सीधे न कहे, क्योंकि भाव की भाषा सीधी नहीं है। और यही आज की सबसे बड़ी समस्या बन गई है। कारण यह है कि तुम भाव की भाषा नहीं समझ सकते, क्योंकि तुम अपने भावों से ही परिचित नहीं हो। तुम अपने होने में स्थित नहीं हो, तुम केंद्रित नहीं हो। तुम केवल शब्दों को समझ सकते हो; तुम भावों को नहीं समझ सकते। भावों की अभिव्यक्ति के अपने ढंग हैं और वे ज्यादा बुनियादी हैं, ज्यादा यथार्थ हैं।

जब तुम अपने अस्तित्व से परिचित होओगे तो तुम दूसरों के अस्तित्व के प्रति भी जागरूक होओगे। और प्रत्येक व्यक्ति इतना रहस्यपूर्ण है। प्रत्येक व्यक्ति अथाह सागर जैसा है जिसे जानना है। प्रत्येक व्यक्ति की अनंत संभावना है जिसमें प्रवेश करना है और जिसे जानना है। और प्रत्येक व्यक्ति प्रतीक्षा में है कि कोई उसके हृदय में प्रवेश करे, उसमें गहरे उतरे और उसे अनुभव करे, उसे जाने। लेकिन क्योंकि तुमने अपने हृदय को ही नहीं जाना है, तुम किसी के हृदय में प्रवेश नहीं कर सकते। जब निकटतम हृदय ही नहीं जाना गया है तो तुम दूसरों के हृदयों को कैसे जान सकते हो?

तुम सोए-सोए चलते हो और ऐसे ही सोए लोगों की भीड़ के बीच जीते हो। प्रत्येक व्यक्ति गहरी नींद में है। तुम्हें बस इतना होश है कि तुम गहरी नींद में सोए लोगों के बीच से गुजरते हो और बिना किसी दुर्घटना के अपने घर वापस आ जाते हो। बस इतना ही। इतना

▲

होश तुम्हें है। और मनुष्य के लिए यह अल्पतम संभावना है। यही कारण है कि तुम इतने ऊबे हुए हो, इतने सुस्त और मंद हो। जीवन एक बोझ है। और भीतर-भीतर प्रत्येक मनुष्य मृत्यु की प्रतीक्षा कर रहा है, ताकि जीवन से छुटकारा हो। मृत्यु ही एकमात्र आशा मालूम पड़ती है।

ऐसा क्यों है? जीवन परम आनंद हो सकता है। वह इतना ऊब-भरा क्यों है? क्योंकि तुम जीवन में केंद्रित नहीं हो। तुम जीवन से उखड़ गए हो, विच्छिन्न हो गए हो। तुम अल्पतम पर जीते हो। और जीवन तो तभी घटित होता है जब तुम अधिकतम पर जीते हो।

यह सूत्र तुम्हें अधिकतम जीवन प्रदान करेगा। विचार तुम्हें अल्पतम ही दे सकता है, भाव तुम्हें अधिकतम दे सकता है। जीवन की राह मन से होकर नहीं जाती है; हृदय से होकर ही उसकी राह है।

'मैं हूं।' इसे हृदय से अनुभव करो। और अनुभव करो कि यह अस्तित्व मेरा है।

'यह मेरा है। यह यह है।'

यह बहुत सुंदर है। मैं हूं—इसे अनुभव करो, इसमें स्थित होओ। और फिर जानो कि यह मेरा है, यह अस्तित्व, यह प्रवाहमान जीवन मेरा है।

तुम कहे चले जाते हो कि यह घर मेरा है, यह सामान मेरा है। तुम अपनी चीजों की बातें करते रहते हो और तुम्हें पता भी नहीं होता कि तुम्हारी सच्ची संपदा क्या है। समग्र जीवन, समस्त आत्मा तुम्हारी संपदा है। तुम्हारे भीतर गहनतम संभावना है। अस्तित्व का आत्यंतिक रहस्य तुममें छिपा है और तुम उसके मालिक हो।

शिव कहते हैं। मैं हूं—इसे अनुभव करो। और अनुभव करो कि यह मेरा है।

यह बात सतत स्मरण रखनी है कि इसे विचार नहीं बना लेना है। इसे अनुभव करो, हृदय से अनुभव करो कि यह मेरा है, यह अस्तित्व मेरा है। और तब तुम कृतज्ञता अनुभव करोगे, तब तुम अहोभाव से भर जाओगे।

अभी तो तुम परमात्मा को धन्यवाद कैसे दे सकते हो? तुम्हारा धन्यवाद भी ऊपरी है, औपचारिक है। और कैसी हमारी दीनता है कि हम परमात्मा के साथ भी औपचारिकता बरतते हैं! तुम कृतज्ञ कैसे हो सकते हो? कृतज्ञ होने लायक तुमने कुछ भी नहीं जाना है।

अगर तुम अपने को अस्तित्व में केंद्रित अनुभव कर सको, उसके साथ एक अनुभव कर सको, उससे परिपूरित अनुभव कर सको, उसके साथ नृत्य में सहभागी हो सको—तब तुम अनुभव करोगे कि यह मेरा है, यह अस्तित्व मेरा है। तब तुम्हें प्रतीति होगी कि यह समस्त रहस्यमय ब्रह्मांड मेरा है, यह सारा जगत मेरे लिए अस्तित्व में है। उसने मुझे पैदा किया है और मैं उसका ही फूल हूं।

यह चेतना जो तुम्हें मिली है, यही जगत का सुंदरतम फूल है। और करोड़ों-करोड़ों वर्षों से यह पृथ्वी तुम्हारे होने के लिए तैयारी में लगी थी।

'यह मेरा है। यह यह है।'

यह अनुभव करना है। अनुभव करना है कि यही जीवन है, ऐसा है—यह तथाता। अनुभव करना कि मैं नाहक ही चिंता कर रहा था, मैं व्यर्थ ही भिखारी बना हुआ था, व्यर्थ ही अपने को भिखारी समझ रहा था। मैं तो मालिक हूं। जब तुम केंद्रित होते हो तो तुम समष्टि के साथ, पूर्ण के साथ एक हो जाते हो, और तब समस्त अस्तित्व तुम्हारे लिए है; तब तुम

▲

भिखारी नहीं हो, तुम अचानक सम्राट हो जाते हो।

'यह यह है। हे प्रिये, ऐसे भाव में भी असीमतः उतरो।'

और यह अनुभव करते हुए उसकी कोई सीमा मत बनाओ, उसे असीमतः अनुभव करो। उस पर कोई सीमा-रेखा मत खींचो; कोई सीमा है भी नहीं। वह कहीं समाप्त नहीं होता है। जगत न कहीं आरंभ होता है और न कहीं समाप्त होता है। अस्तित्व का न कोई आरंभ है और न अंत। और तुम्हारा भी कोई आरंभ और अंत नहीं है।

आरंभ और अंत मन के कारण हैं। मन का आरंभ है और मन का अंत है। अपने जीवन में वापस लौटो, पीछे की ओर चलो, और तुम पाओगे कि एक क्षण आता है जहां सब कुछ ठहर जाता है। वहां आरंभ है—मन का आरंभ। तुम पीछे वहीं तक स्मरण कर सकते हो जब तुम तीन वर्ष के रहे होगे या ज्यादा से ज्यादा दो वर्ष के रहे होगे—दो वर्ष तक लौटना बहुत दुर्लभ है—वहां जाकर स्मृति ठहर जाती है। तुम अपनी स्मृति में ज्यादा से ज्यादा वहां तक लौट सकते हो जब तुम दो वर्ष के थे। इसका क्या अर्थ है? उसके पहले की, दो वर्ष की उम्र के पहले की कोई भी स्मृति तुम्हारे पास नहीं है। अचानक एक शून्य, एक गैप आ जाता है, तुम्हें उसके आगे कुछ भी नहीं मालूम है।

क्या तुम्हें अपने जन्म के संबंध में कुछ याद है? क्या तुम्हें उन नौ महीनों का कुछ स्मरण है जब तुम मां के पेट में थे? तुम तो थे, लेकिन मन नहीं था। मन का आरंभ दो वर्ष की उम्र के आसपास हुआ। यही कारण है कि दो वर्ष की उम्र तक तुम लौटकर स्मरण कर सकते हो। उसके आगे मन नहीं है, वहां स्मृति ठहर जाती है।

तो मन का आरंभ है, मन का अंत है; लेकिन तुम्हारा कोई आरंभ नहीं है, तुम अनादि हो। अगर गहन ध्यान में, अगर ऐसे ध्यान में तुम अस्तित्व को अनुभव कर सको तो मन नहीं है। केवल एक आरंभहीन, अंतहीन ऊर्जा का प्रवाह है, जागतिक ऊर्जा का प्रवाह है। तुम्हारे चारों ओर एक अनंत-असीम सागर है और तुम उसमें मात्र एक लहर हो। लहर का आरंभ है और अंत है, लेकिन सागर का कोई आरंभ और अंत नहीं है। और जब तुम जान लेते हो कि तुम लहर नहीं, सागर हो, तो सब दुख, सब संताप विलीन हो जाता है।

तुम्हारे दुख की नींव में, उसकी गहराई में क्या है? उसकी गहराई में मृत्यु है। तुम भयभीत हो कि तुम्हारा अंत होगा, तुम्हारी मृत्यु होगी। वह बिलकुल निश्चित है। जगत में कुछ भी उतना निश्चित नहीं है जितनी मृत्यु निश्चित है। वही भय है, वही कंपन है, वही दुख है। कुछ भी करो, तुम मृत्यु के सामने असहाय हो, लाचार हो। कुछ भी नहीं किया जा सकता है, मृत्यु होने ही वाली है। और यह बात तुम्हारे चेतन-अचेतन मन में चलती ही रहती है। जब यह बात चेतन मन में उभर आती है, तुम मृत्यु से भयभीत हो जाते हो। फिर तुम उसे दबा देते हो, और वह भय अचेतन में सरकता रहता है। प्रत्येक क्षण तुम मृत्यु से, मिटने से भयभीत हो।

मन मिटेगा, लेकिन तुम नहीं मिटोगे। मगर तुम अपने को नहीं जानते हो। तुम जिसे जानते हो वह मन है। वह निर्मित हुआ है, उसका आरंभ है और उसका अंत है। जिसका आरंभ है, उसका अंत निश्चित है। अगर तुम अपने भीतर उसे खोज सको जिसका कोई आरंभ नहीं है, जो बस है, जिसका कोई अंत नहीं है, तो मृत्यु का भय विलीन हो जाता है।

और जब मृत्यु का भाव खो जाता है तब तुमसे प्रेम प्रवाहित होता है—उसके पहले

▲

नहीं। जब तक मृत्यु है तब तक तुम प्रेम कैसे कर सकते हो? तुम किसी से चिपके रह सकते हो, लेकिन तुम प्रेम नहीं कर सकते। तुम किसी का उपयोग कर सकते हो; तुम प्रेम नहीं कर सकते। तुम किसी का शोषण कर सकते हो; तुम प्रेम नहीं कर सकते। जब तक भय है, प्रेम संभव नहीं है। भय ही जहर है। भीतर भय हो तो प्रेम का फूल नहीं खिल सकता है।

प्रत्येक मनुष्य मरने वाला है, प्रत्येक मनुष्य क्यू में, कतार में खड़ा अपने समय को इंतजार कर रहा है। तुम प्रेम कैसे कर सकते हो? पूरी बात ही बेतुकी मालूम पड़ती है। मृत्यु है तो प्रेम अर्थहीन मालूम पड़ता है। क्योंकि मृत्यु सबको मिटा देगी, पोंछ देगी, प्रेम भी शाश्वत नहीं है। तुम अपने प्रियजन के लिए चाहते हुए भी कुछ नहीं कर सकते हो, क्योंकि तुम मृत्यु को नहीं टाल सकते है। मृत्यु सबके पीछे खड़ी है।

तुम मृत्यु को भूल सकते हो, तुम एक धोखा निर्मित कर सकते हो, तुम मान सकते हो कि मृत्यु नहीं है; लेकिन तुम्हारा सब मानना ऊपर-ऊपर है। गहरे में तुम जानते हो कि मृत्यु होने वाली है। और अगर मृत्यु है तो जीवन अर्थहीन है। तुम झूठे अर्थ रच ले सकते हो, लेकिन उनसे कुछ हल नहीं होगा। थोड़ी देर के लिए उनसे सहारा मिल सकता है, लेकिन फिर सचाई उभरेगी और अर्थ खो जाएंगे। तुम बस अपने को धोखे में रख सकते हो, तुम सतत आत्मवंचना में रह सकते हो—यदि तुम उसे नहीं जानते हो जो अनादि और अनंत है, जो मृत्यु के पार है।

अमृत को जानने पर ही प्रेम संभव है, क्योंकि तब मृत्यु नहीं है। प्रेम संभव है। बुद्ध तुम्हें प्रेम करते हैं, जीसस तुम्हें प्रेम करते हैं, लेकिन वह प्रेम तुम्हारे लिए बिलकुल अपरिचित है, सर्वथा अज्ञात है। वह प्रेम भय के विलीन होने से आया है।

तुम्हारा प्रेम तो भय से बचने का उपाय भर है। इसलिए जब तुम प्रेम में होते हो, तुम निर्भय मालूम पड़ते हो, कोई तुम्हें बल देता है। और यह पारस्परिक बात है। तुम दूसरे को बल देते हो, दूसरा तुम्हें बल देता है। दोनों दीन-हीन हैं और दोनों किसी दूसरे को खोज रहे हैं। और फिर दो दीन-हीन व्यक्ति मिलते हैं और एक-दूसरे को बल देने की चेष्टा करते हैं। यह चमत्कार है। यह हो कैसे सकता है? यह केवल वंचना है, धोखा है। तुम सोचते हो कि कोई तुम्हारे पीछे है, तुम्हारे साथ है। लेकिन तुम भलीभांति जानते हो कि मृत्यु में कोई भी तुम्हारे साथ नहीं हो सकता। और जब कोई मृत्यु में तुम्हारे साथ नहीं हो सकता तो वह जीवन में तुम्हारे साथ कैसे हो सकता है? यह मृत्यु को टालने का, भुलाने का उपाय भर है। क्योंकि तुम भयभीत हो, तुम्हें निर्भय होने के लिए किसी की जरूरत पड़ती है।

कहा जाता है, इमर्सन ने कहीं कहा है, कि बड़े से बड़ा योद्धा भी अपनी पत्नी के सामने कायर होता है। नेपोलियन भी अपनी पत्नी के सामने कायर होता है। क्योंकि पत्नी जानती है कि पति को उसके सहारे की जरूरत है, उसे स्वयं होने के लिए उसके बल की जरूरत है। पति पत्नी पर निर्भर है। जब वह युद्ध-क्षेत्र से वापस आता है, लड़ कर वापस आता है, तो कांपता आता है, भयभीत आता है। पत्नी की बाहों में विश्राम पाता है, आश्वासन पाता है। पत्नी उसे सांत्वना देती है, आश्वस्त करती है। पत्नी के सामने वह बच्चे जैसा हो जाता है। हरेक पति पत्नी के सामने बच्चा है। और पत्नी? वह पति पर निर्भर है। वह पति के सहारे जीती है। वह पति के बिना नहीं जी सकती; पति उसका जीवन है।

यह पारस्परिक धोखा है। दोनों भयभीत हैं, क्योंकि मृत्यु है। दोनों एक-दूसरे के प्रेम में मृत्यु को भुलाने की चेष्टा करते हैं। प्रेमी-प्रेमिका निर्भीक हो जाते हैं, या निर्भीक होने की चेष्टा करते हैं। वे कभी-कभी बहुत निर्भीकता के साथ मृत्यु का मुकाबला भी कर लेते हैं। लेकिन वह भी ऊपरी है; वैसा दिखता भर है।

हमारा प्रेम भय का ही अंग है—उससे बचने के लिए है। सच्चा प्रेम तब घटित होता है जब भय नहीं रहता है, जब भय विलीन हो जाता है, जब तुम जानते हो कि न तुम्हारा कोई आरंभ है और न तुम्हारा कोई अंत है।

और इस पर विचार मत करो। भय के कारण तुम ऐसा सोचने लग सकते हो। तुम सोच सकते हो : 'हां, मैं जानता हूं, मेरा कोई अंत नहीं है, मेरी कोई मृत्यु नहीं है, आत्मा अमर है।' तुम भय के कारण ऐसा सोच सकते हो, लेकिन उससे कुछ भी नहीं होगा।

प्रामाणिक अनुभव तभी होगा जब तुम ध्यान में गहरे उतरोगे। तब भय विसर्जित हो जाएगा, क्योंकि तुम स्वयं को अनंत-असीम देखते हो। तुम अनंत की तरह फैल जाते हो—आदिहीन अतीत में, अंतहीन भविष्य में। और इस क्षण में, इस वर्तमान क्षण में उसकी गहराई में तुम हो। तुम बस हो, सनातन से हो—तुम्हारा कभी आरंभ नहीं था, तुम्हारा कभी अंत नहीं होगा।

इसे असीमतः अनुभव करो, अनंततः अनुभव करो।

आज इतना ही।

60

डरने से मत डरो

प्रश्न-सार

1. क्या स्वतंत्रता और समर्पण परस्पर विरोधी नहीं हैं?
2. सूत्र का सिर्फ 'यह यह है' पर इतना जोर क्यों हैं?
3. क्या भगवत्ता या परमात्मा संसार का ही हिस्सा है? और वह क्या है जो दोनों के पार जाता है?
4. तंत्र के अनुसार भय से कैसे मुक्त हुआ जाए?
5. ऐसी ध्वनियां सुनने लगा हूं जो बहती नदी या झरने की ध्वनियों जैसी हैं। यह ध्वनि क्या हैं?

पहला प्रश्नः

आप कहते हैं कि धर्म समग्र स्वतंत्रता है, मोक्ष है। और आप धर्म के जगत में समर्पण की महिमा पर भी जोर देते हैं। लेकिन क्या स्वतंत्रता और समर्पण परस्पर विरोधी नहीं हैं?

वे विरोधी मालूम पड़ते हैं, लेकिन हैं नहीं। वे भाषा के कारण विरोधी मालूम पड़ते हैं; वस्तुतः वे विरोधी नहीं हैं। यहां दो बातें समझने की कोशिश करो। पहली बात कि तुम जैसे हो, स्वतंत्र नहीं हो सकते; क्योंकि तुम जैसे हो, वही तो तुम्हारा बंधन है। तुम्हारा अहंकार ही तुम्हारा बंधन है। और तुम स्वतंत्र तभी हो सकते हो जब यह अहंकार का केंद्र विदा हो। यह अहंकार ही तो बंधन है, कारागृह है।

जब अहंकार विदा हो जाता है तब तुम अस्तित्व के साथ एक हो जाते हो। और वह अखंडता ही स्वतंत्रता हो सकती है। अभी तुम पृथक हो, अलग हो; और यह अलगाव झूठा है। वस्तुतः तुम अलग नहीं हो; तुम अलग हो नहीं सकते। तुम अस्तित्व के अभिन्न अंग हो। अस्तित्व से अलग होकर तुम एक क्षण के लिए भी नहीं जी सकते। प्रतिपल तुम अस्तित्व में श्वास लेते हो; प्रतिपल अस्तित्व तुममें श्वास लेता है। तुम एक जागतिक अखंडता में जीते हो।

यह तुम्हारा अहंकार है जो तुम्हें पृथक अस्तित्व का झूठा खयाल देता है। और इस झूठे खयाल के कारण तुम अस्तित्व से लड़ने लगते हो। और जब तुम लड़ते हो, तुम बंधन में हो। जब तुम लड़ते हो तो तुम्हारी हार निश्चित है, क्योंकि अंश पूर्ण से नहीं जीत सकता है। और अस्तित्व से इस संघर्ष के कारण तुम बंधन में महसूस करते हो, सर्वत्र अपने को सीमित पाते हो। तुम जहां भी जाते हो वहीं एक दीवार खड़ी पाते हो। वह दीवार कहीं भी नहीं है; वह तुम्हारे अहंकार के साथ चलती है, वह तुम्हारे पृथक होने के खयाल का हिस्सा है। तब तुम अस्तित्व से संघर्ष करते हो। उस संघर्ष में तुम निरंतर हारते हो। और उस हार में तुम्हें बंधन महसूस होता है, तुम सीमित मालूम पड़ते हो।

समर्पण का अर्थ है कि तुम अहंकार का समर्पण कर देते हो, तुम अलग करने वाली दीवार को हटा देते हो और तुम अस्तित्व से एक हो जाते हो। वह एकता ही सत्य है। इसलिए तुम जिसका समर्पण कर रहे हो, वह एक स्वप्न है, खयाल है, झूठी धारणा है। तुम किसी वास्तविक चीज का समर्पण नहीं कर रहे हो; तुम केवल एक झूठे खयाल का समर्पण कर रहे

▲

हो। और जिस क्षण तुम इस झूठे खयाल को छोड़ देते हो, तुम अस्तित्व के साथ एक हो जाते हो। और तब कोई संघर्ष नहीं है।

और अगर संघर्ष नहीं है तो तुम्हारी कोई सीमा न रही। तब कहां बंधन? कहां सीमा? तब तुम पृथक नहीं रहे। तब तुम्हें हराया नहीं जा सकता; क्योंकि हारने वाला ही न रहा। तब तुम्हारी मृत्यु नहीं हो सकती; क्योंकि मरने वाला ही न रहा। तब तुम्हें कोई दुख नहीं छू सकता; क्योंकि दुखी होने वाला ही नहीं है। जिस क्षण तुम अहंकार का समर्पण कर देते हो, सारा उपद्रव समर्पित हो जाता है—दुख, बंधन, नरक—सब समाप्त हो जाता है। तुम अस्तित्व के साथ एक हो जाते हो।

यह एकता ही स्वतंत्रता है। पृथकता, अलगावे परतंत्रता है। एकता स्वतंत्रता है।

और स्मरण रहे: ऐसा नहीं है कि तुम स्वतंत्र हो जाते हो; तुम तो होते ही नहीं। तुम स्वतंत्र नहीं होते; तुम बस मिट जाते हो। वस्तुतः तुम जब नहीं हो तो स्वतंत्रता है। इस बात को कहना थोड़ा कठिन है—जब तुम नहीं हो तब स्वतंत्रता है। बुद्ध ने कहा है: तुम आनंद में नहीं होगे, जब तुम नहीं हो तब आनंद है। तुम मुक्त नहीं होगे; तुम स्वयं से मुक्त होगे।

तो स्वतंत्रता का मतलब अहंकार की स्वतंत्रता नहीं है, स्वतंत्रता का मतलब अहंकार से स्वतंत्रता है। और अगर तुम समझ सके कि स्वतंत्रता का मतलब अहंकार से स्वतंत्रता है तो समर्पण और स्वतंत्रता दोनों एक हो गए। तब समर्पण और स्वतंत्रता दोनों एक ही अर्थ रखते हैं।

लेकिन अगर तुम अहंकार को अपना केंद्र-बिंदु बनाए हो तो अहंकार कहेगाः समर्पण क्यों करना? तुम अगर समर्पण करते हो तो तुम स्वतंत्र नहीं हो सकते; तुम गुलाम हो जाते हो। यदि तुम समर्पण करोगे तो तुम गुलाम हो जाओगे।

लेकिन सचाई यह है कि तुम किसी के प्रति समर्पण नहीं कर रहे हो। यह दूसरी बात है जो समझने जैसी है। तुम किसी के प्रति समर्पण नहीं करते हो; तुम बस समर्पण करते हो। कोई नहीं है जो तुम्हारा समर्पण लेगा। और अगर कोई है जिसके प्रति तुम समर्पित होते हो तो वह एक तरह की गुलामी है। सच तो यह है कि तुम ईश्वर के प्रति भी समर्पण नहीं करते हो। और जब हम ईश्वर की बाते करते हैं तो वह तुम्हें समर्पित होने के लिए एक निमित्त भर है।

पतंजलि के योगसूत्र में ईश्वर की चर्चा तुम्हारे समर्पण में सहयोगी के रूप में की गई है। कहीं कोई ईश्वर नहीं है, पतंजलि कहते हैं कि कोई ईश्वर नहीं है, लेकिन तुम्हारे लिए समर्पण करना कठिन होगा अगर वह किसी के प्रति न होकर मात्र समर्पण हो। सिर्फ समर्पण करना कठिन है। समर्पण को संभव करने के लिए ईश्वर की बात की जाती है। ईश्वर केवल एक बहाना है। यह बहुत अदभुत और बहुत वैज्ञानिक बात है कि परमात्मा का उपयोग तुम्हारे समर्पण के लिए एक उपाय की तरह किया गया है। वहां कोई भी नहीं है जो तुम्हारा समर्पण ग्रहण करेगा। और अगर कोई समर्पण लेने वाला है और तुम उसके प्रति समर्पण करते हो तो वह गुलामी है, वह बंधन है।

यह एक बहुत ही सूक्ष्म और गहन बात है। व्यक्ति की तरह कहीं कोई ईश्वर नहीं है; ईश्वर सिर्फ एक मार्ग है, एक उपाय है, एक विधि है। पतंजलि अनेक विधियों की चर्चा करते हैं, उनमें से एक विधि है ईश्वर-प्रणिधान। समर्पण के अनेक उपाय हैं; ईश्वर-प्रणिधान उनमें

से एक है। ईश्वर की धारणा तुम्हारे मन के लिए समर्पण करने में सहयोगी होगी। क्योंकि अगर मैं कहूं कि समर्पण करो, तो तुम पूछोगे कि किसको समर्पण करूं? अगर मैं कहूं कि सिर्फ समर्पण करो, तो तुम्हें इस बात की धारणा करनी बहुत कठिन होगी।

इस बात को एक और ढंग से समझने की चेष्टा करो। अगर मैं कहूं कि मात्र प्रेम करो, तो तुम पूछोगे कि किसको प्रेम करूं? तुम पूछोगे कि मात्र प्रेम करने का क्या अर्थ है? अगर प्रेम करने के लिए कोई विषय नहीं है तो प्रेम कैसे होगा? वैसे ही अगर मैं कहूं कि प्रार्थना करो, तो तुम पूछोगे कि किसकी प्रार्थना करूं? किसकी पूजा करूं? तुम्हारा मन अद्वैत की धारणा नहीं बना सकता है। वह पूछेगा, वह प्रश्न उठाएगा, कि किसकी?

तो सिर्फ तुम्हारे मन को सहारा देने के लिए, ताकि तुम्हारे मन में उठा प्रश्न शांत हो जाए, पतंजलि कहते हैं कि ईश्वर-प्रणिधान एक उपाय है, एक विधि है। पूजा, प्रेम, समर्पण—किसके प्रति? पतंजलि कहते हैं: ईश्वर के प्रति। क्योंकि जब तुम समर्पण करोगे तो तुम जान लोगे कि कोई ईश्वर नहीं है, या यह जान लोगे कि वह तुम ही हो जिसके प्रति तुम समर्पण करते हो। लेकिन यह तो तभी होगा जब तुम समर्पण कर चुकोगे। ईश्वर केवल एक उपाय है।

कहते हैं कि ईश्वर के प्रति भी समर्पण करना कठिन है, क्योंकि वह कहीं दिखाई नहीं देता है, वह अदृश्य है। तो शास्त्र कहते हैं कि गुरु के प्रति समर्पण करो। गुरु दिखाई देता है, गुरु सामने मौजूद एक व्यक्ति है।

लेकिन फिर प्रश्न खड़ा होता है कि तब तो यह गुलामी हो गई। गुरु एक व्यक्ति है और तुम उसके प्रति समर्पण करते हो तो स्वभावतः यह प्रश्न उठता है।

लेकिन यहां फिर एक सूक्ष्म और गहरी बात समझने जैसी है। यह बात ईश्वर की धारणा से भी सूक्ष्म और गहन है। गुरु तभी गुरु है जब वह नहीं है। अगर वह है तो वह गुरु नहीं है। गुरु तभी गुरु होता है जब वह मिट जाता है, शून्य हो जाता है। गुरु अब व्यक्ति नहीं रहा, शून्य हो गया, अनत्ता हो गया। वहां कोई नहीं है। अगर यहां इस कुर्सी में कोई व्यक्ति बैठा है तो वह गुरु नहीं है। और उसको समर्पित होने पर जरूर गुलामी है। लेकिन अगर इस कुर्सी में कोई बैठा नहीं है, एक शून्य है, जो कहीं केंद्रित नहीं है, जो बस समर्पित है—किसी के प्रति समर्पित नहीं, सिर्फ समर्पित—जो शून्य को, अनस्तित्व को उपलब्ध हो गया है, जो व्यक्ति की तरह मिट गया है, जो अहंकार में केंद्रित नहीं है, कहीं भी केंद्रित नहीं है, जो वाष्पीभूत हो गया है, तो वह गुरु है। इसलिए जब तुम किसी गुरु के प्रति समर्पण करते हो तो वास्तव में यह समर्पण किसी के प्रति समर्पण नहीं है। यह मात्र समर्पण है।

यह तुम्हारे लिए बहुत गहरा प्रश्न है। जब तुम समर्पित होते हो तो तुम्हें समझना है कि यह समर्पण नहीं है, समर्पित होना है—मात्र समर्पित होना। समर्पण नहीं, समर्पित होना। समर्पण किसी के प्रति होता है; समर्पित होना तुम्हारी ओर से घटता है। इसलिए बुनियादी बात समर्पित होना है; कृत्य बुनियादी है, विषय नहीं। किसके प्रति समर्पित हो रहे हो यह महत्वपूर्ण नहीं है; महत्वपूर्ण वह है जो समर्पित हो रहा है। विषय तो मात्र निमित्त है, बहाना है। अगर तुम यह बात समझ सके तो किसी के प्रति समर्पण नहीं करना है, सिर्फ समर्पित होना है; किसी विशेष को प्रेम नहीं करना है, केवल प्रेमपूर्ण होना है। तब तुम महत्वपूर्ण हो, विषय नहीं।

▲

और अगर विषय महत्वपूर्ण है तो तुम बंधन निर्मित कर लोगे। तब ईश्वर भी, जो नहीं है, बंधन बन जाएगा। तब गुरु भी, जो नहीं है, परतंत्रता बन जाएगा। लेकिन यह बंधन तुम ही निर्मित करते हो; यह तुम्हारी नासमझी है। अन्यथा समर्पित होना स्वतंत्रता है।

वे विरोधी नहीं हैं।

दूसरा प्रश्नः

अगर 'यह यह है' में 'यह वह है' और 'वह ब्रह्म है' भी सम्मिलित है, तो क्यों सूत्र सिर्फ 'यह यह है' पर जोर देता है?

एक विशेष कारण से; क्योंकि तंत्र सिर्फ यहां और अभी की फिक्र करता है। 'यह यह है' का अर्थ है कि जो यहां और अभी है। 'वह' जरा दूर पड़ जाता है।

दूसरी बात कि तंत्र के लिए 'यह' और 'वह' में कोई विभाजन नहीं है। तंत्र अद्वैतवादी है। यह संसार है और वह ब्रह्म, यह लौकिक है और वह आध्यात्मिक—तंत्र के लिए ऐसे भेद नहीं हैं। 'यह' ही सब है; 'वह' भी इसमें ही सम्मिलित है। तंत्र के लिए यह संसार ही दिव्य है, भागवत है।

और तंत्र उच्च और निम्न का भेद और वर्गीकरण नहीं करता है। तंत्र नहीं कहता है कि 'यह' का अर्थ निम्न है और 'वह' का अर्थ उच्च; तंत्र नहीं कहता है कि 'यह' का अर्थ है जिसे तुम देख सकते हो, छू सकते हो, जान सकते हो और 'वह' का मतलब वह अदृश्य है जिसे तुम देख नहीं सकते, छू नहीं सकते, जिसका अनुमान भर कर सकते हो। तंत्र उच्च और निम्न में, दृश्य और अदृश्य में, पदार्थ और चेतना में, जीवन और मृत्यु में, जगत और ब्रह्म में भेद नहीं करता है। तंत्र अभेद है।

तंत्र कहता है कि यह यह है और वह इसमें समाहित है। लेकिन 'यह' पर जो जोर है वह सुंदर है। तंत्र कहता है कि यहां और अभी, जो भी है, यही सब है। इसमें सब कुछ है; कुछ भी इसके बाहर नहीं है। जो निकट है, जो सहज है, जो सामान्य है, वही सब कुछ है।

झेन साधना का एक प्रसिद्ध वचन है कि अगर तुम सिर्फ सामान्य हो जाओ तो तुम असामान्य हो गए। जो व्यक्ति अपने सामान्य होने से संतुष्ट है वही असामान्य है। क्योंकि प्रत्येक व्यक्ति असामान्य होने को आतुर है, इसलिए असामान्य होने की इच्छा बहुत सामान्य इच्छा है। प्रत्येक व्यक्ति असामान्य होने की दौड़ में लगा है। ऐसा आदमी खोजना अत्यंत कठिन है जो किसी न किसी तरह से असाधारण होने की दौड़ में नहीं लगा है। इसलिए असाधारण होने की कामना बहुत मामूली चित्त का ढंग है। झेन सदगुरु कहते हैं कि साधारण होना संसार में सबसे असाधारण बात है। मात्र साधारण होना, सामान्य होना, मामूली होना—बड़ी दुर्लभ बात है। ऐसा कभी-कभी ही घटता है कि कोई व्यक्ति साधारण, सिर्फ साधारण होने से पूरी तरह संतुष्ट हो—पूरी तरह तृप्त हो।

जापान का एक सम्राट किसी सदगुरु की खोज में था। वह अनेक गुरुओं के पास गया, लेकिन कोई गुरु उसे संतुष्ट न कर सका। क्योंकि एक बूढ़े व्यक्ति ने उससे कहा था कि सच्चा गुरु बहुत सामान्य होगा। वह ढूंढ़ता रहा, लेकिन उसे वह साधारण व्यक्ति नहीं मिला।

आखिर वह फिर उसी बूढ़े के पास लौटा जो उस क्षण अपनी मृत्यु-शय्या पर था। उसने उस बूढ़े से कहा: आपने मुझे बहुत परेशानी में डाल दिया। आपने सदगुरु की जो परिभाषा की कि वह सरल होगा, साधारण होगा, सामान्य होगा, वह परिभाषा मेरी समस्या हो गई है। मैं सारे देश में खोज चुका, लेकिन कोई मुझे संतुष्ट न कर सका। कृपा करके गुरु को पाने का कुछ उपाय मुझे बताएं।

उस मरते हुए बूढ़े ने कहा: तुम गलत जगहों में उसे खोजते रहे। तुमने बिलकुल गलत जगहों में उसकी खोज की। तुम उन लोगों के पास गए जो किसी न किसी रूप में असाधारण हैं, और वहां तुमने साधारण को खोजने की कोशिश की। तुम साधारण दुनिया में जाओ। और सचाई यह है कि तुम अभी भी असाधारण को ही खोज रहे हो। तुम उसकी परिभाषा तो सामान्य की करते हो, लेकिन अभी भी तुम्हारी खोज असामान्य की ही है। परिभाषा भर बदल गई है। अब तुम उसे सबसे अधिक सामान्य कहते हो; लेकिन चाहते हो कि वह असामान्य रूप से सामान्य हो। तब तुम फिर असामान्य को ही खोज रहे हो। वह न करो। और जिस क्षण तुम तैयार होगे, जिससे क्षण तुम खोज का पुराना ढंग छोड़ दोगे, सदगुरु स्वयं तुम्हारे पास चला आएगा।

दूसरे दिन सुबह सम्राट अपने महल में अकेला बैठा था और बूढ़े व्यक्ति ने जो कहा था उसे समझने की चेष्टा कर रहा था। और उसे लगा कि बूढ़ा सही था। और खोज की कामना खो गई। तभी एक भिखारी प्रकट हुआ, और वह गुरु था। और सम्राट उस भिखारी को हमेशा से जानता था। वह रोज आता था; वह भिखारी रोज राजमहल में आता था। सम्राट ने उससे पूछा, क्या कारण है कि मैंने आपको पहले नहीं पहचाना? भिखारी ने कहा, क्योंकि तुम असाधारण की खोज कर रहे थे। मैं तो सदा से यहां था, लेकिन तुम कहीं और ढूंढ़ रहे थे। और तुम मुझे निरंतर चूकते रहे।

तंत्र कहता है, विशेषकर इस विधि में कहता है: 'वह नहीं, यह।' लेकिन ऐसी भी विधियां हैं जिनमें 'वह' की चर्चा हुई है। लेकिन यह सर्वाधिक तंत्र सम्मत है—यह; यहां और अभी; जो सबसे निकट है। तुम्हारी पत्नी, तुम्हारा पति, तुम्हारा मित्र, मामूली भिखारी—सदगुरु हो सकता है। लेकिन तुम 'यह' को नहीं देख रहे हो; तुम्हारी नजर 'वह' पर लगी है—वहां, दूर कहीं बादलों में। तुम्हें यह कल्पना भी नहीं हो सकती कि तुम्हारे निकट ही ऐसी गुणवत्ता वाला व्यक्ति मौजूद है। तुम कल्पना भी नहीं कर सकते; क्योंकि तुम सोचते हो कि निकट को तो मैं जानता ही हूं। और इसीलिए तुम दूर की खोज करते हो। तुम्हें लगता है कि 'यह' तो पता ही है; इसलिए पाने की चीज 'वह' है।

यह सच नहीं है। तुम 'यह' को नहीं जानते हो; तुम्हें निकट का पता नहीं है। निकट उतना ही अज्ञात है जितना दूर, बहुत दूर अज्ञात है। अपने चारों ओर निगाह डालो; तुम कुछ भी नहीं जानते हो। तुम्हें कुछ भी पता नहीं है। क्या तुम उस वृक्ष को जानते हो जिसके पास से रोज गुजरते हो? क्या तुम उस मित्र को जानते हो जो तुमसे रोज मिलता है? कुछ भी तो पता नहीं है। 'यह' भी तो नहीं मालूम है, फिर 'वह' के पीछे क्यों भागना?

यह विधि कहती है कि यदि 'यह' जान लिया गया तो 'वह' अपने आप ही जान लिया जाएगा। क्योंकि 'वह' 'यह' में सम्मिलित है; जो दूर है वह निकट में छिपा है।

▲

लेकिन मनुष्य का मन दूर के पीछे दौड़ता है। यह पलायन है। दूर की सोचना पलायन है; क्योंकि तुम सदा-सदा सोचते रह सकते हो और इस भांति तुम जीना स्थगित रख सकते हो; क्योंकि जीवन 'यह' है। अगर तुम 'यह' पर विमर्श करोगे, मनन करोगे, तो तुम्हें अपने को बदलना पड़ेगा।

मुझे एक कहानी याद आ रही है। एक बार एक झेन गुरु को किसी मंदिर का उपदेशक नियुक्त किया गया। कोई नहीं जानता था कि वह झेन गुरु है। सभा बैठी और गुरु ने पहला प्रवचन दिया। सभी लोग प्रवचन सुनकर झूम उठे; प्रवचन बहुत सुंदर था। किसी ने भी ऐसा प्रवचन पहले नहीं सुना था। दूसरे दिन बड़ी भीड़ मंदिर में जमा हुई। लेकिन झेन गुरु ने वही प्रवचन दोहरा दिया जो उसने पहले दिन दिया था। श्रोता ऊब उठे। उन्होंने कहाः यह कैसा उपदेशक है।

तीसरे दिन लोग आए, लेकिन उनकी संख्या ज्यादा नहीं थी। झेन गुरु ने फिर पुराने प्रवचन को ही दोहरा दिया। बहुत से लोग तो प्रवचन के बीच में ही उठकर चले गए। और जो थोड़े से लोग रह गए वे यह पूछने के लिए रुके रहे कि क्या आपको एक ही प्रवचन देना आता है? क्या आप इसे रोज-रोज दोहराएंगे? आखिरकार एक व्यक्ति ने कहा: 'यह किस ढंग का उपदेश है? तीन बार हम आपको सुन चुके हैं; आप वही की वही बात, वही के वही शब्द, अक्षरशः बिलकुल वही प्रवचन दोहरा देते हैं। क्या आपके पास कोई दूसरा प्रवचन, कोई दूसरा व्याख्यान नहीं है?'

गुरु ने कहा: 'मेरे पास कई प्रवचन हैं; लेकिन तुम लोगों ने पहले प्रवचन के ही बाबत कुछ नहीं किया है। जब तक तुम पहले प्रवचन के संबंध में कुछ नहीं करते तब तक मैं दूसरा प्रवचन नहीं दूंगा। उसकी कोई जरूरत नहीं है।'

फिर तो लोगों ने उस मंदिर में आना ही बंद कर दिया। लोग उस मंदिर के पास जाने से बचने लगे; क्योंकि जैसे ही कोई आता था, झेन पुरोहित अपना पहला प्रवचन प्रारंभ कर देता था। कहते हैं कि लोगों ने उस मंदिर को क्या, उस मंदिर की राह ही छोड़ दी। वे कहने लगे कि पुरोहित वहां मौजूद है, अगर तुम गए तो वह फिर वही प्रवचन पिलाएगा।

वह झेन गुरु मन का बहुत बड़ा पारखी रहा होगा। मनुष्य का मन विचार तो करना चाहता है, लेकिन वह करना कुछ भी नहीं चाहता है। करना खतरनाक है; विचार करना ठीक है, क्योंकि विचार से तुम वही के वही बने रहते हो। अगर तुम दूर के संबंध में विचार करते रहे तो तुम्हें अपने को बदलने की जरूरत नहीं पड़ेगी। ब्रह्म और परमब्रह्म तुम्हें नहीं बदल सकते, लेकिन पड़ोसी, मित्र, पत्नी, पति—अगर तुम उन्हें देखोगे तो तुम्हें अपने को बदलना पड़ेगा। उन्हें न देखना एक तरकीब है।

तुम 'वह' को देखते हो ताकि 'यह' को भूल जाओ। और 'यह' जीवन है, 'वह' तो केवल सपना है। तुम परमात्मा के संबंध में विचार कर सकते हो, क्योंकि विचार करना नपुंसक है, उससे कुछ होने वाला नहीं है। तुम परमात्मा के बारे में विचार करते रह सकते हो, और तुम वही के वही बने रहोगे जो थे। लेकिन अगर तुम अपनी पत्नी का विचार करोगे, अगर तुम अपने बच्चे का विचार करोगे, अगर तुम समीप में, निकट में गहरे उतरोगे तो तुम वही के वही नहीं रह सकते; उससे कर्म का उदय होगा ही।

▲

तंत्र कहता है: बहुत दूर मत जाओ। वह यहीं है, वह इसी क्षण में है, तुम्हारे निकट ही है। खुलो और 'यह' को देखो, 'वह' अपनी फिक्र आप कर लेगा।

तीसरा प्रश्नः

आपने कहा कि तंत्र मनुष्य को सिखाता है कि वह अपने पाशविक अतीत की कामना और परमात्मा की कामना, दोनों को अतिक्रमण करे। तो क्या इसका यह अर्थ है कि भगवत्ता या परमात्मा भी संसार का ही हिस्सा है और हमें उसका भी अतिक्रमण करना है? फिर वह क्या है जो दोनों के पार है?

इस संबंध में बहुत सी बातें समझने जैसी हैं। पहले तो कामना की प्रकृति को, उसके स्वभाव को समझना होगा। भगवत्ता वह नहीं है जिसे तुम भगवत्ता कहते हो। तुम जिस परमात्मा की बातें करते हो वह सच में परमात्मा नहीं है; वह तो तुम्हारी कामना का परमात्मा है। इसलिए प्रश्न यह नहीं है कि क्या परमात्मा संसार का हिस्सा है। वह प्रश्न ही नहीं है। असली प्रश्न यह है कि क्या तुम परमात्मा को संसार का हिस्सा बनाए बिना परमात्मा की कामना कर सकते हो?

इसे इस तरह समझो। बार-बार कहा गया है कि जब तक तुम कामना नहीं छोड़ोगे, वासना नहीं छोड़ोगे, तब तक तुम उसे, उस परम को नहीं पा सकते। तुम भगवत्ता को उपलब्ध नहीं हो सकते, अगर तुम कामना से मुक्त नहीं होते। कामना छोड़ो और तुम परमात्मा को उपलब्ध हो जाओगे।

यह बात तुमने बहुत बार सुनी है, लेकिन मैं नहीं समझता कि तुमने इसे समझा भी है। अधिक संभावना यही है कि तुम इसे गलत ही समझोगे। बार-बार यह बात सुनकर तुम परमात्मा की कामना करने लगते हो, और वहीं तुम पूरी बात चूक जाते हो।

तुम्हें बार-बार कहा गया है कि अगर तुम कामना छोड़ दोगे तो तुम्हें परमात्मा घटित होगा। यह सुनकर तुम परमात्मा की कामना करने लगते हो; और तब तुम्हारा परमात्मा तुम्हारे संसार का हिस्सा हो जाता है। कामना ही संसार है। मेरी परिभाषा यही है: जिसकी कामना की जा सके, वह संसार है। इसलिए परमात्मा की कामना नहीं की जा सकती; और अगर तुम उसकी कामना करते हो तो वह भी संसार का हिस्सा हो गया।

जब कामना विदा हो जाती है, तब परमात्मा घटित होता है। जब तुम कुछ भी नहीं चाहते हो तो परमात्मा तत्क्षण उपलब्ध हो जाता है—तब सारा संसार ही परमात्मा है। तुम्हें परमात्मा कहीं संसार के विरोध में नहीं मिलेगा, वह संसार के विपरीत नहीं है। जब तुम कामना नहीं करते तब सब कुछ परमात्ममय है। और जब तक कामना है तब तक सब कुछ संसार है। तुम्हारी कामना ही संसार का निर्माण करती है।

संसार वह नहीं है जो तुम्हें दिखाई पड़ता है। ये वृक्ष, यह आकाश, यह पृथ्वी, यह सागर, ये नदियां और यह पृथ्वी और ये चांद-तारे—यह संसार नहीं है। तुम जो कामना करते हो वह संसार है।

बगीचे में एक फूल खिला है। जब तुम फूल के पास से गुजरते हो और फूल को देखते

▲

हो, फूल की सुगंध तुम्हारे नासापुटों को छूती है, तब अपने भीतर देखो। अगर तुम्हें फूल की कामना नहीं है, अगर तुम्हें उस फूल पर मालकियत करने की जरा भी कामना नहीं है, तो वह फूल परमात्मा हो जाता है। तब उस फूल में ही तुम्हें परमात्मा का चेहरा दिख जाएगा।

लेकिन अगर उस फूल पर मालकियत करने की कामना है, या तुम्हें वृक्ष के मालिक के प्रति ईर्ष्या का भाव होता है, तो तुमने संसार निर्मित कर लिया। तब परमात्मा खो गया। यह तुम्हारी कामना है, तुम्हारी वासना है, जो अस्तित्व का गुणधर्म बदल देती है। तुम्हारी कामना फूल को संसार बना देती है। और जब तुम कामना-रहित हो, निष्काम हो, तब सारा संसार परमात्मा हो जाता है।

अब मैं इस प्रश्न को फिर से पढ़ता हूं: 'आपने कहा कि तंत्र मनुष्य को सिखाता है कि वह अपनी पाशविक अतीत की कामना और परमात्मा की कामना, दोनों का अतिक्रमण करे।'

तंत्र कामना मात्र का अतिक्रमण सिखाता है। तुम किस चीज की कामना करते हो, वह गौण है; तुम कामना करते हो, बुनियादी बात यह है। तुम कामना के विषय बदलते रह सकते हो। अभी तुम धन चाहते हो, सत्ता चाहते हो, पद-प्रतिष्ठा चाहते हो; ये सांसारिक कामनाएं हैं। फिर तुम कामना के विषय बदल लेते हो। तुम धन-पद से थक जाते हो, ऊब जाते हो। या तुमने जो भी चाहा था वह पा लिया और तुम तृप्त नहीं हुए, तुम निराशा अनुभव करते हो। फिर तुम एक नई कामना शुरू करते हो—तुम परमात्मा की कामना करते हो, तुम मोक्ष और निर्वाण की कामना करते हो, तुम ईश्वर को पाना चाहते हो। क्या हुआ?

कामना का विषय बदल गया; तुम नहीं बदले। तुम्हारी कामना वही की वही बनी है। पहले वह पद-प्रतिष्ठा और धन के पीछे दौड़ती थी; अब वह परमात्मा के पीछे दौड़ रही है। अब वह परम तत्व के पीछे, परम मोक्ष के पीछे भाग रही है। लेकिन कामना अपनी जगह है।

सामान्यतः धार्मिक लोग अपनी कामना के विषय बदलते रहते हैं। लेकिन कामना अपनी जगह कायम रहती है; वह नहीं बदलती। और कामना के विषय समस्या नहीं निर्मित करते हैं, कामना ही समस्या निर्मित करती है।

तंत्र कहता है कि कामना के विषय बदलने से कुछ नहीं होगा; वह केवल समय, शक्ति और जीवन का अपव्यय है। विषय नहीं, कामना छोड़ो। कोई कामना मत करो, मोक्ष की भी कामना मत करो; क्योंकि कामना ही बंधन है। परमात्मा की कामना भी मत करो, क्योंकि कामना ही संसार है। अंतस की कामना भी मत करो, क्योंकि सब कामना बाह्य है। प्रश्न यह नहीं है कि इस कामना का अतिक्रमण किया जाए या उस कामना का अतिक्रमण किया जाए; कामना मात्र को गिरा दो। कोई कामना मत करो। तुम बस स्वयं होओ। तुम वही हो रहो जो तुम हो, बस।

जब तुम कोई कामना नहीं करते हो तो क्या होता है? जब तुम वासना छोड़ देते हो तो क्या होता है? तब तुम भागते नहीं; तब सब दौड़ बंद हो जाती है। तब तुम कहीं पहुंचने की जल्दी में नहीं होते, तब तुम गंभीर नहीं होते। तब न कोई आशा होती है और न कोई निराशा। तब तुम्हें कोई अपेक्षा नहीं होती; तब तुम्हें कुछ भी निराश नहीं कर सकता। अब कोई कामना न रही; फिर तुम असफल कैसे होगे? हां, तब कोई सफलता भी नहीं होगी। सफलता-असफलता दोनों गईं।

और फिर क्या होता है जब तुम्हें कोई कामना नहीं रहती? तुम एकाकी हो जाते हो; क्योंकि कहीं भी नहीं जाना है। कोई लक्ष्य नहीं है, कोई मंजिल नहीं है, क्योंकि कामना ही मंजिल निर्मित करती है। अब कोई भविष्य भी नहीं है; क्योंकि वासना भविष्य का निर्माण करती है। अब समय भी नहीं है, क्योंकि वासना ही गति करने के लिए समय लेती है। समय ठहर जाता है। भविष्य गिर जाता है। और जब कोई कामना न रही तो मन गिर जाता है, मन विदा हो जाता है। क्योंकि मन कामनाओं का जोड़ मात्र है। और कामना के लिए ही तुम योजना बनाते हो, सोच-विचार करते हो, सपने संजोते हो, सब आयोजन करते हो।

जब कामना नहीं रही तो सब कुछ गिर जाता है। तुम अपनी शुद्धता में होते हो। तुम किसी दौड़-धूप के बिना जीते हो। तुम्हारे भीतर की लहरें शांत हो गईं। सागर तो है, लेकिन लहरें समाप्त हो गईं। और तंत्र के लिए यही भगवत्ता है।

इसे इस भांति देखो: कामना ही बाधा है। विषय की चिंता मत करो; अन्यथा तुम आत्म-वंचना में पड़ोगे, तुम अपने को ही धोखा दोगे। तुम विषय बदलते रहोगे और नाहक समय गंवाओगे। तुम बार-बार असफल और निराश होगे। तुम बार-बार विषय बदलोगे। इस तरह तुम अनंतकाल तक कामना के विषय बदलते रहोगे, जब तक तुम्हें यह बोध नहीं होगा कि विषय नहीं, कामना समस्या पैदा करती है। लेकिन कामना सूक्ष्म है और विषय स्थूल हैं। विषय को देखा जा सकता है; लेकिन कामना तो तभी दिखाई पड़ेगी जब तुम गहरे उतरोगे और उस पर ध्यान दोगे। अन्यथा कामना नहीं देखी जा सकती है।

तुम किसी स्त्री से या किसी पुरुष से बहुत-बहुत आशा लगाकर, बड़े सपने संजोकर विवाह कर सकते हो। और जितनी बड़ी आशा होगी, जितना बड़ा सपना होगा, उतनी ही बड़ी निष्फलता हाथ लगेगी, उतनी ही बड़ी निराशा होगी। आयोजित विवाह उतना असफल नहीं होता जितना असफल प्रेम-विवाह होता है। ऐसा होना अनिवार्य है। क्योंकि आयोजित विवाह में बहुत आशा बांधने, बहुत सपने संजोने की गुंजाइश नहीं है। वह विवाह दुकानदारी जैसा है; उसमें कोई रोमांस नहीं है, प्रेम नहीं है, कविता नहीं है। उस विवाह में शिखर नहीं है; वहां तुम समतल भूमि पर चलते हो।

यही कारण है कि पुराने ढंग का विवाह कभी नहीं टूटता; उसमें टूटने की कोई बात ही नहीं है। पुराना विवाह कैसे टूट सकता है? उसमें कोई शिखर नहीं है; फिर उसमें गिरने का सवाल ही न रहा। प्रेम-विवाह असफल होता है, प्रेम-विवाह ही असफल हो सकता है। क्योंकि प्रेम-विवाह बड़ी कविता, बड़े सपने, बड़ी उमंगों के साथ आता है। वहां बड़ी ऊंचाइयां हैं; तुम आकाश में उड़ने लगते हो। तब जमीन पर गिरना अनिवार्य हो जाता है।

इसलिए पुराने देश, जिन्हें अनुभव है, जिन्हें पता है, उन्होंने आयोजित विवाह का चुनाव किया। वे प्रेम-विवाह की बात नहीं करते हैं। भारत में प्रेम-विवाह की बात नहीं होती है। भारत ने भी अतीत में प्रेम-विवाह का प्रयोग किया और पाया कि प्रेम-विवाह असफल होने ही वाला है। क्योंकि तुम्हारी अपेक्षाएं बहुत हैं, इसलिए असफलता हाथ लगेगी ही। अपेक्षा और असफलता का अनुपात समान है। कामना अपेक्षा लाती है जो पूरी नहीं हो सकती।

तुम एक स्त्री से विवाह करते हो। अगर यह प्रेम-विवाह है तो तुम्हारी अपेक्षा बहुत होगी। फिर तुम उस विवाह से निराश होते हो। और तुम जिस क्षण निराश होते हो, उसी क्षण

तुम दूसरी स्त्री का विचार करने लगते हो। तो अगर तुम अपनी पत्नी से कहते हो कि मैं किसी दूसरी स्त्री में उत्सुक नहीं हैं और तुम्हारी पत्नी को लगता है कि तुम उसके प्रति उदासीन हो, तो वह तुम्हारी बातों पर विश्वास नहीं करेगी। तुम अपनी पत्नी को भरोसा नहीं दिला सकते; यह असंभव है, यह अस्वाभाविक है। जैसे ही तुम अपनी पत्नी से उदासीन होते हो, तुम्हारी पत्नी सहज जान जाती है कि तुम किसी दूसरी स्त्री में रस लेने लगे हो।

मन के काम करने का यही ढंग है। जब तुम उस स्त्री से भलीभांति परिचित हो जाते हो जिससे तुमने विवाह किया, जब तुम्हें उससे सुख के बजाय दुख मिलने लगता है, तो तुम सोचते हो कि मेरा चुनाव गलत था; यह स्त्री मेरे योग्य नहीं थी। यही सामान्य तर्क है—'यह स्त्री मेरे लिए नहीं थी; मैंने गलत स्त्री चुन ली; और संघर्ष का कारण गलत चुनाव है।' अब तुम दूसरी स्त्री खोजने की कोशिश करोगे।

इस भांति तुम अनंत काल तक कर सकते हो। तुम संसार की सभी स्त्रियों से भी विवाह कर लो तो भी तुम्हारे सोचने का ढंग यही रहेगा। तुम सदा सोचोगे कि यह स्त्री मेरे योग्य नहीं थी, मैंने गलत चुनाव किया। तुम्हारी दृष्टि उस सूक्ष्म कामना पर नहीं जाती, जो सारे उपद्रव की जड़ में है। यह सूक्ष्म है। स्त्री दिखाई देती है; कामना नहीं दिखाई देती।

लेकिन सचाई यह है कि कोई स्त्री या पुरुष दुख नहीं दे रहा है; यह तुम्हारी कामना है जो दुख दे रही है। अगर तुम्हें यह बोध हो जाए तो तुम बुद्धिमान हो। और अगर तुम विषय ही बदलते रहे तो तुम मूढ़ हो। अगर तुम अपने को और अपनी कामना को देख सके, देख सके कि सारा उपद्रव कामना ही लाती है, तो तुम विवेकशील हुए।

तब तुम कामना के विषयों को बदलने में नहीं लगते हो; तब तुम कामना को ही छोड़ देते हो। और जिस क्षण कामना गई उसी क्षण सारा संसार परमात्मा हो जाता है। यह सदा से ऐसा ही है, लेकिन तुम्हारे पास उसे देखने की आंखें नहीं थीं। तुम्हारी आंखें तो वासना से भरी थीं। और वासना से भरी आंखों को परमात्मा संसार जैसा मालूम पड़ता है। वासना से रिक्त, स्वच्छ आंखों के लिए संसार ही परमात्मा हो जाता है।

संसार और परमात्मा दो चीजें नहीं हैं। वे एक ही चीज को देखने के दो ढंग हैं, दो दृष्टियां हैं, दो दृष्टिकोण हैं। एक दृष्टि वासना से घिरी होती है; दूसरी दृष्टि वासना से रिक्त और स्वच्छ होती है। अगर तुम निर्मल आंखों से देख सको, अगर तुम्हारी आंखें निराशा के आंसुओं और आशा के सपनों से न भरी हों, तो संसार जैसी कोई चीज नहीं है, तब केवल परमात्मा है। तब सारा अस्तित्व परमात्ममय है, भागवत है।

तंत्र का यही अर्थ है। तंत्र जब कहता है कि दोनों का अतिक्रमण करो तो तंत्र दोनों से अपने को अलग कर लेता है। तंत्र का किसी से कोई लेना-देना नहीं है; तंत्र का संबंध दोनों के अतिक्रमण से है, ताकि कोई भी वासना न रहे। न संसार की वासना, न परमात्मा की।

'फिर वह क्या है जो दोनों के पार है?'

उसे कहीं नहीं जा सकता; उसके कहने का कोई उपाय नहीं है। क्योंकि जैसे ही उसके बारे में कुछ कहा जाता है, वह दोनों के घेरे में आ जाता है। परमात्मा के संबंध में जो भी कहा जाए वह झूठा हो जाएगा—कहने के कारण ही झूठा हो जाएगा।

भाषा द्वैतवादी है। अद्वैत की कोई भाषा नहीं है, हो नहीं सकती। द्वैत के लिए ही भाषा

का कोई अर्थ है। मैं कहूं प्रकाश, और तुरंत तुम्हारे मन में अंधेरा या काला शब्द आ जाएगा। मैं कहूं दिन, और तत्क्षण तुम्हारे मन में रात आ जाएगी। मैं कहूं प्रेम, और उसके पीछे ही घृणा खड़ी है। अगर मैं प्रकाश कहूं और अंधेरा न हो, तो तुम प्रकाश की परिभाषा कैसे करोगे?

हम शब्दों की परिभाषा उनके विपरीत से ही कर सकते हैं। यदि तुम पूछो कि प्रकाश क्या है, तो मैं कहूंगा जो अंधेरा नहीं है। यदि कोई तुमसे पूछे कि मन क्या है, तो तुम कहोगे जो शरीर नहीं है। सभी शब्द वर्तुलाकार हैं, गोल-मोल हैं; इसलिए बुनियादी तौर से उनका कोई अर्थ नहीं है। तुम न कुछ शरीर के संबंध में जानते हो और न मन के संबंध में। जब मैं मन के बाबत पूछता हूं तो तुम उसकी परिभाषा शरीर से करते हो, और शरीर अपरिभाषित है। जब मैं शरीर के बाबत पूछता हूं, तुम उसकी परिभाषा मन से करते हो, जो कि स्वयं ही अपरिभाषित है।

एक खेल की भांति यह ठीक है। भाषा एक खेल की भांति ठीक है। लेकिन हम कभी नहीं सोचते कि पूरी बात बेतुकी है, गोल-मोल है; कुछ भी तो परिभाषित नहीं है। तो तुम किसी भी चीज की परिभाषा कैसे करोगे? जब मैं मन के संबंध में पूछता हूं तो तुम शरीर को ले आते हो, और शरीर स्वयं अपरिभाषित है। तुम मन की परिभाषा एक अपरिभाषित चीज से कर रहे हो। और यदि मैं पूछूं कि शरीर से तुम्हारा क्या मतलब है, तो तुम तुरंत मन को ले आओगे। यह व्यर्थ है। लेकिन कोई दूसरा उपाय भी तो नहीं है।

भाषा विपरीत शब्दों से बनी है, भाषा द्वैत से बनी है; वह अन्यथा नहीं हो सकती। इसलिए अद्वैत के अनुभव को भाषा में नहीं कहा जा सकता है। जो भी कहा जाएगा वह गलत होगा। उसकी तरफ इशारे किए जा सकते हैं; उसके लिए प्रतीक उपयोग में लाए जा सकते हैं। लेकिन मौन सर्वश्रेष्ठ है; उसे मौन के द्वारा कहना ही ठीक-ठीक कहना है।

जगत में सब कुछ की परिभाषा हो सकती है, सब कुछ शब्दों में कहा जा सकता है; लेकिन परम को कहने का कोई उपाय नहीं है। तुम उसे जान सकते हो, उसका स्वाद ले सकते हो, वह हो सकते हो; लेकिन उसके बारे में कुछ कहना असंभव है। सिर्फ निषेध की भाषा में, नेति-नेति की भाषा में कुछ कहा जा सकता है। हम यह नहीं कह सकते कि वह क्या है; हम इतना ही कह सकते हैं कि वह क्या नहीं है। यह भी नहीं, यह भी नहीं—नेति-नेति।

समस्त रहस्यवादी नेति-नेति की भाषा ही बोलते हैं। अगर तुम पूछोगे कि परमात्मा क्या है, तो वे कहेंगे: परमात्मा न यह है न वह। वह न जीवन है और न मृत्यु। वह न प्रकाश है और न अंधकार। वह न निकट है और न दूर। वह न मैं है और न तू। वे इसी ढंग में बोलते हैं। लेकिन उससे बात और बेबूझ हो जाती है।

वासना छोड़ो, कामना गिरा दो और तुम उसे आमने-सामने जान लोगे। लेकिन यह अनुभव इतना वैयक्तिक है, इतना गहरा है, इतना शब्दों और भाषा के पार है, कि जब तुम उसे जान भी लोगे तब भी उसके संबंध में कुछ कह नहीं पाओगे। तुम बिलकुल चुप हो जाओगे, मौन हो जाओगे। या ज्यादा से ज्यादा वही कहोगे जो मैं अभी कह रहा हूं; तुम कहोगे कि उसके संबंध में कुछ भी नहीं कहा जा सकता।

लेकिन फिर इतनी चर्चा का मतलब क्या है? यदि कुछ भी नहीं कहा जा सकता है तो मैं क्यों रोज-रोज तुमसे इतनी बातें करता हूं?

इसीलिए कि मैं तुम्हें उस बिंदु पर पहुंचा दें जहां कुछ कहना असंभव हो जाता है। इसीलिए कि मैं तुम्हें उस अतल शून्य में उतार दूं जहां तुम भाषा के बाहर छलांग ले लो। उस बिंदु तक भाषा सहयोगी हो सकती है—उस अतल शून्य के किनारे तक पहुंचने में, जहां तुम्हारी निशब्द में, भाषा के पार, छलांग लगेगी, भाषा उपयोगी हो सकती है। लेकिन ज्यों ही छलांग लगेगी, मौन को लोक शुरू हो जाएगा, जो भाषा के पार है।

इसलिए मैं भाषा के द्वारा तुम्हें वहां पहुंचा सकता हूं जहां संसार का अंत आ जाता है—संसार का आखिरी छोर। लेकिन भाषा उसके आगे एक कदम भी नहीं रख सकती है; परमात्मा के जगत में भाषा की कोई गति नहीं है, भाषा के सहारे वहां एक इंच भी नहीं बढ़ा जा सकता है। लेकिन भाषा के सहारे आखिरी छोर तक ले जाया जा सकता है; तब तुम अपनी आंखों से देखोगे कि सामने आनंद का असीम-अथाह सागर लहरा रहा है।

और वह सागर तुम्हें खुद बुलाएगा; वह परम तुम्हें चुंबक की तरह अपनी तरफ खींच लेगा। तुम्हारे लिए वहां से पीछे लौटना असंभव हो जाएगा। वह अथाह सागर, मौन का अथाह सागर इतना आकर्षक है, इतना मादक है, इतना चुंबकीय है कि इसके पहले कि तुम्हें पता लगे तुम्हारी छलांग लग जाएगी।

यही कारण है कि मैं बोले चला जाता है, यद्यपि मैं जानता हूं कि मैं जो कह रहा हूं उससे तुम उसे नहीं जान पाओगे जो आत्यंतिक है, सबके पार है, पार के भी पार है। लेकिन इससे निश्चय ही तुम्हें छलांग लेने में सुविधा होगी, सहायता मिलेगी। यह एक उपाय है, एक विधि है।

यह विरोधाभासी मालूम पड़ेगा कि मैं जो इतने शब्दों का उपयोग कर रहा हूं या अतीत में रहस्यवादियों ने जो शब्दों का उपयोग किया, वह सिर्फ इसलिए कि तुम्हें मौन के मंदिर तक पहुंचा दिया जाए, कि तुम्हें मौन में उतार दिया जाए। लेकिन भाषा का उपयोग क्यों? मौन के लिए शब्द का उपयोग क्यों?

मैं मौन का उपयोग भी कर सकता हूं, लेकिन तब तुम नहीं समझोगे; तुम अभी मौन नहीं समझ सकते। जब मुझे किसी पागल आदमी से बात करनी होती है तो मैं पागल आदमी की भाषा का उपयोग करता हूं। मैं तुम्हारे कारण और तुम्हारे लिए भाषा का उपयोग करता हूं। ऐसा नहीं कि भाषा के माध्यम से कुछ कहा जा सकता है। लेकिन भाषा के माध्यम से जो तुम्हारे भीतर निरंतर की बकबक चल रही है उसे जरूर मिटाया जा सकता है।

यह ऐसा ही है जैसे कि तुम्हारे पांव में कांटा गड़ा है और उसे निकालने के लिए हम दूसरे कांटे का उपयोग कर लेते हैं। दूसरा भी कांटा ही है। तुम्हारा मन शब्दों से, शब्दों के कांटों से भरा है; मैं उन्हें निकालने की, तुम्हारे मन को खाली करने की चेष्टा में लगा हूं। और उसके लिए मैं शब्दों के ही कांटों का उपयोग कर रहा हूं। तुम्हारा चित्त विष से भरा है; उस विष को निकालने के लिए मुझे विष का ही उपयोग करना पड़ता है। यह एंटीडोट है; यह भी विष ही है। लेकिन एक कांटे से दूसरे कांटे को निकाला जा सकता है। और जब कांटा निकल जाता है तो हम दोनों ही कांटों को एक साथ फेंक देते हैं।

जब मैं शब्दों के माध्यम से तुम्हें उस बिंदु पर ले आऊं जहां तुम मौन होने को तैयार हो तो तुम मेरे शब्दों को भी फेंक देना। उन्हें जरा भी आगे मत ढोना; वे व्यर्थ हैं। फिर उन्हें ढोना

▲

खतरनाक भी है। जब तुम जान गए कि भाषा व्यर्थ है, खतरनाक है, जब तुम जान गए कि यह जो आंतरिक बकबक है वही बाधा है और तुम मौन होने को तैयार हो, तब मेरे शब्दों को भी फेंक देना। यह याद रखना।

ध्यान रहे, सत्य कहा नहीं जा सकता और जो कहा जा सके वह सत्य नहीं है। इसलिए अपने शब्दों से ही नहीं, मेरे शब्दों से भी खाली हो जाना, मुक्त हो जाना।

जरथुस्त्र ने अपने शिष्यों से जो अंतिम बात कही वह बहुत सुंदर है। उसने जीवन भर उन्हें समझाया था। उसने उन्हें सत्य की झलकें दी थीं। उसने उनके प्राणों को आलोकित किया था। उसने उन्हें परम अभियान के लिए चुनौती दी थी, तैयार किया था। लेकिन विदा के क्षण में जो शब्द उसने उनसे कहे वे अत्यंत कीमती हैं। उसने कहाः 'अब मैं तुमसे विदा हो रहा हूं। अब जरथुस्त्र से सावधान रहना।' शिष्यों ने कहाः 'आप यह क्या कह रहे हैं? जरथुस्त्र से सावधान! आप हमारे गुरु हैं, शिक्षक हैं, हमारी एकमात्र आशा हैं।' और जरथुस्त्र ने कहा: 'अब तक जो कुछ मैंने तुमसे कहा, उससे सावधान रहना। मुझे मत पकड़ लेना, अन्यथा मैं तुम्हारा बंधन बन जाऊंगा।'

जब एक कांटा तुम्हारे भीतर के कांटे को निकाल दे तो दोनों को एक साथ फेंक देना। ऐसा नहीं कि निकालने वाले कांटे को यह कह कर वापस रख लेना कि उसने तुम पर कितना उपकार किया है। वह भी कांटा ही है, यह मत भूलना। तो जब मैं तुम्हें मौन के लिए तैयार कर दूं, तो मुझसे भी सावधान हो जाना। तब उन सब शब्दों को भी कचरे में फेंक देना जो मैंने तुमसे कहे हैं। फिर उनकी कोई उपयोगिता नहीं है। उनकी उपयोगिता उसी घड़ी तक है जब तक तुम मौन में छलांग के लिए तैयार नहीं हुए हो। इधर तुम तैयार हुए उधर वे व्यर्थ हुए।

और उसके संबंध में कुछ नहीं कहा जा सकता है जो दोनों के पार है। जो पार है, परम है, उसके संबंध में इतना ही कहा जा सकता है कि कुछ नहीं कहा जा सकता; और इतना कहना भी बहुत कहना है। अगर तुम इतना समझ सको तो यह भी पर्याप्त इंगित है।

मैं यह कह रहा हूं कि अगर तुम्हारा मन शब्दों से पूरी तरह खाली हो जाए, तुम उसे जान लोगे। जब तुम विचारों से दबे नहीं हो, जब तुम निर्विचार हो, तुम उसे जान लोगे। क्योंकि वह तो मौजूद ही है। वह कोई ऐसी चीज नहीं है जो कभी तुम्हें उपलब्ध होगी; वह तुम्हारे भीतर मौजूद ही है। तुम उसकी ही अभिव्यक्ति हो, उसका ही प्रकट रूप हो। लेकिन तुम विचारों से, विचार के बादलों से इतने घिरे हो कि तुम उसे चूक रहे हो। तुम बादलों पर अटक गए हो और आकाश को भूल गए हो।

बादलों को छंट जाने दो, और आकाश तुम्हारी सदा से प्रतीक्षा कर रहा है। वह जो सबके पार है, वह जो आत्यंतिक है, तुम्हारी प्रतीक्षा कर रहा है। द्वैत को विदा हो जाने दो और परम उदघाटित हो जाता है।

चौथा प्रश्नः

आपने कहा कि जो व्यक्ति भयभीत है वह प्रेमपूर्ण नहीं हो सकता और न वह परमात्मा को उपलब्ध हो सकता है। कृपया बताएं कि तंत्र के अनुसार भय से कैसे मुक्त हुआ जाए।

▲

तुम क्यों भय से मुक्त होना चाहते हो? या तुम भय से भयभीत हो गए हो? अगर तुम भय से भयभीत हो गए हो तो यह एक नया भय है। मन इसी भांति एक ही वर्तुल में घूमता रहता है।

जब मैं कहता हूं कि कामना छोड़ो और तुम परमात्मा को पा लोगे, तो तुम पूछते हो, क्या सच ही यदि हम कामना छोड़ दें तो परमात्मा को पा लेंगे? अब तुमने परमात्मा की कामना शुरू कर दी। जब मैं कहता हूं कि तुम अगर भयभीत हो तो प्रेम नहीं कर सकते, तो तुम भय से भयभीत हो जाते हो। तुम पूछते हो, भय से कैसे मुक्त हुआ जाए? अब यह भी भय ही है—एक नया भय। और यह पहले भय से ज्यादा खतरनाक भय है, क्योंकि पुराना भय तो स्वाभाविक था, यह नया भय अस्वाभाविक है। और यह नयी भय इतना सूक्ष्म है कि तुम्हें पता नहीं है कि तुम क्या पूछ रहे हो।

किसी चीज से मुक्त होने की बात नहीं है; बात सिर्फ समझने की है, बोध की है। भय को समझो कि वह क्या है, उससे मुक्त होने की चेष्टा मत करो। क्योंकि जैसे ही तुम किसी चीज से छुटकारा पाने की चेष्टा में लगे कि तुमने उसे समझना छोड़ दिया।

जो मन छुटकारे की भाषा में सोचता है वह समझने का द्वार बंद कर देता है। वह मन बंद है। वह मन समझने के लिए राजी नहीं है, खुला नहीं है। वह मन सहानुभूतिपूर्ण नहीं है। वह मन शांति के साथ देखने में समर्थ नहीं है। उसने तो पहले ही निर्णय ले लिया कि भय बुरा है और उससे छुटकारा पाना है।

किसी भी चीज से छुटकारा पाने की चेष्टा मत करो। समझने की चेष्टा करो कि भय क्या है। यदि तुम्हें भय है तो पहले भय को स्वीकार करो। वह है, उसे छिपाने की चेष्टा मत करो। वह है, उसके विपरीत को निर्मित करके उसे दबाने की कोशिश मत करो। अगर तुम भयभीत हो तो तुम भयभीत हो; उसे अपने अस्तित्व के एक अंग की भांति स्वीकार करो। और अगर तुमने उसे स्वीकार कर लिया तो वह विदा हो जाएगा। स्वीकार से भय विदा हो जाता है; इनकार से बढ़ता है।

तुम पाते हो कि तुम भयभीत हो और इस भय के कारण तुम प्रेमपूर्ण नहीं हो सकते, तो तुम क्या कर सकते हो? तो ठीक है, भय है; अब एक ही बात हो सकती है कि मैं प्रेम का नाटक नहीं करूंगा। या मैं अपनी प्रेमिका से कह दूंगा कि मैं भयभीत हूं और भय के कारण मैं तुमसे चिपका हुआ हूं। भीतर मैं भयभीत हूं। मैं अपनी स्थिति के संबंध में स्पष्ट हो जाऊंगा, सरल हो जाऊंगा। मैं किसी और को या स्वयं को इस संबंध में धोखे में नहीं रखूंगा। मैं यह नहीं कहूंगा कि यह प्रेम है, मैं कहूंगा कि यह केवल मेरा भय है। प्रेम नहीं, भय के कारण मैं किसी से चिपका रहना चाहता हूं। भय के कारण ही मैं मंदिर जाता हूं और प्रार्थना करता हूं। भय के कारण ही मैं परमात्मा को स्मरण करता हूं। मैं अब जानता हूं कि यह प्रार्थना नहीं है, यह प्रेम नहीं है, यह केवल मेरा भय है। मैं भय हूं। इसलिए मैं जो कुछ करता हूं भय के कारण करता हूं। मैं इस सत्य को स्वीकार करूंगा। और जब तुम सत्य को स्वीकार करते हो तो चमत्कार घटता है। यह स्वीकार ही तुम्हें बदल देता है।

जब तुम जानते हो कि तुम भयभीत हो तो तुम क्या कर सकते हो? तुम यही कर सकते हो कि तुम अभिनय करो कि तुम भयभीत नहीं हो। और यह अभिनय दूसरी अति को छु

सकता है। एक बहुत भयभीत आदमी बहुत बहादुर आदमी बन जा सकता है। वह अपने चारों ओर बहादुरी का कवच निर्मित कर लेगा और खतरों से खेलेगा—सिर्फ दिखाने के लिए कि वह डरपोक नहीं है। वह अपने भय को छिपाने के लिए खतरों में उतरेगा और स्वयं को भी धोखा देगा कि वह किसी से भी नहीं डरता है।

लेकिन बहादुर से बहादुर आदमी भी डरा हुआ है। उनकी बहादुरी ऊपर-ऊपर है; भीतर वे भय से कांप रहे हैं। इस कठोर तथ्य से आंख चुराने के लिए वे खतरों में भी उतर जाते हैं। वे जोखिम के काम भी करते हैं, ताकि उन्हें अपने भय का बोध न हो। लेकिन भय तो है ही।

तुम भय के विपरीत बहादुरी निर्मित कर ले सकते हो, लेकिन उससे कुछ बदलने वाला नहीं है। तुम बहादुरी का अभिनय कर सकते हो, उससे कोई फर्क नहीं पड़ेगा। एकमात्र रूपांतरण यही हो सकता है कि तुम सिर्फ स्वीकार कर लो, तुम इस बोध से भर जाओ कि मैं भयभीत हूं, कि मैं भय ही हूं, कि मेरे पूरे प्राण कांप रहे हैं और मैं जो भी करता हूं सब भय के कारण करता हूं। तब तुम अपने प्रति सच्चे हो गए, ईमानदार हो गए।

और तब तुम भय से भयभीत नहीं हो, तब भय तुम्हारे होने का हिस्सा है जिसके संबंध में कुछ भी नहीं किया जा सकता। तुमने भय को स्वीकार कर लिया है। अब तुम निर्भय होने का अभिनय नहीं करते हो। अब तुम न दूसरों को और न स्वयं को ही धोखे में रखना चाहते हो। अब भय तुम्हारा सत्य है और तुम उससे भयभीत नहीं हो। अब तुम भयभीत होने से नहीं डरते हो।

इस स्वीकार के साथ ही भय विलीन होने लगता है, क्योंकि जो व्यक्ति अपने भय को स्वीकार करने से नहीं डरता है वह अभय को उपलब्ध होने लगता है। बड़े से बड़ा जो अभय संभव है वह यही है। अब वह विपरीत का निर्माण नहीं करता है इसलिए उसमें द्वैत नहीं रहा, द्वंद्व नहीं रहा। उसने तथ्य को स्वीकार कर लिया है; वह सत्य के सामने सरल हो गया है, विनम्र हो गया है। और उसने यह भी भलीभांति जान लिया है कि इसके बारे में कुछ भी नहीं किया जा सकता। कोई नहीं जानता है कि स्वीकार करने के अलावा और कुछ किया जा सकता है। और उसने निर्भय होने का अभिनय छोड़ दिया है; उसने निर्भयता के मुखौटे उतारकर रख दिए हैं। वह अपने भय के साथ प्रामाणिक हो गया है।

यह प्रामाणिकता तुम्हें बदल देगी। सत्य को स्वीकार करने का साहस तुम्हें बदल देगा। भय का स्वीकार अभय की बुनियाद है। और जब तुम प्रेम का नाटक नहीं करते, जब तुम झूठे प्रेम का दिखावा नहीं करते, जब तुम अपने चारों ओर एक धोखा नहीं खड़ा करते, जब तुम पाखंड नहीं करते, तब तुम प्रामाणिक हो गए। इस प्रामाणिकता में प्रेम का जन्म होता है; इस प्रामाणिकता में भय विदा हो जाता है और प्रेम का उदय होता है। प्रेम के जन्म की आंतरिक कीमिया है यह।

अब तुम प्रेमपूर्ण हो; अब तुम प्रेम कर सकते हो। अब तुम करुणा कर सकते हो। अब तुम किसी पर निर्भर नहीं हो; उसकी जरूरत न रही। तुमने सत्य को स्वीकार कर लिया; अब किसी पर निर्भर रहने की जरूरत न रही। अब तुम्हें न किसी पर मालकियत करनी है और न किसी को अपने पर मालकियत करने देनी है। अब दूसरे के पीछे भागने की जरूरत न रही।

▲

तुमने स्वयं को स्वीकार कर लिया; इसी स्वीकार से प्रेम पैदा होता है। और इस प्रेम से तुम्हारे प्राण भर जाते हैं।

स्मरण रहे, अब तुम भय से भयभीत नहीं हो; अब तुम भय से छुटकारा पाने की चेष्टा नहीं करते हो। और चमत्कार यह है कि इस स्वीकार से ही भय विलीन हो जाता है।

तुम अपने प्रामाणिक अस्तित्व को, प्रामाणिक होने को स्वीकार कर लो, और तुम रूपांतरित हो जाओगे। स्मरण रहे, स्वीकार, समग्र स्वीकारे तंत्र की गुह्य चाबी है। स्वीकार रूपांतरण की कीमिया है। कुछ भी इनकार मत करो; क्योंकि इनकार तुम्हें अपंग कर देगा। जो भी है, सबको स्वीकार करो। न उसकी निंदा करो, न उससे भागने की चेष्टा करो। समग्र स्वीकार ही मंत्र है।

और जब मैं कहता हूं कि भय से भागने की चेष्टा मत करो तो उसमें कई बातें हैं। जब तुम किसी चीज से छुटकारा पाने की कोशिश करते हो तो तुम अपने को खंडों में तोड़ते हो, तुम अपंग हो जाते हो। जब तुम कुछ काटते हो तो उसके साथ ही कुछ और भी कट जाता है जो उस चीज का हिस्सा था, तुम अपंग हो जाते हो। तुम अखंड न रहे। और जब तक तुम अखंड और समग्र नहीं हो तब तक तुम सुखी नहीं हो सकते। समग्र होना, पूर्ण होना ही धार्मिक होना है। और खंडित होना रुग्णता है, बीमारी है।

इसलिए मैं कहता हूं: भय को समझने की चेष्टा करो। यह भय तुम्हें अस्तित्व से मिला है; उसमें जरूर कोई गहरा राज छिपा होगी, उसका कोई रहस्य होगा, कोई अर्थ होगा। उसे फेंको मत। अस्तित्व से हमें जो भी मिलता है उसमें कुछ न कुछ अर्थ है; व्यर्थ कुछ भी नहीं है। तुम्हारे भीतर ऐसा कुछ भी नहीं है जिसे श्रेष्ठ में नहीं बदला जा सकता है।

तुम्हारे भीतर जो भी है—तुम्हें पता हो या न हो—उसकी सीढ़ी बनाई जा सकती है। उसे बाधा मत मानो, उसे सीढ़ी बना लो। रास्ते में पड़े पत्थर को बाधा मानकर उससे लड़ो मत, उसे सीढ़ी बना लो। अगर तुम उस पत्थर का उपयोग कर सको, उस पर चढ़ सको, तो रास्ते का नया दृश्य तुम्हारे सामने खुलेगा, किसी नए ही आयाम में, ऊंचे आयाम में खुलेगा। तुम्हें अपनी संभावना की, क्षमता की, भविष्य की नई गहराइयां दिखाई देंगी।

भय के भी अपने उपयोग हैं। इसे समझने की चेष्टा करो। पहला, अगर भय न हो तो तुम अत्यंत अहंकारी हो जाओगे और उससे मुक्त होने का उपाय न रहेगा। अगर भय न हो, तो तुम जैसे हो, तुम फिर अस्तित्व में, परमात्मा में डूब जाने की चेष्टा न करोगे। सच तो यह है कि भय न हो तो तुम जीवित ही नहीं रह सकते।

इसलिए भय भी उपयोगी है; तुम जो भी हो उसमें उसका भी हाथ है। अगर तुम उसे छिपाने की, दबाने की, मिटाने की चेष्टा करोगे, अगर तुम उसके विपरीत कुछ निर्मित करने का प्रयत्न करोगे, तो तुम खंड-खंड हो जाओगे, तुम टूट जाओगे।

इसलिए भय को स्वीकार करो और उसका भी उपयोग कर लो। और जिस क्षण तुम जानते हो कि तुमने उसे स्वीकार कर लिया है, तुम चकित होगे कि भय विदा हो जाता है। थोड़ा सोचो : अगर तुम अपने भय को स्वीकार कर लेते हो तो भय कहां है?

एक आदमी मेरे पास आया और उसने कहा: 'मैं मृत्यु से अत्यंत भयभीत हूं।' वह आदमी कैंसर से पीड़ित था और मृत्यु सचमुच निकट थी। वह किसी भी दिन मर सकता था;

कोई उसे बचा नहीं सकता था। और वह जानता था कि मृत्यु द्वार पर खड़ी है; बस कुछ महीनों की बात थी, या कुछ हफ्तों की। वह भय से कांप रहा था, वस्तुतः उसका शरीर कांप रहा था। और उसने मुझसे कातर स्वर में कहा: 'मुझे बस एक बात बता दीजिए कि मैं कैसे मृत्यु के भय से छुटकारा पाऊं। मुझे कोई मंत्र, या कोई उपाय बताइए कि मैं मृत्यु का सामना कर सकूं। मैं कांपते हुए नहीं मरना चाहता हूं।'

जरा रुक कर उस व्यक्ति ने फिर कहा: 'मैं अनेक साधु-संतों के पास गया; सबने कुछ न कुछ बताया। वे दयालु लोग थे। किसी ने मंत्र बताया, किसी ने विभूति दी, किसी ने अपना चित्र दिया, किसी ने और कुछ दिया। लेकिन कोई भी चीज काम नहीं आ रही है। सब व्यर्थ है। अब मैं आपके पास आया हूं। यह मेरा आखिरी प्रयत्न है। अब और कहीं नहीं जाना है। कुछ बताइए।'

मैंने उस व्यक्ति से कहा: 'तुम्हें अब भी बोध नहीं हुआ। तुम क्या मांग रहे हो? तुम भय से छुटकारे का उपाय चाहते हो? कोई उपाय काम नहीं आएगा। मैं तुम्हें कुछ भी नहीं दूंगा, अन्यथा दूसरों की भांति मैं भी व्यर्थ सिद्ध होऊंगा। और जिन लोगों ने भी तुम्हें कुछ दिया वे नहीं जानते हैं कि वे क्या कर रहे हैं। मैं तो तुम्हें एक ही बात कहूंगा कि भय को स्वीकार कर लो। भय से कांप रहे हो तो कांपो, खूब कांपो। करना क्या है? मृत्यु है और तुम्हें भय से कंपन होता है तो कांपो। उसे झुठलाओ मत, उसे दबाओ मत। बहादुर बनने की चेष्टा मत करो। उसकी कोई जरूरत नहीं है। मृत्यु है तो भय स्वाभाविक है। तो पूरी तरह भयभीत होओ। भय ही हो जाओ।'

वह बोला: 'आप क्या कह रहे हैं? आपने मुझे कुछ दिया तो नहीं, उलटे आप कहते हैं उसे स्वीकार करो!' मैंने कहाः 'हां, तुम स्वीकार कर लो। तुम भय को समग्रता से स्वीकार कर लो तो तुम शांतिपूर्वक मर सकोगे।'

तीन-चार दिन के बाद वह व्यक्ति दोबारा मेरे पास आया और उसने कहाः 'आपने जो बताया वह काम कर गया। कितने दिनों तक मैं सोया नहीं था; पिछले चार दिन मैं गहरी नींद सोया। आप सही हैं; आपने जो बताया वह कारगर उपाय है। मृत्यु है, भय है; क्या किया जा सकता है? स्वीकार ही एकमात्र उपाय है। सभी मंत्र कचरा हैं।'

कोई वैद्य-डाक्टर कुछ नहीं कर सकता है। न कोई साधु-संत ही कुछ कर सकता है। मृत्यु है। वह तथ्य है। और तुम उसके भय से कांपते हो, यह भी स्वाभाविक है। आंधी आती है और वृक्ष कांपने लगता है। वृक्ष किसी संत के पास यह पूछने नहीं जाता है कि आंधी आए तो उसके भय से बचने का उपाय क्या है। वह तूफान से बचने के लिए मंत्र नहीं मांगता है। वह बस कांपता है। कांपना स्वाभाविक है।

और उस आदमी ने फिर कहाः 'लेकिन एक चमत्कार हो गया कि अब मैं उतना भयभीत नहीं हूं।'

अगर तुम स्वीकार कर लो तो भय विलीन होने लगता है। और अगर तुम उसे हटाते हो, उसका प्रतिरोध करते हो, दमन करते हो, अगर तुम उससे लड़ते हो, तो तुम भय को ऊर्जा देते हो, बढ़ाते हो।

वह व्यक्ति शांतिपूर्वक मरा—बिना किसी भय के, बिना किसी कंपन के—क्योंकि

वह भय को स्वीकार कर सका।

भय को स्वीकार कर लो और वह विदा हो जाता है।

अंतिम प्रश्नः

कल जिस दूसरी विधि की आपने चर्चा की उससे मिलती-जुलती विधि के प्रयोग में मैं ऐसी ध्वनियां सुनने लगा हूं जो बहती नदी या झरने की ध्वनियों जैसी हैं। वह क्या है? जहां तक मैं समझता हूं, इस प्रयोग में ध्वनि और विचार से सर्वथा शून्य मौन का अनुभव होना चाहिए। फिर यह ध्वनि क्या है?

शुरू-शुरू में मौन के घटित होने के पूर्व ध्वनि सुनाई देगी। वह शुभ लक्षण है। जब शब्द, विचार, भाषा की पर्त विदा होती है, तब दूसरी पर्त आती है; वह ध्वनि की, स्वर की पर्त है। उससे लड़ो मत, उसका सुख लो। वह स्वर संगीतमय होता जाएगा, मधुर होता जाएगा। तुम उस संगीत से भर जाओगे और ज्यादा जीवंत हो उठोगे। जब मन विलीन होता है तब भीतर से एक नैसर्गिक ध्वनि प्रकट होती है। उसे होने दो। उस पर ध्यान करो। उसका प्रतिरोध मत करो; उसके साक्षी हो जाओ। वह गहराएगी।

और अगर तुमने उससे संघर्ष नहीं किया, उसका प्रतिरोध नहीं किया, तो वह अपने आप ही विलीन हो जाएगी। और तुम मौन में उतर जाओगे। शब्द, ध्वनि और मौन—ये तीन तत्व हैं। शब्द मानवीय है, ध्वनि प्राकृतिक है और मौन भागवत है।

यह शुभ लक्षण है कि ध्वनि सुनाई देती है। इसे नाद कहते हैं: भीतर की ध्वनि। उसे सुनो, उसका आनंद लो, उसके साक्षी होओ। यह ध्वनि भी विदा हो जाएगी। लेकिन उसकी चिंता मत लो; यह मत कहो कि ऐसा नहीं होना चाहिए था। अगर उसका प्रतिरोध करोगे, उससे किसी भांति छुटकारा पाने की कोशिश करोगे, तो तुम फिर पहले तल पर, शब्दों के तल पर वापिस आ जाओगे।

यह ध्यान रहे, अगर तुमने ध्वनि के इस दूसरे तल से लड़ना शुरू किया तो उसका अर्थ है कि तुमने उसके संबंध में विचार करना शुरू कर दिया, शब्द वापस आ गए। अगर तुमने ध्वनि के इस दूसरे तल के संबंध में कुछ कहना शुरू किया तो उसका अर्थ है कि तुम दूसरे तल से हट गए और फिर पहले तल पर वापस आ गए। तुम मन में लौट आए।

कुछ मत कहो, उसके बारे में कोई विचार मत करो। यह भी मत कहो कि यह ध्वनि है। सिर्फ उसे सुनो। उसके चारों ओर शब्द मत खड़े करो। उसे कोई शब्द या नाम-रूप मत दो। वह जैसी है वैसी ही रहने दो उसे। उसे बहने दो और तुम साक्षी रहो। नदी बह रही है और तुम किनारे बैठ कर उसे देख रहे हो—साक्षी की भांति। तुम यह भी नहीं जानते हो कि नदी का नाम क्या है, या वह कहां जा रही है, कहां से आ रही है। ध्वनि के पास बैठ कर उसे बस सुनो; देर-अबेर वह विदा हो जाएगी। और जब वह विदा होगी तब मौन प्रकट होगा।

यह शुभ लक्षण है। तुमने दूसरे तल को स्पर्श किया है। लेकिन अगर तुमने इस संबंध में सोच-विचार शुरू कर दिया तो तुम उसे खो दोगे। तब तुम पहले तल पर, शब्दों के तल पर वापस आ गए।

▲

अगर तुमने कोई सोच-विचार नहीं किया, बस उसके साक्षी होने का सुख लिया, तो तुम और गहरे तीसरे तल पर पहुंच जाओगे।

आज इतना ही।

61

तुम्हारा घर जल रहा है

सूत्र

88. प्रत्येक वस्तु ज्ञान के द्वारा ही देखी जाती है। ज्ञान के द्वारा ही आत्मा क्षेत्र में प्रकाशित होती है। उस एक को ज्ञाता और ज्ञेय के भांति देखो।

81. हे प्रिये, इस क्षण में मन, ज्ञान, प्राण, रूप, सब को समाविष्ट होने दो।

▲

मैंने एक किस्सा सुना है। अनुदार दल की एक जन-सभा में लॉर्ड मैनक्राफ्ट को बोलने के लिए आमंत्रित किया गया था। वे ठीक समय पर आए और मंच पर चढ़े—वे थोड़े घबराए हुए लग रहे थे—उन्होंने लोगों को कहा: 'अपना भाषण जल्दी खतम करने के लिए मुझे क्षमा करें; लेकिन तथ्य यह है कि मेरे घर में आग लगी है।'

और यह तथ्य प्रत्येक आदमी का तथ्य है। तुम्हारे घर में भी आग लगी है। लेकिन तुम जरा भी घबराए हुए नहीं मालूम पड़ते हो। प्रत्येक मनुष्य का घर जल रहा है। लेकिन तुम्हें बोध नहीं है—तुम्हें मृत्यु का बोध नहीं है, तुम्हें बोध नहीं है कि जीवन हाथ से निकला जा रहा है। प्रत्येक क्षण तुम मर रहे हो। प्रत्येक क्षण तुम एक अवसर गंवा रहे हो जिसे वापस नहीं लाया जा सकता। जो समय गया वह गया; उसे फिर लौटाने का कोई उपाय नहीं है। और प्रत्येक क्षण तुम्हारा जीवन कम होता जा रहा है।

यही अभिप्राय है मेरे यह कहने का कि तुम्हारा घर भी जल रहा है। लेकिन तुम जरा भी घबराए हुए नहीं मालूम पड़ते हो। तुम इसके लिए जरा भी चिंतित नहीं लगते हो। तुम्हें इस तथ्य का बोध नहीं है कि घर जल रहा है। घर जल रहा है, यह तथ्य है; लेकिन तुम्हारा ध्यान उस तरफ नहीं है। और प्रत्येक आदमी सोचता है कि कुछ करने के लिए बहुत समय है। लेकिन बहुत समय नहीं है, क्योंकि जो करना है वह इतना ज्यादा है कि कभी भी समय काफी नहीं है।

एक बार ऐसा हुआ कि शैतान वर्षों-वर्षों प्रतीक्षा करता रहा और एक आदमी भी नरक नहीं आया। वह स्वागत के लिए तैयार था, लेकिन संसार इतने ढंग से चल रहा था और लोग इतने नेक थे कि कोई आदमी नरक नहीं आया। स्वभावतः, शैतान बहुत चिंतित हो उठा। उसने एक विशेष सभा बुलाई; उसके सर्वश्रेष्ठ शिष्य इस स्थिति पर विचार करने के लिए इकट्ठे हुए। नरक बहुत बड़े संकट से गुजर रहा था और यह बात बरदाश्त नहीं की जा सकती थी। कुछ करना जरूरी था। तो उसने सलाह मांगी: 'हमें क्या करना चाहिए?'

▲

एक शिष्य ने सुझाव दिया: 'मैं पृथ्वी पर जाऊंगा और लोगों से बातें करूंगा, उन्हें समझाने की कोशिश करूंगा कि कोई ईश्वर नहीं है और सभी धर्म झूठे हैं और बाइबिल, कुरान और वेद जो भी कहते हैं वह सब बकवास है।'

शैतान ने कहा: 'इससे कुछ हल नहीं होगा, क्योंकि यह तो हम शुरू से ही करते आ रहे हैं और इससे लोग बहुत प्रभावित नहीं हुए। ऐसी शिक्षा से तुम सिर्फ उन्हें ही समझा सकते हो जो समझे ही हुए हैं। यह उपाय किसी काम का नहीं है; यह बहुत काम का नहीं है।'

तब दूसरे शिष्य ने, जो पहले से ज्यादा कुशल था, कहा: 'मैं जाऊंगा और लोगों को यह सिखाने की, समझाने की कोशिश करूंगा कि बाइबिल, कुरान और वेद जो भी कहते हैं वह सही है। स्वर्ग है, परमात्मा भी है। लेकिन कोई शैतान नहीं है, इसलिए तुम्हें डरने की जरूरत नहीं है। और अगर हम उन्हें कम भयभीत बना सके तो वे धर्म की बिलकुल फिक्र नहीं करेंगे; क्योंकि सभी धर्म भय पर खड़े हैं।'

शैतान ने कहा: 'तुम्हारा प्रस्ताव थोड़ा बेहतर है। तुम थोड़े से लोगों को समझाने में सफल हो सकते हो, लेकिन बहुसंख्यक लोग तुम्हारी नहीं सुनेंगे। वे नरक से उतने भयभीत नहीं हैं जितने वे स्वर्ग में प्रवेश पाने की कामना से भरे हुए हैं। यदि तुमने उन्हें समझा भी लिया कि नरक नहीं है, तो भी वे स्वर्ग की कामना करेंगे और उसके लिए वे नेक बनने की चेष्टा करेंगे।'

तब तीसरा शिष्य, जो सबसे बुद्धिमान था, बोला 'मेरा एक सुझाव है; मुझे उसे प्रयोग करने का मौका दें। मैं जाऊंगा और कहूंगा कि धर्म जो भी कहता है वह बिलकुल सच है; ईश्वर भी है और स्वर्ग भी है और नरक भी है; लेकिन कोई जल्दी नहीं है।'

और शैतान ने कहा: 'बिलकुल ठीक, तुम्हारे पास सही उपाय है। तुम जाओ।'

और कहा जाता है कि तब से फिर कभी नरक में कोई संकट पैदा नहीं हुआ। बल्कि वे अति भीड़-भाड़ की समस्या से परेशान हैं।

हमारा मन भी इसी भांति काम करता है। हम सदा सोचते हैं कि कोई जल्दी नहीं है। और ये विधियां जिनकी हम चर्चा कर रहे हैं, किसी काम की न होंगी, यदि तुम्हारा मन कहता है कि कोई जल्दी नहीं है। तब तुम स्थगित करते रहोगे और मृत्यु पहले पहुंच जाएगी—और वह दिन नहीं आएगा जब तुम सोचो कि जल्दी करनी है, कि अब समय आ गया है। तुम निरंतर स्थगित करते रह सकते हो। यही हम अपने जीवन के साथ कर रहे हैं।

तुम्हें कुछ करने की दिशा में निर्णायक होना है। तुम संकट में हो—घर जल रहा है। जीवन सदा जल रहा है, क्योंकि मृत्यु सदा पीछे छिपी है। किसी भी क्षण तुम नहीं हो सकते हो। और तुम मृत्यु के साथ तर्क-वितर्क नहीं कर सकते; तुम कुछ नहीं कर सकते। जब मृत्यु आती है, आ जाती है। समय बहुत कम है। अगर तुम सत्तर साल जीओगे, या सौ साल जीओगे, तो भी समय बहुत कम है। और तुम्हें रूपांतरित होने के लिए, आमूल क्रांति से गुजरने के लिए अपने ऊपर जो काम करना है, वह बहुत बड़ा है। इसलिए स्थगित मत करते रहो।

जब तक तुम्हें आपात-स्थिति का, गहन संकट का बोध नहीं होगा, तुम कुछ नहीं करोगे। जब तक धर्म तुम्हारे लिए जीवन-मरण का प्रश्न न बन जाए, जब तक तुम्हें ऐसा न लगने लगे कि रूपांतरण के बिना मेरा सारा जीवन व्यर्थ है, तब तक कुछ नहीं होगा, तुम व्यर्थ

ही जीओगे। जब तुम इस बात को बहुत तीव्रता से, बहुत गंभीरता से और बहुत ईमानदारी से अनुभव करोगे तो ही ये विधियां काम की हो सकती हैं। तुम उन्हें समझ सकते हो, लेकिन समझने से क्या होगा? समझ किसी काम की नहीं है, यदि तुम उसके संबंध में कुछ करते नहीं हो। दरअसल तुम जब तक उस दिशा में कुछ करते नहीं, समझना कि तुमने समझा ही नहीं। क्योंकि समझ को कृत्य बनाना जरूरी है; अगर समझ कृत्य नहीं बनती है तो वह परिचय भर है, वह समझ नहीं है।

इस फर्क को समझने की कोशिश करो। परिचय समझ नहीं है। परिचय तुम्हें कृत्य में उतरने को मजबूर नहीं करेगा; परिचय तुम्हें अपने में बदलाहट लाने के लिए विवश नहीं करेगा। उससे तुम कुछ करने के लिए बाध्य नहीं होगे। तुम उसे मन में इकट्ठा कर लोगे और वह तुम्हारी जानकारी बन जाएगा। तुम ज्यादा पंडित हो जाओगे, ज्यादा जानकार हो जाओगे। लेकिन मृत्यु के सामने सब खो जाता है, समाप्त हो जाता है। तुम बहुत सी चीजें इकट्ठी करते रहते हो, लेकिन उनके संबंध में कुछ करते नहीं; फिर वे तुम्हारे ऊपर बोझ बन कर रह जाती हैं।

समझ का अर्थ कृत्य है, करना है। जब तुम किसी चीज को समझ लेते हो तो तुम तुरंत उस दिशा में कुछ करने लगते हो। तुम्हें उसके संबंध में कुछ करना ही होगा। क्योंकि अगर वह बात ठीक है और तुम समझते हो कि वह ठीक है तो तुम्हें उसके लिए कुछ करना ही होगा। अन्यथा वह उधार ज्ञान बनकर रह जाता है; और उधार ज्ञान समझ नहीं बन सकता।

तुम भूल सकते हो कि यह ज्ञान उधार है—तुम भूलना चाहोगे कि यह उधार है—क्योंकि यह प्रतीति कि यह उधार है, तुम्हारे अहंकार को चोट पहुंचाती है। इसलिए तुम भूल-भूल जाते हो कि यह उधार है। और धीरे-धीरे तुम मानने लगते हो कि यह मेरा अपना ज्ञान है। और यह बात बहुत खतरनाक है।

मैंने एक कहानी सुनी है। एक चर्च के लोग पादरी से बहुत ऊब गए थे। और एक क्षण आया जब कि चर्च के सदस्यों ने पादरी से सीधे-सीधे कहा: 'अब आपको यहां से जाना होगा।' पादरी ने कहा: 'मुझे एक और मौका दीजिए, बस एक मौका और; उसके बाद भी यदि आप कहेंगे तो मैं चला जाऊंगा।'

अगले रविवार को सारा शहर चर्च में जमा हुआ कि देखें अब वह पादरी क्या करता है, जब उसे सिर्फ एक और मौका दिया गया है। उन्होंने कल्पना भी नहीं की थी, उन्हें कभी खयाल भी नहीं था कि उस दिन ऐसा सुंदर प्रवचन होने वाला है। उन्होंने ऐसा प्रवचन कभी नहीं सुना था। आश्चर्यचकित होकर, मग्न होकर उन्होंने प्रवचन का रस लिया। और जब प्रवचन समाप्त हुआ तो उन्होंने पादरी को घेरकर उससे कहा: 'अब आपको जाने की जरूरत नहीं है। आप यहीं रहें। हमने ऐसा प्रवचन पहले कभी नहीं सुना, पूरी जिंदगी में नहीं सुना। आप यहीं रहें और आपकी तनख्वाह भी बढ़ाई जाती है।'

लेकिन तभी एक व्यक्ति ने, जो धर्म-मंडली का प्रमुख सदस्य था, पादरी से पूछा: 'मुझे बस एक बात बताने की कृपा करें। जब आपने व्याख्यान शुरू किया तो आपने अपना बायां हाथ उठाया और दो उंगलियां दिखाई और जब आपने व्याख्यान समाप्त किया तो फिर आपने दायां हाथ उठाया और दो अंगुलियां दिखाईं। इस प्रतीक का क्या अर्थ है?' पादरी ने कहा: 'अर्थ आसान है। वे उद्धरण-चिह्न के प्रतीक हैं। वह प्रवचन मेरा नहीं था, वह उधार था।'

उन उद्धरण-चिह्नों को सदा स्मरण रखो। उनको भूल जाना अच्छा लगता है। लेकिन तुम जो कुछ भी जानते हो वह सब उद्धरण-चिह्नों के भीतर है। वह तुम्हारा नहीं है। और तुम उन उद्धरण-चिह्नों को तभी छोड़ सकते हो जब कोई चीज तुम्हारा अपना अनुभव बन जाए।

ये विधियां जानकारी को अनुभव में बदलने की विधियां हैं। ये विधियां परिचय को समझ में रूपांतरित करने के लिए हैं। वह जो बुद्ध का अनुभव है, कृष्ण का अनुभव है, क्राइस्ट का अनुभव है, वह इन विधियों के द्वारा तुम्हारा हो जाएगा, तुम्हारा अपना ज्ञान हो जाएगा। और जब तक यह तुम्हारा अनुभव नहीं बनता, तब तक कोई सत्य सत्य नहीं है। वह एक खूबसूरत असत्य हो सकता है, एक सुंदर झूठ हो सकता है, लेकिन कोई सत्य सत्य नहीं है जब तक वह तुम्हारा अनुभव न हो जाए—तुम्हारा निजी, प्रामाणिक अनुभव न हो जाए।

तो ये तीन बातें सदा ध्यान में रहें। पहली बात कि सदा स्मरण रखो कि मेरा घर जल रहा है। दूसरी बात कि शैतान की मत सुनो। वह हमेशा तुम्हें कहेगा कि जल्दी क्या है! और तीसरी बात स्मरण रहे कि परिचय बोध नहीं है, समझ नहीं है।

मैं यहां जो कुछ कह रहा हूं वह तुम्हें उसका थोड़ा परिचय देगा। वह जरूरी है, लेकिन पर्याप्त नहीं है। वह तुम्हारी यात्रा का आरंभ है, अंत नहीं है। कुछ करो कि परिचय परिचय ही न रहे, स्मृति ही न रहे, वह तुम्हारा अनुभव बन जाए, तुम्हारा जीवन बन जाए।

अब पहली विधिः

प्रत्येक वस्तु ज्ञान के द्वारा ही देखी जाती है। ज्ञान के द्वारा ही आत्मा क्षेत्र में प्रकाशित होती है। उसे एक को ज्ञाता और ज्ञेय की भांति देखो।

जब भी तुम कुछ जानते हो, तुम उसे ज्ञान के द्वारा, जानने के द्वारा जानते हो। ज्ञान की क्षमता के द्वारा ही कोई विषय तुम्हारे मन में पहुंचता है। तुम एक फूल को देखते हो; तुम जानते हो कि यह गुलाब का फूल है। गुलाब का फूल बाहर है और तुम भीतर हो। तुमसे कोई चीज गुलाब के फूल तक पहुंचती है; तुमसे कोई चीज फूल तक आती है। तुम्हारे भीतर से कोई ऊर्जा गति करती है, गुलाब तक आती है, उसका रूप, रंग और गंध ग्रहण करती है और लौट कर तुम्हें खबर देती है कि यह गुलाब का फूल है। सब ज्ञान, तुम जो भी जानते हो, जानने की क्षमता के द्वारा तुम पर प्रकट होता है। जानना तुम्हारी क्षमता है; सारा ज्ञान इसी क्षमता के द्वारा अर्जित किया जाता है।

लेकिन यह जानना दो चीजों को प्रकट करता है—ज्ञात को और ज्ञाता को। जब भी तुम गुलाब के फूल को जानते हो, तब अगर तुम ज्ञाता को, जो जानता है उसको भूल जाते हो, तो तुम्हारा ज्ञान आधा ही है। तो गुलाब को जानने में तीन चीजें घटित हुई: ज्ञेय यानी गुलाब, ज्ञाता यानी तुम और दोनों के बीच का संबंध यानी ज्ञान।

तो जानने की घटना को तीन बिंदुओं में बांटा जा सकता है। ज्ञाता, ज्ञेय और ज्ञान। ज्ञान दो बिंदुओं के बीच, ज्ञाता और ज्ञेय के बीच सेतु की भांति है। सामान्यतः तुम्हारा ज्ञान सिर्फ ज्ञेय को, विषय को प्रकट करता है; और ज्ञाता, जानने वाला अप्रकट रह जाता है। सामान्यतः तुम्हारे ज्ञान में एक ही तीर होता है; वह तीर गुलाब की तरफ तो जाता है, लेकिन वह कभी तुम्हारी तरफ नहीं जाता। और जब तक वह तीर तुम्हारी तरफ भी न जाने लगे तब

तक ज्ञान तुम्हें संसार के संबंध में तो जानने देगा, लेकिन वह तुम्हें स्वयं को नहीं जानने देगा।

ध्यान की सभी विधियां जानने वाले को प्रकट करने की विधियां हैं। जार्ज गुरजिएफ इसी तरह की एक विधि का प्रयोग करता था। वह इसे आत्म-स्मरण कहता था। उसने कहा है कि जब तुम किसी चीज को जान रहे हो तो सदा जानने वाले को भी जानो। उसे विषय में मत भुला दो; जानने वाले को भी स्मरण रखो।

अभी तुम मुझे सुन रहो हो। जब तुम मुझे सुन रहे हो तो तुम दो ढंगों से सुन सकते हो। एक कि तुम्हारा मन सिर्फ मुझ पर केंद्रित हो। तब तुम सुनने वाले को भूल जाते हो। तब बोलने वाला तो जाना जाता है, लेकिन सुनने वाला भुला दिया जाता है। गुरजिएफ कहता था कि सुनते हुए बोलने वाले के साथ-साथ सुनने वाले को भी जानो।

तुम्हारे ज्ञान को द्विमुखी होना चाहिए; वह एक साथ दो बिंदुओं की ओर, ज्ञाता और ज्ञेय दोनों की ओर प्रवाहित हो। उसे एक ही दिशा में, सिर्फ विषय की दिशा में नहीं बहना चाहिए। उसे एक साथ दो दिशाओं में, ज्ञेय और ज्ञाता की तरफ प्रवाहित होना चाहिए। इसे ही आत्मा-स्मरण कहते हैं। फूल को देखते हुए उसे भी स्मरण रखो जो देख रहा है।

यह कठिन है। क्योंकि अगर तुम प्रयोग करोगे, अगर देखने वाले को स्मरण रखने की चेष्टा करोगे तो तुम गुलाब को भूल जाओगे। तुम एक ही दिशा में देखने के ऐसे आदी हो गए हो कि साथ-साथ दूसरी दिशा को भी देखने में थोड़ा समय लगेगा। अगर तुम ज्ञाता के प्रति सजग होते हो तो ज्ञेय विस्मृत हो जाएगा। और अगर तुम ज्ञेय के प्रति सजग होते हो तो ज्ञाता विस्मृत हो जाएगा। लेकिन थोड़े प्रयत्न से तुम धीरे-धीरे दोनों के प्रति सजग होने में समर्थ हो जाओगे।

इसे ही गुरजिएफ आत्म-स्मरण कहता है। यह एक बहुत प्राचीन विधि है; बुद्ध ने इसका खूब उपयोग किया है। फिर गुरजिएफ इस विधि को पश्चिमी जगत में लाया। बुद्ध इसे सम्यक स्मृति कहते थे। बुद्ध ने कहा कि तुम्हारा मन सम्यकरूपेण स्मृतिवान नहीं है, अगर वह एक ही बिंदु को जानता है। उसे दोनों बिंदुओं को जानना चाहिए।

और तब एक चमत्कार घटित होता है। अगर तुम ज्ञेय और ज्ञाता दोनों के प्रति बोधपूर्ण हो तो अचानक तुम तीसरे हो जाते हो—तुम दोनों से अलग तीसरे हो जाते हो। ज्ञेय और ज्ञाता दोनों को जानने के प्रयत्न में तुम तीसरे हो जाते हो, साक्षी हो जाते हो। तत्क्षण एक तीसरी संभावना प्रकट होती है—साक्षी आत्मा का जन्म होता है। क्योंकि तुम साक्षी हुए बिना दोनों को कैसे जान सकते हो? अगर तुम ज्ञाता हो तो तुम एक बिंदु पर स्थिर हो जाते हो, उससे बंध जाते हो। आत्म-स्मरण में तुम ज्ञाता के स्थिर बिंदु से अलग हो जाते हो। तब ज्ञाता तुम्हारा मन है और ज्ञेय संसार है और तुम तीसरा बिंदु हो जाते हो—चैतन्य, साक्षी, आत्मा।

इस तीसरे बिंदु का अतिक्रमण नहीं हो सकता है। और जिसका अतिक्रमण नहीं हो सकता, जिसके पार नहीं जाया जा सकता, वह परम है। जिसका अतिक्रमण हो सकता है वह महत्वपूर्ण नहीं है; क्योंकि वह तुम्हारा स्वभाव नहीं है, तुम उसका अतिक्रमण कर सकते हो।

मैं इस एक उदाहरण से समझाने की कोशिश करूंगा। रात में तुम सोते हो और सपना देखते हो; सुबह तुम जागते हो और सपना खो जाता है। जब तुम जागे हुए हो, जब तुम सपना नहीं देख रहे हो, तब एक भिन्न ही जगत तुम्हारे सामने होता है। तुम रास्तों पर चलते हो; तुम

▲

किसी कारखाने या कार्यालय में काम करते हो। फिर तुम अपने घर लौट आते हो और रात में सो जाते हो। और वह संसार जिसे तुमने जागते हुए जाना था, विदा हो जाता है। तब तुम्हें स्मरण नहीं रहता कि मैं कौन हूं। तब तुम नहीं जानते कि मैं काला हूं या गोरा, गरीब हूं या अमीर, बुद्धिमान हूं या बेवकूफ, तुम कुछ भी नहीं जानते हो। तुम नहीं जानते हो कि मैं जवान हूं या बूढ़ा। तुम नहीं जानते हो कि मैं स्त्री हूं या पुरुष। जाग्रत चेतना से जो कुछ संबंधित था वह सब विलीन हो जाता है और तुम फिर स्वप्न के संसार में प्रवेश कर जाते हो। तुम उस जगत को भूल जाते हो जो तुमने जागते में जाना था; वह बिलकुल खो जाता है। और सुबह फिर सपने का संसार विदा हो जाता है, तुम यथार्थ की दुनिया में लौट आते हो।

इनमें से कौन सच है? क्योंकि जब तुम सपना देख रहे हो तब वह यथार्थ संसार, जिसे तुम जागते हुए जानते हो, खो जाता है। तुम तुलना भी नहीं कर सकते; क्योंकि जब तुम जागे हुए हो तो सपने का संसार नहीं रहता है। इसलिए तुलना असंभव है। कौन सच है? तुम स्वप्न जगत को झूठा कैसे कहते हो? कसौटी क्या है?

अगर तुम यह कहते हो कि क्योंकि जब मैं जागता हूं तो स्वप्न जगत विलीन हो जाता है, तो यह दलील कसौटी नहीं बन सकती, क्योंकि जब तुम सपना देखते हो तो तुम्हारा जाग्रत जगत वैसे ही विलीन हो जाता है। और सच तो यह है कि अगर तुम इसी को कसौटी मानो तो स्वप्न जगत ज्यादा सच मालूम पड़ता है। क्योंकि जागने पर तुम स्वप्न को याद कर सकते हो, लेकिन जब तुम स्वप्न देख रहे हो तब जाग्रत चेतना को और उसके चारों ओर के जगत को बिलकुल भूल जाते हो। फिर कौन ज्यादा सच है? कौन ज्यादा गहरा है? स्वप्न का संसार उस संसार को बिलकुल पोंछ देता है जिसे तुम असली संसार कहते हो। और तुम्हारा असली संसार स्वप्न के संसार को पूरी तरह से नहीं पोंछ पाता है। तब कसौटी क्या है? कैसे तय किया जाए? कैसे तुलना की जाए?

तंत्र कहता है कि दोनों झूठ हैं। तब सत्य क्या है? तंत्र कहता है कि सत्य वह है जो स्वप्न जगत को जानता है और जो जाग्रत जगत को भी जानता है। वही सत्य है; क्योंकि उसका कभी अतिक्रमण नहीं हो सकता। वह कभी हटाया नहीं जा सकती। चाहे तुम सपना देख रहे हो या जागे हुए हो, वह है, वह अमिट है। तंत्र कहता है कि वह जो स्वप्न को जानता है और स्वप्न के समाप्त होने को जानता है, जो जाग्रत जगत को जानता है और जो जानता है कि अब जाग्रत जगत खो गया है, वह सत्य है—क्योंकि ऐसा कोई बिंदु नहीं है जहां वह नहीं है; वह सदा है। जिसे किसी भी अनुभव से अलग नहीं किया जा सकता, वही सत्य है।

वह जिसका अतिक्रमण नहीं हो सकता, जिसके पार तुम नहीं जा सकते, वह तुम हो, वह तुम्हारी आत्मा है। और अगर तुम उसके पार जा सकते हो तो वह तुम्हारी आत्मा नहीं है।

गुरजिएफ की यह विधि जिसे वह आत्म-स्मरण कहता है, या बुद्ध की यह विधि जिसे वे सम्यक स्मृति कहते हैं, या तंत्र की यह विधि तुम्हें एक ही जगह पहुंचा देती है। वह तुम्हें भीतर उस बिंदु पर पहुंचा देती है जो न ज्ञेय है और न ज्ञाता है, बल्कि जो साक्षी आत्मा है, जो ज्ञेय और ज्ञाता दोनों को जानती है। यह साक्षी परम है। तुम उसके पार नहीं जा सकते। क्योंकि अब तुम जो भी करोगे वह साक्षी-भाव ही होगा। तुम साक्षी-भाव के आगे नहीं जा सकते हो। तो साक्षी-भाव चैतन्य का परम आधार है, आत्यंतिक तत्व है।

यह सूत्र तुम पर साक्षी को प्रकट कर देगा।

'प्रत्येक वस्तु ज्ञान के द्वारा ही देखी जाती है। ज्ञान के द्वारा ही आत्मा क्षेत्र में प्रकाशित होती है। उस एक को ज्ञाता और ज्ञेय की भांति देखो।'

यदि तुम अपने भीतर उस बिंदु को देख सके, जो ज्ञाता और ज्ञेय दोनों है, तो तुम आब्जेक्ट और सब्जेक्ट दोनों के पार हो गए। तब तुम पदार्थ और मन दोनों का अतिक्रमण कर गए; तब तुम बाह्य और आंतरिक दोनों के पार हो गए। तब तुम उस बिंदु पर आ गए जहां ज्ञाता और ज्ञेय एक हैं; उनमें कोई विभाजन नहीं है। मन के साथ विभाजन है; साक्षी के साथ विभाजन समाप्त हो जाता है। साक्षी के साथ तुम यह नहीं कह सकते कि कौन ज्ञेय है और कौन ज्ञाता है; वह दोनों है।

लेकिन इस साक्षी का अनुभव होना चाहिए; अन्यथा वह दार्शनिक ऊहापोह बन कर रह जाता है। इसलिए इसे प्रयोग करो। तुम गुलाब के फूल के पास बैठे हो; उसे देखो। पहला काम ध्यान को एक जगह केंद्रित करना है, गुलाब के प्रति पूरे ध्यान को लगा देना है—जैसे कि सारी दुनिया विलीन हो गई हो और सिर्फ गुलाब बचा हो। तुम्हारी चेतना गुलाब के अस्तित्व के प्रति पूरी तरह उन्मुख हो।

और अगर ध्यान समग्र हो तो संसार विलीन हो जाता है; क्योंकि ध्यान जितना ही एकाग्र होगा, केंद्रित होगा, उतना ही गुलाब के बाहर की दुनिया खो जाएगी। सारा संसार विलीन हो जाता है, केवल गुलाब रहता है। गुलाब ही सारा संसार हो जाता है।

यह पहला कदम है। गुलाब पर एकाग्र होना पहला कदम है। अगर तुम गुलाब पर एकाग्र नहीं हो सकते तो तुम ज्ञाता की तरफ गति नहीं कर सकते; क्योंकि तब तुम्हारा मन सदा भटक-भटक जाता है। इसलिए ध्यान की तरफ जाने के लिए एकाग्रता पहला कदम है। तब सिर्फ गुलाब बचता है और सारा संसार विलीन हो जाता है। अब तुम भीतर की तरफ गति कर सकते हो; अब गुलाब वह बिंदु है जहां से तुम गति कर सकते हो। अब गुलाब को देखो और साथ ही स्वयं के प्रति, ज्ञाता के प्रति जागरूक होओ।

आरंभ में तुम चूक-चूक जाओगे। अगर तुम ज्ञाता की ओर गति करोगे तो गुलाब तुम्हारी चेतना से ओझल हो जाएगा। तब गुलाब धुंधला जाएगा, खो जाएगा। जब तुम फिर गुलाब पर आओगे तो स्वयं को भूल जाओगे। यह लुकाछिपी का खेल कुछ समय तक चलता रहेगा। लेकिन अगर तुम प्रयत्न करते ही रहे, करते ही रहे, तो देर-अबेर एक क्षण आएगा जब तुम अपने को दोनों के बीच में पाओगे। ज्ञाता होगा, मन होगा, गुलाब होगा और तुम ठीक मध्य में होगे, दोनों को देख रहे होगे। वह मध्य बिंदु, वह संतुलन का बिंदु ही साक्षी है।

और एक बार तुम यह जान गए तो तुम दोनों हो जाओगे। तब गुलाब और मन, ज्ञेय और ज्ञाता, तुम्हारे दो पंख हो जाएंगे। तब आब्जेक्ट और सब्जेक्ट दो पंख हैं और तुम दोनों के केंद्र हो। तब वे तुम्हारे ही विस्तार हैं। तब संसार और भगवत्ता दोनों तुम्हारे ही विस्तार हैं। तुम अपने अस्तित्व के केंद्र पर पहुंच गए। और यह केंद्र साक्षी मात्र है।

'उस एक को ज्ञाता और ज्ञेय की भांति देखो।'

किसी चीज पर एकाग्रता शुरू करो। और जब एकाग्रता समग्र हो तो भीतर की ओर मुड़ो, स्वयं के प्रति जागरूक होओ। और तब संतुलन की चेष्टा करो। इसमें समय लगेगा;

महीनों लग सकते हैं, वर्षों भी लग सकते हैं। यह इस पर निर्भर है कि तुम्हारा प्रयत्न कितना तीव्र है; क्योंकि यह बहुत सूक्ष्म संतुलन है। लेकिन यह संतुलन आता है। और जब यह आता है तो तुम अस्तित्व के केंद्र पर पहुंच गए। उस केंद्र पर तुम आत्मस्थ हो, अचल हो, शांत हो, आनंदित हो, समाधिस्थ हो। वहां द्वैत नहीं रह जाता है। इसे ही हिंदुओं ने समाधि कहा है। इसे ही जीसस ने प्रभु का राज्य कहा है।

इसे सिर्फ शाब्दिक रूप से, सिर्फ शब्दों के तल पर समझना बहुत काम का नहीं है। लेकिन अगर तुम प्रयोग करते हो तो तुम्हें आरंभ से ही अनुभव होने लगेगा कि कुछ घटित हो रहा है। जब तुम गुलाब पर एकाग्रता करोगे तो सारा संसार विलीन हो जाएगा। यह चमत्कार है कि सारा संसार विलीन हो जाता है। तब तुम्हें बोध होता है कि बुनियादी चीज मेरा ध्यान है। तुम जहां भी अपनी दृष्टि को ले जाते हो वहीं एक संसार निर्मित हो जाता है; और जहां से तुम अपनी दृष्टि हटा लेते हो वह संसार खो जाता है। तो तुम अपनी दृष्टि से, अपने ध्यान से संसार की रचना कर सकते हो।

इसे इस भांति देखो। तुम यहां बैठे हो। अगर तुम किसी व्यक्ति के प्रेम में हो तो अचानक इस हॉल में एक ही व्यक्ति रह जाता है, शेष सब कुछ खो जाता है—मानो यहां और कुछ नहीं है। क्या हो जाता है? क्यों तुम्हारे प्रेम में होने पर एक ही व्यक्ति रह जाता है? सारा संसार बिलकुल खो जाता है; जैसे कि धूप-छाया का खेल हो। और सिर्फ एक व्यक्ति यथार्थ है, सच है। क्योंकि तुम्हारा मन एक व्यक्ति पर केंद्रित है, एकाग्र है; तुम्हारा मन एक व्यक्ति पर पूरी तरह तल्लीन है। शेष सब कुछ छायावत हो जाता है, धूप-छाया का खेल हो जाता है। तुम्हारे लिए वह यथार्थ न रहा।

जब भी तुम एकाग्र होते हो, यह एकाग्रता तुम्हारे अस्तित्व के पूरे ढंग-ढांचे को बदल देती है, तुम्हारे चित्त की सारी रूपरेखा बदल देती है। इसका प्रयोग करो—किसी भी चीज पर प्रयोग करो। बुद्ध की किसी प्रतिमा के साथ प्रयोग करो, या किसी फूल या वृक्ष या किसी भी चीज के साथ प्रयोग करो। या अपनी प्रेमिका या अपने मित्र के चेहरे पर प्रयोग करो—चेहरे को सिर्फ देखो।

यह सरल होगा, क्योंकि अगर तुम किसी चेहरे को प्रेम करते हो तो उस पर एकाग्र होना सरल होगा। और सच बात तो यह है कि जिन लोगों ने बुद्ध या जीसस या कृष्ण पर एकाग्र होने की कोशिश की, वे प्रेमी थे; वे बुद्ध को प्रेम करते थे। सारिपुत्त, या मौद्गल्यायन या अन्य शिष्यों के लिए बुद्ध के चेहरे पर ध्यान करना सरल था। जैसे ही वे बुद्ध के चेहरे को देखते थे, वे सरलता से उसकी तरफ प्रवाहित होने लगते थे। उन्हें उनसे प्रेम था; वे उनसे मोहित थे।

तो कोई चेहरा खोज लो—और जिसे चेहरे से भी तुम्हें प्रेम हो वह काम देगा—बस आंखों में झांको, चेहरे पर एकाग्र होओ। और अचानक तुम पाओगे कि सारा संसार विलीन हो गया है और एक नया ही आयाम खुल गया है। जब तुम्हारा चित्त किसी एक चीज पर एकाग्र होता है तब वह व्यक्ति या वह चीज तुम्हारे लिए सारा संसार बन जाती है।

मेरे कहने का मतलब यह है कि जब तुम्हारा ध्यान किसी चीज पर समग्र होता है, तब वह चीज ही सारा संसार हो जाती है। तुम अपने ध्यान के द्वारा अपना संसार निर्मित करते हो।

तुम अपना संसार अपने ध्यान से बनाते हो। और जब तुम पूरी तरह तल्लीन हो, तुम्हारी चेतना जैसे नदी की धार की तरह विषय की तरफ बह रही है, तो अचानक तुम उस मूल स्रोत के प्रति बोधपूर्ण हो जाओ जहां से ध्यान प्रवाहित हो रहा है। नदी बह रही है; तुम उसके उद्गम के प्रति, मूल स्रोत के प्रति होशपूर्ण हो जाओ।

आरंभ में तुम बार-बार होश खो दोगे; तुम यहां से वहां डोलते रहोगे। अगर तुम। उद्गम की तरफ ध्यान दोगे तो तुम नदी को भूल जाओगे और उस विषय को, सागर को भूल जाओगे जिसकी ओर नदी प्रवाहित हो रही है। यह फिर बदलेगा–यदि तुम लक्ष्य पर ध्यान दोगे तो मूल स्रोत भूल जाएगा। यह स्वाभाविक है; क्योंकि मन का बंधाबंधाया ढंग है—वह ऑब्जेक्ट को देखता है या सब्जेक्ट को।

यही कारण है कि बहुत से लोग एकांत में चले जाते हैं। वे संसार को छोड़ ही देते हैं। संसार को छोड़ने का बुनियादी कारण है कि वे विषय को छोड़ रहे हैं, ताकि वे अपने आप पर एकाग्र हो सकें। यह सरल है। अगर तुम संसार छोड़ दो और आंखें बंद कर लो, इंद्रियों को बंद कर लो, तो तुम आसानी से स्वयं के प्रति बोधपूर्ण हो सकते हो।

लेकिन वह बोध भी झूठा है; क्योंकि तुमने द्वैत का एक बिंदु ही चुना है। यह उसी रोग की दूसरी अति है। पहले तुम विषय के प्रति सजग थे, ज्ञेय के प्रति सजग थे और तुम्हें स्वयं का, ज्ञाता का बोध नहीं था। और अब तुम ज्ञाता से बंधे हो और ज्ञेय को भूल गए हो। लेकिन तुम द्वैत में ही हो। और फिर यह पुराना ही मन है जो नए रूप में प्रकट हो रहा है। कुछ भी नहीं बदला है।

यही कारण है कि मैं इस बात पर जोर देता हूं कि आब्जेक्ट्स के संसार को नहीं छोड़ना है। आब्जेक्ट्स के जगत से मत भागो; बल्कि आब्जेक्ट और सब्जेक्ट दोनों के प्रति साथ-साथ बोधपूर्ण होने की कोशिश करो, बाह्य और आंतरिक दोनों के प्रति साथ-साथ सजग बनो। अगर दोनों मौजूद हैं तो ही तुम दोनों के बीच संतुलित हो सकते हो। अगर एक ही है तो तुम उससे ग्रस्त हो जाओगे।

जो लोग हिमालय चले जाते हैं और अपने को बंद कर लेते हैं, वे तुम्हारे ही जैसे लोग हैं, सिर्फ शीर्षासन में खड़े हैं। तुम आब्जेक्ट से बंधे हो; वे सब्जेक्ट से बंध गए हैं। तुम बाहर अटके हो; वे भीतर अटक गए हैं। न तुम मुक्त हो, न वे मुक्त हैं। क्योंकि एक के साथ तुम मुक्त नहीं हो सकते; एक के साथ तुम तादात्म्य कर लेते हो।

मुक्त तो तुम तभी हो सकते हो जब तुम दोनों के प्रति सजग होते हो, दोनों को जानते हो। तब तुम तीसरे हो जाते हो। और यह तीसरा ही मुक्ति का बिंदु है। एक के साथ तुम तादात्म्य कर लेते हो। दो के साथ गति संभव है, बदलाहट संभव है, संतुलन संभव है—और तुम मध्यबिंदु पर, ठीक मध्यबिंदु पर पहुंच सकते हो।

बुद्ध कहते थे कि मेरा मार्ग मज्झिम निकाय है, मध्य मार्ग है। यह बात ठीक से नहीं समझी गई कि क्यों वे इसे मध्य मार्ग कहने पर इतना जोर देते थे। कारण यह है: उनकी पूरी प्रक्रिया सजगता की है, सम्यक स्मृति की है—यह मध्य मार्ग है। बुद्ध कहते हैं। 'इस संसार को मत छोड़ो और परलोक से मत बंधो; मध्य में रहो। एक अति को छोड़कर दूसरी अति पर मत सरक जाओ; ठीक मध्य में रहो। क्योंकि मध्य में लोक और परलोक दोनों नहीं हैं। ठीक

▲

मध्य में तुम मुक्त हो। ठीक मध्य में द्वैत नहीं है; तुम अद्वैत को उपलब्ध हो गए और द्वैत तुम्हारा विस्तार भर है—जैसे दो पंख हों।'

बुद्ध का मज्झिम निकाय इसी विधि पर आधारित है। यह बहुत सुंदर विधि है। अनेक कारणों से यह सुंदर है। एक कि यह बहुत वैज्ञानिक है; क्योंकि तुम केवल दो के बीच संतुलन को उपलब्ध हो सकते हो। अगर एक ही बिंदु हो तो असंतुलन अनिवार्यतः रहेगा। इसलिए बुद्ध कहते हैं कि जो संसारी हैं वे असंतुलित हैं और जो त्यागी हैं वे भी दूसरी अति पर असंतुलित हैं। संतुलित आदमी वह है जो न इस अति पर है और न उस अति पर; जो ठीक मध्य में है। तुम उसे संसारी नहीं कह सकते; तुम उसे गैर-संसारी भी नहीं कह सकते। वह गति करने के लिए स्वतंत्र है; वह किसी से भी आसक्त नहीं है, बंधा नहीं है। वह मध्य बिंदु पर, स्वर्णिम मध्य पर पहुंच गया है।

दूसरी बातः दूसरी अति पर चला जाना बहुत आसान है—बहुत ही आसान। अगर तुम बहुत भोजन लेते हो तो तुम उपवास आसानी से कर सकते हो; लेकिन सम्यक भोजन लेना कठिन है। अगर तुम बहुत बातचीत करते हो तो तुम मौन में आसानी से उतर सकते हो; लेकिन तुम मितभाषी नहीं हो सकते। अगर तुम बहुत खाते हो तो बिलकुल न खाना बहुत आसान है—यह दूसरी अति है। लेकिन सम्यक भोजन लेना, मध्य बिंदु पर रुक जाना बहुत मुश्किल है। किसी को प्रेम करना सरल है, किसी को घृणा करना भी सरल है; लेकिन उदासीन रहना बहुत मुश्किल है। तुम एक अति से दूसरी अति पर जा सकते हो, लेकिन मध्य में ठहरना बहुत कठिन है। क्यों?

क्योंकि मध्य में तुम्हें अपना मन गंवानी पड़ेगी। तुम्हारा मन अतियों में जीता है। मन का मतलब अति है। मन सदा अतियों में डोलता रहता है। तुम या तो किसी के पक्ष में होते हो या विपक्ष में; तुम तटस्थ नहीं हो सकते। मन तटस्थता में नहीं हो सकता है; वह यहां हो सकता है या वहां हो सकता है। क्योंकि मन को विपरीत की जरूरत है; उसे किसी के विरोध में होना जरूरी है। अगर वह किसी के विरोध में न हो तो वह तिरोहित हो जाता है। तब उसका कोई प्रयोजन नहीं रह जाता है; तब वह काम ही नहीं कर सकता।

इसे प्रयोग करो। किसी भी बात में तटस्थ हो जाओ, उदासीन हो जाओ, और तुम पाओगे कि अचानक मन को कोई काम न रहा। अगर तुम पक्ष में हो तो तुम सोच-विचार कर सकते हो। अगर तुम विपक्ष में हो तो भी तुम सोच-विचार कर सकते हो। लेकिन अगर तुम न पक्ष में हो न विपक्ष में तो सोच-विचार के लिए क्या रह जाता है।

बुद्ध कहते हैं कि उपेक्षा मज्झिम निकाय का आधार है। उपेक्षा—अतियों की उपेक्षा करो। बस इतना ही करो कि अतियों के प्रति उदासीन रहो, और संतुलन घटित हो जाएगा।

यह संतुलन तुम्हें अनुभव का एक नया आयाम देगा, जहां तुम ज्ञाता और ज्ञेय दोनों हो, लोक और परलोक, यह और वह, शरीर और मन दोनों हो; जहां तुम दोनों हो और साथ ही साथ दोनों नहीं हो, दोनों के पार हो। एक त्रिकोण निर्मित हो गया।

तुमने देखा होगा कि अनेक रहस्यवादी, गुह्य संप्रदायों ने त्रिकोण को अपना प्रतीक चुना है। त्रिकोण गुह्य-विद्या का एक अति प्राचीन प्रतीक रहा, उसका यही कारण है। त्रिकोण में तीन कोण हैं। सामान्यतः तुम्हारे दो कोण ही हैं, तीसरी कोण गायब है; तीसरा कोण अभी

नहीं है, वह अभी विकसित नहीं हुआ है। तीसरा कोण दोनों के पार है। दोनों कोण इस तीसरे कोण के अंग हैं और फिर भी यह कोण उनके पार है और दोनों से ऊंचा है।

अगर तुम यह प्रयोग करोगे तो यह तुम्हें अपने भीतर त्रिकोण निर्मित करने में सहयोगी होगा। तीसरा कोण धीरे-धीरे ऊपर उठेगा। और जब वह अनुभव में आता है तो तुम दुख में नहीं रह सकते। एक बार तुम साक्षी हुए कि दुख नहीं रह सकता है। दुख का अर्थ है किसी चीज के साथ तादात्म्य बना लेना।

लेकिन एक सूक्ष्म बात याद रखने जैसी है—तब तुम आनंद के साथ भी तादात्म्य नहीं जोड़ोगे। यही कारण है कि बुद्ध कहते हैं: 'मैं इतना ही कह सकता हूं कि दुख नहीं होगा, समाधि में दुख नहीं होगा; मैं यह नहीं कह सकता कि आनंद होगा।' बुद्ध कहते हैं: 'मैं यह बात नहीं कह सकता; मैं यही कह सकता हूं कि दुख नहीं होगा।'

और बुद्ध ठीक कहते हैं। क्योंकि आनंद का अर्थ है कि किसी भी तरह का तादात्म्य नहीं रहा, आनंद के साथ भी तादात्म्य नहीं रहा। यह बहुत बारीक बात है, सूक्ष्म बात है। अगर तुम्हें खयाल है कि मैं आनंदित हूं तो देर-अबेर तुम फिर दुखी होने की तैयारी में हो। तुम अब भी किसी मनोदशा से तादात्म्य कर रहे हो।

तुम सुखी अनुभव करते हो; अब तुम सुख के साथ तादात्म्य कर रहे हो। और जिस क्षण तुम्हारा सुख से तादात्म्य होता है उसी क्षण दुख शुरू हो जाता है। अब तुम सुख से चिपकोगे; अब तुम उसके विपरीत से, दुख से भयभीत होगे और चाहोगे कि सुख सदा तुम्हारे साथ रहे। अब तुमने वे सब उपाय कर लिए जो दुख के होने के लिए जरूरी हैं। और फिर दुख आएगा। और जब तुम सुख से तादात्म्य करते हो तो तुम दुख से भी तादात्म्य कर लोगे। तादात्म्य ही रोग है।

इस तीसरे बिंदु पर तुम किसी के साथ भी तादात्म्य नहीं करते हो। जो भी आता-जाता है, बस आता-जाता है; तुम मात्र साक्षी रहते हो, देखते रहते हो—तटस्थ, उदासीन और तादात्म्यरहित। सुबह आती है, सूरज उगता है और तुम उसे देखते हो, तुम उसके साक्षी रहते हो। तुम यह नहीं कहते कि मैं सुबह हूं। फिर जब दोपहर आती है तो तुम यह नहीं कहते कि मैं दोपहर हो गया हूं। और जब सूरज डूबता है, अंधेरा उतरता है और रात आती है, तब तुम यह नहीं कहते कि मैं अंधेरा हूं, कि मैं रात हूं। तुम उनके साक्षी रहते हो। तुम कहते हो कि सुबह थी, फिर दोपहर हुई, फिर शाम हुई, अब रात है; और फिर सुबह होगी और यह चक्र चलता रहेगा; और मैं केवल द्रष्टा हूं, देखने वाला हूं, मैं देखता रहता हूं।

और अगर यही बात तुम्हारी मनोदशाओं के साथ लागू हो जाए—सुबह की मनोदशा, दोपहर की मनोदशा, शाम की, रात की मनोदशा, और उनके अपने वर्तुल हैं, वे घूमते रहते हैं—तो तुम साक्षी हो जाते हो। तुम कहते हो: अब सुख आया है—ठीक सुबह की भांति, और अब रात आएगी—दुख की रात। मेरे चारों ओर मनःस्थितियां बदलती रहेंगी और मैं स्वयं में केंद्रित, स्थिर बना रहूंगा। मैं किसी भी मनःस्थिति से आसक्त नहीं होऊंगा; मैं किसी भी मनःस्थिति से चिपकूंगा नहीं, बंधूंगा नहीं। मैं किसी चीज की आशा नहीं करूंगा और न मैं निराशा ही अनुभव करूंगा। मैं केवल साक्षी रहूंगा; जो भी होगा मैं उसको देखूंगा। जब वह आएगा, मैं उसका आना देखूंगा; जब वह जाएगा, मैं उसका जाना देखूंगा।

बुद्ध इसका बहुत प्रयोग करते हैं। वे बार-बार कहते हैं कि जब कोई विचार उठे तो उसे देखो। दुख का विचार उठे, सुख का विचार उठे, उसे देखते रहो। जब वह शिखर पर आए तब उसे देखो, उसके साक्षी रहो। और जब वह उतरने लगे तब भी उसके द्रष्टा बने रहो। विचार अब पैदा हो रहा है, वह अब है, और अब वह विदा हो रहा है—सभी अवस्थाओं में तुम उसे देखते रहो, उसके साक्षी बने रहो।

यह तीसरा बिंदु तुम्हें साक्षी बना देता है। और साक्षी होना चैतन्य की परम संभावना है।

दूसरी विधिः

हे प्रिये, इस क्षण में मन, ज्ञान, प्राण, रूप, सब को समाविष्ट होने दो।

यह विधि थोड़ी कठिन है। लेकिन अगर तुम इसे प्रयोग कर सको तो यह विधि बहुत अदभुत और सुंदर है। ध्यान में बैठो तो कोई विभाजन मत करो; ध्यान में बैठे हुए सब को—तुम्हारे शरीर, तुम्हारे मन, तुम्हारे प्राण, तुम्हारे विचार, तुम्हारे ज्ञान—सब को समाविष्ट कर लो। सब को समेट लो, सब को सम्मिलित कर लो। कोई विभाजन मत करो, उन्हें खंडों में मत बांटो।

साधारणतः हम खंडों में बांटते रहते हैं, तोड़ते रहते हैं। हम कहते हैं: 'यह शरीर मैं नहीं हूं।' ऐसी विधियां भी हैं जो इसका प्रयोग करती हैं। लेकिन यह विधि सर्वथा भिन्न है, बल्कि ठीक विपरीत है। तो कोई विभाजन मत करो। मत कहो कि मैं शरीर नहीं हूं। मत कहो कि मैं श्वास नहीं हूं। मत कहो कि मैं मन नहीं हूं। कहो कि मैं सब हूं और सब हो जाओ। अपने भीतर कोई विभाजन, कोई बंटाव मत निर्मित करो। यह एक भावदशा है। आंखें बंद कर लो और तुम्हारे भीतर जो भी है सब को सम्मिलित कर लो। अपने को कहीं एक जगह केंद्रित मत करो—अकेंद्रित रहो।

श्वास आती है और जाती है। विचार आता है और चला जाता है। शरीर का रूप बदलता रहता है। इस पर तुमने कभी ध्यान नहीं दिया है। अगर तुम आंखें बंद करके बैठो तो तुम्हें कभी लगेगा कि मेरा शरीर बहुत बड़ा है और कभी लगेगा कि मेरा शरीर बिलकुल छोटा है। कभी शरीर बहुत भारी मालूम पड़ता है और कभी इतना हलका कि तुम्हें लगेगा कि मैं उड़ सकता हूं। इस रूप के घटने-बढ़ने को तुम अनुभव कर सकते हो। आंखों को बंद कर लो और बैठ जाओ। और तुम अनुभव करोगे कि कभी शरीर बहुत बड़ा है, इतना बड़ा कि सारा कमरा भर जाए और कभी इतना छोटा लगेगा जैसे कि अणु हो। यह रूप क्यों बदलता है?

जैसे-जैसे तुम्हारा ध्यान बदलता है वैसे-वैसे तुम्हारे शरीर का रूप भी बदलता है। अगर तुम्हारा ध्यान सर्वग्राही है तो रूप बहुत बड़ा हो जाएगा। और अगर तुम तोड़ते हो करते हो, विभाजन करते हो, कहते हो कि मैं यह नहीं, यह नहीं, तो रूप बहुत छोटा, बहुत सूक्ष्म और आणविक हो जाता है।

यह सूत्र कहता है: 'हे प्रिये, इस क्षण में मन, ज्ञान, रूप, सब को समाविष्ट होने दो।'

अपने अस्तित्व में सब को सम्मिलित करो, किसी को भी अलग मत करो, बाहर मत करो। मत कहो कि मैं यह नहीं हूं; कहो कि मैं यह हूं और सब को सम्मिलित कर लो। अगर तुम इतना ही कर सको तो तुम्हें बिलकुल नए अनुभव, अदभुत अनुभव घटित होंगे। तुम्हें

अनुभव होगा कि कोई केंद्र नहीं है, मेरा कोई केंद्र नहीं है।

और केंद्र के जाते ही अहंभाव नहीं रहता, अहंकार नहीं रहता। केंद्र के जाते ही केवल चैतन्य रहता है—आकाश जैसा चैतन्य जो सब को घेरे हुए है। और जब यह प्रतीति बढ़ती है तो तुममें न सिर्फ तुम्हारी श्वास समाहित होगी, न केवल तुम्हारा रूप समाहित होगा, बल्कि अंततः तुम में सारा ब्रह्मांड समाहित हो जाएगा।

स्वामी रामतीर्थ ने अपनी साधना में इस विधि का प्रयोग किया था। और एक क्षण आया जब उन्होंने कहना शुरू कर दिया कि सारा जगत मुझमें है और ग्रह-नक्षत्र मेरे भीतर घूम रहे हैं। कोई उनसे बात कर रहा था और उसने कहा कि यहां हिमालय में सब कुछ कितना सुंदर है! रामतीर्थ हिमालय में थे और उस व्यक्ति ने उनसे कहा: 'यह हिमालय कितना सुंदर है!' और कहते हैं कि रामतीर्थ ने उससे कहा: 'हिमालय? हिमालय मेरे भीतर है।'

उस आदमी ने सोचा होगा कि रामतीर्थ पागल हैं। हिमालय कैसे उनमें हो सकता है? लेकिन यदि तुम इस विधि का प्रयोग करो तो तुम यह अनुभव कर सकते हो कि हिमालय तुममें है। मैं तुम्हें थोड़ा स्पष्ट करूं कि यह कैसे संभव है।

सच तो यह है कि जब तुम मुझे देखते हो तो उसे नहीं देखते जो कुर्सी पर बैठा हुआ है; तुम दरअसल मेरी तस्वीर को देखते हो जो तुम्हारे भीतर है, जो तुम्हारे मन में बनती है। तुम इस कुर्सी में बैठे हुए मुझको कैसे जान सकते हो? तुम्हारी आंखें केवल मेरी तस्वीर ले सकती हैं। तस्वीर भी नहीं, सिर्फ प्रकाश की किरणें तुम्हारी आंखों में प्रवेश करती हैं। फिर तुम्हारी आंखें खुद मन के पास नहीं पहुंचती हैं; सिर्फ आंखों से होकर गुजरने वाली किरणें भीतर जाती हैं। फिर तुम्हारा स्नायु-तंत्र, जो उन किरणों को ले जाता है, उन्हें किरणों की भांति नहीं ले जा सकता, वह उन किरणों को रासायनिक पदार्थों में रूपांतरित कर देता है। तो केवल रासायनिक पदार्थ यात्रा करते हैं। वहां इन रासायनिक पदार्थों को पढ़ा जाता है, उन्हें डिकोड किया जाता है, उन्हें उनके मूल चित्र में फिर बदला जाता है—और तब तुम अपने मन में मुझे देखते हो।

तुम कभी अपने मन के बाहर नहीं गए हो। संपूर्ण जगत को, जिसे तुम जानते हो, तुम अपने मन में देखते हो, मन में ही उघाड़ते हो, मन में ही जानते हो। सारे हिमालय, समस्त सूर्य और चांद-तारे तुम्हारे मन के भीतर अत्यंत सूक्ष्म अस्तित्व में मौजूद हैं। अगर तुम अपनी आंखें बंद करो और अनुभव करो कि सब कुछ सम्मिलित है तो तुम जानोगे कि सारा जगत तुम्हारे भीतर घूम रहा है।

और जब तुम यह अनुभव करते हो कि सारा जगत मेरे भीतर घूम रहा है तो तुम्हारे सभी व्यक्तिगत दुख विसर्जित हो गए, विदा हो गए। अब तुम व्यक्ति न रहे, अव्यक्ति हो गए, परम हो गए। अब तुम समस्त अस्तित्व हो गए।

यह विधि तुम्हारी चेतना को विस्तृत करती है, उसे फैलाव देती है।

अब पश्चिम में चेतना को विस्तृत करने के लिए अनेक नशीली चीजों का प्रयोग हो रहा है। एल एस डी है, मारिजुआना है, दूसरे मादक द्रव्य हैं। भारत में भी पुराने दिनों में उनका प्रयोग होता रहा है; क्योंकि ये मादक द्रव्य चेतना के विस्तार का एक झूठा भाव देते हैं। और जो लोग भी मादक द्रव्य लेते हैं, उनके लिए ये विधियां बहुत सुंदर हैं, बहुत काम की हैं। क्योंकि वे लोग चेतना के विस्तार के लिए लालायित हैं।

जब तुम एल एस डी लेते हो तो तुम अपने में ही सीमित नहीं रहते, तब तुम सब को अपने में समेट लेते हो। इसके प्रयोग के अनेक उदाहरण हैं। एक लड़की सात मंजिल के मकान से कूद पड़ी, क्योंकि उसे लगा कि मैं नहीं मर सकती, कि मृत्यु असंभव है। उसे लगा कि मैं उड़ सकती हूं और उसे लगा कि इसमें कोई बाधा नहीं है, कोई भय नहीं है। वह लड़की सात मंजिल मकान से कूद पड़ी और मर गई। उसकी देह टूट-फूट कर बिखर गई, लेकिन उसके मन में—नशे के प्रभाव में—कोई सीमा का भाव नहीं थी, मृत्यु का खयाल नहीं था।

चेतना का विस्तार एक सनक का रूप ले चुकी है। क्योंकि जब तुम्हारी चेतना फैलती है तो तुम अपने को बहुत ऊंचाई पर अनुभव करते हो, सारा संसार धीरे-धीरे तुममें समा जाता है। तुम विराट हो जाते हो, अति विराट हो जाते हो; और तुम्हारे व्यक्तिगत दुख विदा हो जाते हैं। लेकिन एल एस डी या अन्य ऐसी चीजों से पैदा होने वाला यह भाव भ्रामक है, झूठा है।

तंत्र की इस विधि से यह भाव वास्तविक हो जाता है। यथार्थतः सारा संसार तुम्हारे भीतर आ जाता है।

इसके दो कारण हैं। एक, हमारी व्यक्तिगत चेतना दरअसल व्यक्तिगत नहीं है; बहुत गहराई में वह सामूहिक है। ऊपर-ऊपर हम द्वीपों जैसे अलग-अलग दिखते हैं, लेकिन गहरे में सभी द्वीप पृथ्वी से जुड़े हैं। हम द्वीपों जैसे दिखते हैं—मैं चेतन हूं, तुम चेतन हो—लेकिन तुम्हारी चेतना और मेरी चेतना किसी गहराई में एक ही हैं। वे धरती से मूल आधार से संबद्ध हैं।

यही कारण है कि ऐसी बहुत सी बातें घटती हैं जो बेबूझ लगती हैं। अगर तुम अकेले ध्यान करते हो तो ध्यान में प्रवेश बहुत कठिन होगा, लेकिन अगर तुम समूह में ध्यान करते हो तो प्रवेश बहुत ही आसान है। कारण यह है कि समूचा समूह एक इकाई की तरह काम करता है। ध्यान-शिविरों में मैंने देखा है, अनुभव किया है कि दो या तीन दिन के बाद तुम्हारी वैयक्तिकता जाती रहती है, तुम एक वृहत चेतना के हिस्से बन जाते हो। और तब बहुत सूक्ष्म तरंगें अनुभव होने लगती हैं, बहुत सूक्ष्म तरंगें गति करने लगती हैं और एक समूह-चेतना विकसित होती है।

तो जब तुम नाचते हो तो असल में तुम नहीं नाच रहे होते हो, वरन समूह-चेतना नाच रही होती है और तुम उसके अंग भर होते हो। नृत्य तुम्हारे भीतर ही नहीं है, तुम्हारे बाहर भी है। तुम्हारे चारों तरफ एक तरंग है। समूह में तुम नहीं होते हो, समूह ही होता है। द्वीप होने की सतही घटना भूल जाती है और एक होने की गहरी घटना घटती है। समूह में तुम भगवत्ता के निकटतर होते हो; अकेले में तुम उससे बहुत दूर होते हो। क्योंकि अकेले में तुम फिर अपने अहंकार पर, सतही भेद पर, सतही अलगाव पर केंद्रित हो जाते हो।

यह विधि सहयोगी है, क्योंकि सचाई यही है कि तुम ब्रह्मांड के साथ एक हो। प्रश्न इतना ही है कि कैसे इसे आविष्कृत किया जाए, कैसे इसमें उतरा जाए और इसे उपलब्ध हुआ जाए।

किसी मैत्रीपूर्ण समूह के साथ होना तुम्हें सदा ऊर्जा से भरता है। किसी ऐसे व्यक्ति के साथ होने में, जो शत्रुतापूर्ण है, तुम्हें सदा अनुभव होता है कि मेरी ऊर्जा चूसी जा रही है। क्यों? अगर तुम मित्रों के साथ हो, परिवार के साथ हो और आनंदित हो और सुख ले रहे हो, तो तुम ऊर्जस्वी अनुभव करते हो, शक्तिशाली अनुभव करते हो। किसी मित्र से मिलने पर

▲

तुम ज्यादा जीवंत मालूम पड़ते हो—उससे ज्यादा जितना मिलने के पहले जीवंत थे। और किसी दुश्मन के पास से गुजरने पर तुम्हें लगता है कि तुम्हारी थोड़ी ऊर्जा कम हो गई, तुम थके-थके लगते हो। क्या होता है?

जब तुम किसी मैत्रीपूर्ण, सहानुभूतिपूर्ण समूह से मिलते हो तो तुम अपनी वैयक्तिकता को भूल जाते हो, तुम उस मूल आधार पर उतर आते हो जहां तुम मिल सकते हो। जब किसी शत्रुतापूर्ण व्यक्ति से मिलते हो तो तुम ज्यादा वैयक्तिक, ज्यादा अहंकारी हो जाते हो, तुम अपने अहंकार से चिपक जाते हो। और इसी अहंकार से चिपकने के कारण तुम थके-थके लगते हो। सब ऊर्जा मूल स्रोत से आती है। सब ऊर्जा सामूहिक जीवन के भाव से आती है।

यह ध्यान करते समय प्रारंभ में तुम्हें सामूहिक जीवन के भाव का अनुभव होगा और अंत में जागतिक चेतना का अनुभव होगा। जब सब भेद गिर जाते हैं, सारी सीमाएं विलीन हो जाती हैं और अस्तित्व एक इकाई हो जाता है, पूर्ण होता है, तब सब सम्मिलित हो जाता है, समाहित हो जाता है। यह सब को समाविष्ट करने का प्रयत्न अपने निजी अस्तित्व से शुरू होता है। सब कुछ को समाविष्ट करो।

'हे प्रिये, इस क्षण में मन, ज्ञान, प्राण, रूप, सब को समाविष्ट होने दो।'

याद रखने की बुनियादी बात है समावेश—सब को अपने में समाविष्ट करो। किसी को अलग मत करो, बहर मत रखो। इस सूत्र की कुंजी है: सब का समावेश। सब को समाविष्ट करो, सब को अपने भीतर समेट लो। समाविष्ट करो और बढ़ते जाओ; समाविष्ट करो और विस्तृत होओ। पहले अपने शरीर से यह प्रयोग शुरू करो और फिर बाहरी संसार के साथ भी यही प्रयोग करो।

किसी वृक्ष के नीचे बैठकर वृक्ष को देखो, और फिर आंखें बंद कर लो और अनुभव करो कि वृक्ष मेरे भीतर है। आकाश को देखो, और फिर आंखें बंद करके महसूस करो कि आकाश मेरे भीतर है। उगते हुए सूरज को देखो, फिर आंखें बंद करके भाव करो कि सूरज मेरे भीतर उग रहा है। और-और फैलते जाओ, विराट होते जाओ।

एक अदभुत अनुभव तुम्हें होगा। जब तुम अनुभव करते हो कि वृक्ष मेरे भीतर है तो तुम तत्क्षण ज्यादा युवा, ज्यादा ताजा अनुभव करते हो। और यह कल्पना नहीं है; क्योंकि वृक्ष और तुम दोनों पृथ्वी के अंग हो, पृथ्वी से आए हो। तुम दोनों की जड़ें एक ही धरती में गड़ी हैं, और अंततः तुम्हारी जड़ें एक ही अस्तित्व में समाई हैं। तो जब तुम भाव करते हो कि वृक्ष मेरे भीतर है तो वृक्ष तुम्हारे भीतर है—यह कल्पना नहीं है—और तत्क्षण तुम्हें उसका प्रभाव अनुभव होगा। वृक्ष की जीवंतता, उसकी हरियाली, उसकी ताजगी, उससे गुजरती हुई हवा, सब तुम्हारे भीतर, तुम्हारे हृदय में अनुभव होगा।

तो अस्तित्व को और-और अपने भीतर समाविष्ट करो, कुछ भी बाहर मत छोड़ो।

अनेक ढंगों से अनेक जगत-गुरु इसकी शिक्षा देते रहे हैं। जीसस कहते हैं: 'अपने शत्रु को वैसे ही प्रेम करो जैसे अपने को करते हो।' यह समावेश का प्रयोग है।

फ्रायड कहा करता था: 'मैं क्यों अपने शत्रु को अपने समान प्रेम करूं? वह मेरा शत्रु है; फिर क्यों मैं उसे स्वयं की भांति प्रेम करूं? और मैं उसे प्रेम कैसे कर सकता हूं?'

उसका प्रश्न संगत मालूम पड़ता है। लेकिन फ्रायड को पता नहीं है कि क्यों जीसस

▲

कहते थे कि अपने शत्रु को वैसे ही प्रेम करो जैसे अपने को करते हो। यह किसी सामाजिक राजनीति की बात नहीं है, यह कोई समाज-सुधार की, एक बेहतर समाज बनाने की बात नहीं है; यह तो सिर्फ तुम्हारे जीवन और तुम्हारे चैतन्य को विस्तार देने की बात है।

अगर तुम शत्रु को अपने में समाविष्ट कर सको तो वह तुम्हें चोट नहीं पहुंचा सकता है। इसका यह अर्थ नहीं है कि वह तुम्हारी हत्या नहीं कर सकता; वह तुम्हारी हत्या कर सकता है; लेकिन वह तुम्हें चोट नहीं पहुंचा सकता है। चोट तो तब लगती है जब तुम उसे अपने से बाहर रखते हो। जब तुम उसे अपने से बाहर रखते हो, तुम अहंकार हो जाते हो, पृथक और अकेले हो जाते हो, तुम अस्तित्व से विच्छिन्न हो जाते हो, कट जाते हो। अगर तुम शत्रु को अपने भीतर समाविष्ट कर सको तो सब समाविष्ट हो जाता है। जब शत्रु समाविष्ट हो सकता है तो फिर वृक्ष और आकाश क्यों समाविष्ट नहीं हो सकते?

शत्रु पर जोर इसलिए है कि अगर तुम शत्रु को सम्मिलित कर सकते हो तो तुम सब को सम्मिलित कर सकते हो। तब किसी को बाहर छोड़ने की जरूरत न रही। और अगर तुम अनुभव कर सको कि तुम्हारा शत्रु भी तुममें समाविष्ट है तो तुम्हारा शत्रु भी तुम्हें शक्ति देगा, ऊर्जा देगा। वह अब तुम्हारे लिए हानिकारक नहीं हो सकता। वह तुम्हारी हत्या कर सकता है; लेकिन तुम्हारी हत्या करते हुए भी वह तुम्हें हानि नहीं पहुंचा सकता। हानि तो तुम्हारे मन से आती है, जब तुम किसी को पृथक मानते हो, अपने से बाहर मानते हो।

लेकिन हमारे साथ तो बात पूरी तरह विपरीत है, बिलकुल उलटी है। हम तो मित्रों को भी अपने में सम्मिलित नहीं करते। शत्रु तो बाहर होते ही हैं; मित्र भी बाहर ही होते हैं। तुम अपने प्रेमी-प्रेमिकाओं को भी बाहर ही रखते हो। अपने प्रेमी के साथ होकर भी तुम उसमें डूबते नहीं, एक नहीं होते; तुम पृथक बने रहते हो, तुम अपने को नियंत्रण में रखते हो। तुम अपनी अलग पहचान गंवाना नहीं चाहते हो।

और यही कारण है कि प्रेम असंभव हो गया है। जब तक तुम अपनी अलग पहचान नहीं छोड़ते हो, अहंकार को विदा नहीं देते हो, तब तक तुम प्रेम कैसे कर सकते हो? तुम तुम बने रहना चाहते हो और तुम्हारा प्रेमी भी अपने को बचाए रखना चाहता है। तुम दोनों में कोई भी एक-दूसरे में डूबने को, समाविष्ट होने को राजी नहीं है। तुम दोनों एक-दूसरे को बाहर रखते हो; तुम दोनों अपने–अपने घेरे में बंद रहते हो। परिणाम यह होता है कि कोई मिलन नहीं होता है, कोई संवाद नहीं होता है। और जब प्रेमी भी समाविष्ट नहीं हैं तो यह सुनिश्चित है कि तुम्हारा जीवन दरिद्रतम जीवन हो। तब तुम अकेले हो, दीन-हीन हो, भिखारी हो। और जब सारा अस्तित्व तुममें समाविष्ट होता है तो तुम सम्राट हो।

इसे स्मरण रखो। समाविष्ट करने को अपनी जीवन-शैली बना लो। उसे ध्यान ही नहीं, जीवन-शैली, जीने का ढंग बना लो। अधिक से अधिक को सम्मिलित करने की चेष्टा करो। तुम जितना ज्यादा सम्मिलित करोगे तुम्हारा उतना ही ज्यादा विस्तार होगा। तब तुम्हारी सीमाएं अस्तित्व के ओर-छोर को छूने लगेंगी। और एक दिन केवल तुम होगे; समस्त अस्तित्व तुममें समाविष्ट होगा। यही सभी धार्मिक अनुभवों का सार-सूत्र है।

'हे प्रिये, इस क्षण में मन, ज्ञान, प्राण, रूप, सब को समाविष्ट होने दो।'

आज इतना ही।

62

आरंभ से आरंभ करो

प्रश्न-सार

1. मंजिल को पाने की 'जल्दी' और 'प्रयत्न-रहित खेल' में संगति कैसे बिठाएं?

2. अपने शत्रु को भी अपने में समाविष्ट करने की शिक्षा क्या दमन पर नहीं ले जाती है?

पहला प्रश्नः

आपने कल कहा कि हमें अपनी मंजिल की तरफ शीघ्रता से कदम रखने चाहिए, क्योंकि हमारे पास समय बहुत थोड़ा है। लेकिन कुछ समय पहले आपने कहा था कि मंजिल की तरफ चलने की पूरी प्रक्रिया प्रयत्न-रहित खेल होना चाहिए। आप इन दो शब्दों के बीच, जल्दी और खेल के बीच संगति कैसे बिठाएंगे? क्योंकि जो जल्दी करता है वह खेल के सुख को कभी नहीं पाता है।

पहली बात; भिन्न-भिन्न विधियों में संगति बिठाने की चेष्टा मत करो। जब मैं कहता हूं कि जल्दी मत करो, समय को बिलकुल भूल जाओ, गंभीर मत होओ, कोई प्रयत्न मत करो, समर्पण करो, जो होता है उसे होने दो—तो यह एक भिन्न ही विधि है। यह विधि मनुष्यता के सिर्फ एक हिस्से के काम की है; सभी लोग इस विधि का प्रयोग नहीं कर सकते। और जिस ढंग के लोग इस विधि का प्रयोग कर सकते हैं वे इसके विपरीत विधि का प्रयोग नहीं कर सकते।

यह विधि स्त्रैण चित्त के लिए है। लेकिन जरूरी नहीं कि सभी स्त्रियों के पास स्त्रैण-चित्त हो और सभी पुरुषों के पास पुरुष-चित्त हो। इसलिए जब मैं स्त्रैण-चित्त की बात करता हूं तो उससे मेरा मतलब स्त्रियां नहीं है। स्त्रैण-चित्त का अर्थ है वह मन जो समर्पण कर सके, जो गर्भ की तरह ग्रहणशील हो, जो खुला और निष्क्रिय हो। आधी मनुष्य-जाति इस कोटि में हो सकती है, लेकिन दूसरा आधा वर्ग सर्वथा भिन्न है। जैसे पुरुष और स्त्री मनुष्य-जाति के आधे-आधे हिस्से हैं, वैसे ही स्त्रैण-चित्त और पुरुष-चित्त भी मनुष्य-मन के आधे-आधे हिस्से हैं।

स्त्रैण-चित्त प्रयत्न नहीं कर सकता; अगर वह प्रयत्न करता है तो वह कहीं नहीं पहुंचेगा। प्रयत्न उसके लिए सिर्फ तनाव और संताप पैदा करेगा; हाथ उसके कुछ लगेगा नहीं। स्त्रैण-चित्त का पूरा ढंग ही प्रतीक्षा करना है और चीजों को घटित होने देना है।

जैसा कि स्त्रियों का स्वभाव है: स्त्री यदि प्रेम में भी हो तो वह पहल नहीं करेगी। और अगर कोई स्त्री पहल करे तो तुम्हें उससे दूर रहना चाहिए और बचना चाहिए। क्योंकि वह पुरुष-प्रवृत्ति की है, स्त्री-शरीर के भीतर पुरुष-चित्त है और तुम उपद्रव में पड़ोगे। अगर तुम सचमुच पुरुष हो तो वह स्त्री जल्दी ही तुम्हारे लिए आकर्षक नहीं रह जाएगी। लेकिन अगर तुम स्त्रैण हो—तुम्हारा शरीर पुरुष का है और चित्त स्त्री का—तो तुम स्त्री को पहल करने दोगे और तुम सुखी होगे। लेकिन उस हालत में शरीर के तल पर वह स्त्री है और तुम पुरुष हो और मन के तल पर तुम स्त्री हो और वह पुरुष है।

स्त्री प्रतीक्षा करेगी। वह कभी नहीं कहेगी कि मैं तुम्हें प्रेम करती हूं, जब तक उससे यह निवेदन तुम नहीं कर चुकोगे और प्रतिबद्ध नहीं हो जाओगे। प्रतीक्षा में ही स्त्री की शक्ति है। पुरुष-चित्त आक्रामक होता है। उसे कुछ करना पड़ता है। वह पहल करता है, आगे बढ़ता है।

यही बात आध्यात्मिक यात्रा में घटती है। अगर तुम्हारा चित्त आक्रामक है, पुरुष-चित्त है, तो प्रयत्न आवश्यक है। तब जल्दी करो; तब समय और अवसर मत खोओ। तब अपने भीतर उत्कटता, तत्परता और संकट की भाव-दशा निर्मित करो, ताकि तुम अपने प्रयत्न में अपने पूरे प्राणों को उंडेल सको। जब तुम्हारा प्रयत्न समग्र होगा, तुम पहुंच जाओगे। और अगर तुम्हारा चित्त स्त्रैण है तो कोई जल्दी नहीं है—बिलकुल नहीं। तब समय की बात ही नहीं है।

तुमने शायद ध्यान दिया हो या न दिया हो कि स्त्रियों को समय का बोध नहीं रहता, रह नहीं सकता। पति बाहर खड़ा है, कार का हार्न बजा रहा है और कह रहा है कि जल्दी नीचे आओ। और पत्नी कहती है, मैं हजार दफे कह चुकी हूं कि एक मिनट में आई, दो घंटों से कह रही हूं कि एक मिनट में आई—क्यों पागल हुए जा रहे हो? हार्न क्यों बजाए जा रहे हो?

स्त्रैण-चित्त को समय का भाव नहीं हो सकता। यह तो पुरुष-चित्त है, आक्रामक चित्त, जो समय के बोध से भरा है, समय के लिए चिंतित है।

स्त्रैण-चित्त और पुरुष-चित्त एक-दूसरे से सर्वथा भिन्न हैं। स्त्री जल्दी में नहीं है; उसके लिए कोई जल्दी नहीं है। दरअसल उसे कहीं पहुंचना नहीं है। यही कारण है कि स्त्रियां महान नेता, वैज्ञानिक और योद्धा नहीं होतीं—हो नहीं सकतीं। और अगर कोई स्त्री हो जाए, जैसे जॉन अफ आर्क या लक्ष्मी बाई तो उसे अपवाद मानना चाहिए। वह दरअसल पुरुष-चित्त है—सिर्फ शरीर स्त्री का है, चित्त पुरुष का है। उसका चित्त जरा भी स्त्रैण नहीं है। स्त्रैण-चित्त के लिए कोई लक्ष्य नहीं है, मंजिल नहीं है।

और हमारा संसार पुरुष-प्रधान संसार है। इस पुरुष-प्रधान संसार में स्त्रियां महान नहीं हो सकतीं, क्योंकि महानता किसी उद्देश्य से, किसी लक्ष्य से जुड़ी होती है। यदि कोई लक्ष्य उपलब्ध करना है, तभी तुम महान हो सकते हो। और स्त्रैण-चित्त के लिए कोई लक्ष्य नहीं है। वह यहीं और अभी सुखी है। वह यहीं और अभी दुखी है। उसे कहीं पहुंचना नहीं है। स्त्रैण-चित्त वर्तमान में रहता है।

यही कारण है कि स्त्री की उत्सुकता दूर-दराज में नहीं होती है, वह सदा पास-पड़ोस में उत्सुक होती है। वियतनाम में क्या हो रहा है, इसमें उसे कोई रस नहीं है। लेकिन पड़ोसी के घर में क्या हो रहा है, मोहल्ले में क्या हो रहा है, इसमें उसका पूरा रस है। इस पहलू से उसे पुरुष बेबूझ मालूम पड़ता है। वह पूछती है कि तुम्हें क्या जानने की पड़ी है कि निक्सन क्या कर रहा है या माओ क्या कर रहा है। उसका रस पास-पड़ोस में चलने वाले प्रेम-प्रसंगों में है। वह निकट में उत्सुक है; दूर उसके लिए व्यर्थ है। उसके लिए समय का अस्तित्व नहीं है।

समय उनके लिए है जिन्हें किसी लक्ष्य पर, किसी मंजिल पर पहुंचना है। स्मरण रहे, समय तभी हो सकता है जब तुम्हें कहीं पहुंचना है। अगर तुम्हें कहीं पहुंचना नहीं है तो समय का क्या मतलब है? तब कोई जल्दी नहीं है।

इसे एक और दृष्टिकोण से समझने की कोशिश करो। पूर्व स्त्रैण है और पश्चिम पुरुष

▲

जैसा है। पूर्व ने कभी समय के संबंध में बहुत चिंता नहीं की; पश्चिम समय के पीछे पागल है। पूर्व बहुत विश्रामपूर्ण रहा है; वहां इतनी धीमी गति है, मानो गति ही न हो। वहां कोई बदलाहट नहीं है; कोई क्रांति नहीं है। विकास इतना चुपचाप है कि उससे कहीं कोई शोर नहीं होता। पश्चिम बस पागल है; वहां रोज क्रांति चाहिए, हर चीज को बदल डालना है। जब तक सब कुछ बदल न जाए जब तक उसे लगता है कि हम कहीं जा ही नहीं रहे, कि हम ठहर गए हैं। अगर सब कुछ बदल रहा है और सब कुछ उथल-पुथल में है, तब पश्चिम को लगता है कि कुछ हो रहा है। और पूर्व सोचता है कि अगर उथल-पुथल मची है तो उसका मतलब है कि हम रुग्ण हैं, बीमार हैं। उसे लगता है कि कहीं कुछ गलत है, तभी तो उथल-पुथल हो रही है। अगर सब कुछ सही है तो क्रांति की क्या जरूरत? बदलाहट क्यों?

पूर्वी चित्त स्त्रैण है। इसीलिए पूर्व में हमने सभी स्त्रैण गुणों का गुणगान किया है; हमने करुणा, प्रेम, सहानुभूति, अहिंसा, स्वीकार, संतोष, सभी स्त्रैण गुणों को सराहा है। पश्चिम में सभी पुरुषोचित गुणों की प्रशंसा की जाती है; वहां संकल्प, संकल्प-बल, अहंकार, आत्मसम्मान, स्वतंत्रता और विद्रोह जैसे मूल्य प्रशंसित हैं। पूर्व में आज्ञाकारिता, समर्पण, स्वीकार जैसे मूल्य मान्य हैं। पूर्व की बुनियादी वृत्ति स्त्रैण है, कोमल है; और पश्चिम की वृत्ति पुरुष है, कठोर है।

तो इन विधियों को मिलाया नहीं जा सकता है; उनमें समन्वय और सामंजस्य नहीं बिठाया जा सकता है। समर्पण की विधि स्त्रैण चित्त के लिए है। और प्रयत्न, संकल्प और श्रम की विधि पुरुष-चित्त के लिए है। और वे एक-दूसरे के बिलकुल विपरीत होने ही वाली हैं। अगर तुम दोनों में सामंजस्य बिठाने की चेष्टा करोगे तो तुम उनकी खिचड़ी बना दोगे। वह सामंजस्य अर्थहीन होगा, बेतुका होगा, और खतरनाक भी होगा। वह किसी के भी काम का नहीं होगा।

तो यह स्मरण रहे। कई बार ये विधियां परस्पर विरोधी मालूम पड़ेंगी; क्योंकि वे भिन्न-भिन्न ढंग के चित्तों के लिए बनी हैं और उनके बीच कोई समन्वय बिठाने की कोशिश नहीं की गई है। अगर तुम्हें लगे कि उनमें कुछ विरोधाभास है तो उसको लेकर परेशान मत होओ। विरोधाभास है। और केवल छोटे मन के लोग, बहुत क्षुद्रमति लोग ही विरोधाभास से डरते हैं। वे बेचैनी अनुभव करते हैं, घबरा जाते हैं। वे सोचते हैं कि कहीं विरोधाभास नहीं होना चाहिए, सब कुछ संगत होना चाहिए।

यह मूढ़ता है; क्योंकि जीवन स्वयं असंगत है। जीवन स्वयं विरोधों से बना है। तो सत्य विरोध-रहित नहीं हो सकता, केवल झूठ विरोध-रहित हो सकता है। सिर्फ असत्य सुसंगत हो सकता है, सत्य तो असंगत होगा ही; क्योंकि उसे अपने में वह सब समेटना है जो जीवन में है। सत्य को समग्र होना है।

और जीवन विरोधाभासी है। पुरुष है और स्त्री है। इसमें मैं क्या कर सकता हूं? और शिव क्या कर सकते हैं? और पुरुष स्त्री के विपरीत है। यही कारण है कि स्त्री-पुरुष एक-दूसरे को आकर्षित करते हैं; अन्यथा आकर्षण ही नहीं होता।

सच तो यह है कि विपरीतता से ही आकर्षण निर्मित होता है। ध्रुवीय विपरीतता ही चुंबकीय शक्ति बनती है। इसीलिए जब स्त्री-पुरुष मिलते हैं तो उन्हें सुख होता है। जब दो

▲

ध्रुवीय विपरीतताएं मिलती हैं तो वे एक-दूसरे को काट देती हैं, एक-दूसरे को नकार देती हैं। वे एक-दूसरे को काट देती हैं, क्योंकि वे परस्पर विपरीत हैं। जब स्त्री-पुरुष एक क्षण के लिए भी मिलते हैं—वस्तुतः मिलते हैं, शरीर से ही नहीं, समग्रतः मिलते हैं—जब उनके प्राण प्रेम में जुड़ते हैं, तब उस एक क्षण के लिए वे विलीन हो जाते हैं। उस क्षण में वहां न कोई पुरुष होता है और न स्त्री, शुद्ध अस्तित्व होता है, शुद्ध होना होता है। और वही उसका आनंद है।

वही घटना तुम्हारे भीतर भी घट सकती है। गहन विश्लेषण से यह बात प्रकट हुई है कि तुम्हारे भीतर भी ध्रुवीयता है, ध्रुवीय विपरीतता है। अब आधुनिक मनोविश्लेषण ने मन की गहराइयों में उतरकर यह पता लगाया है कि तुम्हारे भीतर भी चेतन मन है और अचेतन मन है—दो ध्रुवीय विपरीतताएं हैं। अगर तुम पुरुष हो तो तुम्हारा चेतन चित्त पुरुष है और अचेतन चित्त स्त्री है। और अगर तुम स्त्री हो तो तुम्हारा चेतन चित्त स्त्री है और अचेतन चित्त पुरुष। अचेतन चेतन का विपरीत है।

गहरे ध्यान में तुम्हारे चेतन और अचेतन के बीच एक प्रगाढ़ मिलन, एक प्रगाढ़ संभोग घटित होता है, एक गहन आर्गाज्म घटित होता है—दोनों एक हो जाते हैं। और जब वे एक होते हैं तो तुम आनंद के गौरीशंकर पर पहुंच जाते हो।

तो स्त्री और पुरुष दो ढंगों से मिल सकते हैं। तुम बाहर की किसी स्त्री से मिल सकते हो; लेकिन यह मिलन क्षणिक ही हो सकता है—बहुत क्षणिक। एक क्षण के लिए शिखर आता है, और फिर चीजें बिखरने लगती हैं।

स्त्री-पुरुष का एक और मिलन है जो तुम्हारे भीतर घटित होता है। वहां तुम्हारे चेतन और अचेतन का मिलन होता है; और यह मिलन शाश्वत हो सकता है। काम-सुख भी आध्यात्मिक आनंद की ही झलक है, लेकिन वह क्षणभंगुर है। लेकिन जब सच्चा आंतरिक मिलन घटित होता है तो वह समाधि है, वह आध्यात्मिक घटना है।

लेकिन तुम्हें अपने चेतन मन से शुरू करना है। अगर तुम्हारा चेतन चित्त स्त्रैण है तो समर्पण सहयोगी होगा। और स्मरण रहे, स्त्री होने से स्त्रैण चित्त भी होगा, ऐसा जरूरी नहीं है उससे ही जटिलता पैदा होती है। अन्यथा तो बात बहुत आसान होती; स्त्री समर्पण का मार्ग पकड़ती और पुरुष संकल्प का।

लेकिन बात इतनी सरल नहीं है। ऐसी स्त्रियां हैं जिनके पास पुरुष-चित्त है; जीवन के प्रति उनका रुझान संघर्ष का है। और ऐसी स्त्रियों की संख्या प्रतिदिन बढ़ रही है। स्त्रियों का मुक्ति-आंदोलन अधिकाधिक पुरुष-चित्त स्त्रियां पैदा करेगा; वे अधिकाधिक आक्रामक होंगी। उनके लिए फिर समर्पण का मार्ग नहीं रह जाएगा। और क्योंकि स्त्रियां पुरुषों के साथ प्रतिस्पर्धा कर रही हैं, इसलिए पुरुष आक्रमण से हट रहा है, वह अधिकाधिक स्त्रैण हो रहा है। भविष्य में पुरुष के लिए समर्पण का मार्ग अधिक उपयोगी होगा।

तुम्हें अपने संबंध में निर्णय लेना है। और सही-गलत की भाषा में मत सोचो। ऐसा मत सोचो कि मैं पुरुष हूं, फिर मेरे पास स्त्रैण चित्त कैसे हो सकता है। तुम्हारा चित्त स्त्रैण हो सकता है; उसमें कुछ गलत नहीं है। स्त्रैण चित्त बहुत सुंदर है। और ऐसा भी मत सोचो कि मैं स्त्री हूं तो मेरे पास पुरुष-चित्त कैसे हो सकता है। उसमें भी कुछ गलत नहीं है; पुरुष-चित्त भी बहुत सुंदर है। अपने चित्त के संबंध में प्रामाणिक होओ। ठीक-ठीक समझने की कोशिश करो।

कि मेरे चित्त का ढंग क्या है और उसके अनुसार अपने लिए योग्य मार्ग पर चलो।

और कोई समन्वय करने की चेष्टा मत करो। मुझसे मत पूछो कि आप कैसे इन दोनों के बीच संगति बिठाएंगे। मैं कोई संगति नहीं बिठाऊंगा। मैं समझौते के पक्ष में बिलकुल नहीं हूं। और मैं सुसंगत वक्तव्यों के पक्ष में भी नहीं हूं। यह बात मूढ़तापूर्ण है, बचकानी है। जीवन विरोधों से बना है और इसीलिए जीवन जीवन है। सिर्फ मृत्यु सुसंगत है, विरोध-रहित है। जीवन विरोधों में पलता है, विरोधी ध्रुवों से गुजर कर आगे बढ़ता है। और यह विरोध, यह चुनौती ऊर्जा निर्मित करती है। उससे ही ऊर्जा पैदा होती है और जीवन गति करता है।

इसे ही हीगल के मानने वाले द्वंद्वात्मक गति कहते हैं। वाद, प्रतिवाद और फिर संवाद। और यह संवाद फिर वाद बन जाता है और अपना प्रतिवाद पैदा करता है। इस तरह यात्रा चलती रहती है। जीवन एक-सुरा नहीं है। जीवन तर्कबद्ध नहीं है। जीवन द्वंद्वात्मक है।

तुम्हें तर्कबद्धता और द्वंद्वात्मकता के भेद को ठीक से समझ लेना चाहिए। तुम सोचते हो कि जीवन तर्कबद्ध है, इसलिए पूछते हो कि आप सामंजस्य कैसे बिठाएंगे। क्योंकि तर्क तो सदा सामंजस्य बिठाने की कोशिश करता है; वह विरोधी को, विपरीत को बर्दाश्त नहीं कर सकता। तर्क को किसी तरह दिखाना है कि जीवन में कहीं विरोध नहीं है; और अगर कहीं विरोध है तो दोनों पक्ष सही नहीं हो सकते, एक न एक जरूर गलत होगा। तर्क कहता है कि दोनों पक्ष एक साथ गलत तो हो सकते हैं, लेकिन दोनों एक साथ सही नहीं हो सकते। तर्क सब जगह संगति खोजने की चेष्टा करता है।

विज्ञान तर्कपूर्ण है। यही वजह है कि विज्ञान जीवन के प्रति समग्रतः सच नहीं है; हो नहीं सकता। जीवन विरोधाभासी है। जीवन अतर्क्य है। वह विपरीत के द्वारा काम करता है। जीवन विपरीत से भयभीत नहीं है; वह विपरीत का उपयोग करता है। विपरीत देखने में ही विपरीत हैं; गहरे में वे संयुक्त हैं, जुड़े हुए हैं। जीवन द्वंद्वात्मक है, तर्कपूर्ण नहीं। जीवन विरोधों के बीच संवाद है—सतत संवाद।

एक क्षण के लिए विचार करोः अगर विरोध न हो, विपरीत न हो, तो जीवन मृत हो जाएगा; जीवन जीवन न रहेगा। क्योंकि चुनौती कहां से आएगी? आकर्षण कहां से आएगा? ऊर्जा कहां से आएगी? तब जीवन एक-सुरा होगा, मृत होगा। द्वंद्व के कारण ही, विपरीत के कारण ही जीवन संभव है।

पुरुष और स्त्री बुनियादी विपरीतताएं हैं, और तब चुनौती से प्रेम की घटना का जन्म होता है। और फिर पूरा जीवन प्रेम के चारों ओर घूमता है। अगर तुम्हारा प्रेमी और तुम इस समग्रता से एक हो जाओ कि कोई अंतराल न रहे तो तुम दोनों मृत हो जाओगे। तब तुम जीवित न रह सकोगे। तब तुम दोनों इस द्वंद्वात्मक प्रक्रिया से विदा हो जाओगे।

तुम इस जीवन में तभी तक रह सकते हो जब तक तुम्हारी एकता समग्र न हो। और तुम्हें एक-दूसरे से बार-बार दूर हटना पड़ता है, ताकि फिर-फिर निकट आ सको। यही कारण है कि प्रेमी आपस में लड़ते रहते हैं। वह लड़ाई दूरी निर्मित करती है। दिन भर वे लड़ेंगे, एक-दूसरे से बहुत दूर चले जाएंगे, एक-दूसरे के शत्रु बन जाएंगे। उसका मतलब है कि वे अब विपरीत ध्रुवों पर हैं—वे एक-दूसरे से इतनी दूर चले गए हैं जितनी दूर जाना संभव था। प्रेमी सोचने लगते हैं कि कैसे इस स्त्री की हत्या कर दू और प्रेमिकाएं सोचने लगती हैं कि कैसे

इस मुसीबत से छुटकारा हो। वे एक-दूसरे से उतनी दूर हट गए हैं जितनी दूर वे हट सकते थे। और फिर संध्या वे प्रेम कर रहे हैं।

जब वे बहुत दूर, बहुत दूर हो जाते हैं तो फिर आकर्षण लौट आता है। वे इतनी दूरी से एक-दूसरे को देखते हैं कि फिर आकर्षित होने लगते हैं। दूरी पर वे फिर स्त्री और पुरुष हो गए हैं—प्रेमी न रहे। अब वे एक-दूसरे के लिए सिर्फ स्त्री और पुरुष हैं, अजनबी हैं। अब वे फिर एक-दूसरे के प्रेम में पड़ेंगे। फिर वे निकट आएंगे। और फिर एक बिंदु आएगा जब वे क्षण भर के लिए एक हो जाएंगे। और वही उनका सुख होगा, आनंद होगा।

लेकिन फिर उस एक होने के क्षण में ही उनके दूर हटने की प्रक्रिया शुरू हो जाती है। जिस क्षण में पत्नी और पति मिलते हैं, उसी क्षण, यदि वे साक्षी होकर देख सकें तो वे देखेंगे कि हम फिर अलग होने लगे हैं। शिखर का जो क्षण है वही क्षण अलग होने, विपरीत होने की प्रक्रिया की शुरुआत का क्षण भी है।

और यह क्रम चलता रहता है। तुम पुनः-पुनः निकट आते हो और फिर-फिर दूर होते हो। यही अर्थ है जब मैं कहता हूं कि जीवन विपरीतता के द्वारा ऊर्जा का सृजन करता है। विपरीतता के बिना जीवन नहीं हो सकता है। यदि दो प्रेमी वस्तुतः एक हो जाएं तो वे जीवन से विदा हो जाएंगे। वे मोक्ष को उपलब्ध हो गए; वे मुक्त हो गए। उनका अब पुनर्जन्म नहीं होगा। अब भविष्य में उनके लिए जीवन नहीं होगा। अगर दो प्रेमी इतनी समग्रता से एक हो सकें तो उनका प्रेम गहरे से गहरा ध्यान बन गया। और उन्हें वह उपलब्ध हो गया जो बुद्ध को बोधिवृक्ष के नीचे उपलब्ध हुआ था। उन्हें वह उपलब्ध हो गया जो क्राइस्ट को क्रास पर उपलब्ध हुआ था। वे अद्वैत को उपलब्ध हो गए। वे अब जीवन में, संसार में नहीं रह सकते।

जैसा हम जानते हैं, अस्तित्व द्वैतमूलक है, द्वंद्वात्मक है। और ये विधियां तुम्हारे लिए हैं जो द्वैत में जीते हैं। इसलिए अनेक विपरीतताएं होंगी। क्योंकि ये विधियां दर्शनशास्त्र नहीं हैं, ये विधियां प्रयोग के लिए हैं, जीए जाने के लिए हैं। वे गणित के सूत्र नहीं हैं, वे वास्तविक जीवन-प्रक्रियाएं हैं। वे द्वंद्वात्मक हैं, वे विरोधाभासी हैं। इसलिए उनमें समन्वय बिठाने के लिए मत कहो। वे एक जैसी नहीं हैं; वे परस्पर विरोधी हैं।

तुम तो यह देखो कि तुम्हारा प्रकार क्या है, तुम्हारा ढंग क्या है। क्या तुम शिथिल हो सकते हो? क्या तुम विश्राम में उतर सकते हो? क्या तुम जो होता है उसे होने दे सकते हो? क्या तुम निष्क्रिय तथाता में उतर सकते हो? यदि तुम्हारा उत्तर हां में है तो ये विधियां तुम्हारे लिए नहीं हैं, क्योंकि ये संकल्प की मांग करती हैं। अगर तुम विश्राम में नहीं जा सकते, और अगर मैं तुमसे कहता हूं कि विश्राम करो और तुम तुरंत पूछते हो कि कैसे विश्राम करूं, तो वह कैसे का पूछना तुम्हारे मन की खबर देता है। वह प्रश्न बताता है कि तुम सहजता से शिथिल नहीं हो सकते, विश्राम नहीं कर सकते। विश्राम के लिए भी तुम्हें प्रयत्न की जरूरत है, इसलिए तुम पूछते हो कि कैसे विश्राम करूं।

विश्राम विश्राम है, उसमें कैसे के लिए जगह नहीं है। अगर तुम विश्राम करना चाहते हो तो तुम जानते हो कि विश्राम कैसे होता है। तब तुम बस विश्राम करते हो। उसकी कोई विधि नहीं है, उपाय नहीं है। उसमें कोई प्रयत्न नहीं है। जैसे रात में तुम सो जाते हो, तुम कभी यह नहीं पूछते कि कैसे सोऊं।

लेकिन ऐसे लोग भी हैं जो अनिद्रा से पीड़ित हैं। अगर तुम उनसे कहो कि मैं बस तकिए पर सिर रखता हूं और सो जाता हूं तो वे तुम पर विश्वास नहीं करेंगे। और उनका संदेह अर्थपूर्ण है। वे तुम पर विश्वास नहीं करेंगे; उन्हें लगेगा कि तुम उन्हें धोखा दे रहे हो। क्योंकि वे भी तकिए पर सिर रखते हैं, वे सारी रात तकिए पर सिर रखे रहते हैं, और कुछ नहीं होता है। वे पूछेंगे कि कैसे? कैसे तकिए पर सिर रखें? कोई राज जरूर होगा जो तुम छिपा रहे हो। उन्हें लगेगा कि तुम उन्हें धोखा दे रहे हो। सारा संसार उन्हें धोखा देता मालूम पड़ेगा। वे कहेंगे: 'सब लोग यही कहते हैं कि हम बस सो जाते हैं, कोई विधि नहीं है, कोई तरकीब नहीं है।'

वे तुम्हारा विश्वास नहीं करेंगे। और तुम उन्हें गलत भी नहीं कह सकते। तुम कहते हो: 'हम बस अपना सिर तकिए पर रखते हैं, आंखें बंद कर लेते हैं, बत्ती बुझा देते हैं, नींद में खो जाते हैं।' वे भी यही सब करते हैं, वे भी यही क्रियाकांड करते हैं—और वे तुमसे ज्यादा सलीके से करते हैं—लेकिन फिर भी कुछ फल हाथ नहीं आता। रोशनी बंद है, वे आंखें बंद किए बिस्तर पर पड़े हैं, और नींद आने का नाम नहीं लेती।

जब तुम सहजता से शिथिल होने की क्षमता खो देते हो तो विधि जरूरी हो जाती है। तब तुम विधि के बिना, उपाय के बिना नहीं सो सकते।

तो अगर तुम्हारा चित्त विश्रामपूर्ण हो सकता है तो समर्पण तुम्हारा मार्ग है। और कोई समस्या मत खड़ी करो, बस समर्पण करो। कम से कम आधे लोग यह कर सकते हैं। तुम्हें पता हो या न हो, लेकिन पचास प्रतिशत लोगों में समर्पण की संभावना है, क्योंकि पुरुष-चित्त और स्त्रैण-चित्त एक अनुपात में होते हैं। वे सदा पचास-पचास प्रतिशत के अनुपात में होते हैं; लगभग सभी क्षेत्रों में आधे-आधे की संख्या में होते हैं, क्योंकि स्त्री के विपरीत ध्रुव के बिना पुरुष का होना संभव ही नहीं है। प्रकृति में एक गहन संतुलन है।

क्या तुम जानते हो, अगर एक सौ लड़कियां पैदा होती हैं तो उनके मुकाबले एक सौ पंद्रह लड़के पैदा होते हैं? कारण यह है कि लड़के लड़कियों से कमजोर होते हैं। कामवासना के प्रौढ़ होने की उम्र तक पंद्रह लड़के मर जाएंगे। इसलिए सौ लड़कियों के पीछे एक सौ पंद्रह लड़के पैदा होते हैं। लड़कियां मजबूत होती हैं; उनमें ज्यादा शक्ति होती है, वे ज्यादा प्रतिरोध कर सकती हैं। लड़के कमजोर होते हैं; उनमें उतनी प्रतिरोध की शक्ति नहीं होती। इसीलिए सौ लड़कियों के मुकाबले एक सौ पंद्रह लड़के! ये पंद्रह लड़के पीछे विदा हो जाएंगे। चौदह वर्ष की उम्र तक आते-आते, जब लड़के-लड़कियां कामवासना की दृष्टि से प्रौढ़ होते हैं, उनकी संख्या बराबर हो जाएगी।

प्रत्येक पुरुष के लिए एक स्त्री है और प्रत्येक स्त्री के लिए एक पुरुष। क्योंकि एक आंतरिक खिंचाव है जिसके बिना वे नहीं जी सकते; वह ध्रुवीय विपरीतता बहुत जरूरी है।

और वही नियम आंतरिक मन के साथ भी सही है। अस्तित्व को, प्रकृति को संतुलन की जरूरत है। इसलिए तुममें से आधे लोग स्त्रैण हैं और वे बहुत आसानी से गहरा समर्पण कर सकते हैं।

लेकिन तुम अपने लिए समस्याएं खड़ी कर सकते हो। हो सकता है तुम्हें समर्पण करने का भाव हो, लेकिन तुम सोचते हो कि मैं समर्पण कैसे कर सकता हूं। तुम्हें लगता है कि मेरे अहंकार को चोट पहुंचेगी। तुम समर्पण करने से भयभीत हो जाते हो; क्योंकि तुम्हें सिखाया

गया है कि स्वतंत्र बनो; स्वतंत्र रहो। अपने को खोओ मत; किसी दूसरे के हाथ में अपनी बागडोर मत दे दो। सदा अपने मालिक रहो।

यह हमें सिखाया गया है। ये सीखी हुई कठिनाइयां हैं। तुम्हें लग सकता है कि मैं समर्पण कर सकता हूं; लेकिन फिर दूसरी समस्याएं आती हैं जो तुम्हें समाज से, संस्कृति से, शिक्षा से मिली हैं। और उनसे सदा समस्याएं निर्मित होती हैं।

अगर तुम्हें सचमुच लगता है कि समर्पण तुम्हारे लिए नहीं है तो उसे भूल जाओ, उसकी फिक्र ही छोड़ दो। और तब अपनी सब ऊर्जा प्रयत्न में उंडेल दो।

ये दो अतियां हैं। एक, अगर तुम वस्तुतः स्त्रैण चित्त हो तो तुम्हें कहीं नहीं जाना है। तब कोई मंजिल नहीं है, तब कोई ईश्वर नहीं है जिसे पाना है, भविष्य में कोई स्वर्ग नहीं है; कुछ भी नहीं है। अब भाग-दौड़ में मत रहो; वर्तमान में रहो। और तुम्हें वह सब यहां और अभी अनायास प्राप्त हो जाएगा जो पुरुष-चित्त बहुत भाग-दौड़ और कठिन श्रम से प्राप्त करता है। अगर तुम विश्राम में हो सको तो ठीक अभी ही तुम मंजिल पर हो।

पुरुष-चित्त को तब तक दौड़ना होगा जब तक वह बिलकुल थककर गिर न जाए। तभी वह विश्राम कर सकता है। थककर चूर होने के लिए पुरुष-चित्त को आक्रमण, प्रयत्न और श्रम चाहिए। जब थकावट समग्र होती है तभी उसके लिए विश्राम और समर्पण संभव होता है। समर्पण उसके लिए सदा अंत में आता है। स्त्रैण चित्त के लिए समर्पण सदा आरंभ में है। तुम एक ही मंजिल पर पहुंचते हो, लेकिन पहुंचने के रास्ते भिन्न-भिन्न हैं।

तो कल जब मैंने कहा कि समय मत खोओ तो यह बात मैंने पुरुष-चित्त के लिए कही थी। जब मैंने कहा कि जल्दी करो और ऐसी आपात स्थिति निर्मित करो कि तुम्हारी समग्र ऊर्जा, तुम्हारे समस्त प्राण एकाग्र हो जाएं और उसी एकाग्र, केंद्रित प्रयास में तुम्हारा जीवन ज्योतिशिखा बन जाएगा तो यह बात मैंने पुरुष-चित्त के लिए कही थी। स्त्रैण-चित्त के लिए मैं कहता हूं कि विश्राम करो और तुम अभी ज्योतिशिखा हो।

यही कारण है कि जहां तुम्हें महावीर, बुद्ध, जीसस, कृष्ण, राम, जरथुस्त्र, मूसा के नाम उपलब्ध हैं, वहां तुम्हारे पास स्त्री तीर्थंकरों की ऐसी कोई सूची नहीं है। ऐसा नहीं है कि स्त्रियों ने इस अवस्था को उपलब्ध नहीं किया। उन्होंने भी उपलब्ध किया, लेकिन उनके ढंग भिन्न हैं। और पूरा इतिहास पुरुषों ने लिखा है और पुरुष सिर्फ पुरुष-चित्त को समझ सकता है; वह स्त्रैण चित्त को नहीं समझ सकता। यही समस्या है। यह सचमुच मुश्किल काम है।

पुरुष को यह बात समझ में नहीं आ सकती कि कोई स्त्री केवल गृहिणी रहकर उसे उपलब्ध कर ले जिसे बुद्ध इतने श्रम से, इतनी साधना से उपलब्ध करते हैं। पुरुष यह सोच ही नहीं सकता; उसके लिए यह सोचना असंभव है कि स्त्री बस गृहिणी रहकर उपलब्ध हो जाए। वह क्षण में जीती है, अभी का सुख लेती है; वह निकट में, यहीं और अभी में जीती है। वह दूर की चिंता नहीं करती है, उसके लिए न कोई मंजिल है, न कोई अध्यात्म है। वह बस अपने बच्चों को प्यार करती है, अपने पति को प्रेम करती है, साधारण स्त्री का जीवन जीती है। लेकिन वह आनंदित है। उसे महावीर की तरह कठिन तप नहीं करना है, बारह वर्षों की लंबी, कठिन तपस्या से नहीं गुजरना है।

लेकिन पुरुष महावीर की प्रशंसा करेगा, वह पुरुषार्थ को आदर देगा। अगर तुम बिना

▲

प्रयत्न के कुछ पा लो तो पुरुष के लिए उसका कोई मूल्य नहीं है। वह उसे आदर नहीं दे सकता। वह आदर देगा तेनसिंग को, हिलेरी को, क्योंकि वे एवरेस्ट पर पहुंच गए। यहां एवरेस्ट का मूल्य नहीं है; मूल्य इसका है कि वहां तक पहुंचने में इतना श्रम लगता है, कि वहां तक पहुंचना इतना खतरनाक है। और अगर तुम कहो कि मैं एवरेस्ट पर ही हूं, तो वह हंसेगा। एवरेस्ट अर्थपूर्ण नहीं है; अर्थपूर्ण है वह श्रम जो उस पर चढ़ने में लगता है।

और जब एवरेस्ट पर पहुंचना आसान हो जाएगा, पुरुष-चित्त के लिए उसका सब आकर्षण समाप्त हो जाएगा। एवरेस्ट पर पाने को कुछ नहीं है। जब हिलेरी और तेनसिंग एवरेस्ट पर पहुंचे तो उन्हें वहां कुछ पाने लायक नहीं मिला। लेकिन पुरुष-चित्त को बड़े गौरव का अनुभव होता है।

जब हिलेरी एवरेस्ट पर पहुंचा, उस समय मैं एक विश्वविद्यालय में था। सभी प्रोफेसर खुशी से नाच उठे थे। मैंने एक स्त्री प्रोफेसर से पूछा: 'तुम्हारा हिलेरी और तेनसिंग के बारे में, जो एवरेस्ट पर पहुंच गए हैं, क्या खयाल है?' उसने कहा: 'मेरी समझ में नहीं आता कि इसके लिए इतना शोरगुल क्यों मचाया जा रहा है। इसमें ऐसा क्या है? वे वहां पहुंच कर क्या पा गए? किसी बाजार में पहुंचना, किसी दुकान पर चले जाना बेहतर होता।'

स्त्रैण-चित्त के लिए यह व्यर्थ है। चांद पर जाना—यह जोखिम क्यों? इसकी जरूरत क्या है? लेकिन पुरुष-चित्त के लिए मंजिल महत्वपूर्ण नहीं है, असली चीज पुरुषार्थ है। क्योंकि तभी वह सिद्ध कर पाता है कि मैं पुरुष हूं। प्रयत्न, पुरुषार्थ, आक्रमण और जीवन को दांव पर लगा देना उसे पुलक से भर देता है। पुरुष-चित्त के लिए खतरे में बहुत रस है, स्त्रैण-चित्त के लिए उसमें कोई रस नहीं है।

यही कारण है कि मनुष्य का इतिहास आधा ही लिखा गया है। उसका दूसरा आधा भाग छूट ही गया है, बिलकुल अनलिखा रह गया है। हमें नहीं मालूम कि कितनी स्त्रियां बुद्धत्व को उपलब्ध हुईं। यह जानना असंभव है, क्योंकि हमारे मापदंड, हमारी कसौटियां स्त्रैण-चित्त पर लागू नहीं होती हैं।

तो पहले अपने चित्त के संबंध में निर्णय करो। पहले अपने मन पर ध्यान करो। देखो कि मेरा मन किस प्रकार का है, उसका ढंग क्या है। और फिर उन सब विधियों को भूल जाओ जो तुम पर लागू नहीं होतीं। और उनके बीच समन्वय बिठाने की चेष्टा मत करो।

दूसरा प्रश्न:

आपने कहा, 'अपने होने में अधिक से अधिक अस्तित्व को समाविष्ट करना सीखो। समस्त अस्तित्व के मूल स्रोत से ऊर्जा ग्रहण करो। अपने शत्रु को भी अपने में समाहित करो।' मैं अपने शत्रु को अपने में समाविष्ट कैसे कर सकता हूं अगर साथ-साथ घृणा की वृत्ति को भी पूरी तरह जीना है? क्या यह शिक्षा दमन पर नहीं ले जाती है?

मैंने कहा कि अपने शत्रु को भी अपने में समाविष्ट करो, लेकिन मैंने यह नहीं कहा कि शत्रु से ही शुरू करो। शुरू तो मित्र से करो। तुम अभी जैसे हो, तुम अपने मित्र को भी अपने में सम्मिलित नहीं करते। मित्र से आरंभ करो। वह भी कठिन है। मित्र को भी अपने होने में

सम्मिलित करना, उसे भी अपने भीतर प्रवेश देना, गहरे उतरने देना, उसके प्रति भी खुला और ग्रहणशील होना कठिन है। तो मित्र से शुरू करो, प्रेमी-प्रेमिका से शुरू करो। शत्रु पर एकाएक मत छलांग लगाओ।

और क्यों तुम शत्रु पर छलांग लगाते हो? इसलिए कि तुम कह सको कि यह असंभव है, यह हो नहीं सकता, ताकि तुम उसे छोड़ सको। पहले कदम से शुरू करो। तुम अंतिम कदम से शुरू करते हो, फिर यात्रा कैसे संभव होगी? तुम सदा अंतिम कदम से शुरू करते हो। पहला कदम अभी उठा नहीं है, इसलिए अंतिम कदम की बात केवल कल्पना है। और तुम्हें लगता है कि यह असंभव है। निश्चित ही यह असंभव है। तुम कैसे अंतिम से आरंभ कर सकते हो?

शत्रु तो समाविष्ट होने का अंतिम बिंदु है; अगर तुम मित्र को अपने में सम्मिलित कर सको तो शत्रु को भी सम्मिलित करना संभव हो सकता है, क्योंकि मित्र ही तो शत्रु बनते हैं। तुम किसी को शत्रु नहीं बना सकते यदि तुम उसे पहले मित्र नहीं बनाते हो। या बना सकते हो? अगर तुम किसी को शत्रु बनाना चाहते हो तो पहले उसे मित्र बनाना जरूरी है। मित्रता पहला कदम है।

बुद्ध ने कहीं कहा है कि मित्र मत बनाओ, क्योंकि वही शत्रु बनाने का पहला कदम है। बुद्ध कहते हैं कि मित्रतापूर्ण बनो, मित्र मत बनाओ। अगर तुम मित्र बनाते हो तो तुमने पहला कदम उठा लिया; अब जल्दी ही तुम शत्रु बनाओगे।

मित्र को सम्मिलित करो। निकट से आरंभ करो। आरंभ से ही आरंभ करो। तो ही शत्रु को सम्मिलित करना संभव होगा। तब कठिनाई नहीं अनुभव होगी।

जब तुम्हें मित्र को ही सम्मिलित करना है, मित्र को ही अपने में समाविष्ट करना है, तब भी यह कठिन काम है। क्योंकि प्रश्न मित्र या शत्रु का नहीं है, प्रश्न तुम्हारे खुले होने का है। तुम तो अपने मित्र के लिए भी बंद हो। तुम अपने मित्र से भी अपना बचाव करते हो। तुमने मित्र के प्रति भी अपने को समग्रतः नहीं खोला है। फिर तुम उसे अपने में सम्मिलित कैसे कर सकते हो? तुम उसे तभी सम्मिलित कर सकते हो जब कोई भय न हो, जब तुम भयभीत नहीं हो, जब तुम उसे अपने भीतर प्रवेश करने दो और उससे बचने के लिए कोई सुरक्षा-व्यवस्था न करो।

लेकिन तुम तो अपने प्रेमी-प्रेमिका के प्रति भी द्वार-दरवाजे बंद किए बैठे हो; उनके लिए भी तुमने अपने मन को अभी नहीं खोला है। अभी भी ऐसी चीजें हैं जो गोपनीय हैं, निजी हैं। और अगर तुम्हारा कुछ अपना है, निजी है, प्राइवेट है, तो तुम खुले नहीं हो सकते, तुम अपने में किसी को समाविष्ट नहीं कर सकते। क्योंकि खतरा है कि तुम्हारा प्राइवेट, व्यक्तिगत जीवन प्रकट हो जा सकता है, तुम्हारी गोपनीय बातें सार्वजनिक हो जा सकती हैं। मित्र को भी समाविष्ट करना आसान नहीं है। तो ऐसा मत सोचो कि शत्रु को सम्मिलित करना कठिन है, अभी यह असंभव ही है।

यही कारण है कि जीसस की शिक्षा असंभव हो गई, और ईसाई नकली हो गए। ऐसा होना ही था। क्योंकि जीसस कहते हैं कि अपने शत्रुओं को प्रेम करो, और तुम अभी अपने मित्र को भी प्रेम करने में समर्थ नहीं हो। जीसस तुम्हें एक असंभव काम दे रहे हैं। तुम झूठे

होने के लिए, पाखंडी होने के लिए बाध्य हो; तुम प्रामाणिक नहीं हो सकते। तुम बात तो करोगे शत्रु को प्रेम करने की और अपने मित्रों को भी घृणा करोगे। मैं ऐसा नहीं कह रहा हूं।

तो पहली बात: अभी शत्रु का विचार मत करो। वह तुम्हारे मन की चालाकी है। पहले मित्र का विचार करो। और दूसरी बात: प्रश्न किसी को समाविष्ट करने का नहीं है; प्रश्न है समावेश की क्षमता का, खुलेपन का, फैलाव का। वह तुम्हारी चेतना का गुण है। उस खुलेपन को, उस विस्तार को पैदा करो, उस गुणवत्ता को पैदा करो।

उस गुणवत्ता का निर्माण कैसे हो, यह विधि उसके लिए ही है। तुम किसी वृक्ष के पास बैठे हो। उस वृक्ष को देखो। वह तुमसे बाहर है। लेकिन यदि वह वृक्ष बिलकुल तुमसे बाहर है तो तुम उसे जान नहीं सकते। उसका कुछ अंश तो अवश्य ही यात्रा करके तुम्हारे भीतर पहुंच गया है; तभी तो तुम जान सके कि वृक्ष है, कि वह हरा है।

लेकिन क्या तुम जानते हो कि यह हरा रंग तुम्हारे भीतर है, वृक्ष में नहीं? जब तुम आंख बंद कर लेते हो तो पेड़ हरा नहीं है। अब वैज्ञानिक भी कहते हैं कि रंग तुम देते हो। प्रकृति में सब कुछ रंगहीन है; वहां कोई रंग नहीं है। रंग तब पैदा होता है जब किसी विषय-वस्तु से आती हुई किरणें तुम्हारी आंखों से मिलती हैं। तो रंग तुम्हारी आंखें पैदा करती हैं। वृक्ष और तुम्हारे मिलन से हरापन घटित होता है।

फूल खिले हैं; उनकी गंध तुम्हारे पास आती है, तुम सुगंध महसूस करते हो। लेकिन वह सुगंध भी तुम्हारी दी हुई है; वह प्रकृति में नहीं है। तुम्हारे पास सिर्फ तरंगें पहुंचती हैं, जिन्हें तुम गंध में रूपांतरित कर लेते हो। गंध तुम्हारी नाक का गुण है; नाक गंध सूंघती है। तुम न रहो तो कोई गंध नहीं होगी।

ऐसे दार्शनिक हुए हैं—बर्कले, नागार्जुन या शंकर—जो कहते हैं कि जगत माया है, तुम्हारे मन का एक ख्याल है, क्योंकि हम संसार के संबंध में जो भी जानते हैं वह वस्तुतः हमारा आरोपण है। इसीलिए जर्मन चिंतक और दार्शनिक इमेनुअल कांट कहता है कि वस्तुतः किसी वस्तु को नहीं जाना जा सकता, हम जो भी जानते हैं वह हमारा प्रक्षेपण है।

मुझे तुम्हारा चेहरा सुंदर दिखाई देता है। तुम्हारा चेहरा न सुंदर है न कुरूप; सुंदरता मेरी दृष्टि है। मैं ही तुम्हें सुंदर या कुरूप बनाता हूं। यह मुझ पर निर्भर है। यह मेरा भाव है। अगर तुम संसार में अकेले हो, कोई कहने वाला न हो कि तुम कुरूप हो या सुंदर, तो तुम न सुंदर होगे न कुरूप होगे। या कि होगे? अगर तुम धरती पर अकेले हो तो तुम सुंदर होगे या कुरूप होगे? तुम बुद्धिमान होगे या मूर्ख होगे? तुम कुछ नहीं होगे। सच तो यह है कि तुम धरती पर अकेले हो ही नहीं सकते; अकेले तुम हो नहीं सकते।

अगर तुम किसी झाड़ के पास बैठे हो तो ध्यान करो। आंख खोलो और झाड़ को देखो। और फिर आंख बंद करके झाड़ को अपने भीतर देखो। अगर यह प्रयोग करोगे—फिर आंख खोलकर झाड़ को देखो और फिर आंख बंद करके उसी झाड़ को अपने भीतर देखो—तो प्रारंभ में तो भीतर दिखने वाला झाड़ बाहर के झाड़ की धुंधली सी छाया मालूम होगा। लेकिन अगर तुमने प्रयोग जारी रखा तो धीरे-धीरे भीतर का झाड़ ठीक बाहर के झाड़ जैसा हो जाएगा।

और अगर तुम इस प्रयोग में धैर्यपूर्वक लगे रहे—जो कठिन है—तो एक क्षण आता

▲

है जब बाहर का वृक्ष भीतर के वृक्ष की छाया मात्र बनकर रह जाता है। भीतर का वृक्ष ज्यादा सुंदर, ज्यादा जीवंत हो जाता है, क्योंकि अब तुम्हारी आंतरिक चेतना इसके लिए भूमि बन गई। अब आंतरिक चेतना में इसकी जड़े जम गईं। अब यह सीधे चैतन्य से भोजन ले रहा है। यह बहुत दुर्लभ चीज है।

जब जीसस या जीसस जैसे लोग परमात्मा के राज्य की चर्चा करते हैं तो वे ऐसी रंगीन भाषा में चर्चा करते हैं कि हमें लगता है कि वे या तो पागल हैं या भ्रांत हैं। वे पागल या भ्रांत कुछ भी नहीं हैं; उन्होंने अस्तित्व को अपने में समाविष्ट करना सीख लिया है। उनकी अपनी आंतरिक चेतना अब एक जीवनदायी तत्व बन गई है। अब जो कुछ भीतर जाता है वह जीवंत हो जाता है, वह ज्यादा रंगीन, ज्यादा गंधपूर्ण, ज्यादा प्राणवान हो जाता है—मानो वह इस जगत का, इस पार्थिव जगत का न हो—मानो वह किसी उच्च लोक का हो। कवियों को इसका कुछ आभास मिलता है। रहस्यदर्शी इसे बहुत गहरे में जानते हैं, लेकिन कवि भी कुछ-कुछ महसूस करते हैं। कवियों को उसकी थोड़ी झलक मिलती है। वे जगत के साथ अपने को एक महसूस कर सकते हैं।

इसे प्रयोग करो: इतने खुलो, इतने विस्तृत होओ कि सबको अपने में समाविष्ट कर सको। जब मैं कहता हूं कि समावेश करना सीखो तो उसका यही मतलब है। वृक्ष को अपने भीतर प्रवेश करने दो और वहां उसे जड़ जमाने दो। फूल को भीतर प्रवेश करने दो और वहां उसे खिलने दो, प्रस्फुटित होने दो। तुम्हें इस पर भरोसा नहीं होगा, क्योंकि अनुभव किए बिना इसे जानने का और कोई उपाय नहीं है। एक कली पर, गुलाब की कली पर एकाग्रता साधो। उस पर अवधान को एकाग्र करो, उस पर पूरी तरह एकाग्र हो जाओ और उसे बाहर से भीतर आ जाने दो।

और जब कली का यह आंतरिक अनुभव इतना सघन, सच्चा हो जाए कि बाहरी कली, असली कली, तथाकथित असली कली उसकी छाया भर मालूम पड़े—असली धारणा अब अंदर है, असली चीज भीतर है और बाहरी कली आंतरिक कली की फीकी सी झलक भर है—जब तुम इस बिंदु पर पहुंच जाओ तो आंख बंद कर लो और भीतर की कली पर एकाग्रता साधो। तुम चकित रह जाओगे, क्योंकि भीतर की कली खिलने लगेगी, फूल बनने लगेगी, वह ऐसा फूल बनेगी जैसा तुमने कभी नहीं जाना। वैसा फूल तुम्हें बाहर के जगत में कभी नहीं मिलेगा। यह एक अपूर्व घटना है—जब कोई चीज तुम्हारे भीतर बढ़ती है, खुलती है, खिलती है।

इस भांति बढ़ो, विस्तृत होओ, समावेश करना सीखो और धीरे-धीरे अपनी सीमाओं को फैलने दो। अपने में प्रेमियों को सम्मिलित करो, मित्रों को सम्मिलित करो, परिवार को सम्मिलित करो। फिर परायों को भी सम्मिलित करो। और तब तुम धीरे-धीरे शत्रु को भी सम्मिलित कर लेते हो। वह अंतिम बिंदु होगा। और जब तुम उसे अपने भीतर प्रवेश करने देते हो, वहां जड़ें जमाने देते हो, उसे अपनी चेतना का हिस्सा बनने देते हो, तब तुम्हारे लिए कुछ भी शत्रुतापूर्ण नहीं रह जाता। तब सारा जगत तुम्हारा घर हो गया। तब कुछ भी अजनबी न रहा, कोई भी पराया न रहा, और तुम जगत के साथ आनंदित हो।

लेकिन मन की चालाकी से सावधान रहो। मन सदा तुम्हें ऐसा कुछ कहेगा जिसे तुम

▲

कर न सको। और जब तुम नहीं कर पाओगे तो मन कहेगा कि ये फिजूल की बातें हैं, इन्हें छोड़ो। मन ऐसा लक्ष्य देगा जिसे तुम पूरा नहीं कर पाओगे, यह सदा स्मरण रहे। अपने ही मन के शिकार मत बनो। सदा संभव से शुरू करो; असंभव पर छलांग मत लगाओ।

और अगर तुम संभव में बढ़ सके, गति कर सके, तो असंभव उसका ही दूसरा छोर है। असंभव संभव के विपरीत नहीं है; वह उसका ही दूसरा छोर है। वह एक ही इंद्रधनुष का हिस्सा है, दूसरा छोर है।

इसमें एक और प्रश्न जुड़ा है: 'मैं अपने शत्रु को अपने में कैसे समाविष्ट कर सकता हूं अगर साथ ही साथ घृणा की वृत्ति को भी पूरी तरह जीना है? क्या यह शिक्षा दमन पर नहीं ले जाती है?'

यह थोड़ी बारीक बात है जिसे अच्छी तरह समझना चाहिए। जब तुम घृणा करते हो तो मैं नहीं कहता कि उसका दमन करो। क्योंकि जो भी दमित किया जाता है वह खतरनाक है। और अगर तुम दमन करते हो तो तुम बिलकुल खुले नहीं हो सकते। तब तुम अपनी एक निजी, अलग दुनिया बना लेते हो जो तुम्हें दूसरों को अपने में सम्मिलित नहीं करने देगी। और तुम जिस चीज का भी दमन करोगे, तुम उससे सदा ही भयभीत रहोगे; क्योंकि किसी भी क्षण वह बाहर आ सकती है। तो पहली बात कि क्रोध, घृणा या किसी भी भाव का दमन मत करो।

लेकिन क्रोध या घृणा को किसी दूसरे पर प्रकट करने की भी जरूरत नहीं है। तुम दूसरे पर अपना क्रोध या घृणा प्रकट करते हो, क्योंकि तुम सोचते हो कि दूसरा जिम्मेवार है। यह बात गलत है। दूसरा जिम्मेवार नहीं है, तुम स्वयं जिम्मेवार हो। तुम घृणा करते हो, क्योंकि तुम घृणा से भरे हो। दूसरा सिर्फ तुम्हें मौका देता है, और कुछ नहीं। अगर तुम आते हो और मुझे गाली देते हो तो तुम मुझे सिर्फ एक मौका देते हो कि मेरे भीतर जो भी है उसे मैं बाहर ले आऊं। अगर घृणा है तो घृणा बाहर आएगी, अगर प्रेम है तो प्रेम प्रकट होगा। और अगर करुणा है तो करुणा व्यक्त होगी। तुम केवल मुझे अपने को प्रकट करने का अवसर दे रहे हो।

इसलिए अगर तुम्हारी घृणा बाहर आती है तो यह मत सोचो कि दूसरा उसके लिए जिम्मेवार है। वह सिर्फ माध्यम है। हमारे पास संस्कृत में इसके लिए सुंदर शब्द है: निमित्त। निमित्त यानी माध्यम। वह कारण नहीं है, कारण सदा भीतर है। वह तो कारण को बाहर लाने का निमित्त मात्र है। इसलिए उसका धन्यवाद करो, उसका अनुग्रह मानो कि वह तुम्हारी छिपी हुई घृणा के प्रति तुम्हें बोधपूर्ण बनाता है। वह मित्र है। तुम उसे दुश्मन समझ लेते हो, क्योंकि तुम उस पर सारा दायित्व डाल देते हो। तुम सोचते हो कि वह घृणा पैदा करवा रहा है। यह सदा के लिए गांठ बांध लो: कोई दूसरा तुम्हारे भीतर कुछ निर्मित नहीं कर सकता।

अगर तुम बुद्ध के पास जाओ और उन्हें गाली दो तो वे तुम्हें घृणा नहीं करेंगे, वे तुम पर क्रोध नहीं करेंगे। तुम चाहे कुछ भी करो, तुम उन्हें क्रोधित नहीं कर सकते। इसलिए नहीं कि तुम्हारे प्रयत्न में कुछ कमी है, बल्कि इसलिए कि उनमें क्रोध ही नहीं है। तुम बाहर क्या लाओगे?

दूसरा व्यक्ति तुम्हारी घृणा का स्रोत नहीं है, इसलिए अपनी घृणा को उस पर मत फेंको। उसके प्रति कृतज्ञ होओ, उसे धन्यवाद दो। और उस घृणा को, जो तुम्हारे भीतर है, खाली आकाश में उलीच दो। यह है पहली बात।

▲

दूसरी बातः घृणा को भी अपने भीतर ले लो, उसे भी अपने में सम्मिलित कर लो। वह जरा गहरी बात है। वह गहरा आयाम है। घृणा को भी अपने में जगह दो। जब मैं यह कहता हूं तो मेरा क्या अर्थ है?

जब भी कुछ बुरा होता है, जब भी कुछ ऐसा घटित होता है जिसे तुम बुरा कहते हो, अशुभ कहते हो, तो तुम उसे कभी अपने में शामिल नहीं करते। और जब कुछ शुभ होता है, भला होता है, तो तुम तुरंत उसे अपने में शामिल कर लेते हो।

जब तुम प्रेमपूर्ण होते हो तो कहते हो कि मैं प्रेम हूं, लेकिन जब तुम घृणा करते हो तो कभी नहीं कहते कि मैं घृणा हूं। जब तुम्हें करुणा होती है तो तुम कहते हो कि मैं करुणा हूं, लेकिन जब क्रोध आता है तब नहीं कहते कि मैं क्रोध हूं। तुम सदा कहते हो कि मैं क्रोधित हूं—मानो क्रोध तुम्हें घटित हुआ है, मानो तुम क्रोध नहीं हो, यह कोई बाह्य घटना है, कुछ आकस्मिक चीज है। और जब तुम कहते हो कि मैं प्रेम हूं तो लगता है कि प्रेम तुम्हारा सारभूत गुण है, वह आकस्मिक रूप से तुम पर घटित नहीं हुआ है, वह बाहर से नहीं आया है। तुम मानते हो कि वह तुम्हारे भीतर से आया है।

तो जो भी अच्छा है, शुभ है, तुम उसे अपने में गिन लेते हो; और जो भी बुरा है उसे नहीं गिनते। अशुभ को भी अपने में शामिल करो। क्योंकि तुम्हीं घृणा हो, तुम्हीं क्रोध हो। और जब तक तुम इस बात को कि मैं घृणा हूं, कि मैं क्रोध हूं, अपने गहन अंतस में नहीं अनुभव करते हो, तब तक तुम उसके पार नहीं जा सकते हो।

अगर तुम अनुभव कर सको कि मैं क्रोध हूं तो तुम्हारे भीतर रूपांतरण की एक सूक्ष्म प्रक्रिया सक्रिय हो जाती है। क्या होता है जब तुम कहते हो कि मैं क्रोध हूं? बहुत सी बातें होती हैं। पहली बात, जब तुम कहते हो कि मैं क्रोधित हूं तो तुम उस ऊर्जा से अलग हो जिसे तुम क्रोध कहते हो। यह सचाई नहीं है। और सत्य झूठे आधार से कभी घटित नहीं हो सकता। यह सच नहीं है कि तुम अपने क्रोध से भिन्न हो। सचाई यह है कि तुम क्रोध ही हो, यह तुम्हारी ही ऊर्जा है। वह तुमसे कोई अलग चीज नहीं है।

तुम क्रोध को, घृणा को अपने से अलग करते हो, क्योंकि तुम अपनी एक झूठी प्रतिमा निर्मित करते हो कि मैं कभी क्रोध नहीं करता, घृणा नहीं करता, कि मैं सदा प्रेमपूर्ण हूं, सहृदय और सहानुभूतिपूर्ण हूं। ऐसे तुमने अपनी एक झूठी प्रतिमा निर्मित कर ली है। और यह झूठी प्रतिमा अहंकार है। अहंकार तुम्हें कहे चला जाता है: 'क्रोध को छोड़ो, घृणा को काटो; ये अच्छी चीजें नहीं हैं।' ऐसा नहीं है कि तुम जानते हो कि वे अच्छी चीजें नहीं हैं। केवल इसलिए तुम उन्हें छोड़ना चाहते हो, क्योंकि वे तुम्हारी अच्छी प्रतिमा को तोड़ते हैं, वे तुम्हारे अहंकार को, तुम्हारी झूठी प्रतिमा को पोषण नहीं देते हैं।

तुम्हारी एक प्रतिमा है। तुम मानते हो कि मैं अच्छा आदमी हूं, प्रतिष्ठित, सुंदर, सुसंस्कृत आदमी हूं। और यह आकस्मिक है कि कभी-कभी तुम अपनी प्रतिमा से गिर जाते हो। और तब तुम अपनी प्रतिमा को फिर संवार लेते हो। लेकिन यह आकस्मिक नहीं है; असल में वही तुम्हारा असली रूप है। जब तुम क्रोध में होते हो तब तुम्हारा असली रूप अधिक सचाई से प्रकट होता है—बजाय उन क्षणों के जब तुम झूठी मुसकान ओढ़े रहते हो। जब तुम अपनी घृणा प्रकट करते हो तब तुम ज्यादा प्रामाणिक हो—बजाय उन क्षणों के जब

तुम प्रेम का ढोंग करते हो।

पहली बात है कि प्रामाणिक बनो, सच्चे होओ। घृणा को, क्रोध को, तुम्हारे भीतर जो भी है, सबको सम्मिलित करो। क्या होगा? अगर तुम सब कुछ सम्मिलित कर लेते हो तो तुम्हारी झूठी प्रतिमा सदा के लिए गिर जाएगी। और यह शुभ है। यह कितना सुंदर है कि तुम अपनी झूठी प्रतिमा से, अपने मुखौटों से मुक्त हो जाओ। क्योंकि यह झूठी प्रतिमा ही जीवन में जटिलताएं पैदा करती है। इस प्रतिमा के गिरते ही तुम्हारा अहंकार गिर जाएगा। और अहंकार का विसर्जन धर्म का द्वार है।

जब तुम कहते हो कि मैं क्रोध हूं तब तुम्हारा अहंकार कैसे खड़ा रह सकता है? जब तुम कहते हो कि मैं घृणा हूं, मैं ईर्ष्या हूं, मैं क्रूरता हूं, मैं हिंसा हूं, तब तुम्हारा अहंकार कैसे खड़ा रह सकता है? अहंकार तो तब खड़ा होता है जब तुम कहते हो कि मैं ब्रह्म हूं, मैं परमेश्वर हूं। तब अहंकार आसान है। मैं आत्मा हूं, परमात्मा हूं—यह मानने से तुम्हारा अहंकार सरलता से खड़ा हो सकता है। लेकिन जब तुम कहते हो कि मैं ईर्ष्या, घृणा, काम, क्रोध, वासना हूं, तब तुम्हारा अहंकार नहीं रह सकता। झूठी प्रतिमा के गिरने के साथ ही अहंकार गिर जाता है; तुम सच्चे और स्वाभाविक हो जाते हो। और तभी अपनी यथार्थ स्थिति को समझना संभव है। तब तुम अपने क्रोध के पास निर्विरोध भाव से जा सकते हो, उसे देख सकते हो। वह तुम ही हो। तुम्हें समझना है कि वह मेरी ही ऊर्जा है।

और अगर तुम अपने क्रोध के प्रति समझपूर्ण हो सके तो यह समझ ही क्रोध को बदल देती है, रूपांतरित कर देती है। अगर तुम क्रोध और घृणा की पूरी प्रक्रिया को समझ सके तो उस समझने में ही क्रोध, घृणा, सब विदा हो जाता है। क्योंकि क्रोध के, घृणा के होने के लिए बुनियादी जरूरत है उनके प्रति बेहोश होना, अनजान होना, सोया होना। जब भी तुम सजग नहीं हो, क्रोध संभव है। और जब तुम सजग हो तो क्रोध असंभव है। जो ऊर्जा क्रोध बन सकती थी वही सजगता में समाहित हो जाती है।

बुद्ध बार-बार अपने भिक्षुओं से कहते हैं: 'मैं यह नहीं कहता कि क्रोध मत करो, मैं कहता हूं कि जब तुम क्रोध करो तो सजग रहो। यही वस्तुतः रूपांतरण का मूलभूत सिद्धांत है। मैं यह नहीं कहता कि क्रोध मत करो; मैं कहता हूं कि जब क्रोध आए तो सजग रहो।'

इसे प्रयोग करो। जब क्रोध आए तब सजग हो जाओ। उसे देखो। उसका निरीक्षण करो। उसके प्रति होश रखो; सोए मत रहो। और तुम जितना होश रखो; क्रोध उतना ही कम होगा। और जिस क्षण तुम पूरी तरह सजग होगे, क्रोध बिलकुल नहीं होगा। जो ऊर्जा क्रोध बनती है वही ऊर्जा सजगता बन जाती है।

ऊर्जा तटस्थ है। वही ऊर्जा क्रोध बनती है, वही ऊर्जा घृणा बनती है। और वही ऊर्जा प्रेम बनती है, वही ऊर्जा करुणा बनती है। ऊर्जा तो एक है; क्रोध, घृणा, प्रेम, उसकी अभिव्यक्तियां हैं। और ऐसी कुछ आधारभूत स्थितियां हैं जिनमें ऊर्जा कोई विशेष वृत्ति का रूप ले लेती है। अगर तुम मूर्छित हो तो ऊर्जा क्रोध बन सकती है, काम बन सकती है, हिंसा बन सकती है। अगर तुम जागरूक हो, सावचेत हो तो ऊर्जा यह सब नहीं बन सकती; होश, बोध, चैतन्य, ऊर्जा को उन मार्गों में जाने नहीं देता है। तब ऊर्जा एक भिन्न धरातल पर गति करती है—वही ऊर्जा।

▲

बुद्ध कहते हैं: 'चलो, बैठो, भोजन करो—जो भी करो पूरे सावचेत होकर करो, पूरे बोध के साथ करो कि मैं यह कर रहा हूं।'

एक बार ऐसा हुआ कि बुद्ध टहल रहे थे और एक मक्खी आई और उनके माथे पर बैठ गई। बुद्ध कुछ भिक्षुओं से बातें कर रहे थे, तो मक्खी पर ध्यान दिए बिना ही उन्होंने अपना हाथ हिलाया और मक्खी उड़ गई। फिर उन्हें बोध हुआ कि मैंने कुछ किया जो बोधपूर्ण नहीं था; क्योंकि मेरा बोध तो उन भिक्षुओं के प्रति था जिनसे मैं बात कर रहा था।

उन्होंने भिक्षुओं से कहा: 'मुझे एक क्षण के लिए क्षमा करो।' फिर उन्होंने आंख बंद की और अपना हाथ उठाया। भिक्षु चकित हुए कि बुद्ध क्या कर रहे हैं! क्योंकि अब कोई मक्खी तो वहां थी नहीं। उन्होंने दोबारा अपना हाथ उठाया और उसी स्थान पर हिलाया जहां मक्खी बैठी थी—यद्यपि अब वह वहां नहीं है। उन्होंने अपना हाथ नीचे किया, आंखें खोलीं और भिक्षुओं से कहा: 'अब तुम पूछ सकते हो।'

लेकिन उन भिक्षुओं ने कहा: 'हम तो भूल ही गए कि क्या पूछना चाहते थे। अब हम पूछना चाहते हैं कि यह आपने क्या किया? मक्खी तो अभी नहीं थी, पहले जरूर थी; फिर आप क्या कर रहे थे?' बुद्ध ने कहा: 'मैंने वह किया जो मुझे पहले करना चाहिए था; पूरी सजगता से हाथ उठाना चाहिए था। यह मेरे लिए अच्छा नहीं था; यह बिलकुल बेहोशी में, यंत्रवत किया गया था।'

ऐसा होश, ऐसा चैतन्य क्रोध नहीं बन सकता है। ऐसी सजगता घृणा नहीं बन सकती है। यह असंभव है।

तो पहले घृणा को, क्रोध को, जो भी बुरा माना जाता है, सबको सम्मिलित करो। उसे अपने में समाविष्ट करो, अपनी प्रतिमा में शामिल करो, ताकि तुम्हारा अहंकार गिर जाए, तुम आसमान से जमीन पर उतर आओ। तुम सच्चे बनो।

फिर क्रोध या घृणा को किसी दूसरे पर मत फेंको। उसे रहने दो, उसे आकाश के प्रति व्यक्त करो। पूरे सावचेत हो जाओ। अगर तुम क्रोध में हो तो एक कमरे में चले जाओ, एकांत में चले जाओ और वहां क्रोध करो, वहां क्रोध को प्रकट करो—और सजग रहो। वह सब करो जो तुम उस व्यक्ति के साथ करते जो तुम्हारे क्रोध का निमित्त बना था। तुम उसका चित्र कमरे में रख सकते हो, या उसकी जगह एक तकिया रख सकते हो। और उससे कहो: तुम मेरे पिता हो। और फिर उसकी खुब पिटाई करो। लेकिन पूरी तरह सजग रहो। पूरी तरह सजग रहो कि तुम क्या कर रहे हो, और करो।

और एक अदभुत अनुभव होगा। क्रोध की पूरी अभिव्यक्ति होगी और तुम सजग रहोगे। और तुम हंसोगे, तुम जानोगे कि मैं भी क्या-क्या मूढ़ताएं करता हूं। लेकिन तुम यही सब असली पिता के साथ कर सकते थे—अभी तुम सिर्फ तकिए के साथ कर रहे हो।

और अगर तुम यह प्रामाणिकता से कर सके तो तुम अपने पिता के प्रति बहुत करुणा से भर जाओगे, बहुत प्रेमपूर्ण हो जाओगे। जब तुम कमरे से बाहर आओगे और अपने पिता को देखोगे तो तुम अपने को उनके प्रति बहुत करुणा, बहुत प्रेम से भरा पाओगे। और तुम्हें भाव होगा कि उनसे क्षमा मांग लो।

मेरा यही मतलब है जब मैं कहता हूं कि सबको अपने में सम्मिलित करो। उसका अर्थ

दमन नहीं है। दमन सदा खतरनाक है, जहर है। जो भी तुम दमित करते हो उससे तुम सिर्फ आंतरिक जटिलताएं ही निर्मित करते हो। वे जटिलताएं जारी रहेंगी और तुम्हें अंततः पागल बनाकर छोड़ेंगी। दमन की अंतिम परिणति पागलपन है।

तो प्रकट करो, अभिव्यक्त करो। लेकिन किसी दूसरे पर मत प्रकट करो। उसकी जरूरत नहीं है, वह मूढ़ता है। और उससे एक दुष्चक्र निर्मित होता है। अकेले में प्रकट करो। और ध्यानपूर्वक प्रकट करो। और प्रकट करते हुए सजग रहो।

आज इतना ही।

63

परमात्मा को जन्म देना है

सूत्र

▲

10. आंख की पुतलियों को पंख की भांति छूने से
उनके बीच का हलकापन हृदय में खुलता है
और वहां ब्रह्मांड व्याप जाता है।
11. हे दयामयी, अपने रूप के बहुत ऊपर और बहुत
नीचे, आकाशीय उपस्थिति में प्रवेश करो।

▲

एक बार एक चर्च में ऐसा हुआ कि एक बहुत लंबे और उबाऊ व्याख्यान के बाद पादरी ने सूचना दी कि मंगलकामना के तुरंत बाद बोर्ड की एक संक्षिप्त बैठक होगी। सभा समाप्त होने पर जो पहला आदमी पादरी के पास पहुंचा वह एक अजनबी था। पादरी ने सोचा कि कुछ गलतफहमी हुई है, क्योंकि वह व्यक्ति बिलकुल अजनबी था। वह ईसाई भी नहीं मालूम पड़ता था; उसका चेहरा मुसलमान जैसा था। तो पादरी ने उससे कहा कि ऐसा लगता है कि आपने सूचना को गलत ढंग से समझा; यहां बोर्ड (समिति) की बैठक होने वाली है।

उस अजनबी ने कहाः 'यही तो मैंने भी सुना। और अगर यहां कोई व्यक्ति है जो मुझसे भी ज्यादा बोर्ड हो तो मैं उससे मिलना चाहूंगा—इफ देअर वाज़ समवन हिअर मोर बोर्ड दैन मी देन आई वुड लाइक टु मीट हिम।'

प्रत्येक आदमी की यही स्थिति है। लोगों के चेहरे देखो, या आईने में अपना ही चेहरा देखो, और तुम्हें लगेगा कि मैं सबसे ज्यादा ऊबा हुआ आदमी हूं। और तुम्हें यह असंभव मालूम होगा कि कोई दूसरा तुमसे ज्यादा ऊबा हुआ हो सकता है। पूरा जीवन एक लंबी ऊब मालूम पड़ता है—रूखा-सूखा, नीरस और अर्थहीन—जिसे तुम किसी भांति बोझ की तरह ढो रहे हो।

ऐसा क्यों हो गया है? जिंदगी ऊब बनने के लिए नहीं है। जीवन दुख-संताप बनने के लिए नहीं है। जीवन एक उत्सव है; जीवन हर्षोल्लास का शिखर है। लेकिन यह केवल कविता की, स्वप्न की, बातचीत की चीज बन कर रह गई है। कभी-कभार कोई बुद्ध, कोई कृष्ण गहन उत्सव में मालूम होते हैं, लेकिन वे अपवाद जैसे लगते हैं। वे सच में हुए, यह भी मानने को दिल नहीं होता। अविश्वसनीय मालूम पड़ते हैं—मानो वे यथार्थ नहीं, कल्पनाएं हों। ऐसा लगता है कि ऐसे लोग कभी होते नहीं; वे केवल हमारी कल्पना की उड़ान हैं, पुराण-कथाएं हैं, स्वप्न हैं। वे मिथक हैं। वे हमारी आशाएं हैं। वे असलियत नहीं हैं। असलियत तो हमारा अपना चेहरा है जिस पर ऊब, दुख और संताप छाया हुआ है। यथार्थ तो हमारी पूरी जिंदगी है,

जिसे हम किसी तरह ढो रहे हैं।

ऐसा क्यों हो गया है? यह जीवन का बुनियादी सत्य होना नहीं चाहिए; ऐसा हो नहीं सकता। क्योंकि ऐसा सिर्फ मनुष्य के साथ होता है। वृक्ष हैं, तारे हैं, पशु-पक्षी हैं; कहीं भी तो ऐसा नहीं होता है। मनुष्य को छोड़ कर कोई भी तो ऊबा हुआ नहीं है। यदि उन्हें कभी पीड़ा भी होती है तो वह क्षणिक है। उनकी पीड़ा सदा-सदा की ग्रस्तता नहीं बनती है, चिंता नहीं बनती है। वह पीड़ा सतत उनके मन पर छाई नहीं रहती है। वह क्षणिक है, एक छोटी सी दुर्घटना है; वे उसे ढोते नहीं हैं।

पशुओं को पीड़ा हो सकती है, लेकिन उन्हें कभी दुख-संताप नहीं सताता। उनकी पीड़ा आकस्मिक घटना होती है; वे उससे बाहर निकल जाते हैं। फिर वे उसे ढोते नहीं हैं; वह पीड़ा उनका स्थायी घाव नहीं बन जाती है। पीड़ा आती है, चली जाती है, अतीत का हिस्सा हो जाती है; वह कभी उनके भविष्य का हिस्सा नहीं बनती। जब पीड़ा स्थायी हो जाती है, एक घाव बन जाती है, जब वह एक क्षणिक घटना न रहकर तुम्हारे अस्तित्व का हिस्सा बन जाती है, मानो तुम उसके बिना जी ही नहीं सकते, तब वह समस्या बन जाती है। और वह समस्या सिर्फ मनुष्य के मन में पैदा हुई है।

वृक्ष दुखी नहीं हैं; उन्हें कोई संताप नहीं सताता। ऐसा नहीं है कि उनकी मृत्यु नहीं होती; वे भी मरते हैं। लेकिन मृत्यु उनके लिए समस्या नहीं है। ऐसा नहीं है कि वृक्षों को पीड़ादायी अनुभव नहीं होते; उन्हें भी पीड़ादायी अनुभव होते हैं। लेकिन ये अनुभव उनका जीवन नहीं बन जाते; वे सिर्फ परिधि पर घटते हैं और विदा हो जाते हैं। उनके केंद्र में, उनके अंतरतम में उनका जीवन उत्सव बना रहता है। वृक्ष सदा उत्सव में है। मृत्यु होगी, लेकिन एक ही बार होगी। पूरी जिंदगी उसे सिर पर नहीं ढोना है। मनुष्य को छोड़कर जगत में हर कहीं उत्सव है। सिर्फ मनुष्य ऊबा हुआ है; ऊब एक मानवीय घटना है। क्या भूल हो गई है?

कुछ भूल अवश्य हुई है। और एक ढंग से यह शुभ लक्षण भी हो सकता है। ऊब मानवीय है। तुम मनुष्य की परिभाषा ऊब से कर सकते हो। अरस्तू ने मनुष्य की परिभाषा बुद्धिमान होने से की है। वह परिभाषा पूरी तरह सही नहीं है; वह शत-प्रतिशत सही नहीं है। क्योंकि फर्क सिर्फ मात्रा का है। पशु भी बुद्धिमान हैं, लेकिन कम बुद्धिमान हैं। वे सर्वथा बुद्धिहीन नहीं हैं। ऐसे पशु भी हैं जो मनुष्य मन के जरा ही नीचे हैं। वे भी अपने ढंग से बुद्धिमान हैं, लेकिन उतने बुद्धिमान नहीं हैं जितने मनुष्य हैं। लेकिन वे बिलकुल निर्बुद्धि नहीं हैं। फर्क मात्रा का ही है। इसलिए मनुष्य की परिभाषा सिर्फ बुद्धि से नहीं हो सकती। लेकिन उसकी परिभाषा ऊब से हो सकती है। एकमात्र मनुष्य ही ऊबा हुआ जानवर है।

और उसकी यह ऊब इस हद तक जा सकती है कि मनुष्य आत्मघात कर सकता है। सिर्फ मनुष्य आत्महत्या करता है; कोई पशु आत्महत्या नहीं करता। आत्महत्या पूरी तरह मानवीय घटना है। जब ऊब इस हद पर पहुंच जाती है जहां आशा भी असंभव हो जाए तो तुम अपने हाथों ही अपनी जिंदगी खतम कर लेते हो, क्योंकि अब इसे ढोए चलने में कोई अर्थ न रहा। तुम इस ऊब को, इस पीड़ा को ढोते हो, झेलते हो; क्योंकि कल अभी भी आशापूर्ण है। तुम्हें लगता है कि आज बुरा है, लेकिन कल कुछ होगा। उस आशा में तुम किसी तरह चलते रहते हो।

मैंने सुना है, एक बार चीन के एक सम्राट ने अपने प्रधान मंत्री को फांसी की सजा दे दी। जिस दिन प्रधान मंत्री को फांसी दी जाने वाली थी, सम्राट उससे मिलने आया, उसे अंतिम विदा कहने आया। वह उसका बहुत वर्षों तक वफादार सेवक रहा था, लेकिन उसने कुछ किया जिससे सम्राट बहुत नाराज हो गया और उसे फांसी की सजा दे दी। लेकिन यह याद करके कि यह उसका अंतिम दिन है, सम्राट उससे मिलने आया।

जब सम्राट आया तो उसने देखा कि प्रधान मंत्री रो रहा है, उसकी आंखों से आंसू बह रहे हैं। वह सोच भी नहीं सकता था कि मृत्यु उसके रोने का कारण हो सकती है, क्योंकि प्रधान मंत्री बहुत बहादुर आदमी था। उसने कहा: 'यह कल्पना करना भी असंभव है कि तुम मृत्यु को निकट देखकर रो रहे हो। यह सोचना भी असंभव है। तुम बहादुर आदमी हो और मैंने अनेक बार तुम्हारी बहादुरी देखी है। अवश्य कोई और बात है। क्या बात है? यदि मैं कुछ कर सकता हूं तो जरूर करूंगा।'

प्रधान मंत्री ने कहा: 'अब कुछ भी नहीं किया जा सकता; और बताने से भी कुछ लाभ नहीं होगा। लेकिन अगर आप जिद करेंगे तो मैं अभी भी आपका सेवक हूं, आपकी आज्ञा मानकर बता दूंगा।'

सम्राट ने जिद की और प्रधान मंत्री ने कहा: 'मेरे रोने का कारण मृत्यु नहीं है; क्योंकि मृत्यु कोई बड़ी बात नहीं है। मनुष्य को एक दिन मरना ही है; किसी भी दिन मृत्यु हो सकती है। मैं तो बाहर खड़े आपके घोड़े को देखकर रो रहा हूं।'

सम्राट ने पूछा: 'घोड़े के कारण रोते हो? लेकिन क्यों?'

प्रधान मंत्री ने कहा: 'मैं जिंदगी भर इसी तरह के घोड़े की तलाश में रहा; क्योंकि मैं एक प्राचीन कला जानता हूं। मैं घोड़ों को उड़ना सिखा सकता हूं; लेकिन उसके लिए एक खास किस्म का घोड़ा चाहिए। यह उसी किस्म का घोड़ा है। और यह मेरा अंतिम दिन है। मुझे अपनी मृत्यु की फिक्र नहीं है; मैं रोता हूं कि मेरे साथ एक प्राचीन कला भी मर जाएगी।'

सम्राट की उत्सुकता जगी—घोड़ा उड़े, यह कितनी बड़ी बात होगी—उसने कहा: 'घोड़े को उड़ना सिखाने में कितने दिन लगेंगे?

प्रधान मंत्री ने कहा: कम से कम एक वर्ष—और यह घोड़ा उड़ने लगेगा।'

सम्राट ने कहा: 'बहुत अच्छा! मैं तुम्हें एक वर्ष के लिए आजाद कर दूंगा। लेकिन स्मरण रहे, यदि एक वर्ष में घोड़ा नहीं उड़ा तो तुम्हें फिर फांसी दे दी जाएगी। और यदि घोड़ा उड़ने लगा तो तुम्हें माफ कर दिया जाएगा। और माफ ही नहीं, मैं तुम्हें अपना आधा राज्य भी दे दूंगा। क्योंकि मैं इतिहास का पहला सम्राट होऊंगा जिसके पास उड़ने वाला घोड़ा होगा। तो जेल से बाहर आ जाओ और रोना बंद करो।'

प्रधान मंत्री घोड़े पर सवार, प्रसन्न और हंसता हुआ अपने घर पहुंचा। उसकी पत्नी अभी भी रो-धो रही थी। उसने कहा: 'मैंने सब सुन लिया है। तुम्हारे आने के पहले ही मुझे खबर मिल गई है। लेकिन बस एक वर्ष? और मैं जानती हूं, तुम्हें कोई कला नहीं आती है और यह घोड़ा कभी उड़ नहीं सकता। यह तो तरकीब है, धोखा है। तो अगर तुम एक साल का समय मांग सकते थे तो दस साल का समय क्यों नहीं मांग लिया?'

प्रधान मंत्री ने कहा: 'वह जरा ज्यादा हो जाता। जो मिला है वही बहुत ज्यादा है। घोड़े

के उड़ने की बात ही अविश्वसनीय है, फिर दस साल का समय मांगना सरासर धोखा होता। लेकिन रोओ मत।'

लेकिन पत्नी ने कहा: 'यह तो मेरे लिए और बड़े दुख की बात है कि मैं तुम्हारे साथ भी रहूंगी और भीतर-भीतर मुझे पता भी है कि एक वर्ष के बाद तुम्हें फांसी लगने वाली है। यह एक वर्ष तो भारी दुख का वर्ष होगा।'

प्रधान मंत्री ने कहा : 'अब मैं तुम्हें एक प्राचीन भेद की बात बताता हूं जिसका तुम्हें पता नहीं है। इस एक वर्ष में सम्राट मर सकता है, घोड़ा मर सकता है, मैं मर सकता हूं। या कौन जाने घोड़ा उड़ना ही सीख जाए। एक वर्ष !'

बस आशा—मनुष्य आशा के सहारे जीता है, क्योंकि वह इतना ऊबा हुआ है। और जब ऊब उस बिंदु पर पहुंच जाती है जहां तुम और आशा नहीं कर सकते, जहां निराशा परिपूर्ण होती है, तब तुम आत्महत्या कर लेते हो। ऊब और आत्महत्या, दोनों मानवीय घटनाएं हैं। कोई पशु आत्महत्या नहीं करता है। कोई वृक्ष आत्महत्या नहीं करता है।

ऐसा क्यों हो गया है? इसके पीछे कारण क्या है? क्या आदमी बिलकुल भूल गया है कि कैसे जीया जाता है, कि कैसे जीवन का उत्सव मनाया जाता है? जब कि सारा अस्तित्व उत्सवपूर्ण है, यह कैसे संभव हुआ कि केवल मनुष्य उससे बाहर निकल गया है और उसने अपने चारों ओर विषाद का एक वातावरण निर्मित कर लिया है?

मगर ऐसा ही हो गया है। पशु वृत्तियों के द्वारा जीते हैं; वे बोध से नहीं जीते। वे प्रकृति द्वारा संचालित होते हैं; वे यंत्रवत जीते हैं। उन्हें कुछ सीखना नहीं है; वे उसे लेकर ही जन्म लेते हैं जो सीखने योग्य है। उनका जीवन वृत्तियों के तल पर निर्बाध चलता रहता है। उन्हें कुछ सीखना नहीं है। उन्हें जीने और सुखी होने के लिए जो भी चाहिए वह उनकी कोशिकाओं में बिल्ट-इन है, उसका ब्लूप्रिंट पहले से तैयार है। इसलिए वे यंत्रवत जीए जाते हैं।

मनुष्य ने अपने वृत्तियां खो दी हैं; अब उसके पास कोई ब्लूप्रिंट नहीं है। तुम बिना किसी ब्लूप्रिंट के, बिना किसी बिल्ट-इन प्रोग्रेम के जन्म लेते हो। तुम्हारे लिए कोई बनी-बनाई यांत्रिक रेखाएं उपलब्ध नहीं हैं; तुम्हें अपना मार्ग स्वयं निर्मित करना है। तुम्हें वृत्ति की जगह कुछ ऐसी चीजें निर्मित करनी हैं जो वृत्ति नहीं हैं; क्योंकि वृत्ति तो जा चुकी। तुम्हें वृत्ति की जगह विवेक से काम लेना है; तुम्हें वृत्ति की जगह बोध से काम लेना है। तुम यंत्र की भांति नहीं चल सकते हो। तुम उस अवस्था के पार चले गए हो जहां यांत्रिक जीवन संभव है; यांत्रिक जीवन तुम्हारे लिए संभव नहीं है। समस्या यह है कि तुम पशु की भांति नहीं जी सकते और तुम यह भी नहीं जानते कि जीने का और कोई ढंग भी है—यही समस्या है।

तुम्हारे पास कोई प्रकृति द्वारा दिया हुआ बिल्ट-इन प्रोग्रेम नहीं है, जिसके अनुसार तुम चलो। तुम्हें अस्तित्व का सीधा साक्षात्कार करना है। और ऊब, दुख और संताप तुम्हारी नियति होने ही वाले हैं, अगर तुम वृत्तियों के सहारे जीने की बजाय बोध से जीने के लिए उपयुक्त बोध पैदा नहीं करते। तुम्हें सब कुछ सीखना है, यही समस्या है। किसी पशु को कुछ सीखना नहीं है और तुम्हें सभी कुछ सीखना है। और जब तक तुम यह नहीं सीखते, तुम्हें जीना मुश्किल होगा। तुम्हें जीने की कला सीखनी होगी; पशु को इसकी जरूरत नहीं है।

सीखना ही समस्या है। वैसे तुम भी बहुत कुछ सीखते हो। तुम धन कमाना सीखते हो,

गणित सीखते हो, इतिहास सीखते हो, विज्ञान सीखते हो। लेकिन कभी तुम यह नहीं सीखते कि जीया कैसे जाए। और उससे ही ऊब की समस्या पैदा होती है। पूरी मनुष्यता ऊब से पीड़ित है, क्योंकि एक बुनियादी बात अछूती रह जाती है। और उसे वृत्तियों पर नहीं छोड़ा जा सकता; क्योंकि अब जीने के लिए वृत्तियां ही न रहीं। मनुष्य के लिए वृत्ति छूट चुकी है; वह द्वार बंद हो चुका है। तुम्हें अपना मार्ग आप बनाना है। तुम बिना किसी नक्शे के पैदा हुए हो।

और यह शुभ है। क्योंकि अस्तित्व समझता है कि तुम इतने जिम्मेवार हो कि अपना मार्ग आप बना सकते हो। यह गौरव की बात है। यह महिमा की बात है। यह मनुष्य को सर्वोच्च बना देती है, अस्तित्व का शिखर बना देती है। क्योंकि अस्तित्व तुम्हें स्वतंत्रता देता है। कोई पशु स्वतंत्र नहीं है; उसे अस्तित्व द्वारा दिए गए विशेष प्रोग्रेम के अनुसार जीना है। जब वह जन्म लेता है, वह एक प्रोग्रेम के साथ जन्म लेता है। और उसे इस प्रोग्रेम का अनुसरण करना है। वह उसके बाहर नहीं जा सकता है; वह चुनाव नहीं कर सकता है। उसके लिए कोई विकल्प नहीं है। मनुष्य के लिए सभी विकल्प उपलब्ध हैं; और उसे गति करने के लिए कोई नक्शा नहीं दिया गया है।

अगर तुम जीने की कला नहीं सीखते तो तुम्हारा जीवन रूखा-सूखा हो जाएगा, मरुस्थल हो जाएगा। और यही हो गया है। तब तुम बहुत कुछ करते रह सकते हो और फिर भी तुम्हें लगेगा कि मैं जीवित नहीं हूं, मैं मुर्दा हूं। तुम्हें लगेगा कि कहीं गहरे में तुम काम भी करते रहते हो, क्योंकि करना पड़ता है। सिर्फ जीने के लिए तुम काम करते रहते हो। लेकिन वह 'सिर्फ जीना' जीवन नहीं है। उसमें कोई नृत्य नहीं है, कोई पुलक नहीं है। वह मात्र व्यवसाय बनकर, व्यस्तता बनकर रह गया है। उसमें कोई प्रफुल्लता नहीं है; और जाहिर है कि तुम उसका मजा नहीं ले सकते।

तंत्र की ये विधियां तुम्हें यह सिखाने के लिए हैं कि कैसे जीया जाए। वे तुम्हें सिखाती हैं कि पशुओं की तरह वृत्ति पर मत निर्भर रहो, क्योंकि वह रही नहीं। वह इतनी धुंधली-धुंधली है कि तुम्हारे काम की नहीं है।

निरीक्षण से पाया गया है कि अगर एक मानव-शिशु मां के बिना पाला जाए तो वह कभी प्रेम नहीं सीख सकता, वह कभी प्रेम नहीं कर सकता। वह जीवन-भर प्रेम के बिना जीएगा; क्योंकि अब वृत्ति तो रही नहीं। उसे प्रेम सीखना होगा। उसके लिए प्रेम भी सीखने की चीज है। और जो आदमी का बच्चा प्रेम के अभाव में बड़ा किया गया है वह प्रेम नहीं सीख सकता है। वह कभी प्रेम नहीं कर सकेगा। अगर मां मौजूद नहीं है, और अगर मां सुख और आनंद का स्रोत नहीं बनती है, तो उस बच्चे के जीवन में कभी कोई स्त्री सुख और आनंद का स्रोत नहीं बन सकेगी। वह जब बड़ा होगा, प्रौढ़ होगा, तो वह स्त्रियों के प्रति आकर्षित नहीं होगा; क्योंकि अब वृत्ति तो काम करती नहीं।

पशुओं के साथ यह बात नहीं है। ठीक समय आने पर उनकी वृत्ति काम करने लगती है। समय पर वे कामुक हो जाएंगे और विपरीत लिंग की तरफ आकर्षित होने लगेंगे। यह चीज उनके लिए इंस्टिक्टिव है, यांत्रिक है। मनुष्य के लिए कुछ यांत्रिक नहीं है। अगर तुम मनुष्य के बच्चे को भाषा नहीं सिखाओगे तो उसे भाषा नहीं आएगी। अगर उसे बोलना नहीं सिखाया जाएगा तो उसके पास कोई भाषा नहीं होगी। यह स्वाभाविक नहीं है, इसके लिए कोई वृत्ति

नहीं है। तुम जो कुछ भी हो वह सीखने के कारण हो। मनुष्य प्राकृतिक कर्म और सांस्कृतिक ज्यादा है। पशु सिर्फ प्राकृतिक है; मनुष्य प्राकृतिक कम और सांस्कृतिक ज्यादा है।

लेकिन मनुष्य का एक आयाम, बुनियादी और आधारभूत आयाम असंस्कृत रह जाता है। और वह है जीने का आयाम, जीवन का आयाम। तुम समझते हो कि वह आयाम तुम्हें मिला ही हुआ है, तुम्हारे पास ही है। लेकिन यह बात गलत है। तुम नहीं जानते हो कि कैसे जीया जाए। क्योंकि सिर्फ श्वास लेना जीना नहीं है; श्वास लेना जीवन का पर्याय नहीं है। वैसे ही भोजन करना और सोना भी जीना नहीं है। तब तुम कहने को ही जीवित हो; तुम सच्चे अर्थ में जीवित नहीं हो। तुम जीवंत नहीं हो।

बुद्ध बस जीवित ही नहीं हैं, वे जीवंत हैं। वह जीवंतता तो तभी आती है जब तुम उसे सीखते हो, जब तुम उसके प्रति बोध से भरते हो, जब तुम उसकी खोज करते हो और ऐसी स्थिति निर्मित करते हो जिसमें जीवन विकास कर सके। इसे स्मरण रखो: मनुष्य के लिए यांत्रिक विकास संभव नहीं है। उसकी जगह सचेतने विकास ने ले ली है। अब सचेतन विकास में गति करने के अलावा कोई उपाय नहीं है। अब तुम पीछे नहीं लौट सकते। हां, तुम वहीं टिके रह सकते हो जहां हो। लेकिन तब तुम ऊब से पीड़ित होगे।

यही हुआ है। तुम विकसित नहीं हो रहे हो। तुम पार्थिव चीजें इकट्ठी किए जा रहे हो; इसलिए चीजें विकसित हो रही हैं। तुम्हारी गति अवरुद्ध है, रुकी हुई है। तुम्हारा धन जमा हो रहा है; इसलिए धन बढ़ रहा है, तुम नहीं बढ़ रहे। तुम्हारा बैंक-बैलेंस बड़ा हो रहा है, तुम नहीं। तुम जरा भी नहीं बढ़ रहे हो; इसके विपरीत तुम सिकुड़ रहे हो, घट रहे हो। तुम बढ़ तो बिलकुल नहीं रहे हो। और अगर तुम कुछ सचेतन रूप से नहीं करते तो तुम गए। सचेतन प्रयत्न की जरूरत है। पशुओं से यह अपेक्षा नहीं की जा सकती, क्योंकि वे जिम्मेवार नहीं हैं।

तो यह बहुत बुनियादी बात समझ लेने जैसी है कि स्वतंत्रता के साथ जिम्मेवारी आ जाती है। और तुम तभी स्वतंत्र हो सकते हो जब तुम अपनी जिम्मेवारी स्वीकार करते हो।

पशु जिम्मेवार नहीं हैं, क्योंकि पशु स्वतंत्र भी नहीं हैं। वे स्वतंत्र नहीं हैं; उन्हें बस एक विशेष ढंग-ढांचे का अनुगमन करना है। और वे सुखी हैं, क्योंकि कुछ गलत होने वाला नहीं है। वे पूर्व-निश्चित मार्ग पर चल रहे हैं; वे एक ढांचे का अनुसरण कर रहे हैं, जो लाखों-लाखों वर्षों के विकास-क्रम में निर्मित हुआ है। और वह सही पाया गया है। वे उसके अनुसार चल रहे हैं। उसमें गलत होने की संभावना नहीं है।

लेकिन तुम्हारे गलत होने की सब संभावना है। क्योंकि तुम्हारे लिए कोई नक्शा नहीं है, कोई योजना नहीं है, कोई ढंग-ढांचा नहीं है। तुम्हारे भावी जीवन की कोई तय रूपरेखा नहीं है। तुम स्वतंत्र हो। लेकिन तब तुम पर एक भारी दायित्व भी आ जाता है। और वह दायित्व यह है कि तुम सही चुनाव करो, सही ढंग से काम करो और अपने ही प्रयत्न से अपना भविष्य निर्मित करो। सच तो यह है कि मनुष्य को अपने प्रयत्न से ही अपने को निर्मित करना है।

पश्चिम में अस्तित्ववादी जो कहते हैं वह सही है। वे कहते हैं कि मनुष्य एसेंस के बिना, आत्मा के बिना पैदा होता है। सार्त्र, मार्शल, हाइडेगर, सब कहते हैं कि मनुष्य आत्मा के बिना जन्म लेता है। वह अस्तित्व की भांति पैदा होता है और फिर अपने प्रयत्न से वह आत्मा का सृजन करता है। वह एक संभावना की तरह आता है और फिर अपने प्रयत्न से

▲

आत्मा का सृजन करता है। वह सिर्फ रूप की तरह जन्म लेता है और फिर अपने सचेतन प्रयत्न से सत्व की रचना करता है।

शेष सारी प्रकृति के साथ बात ठीक उलटी है। प्रत्येक पशु, प्रत्येक पौधा अपने साथ सत्व लेकर, आत्मा लेकर, एक कार्यक्रम लेकर, एक नियति लेकर जन्म लेता है। सिर्फ मनुष्य एक अवसर की तरह जन्म लेता है; उसकी कोई नियति नहीं है। और इससे ही समस्या पैदा होती है, इससे ही दायित्व पैदा होता है। और इससे ही तुम्हें भय, चिंता और संताप घेरता है। और फिर यदि तुम कुछ नहीं करते हो तो तुम जहां हो वहीं अटक जाते हो। और इस अटकाव से ऊब पैदा होती है।

तुम जीवंत, सुखी, उत्सवपूर्ण और आनंदित तभी होते हो जब तुम विकास करते हो; जब तुम बढ़ते हो, विस्तार पाते हो; जब तुम आत्मा का सृजन करते हो; असल में जब तुम परमात्मा से आविष्ट होते हो, जब परमात्मा तुम्हारे गर्भ में विस्तार पाता है, जब तुम परमात्मा को जन्म देते हो।

तंत्र के लिए परमात्मा आरंभ नहीं है, परमात्मा अंत है। परमात्मा स्रष्टा नहीं है; परमात्मा विकास का चरम बिंदु है, परम शिखर है। वह अंतिम है, प्रथम नहीं। वह अल्फा नहीं, ओमेगा है। और जब तक तुम गर्भवान नहीं होते, जब तक तुम अपने भीतर जीवन को नहीं पालते, तब तक तुम ऊब से पीड़ित ही रहोगे। क्योंकि तब तक तुम्हारा जीवन व्यर्थ होगा; उससे कुछ सार्थक नहीं होने वाला है, उसमें कोई फल नहीं लगने वाला है। और उससे ही ऊब पैदा होती है।

तुम इस अवसर को विकास का साधन बना सकते हो या इसे गंवा सकते हो और आत्मघात का कारण बना सकते हो। यह तुम पर निर्भर है। क्योंकि मनुष्य आत्महत्या कर सकता है, इसलिए मनुष्य ही आध्यात्मिक विकास कर सकता है। कोई पशु आध्यात्मिक विकास नहीं कर सकता है। क्योंकि मनुष्य के हाथ में है कि वह अपने को विनष्ट कर सके, इसलिए उसके हाथ में है कि वह अपना सृजन भी कर सके।

स्मरण रहे, दोनों संभावनाएं साथ-साथ हैं, युगपत हैं। कोई पशु आत्महत्या नहीं कर सकता; यह असंभव है। तुम सोच भी नहीं सकते कि कोई सिंह आत्महत्या की बात सोचे, कि वह किसी पहाड़ी से कूदकर अपने को समाप्त कर दे। यह असंभव है। कोई सिंह—चाहे वह कितना ही बलवान हो—कोई सिंह आत्महत्या की बात, अपना जीवन समाप्त करने की बात नहीं सोच सकता। क्योंकि वह स्वतंत्र नहीं है। लेकिन मनुष्य अपने को समाप्त करने की सोच सकता है।

असल में तो ऐसा आदमी खोजना असंभव है जिसने कई बार आत्महत्या करने का विचार न किया हो। और अगर तुम्हें ऐसा कोई आदमी मिल जाए जिसने आत्महत्या का विचार कभी न किया हो तो समझना कि वह या तो पशु है या देवता है।

आत्मघात बुनियादी रूप से मानवीय घटना है। लेकिन इस के साथ ही एक दूसरा द्वार खुलता है कि तुम अपना सृजन भी कर सकते हो। सच तो यह है कि दोनों द्वार युगपत खुलते हैं। तुम अपना सृजन कर सकते हो, क्योंकि तुम अपना विनाश भी कर सकते हो। कोई पशु अपना सृजन नहीं कर सकता; तुम अपना सृजन कर सकते हो। और यदि तुम अपना सृजन

नहीं करते हो तो तुम अपना विनाश करने लगोगे। यदि तुम आत्म-सृजन नहीं करोगे, आत्म-निर्माण में नहीं लगोगे...।

और यह आत्म-सृजन एक प्रक्रिया है; तुम्हें सतत आत्म-सृजन में लगे रहना है। जब तक तुम आत्यंतिक शिखर तक न पहुंच जाओ, तुम्हें सृजन में लगे रहना है। और अगर तुम सृजन नहीं करोगे तो तुम ऊबोगे। सृजन-विहीन जीवन ही ऊब है। और ये सब विधियां तुम्हें सृजन करने में, पुनर्जन्म पाने में, गर्भवान होने में सहयोगी होंगी।

अब मैं विधियों को लेता हूं।

पहली विधि। यह विधि बहुत सरल है और सचमुच अदभुत विधि है। तुम इसे प्रयोग कर सकते हो। कोई भी व्यक्ति इसे प्रयोग कर सकता है। इसमें तुम्हारे टाइप का सवाल नहीं है; कोई भी इसे कर सकता है। और यह विधि सबके लिए सहयोगी होगी। अगर तुम इसमें बहुत गहरे न भी जा सको तो भी वह सहयोगी होगी, तुम्हें ताजा कर जाएगी। जब भी तुम ऊब से भरोगे, यह विधि तुम्हें तुरंत ताजा कर देगी। जब भी तुम थके-हारे महसूस करोगे, यह तुम्हें तुरंत नवजीवन दे देगी। जब भी तुम ऐसी भाव-दशा में होगे जिसमें जिंदगी से निराशा अनुभव हो, इस विधि के प्रयोग से तुम्हारे भीतर ऊर्जा की नई धार प्रवाहित होने लगेगी।

तो यह सबके लिए उपयोगी है। अगर तुम इस पर ध्यान भी न करो तो भी यह तुम्हारे लिए औषधि का काम करेगी। यह तुम्हें स्वास्थ्य देगी। और यह बहुत सरल है; इसके लिए किसी पूर्व-तैयारी की जरूरत नहीं है।

विधि है:

आंख की पुतलियों को पंख की भांति छूने से उनके बीच का हलकापन हृदय में खुलता है और वहां ब्रह्मांड व्याप जाता है।

विधि में प्रवेश के पहले कुछ भूमिका की बातें समझ लेनी हैं। पहली बात कि आंख के बाबत कुछ समझना जरूरी है, क्योंकि पूरी विधि इस पर ही निर्भर करती है।

पहली बात यह है कि बाहर तुम जो भी हो या जो दिखाई पड़ते हो वह झूठ हो सकता है, लेकिन तुम अपनी आंखों को नहीं झुठला सकते। तुम झूठी आंखें नहीं बना सकते हो। तुम झूठा चेहरा बना सकते हो, लेकिन झूठी आंखें नहीं बना सकते। वह असंभव है, जब तक कि तुम गुरजिएफ की तरह परम निष्णात ही न हो जाओ। जब तक तुम अपनी सारी शक्तियों के मालिक न हो जाओ, तुम अपनी आंखों को नहीं झुठला सकते। सामान्य आदमी यह नहीं कर सकता है। आंखों को झुठलाना असंभव है।

यही कारण है कि जब कोई आदमी तुम्हारी आंखों में झांकता है, तुम्हारी आंखों में आंखें डालकर देखता है तो तुम्हें बहुत बुरा लगता है। क्योंकि वह आदमी तुम्हारी असलियत में झांकने की चेष्टा कर रहा है। और वहां तुम कुछ भी नहीं कर सकते; तुम्हारी आंखें असलियत को प्रकट कर देंगी, वे उसे प्रकट कर देंगी जो तुम सचमुच हो। इसीलिए किसी की आंखों में झांकना शिष्टाचार के विरुद्ध माना जाता है। किसी से बातचीत करते समय भी तुम उसकी आंखों में झांकने से बचते हो। जब तक तुम किसी के प्रेम में नहीं हो, जब तक कोई तुम्हारे साथ प्रामाणिक होने को राजी नहीं है, तब तक तुम उसकी आंख में नहीं देख सकते।

एक सीमा है। मनसविदों ने बताया है कि तीस सेकेंड सीमा है। किसी अजनबी की आंखों में तुम तीस सेकेंड तक देख सकते हो—उससे अधिक नहीं। अगर उससे ज्यादा देर तक देखोगे तो तुम आक्रामक हो रहे हो और दूसरा व्यक्ति तुरंत बुरा मानेगा। हां, बहुत दूर से तुम किसी की आंख में देख सकते हो; क्योंकि तब दूसरे को उसका बोध नहीं होता है। अगर तुम सौ फीट की दूरी पर हो तो मैं तुम्हें घूरता रह सकता हूं; लेकिन अगर सिर्फ दो फीट की दूरी हो तो वैसा करना असंभव है।

किसी भीड़-भरी रेलगाड़ी में, या किसी लिफ्ट में आस-पास बैठे या खड़े होकर भी तुम एक-दूसरे की आंखों में नहीं देखते हो। हो सकता है किसी का शरीर छु जाए, वह उतना बुरा नहीं है; लेकिन तुम दूसरे की आंखों में कभी नहीं झांकते हो। क्योंकि वह जरा ज्यादा हो जाएगा; इतने निकट से तुम आदमी की असलियत में प्रवेश कर जाओगे।

तो पहली बात कि आंखों का कोई संस्कारित रूप नहीं होता; आंखें शुद्ध प्रकृति हैं। आंखों पर मुखौटा नहीं है। और दूसरी बात याद रखने की यह है कि तुम संसार में करीब-करीब सिर्फ आंख के द्वारा गति करते हो। कहते हैं कि तुम्हारी अस्सी प्रतिशत जीवन-यात्रा आंख के सहारे होती है। जिन्होंने आंखों पर काम किया है उन मनोवैज्ञानिकों का कहना है कि संसार के साथ तुम्हारा अस्सी प्रतिशत संपर्क आंखों के द्वारा होता है। तुम्हारा अस्सी प्रतिशत जीवन आंख से चलता है।

यही कारण है कि जब तुम किसी अंधे आदमी को देखते हो तो तुमको दया आती है। तुम्हें उतनी दया और सहानुभूति तब नहीं होती जब तुम किसी बहरे आदमी को देखते हो। लेकिन जब तुम्हें कोई अंधा आदमी दिखाई देता है तो तुम्हें अचानक उसके प्रति सहानुभूति और करुणा अनुभव होती है। क्यों? क्योंकि वह अस्सी प्रतिशत मरा हुआ है। बहरा आदमी उतना मरा हुआ नहीं है। अगर तुम्हारे हाथ-पांव भी कट जाएं तो भी तुम उतने मृत नहीं अनुभव करोगे, लेकिन अंधा आदमी अस्सी प्रतिशत मुर्दा है। वह केवल बीस प्रतिशत जीवित है।

तुम्हारी अस्सी प्रतिशत ऊर्जा तुम्हारी आंखों से बाहर जाती है। तुम संसार में आंखों के द्वारा गति करते हो। इसलिए जब तुम थकते हो तो सबसे पहले आंखें थकती हैं और फिर शरीर के दूसरे अंग थकते हैं। सबसे पहले तुम्हारी आंखें ही ऊर्जा से रिक्त होती हैं। अगर तुम अपनी आंखों को फिर तरोताजा कर लो तो तुम्हारा पूरा शरीर तरोताजा हो जाएगा, क्योंकि आंखें तुम्हारी अस्सी प्रतिशत ऊर्जा हैं। अगर तुम अपनी आंखों को पुनर्जीवित कर लो तो तुमने अपने को पुनर्जीवन दे दिया।

तुम किसी प्राकृतिक परिवेश में कभी उतना नहीं थकते हो जितना किसी अप्राकृतिक शहर में थकते हो। कारण यह है कि प्राकृतिक परिवेश में तुम्हारी आंखों को निरंतर पोषण मिलता है। वहां की हरियाली, वहां की ताजी हवा, वहां की हर चीज तुम्हारी आंखों को आराम देती है, पोषण देती है। एक आधुनिक शहर में बात उलटी है; वहां सब कुछ तुम्हारी आंखों का शोषण करता है; वहां उन्हें पोषण नहीं मिलता है।

तुम किसी दूर देहात में चले जाओ, या किसी पहाड़ पर चले जाओ जहां के माहौल में कुछ भी कृत्रिम नहीं है, जहां सब कुछ प्राकृतिक है, और वहां तुम्हें भिन्न ही ढंग की आंखें

▲

देखने को मिलेंगी। उनकी झलक, उनकी गुणवत्ता और होगी, वे ताजी होंगी, पशुओं जैसी निर्मल होंगी, गहरी होंगी, जीवंत और नाचती हुई होंगी। आधुनिक शहर में आंखें मृत होती हैं; बुझी-बुझी होती हैं। उन्हें उत्सव का पता नहीं है। उन्हें मालूम नहीं कि ताजगी क्या है। वहां आंखों में जीवन का प्रवाह नहीं है; बस उनका शोषण होता है।

तुम्हारी अस्सी प्रतिशत ऊर्जा आंखों से होकर बहती है। तुम्हें इसका पूरा-पूरा बोध होना चाहिए और तुम्हें आंखों की गति, उनकी ऊर्जा, उनकी संभावना के संबंध में जागरूक होना चाहिए।

भारत में हम अंधे व्यक्तियों को प्रज्ञाचक्षु कहते हैं; उसका विशेष कारण है। प्रत्येक दुर्भाग्य को महान अवसर में रूपांतरित किया जा सकता है। आंखों से होकर अस्सी प्रतिशत ऊर्जा काम करती है; और अंधा आदमी अस्सी प्रतिशत मुर्दा होता है, संसार के साथ उसका अस्सी प्रतिशत संपर्क टूटा होता है। जहां तक बाहरी दुनिया का संबंध है, वह आदमी बहुत दीन है। लेकिन अगर वह इस अवसर का, इस अंधे होने के अवसर का उपयोग करना चाहे तो वह इस अस्सी प्रतिशत ऊर्जा का उपयोग अपने आंतरिक जगत के आविष्कार के लिए कर सकता है। यह अस्सी प्रतिशत ऊर्जा, जिसके बहने का सामान्य द्वार बंद है, बिना उपयोग के रह जाती है, यदि वह उसकी कला नहीं जानता है।

तो उसके पास अस्सी प्रतिशत ऊर्जा का भंडार पड़ा है, और जो ऊर्जा सामान्यत: बहिर्यात्रा में लगती है वही ऊर्जा अंतर्यात्रा में लग सकती है। अगर वह उसे अंतर्यात्रा में संलग्न करना जान ले तो वह प्रज्ञाचक्षु हो जाएगा, विवेकवान हो जाएगा।

तो अंधा होने से ही कोई प्रज्ञाचक्षु नहीं हो जाता; लेकिन वह हो सकता है। उसके पास सामान्य आंखें तो नहीं हैं, लेकिन उसे प्रज्ञा की आंखें मिल सकती हैं। इसकी संभावना है। हमने उसे प्रज्ञाचक्षु नाम यह बोध देने के इरादे से दिया कि वह इसके लिए दुख न माने कि उसे आंखें नहीं हैं। वह अंतर्चक्षु निर्मित कर सकता है। उसके पास अस्सी प्रतिशत ऊर्जा का भंडार अछूता पड़ा है जो आंख वालों के पास नहीं है। वह उसका उपयोग कर सकता है। वह अंतर्यात्रा कर सकता है।

यदि अंधा आदमी बोधपूर्ण नहीं है तो भी वह तुमसे ज्यादा शांत होता है, ज्यादा विश्रामपूर्ण होता है। किसी अंधे आदमी को देखो, वह ज्यादा शांत है, उसका चेहरा ज्यादा विश्रामपूर्ण है। वह अपने आप में संतुष्ट है, उसमें असंतोष नहीं है। यह बात बहरे आदमी के साथ नहीं होती है। बहरा आदमी तुमसे ज्यादा अशांत होगा और चालाक होगा। लेकिन अंधा आदमी न अशांत होता है और न चालाक और हिसाबी-किताबी होता है। वह बुनियादी तौर से श्रद्धावान होता है, अस्तित्व के प्रति श्रद्धावान होता है।

ऐसा क्यों होता है? क्योंकि उसकी अस्सी प्रतिशत ऊर्जा, हालांकि वह उसके बारे में कुछ नहीं जानता है, भीतर की ओर प्रवाहित हो रही है। वह ऊर्जा सतत भीतर गिर रही है, ठीक जलप्रपात की तरह गिर रही है। उसे इसका बोध नहीं है, लेकिन यह ऊर्जा उसके हृदय पर बरसती रहती है। वही ऊर्जा जो बाहर जाती है, उसके हृदय में जा रही है। और यह चीज उसके जीवन का गुणधर्म बदल देती है। प्राचीन भारत में अंधे आदमी को बहुत आदर मिलता था—बहुत-बहुत आदर। अत्यंत आदर में हमने उसे प्रज्ञाचक्षु कहा है।

▲

तुम यही अपनी आंखों के साथ कर सकते हो। यह विधि उसके लिए ही है। यह तुम्हारी बाहर जाने वाली ऊर्जा को वापस लाने, तुम्हारे हृदय केंद्र पर उतारने की विधि है। अगर वह ऊर्जा तुम्हारे हृदय में उतर जाए तो तुम बहुत हलके हो जाओगे। तुम्हें ऐसा लगेगा कि सारा शरीर एक पंख बन गया है, कि तुम पर अब गुरुत्वाकर्षण का कोई प्रभाव न रहा। और तुम तब तुरंत अपने अस्तित्व के गहनतम स्रोत से जुड़ जाते हो, और वह तुम्हें पुनरुज्जीवित कर देता है।

तंत्र के अनुसार, गाढ़ी नींद के बाद तुम्हें जो नवजीवन मिलता है, जो ताजगी मिलती है, उसका कारण नींद नहीं है, उसका कारण है कि जो ऊर्जा बाहर जा रही थी वही ऊर्जा भीतर आ जाती है। अगर तुम यह राज जान लो तो जो नींद सामान्य व्यक्ति छह या आठ घंटों में पूरी करता है, तुम कुछ मिनटों में पूरी कर सकते हो। छह या आठ घंटे की नींद में तुम खुद कुछ नहीं करते हो, प्रकृति ही कुछ करती है, और इसको तुम्हें बोध नहीं है कि वह क्या करती है। तुम्हारी नींद में एक रहस्यपूर्ण प्रक्रिया घटती है। उसकी एक बुनियादी बात यह है कि तुम्हारी ऊर्जा बाहर नहीं जाती, वह तुम्हारे हृदय पर बरसती रहती है। और वही चीज तुम्हें नया जीवन देती है, तुम अपनी ही ऊर्जा में गहन स्नान कर लेते हो।

इस गतिशील ऊर्जा के संबंध में कुछ और बातें समझने की हैं। तुमने गौर किया होगा कि अगर कोई व्यक्ति तुमसे ऊपर है तो वह तुम्हारी आंखों में सीधे देखता है और अगर वह तुमसे कमजोर है तो वह नीचे की तरफ देखता है। नौकर, गुलाम या कोई भी कम महत्व का व्यक्ति अपने से बड़े व्यक्ति की आंखों में नहीं देखेगा। लेकिन बड़ा आदमी घूर सकता है, सम्राट घूर सकता है। लेकिन सम्राट के सामने खड़े होकर तुम उसकी आंख से आंख मिलाकर नहीं देख सकते हो; वह गुनाह समझा जाएगा। तुम्हें अपनी आंखों को झुकाए रहना है।

असल में तुम्हारी ऊर्जा तुम्हारी आंखों से गति करती है और वह सूक्ष्म हिंसा बन सकती है। यह बात मनुष्यों के लिए ही नहीं, पशुओं के लिए भी सही है। जब दो अजनबी मिलते हैं, दो जानवर मिलते हैं, तो वे एक-दूसरे की आंख में झांकते हैं कि कौन शक्तिशाली है और कौन कमजोर। और एक बार एक जानवर ने आंखें नीची कर लीं तो मामला तय हो गया; फिर वे लड़ते नहीं। बात खत्म हो गई। निश्चित हो गया कि उनमें कौन श्रेष्ठ है।

बच्चे भी एक-दूसरे की आंख में घूरने का खेल खेलते हैं; और जो भी आंख पहले हटा लेता है वह हार गया माना जाता है। और बच्चे सही हैं। जब दो बच्चे एक-दूसरे की आंखों में घूरते हैं तो उनमें जो भी पहले बेचैनी अनुभव करता है, इधर-उधर देखने लगता है, दूसरे की आंख से बचता है, वह पराजित माना जाता है; और जो घूरता ही रहता है वह शक्तिशाली माना जाता है। अगर तुम्हारी आंखें दूसरे की आंखों को हरा दें तो यह इस बात का सूक्ष्म लक्षण है कि तुम दूसरे से शक्तिशाली हो।

जब कोई व्यक्ति भाषण देने या अभिनय करने के लिए मंच पर खड़ा होता है तो वह बहुत भयभीत होता है, वह कांपने लगता है। जो लोग पुराने अभिनेता हैं, वे भी जब मंच पर आते हैं तो उन्हें भय पकड़ लेता है। कारण यह है कि उन्हें इतनी आंखें देख रही हैं, उनकी ओर इतनी आक्रामक ऊर्जा प्रवाहित हो रही है। उनकी ओर हजारों लोगों से इतनी ऊर्जा प्रवाहित होती है कि वे अचानक अपने भीतर कांपने लगते हैं।

▲

एक सूक्ष्म ऊर्जा आंखों से प्रवाहित होती है। एक अत्यंत सूक्ष्म, अत्यंत परिष्कृत शक्ति आंखों से प्रवाहित होती है। और व्यक्ति-व्यक्ति के साथ इस ऊर्जा का गुणधर्म बदल जाता है।

बुद्ध की आंखों से एक तरह की ऊर्जा प्रवाहित होती है और हिटलर की आंखों से सर्वथा भिन्न तरह की ऊर्जा प्रवाहित होती है। अगर तुम बुद्ध की आंखों में देखो तो पाओगे कि वे आंखें तुम्हें बुला रही हैं, तुम्हारा स्वागत कर रही हैं। बुद्ध की आंखें तुम्हारे लिए द्वार बन जाती हैं। और अगर तुम हिटलर की आंखों में देखो तो पाओगे कि वे तुम्हें अस्वीकार कर रही हैं, तुम्हारी निंदा कर रही हैं, तुम्हें दूर हटा रही हैं। हिटलर की आंखें तलवार जैसी हैं और बुद्ध की आंखें कमल जैसी हैं। हिटलर की आंखों में हिंसा है; बुद्ध की आंखों में करुणा।

आंखों का गुणधर्म अलग-अलग है। देर-अबेर हम आंख की ऊर्जा को नापने की विधि खोज लेंगे, और तब मनुष्य के संबंध में जानने को बहुत नहीं बचेगी। सिर्फ आंख की ऊर्जा, आंख का गुणधर्म बता देगा कि उसके पीछे किस किस्म का व्यक्ति छिपा है। देर-अबेर इसे नापना संभव हो जाएगा।

यह सूत्र, यह विधि इस प्रकार है: 'आंख की पुतलियों को पंख की भांति छूने से उनके बीच का हलकापन हृदय में खुलता है और वहां ब्रह्मांड व्याप जाता है।'

'आंख की पुतलियों को पंख की भांति छूने से...।'

दोनों हथेलियों का उपयोग करो, उन्हें अपनी आंखों पर रखो और हथेलियों से पुतलियों को स्पर्श करो—जैसे पंख से उन्हें छू रहे हो। पुतलियों पर जरा भी दबाव मत डालो। अगर दबाव डालते हो तो तुम पूरी बात ही चूक गए। तब पूरी विधि ही व्यर्थ हो गई। कोई दबाव मत डालो; बस पंख की तरह छुओ।

ऐसा स्पर्श, पंखवत स्पर्श धीरे-धीरे आएगा। आरंभ में तुम दबाव दोगे। इस दबाव को कम से कम करते जाओ—जब तक कि दबाव बिलकुल न मालूम हो, तुम्हारी हथेलियां पुतलियों को स्पर्श भर करें—मात्र स्पर्श। इस स्पर्श में जरा भी दबाव न रहे। यदि जरा भी दबाव रह गया तो विधि काम न करेगी। इसलिए इसे पंख-स्पर्श कहा गया है।

क्यों? क्योंकि जहां सुई से काम चले वहां तलवार चलाने से क्या होगा? कुछ काम हैं जिन्हें सुई ही कर सकती है; उन्हें तलवार नहीं कर सकती। अगर तुम पुतलियों पर दबाव देते हो तो स्पर्श का गुण बदल गया; तब तुम आक्रामक हो। और जो ऊर्जा आंखों से बहती है वह बहुत सूक्ष्म है, बहुत बारीक है। जरा सा दबाव, और एक संघर्ष, एक प्रतिरोध पैदा हो जाता है। दबाव पड़ने से आंखों से बहने वाली ऊर्जा लड़ेगी, प्रतिरोध करेगी। एक संघर्ष चलेगा।

तो बिलकुल दबाव मत डालो; आंख की ऊर्जा को हलके से दबाव को भी पता चल जाता है; वह बहुत सूक्ष्म है, कोमल है। तो दबाव बिलकुल नहीं, तुम्हारी हथेलियां पंख की तरह पुतलियों को ऐसे छुएं जैसे न छू रही हों। आंखों को ऐसे स्पर्श करो कि वह स्पर्श पता भी न चले, किंचित भी दबाव न पड़े; बस हलका सा अहसास हो कि हथेली पुतली को छू रही है। बस!

इससे क्या होगा? जब तुम किसी दबाव के बिना स्पर्श करते हो तो ऊर्जा भीतर की ओर गति करने लगती है। और अगर दबाव पड़ता है तो ऊर्जा हाथ से लड़ने लगती है और वह बाहर चली जाती है। लेकिन अगर हलका सा स्पर्श हो, पंख-स्पर्श हो, तो ऊर्जा भीतर की

▲

तरफ बहने लगती है। एक द्वार बंद है, बाहर का द्वार बंद है; और ऊर्जा पीछे की तरफ लौट पड़ती है। और जिस क्षण ऊर्जा पीछे की तरफ बहने लगेगी, तुम अनुभव करोगे कि तुम्हारे पूरे चेहरे पर और तुम्हारे सिर में एक हलकापन फैल गया। यह प्रतिक्रमण करती हुई ऊर्जा ही, पीछे लौटती ऊर्जा ही तुम्हें हलका बनाती है।

और इन दो आंखों के मध्य में तीसरी आंख है, प्रज्ञाचक्षु है। इन्हीं दो आंखों के मध्य में शिवनेत्र है। आंखों से पीछे की ओर बहने वाली ऊर्जा तीसरी आंख पर चोट करती है और उसके कारण ही तुम हलकापन महसूस करते हो, जमीन से ऊपर उठते मालूम पड़ते हो, मानो गुरुत्वाकर्षण समाप्त हो गयी हो। और यही ऊर्जा तीसरी आंख से चलकर हृदय पर उतरती है।

यह एक शारीरिक प्रक्रिया है। बूंद-बूंद ऊर्जा नीचे गिरती है, हृदय पर बरसती है। और तुम्हारे हृदय में बहुत हलकापन अनुभव होगा। हृदय की धड़कन बहुत धीमी हो जाएगी और श्वास की गति धीमी हो जाएगी और तुम्हारा शरीर, सारा शरीर विश्राम अनुभव करेगा।

यदि तुम इसे ध्यान की तरह नहीं भी करते हो तो भी यह प्रयोग तुम्हें शारीरिक रूप से सहयोगी होगा। दिन में कभी भी कुर्सी पर बैठे हुए, या यदि कुर्सी न हो तो रेलगाड़ी या कहीं भी बैठे हुए, आंखें बंद कर लो, पूरे शरीर को शिथिल छोड़ दो और अपनी हथेलियों को आंखों पर रखो। लेकिन आंखों पर दबाव मत डालो—यही बात बहुत महत्वपूर्ण है—पंख की भांति छुओ भर!

जब तुम बिना दबाव के छूते हो तो तुम्हारे विचार तत्क्षण बंद हो जाते हैं। शांत मन में विचार नहीं चल सकते, वे ठहर जाते हैं। विचारों को गति करने के लिए पागलपन जरूरी है, तनाव जरूरी है। विचार तनाव के सहारे जीते हैं। जब आंखें मौन, शिथिल और शांत हैं और ऊर्जा पीछे की तरफ गति करने लगती है तो विचार ठहर जाते हैं। तुम्हें एक सूक्ष्म सुख का अनुभव होगा जो रोज प्रगाढ़ होता जाएगा।

दिन में यह प्रयोग कई बार करो। एक क्षण के लिए भी यह छूना अच्छा रहेगा। जब भी तुम्हारी आंखें थक जाएं, जब भी उनकी ऊर्जा चुक जाए, वे बोझिल अनुभव करें—जैसा पढ़ने, फिल्म देखने या टी वी देखने से होता है—तो आंखें बंद कर लो और उन्हें स्पर्श करो। उसका असर तत्क्षण होगा।

लेकिन अगर तुम इसे ध्यान बनाना चाहते हो तो कम से कम चालीस मिनट तक इसे करना चाहिए। और कुल बात इतनी है कि दबाव मत डालो, सिर्फ छुओ। क्योंकि एक क्षण के लिए तो पंख जैसा स्पर्श आसान है, लेकिन ऐसा स्पर्श चालीस मिनट रहे, यह कठिन है। अनेक बार तुम भूल जाओगे और दबाना शुरू कर दोगे।

दबाव मत डालो। चालीस मिनट तक यह बोध बना रहे कि तुम्हारे हाथों में कोई वजन नहीं है, वे सिर्फ स्पर्श कर रहे हैं। इसका सतत होश बना रहे कि तुम आंखों को दबाते नहीं, केवल छूते हो। फिर यह श्वास की भांति गहरा बोध बन जाएगा। जैसे बुद्ध कहते हैं कि पूरे होश से श्वास लो, वैसे ही स्पर्श भी पूरे होश से करो। तुम्हें सतत स्मरण रहे कि मैं बिलकुल दबाव न डालूं। तुम्हारे हाथों को पंख जैसा हलका होना चाहिए—बिलकुल वजन-शून्य, मात्र स्पर्श। तुम्हारा अवधान एकाग्र होकर वहां रहेगा; और ऊर्जा निरंतर बहती रहेगी।

आरंभ में ऊर्जा बूंद-बूंद आएगी। फिर कुछ ही महीनों में तुम देखोगे कि वह

सरित-प्रवाह बन गया है। और वर्ष भर के भीतर वह बाढ़ बन जाएगी। और जब यह घटित होगा—'आंख की पुतलियों को पंख की भांति छूने से उनके बीच का हलकापन'—जब तुम छुओगे तो तुम्हें हलकापन अनुभव होगा। तुम इसे अभी ही अनुभव कर सकते हो। जैसे ही तुम छूते हो, तत्काल एक हलकापन पैदा हो जाता है। और वह 'उनके बीच का हलकापन हृदय में खुलता है,' वह हलकापन गहरे उतरता है, हृदय में खुलता है।

हृदय में केवल हलकापन प्रवेश कर सकता है; कुछ भी जो भारी है वह हृदय में नहीं प्रवेश कर सकता। हृदय में सिर्फ हलकी चीजें घटित हो सकती हैं। दो आंखों के बीच का यह हलकापन हृदय में गिरने लगेगा और हृदय उसे ग्रहण करने को खुल जाएगा।

'और वहां ब्रह्मांड व्याप जाता है।'

और जैसे-जैसे यह ऊर्जा की वर्षा पहले झरना बनती है, फिर नदी बनती है और फिर बाढ़ बनती है, तुम उसमें खो जाओगे, बह जाओगे। तुम्हें अनुभव होगा कि तुम नहीं हो। तुम्हें अनुभव होगा कि सिर्फ ब्रह्मांड है। श्वास लेते हुए, श्वास छोड़ते हुए तुम ब्रह्मांड ही हो जाओगे; तब श्वास के साथ-साथ ब्रह्मांड ही भीतर आएगा और ब्रह्मांड ही बाहर जाएगा। तब अहंकार, जो तुम सदा रहे हो, नहीं रहेगा। तब अहंकार गया।

यह विधि बहुत सरल है; इसमें कोई खतरा नहीं है। तुम जैसे चाहो इसके साथ प्रयोग कर सकते हो। लेकिन इसके सरल होने के कारण ही तुम इसे करने में भूल भी कर सकते हो। पूरी बात इस पर निर्भर है कि दबाव के बिना छूना है।

तुम्हें यह सीखना पड़ेगा। प्रयोग करते रहो। एक सप्ताह के भीतर यह सध जाएगा। अचानक किसी दिन जब तुम दबाव दिए बिना छुओगे, तुम्हें तत्क्षण वह अनुभव होगा जिसकी मैं बात कर रहा हूं। एक हलकापन, हृदय का खुलना और किसी चीज का सिर से हृदय में उतरना अनुभव होगा।

दूसरी विधिः

हे दयामयी, अपने रूप के बहुत ऊपर और बहुत नीचे, आकाशीय उपस्थिति में प्रवेश करो।

यह दूसरी विधि तभी प्रयोग की जा सकती है जब तुमने पहली विधि पूरी कर ली है। यह प्रयोग अलग से भी किया जा सकता है; लेकिन तब यह बहुत कठिन होगा। इसलिए पहली विधि पूरी करके ही इसे करना अच्छा है। और तब यह विधि बहुत सरल भी हो जाएगी।

जब भी ऐसा होता है—कि तुम हलके-फुलके अनुभव करते हो, जमीन से उठते हुए अनुभव करते हो, मानो तुम उड़ सकते हो—तभी अचानक तुम्हें बोध होगा कि तुम्हारे शरीर को चारों ओर से एक नीला आभा-मंडल घेरे है।

लेकिन यह अनुभव तभी होगा जब तुम्हें लगे कि मैं जमीन से ऊपर उठ सकता हूं, कि मेरा शरीर आकाश में उड़ सकता है, कि वह बिलकुल हलका और निर्भार हो गया है, कि वह पृथ्वी के गुरुत्वाकर्षण से बिलकुल मुक्त हो गया है।

ऐसा नहीं है कि तुम उड़ सकते हो; वह प्रश्न नहीं है। हालांकि कभी-कभी यह भी होता है। कभी-कभी ऐसा संतुलन बैठ जाता है कि तुम्हारा शरीर ऊपर उठ जाता है। लेकिन

▲

वह प्रश्न ही नहीं है; उसकी सोचो ही मत। बंद आंखों से इतनी महसूस करना काफी है कि तुम्हारा शरीर ऊपर उठ गया है। जब तुम आंख खोलोगे तो पाओगे कि तुम जमीन पर ही बैठे हो। उसकी चिंता मत करो। अगर तुम बंद आंखों से महसूस कर सके कि शरीर ऊपर उठ गया है, कि उसमें कोई वजन न रहा, तो इतना काफी है।

ध्यान के लिए इतना काफी है। लेकिन अगर तुम आकाश में उड़ना सीखने की चेष्टा कर रहे हो तो यह काफी नहीं है। लेकिन मैं उसमें उत्सुक नहीं हूं और मैं तुम्हें उसके संबंध में कुछ नहीं बताऊंगा। इतना पर्याप्त है कि तुम्हें महसूस हो कि तुम्हारे शरीर पर कोई भार नहीं है, वह निर्भार हो गया है।

और जब भी यह हलकापन महसूस हो तो आंखें बंद रखे हुए ही अपने शरीर के आकार के प्रति बोधपूर्ण होओ। आंखों को बंद रखते हुए अंगूठों को और उनके आकार को महसूस करो, पैरों को और उनके आकार को महसूस करो। अगर तुम बुद्ध की भांति सिद्धासन में बैठे हो तो बैठे ही बैठे अपने शरीर के आकार को अनुभव करो। तुम्हें अनुभव होगी, स्पष्ट अनुभव होगा, और उसके साथ ही साथ तुम्हें बोध होगा कि उस आकार के चारों ओर नीला सा प्रकाश फैला है।

आरंभ में यह प्रयोग आंखों को बंद रख कर करो। और जब यह प्रकाश फैलता जाए और तुम्हें आकार के चारों ओर नीला प्रकाश-मंडल महसूस हो, तब कभी यह प्रयोग रात में, अंधेरे कमरे में करते समय आंखें खोल लो, और तुम अपने शरीर के चारों ओर एक नीला प्रकाश, एक नीला आभा-मंडल देखोगे। अगर तुम इसे बंद आंखों से नहीं, खुली आंखों से देखना चाहते हो, इसे सचमुच देखना चाहते हो तो यह प्रयोग किसी अंधेरे कमरे में करो जहां कोई रोशनी न हो।

यह नीला प्रकाश, यह नीला आभा-मंडल तुम्हारे आकाश-शरीर की उपस्थिति है। तुम्हारे कई शरीर हैं। यह विधि आकाश-शरीर से संबंध रखती है, और तुम आकाश-शरीर के द्वारा ऊंची से ऊंची समाधि में प्रवेश कर सकते हो।

सात शरीर हैं और भगवत्ता में प्रवेश के लिए प्रत्येक शरीर का उपयोग हो सकता है। प्रत्येक शरीर एक द्वार है। यह विधि आकाश-शरीर का उपयोग करती है। और आकाश-शरीर को प्राप्त करना सबसे सरल है। शरीर के तल पर जितनी ज्यादा गहराई होगी उतनी ही उसकी उपलब्धि कठिन होगी। लेकिन आकाश-शरीर तुम्हारे बहुत निकट है, स्थूल शरीर के बहुत निकट है। आकाश-शरीर तुम्हारा दूसरा शरीर है, जो तुम्हारे चारों ओर है—तुम्हारे स्थूल शरीर के चारों ओर। यह तुम्हारे शरीर के भीतर भी है और यह शरीर को चारों ओर से एक धुंधली आभा की तरह, नीले प्रकाश की तरह, ढीले परिधान की तरह घेरे हुए है।

'हे दयामयी, अपने रूप के बहुत ऊपर और बहुत नीचे, आकाशीय उपस्थिति में प्रवेश करो।'

बहुत ऊपर, बहुत नीचे—तुम्हारे चारों ओर, सर्वत्र। यदि तुम अपने सब ओर उस नीले प्रकाश को देख सको तो विचार तुरंत ठहर जाएगा; क्योंकि आकाश-शरीर के लिए विचार करने की जरूरत नहीं है। और यह नीला प्रकाश बहुत शांतिदायी है। क्यों? क्योंकि वह तुम्हारे आकाश-शरीर का प्रकाश है। नीला आकाश ही कितना विश्रामपूर्ण है। क्यों? क्योंकि

वह तुम्हारे आकाश-शरीर का रंग है। और आकाश-शरीर स्वयं बहुत विश्रामपूर्ण है।

जब भी कोई व्यक्ति तुम्हें प्रेम करता है, जब भी कोई व्यक्ति तुम्हें प्रेम से स्पर्श करता है, तब वह तुम्हारे आकाश-शरीर को स्पर्श करता है। इसीलिए तुम्हें वह इतनी सुखदायी मालूम पड़ता है। इसका तो फोटोग्राफ भी लिया जा चुका है। जब दो प्रेमी गहन प्रेम में संभोग में उतरते हैं और यदि उनका संभोग एक खास अवधि तक चले, चालीस मिनट से ऊपर चले और स्खलन न हो, तो गहन प्रेम में डूबे उन दो शरीरों के चारों ओर एक नीला प्रकाश छा जाता है। उसका फोटो लिया जा चुका है।

और कभी-कभी तो बहुत अजीब घटनाएं घटती हैं; क्योंकि यह प्रकाश बहुत ही सूक्ष्म विद्युत-शक्ति है। सारे संसार में बहुत सी ऐसी घटनाएं घटी हैं। नए प्रेमियों का एक जोड़ा हनीमून मनाने के लिए नए कमरे में ठहरा है; पहली रात है और वे एक-दूसरे के शरीर से परिचित नहीं हैं, वे नहीं जानते हैं कि क्या संभव है। अगर दोनों के शरीर प्रेम के, आकर्षण के, लगाव और हार्दिकता के एक विशेष तरंग से तरंगायित हैं, एक-दूसरे के प्रति खुले हैं, ग्रहणशील हैं, एक-दूसरे में डूब जाने को तत्पर हैं तो कभी-कभी ऐसा आकस्मिक रूप से हुआ है कि उनके शरीर इतने विद्युतमय हो गए हैं, उनके आकाश-शरीर इतने आविष्ट और जीवंत हो गए हैं, कि उनके प्रभाव से कमरे की चीजें गिरने लगी हैं।

बहुत अजीब घटनाएं घटी हैं। मेज पर एक मूर्ति रखी है, वह जमीन पर गिर जाती है। मेज का शीशा अचानक टूट जाता है। वहां कोई तीसरा व्यक्ति नहीं है, मात्र वह जोड़ा है वहां। उन्होंने मेज या शीशे को स्पर्श भी नहीं किया है। और ऐसा भी हुआ है कि अचानक कुछ जलने लगता है। दुनिया भर में ऐसे मामलों की खबरें पुलिस चौकियों में दर्ज हुई हैं। उन पर खोजबीन की गई है और पाया गया है कि गहन प्रेम में संलग्न दो व्यक्ति ऐसी विद्युत शक्ति का सृजन कर सकते हैं कि उससे उनके आस-पास की चीजें प्रभावित हो सकती हैं।

वह शक्ति भी आकाश-शरीर से आती है। तुम्हारा आकाश-शरीर तुम्हारा विद्युत-शरीर है। जब भी तुम ऊर्जा से भरे होते हो तब तुम्हारा आकाश-शरीर बड़ा हो जाता है। और जब तुम उदास, बुझे-बुझे होते हो तो तुम्हारा आकाश-शरीर सिकुड़कर शरीर के भीतर सिमट जाता है। इसीलिए उदास और दुखी व्यक्ति के पास तुम भी उदास और दुखी हो जाते हो। अगर कोई दुखी व्यक्ति इस कमरे में प्रवेश करे तो तुम्हें लगेगा कि कुछ गड़बड़ हो रही है; क्योंकि उसका आकाश-शरीर तुम्हें तुरंत प्रभावित करता है। वह शक्ति चूसता है; क्योंकि उसकी अपनी शक्ति इतनी बुझी-बुझी है कि वह दूसरों की शक्ति चूसने लगता है।

उदास आदमी तुम्हें उदास बना देगा, दुखी आदमी तुम्हें दुखी कर देगा, बीमार व्यक्ति तुम्हें बीमार कर देगा। क्यों? क्योंकि वह उतना ही नहीं है जितना तुम देखते हो, उसके भीतर कुछ छिपा है जो काम कर रहा है। हालांकि उसने कुछ नहीं कहा है, हालांकि वह बाहर से मुस्कुरा रहा है; तो भी यदि वह दुखी है तो वह तुम्हारा शोषण करेगा, तुम्हारे आकाश-शरीर की ऊर्जा क्षीण हो जाएगी। वह तुम्हारी उतनी शक्ति खींच लेगा, वह तुम्हें उतना चूस लेगा। और जब कोई सुखी व्यक्ति कमरे में प्रवेश करता है तो तुम भी तत्क्षण सुख महसूस करने लगते हो। सुखी व्यक्ति इतनी आकाशीय शक्ति बिखेरता है कि वह तुम्हारे लिए भोजन बन जाती है, वह तुम्हारा पोषण बन जाती है। उसके पास अतिशय ऊर्जा है; वह ऊर्जा उससे बह रही है।

जब कोई बुद्ध, कोई क्राइस्ट, कोई कृष्ण तुम्हारे पास से गुजरते हैं तो वे तुम्हें निरंतर एक सूक्ष्म भोजन दे रहे हैं और तुम निरंतर उनके मेहमान हो। और जब तुम किसी बुद्ध के दर्शन करके लौटते हो तो तुम अत्यंत पुनर्जीवित, अत्यंत ताजा, अत्यंत जीवंत अनुभव करते हो। हुआ क्या है? बुद्ध कुछ बोले भी न हों; मात्र दर्शन से तुम्हें लगता है कि मेरे भीतर कुछ बदल गया है, मेरे भीतर कुछ प्रविष्ट हो गया है। क्या प्रविष्ट हो गया है? बुद्ध इतने आप्तकाम हैं, इतने आपूरित हैं, इतने लबालब भरे हैं कि वे ऊर्जा का सागर बन गए हैं। और उनकी ऊर्जा बाढ़ की भांति बह रही है।

जो भी व्यक्ति स्वस्थ होता है, शांत होता है, वह सदा बाढ़ बन जाता है। क्योंकि अब उसकी ऊर्जा उन व्यर्थ की बातों में, उन नासमझियों में व्यय नहीं होती जिनमें तुम अपनी ऊर्जा गंवा रहे हो। उसके साथ उसके चारों ओर सदा ऊर्जा की बाढ़ चलती है। और जो भी उसके संपर्क में आता है, वह उसका लाभ ले सकता है।

जीसस कहते हैं: 'मेरे पास आओ। अगर तुम बहुत बोझिल हो तो मेरे पास आओ। मैं तुम्हें निर्बोझ कर दूंगा।'

असल में जीसस कुछ नहीं करते, बस उनकी उपस्थिति में कुछ होता है। कहते हैं कि जब कोई भगवत्ता को उपलब्ध पुरुष, कोई तीर्थंकर, कोई अवतार, कोई क्राइस्ट पृथ्वी पर चलता है तो उसके चारों ओर एक विशेष वातावरण, एक प्रभाव-क्षेत्र निर्मित होता है। जैन योगियों ने तो इसका माप भी लिया है। वे कहते हैं कि यह प्रभाव-क्षेत्र चौबीस मील के घेरे में होता है। तीर्थंकर के चारों ओर चौबीस मील की परिधि होती है और इस परिधि के भीतर आने वाला प्रत्येक व्यक्ति इस ऊर्जा से नहा जाता है। चाहे उसे इसका बोध हो या न हो, चाहे वह मित्र हो या शत्रु हो, अनुयायी हो या विरोधी हो, इससे कोई फर्क नहीं पड़ता।

हां, यदि तुम अनुयायी हो तो तुम खूब भर जाते हो, क्योंकि तुम खुले हुए हो। विरोधी भी भरता है, लेकिन उतना नहीं, क्योंकि विरोधी बंद होता है। लेकिन ऊर्जा तो सब पर बरसती है। एक अकेला व्यक्ति यदि अनुद्विग्न है, शांत है, मौन है, आनंदित है, तो वह शक्ति का पुंज बन जाता है—ऐसा पुंज कि उसके चारों ओर चौबीस मील में एक विशेष वातावरण बन जाता है। और उस वातावरण में तुम्हें एक सूक्ष्म पोषण मिलता है।

यह घटना आकाश-शरीर के द्वारा घटती है। तुम्हारा आकाश-शरीर विद्युत-शरीर है। जो शरीर हमें दिखाई पड़ता है, वह भौतिक है, पार्थिव है। यह सच्चा जीवन नहीं है। इस शरीर में विद्युत-शरीर, आकाश-शरीर के कारण जीवन आता है। वही तुम्हारा प्राण है।

तो शिव कहते हैं: 'हे दयामयी, आकाशीय उपस्थिति में प्रवेश करो।'

पहले तुम्हें अपने भौतिक शरीर को घेरने वाले आकाश-शरीर के प्रति बोधपूर्ण होना होगा। और जब तुम्हें उसका बोध होने लगे तो उसे बढ़ाओ, बड़ा करो, फैलाओ। इसके लिए तुम क्या कर सकते हो?

बस चुपचाप बैठना है और उसे देखना है। कुछ करना नहीं है; बस अपने चारों ओर फैले इस नीले आकार को देखते रहना है। और देखते-देखते तुम पाओगे कि वह बढ़ रहा है, बड़ा हो रहा है। सिर्फ देखने से वह बड़ा हो रहा है। क्योंकि जब तुम कुछ नहीं करते हो तो पूरी ऊर्जा आकाश-शरीर को मिलती है, इसे स्मरण रखो। और जब तुम कुछ करते हो तो

▲

आकाश-शरीर से ऊर्जा बाहर जाती है।

लाओत्सू कहता है: 'मैं कुछ नहीं करता हूं और मुझसे शक्तिशाली कोई नहीं है। मैं कभी कुछ नहीं करता हूं, और कोई मुझसे शक्तिशाली नहीं है। जो कुछ करने के कारण शक्तिशाली हैं, उन्हें हराया जा सकता है।' लाओत्सू कहता है; 'मुझे हराया नहीं जा सकता, क्योंकि मेरी शक्ति कुछ न करने से आती है।' तो असली बात कुछ न करना है।

बोधिवृक्ष के नीचे बुद्ध क्या कर रहे थे? कुछ नहीं कर रहे थे। वे उस क्षण कुछ भी नहीं कर रहे थे, वे शून्य हो गए थे। और मात्र बैठे-बैठे उन्होंने परम को पा लिया। यह बात बेबूझ लगती है। यह बात बहुत हैरानी की लगती है। हम इतना प्रयत्न करते हैं और कुछ नहीं होता है और बुद्ध बोधिवृक्ष के नीचे बैठे-बैठे बिना कुछ किए ही परम को उपलब्ध हो गए!

जब तुम कुछ नहीं कर रहे हो तब तुम्हारी ऊर्जा बाहर गति नहीं करती है। तब वह ऊर्जा आकाश-शरीर को मिलती है और वहां इकट्ठी होती है। फिर तुम्हारा आकाश-शरीर विद्युत शक्ति का भंडार बन जाता है। और वह भंडार जितना बढ़ता है, तुम्हारी शांति भी उतनी ही बढ़ती है। और तुम जितना ज्यादा शांत होते हो उतनी ही ऊर्जा का भंडार भी बढ़ता है। और जिस क्षण तुम जान लेते हो कि आकाश-शरीर को ऊर्जा कैसे दी जाए और कैसे ऊर्जा को व्यर्थ नष्ट न किया जाए, उसी क्षण गुप्त कुंजी तुम्हारे हाथ लग गई।

और तब तुम आनंदित हो सकते हो। वस्तुतः तभी तुम आनंदित हो सकते हो, उत्सव मना सकते हो। तुम अभी जैसे हो, ऊर्जा से रिक्त, तुम कैसे उत्सवपूर्ण हो सकते हो? तुम कैसे उत्सव मना सकते हो? तुम कैसे फूल की तरह खिल सकते हो? फूल तो अतिरेक से आते हैं, जब वृक्ष ऊर्जा से लबालब होते हैं तो उनमें फूल लगते हैं। फूल तो अतिरिक्त ऊर्जा का वैभव हैं। वृक्ष यदि भूखा हो तो उसमें फूल नहीं आएंगे, क्योंकि पत्तों के लिए भी पर्याप्त पोषण नहीं है; जड़ों के लिए भी पर्याप्त भोजन नहीं है।

उनमें भी एक क्रम है। पहले जड़ों को भोजन मिलेगा, क्योंकि वे बुनियादी हैं। अगर जड़े ही सूख गईं तो फूल की संभावना कहां रहेगी? तो पहले जड़ों को भोजन दिया जाएगा। फिर शाखाओं को। और अगर सब ठीक-ठाक चले और फिर भी ऊर्जा शेष रह जाए, तब पत्तों को पोषण दिया जाएगा। और उसके बाद भी भोजन बचे और वृक्ष समग्रतः संतुष्ट हो, जीने के लिए और भोजन की जरूरत न रहे, तब अचानक उसमें फूल लगते हैं। ऊर्जा का अतिरेक ही फूल बन जाता है। फूल दूसरों के लिए दान हैं। फूल भेंट हैं। फूल वृक्ष की तरफ से तुम्हें भेंट हैं।

और यही घटना मनुष्य में भी घटती है। बुद्ध वह वृक्ष हैं जिसमें फूल लगे। अब उनकी ऊर्जा इतनी अतिशय है कि उन्होंने सबको, पूरे अस्तित्व को उसमें सहभागी होने के लिए आमंत्रित किया है।

पहले पहली विधि को प्रयोग करो और फिर दूसरी विधि को। तुम दोनों को अलग-अलग भी प्रयोग कर सकते हो; लेकिन तब आकाश-शरीर के नीले आभामंडल को प्राप्त करना थोड़ा कठिन होगा।

आज इतना ही।

64

आनन्द है अचुनाव में

प्रश्न-सार

1. अधिक लोग दुख और पीड़ा का जीवन ही क्यों चुनते हैं?

2. हम एक प्रबुद्ध समाज की आशा कैसे कर सकते हैं?

पहला प्रश्नः

क्या मनुष्य के सामने दो ही विकल्प हैं: सतत दुख और पीड़ा का जीवन या भगवत्ता और आनंद का जीवन ? और क्या चुनाव उसके हाथ में है ? फिर ऐसा क्यों है कि सर्वाधिक लोग दुख और पड़ा का ही जीवन चुनते हैं ?

यह प्रश्न बहुत महत्वपूर्ण है, लेकिन साथ ही बहुत नाजुक भी है। पहली बात समझने की यह है कि जीवन बहुत विरोधाभासी है और उसके कारण बहुत सी चीजें घटित होती हैं। विकल्प दो ही हैं: मनुष्य स्वर्ग में हो सकता है या नरक में। तीसरी कोई संभावना नहीं है। या तो तुम गहन दुख का जीवन चुन सकते हो या दुख-शून्य प्रगाढ़ आनंद का जीवन चुन सकते हो। ये दो ही विकल्प हैं, ये दो ही संभावनाएं हैं, ये दो ही द्वार हैं—जीने के दो ढंग। लेकिन तब स्वभावतः प्रश्न उठता है कि मनुष्य दुख का जीवन क्यों चुनता है?

दुख मनुष्य का चुनाव नहीं है, चुनाव तो वह सदा आनंद का ही करता है। लेकिन यहीं विरोधाभास खड़ा हो जाता है। विरोधाभास यह है कि अगर तुम आनंद चाहते हो तो तुम्हें दुख मिलेगा, क्योंकि आनंद की पहली शर्त चुनाव-रहितता है। यही समस्या है। अगर तुम आनंद का चुनाव करते हो तो तुम्हें दुख में जीना पड़ेगा। और अगर तुम कोई चुनाव नहीं करते हो, सिर्फ साक्षी रहते हो, चुनाव-रहित साक्षी, तो तुम आनंद में होगे।

तो प्रश्न यह नहीं है कि आनंद और दुख के बीच चुनाव करना है, प्रश्न यह है कि चुनाव और अचुनाव के बीच चुनाव करना है। लेकिन ऐसा क्यों होता है कि जब भी तुम चुनाव करते हो तो तुम सदा दुख ही पाते हो?

चुनाव विभाजन करता है, बांटता है। चुनाव का मतलब है कि तुम जीवन से कुछ को इनकार करते हो, कुछ को अलग करते हो। चुनाव का अर्थ है कि तुम समग्र जीवन को नहीं स्वीकार करते हो; उसमें से कुछ को स्वीकार करते हो और कुछ को इनकार करते हो।

लेकिन जीवन का विभाजन संभव नहीं है; जब तुम बांटकर कुछ को चुनते हो तो जिसे तुम इनकार करते हो वह तुम्हारे पास बार-बार लौट आता है। जीवन को खंडों में नहीं बांटा जा सकता, वह अखंड है। और इसलिए जिस हिस्से को तुम इनकार करते हो, वह इनकार करने से ही शक्तिशाली हो जाता है। और सचाई यह है कि तुम उससे भयभीत रहते हो।

जीवन के किसी भी हिस्से को इनकार नहीं किया जा सकता, छोड़ा नहीं जा सकता;

ज्यादा से ज्यादा तुम उसके प्रति आंखें बंद कर सकते हो, तुम उससे भाग सकते हो; तुम उसके प्रति मूर्च्छित हो सकते हो। लेकिन उससे कुछ फर्क नहीं पड़ता; दबाया हुआ अंश मन के अंधेरे में छिपा बैठा रहेगा, और ऊपर आने के अवसर का इंतजार करता रहेगा।

तो अगर तुम दुख को इनकार करते हो, अगर तुम कहते हो कि मुझे दुख नहीं चाहिए, तो एक सूक्ष्म ढंग से तुमने दुख को चुन लिया। अब दुख सदा तुम्हारे आस-पास मंडराता रहेगा—एक बात।

जीवन समग्र है, यह एक बात। और दूसरी बात कि जीवन सतत परिवर्तन है, सतत बदलाहट है। ये बुनियादी सत्य हैं। एक कि जीवन के खंड नहीं किए जा सकते और दूसरा कि कुछ भी स्थायी नहीं है, कुछ भी ठहरा हुआ नहीं है।

तो जब तुम कहते हो कि मैं दुख नहीं लूंगा, मैं तो सदा आनंद ही लूंगा, तो तुम सुख से चिपकोगे। और जब तुम किसी चीज से चिपकते हो तो तुम चाहते हो कि वह हमेशा बनी रहे। लेकिन जीवन में कुछ भी स्थायी नहीं है, कुछ भी ठहरा हुआ नहीं है। जीवन एक प्रवाह है। तो जब तुम सुख का आग्रह करते हो, सुख से चिपकते हो, तो तुम इस आग्रह के कारण ही दुख को बुलावा दे रहे हो, दुख का निर्माण कर रहे हो। क्योंकि यह सुख तो जाने वाला है; यहां कुछ भी स्थायी नहीं है। यह तो एक नदी है, सतत बह रही है, भागी जा रही है। और जब तुम नदी से चिपकते हो तो तुम ऐसी स्थिति का निर्माण कर रहे हो जिसमें देर-अबेर निराशा ही हाथ आएगी। नदी तो आगे बढ़ जाएगी; देर-अबेर तुम पाओगे कि नदी तो जा चुकी है; तुम्हारे पास नहीं है। तुम पाओगे कि तुम्हारे हाथ खाली हैं और तुम हाथ मल रहे हो, सिर धुन रहे हो।

अगर तुम सुख को पकड़कर रखना चाहोगे तो पल-दो-पल को ही सुख तुम्हारे पास रहेगा, फिर विदा हो जाएगा। जीवन तो प्रवाह है; यहां तुम्हारे अतिरिक्त कुछ भी स्थायी नहीं है, यहां तुम्हारे अतिरिक्त कुछ भी शाश्वत नहीं है। और जब तुम किसी परिवर्तनशील चीज से चिपकते हो तो उसके जाने पर तुम्हारा दुख में पड़ना अनिवार्य है। और न केवल तुम उसके जाने पर दुखी होगे, अगर तुम्हारा मन सुख से चिपकने वाला है तो तुम उसके रहते हुए भी सुख का आनंद नहीं ले पाओगे। क्योंकि तुम सदा डरे हुए रहोगे कि कहीं यह सुख तुम्हारे हाथ से न निकल जाए। अगर तुम सुख को पकड़कर रखना चाहते हो तो तुम इस आग्रह के कारण ही सुख को भी नहीं भोग पाओगे। उसके जाने पर तो रोओगे ही, अभी भी तुम उसका सुख नहीं ले पाओगे; क्योंकि यह भय तो निरंतर बना ही हुआ है कि कहीं यह चला न जाए।

और यह सच है कि देर-अबेर वह जाने वाला ही है। तुम्हारे घर कोई मेहमान आया है और तुम जानते हो कि वह मेहमान है और कल सुबह चला जाने वाला है। तो तुम अभी से ही दुखी हो कि मेहमान कल चला जाएगा। तुम भविष्य के लिए दुखी हो रहे हो; भविष्य का दुख तुम पर अभी ही उतर आया है। अब तुम मेहमान के रहते हुए भी सुखी नहीं हो; और उसके जाने पर तो दुखी होगे ही। तो तुम हर हालं दुखी हो; मेहमान के रहते दुखी हो कि वह चला जाने वाला है और उसके जाने पर दुखी हो कि वह चला गया। यही हो रहा है।

पहली बात कि जीवन को खंडों में नहीं बांटा जा सकता है। और चुनाव करने के लिए बांटना जरूरी है, अन्यथा चुनाव कैसे करोगे? और फिर तुम जिसे चुनोगे वह रुकने वाला नहीं है—देर-अबेर वह जाने वाला है। और तब वह हिस्सा सामने आएगा जिसको तुमने इनकार

▲

किया है; तुम उससे बेच नहीं सकते। तुम यह नहीं कह सकते कि दिन तो मैं लूंगा, लेकिन रात नहीं लूंगा; तुम यह नहीं कह सकते कि मैं श्वास लूंगा, लेकिन छोड़ूंगा नहीं; मैं उसे बाहर नहीं जाने दूंगा।

जीवन विरोधों से बना है; वह विरोधी स्वरों से बना हुआ संगीत है। श्वास भीतर आती है, श्वास बाहर जाती है; और इन दो विरोधों के बीच, उनके कारण ही, तुम जीवित हो। वैसे ही दुख है और सुख है। सुख आने वाली श्वास की भांति है; दुख जाने वाली श्वास की भांति है। या सुख-दुख दिन-रात जैसे हैं। विरोधी स्वरों का संगीत है जीवन। और तुम यह नहीं कह सकते कि मैं सुख के साथ ही रहूंगा, दुख के साथ नहीं रहूंगा। और अगर तुम यह दृष्टिकोण रखते हो तो तुम और गहरे दुख में गिरोगे। यही विरोधाभास है।

स्मरण रहे, कोई आदमी दुख नहीं चुनता है, दुख नहीं चाहता है। तुम पूछते हो, क्यों आदमी दुख का चुनाव करता है। किसी ने भी दुख का चुनाव नहीं किया है। तुमने तो सुखी रहने का चुनाव किया है, दुखी रहने का नहीं। और तुमने सुखी रहने का चुनाव दृढ़ता के साथ किया है। सुखी रहने के लिए तुम सारे प्रयत्न करते हो, उसके लिए तुम कुछ भी उठा नहीं रखते हो। लेकिन विडंबना यह है कि इसी कारण तुम दुखी हो, इसी कारण तुम सुखी नहीं हो। फिर किया क्या जाए?

स्मरण रखो कि जीवन अखंड है, जीवन समग्र है। इसमें चुनाव संभव नहीं है। पूरे जीवन को स्वीकार करना है। पूरे जीवन को जीना है। सुख के क्षण आएंगे और दुख के भी क्षण आएंगे; और दोनों को अंगीकार करना है। चुनाव व्यर्थ है; क्योंकि जीवन दोनों है। अन्यथा लयबद्धता खो जाएगी, और इस लयबद्धता के बिना जीवन नहीं चल सकता है।

जीवन संगीत जैसा है। तुम संगीत सुनते हो; उसमें दो स्वरों के बीच मौन का अंतराल है। स्वर और मौन, इन दो विरोधी तत्वों के मिलन से संगीत का जन्म होता है। अगर तुम कहो कि मैं सिर्फ स्वर ही लूगा, मौन के अंतराल को नहीं लूंगा, तो संगीत नहीं पैदा होगा। वह कोई एक-सुरी चीज होगी, वह मृत होगी। वे अंतराल ही संगीत को प्राणवान बनाते हैं।

जीवन का सौंदर्य भी यही है कि वह विरोधों के आधार पर खड़ा है। जैसे स्वर और मौन, स्वर और शून्य मिलकर संगीत को जन्म देते हैं, वैसे ही सुख और दुख, दो विरोधों से मिलकर जीवन निर्मित होता है।

जीवन में चुनाव नहीं हो सकता; और अगर तुम चुनाव करोगे तो तुम फंसोगे, तुम दुख पाओगे। और अगर तुम्हें जीवन की समग्रता का बोध हो जाए और इसका बोध हो जाए कि जीवन कैसे चलता है, तो तुम चुनाव नहीं करोगे—यह पहली बात। और जब तुम चुनाव नहीं करोगे तो फिर किसी चीज या संबंध से चिपकने की, उससे आसक्त होने की जरूरत न रहेगी; फिर तुम्हें आसक्ति से, मोह से मुक्ति मिल जाएगी। तब दुख आएगा तो तुम दुख का मजा लोगे और सुख आएगा तो सुख का मजा लोगे। तब तुम सुख-दुख दोनों को ठीक से जीओगे। जब मेहमान घर में होगा तो तुम उसके होने का सुख लोगे और जब वह विदा हो जाएगा तो उसकी जुदाई का दुख भी मजे से लोगे।

मैं कहता हूं: सुख और दुख, दोनों का मजा लो। यही विवेक का मार्ग है: दोनों का सुख लो, चुनाव मत करो। जो भी आए उसे स्वीकार करो। यही तुम्हारा भाग्य है, यही तुम्हारा

जीवन है; उसमें कुछ किया नहीं जा सकता।

अगर यह तुम्हारा जीने का ढंग हो जाए तो तुम चुनाव नहीं करोगे, तब तुम चुनावरहित हो गए। और जब तुम चुनाव-रहित हो तो तुम स्वयं के प्रति बोध से भर जाओगे। क्योंकि अब तुम्हें यह फिक्र न रही कि क्या होगा, क्या नहीं होगा; अब तुम्हारा चित्त बहिर्गामी न रहा, अब तुम्हें यह चिंता न रही कि तुम्हारे आस-पास क्या हो रहा है। अब जो भी होगा, तुम उसे स्वीकार करोगे, उसको भोगोगे, उसको जीओगे, उसको अनुभव करोगे और उससे कुछ सीखोगे। क्योंकि प्रत्येक अनुभव से, चाहे सुख का अनुभव हो या दुख का, चेतना विस्तृत होती है, समृद्ध होती है।

अगर तुम्हें दुख न हो तो तुममें कुछ कमी रह जाएगी; क्योंकि दुख जीवन को गहराई देता है। जिस व्यक्ति ने दुख नहीं जाना वह सदा उथला रहेगा, सतही रहेगा; उसके जीवन में गहराई न होगी। दुख से जीवन में गहराई आती है। सच तो यह है कि दुख के बिना तुम्हारा जीवन बेस्वाद होगा, दुख के बिना तुम्हारा जीवन ऊब भरी घटना होगा। दुख तुम्हें मांजता है, निखारता है; तुम्हें उससे एक गुणवत्ता उपलब्ध होती है जो दुख से ही उपलब्ध होती है, जो किसी भी सुख से नहीं मिल सकती।

यदि कोई आदमी सदा सुख-सुविधा में ही रहा हो, कोई दुख-दर्द न जाना हो, कोई पीड़ा न झेली हो, उसके जीवन में चमक नहीं होगी, धार नहीं होगी। वह माटी का लोंदा जैसा होगा; उसमें कोई गहराई नहीं हो सकती। सच तो यह है कि वह हृदय के बिना ही रह जाएगा, क्योंकि हृदय तो दुख से निर्मित होता है। तुम दुख के द्वारा विकसित होते हो।

और यदि किसी व्यक्ति ने दुख ही दुख जाना हो, उसके जीवन में सुख की कोई किरण न उतरी हो, तो उसका भी जीवन समृद्ध नहीं होगा। वह भी दरिद्र रह जाएगा। समृद्धि तो विरोधों के, विपरीतताओं के बीच गति से फलित होती है। विपरीतताओं के बीच तुम्हारी जितनी अधिक गति होगी, तुम्हारे जीवन में उतना ही ज्यादा, उतना ही गहरा विकास होगा, ऊर्ध्वगमन होगा।

अगर कोई व्यक्ति दुख ही दुख में जीए तो वह गुलाम हो जाएगा। यदि उसने सुख के कोई क्षण नहीं जाने हैं तो वह यथार्थतः जीवित नहीं होगा, वह पशुवत होगा; वह किसी भांति जीए जाएगा—या कि किसी भांति मरे जाएगा। उसके प्राणों में कोई कविता न होगी; उसके हृदय में कोई गीत न होगा; उसकी आंखों में आशा की कोई चमक न होगी। वह अपनी निराशा की, हताशा की जिंदगी से समझौता करके बैठ जाएगा; उसके जीवन में कोई संघर्ष, कोई साहसिक अभियान न होगा, कोई गति न होगी। उसके जीवन में कोई बहाव न होगा; वह चेतना का मात्र डबरा बनकर रह जाएगा। और डबरे की चेतना चेतना नहीं है; इसलिए ऐसा आदमी धीरे-धीरे अचेतन हो जाएगा, बेहोश हो जाएगा। यही कारण है कि जब तुम अत्यंत पीड़ा में होते हो तो बेहोश हो जाते हो।

तो सुख ही सुख से काम नहीं चलेगा, क्योंकि सुख में चुनौती नहीं है। और दुख ही दुख हो तो भी आदमी टूट जाएगा; उसमें आशा नहीं होगी, स्वप्न नहीं होगा; उसके जीवन में कोई उड़ान नहीं होगी, कोई संघर्ष नहीं होगा। इसलिए सुख और दुख दोनों जरूरी हैं। जीवन इन दोनों के बीच एक सूक्ष्म खिंचाव, एक सूक्ष्म तनाव की तरह है।

और अगर तुम यह बात समझ जाओ तो फिर तुम चुनाव नहीं करोगे। तब तुम भलीभांति जानते हो कि जीवन कैसे गति करता है, जीवन कैसे चलता है, जीवन क्या है। जीवन का ढंग यही है कि उसकी नदी सुख-दुख के दो किनारों के बीच बहती है; उससे ही उसमें गति आती है, निखार आता है, गहराई आती है, अर्थवत्ता आती है। इसलिए दोनों शुभ हैं।

लेकिन ध्यान रहे, मैं कहता हूं कि सुख और दुख दोनों शुभ हैं; मैं यह नहीं कहता कि तुम दोनों के बीच चुनाव करो। मैं इतना ही कहता हूं कि दोनों शुभ हैं, इसलिए कोई चुनाव मत करो। बल्कि दोनों को होने दो, दोनों को जीओ, दोनों का सुख लो। दोनों के प्रति खुले रहो, कोई प्रतिरोध मत करो। न एक से चिपकने की चेष्टा करो और न दूसरे से बचने और भागने की। अप्रतिरोध को अपने जीने का ढंग बना लो; कह दो कि मैं जीवन का प्रतिरोध नहीं करूंगा। जीवन जो भी लाएगा, मैं उसे स्वीकार करूंगा, मैं उसके प्रति उपलब्ध रहूंगी, मैं उसका सुख लूंगा।

यदि दिन अच्छा है तो रात भी उतनी ही अच्छी और सुंदर है। वैसे ही दुख का भी अपना सौंदर्य है; कोई सुख उस सौंदर्य को नहीं पा सकता है। अंधेरे का अपना सौंदर्य है; प्रकाश का अपना सौंदर्य है। दोनों में न कोई तुलना की बात है और न चुनाव की। दोनों के काम करने के अपने-अपने आयाम हैं।

और जब तुम्हें यह बोध होगा तो फिर तुम चुनाव नहीं करोगे। तब तुम मात्र साक्षी रहोगे, द्रष्टा रहोगे। और तब तुम किसी भी चीज का आनंद ले सकोगे। यह अचुनाव ही आनंद बन जाएगा। यह अचुनाव ही आनंद में बदल जाएगा।

आनंद दुख के विपरीत नहीं है; आनंद ऐसी गुणवत्ता है जिससे तुम किसी भी स्थिति को जी सकते हो, दुख को भी। बुद्ध-पुरुष को दुख नहीं होता, इसका यह अर्थ नहीं है कि बुद्ध-पुरुष को दुख नहीं मिलता; दुख तो बुद्ध-पुरुष को भी उतना ही मिलता है जितना तुम्हें मिलता है। लेकिन बुद्ध दुख से दुखी नहीं होते हैं, क्योंकि उन्हें दुख को भी सुख बनाने की कला मालूम है। उन्हें दुख छूता नहीं, क्योंकि वे उसमें भी आनंदित हैं; वे दुख को भी उत्सव बना लेते हैं; वे दुख में भी ध्यानस्थ रहते हैं। वे दुख में भी खुले हुए, आनंद-मग्न और प्रतिरोध-रहित रहते हैं। दुख तो उन पर भी आता है, लेकिन वे उसके दंश से अछूते, अस्पर्शित रह जाते हैं। दुख आता है और चला जाता है, वैसे ही जैसे श्वास आती है और चली जाती है; और वे अनुद्विग्न रहते हैं, वे स्वयं में थिर रहते हैं। दुख उन्हें विचलित नहीं कर सकता; दुख में भी वे अकंप बने रहते हैं। कुछ भी उन्हें विचलित करने में असमर्थ है—न दुख और न सुख।

और तुम तो घड़ी के पेंडुलम जैसे हो—हर चीज तुम्हें हिला जाती है। तुम तो ठीक से सुखी भी नहीं हो सकते, क्योंकि बहुत सुख भी तुम्हें मार डालेगा। तुम उसमें इतने उत्तेजित हो जाते हो।

मुझे एक कहानी याद आती है। एक बार एक अवकाश-प्राप्त गरीब शिक्षक को लाटरी मिल गई। शिक्षक कहीं बाहर गया हुआ था; खबर उसकी पत्नी को मिली। पत्नी चिंतित हुई कि यह लाटरी बूढ़े व्यक्ति के लिए जरा ज्यादा हो जाएगी, एक साथ पचास हजार रुपए पाने की खबर सुनकर वह खुशी के मारे पागल हो जाएगा। उसे तो पांच रुपए का नोट भी खुशी से

भर देता था; पचास हजार रुपया तो उसे मार ही डालेगा। तो वह भागकर पास के चर्च में गई और पादरी को उसने सारा हाल कहा। उसने कहाः 'बूढ़ा शीघ्र ही घर लौटने वाला है, तो आप कुछ उपाय करें। पचास हजार रुपए मिलने की खबर उसकी जान ले लेगी।'

पादरी ने कहाः 'तुम चिंता मत करो। मैं मनुष्य के मन को जानता हूं; मुझे उसके काम करने का ढंग मालूम है। मैं मनुष्य का मनोविज्ञान जानता हूं। चलो, मैं तुम्हारे साथ चलता हूं।'

इधर बूढ़े की पत्नी पादरी को लेकर घर आई और उधर वह बूढ़ा भी आ गया। पादरी ने बूढ़े से कहा: 'मान लो कि तुम्हें पचास हजार की लाटरी मिल गई है तो तुम उसका क्या करोगे?' बूढ़े ने जरा देर मन ही मन इस पर विचार किया और फिर पादरी से कहा: 'मैं उसमें से पचीस हजार रुपए तुम्हारे चर्च को दान कर दूंगा।'

यह सुनकर पादरी के प्राण-पखेरू उड़ गए। यह अतिशय था।

तुम्हें सुख भी मार डालेगा, क्योंकि तुम उसमें इतने उत्तेजित हो जाते हो। तुम किसी चीज के बाहर नहीं रह सकते; सुख या दुख जो भी तुम्हारे द्वार आए तुम उससे इतने जुड़ जाते हो कि तुम डांवाडोल हो जाते हो, तुम तुम नहीं रहते। हवा का एक झोंका और तुम्हारे पांव उखड़ जाते हैं।

मैं तुमसे यह कहता हूं: कोई चुनाव ही मत करो। तुम बस सजग और बोधपूर्ण रहो कि यही जीवन का ढंग है कि रात और दिन आते हैं, चले जाते हैं; दुख और सुख आते हैं, चले जाते हैं—और तुम मात्र साक्षी हो। न तुम्हें सुख को पकड़ना है और न तुम्हें दुख से बचना है, भागना है। तुम्हें अपने में रहना है—केंद्रित, स्थिर, अकंप। यही आनंद है।

और स्मरण रहे कि आनंद दुख के विपरीत नहीं है। ऐसा मत समझो कि जब तुम्हें आनंद उपलब्ध होगा तो फिर दुख तुम्हारे पास नहीं आएगा। इस मूढ़ता में मत पड़ो। दुख जीवन का ही हिस्सा है, वह तभी विदा होगा जब जीवन विदा होगा। वह तो शरीर के साथ आता है और शरीर के साथ जाता है। जब तुम जन्म-मरण से छूटोगे तभी तुम दुख से छूटोगे। लेकिन तब तुम समिष्ट में खो जाओगे, उससे एक हो जाओगे। तुम तब नहीं रहोगे—सागर में बूंद की तरह खो जाओगे। लेकिन जब तक तुम हो, दुख रहेगा। दुख जीवन का अभिन्न अंग है।

लेकिन तुम जाग सकते हो, तब दुख कहीं तुम्हारे इर्द-गिर्द घटित होगा, तुम्हें नहीं होगा, तुम उससे अछूते रहोगे। लेकिन तब तुम्हें सुख भी नहीं होगा, तुम उससे भी अछूते रहोगे। यह मत सोचो कि तुम पर सुख की तो वर्षा होती रहेगी और दुख बिलकुल नहीं होगा। नहीं, तुम्हें दोनों नहीं होंगे। वे तुम्हारे इर्द-गिर्द घटित होंगे, वे तुम्हारी परिधि पर घटित होंगे और तुम अपने केंद्र पर अचल बने रहोगे। तुम उन्हें घटित होते देखोगे, तुम उनका सुख भी लोगे; लेकिन वे तुम्हें नहीं होंगे, वे तुम्हारे आस-पास होते रहेंगे।

यह तभी संभव है जब तुम चुनाव नहीं करते हो। इसलिए मैंने कहा, यह बहुत बारीक बात है, सूक्ष्म बात है। क्योंकि जीवन विरोधाभासी है, इसलिए तुम सुख चुनते हो और दुख पाते हो। और जैसे-जैसे तुम दुख से भागते हो वैसे-वैसे दुख और-और तुम्हारा पीछा करता है। इसलिए तुम इसे परम नियम की तरह जानो कि तुम जो भी चुनोगे उसके विपरीत तुम्हारा भाग्य होगा।

▲

इसे ही मैं परम नियम कहता हूं: तुम जो भी चुनोगे उससे उलटी तुम्हारी नियति होगी।

तो स्मरण रहे, तुम जो भी हो वह तुम्हारा चुनाव है; तुमने ही विपरीत को चुनकर उसे चुना है। स्मरण रहे, तुम जो भी हो उसे तुमने चाहा है, उससे विपरीत को चाहकर तुमने उसे चाहा है। अगर तुम दुखी हो तो तुमने सुख को चुनकर उसे चुना है। सुख को चुनना बंद करो, सुख की मांग बंद करो और दुख विदा हो जाएगा। कोई चुनाव मत करो, और तुम्हें कुछ भी नहीं होगा।

और इस जगत में तुम्हारे अतिरिक्त सब कुछ प्रवाह है, इस बात को अच्छे से समझ लेना है। अस्तित्व में केवल तुम सनातन हो; शेष सब प्रवाह है, सब क्षणभंगुर है। केवल तुम शाश्वत हो और कुछ नहीं। तुम्हारा बोध नहीं बदलता है, बोध नित्य है। दुख आता है, तुम उसके साक्षी हो। सुख आता है, तुम उसके साक्षी हो। कुछ भी नहीं आता है, तुम उसके भी साक्षी हो। सब आता-जाता है; केवल साक्षी अचल है, सदा है। और वह साक्षी तुम हो।

तुम कभी बच्चे थे, या उससे भी पीछे जाना चाहो तो तुम कभी एक अणु थे, मां के गर्भ में एक सूक्ष्म कोष्ठ थे, जिसे स्थूल आंखों से देखा भी नहीं जा सकता। तुम उसकी कल्पना भी नहीं कर सकते; अगर वह कोष्ठ तुम्हारे सामने आ जाए तो तुम नहीं पहचान पाओगे कि कभी तुम वही थे। फिर तुम बच्चे थे। फिर तुम जवान हुए। और अब बूढ़े हो और मृत्यु-शय्या पर पड़े हो। इस बीच कितनी-कितनी घटनाएं घट गईं। तुम्हारा पूरा जीवन एक प्रवाह है-सरित-प्रवाह। दो क्षण भी कोई चीज स्थिर नहीं है।

हेराक्लाइटस ने कहा है कि तुम एक ही नदी में दुबारा नहीं उतर सकते। यह वह जीवन की नदी के लिए कह रहा है। तुम्हें कभी दो समान क्षण नहीं मिलते हैं। जो क्षण बीत गया, फिर वह तुम्हारे हाथ आने वाला नहीं है। कुछ भी तो वही का वही नहीं है। इस महाप्रवाह में केवल एक चीज स्थायी है, सदा है—वह है तुम्हारा साक्षी।

अगर तुम मां के पेट में साक्षी रह सकते तो वह साक्षी वही रहता। अगर तुम अपने बचपन में साक्षी रहे होते तो वह साक्षी वही रहता। अगर तुम अपनी मृत्यु-शय्या पर भी साक्षी रहो तो साक्षी की गुणवत्ता वही की वही रहेगी। तुम्हारे अंतरतम में जो साक्षी-चेतना है वह सदा समान है, नित्य है। शेष सब कुछ बदल जाता है, सिर्फ चैतन्य अपरिवर्तनशील है, शाश्वत है।

अगर तुम इसे परिवर्तनशील जगत के किसी भी विषय से, किसी भी चीज से आसक्त हुए, चिपके, तो तुम निश्चित ही दुख पाओगे। तब दुख से बचने का कोई उपाय नहीं है, क्योंकि तुम असंभव को संभव करने में लगे हो। और यही कारण है कि तुम दुख में हो। मैं जानता हूं कि तुम कभी दुख नहीं चुनते, लेकिन इससे कोई फर्क नहीं पड़ता है। अगर तुम दुखी हो तो जानो कि तुमने परोक्ष रूप से उसे चुना है, वह तुम्हारा ही चुनाव है।

यदि तुम जीवन के इस परोक्ष रूप को, उसके विरोधाभासी गुण को समझ लो, उसके प्रति सजग हो जाओ, तो तुम चुनना छोड़ दोगे। और जब चुनाव समाप्त होता है तो संसार भी समाप्त हो जाता है। चुनाव गया कि तुम परम में प्रवेश कर गए।

लेकिन यह तभी संभव है जब चुनाव करने वाला मन पूरी तरह विदा हो जाए। निर्विकल्प बोध, चुनाव-रहित साक्षी के उदय पर ही तुम्हारा आनंद में प्रवेश हो सकता है। तभी तुम आनंद में होगे। यह कहना उचित होगा कि तब तुम आनंद ही होगे। और मैं फिर

दोहराता हूं: दुख तो आते रहेंगे, लेकिन अब तुम्हें कोई दुखी नहीं कर सकेगा। अब अगर तुम अचानक नरक में भी डाल दिए जाओ तो तुम्हारी उपस्थिति से ही नरक नरक नहीं रहेगा, स्वर्ग हो जाएगा।

किसी ने सुकरात से पूछा कि मरने के बाद आप कहां जाएंगे? तो सुकरात ने कहा: 'मुझे पता नहीं कि स्वर्ग और नरक हैं या नहीं, लेकिन मैं उनमें से किसी को भी न चुनूंगा। मैं तो यही प्रार्थना करूंगा कि मैं जहां कहीं भी रहे सजग रहूं, बोधपूर्ण रहूं।'

फिर चाहे वह स्वर्ग हो या नरक, उससे कोई फर्क नहीं पड़ता। क्योंकि अगर तुम पूरी तरह सजग हो, बोधपूर्ण हो, तो नरक खो जाता है। नरक तुम्हारी बेहोशी की, मूर्च्छा की दशा का नाम है। और अगर तुम पूरे होश से जीते हो तो वही होश स्वर्ग बन जाता है। स्वर्ग तुम्हारे पूर्ण बोध की दशा का नाम है।

सच में स्वर्ग और नरक कोई भौगोलिक स्थान नहीं हैं। और मूढ़ता की भाषा में मत सोचते रहो कि जब तुम मरोगे तो परमात्मा तुम्हें तुम्हारे कर्मों के अनुसार स्वर्ग या नरक भेज देगा। नहीं, तुम अपना स्वर्ग और नरक अपने साथ लिए चलते हो; तुम जहां भी जाते हो तुम्हारा स्वर्ग या नरक तुम्हारे साथ जाता है। अगर तुम बेहोश हो तो तुम नरक में हो और परमात्मा भी कुछ नहीं कर सकता है। अगर वह तुम्हें अचानक मिल जाए तो वह भी तुम्हें नरक जैसा मालूम पड़ेगा। अगर तुम अपना नरक लिए चल रहे हो तो तुम जहां भी हो वहां अपने नरक को प्रक्षेपित कर लोगे। तुम परमात्मा के सामने भी दुख में होगे, नरक में होगे। उसका साक्षात्कार मृत्यु जैसा होगा, असहनीय होगा, तुम बेहोश हो जाओगे। तुम्हें जो भी होता है, उसका बीज तुम्हारे भीतर है। और चेतना का बीज ही सारे अस्तित्व का बीज है।

तो स्मरण रहे, अगर तुम दुख में हो तो यह तुम्हारा चुनाव है; जाने या अनजाने, प्रत्यक्ष या परोक्ष तुमने दुख चुना है। यह तुम्हारा चुनाव है; इसके लिए तुम जिम्मेवार हो। कोई दूसरा व्यक्ति तुम्हारे दुख के लिए जिम्मेवार नहीं है।

लेकिन तुम्हारे मन में, तुम्हारे भ्रांत मन में सब कुछ उलट-पुलट हो गया है। तुम उलटी खोपड़ी हो। अगर तुम दुखी हो तो तुम सोचते हो कि तुम दूसरे के कारण दुखी हो, दूसरी तुम्हें दुखी कर रहा है। हकीकत यह है कि तुम अपने कारण दुखी हो। कोई दूसरा तुम्हें दुखी नहीं कर सकता; यह असंभव है।

और अगर कोई दूसरा तुम्हें दुख देता है तो वह भी तुम्हारा चुनाव है कि तुम उसके हाथों दुख पाओ। तुमने ही उस व्यक्ति को अपने दुख का माध्यम बनाया है। और वह व्यक्ति तुम्हें किस भांति का दुख देगा, यह भी तुमने ही चुना है। दूसरा तुम्हें दुखी नहीं कर सकता; तुम्हारा दुख सर्वथा तुम्हारा अपना ही चुनाव है। लेकिन तुम निरंतर सोचते हो कि अगर दूसरा बदले, अगर दूसरा कुछ करे, तो तुम्हारा दुख दूर हो सकता है।

मैंने सुना है, मुल्ला नसरुद्दीन ने एक खड़ी हुई कार से अपनी कार टकरा दी और वह पुलिस थाने में एक फार्म भर रहा था। फार्म में अनेक बातें पूछी गई थीं। जब वह उस खाने पर पहुंचा जहां पूछा गया था कि दूसरी कार का चालक दुर्घटना बचाने के लिए क्या कर सकता था, तो मुल्ला ने लिखा: 'उसे अपनी कार कहीं और खड़ी करनी चाहिए थी। वैसा उसने नहीं किया, उसने अपनी कार उस जगह पर खड़ी की—इसलिए दुर्घटना उसके कारण हुई।'

तुम भी यही कर रहे हो। सदा दूसरा जिम्मेवार है, अगर वह वैसा नहीं करता तो तुम्हें दुख नहीं भोगना पड़ता। नहीं, दूसरा बिलकुल जिम्मेवार नहीं है; तुम्हीं अपने दुख के लिए जिम्मेवार हो। और जब तक तुम समझपूर्वक यह जिम्मेवारी अपने ऊपर नहीं लेते, तब तक तुम नहीं बदलोगे। बदलाहट तो तभी संभव होगी—बहुत आसानी से संभव होगी—जब तुम जानोगे कि सब जिम्मेवारी तुम्हारी है। अगर तुम दुखी हो तो यह तुम्हारा चुनाव है। कर्म का सिद्धांत यही है कि जो कुछ भी होता है—दुख-सुख, नरक-स्वर्ग, जो भी होता है—उसके लिए पूरी तरह तुम जिम्मेवार हो। कर्म का सिद्धांत यही है। पूरी जिम्मेवारी तुम्हारी है।

लेकिन डरो मत, चिंतित मत होओ। क्योंकि यदि पूरी जिम्मेवारी तुम्हारी है और तुम यह समझपूर्वक स्वीकार करते हो तो अचानक तुम्हारे लिए स्वतंत्रता का द्वार खुल जाता है। क्योंकि अगर तुम्हीं तुम्हारे दुख का कारण हो तो तुम बदल सकते हो। यदि दूसरे लोग कारण हैं तो बदलाहट का कोई उपाय नहीं है। तब तुम कैसे बदल सकते हो? तब तो तुम्हें तब तक दुख में रहना पड़ेगा जब तक सारा संसार न बदले। और चूंकि दूसरों को बदलने का कोई उपाय नहीं है, इसलिए तुम्हें सदा दुख में ही रहना पड़ेगा।

लेकिन हम ऐसे निराश लोग हैं कि कर्म जैसे सुंदर सिद्धांत की व्याख्या भी इस भांति करते हैं कि वह हमें मुक्त करने की बजाय और भी बंधन में जकड़ देता है। भारत में तो हमें कोई पांच हजार वर्षों से कर्म के सिद्धांत की जानकारी है, लेकिन हमने क्या किया? अपने ऊपर जिम्मेवारी लेने की बजाय हमने सब जिम्मेवारी कर्म के सिद्धांत पर थोप दी; हम कहते हैं कि जो हो रहा है सब भाग्य के कारण हो रहा है, इसमें हम कुछ नहीं कर सकते। हम क्या कर सकते हैं अगर पिछले जन्मों के कर्मों के कारण हमारा यह जीवन इस ढंग का है?

कर्म का सिद्धांत तुम्हें स्वतंत्र करने के लिए था; वह तुम्हें पूरी तरह स्वतंत्र करने के लिए था। कोई दूसरा तुम्हें दुखी नहीं कर सकता, यह उसका संदेश था। अगर तुम दुखी हो तो यह तुम्हारी निर्मिति है। तुम अपने भाग्य के मालिक हो। और अगर तुम इसे बदलना चाहो तो यह तुम्हारे हाथ में है, तुम तत्क्षण उसे बदल सकते हो और तुम्हारा जीवन भिन्न हो जा सकता है। लेकिन हमारी दृष्टि ही उलटी है।

मैंने सुना है, दो मित्र आपस में बातचीत कर रहे थे। उनमें एक पक्का आशावादी था और दूसरा पक्का निराशावादी। लेकिन आशावादी भी वर्तमान स्थिति के संबंध में बहुत प्रसन्न नहीं था; उसने कहा: 'अगर यह आर्थिक संकट कायम रहा, ये राजनीतिक उपद्रव चलते रहे और दुनिया ऐसी ही अनैतिक रही, तो हम जल्दी ही भीख मांगने के लिए मजबूर हो जाएंगे।' वह भी वर्तमान स्थिति के बारे में आशावादी नहीं था, यद्यपि वह पक्का आशावादी था। जब उसने कहा कि हम भीख मांगने पर मजबूर हो जाएंगे तो निराशावादी मित्र ने पूछा: 'किससे? अगर यह स्थिति बनी रही तो भीख देने वाला कौन रह जाएगा?'

तुम्हारा जो मन है वह इतना रुग्ण है कि तुम उसे ही सब चीजों पर आरोपित कर देते हो; तुम प्रत्येक सिद्धांत और देशना का गुणधर्म बदल देते हो। तुम बहुत आसानी से बुद्धों और कृष्णों को पराजित कर देते हो, क्योंकि तुम्हारा मन प्रत्येक चीज को अपने रंग में रंग देता है, अपने ही जैसा बना देता है।

नहीं, तुम जो भी हो, जिस स्थिति में भी हो, तुम स्वयं उसके लिए शत प्रतिशत

जिम्मेवार हो। और जो तुम्हारी दुनिया है, जिसको तुम कोसते रहते हो, वह भी तुम्हारी निर्मिति है। और उसके लिए भी तुम स्वयं जिम्मेवार हो—शत प्रतिशत। और अगर यह बात तुम्हारी चेतना की गहराई में उतर जाए तो तुम सब को बदल सकते हो—स्वयं को भी और संसार को भी। तब तुम्हें दुख में जीने की जरूरत नहीं है।

बस चुनाव मत करो, साक्षी रहो, और तुम आनंद को उपलब्ध हो जाओगे। आनंद कोई मुर्दा स्थिति नहीं है। इसलिए दुख तो तुम्हारे आस-पास घटित होता रहेगा, लेकिन तुम उससे अछूते रहकर आनंदित रहोगे। इसलिए प्रश्न यह नहीं है कि तुम्हें क्या होता है, प्रश्न यह है कि तुम क्या हो, तुम कैसे हो। जीवन का आत्यंतिक अर्थ तुमसे आता है, घटनाओं से नहीं।

दूसरा प्रश्नः

कल रात आपने ऊब के, बोरियत के संबंध में चर्चा की। लेकिन हम एक प्रबुद्ध समाज की आशा कैसे कर सकते हैं जब कि समाज को चलाने के लिए अधिकतर लोगों को पुनरुक्ति पूर्ण, उबाऊ और नीरस काम करने जरूरी हैं?

फिर वही बातः तुम अपने मन को काम पर आरोपित कर रहे हो। कोई भी काम उबाने वाला नहीं है, नीरस नहीं है; लेकिन तुम जरूर ऊब से भरे हो, नीरसता से भरे हो, और उससे ही सब कुछ नीरस और उबाने वाला मालूम पड़ता है। कोई भी काम अपने आप में न उबाने वाला है और न गैर उबाने वाला है; तुम्हीं उसे नीरस या सरस बना देते हो। और एक ही काम तुम्हें अभी उबाने वाला लग सकता है और अगले क्षण आनंदित करने वाला लग सकता है। ऐसा नहीं कि काम बदल गया, लेकिन तुम्हारा मन, तुम्हारे मन का गुणधर्म जिससे तुम काम करते हो, जरूर बदल गया। तो स्मरण रहे, तुम इसलिए नहीं ऊबते हो कि एक ही तरह का काम निरंतर करना पड़ता है; सच तो यह है कि चूंकि तुम ऊबे से भरे हो इसलिए हर काम उबाने वाला मालूम पड़ता है।

उदाहरण के लिए, बच्चे एक ही खेल बार-बार खेलना पसंद करते हैं; तुम उससे ऊब जाते हो, लेकिन वे नहीं ऊबते हैं। तुम्हें हैरानी होती है कि वे क्यों एक ही खेल बार-बार खेलते हैं। वे एक ही कहानी फिर-फिर सुनना चाहते हैं; कई बार सुनने के बाद भी कहते हैं कि वह कहानी फिर से सुनाओ। बात क्या है?

तुम सोच भी नहीं सकते कि बच्चे एक ही खेल बार-बार क्यों खेलते हैं, एक ही कहानी फिर-फिर क्यों सुनते हैं। तुम्हें यह मूढ़ता मालूम होती है। लेकिन यह मूढ़ता है नहीं। बच्चे इतने जीवंत हैं कि उनके लिए कुछ भी पुनरुक्ति नहीं लगता है, पुराना नहीं लगता है। और तुम इतने मुर्दा हो कि हर चीज तुम्हारे लिए पुनरुक्ति हो जाती है।

बच्चे दिन भर एक ही खेल खेल सकते हैं; और अगर तुम उन्हें रोकोगे तो वे चिल्लाएंगे, वे विरोध करेंगे और कहेंगे कि हमारा खेल मत बर्बाद करो। और तुम समझ नहीं पाते हो कि वे दिन भर क्या करते रहते हैं।

बच्चों की चेतना की गुणवत्ता भिन्न है; उन्हें कुछ भी नहीं उबाता है। वे खेल का इतना मजा लेते हैं कि वह मजा पूरी बात ही बदल देता है, वे फिर-फिर उसका मजा लेते हैं। फिर

उनका मजा भी बढ़ता जाता है, क्योंकि वे खेल में और-और कुशल होते जाते हैं। जितना ज्यादा वे खेल का सुख लेते हैं, उतनी उनके सुख की मात्रा बढ़ती जाती है।

तुम्हारी हालत बिलकुल उलटी है। तुम्हारे सुख की मात्रा निरंतर घटती जाती है और तुम्हारी उकताहट बढ़ती जाती है। बात क्या है? काम ही उकताने वाला है या तुम्हारी चेतना की स्थिति में, तुम्हारे होने के ढंग में कोई बुनियादी भूल है?

इसे दूसरे ढंग से देखो। दो प्रेमी एक ही काम रोज-रोज करते हैं। वे रोज-रोज एक-दूसरे को चूमते हैं, एक-दूसरे को आलिंगन में लेते हैं। ये काम एक जैसे हैं। लेकिन प्रेमी उसे अनंत बार दोहराते रहना चाहेंगे। अगर तुम उन्हें मौका दो तो वे वही काम अनंत काल तक करते रहेंगे। दो प्रेमियों के व्यवहार को भी बाहर से देखकर तुम ऊब जाओगे। वे कर क्या रहे हैं? रोज-रोज वही चीज कैसे दोहराते हैं? और उन्हें सुविधा हो तो वे दिन भर एक-दूसरे को चूमते रहेंगे और आलिंगन में लिए रहेंगे। यह सब क्या है?

प्रेमी फिर से बच्चे हो गए हैं। इसीलिए प्रेम इतना निर्दोष है, वह तुम्हें फिर से बच्चा बना देता है—बच्चे जैसा निर्दोष। प्रेमी होकर तुम फिर खेलने लगे, खेल में मजा लेने लगे। तुमने प्रौढ़ता की सारी मूढ़ता उठाकर अलग रख दी। अब तुम एक-दूसरे के शरीर से खेलते हो और उसमें कुछ भी पुनरुक्ति जैसा नहीं लगता है। प्रत्येक चुंबन नया और अनूठा मालूम पड़ता है; न पहले कभी ऐसा था और न आगे कभी ऐसा होगा। प्रेम के प्रत्येक क्षण का अपना अलग अस्तित्व है, वह कभी दोहरती नहीं है। यही वजह है कि तुम उसका इतना रस ले पाते हो।

अर्थशास्त्र का घटते प्रभाव का नियम यहां लागू नहीं होता है। प्रेम में घटते प्रभाव जैसा कोई नियम नहीं है; बल्कि बढ़ते प्रभाव का नियम प्रेम में लागू होता है; तुम जितना ज्यादा प्रेम करते हो उसको रस उतना ही बढ़ता जाता है।

इसीलिए अर्थशास्त्री प्रेम को नहीं समझ पाते, न गणितज्ञ समझ पाते हैं। जो लोग भी हिसाब-किताब में निपुण हैं वे प्रेम को नहीं समझ पाते हैं, क्योंकि प्रेम बेबूझ है, वह सब नियम को, सब गणित को लांघ कर बढ़ता जाता है।

जब मैं विद्यार्थी था तो एक दिन क्लास में अर्थशास्त्र के शिक्षक घटते प्रभाव का नियम समझा रहे थे। मैंने उनसे पूछाः 'प्रेम के बारे में आप क्या कहते हैं? प्रेम तो बढ़ता जाता है।' वे बेचैन हो गए और उन्होंने मुझे क्लास से बाहर जाने को कहा और कहा कि तुम अर्थशास्त्र नहीं समझ सकते; घटते प्रभाव का नियम तो जागतिक नियम है। मैंने उनसे कहाः 'इसे जागतिक मत कहिए, फिर प्रेम का क्या होगा?'

हमें लगेगा कि प्रेमी एक ही चीज बार-बार कैसे करते हैं, लेकिन उन्हें ऐसा नहीं लगता। लेकिन किसी वेश्या के लिए वही काम उबाऊ हो जाता है; वहां अर्थशास्त्र का नियम फिर लागू हो जाएगा। क्योंकि वेश्या प्रेम नहीं करती, शरीर का व्यापार करती है। अगर तुम किसी वेश्या को चूमोगे तो वह उसे नीरस और उबाने वाली कृत्य मालूम पड़ेगा और किसी दिन वह कहेगी: 'यह बेहूदा कृत्य है। मैं दिन भर चुंबन देते-देते थक गई हूं; अब ज्यादा बरदाश्त नहीं होता। उसके लिए यह जरूर पुनरुक्ति पूर्ण, उबाने वाला कृत्य है।'

मैं तुम्हें सिर्फ भेद स्पष्ट कर रहा हूं कि प्रेमी के लिए चुंबन उबाने वाली नहीं होता, वेश्या के लिए होता है। असल में कोई कृत्य नीरस नहीं है, उबाने वाला नहीं है। यह तुम्हारे

▲

मन पर निर्भर है कि तुम उसे कैसे लेते हो। तुम जो भी करते हो, अगर तुम उसे प्रेमपूर्वक करते हो तो वह पुनरुक्ति नहीं रह जाता है। अगर तुम प्रेम से कुछ भी करते हो तो कभी ऊब नहीं होगी। लेकिन तुम प्रेम से नहीं करते हो।

मैं रोज-रोज तुमसे बोल रहा हूं; मैं अनंत काल तक बोल सकता हूं। लेकिन मैं प्रेम से बोलता हूं, प्रेम के लिए बोलता हूं; इसलिए मेरे लिए वह कतई नीरस नहीं है। मैं अनंत काल तक तुमसे बोलता रह सकता हूं। तुमसे बात करना, तुम्हारे हृदय से गुफ्तगू करना मुझे प्रीतिकर है, यह मेरे लिए प्रेम का कृत्य है, इसलिए मेरे लिए यह पुनरुक्ति पूर्ण नहीं है; अन्यथा मैं कब का ऊब गया होता।

मैंने सुना है, एक बच्चा अपने मां-बाप के साथ एक रविवार को चर्च गया, और वह लगातार तीन रविवारों तक चर्च जाता रहा। तीसरे रविवार को उसने अपने पिता से पूछा: 'क्या परमात्मा ऊबता नहीं है? वही-वही लोग हर रविवार को यहां आते हैं। बार-बार वही-वही चेहरे देखकर वह जरूर ऊब गया होगा।'

लेकिन परमात्मा ऊबा नहीं है। पूरा अस्तित्व, पूरी सृष्टि निरंतर दोहरती रहती है, जो हमें पुनरुक्ति जैसी लगती है। लेकिन यदि कोई स्रष्टा है, कोई परमात्मा है, तो वह ऊबा नहीं है, अन्यथा उसने कब की सृष्टि-रचना बंद कर दी होती। वह कह सकता है, बहुत हुआ। इतिश्री। लेकिन स्पष्ट है कि, वह नहीं ऊबा है। क्यों?

वह प्रेम करता है, वह अपनी पूरी सृष्टि को प्रेम करता है। और जो भी है, जो भी होता है, वह उसका प्रेम है। वह स्रष्टा है, श्रमिक नहीं, मजदूर नहीं। वह सर्जक है; सृजन उसका प्रेम है। पिकासो भी नहीं ऊबता है, क्योंकि वह सर्जक है। अगर तुम्हारा कृत्य भी सृजन हो जाए तो तुम भी नहीं ऊबोगे। और यदि तुम्हें अपने कृत्य से प्रेम है तो वह कृत्य सृजन हो जाएगा।

लेकिन बुनियादी कठिनाई यह है कि तुम्हें अपने कृत्य से प्रेम नहीं हो सकता, क्योंकि तुम स्वयं को घृणा करते हो। असली समस्या यह है कि तुम स्वयं को घृणा करते हो। तो तुम जो भी करते हो उससे भी तुम घृणा करते हो, क्योंकि तुम असल में स्वयं को घृणा करते हो।

तुमने अब तक स्वयं को नहीं स्वीकार किया है। तुमने अब तक अस्तित्व को, परमात्मा को अपने होने के लिए धन्यवाद नहीं दिया है। परमात्मा के प्रति तुमने कभी अपना अहोभाव नहीं प्रकट किया है। सच तो यह है कि तुम्हें परमात्मा से शिकायत है कि उसने तुम्हें क्यों पैदा किया। तुम्हारे भीतर यह प्रश्न बना ही रहता है।'मुझे क्यों अस्तित्व में फेंक दिया गया है? मेरे होने का प्रयोजन क्या है?'

क्या तुमने कभी सोचा है कि यदि परमात्मा तुम्हें अचानक मिल जाए तो उससे तुम क्या पूछोगे? तुम पूछोगे: 'तुमने मुझे किसलिए पैदा किया? यह दुख झेलने के लिए? पीड़ा और संताप में जीने के लिए? जन्म-जन्मांतर भटकते रहने के लिए? किसलिए मुझे पैदा किया? जवाब दो मुझे!'

जब तुमने अपने को ही नहीं स्वीकार किया है तो अपने कृत्य को कैसे स्वीकार कर सकते हो? अपने को प्रेम करो। अपने प्रति प्रेमपूर्ण होओ। अपने को स्वीकार करो। तुम जैसे हो, जो हो, उसे वैसा ही स्वीकार करो। क्योंकि कृत्य गौण है; वह तुम्हारे होने से निकलता है, तुम्हारे प्राणों से आता है।

▲

अगर मैं स्वयं को प्रेम करता हूं तो मैं जो भी करूंगा, प्रेमपूर्वक करूंगा। और यदि मुझे किसी कृत्य से प्रेम नहीं होगा तो मैं उसे नहीं करूंगा, छोड़ दूंगा। फिर उसे जारी क्यों रखना?

लेकिन तुम्हें स्वयं से ही प्रेम नहीं है। और जब स्रोत ही प्रेम-शून्य है तो उससे बहने वाली नदी प्रेमपूर्ण कैसे हो सकती है? तुम जो भी करते हो—डाक्टर हो, इंजीनियर हो, वैज्ञानिक हो—तुम जो भी करते हो, उसमें तुम्हारी घृणा प्रवेश कर जाएगी। और घृणा के कारण कृत्य उबाऊ और नीरस हो जाता है।

और तुम अपने कृत्य को घृणा भी करते हो और उसे किसी न किसी बहाने किए भी जाते हो। तुम कहते हो, यह धंधा मैं अपनी पत्नी के लिए, बाल-बच्चों के लिए करता हूं। और तुम्हारे पिता तुम्हारे लिए करते थे, और उनके पिता उनके लिए करते थे, और जब तुम्हारे बच्चे यही करेंगे तो कहेंगे, हम भी अपने बाल-बच्चों के लिए करते हैं। और इस तरह दुनिया के सारे लोग जीवन के आनंद से वंचित रह जाते हैं।

यह चालबाजी है, यह झूठ है। सचाई यह है कि तुम कायर हो। तुम इसे इसलिए नहीं छोड़ सकते, क्योंकि उससे तुम्हें सुरक्षा मिलती है, बैंक बैलेंस बढ़ता है, प्रतिष्ठा मिलती है। चूंकि तुम कायर हो, तुम इसे छोड़ नहीं सकते और न वह कर सकते हो जो तुम करना चाहते हो। और फिर तुम सब जिम्मेवारी अपने बच्चों के, पत्नी के, परिवार के कंधों पर डालते रहते हो।

और सब लोग यही कर रहे हैं। किसी बच्चे से पूछो। वह स्कूल जा रहा है और ऊब से भरा है। वह कहेगा: 'मैं अपने पिता की खुशी के लिए जाता हूं। अगर मैं नहीं जाऊं तो उन्हें पीड़ा होगी।' और तुम्हारी पत्नी? वह तुम्हारे बच्चों के लिए सारी गृहस्थी ढो रही है। कोई भी अपने लिए नहीं जी रहा है। किसी को स्वयं से इतना प्रेम नहीं है कि वह अपने लिए जीए। और तब सब कुछ विषाक्त हो जाता है। जब जड़ों में ही जहर हो तो फूल-फल जहरीले न होंगे तो क्या होंगे।

और ऐसा मत सोचो कि अगर तुम अपना धंधा बदल लोगे तो तुम नए धंधे को प्रेम करने लगोगे। उसे भी तुम्हीं तो करोगे न! उस पर भी तुम्हारा पुराना चित्त हावी हो जाएगा। शुरू-शुरू में हो सकता है थोड़ा उत्साह लगे, नया-नया मालूम हो, लेकिन नएपन की आरंभिक उत्तेजना समाप्त होगी कि तुम्हारा पुराना रोना-धोना शुरू हो जाएगा।

अपने को बदलो। अपने को प्रेम करो। और जो भी करो उसे प्रेमपूर्वक करो, चाहे वह कितनी ही छोटा कृत्य क्यों न हो, उससे कोई फर्क नहीं पड़ता।

मुझे एक घटना याद आती है। जब अब्राहम लिंकन अमेरिका के राष्ट्रपति हुए तो पहले ही दिन जब वे सीनेट का उदघाटन कर रहे थे, किसी सदस्य ने, जिसे उनसे, उनकी सफलता से बहुत ईर्ष्या थी, उठकर कहा: 'लिंकन, यह मत भूलिए कि आपके पिता जूते बनाने वाले थे।' उस समय यह बात बिलकुल अप्रासंगिक थी, बेहूदी थी। लेकिन जिस व्यक्ति ने कही थी उसने यह भी कहा: 'आपके पिता जूते बनाने वाले थे, और मेरे परिवार के लिए जूते बनाया करते थे। उन्हें मत भूल जाना।'

निश्चित ही यह बात अब्राहम लिंकन को अपमानित करने के लिए कही गई थी। और सीनेट के सभी सदस्य हंस पड़े, क्योंकि सभी के मन में ईर्ष्या थी। प्रत्येक सदस्य सोचता था

कि यह कुर्सी उसकी है जिसे लिंकन ने उससे छीन ली है। अजीब बात है कि प्रत्येक व्यक्ति यही समझता है कि दूसरे सारे लोग चालाकी से सफल होते हैं, सिर्फ मैं अपवाद हूं। इस भांति हम दूसरों की सफलता को झेल लेते हैं कि वह चालाकी से हासिल की गई है। इस भांति हम अपने को सांत्वना दे लेते हैं। तो सारी सीनेट हंस पड़ी।

लेकिन उत्तर में अब्राहम लिंकन ने जो बात कही वह अदभुत रूप से सुंदर है। उसने कहाः 'इस अवसर पर आपने मुझे मेरे पिता की याद दिला कर बहुत अच्छा किया। मुझे पता है कि मेरे पिता जूते बनाते थे, लेकिन मैंने अपने जीवन में उनके जैसा दूसरी जूते बनाने वाला व्यक्ति नहीं देखा। वे अनूठे थे, वे सर्जक थे; क्योंकि वे अपने काम को प्रेम करते थे। और मैं अपने को उनके जैसा सफल नहीं समझता हूं, क्योंकि मुझे इस पद से उतना प्रेम नहीं है जितना मेरे पिता को जूते बनाने से था। जूते बनाना उनका आनंद था; वे जूते बनाकर सुखी थे। मैं इस पद पर कभी उतना आनंदित नहीं होऊंगा जितने आनंदित वे जूते बनाकर थे।'

फिर एक क्षण रुककर लिंकन ने कहा: 'लेकिन आपने इस क्षण उन्हें कैसे याद किया? मैं भलीभांति जानता हूं कि मेरे पिता आपके परिवार के लिए जूते बनाते थे, लेकिन किसी ने कभी कोई शिकायत नहीं की। तो मैं समझता हूं कि जूते ठीक ही थे। लेकिन आप इस क्षण उन्हें बिना किसी प्रसंग के याद करते हैं तो मुझे लगता है कि कोई जूता आपको काट रहा है। मैं उनका बेटा हूं, मैं उसे सुधार सकता हूं।'

अगर तुम्हें स्वयं से और अपने काम से प्रेम है तो तुम और ही माहौल में जीते हो। उस माहौल में कुछ भी पुनरुक्त नहीं होता है। पुनरुक्ति का भाव तो ऊब भरे मन का लक्षण है। यह मत कहो कि मैं एक ही ढंग का काम निरंतर करने से ऊब गया हूं। सच तो यह है कि तुम ऊबे हुए हो, इसलिए काम दोहरते रहने वाले प्रतीत होते हैं। तुम ऊबे हुए मन से जो भी काम करोगे वह ऐसा ही मालूम पड़ेगा। कसूर काम का नहीं है; कसूर तुम्हारे मन का है।

जीवन को देखो, जीवन में कितनी चीजें दोहराती रहती हैं। सूर्य एक वर्तुल में घूमता रहता है; वह रोज सुबह उगता है, संध्या डूब जाता है। ऋतुएं एक चक्र में घूमती रहती हैं—जाड़ा आता है, गर्मी आती है, बरसात आती है। चक्र चलता रहता है। एक गहरे अर्थ में सारा अस्तित्व बार-बार दोहरता रहता है। ऐसा लगता है कि पूरी सृष्टि बच्चों के खेल जैसी है। न पेड़ ऊबते हैं, न आकाश ऊबता है। अनंत समय से वर्षा ऋतु में आकाश बादलों से भर जाता है, लेकिन वह कभी नहीं कहताः 'फिर क्यों बादल आ गए?' जीवन को देखो—कितनी पुनरुक्ति है।

यह शब्द ठीक नहीं है, पुनरुक्ति शब्द ठीक नहीं है। कहना चाहिए, जीवन एक ही खेल खेलते रहना पसंद करता है। यह खेल उसे इतना भाता है कि बार-बार खेलता है, खेलता ही जाता है। और वह निरंतर खेल को विस्तार दिए जा रहा है, उसे उसकी पराकाष्ठा पर लिए जा रहा है। फिर आदमी ही पुनरुक्ति से क्यों ऊबता है? इसलिए नहीं कि पुनरुक्ति उबाती है, बल्कि इसलिए कि आदमी ऊबा ही हुआ है। वह इतना ऊबा हुआ है कि हर चीज उसे उबाने वाली लगती है।

एक बार ऐसा हुआ कि सिगमंड फ्रायड एक मानसिक रोगी की जांच कर रहा था। वह रोगी से प्राथमिक प्रश्न पूछ रहा था जो वह मनोविश्लेषण शुरू करने के पहले प्रत्येक रोगी से

पूछता था। उसने रोगी से कहा: 'सामने पुस्तकों की कतार को देखो; उसे देखकर तुम्हें तुरंत किस चीज की याद आती है?' रोगी ने पुस्तकों की तरफ निगाह उठाई, उन्हें उसने ठीक से देखा भी नहीं और कहा: 'यह मुझे एक स्त्री की याद दिलाती है—सुंदर स्त्री की।'

फ्रायड खुश हुआ, क्योंकि यह उसके सिद्धांत के अनुकूल था। उसका सिद्धांत है कि जगत में सब कुछ कामुक है। उसने कहा, ठीक। और फिर उसने जेब से अपना रूमाल निकाला और रोगी के सामने हिलाकर पूछाः 'इसे देखो और बताओ कि यह रूमाल तुरंत तुम्हें किस चीज की याद दिलाता है?'

वह आदमी हंसा और उसने कहा: 'एक खूबसूरत स्त्री की।'

फ्रायड तो प्रसन्नता से भर गया। यही तो उसका सिद्धांत था: प्रत्येक आदमी कामुकता से ग्रस्त है; पुरुष स्त्री के संबंध में सोचता रहता है, स्त्री पुरुष के संबंध में सोचती रहती है। यही तो सारा चक्कर है। और फिर फ्रायड ने कहाः 'दरवाजे की तरफ देखो।' वहां कोई नहीं था। सड़क पर भी कोई नहीं था। उसने कहाः 'वहां देखो! वहां कोई नहीं है; यह खालीपन देखकर तुम्हें क्या खयाल आता है?' रोगी ने कहा: 'एक खूबसूरत स्त्री।'

अब फ्रायड भी थोड़ा चिंतित हुआ कि कहीं यह आदमी उसके साथ कोई धोखाधड़ी तो नहीं कर रहा है। तो उसने कहा: 'यह अजीब बात है; क्या प्रत्येक चीज तुम्हें स्त्री की ही याद दिलाती है?'

उस आदमी ने कहा: 'चीज से कोई लेना-देना नहीं है। चाहे किताब हो या रूमाल हो या खाली दरवाजा हो, उससे कोई फर्क नहीं पड़ता है। सच तो यह है कि मैं कभी स्त्री के सिवाय और किसी चीज के बारे में सोचता ही नहीं। मैं और किसी चीज के संबंध में कभी सोचता ही नहीं; इसलिए आप क्या दिखाते हैं वह अप्रासंगिक है। ऐसा नहीं है कि प्रत्येक चीज मुझे स्त्री की याद दिलाती है, मैं स्त्री के बारे में ही सदा सोचता रहता हूं। यह कोई याद दिलाने की बात नहीं है।'

यही हाल तुम्हारा है। प्रश्न यह नहीं है कि तुम्हें यह काम उबाता है या वह काम उबाता है, या पुनरुक्ति भरा काम, नीरस काम उबाता है। सचाई यह है कि तुम ऊबे हुए हो—चाहे तुम कोई काम करो या न करो। अगर तुम कुर्सी में पड़े-पड़े आराम भी करोगे तो ऊब जाओगे, कुछ भी नहीं करोगे और ऊब जाओगे। तुम कहोगे, करने को कुछ नहीं है और मैं ऊब रहा हूं। सप्ताह भर तुम काम से ऊबे रहते हो और सप्ताह के अंत में, छुट्टी के दिन तुम छुट्टी से ऊबे रहते हो। जिंदगी भर किसी नीरस धंधे से ऊबे रहते हो और रिटायर होने पर रिटायरमेंट से ऊब जाते हो, क्योंकि अब करने को कुछ न रहा। सारी जिंदगी तुम ऊब से भरे हो, क्योंकि वही का वही काम—फैक्टरी या आफिस या दुकान। और जब तुम रिटायर हो जाते हो तो इसलिए ऊबते हो कि अब कुछ करने को नहीं है।

तुम्हारी ऊब को संबंध किसी काम-धंधे से नहीं है; बस तुम ऊबे हुए हो। तुम ऊब ही हो गए हो। और फिर तुम जो भी करते हो उस पर अपनी ऊब की काली चादर ओढ़ा देते हो। तुमने राजा मिदास को नाम सुना होगा; वह जो कुछ छूता था वह सोना हो जाता था। तुम भी एक राजा मिदास हो, तुम जिसे छूते हो वह ऊब हो जाता है। तुम्हारे स्पर्श में ही जादू है, जिस चीज को भी छू दोगे वह ऊब बन जाएगी—हर चीज।

▲

तो कृत्यों को, काम को बदलने की चिंता छोड़ो। चिंता करो सिर्फ अपने को बदलने की। अपनी चेतना के गुणधर्म को बदलने की फिक्र करो। अपने प्रति प्रेमपूर्ण बनो। पहली बात स्मरण रखने योग्य यह है कि स्वयं के प्रति प्रेमपूर्ण होओ।

नैतिक शिक्षकों ने सारे जगत को विषाक्त कर दिया है। वे कहते हैं: 'अपने को प्रेम मत करो, यह स्वार्थ है। वे कहते हैं, दूसरे को प्रेम करो, स्वयं को प्रेम मत करो। स्वयं को प्रेम करना पाप है।'

और मैं तुमसे कहता हूं कि यह बिलकुल ही नासमझी की बात है, यह बड़ी से बड़ी मूढ़ता है। और यह साधारण नासमझी नहीं है, खतरनाक नासमझी है। जब तक तुम अपने को प्रेम नहीं करते हो, तुम किसी को भी प्रेम नहीं कर सकते। यह असंभव है। जो व्यक्ति स्वयं से प्रेम नहीं करता है उसे किसी से भी प्रेम नहीं हो सकता। अगर तुम्हें स्वयं से प्रेम है तो ही तुम्हारे प्रेम का प्रवाह दूसरे तक पहुंच सकता है, अन्यथा नहीं।

और जिसे स्वयं से प्रेम नहीं है, वह स्वयं को घृणा करेगा। और जब तुम खुद को ही घृणा करते हो तो किसी दूसरे को प्रेम कैसे कर सकते हो? तब तुम दूसरों को भी अनिवार्यतः घृणा करोगे। तब तुम केवल प्रेम का दिखावा कर सकते हो। वह प्रेम नहीं, प्रेम का धोखा होगा। और उससे भी बड़ी बात यह है कि जब तुम स्वयं ही अपने को प्रेम नहीं करते तो तुम दूसरों से प्रेम पाने की अपेक्षा कैसे कर सकते हो?

प्रत्येक व्यक्ति अपनी ही नजरों में निंदित है। समस्त नैतिक शिक्षा तुम्हें एक ही चीज देती है, वह है आत्म-निंदा की विधि। वह सिखाती है कि तुम कैसे निंदित हो, बुरे हो, अपराधी हो, पापी हो। ईसाइयत कहती है कि तुम्हारा पापी होना इस पर निर्भर नहीं है कि तुम क्या करते हो, तुम पाप में ही पैदा हुए हो। ऐसा नहीं है कि तुम कोई पाप करते हो या नहीं, तुम जन्म से पापी हो।

ईसाइयत कहती है, मनुष्य का जन्म ही पाप में होता है। आदम ने, पहले मनुष्य ने पाप किया और तुम उसकी संतान हो, तुम पापी हो। पाप तो हो चुका, अब उसे अनकिया नहीं किया जा सकता। तुम पाप में ही जनमे हो—आदम के पाप में।

अगर तुम पाप में ही पैदा हुए हो तो तुम स्वयं को कैसे प्रेम कर सकते हो? जब आत्मनिंदा तुम्हारे प्राणों का स्वर है तो तुम स्वयं को कैसे प्रेम कर सकते हो? और अगर तुम स्वयं को ही प्रेम नहीं कर सकते तो तुम दूसरों को कैसे प्रेम कर सकते हो? प्रेम का आरंभ घर से होता है—और तुम वह घर हो—फिर वह फैलकर दूसरों तक पहुंचता है। दूसरों को प्रेम देने की अनिवार्य शर्त यह है कि पहले तुम प्रेम से भरे होओ, अपने प्रति प्रेमपूर्ण होओ। तभी प्रेम तुमसे बहकर दूसरों तक पहुंच सकता है।

और जब तुम प्रेमपूर्ण होगे, जब तुम्हारा प्रेम बहेगी, तब वह तुम्हारे कृत्यों में प्रकट होगा। फिर तुम चाहे चित्र बनाओ या जूते बनाओ या कुछ भी करो, सड़क पर झाड़ू भी लगाओगे तो उसमें तुम्हारा प्रेम प्रवाहित होगा। यदि तुम स्वयं के प्रति प्रगाढ़ प्रेम से भरे हो तो तुम जो भी करोगे उसमें प्रेम प्रवाहित होगा। और अगर तुम कुछ भी न करोगे तो भी प्रेम तुमसे बहता रहेगा। प्रेम तुमसे वैसे ही बहेगी जैसे दीए से प्रकाश बहता है। प्रेम तुम्हारा अस्तित्व बन जाएगा। और ऐसे प्रेम की दशा में कुछ भी उबाता नहीं।

लोग मेरे पास आते हैं, कभी-कभी बहुत सहानुभूति से कोई मित्र मुझसे पूछते हैं: 'आप दिन भर एक कमरे में बैठे रहते हैं, खिड़की के भी बाहर नहीं झांकते, फिर भी आप ऊबते नहीं हैं?'

मैं स्वयं के साथ हूं, मुझे ऊब क्यों हो?

वे पूछते हैं: 'अकेले बैठे-बैठे आपका जी नहीं ऊबता?'

यदि मैं स्वयं से घृणा करता तो मैं भी ऊब जाता, जरूर ऊब जाता। क्या तुम उस व्यक्ति के साथ रह सकते हो जिसे तुम घृणा करते हो? तुम स्वयं से ऊब जाते हो, क्योंकि तुम्हें स्वयं से ही घृणा है।

तुम अकेले नहीं रह सकते। यदि कुछ क्षणों के लिए भी अकेले होते हो तो तुम बेचैन होने लगते हो, तुम किसी से मिलने के लिए आतुर होने लगते हो। क्योंकि तुम अपने साथ नहीं रह सकते; अपना ही संग तुम्हें काटता है—अपना ही संग। तुम अपना ही चेहरा नहीं देखना चाहते हो। तुम कभी प्रेम से अपना हाथ नहीं छू सकते—असंभव है।

तो जो मित्र पूछते हैं उनका पूछना उनके संदर्भ में ठीक है। वे जब अकेले होते हैं तो ऊब जाते हैं। वे मुझे पूछते हैं : 'क्या आप कभी बाहर नहीं निकलते हैं?' उसकी जरूरत नहीं है। कभी वे पूछते हैं: 'लोग वही-वही समस्याएं लेकर आपके पास पहुंचते हैं। आप ऊबते नहीं हैं?'

यह सच है कि लोगों की समस्याएं भी एक जैसी हैं। तुम इतने नकली हो कि तुम मौलिक समस्या भी नहीं बना सकते। सभी की समस्याएं वही की वही हैं। वही सेक्स, वही अशांति, वही क्रोध, वही रोग सबके हैं। लोगों को आसानी से उनके सवालों के आधार पर सात हिस्सों में बांटा जा सकता है; क्योंकि सात ही बुनियादी समस्याएं हैं। और वही-वही सवाल लोग पूछते रहते हैं। तो वे मित्र पूछते हैं: 'आप ऊबते नहीं हैं?'

मैं कभी नहीं ऊबता, क्योंकि मेरे लिए प्रत्येक व्यक्ति अनूठा है और इस अनूठेपन के कारण प्रत्येक की समस्या भी भिन्न है, समस्या का स्वरूप भिन्न है। तुम अपनी प्रेम की समस्या लेकर आते हो, दूसरा अपनी प्रेम की समस्या लेकर आता है, दोनों एक जैसी दिखती हैं, लेकिन एक हैं नहीं। क्योंकि दो व्यक्ति इतने भिन्न हैं कि वह भिन्नता उनकी समस्याओं का गुणधर्म बदल देती है।

तो अगर तुम वर्गीकरण करो तो सब समस्याएं सात वर्गों में बांटी जा सकती हैं। लेकिन मैं कोई वर्गीकरण नहीं करता, मेरे लिए प्रत्येक व्यक्ति इतना अनूठा है कि उसे किसी के साथ भी नहीं रखा जा सकता। वर्गीकरण संभव नहीं है। लेकिन उस अनूठेपन को देखने के लिए पैनी दृष्टि चाहिए, सघन बोध चाहिए, ताकि तुम उन जड़ों तक जा सको जहां हर व्यक्ति अनूठा है। अन्यथा सतह पर सब समान हैं।

सतह पर सब लोग समान हैं, उनकी समस्याएं समान हैं। लेकिन अगर तुम सजग हो और व्यक्ति के साथ उसकी गहराई में, उसके अंतरतम में उतरो, तो तुम पाओगे कि तुम जितने गहरे उतरते हो उतना ही व्यक्ति अधिक अनूठा, अधिक मौलिक होता चला जाता है। और अगर तुम ठीक उसके केंद्र पर पहुंच सको तो वह व्यक्ति अदभुत रूप से अनूठा है। कभी वैसा व्यक्ति ने पहले हुआ, न आगे कभी होगा। वह सर्वथा अनूठा है। और तुम रहस्य से

अवाक रह जाते हो—व्यक्ति के अनूठेपन के रहस्य से।

जगत में कुछ भी पुनरुक्ति नहीं है, अगर तुम बोधपूर्ण हो, प्रेमपूर्ण हो, सजग हो और गहरे देखना जानते हो। अन्यथा सब कुछ पुनरुक्ति है, उबाऊ है। तुम ऊबे हुए हो, क्योंकि तुम्हारी चेतना ऊब पैदा करने वाली है। चेतना को बदलो, और ऊब विदा हो जाएगी।

लेकिन तुम विषय बदलने में लगे हो; उससे कुछ फर्क नहीं पड़ेगा। स्वयं को बदलो।

आज इतना ही।

▲

ओशो-एक परिचय

बुद्धपुरुषों की अमृत धारा में ओशो एक नया प्रारंभ हैं। वे अतीत की किसी भी धार्मिक परंपरा या श्रृंखला की कड़ी नहीं हैं। ओशो से एक नये युग का शुभारंभ होता है और उनके साथ ही समय दो सुस्पष्ट खंडों में विभाजित होता है: ओशो-पूर्व तथा ओशो-पश्चात।

ओशो के आगमन से एक नये मनुष्य का, एक नये जगत का, एक नये युग का सूत्रपात हुआ है, जिसकी आधारशिला अतीत के किसी धर्म में नहीं है, किसी दार्शनिक विचार-पद्धति में नहीं है। ओशो सद्यःस्नात धार्मिकता के प्रथम पुरुष हैं, सर्वथा अनूठे संबुद्ध रहस्यदर्शी हैं।

ओशो एक नवोन्मेष हैं नये मनुष्य के, नयी मनुष्यता के। ओशो का यह नया मनुष्य 'ज़ोरबा दि बुद्धा' एक ऐसा मनुष्य है जो ज़ोरबा की भांति भौतिक जीवन का पूरा आनंद मनाना जानता है और जो गौतम बुद्ध की भांति मौन होकर ध्यान में उतरने में भी सक्षम है—ऐसा मनुष्य जो भौतिक और आध्यात्मिक, दोनों तरह से समृद्ध है। 'ज़ोरबा दि बुद्धा' एक समग्र व अविभाजित मनुष्य है। ओशो का यह नया मनुष्य भविष्य की एकमात्र आशा है; इसके बिना पृथ्वी का कोई भविष्य शेष नहीं है।

अपने प्रवचनों के द्वारा ओशो ने मानव-चेतना के विकास के हर पहलू को उजागर किया। बुद्ध, महावीर, कृष्ण, शिव, शांडिल्य, नारद, जीसस के साथ ही साथ भारतीय अध्यात्म-आकाश के अनेक नक्षत्रों—आदिशंकराचार्य, गोरख, कबीर, नानक, मलूकदास, रैदास, दरियादास, मीरा आदि पर उनके हजारों प्रवचन उपलब्ध हैं।

जीवन का ऐसा कोई भी आयाम नहीं है जो उनके प्रवचनों से अस्पर्शित रहा हो। योग, तंत्र, ताओ, झेन, हसीद, सूफी जैसी विभिन्न साधना-परंपराओं के गूढ़ रहस्यों पर उन्होंने सविस्तार प्रकाश डाला है। साथ ही राजनीति, कला, विज्ञान, मनोविज्ञान, दर्शन, शिक्षा, परिवार, समाज, गरीबी, जनसंख्या-विस्फोट, पर्यावरण तथा संभावित परमाणु युद्ध के व उससे भी बढ़कर एड्स महामारी के विश्व-संकट जैसे अनेक विषयों पर भी उनकी क्रांतिकारी जीवन-दृष्टि उपलब्ध है।

शिष्यों और साधकों के बीच दिए गए उनके ये प्रवचन छह सौ पचास से भी अधिक पुस्तकों के रूप में प्रकाशित हो चुके हैं और तीस से अधिक भाषाओं में अनुवादित हो चुके हैं। वे कहते हैं, "मेरा संदेश कोई सिद्धांत, कोई चिंतन नहीं है। मेरा संदेश तो रूपांतरण की एक कीमिया, एक विज्ञान है।"

ओशो का जन्म मध्य प्रदेश के कुचवाड़ा गांव में 11 दिसम्बर 1931 में हुआ, 21 मार्च 1953 को उनके जीवन में परम संबोधि का विस्फोट हुआ, वे बुद्धत्व को उपलब्ध हुए और 19 जनवरी 1990 को, ओशो कम्यून इंटरनेशनल में देह-त्याग हुआ।

ओशो की समाधि पर स्वर्ण अक्षरों में अंकित है :

OSHO
Never Born
Never Died
Only Visited this
Planet Earth between
Dec 11 1931–Jan 19 1990

ध्यान और सृजन का यह अनूठा नव-संन्यास उपवन, ओशो कम्यून, ओशो की विदेह-उपस्थिति में भी आज पूरी दुनिया के लिए एक ऐसा प्रबल चुंबकीय आकर्षण-केंद्र बना हुआ है कि यहां निरंतर नये-नये लोग आत्म-रूपांतरण के लिए आ रहे हैं तथा ओशो की सघन-जीवंत उपस्थिति में अवगाहन कर रहे हैं।

▲

एक निमंत्रण

ओशो के प्रवचनों को पढ़ना, उन्हें सुनना अपने आप में एक आनंद है। इनके द्वारा आप अपने जीवन में एक अपूर्व क्रांति की पदचाप सुन सकते हैं। लेकिन यह केवल प्रारंभ है, शुभ आरंभ है। इन प्रवचनों को पढ़ते हुए आपने महसूस किया होगा कि ओशो का मूल संदेश है : ध्यान। ध्यान की भूमि पर ही प्रेम के, आनंद के, उत्सव के फूल खिलते हैं। ध्यान आमूल क्रांति है।

निश्चित ही आप भी चाहेंगे कि आपके जीवन में ऐसी आमूल क्रांति हो; आप भी एक ऐसी आबोहवा को उपलब्ध करें जहां आप अपने आप से परिचित हो सकें, आत्म-अनुभूति की दिशा में कुछ कदम उठा सकें; कोई ऐसा स्थान जहां और भी कुछ लोग इस दिशा में गतिमान हों।

ओशो ने एक ऐसी ही ध्यानमय, उत्सवमय आबोहवा वाला ऊर्जा-क्षेत्र निर्मित किया है पूना में: ओशो कम्यून इंटरनेशनल। यहां ओशो की उपस्थिति में हजारों लोगों ने ध्यान की गहराइयों को छुआ है। सतत ध्यान के द्वारा यह स्थान ध्यान की एक ऐसी सघन ऊर्जा से आविष्ट हो गया है कि ओशो के देह-त्याग के बाद, आज भी आप उनकी ऊर्जा से स्पंदित इस बुद्धक्षेत्र में ओशो की उपस्थिति की अनुभूति कर सकते हैं तथा रूपांतरित हो सकते हैं।

विश्व के लगभग सौ देशों से लोग यहां आकर इस अंतर्राष्ट्रीय वातावरण में ध्यान का रसास्वादन करते हैं। दुनिया में जितने भी प्रकार के लोग हैं—अपनी आधारभूत कोटियों में—ओशो ने उन सब के लिए विशेष प्रकार की ध्यान-विधियों को ईजाद किया है। आज विश्व की समस्त साधना-पद्धतियों की विधियां यहां एक ही छत के नीचे मौजूद हैं। ओशो कम्यून इंटरनेशनल विश्व भर में एकमात्र ऐसा केंद्र है जहां पर सभी राष्ट्रों और धर्मों के लोग अपने अनुकूल ध्यान प्रयोगों के द्वारा एक साथ रूपांतरित हो सकते हैं। ओशो कम्यून ऐसे ही एक नये मनुष्य की जन्मभूमि है, एक क्रांति-स्थल है।

इसमें आपका स्वागत है।

अतिरिक्त जानकारी के लिए संपर्क-सूत्र :

ओशो कम्यून इंटरनेशनल
17, कोरेगांव पार्क, पुणे-411001, महाराष्ट्र
फोनः 0212-628562 फैक्स: 0212-624181

▲

ओशो की हिन्दी साहित्य

उपनिषद
सर्वसार उपनिषद
कैवल्य उपनिषद।
अध्यात्म उपनिषद
कठोपनिषद
ईशावास्य उपनिषद
निर्वाण उपनिषद
आत्म-पूजा उपनिषद
केनोपनिषद
मेरा स्वर्णिम भारत (विविध उपनिषद-सूत्र)

कृष्ण
गीता-दर्शन (आठ भागों में अठारह अध्याय)
कृष्ण-स्मृति

कबीर
सुनो भई साधो
कहै कबीर दीवाना
कहै कबीर मैं पूरा पाया
न कानों सुना न आंखों देखा (कबीर व फरीद)

बुद्ध
एस धम्मो सनंतनो (बारह भागों में)

अष्टावक्र
अष्टावक्र महागीता (छह भागों में)

महावीर
महावीर-वाणी (दो भागों में)
जिन-सूत्र (दो भागों में)
महावीर या महाविनाश
महावीर : मेरी दृष्टि में
ज्यों की त्यों धरि दीन्हीं चदरिया

लाओत्से
ताओ उपनिषद (छह भागों में)

अन्य रहस्यदर्शी
अथातो भक्ति जिज्ञासा (शांडिल्य)
भक्ति-सूत्र (नारद)
शिव-सूत्र (शिव)
भजगोविन्दम् मूढ़मते (आदिशंकराचार्य)
एक ओंकार सतनाम (नानक)
जगत तरैया भोर की (दयाबाई)
बिन घन परत फुहार (सहजोबाई)
पद धुंघरू बांध (मीरा)
नहीं सांझ नहीं भोर (चरणदास)
संतो, मगन भया मन मेरा (रज्जब)
कहै वाजिद पुकार (वाजिद)
मरौ हे जोगी मरौ (गोरख)
सहज-योग (सरहपा-तिलोपा)
बिरहिनी मंदिर दियना बार (यारी)
प्रेम-रंग-रस ओढ़ चदरिया (दूलन)

दरिया कहै सब्द निरबाना
(दरियादास बिहारवाले)
हंसा तो मोती चुगैं (लाल)
गुरु-परताप साध की संगति (भीखा)
मन ही पूजा मन ही धूप (रैदास)
झरत दसहुं दिस मोती (गुलाल)
नाम सुमिर मन बावरे (जगजीवन)
अरी, मैं तो नाम के रंग छकी (जगजीवन)
कानों सुनी सो झूठ सब (दरिया)
अमी झरत बिगसत कंवल (दरिया)
हरि बोलौ हरि बोल (सुंदरदास)
ज्योति से ज्योति जले (सुंदरदास)
जस पनिहार धरे सिर गागर (धरमदास)
का सोवै दिन रैन (धरमदास)
सबै सयाने एक मत (दादू)
पिव पिव लागी प्यास (दादू)
अजहूं चेत गंवार (पलटू)
सपना यह संसार (पलटू)
काहे होते अधीर (पलटू)
कन थोरे कांकर घने (मलूकदास)
रामदुवारे जो मरे (मलूकदास)
जरथुस्त्र: नाचता-गाता मसीहा (जरथुस्त्र)

प्रश्नोत्तर

नहिं राम बिन ठांव
प्रेम-पंथ ऐसो कठिन
उत्सव आमार जाति, आनंद आमार गोत्र
मृत्योर्मा अमृतं गमय।
प्रीतम छवि नैनन बसी
रहिमन धागा प्रेम का
उड़ियो पंख पसार
सुमिरन मेरा हरि करैं
पिय को खोजन मैं चली
साहेब मिल साहेब भये
जो बोलैं तो हरिकथा
बहुरि न ऐसा दांव
ज्यूं था त्यूं ठहराया
ज्यूं मछली बिन नीर
दीपक बारा नाम का
अनहद में बिसराम
लगन महूरत झूठ सब
सहज आसिकी नाहिं
पीवत रामरस लगी खुमारी
रामनाम जान्यो नहीं
सांच सांच सो सांच
आपुई गई हिराय
बहुतेरे हैं घाट
कोंपलें फिर फूट आई
फिर पत्तों की पांजेब बजी
फिर अमरित की बूंद पड़ी
क्या सोवै तू बावरी
चल हंसा उस देस
कहा कहूं उस देस की
पंथ प्रेम को अटपटो
माटी कहे कुम्हार सूं
मैं धार्मिकता सिखाता हूं, धर्म नहीं

तंत्र

संभोग से समाधि की ओर
तंत्र-सूत्र (पांच भागों में)

योग

पतंजलिः योग-सूत्र (पांच भागों में)
योगः नये आयाम

झेन, सूफी और उपनिषद की कहानियां

बिन बाती बिन तेल
सहज समाधि भली
दीया तले अंधेरा

बोध-कथा

मिट्टी के दीये

विचार-पत्र
क्रांति-बीज
पथ के प्रदीप

पत्र-संकलन
अंतर्वीणा
प्रेम की झील में अनुग्रह के फूल
ढाई आखर प्रेम का
पद धुंघरू बांध
प्रेम के फूल
प्रेम के स्वर
पाथेय

साधना-शिविर
साधना-पथ
मैं मृत्यु सिखाता हूं
जिन खोजा तिन पाइयां
समाधि के सप्त द्वार (ब्लावट्स्की)
साधना-सूत्र (मेबिल कॉलिन्स)
ध्यान-सूत्र
जीवन ही है प्रभु
असंभव क्रांति
रोम-रोम रस पीजिए

ध्यान, साधना
ध्यानयोगः प्रथम और अंतिम मुक्ति
नेति-नेति
चेति सकै तो चेति
हसिबा, खेलिबी, धरिबा ध्यानम्
समाधि कमल
साक्षी की साधना
धर्म साधना के सूत्र
मैं कौन हूं
समाधि के द्वार पर
अपने माहिं टटोल
गन दर्शन
तृषा गई एक बूंद से
ध्यान के कमल
जीवन संगीत
जो घर बारे आपना
प्रेम दर्शन

राष्ट्रीय और सामाजिक समस्याएं
देख कबीरा रोया
स्वर्ण पाखी था जो कभी और
अब है भिखारी जगत का
शिक्षा में क्रांति
नये समाज की खोज
नये भारत की खोज
नये भारत का जन्म
नारी और क्रांति
शिक्षा और धर्म
भारत का भविष्य

अंतरंग वार्ताएं
संबोधि के क्षण
प्रेम नदी के तीरा
सहज मिले अविनाशी
उपासना के क्षण

विविध
अमृत-कण
मैं कहता आंखन देखी
एक एक कदम
जीवन क्रांति के सूत्र
जीवन रहस्य
करुणा और क्रांति
विज्ञान, धर्म और कली
शून्य के पार
प्रभु मंदिर के द्वार पर
तमसो मा ज्योतिर्गमय
प्रेम है द्वार प्रभु का

अंतर की खोज
अमृत की दिशा
अमृत वर्षा
अमृत द्वार
चित चकमक लागे नाहिं
एक नया द्वार
प्रेम गंगा
समुंद समाना बुंद में
सत्य की प्यास
शून्य समाधि
व्यस्त जीवन में ईश्वर की खोज

अज्ञात की ओर
धर्म और आनंद
जीवन-दर्शन
जीवन की खोज
क्या ईश्वर मर गया है
नानक दुखिया सब संसार
नये मनुष्य का धर्म
धर्म की यात्रा
स्वयं की सत्ता
सुख और शांति
अनंत की पुकार

ओशो के आडियो-वीडियो प्रवचन एवं साहित्य के संबंध में
समस्त जानकारी हेतु संपर्क सूत्रः
साधना फाउंडेशन, 17 कोरेगांव पार्क, पुणे-411001
फोन : 0212-628562 फैक्स : 0212-624181